前　言

　　这是短篇小说卷。从这一卷中可以看出我创作的变化过程:底座大,沉重、牢固,越往上越细,中间有一组轻松的微型小说,再往上就出现了塔的葫芦状顶尖。

　　底部的小说主要是生活、是思想,其次才是文学技巧。

　　前半部短篇小说里的真诚和责任已不再让人感到沉重,更多的是追求一种智慧和意蕴,短篇小说的数量明显地减少了。没有前面的"重",就没有后面的"灵"。

　　《乔厂长上任记》获得全国优秀短篇小说奖第一名,第二年的《一个工厂秘书的日记》再次获奖,到一九八三年评选前一年全国优秀短篇小说奖时,《拜年》又被评为第一名。使我不得不暂时离开了工业生活,意识到再按老路走下去势必要重复自己,这才逼迫自己有了以后的变化。

　　又经过几年,写出了《大周天》、《净火》那一组小说。

　　有了后来的变化,并不等于我想否定自己前面的创作。恰恰相反,我非常尊重自己前期的创作态度和成果。

　　这一卷的第一篇是在"文化大革命"时期写的小说。当时是怎样反映现实的,看看这篇作品才知道什么叫"时代的印迹",才知道生活已进步了多少。

蒋子龙

2012 年 5 月 16 日

1

目　录

1

机电局长的一天

这是一场和平年代的战争，

是一场新的长征。

　　　　　——摘自一位机电局长的手记

一

人一生当中会有多少个关键的一天？一个单位一天当中又会碰到多少桩关键的事情？

今天，机电局接到国家计委的通知，要派负责生产的干部到北京参加计划会议。生产处长王凯准备出发。可是，对今年的生产怎么样估计？明年做什么打算？飞、跑、走、蹭四种计划，他带哪一类计划进京？

今天，气象台预报夜晚有场暴雨，而机电局必须在山洪到来之前交付矿山四千台二百五十毫米潜孔钻机。这个铁任务落在矿山机械厂。如果这场雨引起大水，铁任务十有八九要吹灯，怎么向国家汇报？在完成国家计划上，机电局年年都是满五分，这次怎么能交一张二分的卷子？

今天，又是机电局每月例行一次的生产调度会。全局三百多个企业，成千上万的喜讯，成千上万的产品，成千上万的困难，成千上万的矛盾，一大摊子事情都要在调度会上解决、调整。这会儿，参加调度会的重点企业负责人快到齐了，可还没有主持人！

这一切问题，只要有一个人在，就好办了，大主意由他拿，调度会

1

由他主持。谁？机电局局长——霍大道。可他前天在起重机厂劳动，心绞痛复发，住进医院了。党委书记云涛刚调来不久，对生产情况还没吃透。王凯没了主心骨，急得他从楼下蹿到楼上，从楼上又颠到楼下，到处找副局长徐进亭。徐进亭是分工专抓生产的，虽说这一阵在矿机厂蹲点，但今天这样的日子，王凯也只好找他了。

王凯跑到大门口，见一辆苹果绿色的北京牌小轿车正从车库里开出来。他以为这是要送自己进京的，就烦躁地一挥手："今天走不成啦！"

年轻的女司机小万从车里探出头："不是送你进京，是送徐副局长去住医院。"

"嗯！"王凯心里一躁，"又怎么了？"

"还不是血压！他的血压说高就高。"小万人称"二局长"，对机电局几个领导干部的脾气秉性摸得可透了。

"他住院可真会选当口！"王凯心里说，甩手要上楼。

小万着急地说："中央召集的会不去还行！"

"调度会还没有主持哪！"

看见生产处长急成这样，小万难受得不行，心里叨咕：霍局长呀霍局长，你要有个好身体多好啊！

"'二局长'，老霍在吗？"身后一个粗哑的大嗓门喊小万。王凯听出是矿山机械厂党委副书记于德禄，便又转回了身。于德禄长着一副粗墩墩的身架。他看到生产处长，蹿上一步，把一份电报摔给王凯。

这是矿山打来催要钻机的。王凯看完，若有所悟："是不是这封电报把徐副局长逼到医院去啦？"

"眼看要坐蜡，他扒拉扒拉屁股躲进医院图清静！"于德禄愤愤地说，"这回我不当替罪羊了，要跟霍局长彻底揭揭矛盾。"

"云涛同志强迫老霍住医院了。"

于德禄大眼珠子一瞪，冲着要开车的小万喊："把我捎到医院！"王凯一把拉住了他："老霍的脾气你不知道！云涛同志说过，文件、资料、图纸一概不许往医院送。就这样，昨天晚上我去看他，不知他从哪里搞到的纸和笔,正趴在桌上写什么东西哩。——咱们先开调度会吧,你有困难我发动别的厂帮你。"说着,拉于德禄上楼,又转身叮嘱小万:"到了医院,如果去看霍局长,嘴上可派个站岗的。"小万点点头,把徐副局长一向最喜欢坐的小轿车,开到他家门口。徐副局长已经站在门口等候了,他左手提一个绿色塑料袋,里面放着牙具、毛巾、肥皂之类的东西,右手拎一个大网兜,兜里装的全是药瓶子、花盒子,还有一个大搪瓷盆,盆里的东西最惹眼,满满一盆油炸"老虎豆"。

小万接过网兜,顺口问:"您还爱吃老虎豆?"

徐副局长回答说:"你看这是'老虎豆'吗?是'四一六'——抗癌药。"小万吓了一跳:"啊!您得了癌症?"

徐副局长笑了,拉拉她的小辫子:"傻姑娘,得上癌症再吃这个就晚了。我这是为了预防,找中心医院的李大夫专门配制的。"

"您活得可真在意呀!"小万使劲咬住舌头,才没有甩出这句带棱子的话。

徐副局长又高又胖,五十多岁的人了,大脸盘子红润润的,闪着亮光,一点褶儿也没有。别看这么个威武大汉,倒有一副阿弥陀佛的善性子,是个平时该急不急,遇怒不怒,高兴时还喜欢和下级开个玩笑的老干部。

今年五月,矿山机械厂一把手调走了,局党委书记云涛提出要派个蹲点组下去。局长老霍提出要去,常委们不同意。徐进亭没有吭声,却派到了他的头上。他心里不舒服,憋了口气。一到矿机厂,就指示厂里二把手于德禄一定要在六月份放高产,争取参加七月份召开的全局工业经验交流会。于德禄听了他的话,大抓冲击钻机,这个老品种干起来轻车熟路,产值一突就上去了。但是被霍大道发现了问题:他们为了突击产值,把设备拼了个稀里哗啦,把老家底几乎吃光,而国家要求大批投产的新品种——二百五十毫米潜孔钻机却停下来了。结果,矿机厂不仅没有被评为先进单位,反而吃了批评。挨批的是厂党委,挑大头的是于德禄。徐副局长往旁一闪身子,不哼不哈。群众对厂党委有意见,厂党委内部意见不一致。七月份生产不仅没有打上

3

去,反而跌下来了。雨季要提前,任务要吹灯。于德禄近来头上出角,身上长刺,越来越不好拨拉。徐进亭感到,再不快快拔腿撤出来,就会陷进去不好收场。老霍又病倒了,实际是累趴架了。谁不知道,七、八、九三个月高温低产,是让抓生产的人最头疼的日子。他把这些难办的事情在大脑的筛子里筛了又筛,过了又过,反复权衡得失,最后决定住医院。

徐副局长笨重的身体进了小轿车,车子很快就开上了去医院的马路。

小万是在一九六九年从司机训练队毕业分配到机电局的,第一次出车就是送一个昏迷不醒的老同志去医院。这位老同志是在会战工地和一个铆工摽肩膀抱了六个小时的铆钉机以后,突然昏倒的。当那个铆工知道他就是患有严重心绞痛病的局革委会主任霍大道时,难过地捶着自己的大脑袋,哗哗流泪。小万还没到局里来,就听人讲过,自己局里有个"霍大刀",听这名字就够厉害的了。他说话爽利得像大刀,思维敏锐得像大刀,作风又快又狠,也像大刀。

可是那一天,小万怎么也不能把这些传说和眼前的病人对上号,他哪像个"大刀"呀,挺亲切的一个老同志!小万冒冒失失地向护送的生产处长问了一句:"他就是有名的'霍大刀'吗?"

生产处长瞪她一眼:"去,霍主任的名字叫'霍大道',胜利大道的'道'。"小万吐吐舌头心里想:"这么大的干部,怎么叫这么个名字?一点也不深奥。"

后来,王凯把老霍名字的来历告诉了小万——

老霍十二岁那年秋天,听说红军从草地上过来了。他在野洼里把地主的三头牛拴在树上,用镰刀割断了牛脖子底下的气管,跑到大道边上,拦住了红军队伍,把赶牛鞭子咔嘣一撅两半,往地下一扔,对一位红军营长说:"我要跟你们走!地主的牛全叫我宰了,反正你们不收下我,我也活不成了。""噢!"红军营长很惊奇这个小家伙的心路,就问:"你爸爸、妈妈呢?"他摇摇头。"你叫什么名字?"他又摇摇头。

"平时他们管你叫什么?"

"我姓霍,可是他们连姓也不叫,说这个姓晦气,怕给他们招灾惹祸。平时他们就叫我'拽牛尾巴的'!"

"好,我们收下你!"红军营长把他搂进怀里,"咱们一起,把旧世界打它个落花流水!"营长摸着他的头,"从现在起,你就有家了,有亲人了,也要有个真正的名字!"营长看着红军队伍似铁流滚滚,顺着大道向北挺进,眼里射出光彩,"你就叫'大道'吧。大道上参军,永远跟着共产党,在胜利的大道上前进!……"

听了这个故事,小万非常感动。没过三天,接霍大道出院,小万对他更是尊敬极了——

老霍住院第三天,能下地走动了,就坚决要求出院。医生拗不过他,打电话请来了他的爱人——卫生局组织处处长庄林。庄大姐听了医生的陈述,摇摇头说:"我知道他的病很重,但更知道他的脾气……让他回家吧。"

可是,老霍没有回家。出了医院,临上车前,他对小万笑着说:"你叫万宝真吧? 我第一次坐你的车,不应该是到医院,应该是去工地。今天咱们来个远路程,上会战工地! ……"

现在,小万一面开车,一面感情深重地惦记着正在医院里的霍局长,由霍局长又想到要去住院的徐副局长。她不禁脱口说道:"徐副局长,霍局长告诉过我一个偏方——大干治大病。"

"这在医学上讲不通。"

"霍局长说,这在哲学上完全讲得通!"

"嘻!"徐进亭叹了一口气,"没有病,谁愿意往医院跑,你不知道,我这血压……"

"中心医院的空余病床不多,您想住院就准能住得进吗?"

"我早晨给李大夫打了个电话,他说今天有个病人要出院,正好空一张床。"

小万心里咯噔一下,犯了嘀咕,她再也不说话了。

车开到医院门口,小万没顾得替徐进亭打开车门,就提着他的大

5

网兜,抢先向三楼住院部跑去。

二

霍大道办完手续,走出住院部,迎头看见跑上来的小万,他心里一喜:"好小万,你来的可真是时候!"

小万却使劲咬了咬嘴唇,不让眼里的泪瓣掉出来:"我一猜就是这么回事!"

"又怎么啦?"老霍看看她,笑了,"不应该拿眼泪给出院的病人道喜。"

小万没等老霍把话说完,就忍不住说:"别人有点病就削尖脑袋往医院钻,您身有大病却一次次从医院往外跑!"

正在这时,徐进亭走了进来,和老霍面对面怔住了:

"老霍,你要出院?"

"老徐,你要住院?"

一向冷静、超然、仿佛与世无争的徐进亭,窘得大脸盘子通红。

老霍说:"小万,你说对了,是得跑啊。今天是什么日子? 王凯要进京汇报,钻机任务不落实,调度会要开,这是吹冲锋号的时候,不能躺在病床上!"

徐进亭讪讪地说:"你病得这么重,哪能出院? 再养一养,等几天……"

"不能等,一分一秒不能等,要抢!"老霍打断了他,随又打量着他,"你这是……血压又出了问题?"

"就是,就是。"徐进亭皱眉、摇头,全身都在表示他的确病得不轻,"血压很不正常,头晕得厉害。"

老霍明白了,他心里掠过一道阴影,难过地看着徐进亭:他确实有病,可躺到医院的病床上就能治好这种病吗?

"你来住院,云涛同志知道吗?"

"还没有告诉他,你知道了也一样。"

"不一样。你蹲点是常委会上决定的,要离开也得交接一下吧?"

徐进亭正不知如何回答是好,一眼瞥见李大夫从楼道口路过,忙借梯子下墙头,叫住了他:"李大夫,原来你说的空床,就是老霍住的那张。咳,这怎么算是空床! 这两天先不要安排别人,我回去向云涛同志汇报,尽量劝老霍再回来住院。"

李大夫停住了步子,问:"您哪?"

"过两天再说吧。"徐进亭留下一句活话。

"咱们走吧!"老霍向小万说。

小万左手提着徐进亭的抗癌"老虎豆",右手又接过了老霍拿着的一卷稿纸,她看了一眼,惊讶地说:"霍局长,您写了这么多稿子……'机电局的问题在哪里?'哎呀,住了医院还不好好休息!"

"这就是休息嘛!"

老霍说着先下楼了。徐进亭也跟下来。

一坐进车子里。老霍就问:"潜孔钻机进度怎么样?"

"差不多。"

"差多少?"

"也就几十台吧。"

"嗯? 前天才装起三千零七十五台,这两天能搞出那么多?"

徐进亭猛然想起老霍在统计数字方面有特殊的记忆力,对他可不是顺嘴诌个数能对付过去的,感到屁股底下仿佛坐上了蒺藜,就势摸摸口袋,说:"我的小本子没有带着,脑子又不如你的好使,记不准了。"

老霍知道,自己这样着急的事情,老徐却没有往心里去,再问下去是不会有什么结果的了。于是,他转换话题,兴奋地谈起一个新的想法:"上周我到部里开会,国家要试制六十吨矿用汽车,部领导看我们压力太大,想安排给别的省市,我得到信儿,就去抢来了。你看,以矿机厂为主,组织一场专业化生产协作怎么样? 也好为将来咱们局走向正规化、现代化练练兵,打下基础。"

老徐简直无法理解这位"大刀"了。潜孔钻老账没还,又背新账,这不是找着挨板子吗? 他本想劝劝老霍,要量力而行,适可而止。但转念一想,算了吧,不挑那份担子不操那份心,何苦做对立面。于是,绕了个弯子说:"和于德禄商量一下看吧。不过,他的情绪很大。本来嘛,六月份卖了力气,反而吃了批评,心里会怎么想?"

"不能用迁就错误的办法照顾情绪! ——你是不是也有点情绪?"

"我?"徐进亭显出一副宽宏大量的样子,"叫高血压管得早就不会生气、发火、闹情绪了。不像你呀,身上总有一种刺激人的东西。"

"没办法,就是学不乖,谈意见模棱两可,批文件敷衍一气,说话像兔子一样绕圈子,待人处事一锥子扎不出血——我要命也来不了这一套!"

"你这个刀子嘴,真能挖苦人。你我都不是毛头小伙子了,又都挨过烧……"

"这是什么话!"霍大道两眼盯住徐进亭,半晌才平静下口气,"老徐,你我都是'老工业',党培养的第一批工业干部。几十年干下来,国家的工业还是这个状况,怎么交账? 向党交不了账,也无法向人民、向历史交账! 头发白了又怎么样? 只能说明我们身上的担子更重了。"

"我可再也经不住大火了,每走一步都要反复掂量掂量。与其走错步,不如不迈步。何苦呢!"

"所以就躲到医院的病床上去? 那工作交给谁?"

老霍直盯住徐进亭,只见他那平时就缺少神采的眼睛,依然淡漠无光,看不出他的情绪是服气还是不满,他心里到底想的是什么。好像裹着橡皮毯子! 霍大道心想,他真是刀枪不入了。什么事才能使他动起感情来呢? 就是发发火也好呀!

这时,小万一按喇叭,车子在机电局门口停住了。

三

霍大道和徐进亭一前一后走进会议室,人们又惊又喜。特别是生产处长王凯,他刚才正被一大串矛盾缠绕,会议让于德禄给卡住了。

在全局的生产棋盘上,矿山机械厂像个落伍的卒子,不仅自己掉队,还扯住了别人的腿。可于德禄不管别人冲他怎么喊,他就是不吭声。现在一看到正副局长进来,他开口了:"你们几位指着鼻子骂我,我也认头。七月份,我们生产下降,拖了协作单位的后腿,挨批应该。但是,七月下降是由六月产值上升造成的!霍局长批评我单纯追求产值就是追求名利,我承认。可你们局领导拿名利刺激我们,引诱我们,领错了路,导错了向,就没有责任?"于德禄说到这里,扭头看了一眼徐进亭,接着说道,"局蹲点组一去,就跟我谈:'你们是全局九大台柱厂之一,这样大厂的一把手在局里说话是占分量的,我看你要干出点成绩来!六月份拼命也得突上去!'说老实话,我的个人英雄主义膨胀了。可把新产品丢掉,心里也有点敲小鼓。没想到这位领导却给报社打电话,登了小半版,还给我鼓劲儿:'好啊,你于德禄面前的大门全打开了,你创造了奇迹,反过来奇迹又会帮你的忙。'这下可真帮了忙,局长大会批,群众不满意,我受夹板气!"

大家都清楚于德禄指的是谁,但徐进亭悠然地抽着烟,看也不看大家,不拾这个茬儿。他这是外松内紧。

调度会是领导干部的"亮相台",水平高低一上调度会就露馅儿。徐进亭向来把调度会看成是要命的会,涨血压的会。每开一次这样的会,神经和毅力都要经受一次考验和冲击。因此,在这样的会上,他很少发言,尽量不表态。现在,于德禄把矛头明晃晃地指向了他,他还是不吱声,既不承担责任,也不反驳。这可叫主持会的王凯作了难,等了一会儿只好说:"老于,你谈谈七月份的生产情况吧。"

"把六月份的责任分清,七月份的账就好算了。"

"责任分清"四个字刺疼了徐进亭,他终于说话了:"不要说得那么严重嘛,泄自己的气。"

于德禄炮弹反射一般顶了回来:"这是霍局长在四千人大会上讲的——'国家要先进的高效率钻机,你非要干低效率落后的钻机。表面看完成了产量产值计划,实际是糊弄国家,拖社会主义建设的后腿,也坑害了自己的工厂。搞生产怎能虚虚假假,因小失大?!'霍局长,我一个字也没记错吧?"他是要借老霍这把"大刀"砍老徐。

9

"你的记忆力很好。"老霍一直很有兴味地盯着于德禄的脸。这是他的习惯,谁发言他就这么聚精会神地看着谁,不把别人的话掏尽,不到节骨眼上,他不张嘴。有些心里底数不清、情况不明的工厂负责人,格外怵他这一手。你越说不出来,他越追你,有些问题你越不想告诉他,他偏有一种特殊的敏感,你只要一露头就会被他抓住,你越吞半句吐半句,他把你吞回去的那半句意思也猜出来了。厂长们管他这种穷根究底的习惯叫"老霍爱吃桃",问题一叫他碰上,就如同吃桃一样,不把那个问题的"核子"抓出来,不算完。现在,他摸准于德禄的"脉"了,他觉得火候已到,该说几句,把这个调度会"调度"一下了。他说:"你们厂六月份的错误,厂党委有责任,蹲点组有责任,但是厂在局领导下,蹲点组是局里派的,所以我负全面责任。这个问题,明天晚上党委常委开会,请你也参加,再交换意见。今天是调度会,谈谈你们的任务完成情况吧,特别是潜孔钻机。"

于德禄心里还不服,但是老霍提出的问题,让人不能不立时回答。于是,他赌气似的说:"七月份我们坚决保证完成局下达的计划数字。"

大家全惊奇地瞪大眼睛看着于德禄。号称"交换台"的王凯,生产上的事了如指掌,他不信于德禄的话,赶忙追问:"你说说具体数字。"

"潜孔钻机三千四百台,钢水……"

"什么?"王凯打断了他,"局里给你们下的指标是四千台!"

"四千有困难,我们做了削减,请示徐副局长,他批准了。"

"什么?"这回轮到徐进亭吃惊了,他尽力控制住自己的愤怒,语调平静,不失身份,"我什么时候说过同意了?"

"月初开完四千人大会回来,党委讨论计划,我们提出有困难……"

老霍打断了他:"党委会没有扩大一下,请靳师傅也参加?"

"没有。"于德禄顺口回答。他没有理解老霍问话的意思,只顾继续说下去,"我们提出有困难,要削减,我请徐副局长表态。徐副局长,当时你怎么说的?你说可以研究研究。"

"对,研究可并不等于同意。"

"可事后你也没有通知我们研究结果不同意呀！我们守着局领导,又认真做了反映,你不反对我们就干呗!"

徐进亭还能说什么呢？他躲在自己喷出的烟雾里,不看于德禄,也不反驳,不能这样和一个基层单位的头头对口舌!

王凯十分不满地盯着徐进亭:谁叫你平时小事不动口,大事不动手,有事不操心,平时什么事情推到你那儿,就用"研究研究"四个字搪塞过去,这回碰上于德禄,够戗了吧!

老霍问:"于德禄,每月计划都是局党委讨论后定的,任何个人都无权改动,你不知道吗?"于德禄没有吭声。

老霍又问:"下计划的时候,局里考虑到你们的情况,压低了指标,在全局做了平衡。这个情况老徐没跟你讲吗?"

"没有!"于德禄得理不让人。

老霍火了:"老徐有他的错误,但你不是去帮助他补台,而是利用他的弱点投机取巧,推卸责任!你的组织原则,你的党性到哪儿去了?"好狠哪!老霍批评干部就是这么狠。而且还不怕你跳、你叫。一向敢跳敢叫的于德禄,这会儿只是挺着脖子,涨红着脸不吭声。

老霍口气缓和了:"过去我们打一次败仗,就像一块老茧长在心里,再也去不掉,直到下一个战役找敌人算了总账才舒心。你打了败仗不是考虑全国、全局的损失,而是拨拉自己的小算盘,你是什么样的指挥员?"

"我不同意!"于德禄强硬地说,"我有错误,但不能说我们厂打了败仗,谁也不能否定大好形势,否定群众!"

霍大道眼角的皱纹一伸一缩,他可不怕别人扣大帽子:"不错,今年春天中央召开了钢铁座谈会,一反软懒散,一抓整顿,形势突飞猛进,越来越好,广大群众发挥了前所未有的积极性,全局出现了从来没有过的崭新气象。但是,总的形势大好,不等于个别单位就没有问题;群众干劲足,不等于这个单位的领导就是走在前头了。于德禄同志,我说的就是你们这个矿机厂,你们完不成指标,攻不下尖端,拿不出国家急需的产品,这不跟在战争中打了败仗一样吗!过去指挥一个师,或者一个团、一个营,都要绞尽脑汁,琢磨敌人的兵力部署,研究制定自己的打法。一处算计不到,就会吃败仗,影响整个战局,使成千上万的战士牺牲。现在可好了,反正脑袋掉不了啦,不动脑子,吃省心饭。打了败仗不以为败,不痛不痒。要知道,你一个单位在工业建设上打了败仗,就有可能影响我们将来反侵略的那场大仗!"

徐进亭心里一震,虽然谁也没有注意他,谁也没有想到他,他心里还是被刺了一下,多了一层不痛快。

霍大道总爱提战争年代,激励人冲锋不止,总是把调度会开得跟战争年代下达战斗任务一样。大家都陷在严肃的思考里,谁也没有把他的话只当成对某一个人的批评。连于德禄也被老霍的思想感染了。跟老徐比,于德禄有气,他对徐进亭有意见,认为这个副局长是个不前不后、不左不右的老滑头,特别是六月底矿机厂一挨批,他是个听到矛盾发愁、遇到困难就躲的角色。跟着这样的领导干工作,真是活受罪。跟老霍比,于德禄觉得自己肤浅,应该严肃地正视自己的思想。跟上这样的领导干工作,拼上性命也痛快。

"于德禄同志!"老霍点名叫号,口气不容你讨价还价,"这个月的计划一斤一两不能少,特别是那四千台潜孔钻机。你听气象预报了吗?雨季一到,老钻机没法再用了,必须换成新钻机。钢铁要大上,机械工业要发展,开矿不跟上去还行!"

"还有五天哪,我说局长!"

"群众发动起来,五天也能抢上去。"

这时,电机厂的负责人老胡,见于德禄还要蘑菇,坐不住了,插话说:"老于,你是员硬将,还没从你嘴里听到过孬话。来,你报个数,设备缺什么?人力缺多少?我给你。"

水泵厂一把手姜永丰,这时也赶忙抢着说:"于德禄同志,我们派个技术过硬的突击队,专帮你们抢潜孔钻机怎么样?"

这两个人一带头,会上可热闹了,这个送"枪",那个送"炮",闹得于德禄身上像着了火。他是站在人前只高不矮的角儿,哪吃过这个?就站起来急鼻子快脸地说:"谢谢大家,我们那个大摊子,靠伸手要饭可不是办法,还是得自力更生,保证这个月的任务一斤一两不少。局长,这下行了吧?"

"光这样还不行!"老霍这句话说得很平静,可是在场的人听着都吃了一惊。只听老霍接着说下去,"要不断地给自己出新的难题,做新的文章。我们局从部里抢来了一个新的任务,要试制六十吨矿用汽车。于德禄,这么个重大而光荣的担子摆在眼前,你们搞矿山机械的厂子不伸肩啊?"

接着,生产处长王凯讲了试制的办法和计划。

这回于德禄可真跳起来了:"国家并不是非要把这任务交给咱们局,何苦硬揽这个大头哎!"

王凯也有些火了:"这又不是请客吃饭,请就吃,不请就不吃。"

"好话!"老霍接过话茬儿说,"我们有些领导生产的同志,就是缺少战争年代作为指挥员的那种气概和决心。那时候,上级一说有任务,都抢破头,越是难打的仗,不好啃的骨头,越抢得厉害。那才是打硬仗的作风。"

"局长,这任务算我们一份。"姜永丰抢着说,"这几年我们攻下了一批国家急需的新产品,深有体会,攻尖端能带动一般,专业协作可以促进大上快变。"

于德禄诉苦地说:"怎么'难、重、急'的任务都落在我们头上了,得回厂研究一下再说。"

"只能研究怎样干好,不是研究干不干。"老霍斩钉截铁地说,"过去仗越打越大,说明全国快解放了。现在,任务越来越难,说明我们工业建设面貌日新月异;任务越来越重,说明我们国家的建设规模更加宏伟壮丽;任务越来越急,说明我们的经济在快马加鞭,突飞猛进。本世纪内,我们要成为社会主义的现代化强国!今后的二十多年里,'难、重、急'的任务将会一个跟一个,而且必然要求我们提前再提前。因为这几十年许多国家的经济都上去了,谁落后谁就被动挨打。这个挨打不光是指军事上,还有政治上、经济上,这就叫现代化战争。时间,是个很严肃的问题。咱们必须一切往前赶,拼命往前赶,一定要赶在这种现代化战争之前准备好。这就得用打仗的劲头搞生产,也可以把这个叫做和平年代的'战争'。在和平年代不树立战争观念,可要吃大亏哩!"

思想统一了,各厂的头头们一窝蜂地围住生产处长,抢头一份的竟是刚才叫苦连天的于德禄。

调度会痛快利落地结束了,王凯很满意。他每参加一次老霍主持的生产会,就像参加了一次哲学讨论会一样痛快豁亮。生活多么会捉弄人。怕碰钉子的人,钉子偏偏往他头上碰!不怕碰钉子,敢往钉子上碰的人,在他面前反而没有钉子。你看老霍,数不清的矛盾的缰绳全抓在他手里,他却从容镇定,运转自如。可是老徐,此刻竟是愁眉不展。王凯问他有没有话说,他只摇摇头。

散会后,王凯兴冲冲地对老霍说:"局长,连于德禄都拍了胸脯,没问题了,我下午可以进京了。"

"不行,不能满足于纸上谈兵。于德禄拍了胸脯,但没有拿出具体措施,是思想上真通了,还是迫于形势? 再说,矿机厂群众情绪怎么样? 今天晚上的大雨会带来什么新问题? 你带着这些问号向中央汇报吗? 你的任务,拿出个汇报提纲,一下午不行就开夜车,我在医院里写了个材料,你拿去做参考。根据咱局实际情况,有些单位一时还飞不起来,留有余地,就搞一个快跑的计划。只能快跑,不能再慢了。我下午拉老徐到厂里去转转,明天早晨咱们碰头之后你再走。"

老霍同王凯谈完话,再回头,徐进亭已经不在了,他追到大门口,老徐正往轿车里钻。老霍叫住他说:"在局里吃午饭吧。矿机厂的这一仗怎么打,咱们还得商量一下。"

"于德禄的事我管不了喽!上压下挤,叫我怎么干?"老徐说完坐进汽车,砰地关上车门。

四

小万没在食堂吃饭,拿了两个馒头,钻进吉普车里看一本从宣传处借来的内部书:《戴高乐》。她看得入了神,连老霍坐进车里都不知道。"看啥哪?"小万听到说话赶紧把书放到座位底下,然后机灵地以攻为守:

"您又不睡午觉?"

"任务紧急嘛,只好连累你也看不成《戴高乐》了。"

小万不好意思地笑了,赶紧启动车子。她知道局长的"大刀"脾气,全局三百多个厂,哪一个单位都不敢打保票他不会突然打个电话来,或者突然在你的车间、班组里出现。他随时都有可能到基层的某个工厂去。但是他更知道他应该到哪里去,哪里最需要他。他不是那种"两眼一睁,忙到熄灯"的事务家,他是个熟悉人头、会使用干部的人。他总是摆脱琐细的日常事务,考虑全局工作中不知在哪一天会突然爆发出来的潜在问题。

车一开动,老霍笑了,兴致勃勃地说起来,像是自言自语,又像是说给小万听:"都说姜是老的辣,可我看咱们的小姜也蛮厉害。抓生产轰轰烈烈,又扎扎实实。他们水泵厂搞了两条自动生产线,五个月完成了全年任务。矿机厂要试制六十吨矿用汽车的底盘了,我想把于德禄拉到水泵厂去学习学习,搞一条底盘铸造自动线。"

"这才刚试制,您就想到搞自动线,想到将来大批投产了。要不您这么瘦,操心太多了,您看人家……"小万刚想说出徐副局长的名字被老霍打断了。

"这就跟打仗一样,要走一步看两步、三步。"

小万忽然想到什么,咬住下唇再也不吭声了。她把车开得很稳,想让老霍在车上睡一会儿。老霍却还是说个没完:"六十吨矿用汽车是采矿的急需设备呀!吨位太小的根本不行,一趟一趟把时间都花在装卸和往返路途上了,效率太低。今后还得搞一百吨、一百五十吨的,而且全是自动装卸!"不管局长兴致多高,小万就是不吭声。老霍看穿了她的鬼点子:"你可真有本事,把吉普车开成轧道机了。"

小万忍住没笑出声,正想稍稍加快点车速,老霍突然命令说:"快,掉头!"

小万不知出了什么事,兜个弯子把车头转过来。

老霍又命令说:"追上前面那辆新卡车。"

小万一踩油门追了上去。老霍眼睛贴在玻璃上,盯住前面奔驰的卡车。看了一阵,又叫小万超车,他扭回头看卡车的前部。后来干脆叫小万和卡车并行,他把头伸出窗外,对卡车司机喊:"司机同志,靠边停一停车,有事情和你商量。"

司机不知发生了什么事,把车开到道边停住了。老霍走过去说:"你忙不忙?我们正搞六十吨矿用汽车,想看看你这辆刚进口的'包利'。"

"老师傅,您好眼力啊!这辆车我刚接来。"司机一看碰上了识货的同行,马上热情地向老霍介绍起来。小万在旁边抿嘴笑了。

老霍确实像个行家。他叫小万当记录,自己打开车头箱盖,里里外外看了个遍,一会儿坐到驾驶楼子里试试,一会儿钻到车身底下瞧瞧,一边观察,一边议论:

"哈,你们看:它这儿不行,太笨!我们的车决不这样搞。"

"嘿,这个地方改得不错。这些贪心的资本家,为了赚钱真用尽了心机节省原料。我们也要降低成本,可以取它这一点。"

"哦呀,这个部件怎么这么个搞法,简直是糊弄!光为了骗钱!司机同志,你多注意这儿,将来这儿准出毛病……"

老霍有时也提出几个不明白的问题,有些问题使两个司机也很作难;有的地方老霍讲得出来,他们反而讲不出来。卡车司机诚恳地说:"不瞒您说,我刚接来车,还没拆开看过哪。"

自以为熟悉霍局长的万宝真,也在他丰富的专业知识面前叹服了。她那明亮的一双大眼睛,由于惊奇,睁得更大了。她哪里知道,老霍从部里接来任务后,仔细研究了各种汽车的图纸,比较、分析了各类汽车的优缺点,又让机电局设计处长挂帅,从汽车厂和矿山机械厂抽出几名技术工人,组成了"六十吨矿用汽车设计小组",他也参加了几次小组活动。这位老机电局长,对组织机电工业生产有着丰富的经验和广博的专业知识,有时使工程师们竟也感到自愧不如。当然,他的某些专业知识并不精深。

老霍用棉纱擦着满手油污,对司机笑着说:"帮忙帮到底吧。我想借你这辆车,叫我们的设计人员解剖一下。长处有一点就取它一点,主要是避免它的短处。明天早晨还你一辆完整的卡车,行不行?对,你不用作难,我给你们领导同志打电话。"

这时候,卡车司机才知道,这位老师傅原来是机电局长。

借用卡车的事很快就安排好了,老霍又来到矿机厂。他没有让小万去告诉于德禄,而是一头扎进了钻机车间。露天跨^①里一堆锃亮的钻杆把他吸引住了。横七竖八像柴垛的钻杆堆上,几个工人正七手八脚地往火车上扔。老霍一眼就看见人群中的靳师傅,一把拉住他说:"靳师傅,这钻杆经过了炼、铸、锻、切四道工序,工人流的汗水也和它的分量差不多了,就这么又送回平炉炼钢去了?"

靳师傅叹了口气:"有什么办法?萝卜快了不洗泥。我顶住了,不合格的坚决不装配,宁可回炉,也不能糊弄在地下作业的矿工兄弟。"

老霍点点头:"你顶得对。"

"机工工段跟我仇可大了,说影响了潜孔钻机的任务由我这个装配组长负责,连外号都给我起下了——'死铆子'!"

"对待产品质量,就得凿死铆子。"

"我就说这个理儿。"靳师傅口气一转,"老霍,我估摸着你该来抓一抓了。头头抓,抓头头。我们厂有败家子,这不活活是大道上捡芝麻,小道上洒香油嘛!"

老霍点点头:"不抓管理,生产上乱抓一锅粥的干部,就是社会主义的败家子。"

这时,装配工们围了过来。

老霍问:"任务这么紧,你们装配工段为什么这么清闲?"

"零件加工不出来,供不上手。"

"要是零件供上手,一天能装多少台?"

---

① 露天跨:专用名词,是没有房盖的车间。

17

"铆铆劲一百八十九台。"

"到月底还有四天多,任务还差八百台,应该没问题啊!"

"有问题,机工工段一天只能生产一百多台单件。"靳师傅指指车间里边,"你看有多少台设备站在那儿烧香呢!"

老霍展眼看了看:"是上个月拼坏的吧?为什么不抢修?"

"修,哪有要新的省事,家大业大了。"靳师傅气呼呼地说,"上个月驴不死不下磨,这个月驴死了想吃驴肉。一提起这些事就冲我的肺管子!"

老霍深深为工人的这种高度责任心感动了。他平时那一对纯洁晶亮的眼睛,这时变得严峻而又深邃:"老靳,我们必须在月底交给矿山四千台潜孔钻机呀!"

"四千台?"靳师傅吃了一惊,沉了好半天才说,"厂部说是三千四百台。我还以为手拿把攥哩。那好,我们抽出一部分钳工,连夜抢修设备,全都修好只怕来不及……"

"调给你一个突击队,三十名精兵强将,行不行?"

"那,任务我包了。"

"先把装配好的三千二百台打包装上火车。"

"行,钻机的事你就别操心了。"靳师傅沉思了一下,"有件大事,你得抓抓,走!"靳师傅领着老霍来到车间外东墙下,指着墙上一张布告,"我们写的。往常领导老在这儿贴布告,今天几个工人写了一张给领导看的布告你看看吧。"说着,扯下自己脖子上的毛巾,让老霍擦了擦脸上的汗水,匆匆走了。

布告分析了厂党委三个问题:

一、我是老大。六月二十八日的报上登了矿机厂的消息,厂部发给每人一份;厂里头头美得不知天高地厚了。

二、老虎屁股碰不得。对六月份的错误不认账,对局党委的批评不服气。

三、只抓生产不抓管理,骗来骗去,害了自己!

老霍在这张大字报前站了很久很久,他眼角的皱纹一伸一缩,他动心了。过了会儿,他对身边的小万说:"把徐副局长接来,我有事和他商量。"

五

老霍给局党委书记云涛挂了个电话,汇报了自己的想法,征求了书记的意见。抓空又转了几个车间,特别是到铸造车间对六十吨汽车底盘的任务摸摸底。又给水泵厂党委打了电话,叫他们把突击队调来。他估计老徐该到了,就来到传达室等候。但是等了足够汽车打两个来回的时间,才见老徐姗姗而来。老霍先领他看完了工人写的布告,然后说出了自己的看法:"群众是最亮的镜子,领导只有到群众中去,才能认清自己。我看这个厂党委应该好好端正办厂方针。同时,也只有让群众能向领导说真心话,而领导又听得到、听得进,积极性才能调动起来。……"

老徐对布告的反应截然不同,没等老霍说完,他就反问道:"这不就是大字报吗?原来这个厂挺平静,怎么你一来,大字报就出来了?"

老霍也反问他:"同志,不怕议论纷纷,就怕鸦雀无声。如果听不到群众的声音,那问题才是真正严重了!"

"任务这么紧,群众情绪平静一点,总比这样大轰大嗡好!"

"我不这么看,平静是虚假的,不平静是正常的,不平静才能推动社会前进。再说,这也不是大轰大嗡,这是群众的干劲。我们搞工业生产,就是要依靠群众,就是要依靠群众的积极性。"

徐进亭沉了一会儿,冷漠地说:"你是局长,又是党委副书记,你决定了就干呗!"

"这不是在和你商量嘛。"老霍真诚地说,"老徐,你怎么老是把自己困在心灰意懒的情绪里?这怎么行呢?"

徐进亭憋在肚里的种种不快,突然爆发出来了:"我心灰意懒,无所用心,没有你那么多的热情。但是我知道不能在不应该使用权力的地方使用权力;共产党员就要用肩膀头子帮助同志,而不能给他脚下使绊子!"

老霍心里像捅了一刀子。但他还是冷静地看着徐进亭问:"你是指我在你蹲的点上放了把火,还是指我在调度会上点了你的弱点?"

徐进亭鼻子里哼了一声,没有回答。

老霍紧盯着他道:"我们都是老同志,说话不用兜圈子。这个厂不是哪个私人的点,是局党委委派你来蹲点的,就不许别人来说个'不'字了吗?"

徐进亭点火抽烟,借以在脑子里掂量轻重。他感到,内心的一些想法摆到桌面上是站不住脚的,还是走为上策,于是大声说:"这个点我蹲不了啦,这些问题你看着办吧,我去向云涛同志请病假。"

"老徐同志,你带着这副精神状态,住进什么医院也无济于事。局党委的会必须开,你就是请病假也要帮你把思想问题搞清楚。"

对老霍这些热诚的话,徐进亭听不进去,连楼也不上,坐车走了。

望着徐进亭的背影,霍大道心里隐隐作疼。他怕心绞痛复发,掏出随身带的药,吞下两片,转身走上了矿机厂的办公大楼。

楼上正开着厂党委会,委员们争论得很激烈。憋了一个多月的分歧,借着讨论局调度会的精神,爆发出来了。大家给于德禄提了不少意见。于德禄很会说话,也很能"吃"话。不管委员们意见提得多尖锐,话说得多重,他全吃下来了,因为上午老霍已经把他的思想敲开了缝。这种人有个特点,遇到批评不如听到表扬对胃口,心里不服就又跳又叫;待到心里一认可,任你批多狠、剋多重,也能经得住,决不会躺倒。

意见摆得差不多了,思想交锋的火候也够足了,有人出去打水,发现了在门口边坐着的老霍,赶紧把他让进会议室,而且一定要他说几句,表个态。

于德禄更不放他:"局长,你批我,拿任务压我们,我都接受。可现在看我们走投无路了,也得指指道,教给点办法。"

老霍笑了:"于德禄同志,你干吗说得这么可怜?你们为什么不找工人商量?他们那里有一肚子锦囊妙计。眼下就有一条,你们想听不想听?"

"谁说不想听呢!"

"那好,带上你们的本子,拿上笔,跟我走,党委会暂时搬搬家。"

老霍领着矿机厂的干部们来到东墙下,指着那张只有八开纸大小的布告说:"咱们每个人都把工人布告的内容抄到自己的本子上,然后就在这儿研究一下怎么办,要快嘛!行不行?"

"行!"干部们一口答应。

盛夏的阳光真像蘸了辣椒水,坦荡荡的东墙下,没有一块阴凉地。天气又热又闷,干部们如同站在火里、钻在蒸笼里抄布告。他们一笔一画地抄着,认真而严肃。不一会儿,人人身上大汗淋漓。于德禄悄悄跑到传达室端来一个凳子,放到局长跟前:"您年纪比我们大,又有病,您坐下抄。"

"越是有病,晒晒太阳越有好处。"老霍把凳子推到一边,"连大脑时间长了不叫太阳晒都会长毛。哈,都出汗啦!好,连身子带思想一块出出汗,要出透。"

"霍局长领着党委成员在抄工人的布告!"这个消息在这盛夏的午后,却像一股清凉凉的风,吹遍了矿机厂的每个角落。职工群众的心被吹动了,似那楼顶的红旗,飘拂、舒展。

"呀!老霍在车间里转了两个多钟头,水没沾唇,脚没停闲哪!"靳师傅连跑带颠地赶来了,看见这个严肃的场面,他没有呼喊,悄悄又转身回去了。等了一会儿,他捧来一顶大草帽,轻轻扣在老霍的头上。

汗出来了,劲也上来了。抄完布告,党委就在现场作了三条决议:一、把局党委对矿机厂的批评立即打印,发给职工每人一份。二、今天下班后召开全厂职工大会,宣读这张布告,然后党委做检查。主要检查六月份片面追求产值,不抓企业管理以及七月份私改局计划的错误。三、党委开门整风,发动群众提意见,揭矛盾,加强企业管理,建立健全规章制度。

这三条决议还没等往下发,已经在全厂飞快地传开了。

职工们围住老霍,有人鼓掌,有人喊着,要他讲话。老霍把于德禄往前一推:"你是主角,你不唱谁唱!"

平时能言会道的于德禄,此时却脸红脖子粗,吭哧了半天才说:"我这个人最大的毛病,就是爱翘尾巴,搞个人突出,再加上主观武断,深不下去,就不能经常见到群众的面,更甭提能见到群众的心了。这次党委整风欢迎大家多提意见。"

干部们回到楼上,还没进屋,于德禄拿眼一瞄,老霍没有跟上来,双手一摆,在楼道里就说上了:"不用就座了,简单说两句,就散会分头行动。今天调度会上我满口答应,第一个抢到任务,可霍局长他不放心,又追了下来,亲自发动群众揭矛盾,想办法,促咱们。这一手厉害!抓工作没有这种狠劲不行。党委三条决议已经定了,同志们下去就按照局长的作风狠抓,当然也包括抓我头脑里的错误思想。"

党委会还没散,有两队人马敲锣打鼓拥过来。一队是水泵厂帮助大战潜孔钻机的突击队来报到,一队是铸造车间来请求党委批准制造矿用汽车底盘的自动生产线。

矿山机械厂掀起了热浪。

六

晚上,老霍在徐进亭家等了个把小时,他也没有回来。老霍离开徐进亭家,心里很不踏实,他为徐进亭的思想状态担心。

天空黑森森的,雷一道,闪一道,齐帮凑伙地为一场暴风雨开道。

老霍回到家,推开自己的房门,看见云涛和徐进亭正在他桌边翻阅那部他平时记下的杂感。有时心里烦闷,就信笔写上几行,时间一长,就成了一个消气解闷的好办法。说它是回忆录,其实又像是日记。不管它算什么吧,你只要捧起来看上几行,就不会再轻易放下了。字里行间喷出一股炽热的战斗激情,笔法语调完全如老霍平时说话的口气。

云涛见霍大道回来,站起身,说:"你果真在发奋著书啊!"

"这算什么书啊。有时候晚上睡不着觉,就写它几页,目的就是教育自己,不要忘记过去,激励自己。"

一向沉稳、感情不轻易外露的云涛,今天被老霍写的内容拨动了心弦,说:"应该写,有些像你我这样从过去走过来的人,竟忘掉了过去,这实在够痛心的。"

"老云,就是这个意思!"老霍两眼熠熠闪光,又继续说,"刚进城那阵,我们反复强调过列宁的一句名言——忘记过去就意味着背叛。有多少人真正理解了这句话?夜深人静,我铺开纸,拿起笔,过去的一切又都回到了眼前:首长、战友、老乡、儿童团,好像又都站到了自己的面前。写着他们,自己的精神境界也在这种回忆里变得激昂奋发。当然,写的时候也思索也分析,从历史的反光镜中对现实的东西也看得更清楚了。反过来说,新的思想也会给过去的生活披上新的光亮;痛定思痛,对于痛的来龙去脉就更明确了。"

一直没说话的徐副局长插了一句:"你是想当作家呀!"

云涛看了看老徐:"进亭同志,有没有勇气也拿起笔来,有空就写它几页纸,先从教育自己开始。你的过去不也是一本书吗?"

老徐没有回答。三个人沉默着。过了会儿,书记神情一转,对老霍说:"下午老徐同我谈了很久,敞开了思想。他提出要撤蹲点组,我还是认为不能撤。当初我提议老徐去蹲点,是想让他到基层滚一滚,对身体和精神都有好处。他和你比可以算壮劳力了,不能在这正较劲的时候撤下来。你的意见呢?"

"我同意。"老霍转头对老徐说,"听说有一次你的二小子不留神踢翻了你的花盆,你骂他,他不服,反倒说你变修了。你给了他一巴掌,还说:'老子修了? 你见过日本鬼子吗? 你见过国民党反动派吗?'有这事没有?"

老徐浑身长刺,很不自然,解嘲地说:"你对我家里情况也像对全局生产情况吃得一样透啊!"

老霍仍然顺着自己的意思往下说:"你是不是认为打过日本鬼子,

23

打过国民党反动派的人，就永远变不了？其实是身在变中不知变啊，老徐同志！"

老霍接着说道："我们不能前三十年立功，后三十年捞本，别人打不倒你，可不要自己倒下去。像我们这样一些经过战火考验的人，身体又多少有点病，更应该不断地同政治上的衰老作斗争。老徐，在政治斗争中你被烧过几次，不能老是耿耿于怀，对党有情绪，对群众有情绪；想自己、想家、想孩子多了，想革命、想党的事业、想将来少了。这个教训多么深刻啊！"

徐进亭心里一阵阵发毛，他知道自己的变化，偶尔也想过这些变化，但是哪想得这么严重，这么深刻地分析过变化的原因。这时候他真成了"病人"，病长在自己身上，却不如医生看得透。两个书记的话真如同一把思想上的解剖刀！

老霍说着又从小本子里抽出一张纸条。一见纸条，徐进亭全身的血腾地涌到脸上，双颊涨得发烫。这是有一次党委成员集中学习的时候，他走神儿了，在纸上乱涂乱写，其中有几句顺口溜："吃饭莫饱，走路莫跑，多多睡觉，少少用脑，玩花玩草，养鱼养鸟。"打扫会议室的老张，从地上捡到了，看着挺有意思，就交给了老霍。老霍说："过去打仗的时候你不怕死，不想保脑袋多活几年，现在是怎么啦？到头了，该养老了？同志，这很危险，我们脚下的长征路还没到头，我们正在进行一场新的长征，是战士就要战斗在岗位上。过去战场上冲锋的战士倒下去的时候手里握着枪，向前扑下去。我们到什么时候也不能丢掉这种倒也要倒向前的精神！"

屋外，电闪雷鸣，风呼呼吼叫；屋内，铁火热风，正进行着激烈的思想交锋。徐进亭的思想如回炉的钢件，咻咻地冒着火星。

一场暴雨眼看就要来到了。老霍陡然站起身来，看了看黑沉沉的天色说："我要到矿机厂去一下。"

云涛拦住他："你哪儿也不能去，今天根本就不应该从医院里跑出来，晚上要好好休息。再说，你还有什么不放心的？对大雨做了准备，钻机任务有了把握，王凯的汇报提纲我也看了，明天就叫他进京去开会。你今天这十几个小时也够紧张了!"

徐进亭也说:"老霍,你就把心放到肚里吧,明天我回矿机厂。"

云涛还不放心,又探头向里屋的庄林说道:"老庄同志,今天晚上就把这个任务给你吧,好好看住老霍,不许他出门。"

庄林笑了:"这个任务,我可不一定完成得了啊。"

云涛和徐进亭刚坐进吉普车,黄豆似的大雨点子就砸下来了。

这不是雨,这是大自然搞的一场突然袭击!半夜时分,东去五十里的海上发生了海啸。虽然轻微,却也把一排排小山般的浪头推上海岸,漫了田野,汹涌奔泻过来,使这座城市的排水系统一时失灵。下了半夜的瓢泼大雨,排不出去,马路顷刻间成了小河。

霍大道听着这股哗哗的雨声,躺也躺不下,站也站不住。到了下半夜,他再也捺不住心里的急火了,披上雨衣冲到马路上,站在没膝深的水里。他浑身一阵激灵,心头隐隐发疼。抬头迎着碎石子般的雨点子,他扫了一眼天空,天好像漏了,大水猛劲地往下泼。老霍心里发狠,拉拉雨衣的帽子,蹚水向北湾工业区走去。

庄林急奔出来拉住了他的胳膊,拼力拖回屋里,问:"你干什么去?"

"到厂里去看看。"

老庄急了:"这大雨泼天的,你不要命了。"

老霍没有发火,吞下两片止痛药,系好雨衣扣子。庄林一看他的脸色,吃惊地说:"你病又犯了?"

老霍平静地说:"没有。"

"你骗我!"庄林要给他脱雨衣,想把他扶到床上。

老霍挡开她的手,耐心地说:"你就好大惊小怪,我吃药是预防着点。你想想,雨水这么大,北湾有十几个工厂,地势又最低,特别是矿机厂,叫人不放心。"

"你不去,人家就不会干吗?"

"这叫什么话!干部干部,要干在前头,先行一步。领导干部更要在群众困难的时候,出现在群众面前。"

"你有病!"

"病在我身上,我自己有数。"

"你非要走,等我去叫汽车。"

老霍笑了:"你不看马路上水那么深,汽车打得着火吗?除非你有本事能搞到一条快艇。"

庄林见他铁心要走,心里一酸,眼圈红了:"你甭瞒我,你心绞痛又犯了,雨水这么大,半路上出了事怎么办?"

老霍看着老伴,语气庄重地说:"同志,那年我们在苏北,你得了伤寒,刘司令员叫我留下照看你,你不肯,对刘司令员说,一个团长不去带兵打仗,守着老婆算什么!刘司令员当时怎么说的,你还记得吗?他说,怪不得卫生队的护士们都叫你庄大姐,你还真是个好大姐哩!霍大道的爱人就应该有这股刚性。今天,你是怎么啦?"

庄林半天没吭声,然后擦擦眼角站起身,取过墙角的拖把,把拖把头卸下来,把拖把杆递给老霍:"拿着这个当拐棍。等我穿上雨衣,跟你一起走。"

"用不着你。有这个就挺好。"老霍满意地扫了老伴一眼,精神抖擞地冲进了大雨之中。

庄林来不及找雨衣,顶件旧衣服跟出屋,站在水里看着老霍吃力地蹚水向前走去。她真想扑上去再把老霍劝回来,但她终于没有劝,直到雨帘完全把老霍的身影遮住。她自己也被浇湿了,仍然站在雨水里想着主意。

雨水没过了膝头,老霍走起来十分费劲,走到一半路程,就筋疲力尽了。加上心绞痛发作,他感到每一次抬脚动步,都像牵住了心叶。头上哗哗浇着雨水,身上却一阵阵冒虚汗,他每走一步都要下很大的决心,需要很大的毅力。四周都是水,想要找个地方坐下歇一歇都不行。他给自己下了一道命令:走下去,一定要走下去,这口气不断就得走到底,决不能倒下!

老霍知道,只要一倒下去,就会站不起来了。

他终于看见北湾桥了，翻过桥再有二里路，就是矿山机械厂了。

水还没有漫上桥面，老霍走上桥来，坐在湿桥板上，从兜里摸出湿漉漉的药片吞下去。稍歇了一会儿，觉得心痛得越来越紧，左手在脸上抹了一把，分不清是冷汗还是雨水。他意识到这样坐久了就会站不起来了。他心一横，抖擞精神，挂着拖把杆站了起来。

老霍大步向桥下走去，一下桥，地势更低了，水流也更急了，洪水已经淹到了他的腰部，他几次险些被洪水冲倒。衣服全湿透了，头晕目眩，他感到情况不好，伸手到衣袋里去摸药，药片全被水溶化了。

怎么办？往前看，白浪滔滔，越走越危险；向后转，有座桥，退回桥上就安全了。可是，老霍脚步没停，连头也没有扭回去瞧一眼。虽然一步挪动不了多远，却仍是不停地在挪动，向前挪动。他几乎像处于一种半昏迷状态，头昏沉沉的，全身麻木，甚至连心绞痛也不那么钻心了。但他却清醒地意识到自己还在走，他还在命令自己走下去，他甚至还算出离矿机厂的大门已经不远了。

无情的雨鞭，发颤了，变软了！

肆虐的洪水，惊呆了，逃跑了！

铁铮铮的老霍，在水里挺着，在雨里走着！

也许有些医学专家们，不相信一个患有心绞痛的病人，能在大雨泼天的洪水里战斗一个多小时，他们不理解这种"病人"。但是机电局三十八万职工理解他们的老霍，就像理解焦裕禄和王进喜一样。

老霍走着走着，突然感到身上一阵轻松，耳边传来了亲人的呼唤：

"老霍！"

"霍局长！"

他睁大眼，左边站着老伴庄林，右边是司机小万。庄林没有去擦那满脸的泪水，使劲架住丈夫的胳膊，她觉得自己胸腔里鼓荡着一股从来没有过的豪情。小万用力扶住局长，她眼里也含着两汪热泪。此刻她和老霍、庄大姐迈在一个节拍上的双脚，难道不是在抢渡"大渡河"，不是在过"雪山草地"，不是在走一条新的长征路！

老霍欣慰地笑了："小万，你怎么来了？"

"大雨把我闹醒了,我一琢磨,这种节骨眼您准是在家待不住。车开不了,就跑到您家去,见庄林同志正要来追您,我们就跟着您的脚步赶来了。"

老霍说:"来,咱们唱个《战斗进行曲》好吗?"

于是,低沉而有力的歌声,穿过风雨,压住涛声,似海燕在水面上飞翔,像雄鹰在风雨里搏击。

这时,靳师傅站在露出水面的半截水泥桩上,向北湾桥方向瞭望,他的心是和老霍相通的。他坚信在这样的时刻老霍会到厂里来。当他一看到老霍他们隐约的身影,就急步奔过去,顾不得水花把上衣打湿。一靠近老霍,这位老工人发红的眼睛里满是泪水,嘴唇抖动着。他叫小万扶住庄大姐,自己稳稳把住了老霍:"我在等你,我知道你会来的。"

"车间停产了?"老霍仿佛不在意地问。

靳师傅难过地点点头:"我是向你打了包票的,可这大雨给搅了!"

老霍嘴角蔑视地一撇:"这算不了什么,无非就是水多了一些,即便再加上大火,加上原子弹,咱们也能对付。"说完,他推开靳师傅,自己大步向前走去。

矿山机械厂排水护厂的工人,看见靳师傅果然把霍局长迎来了,他们发疯似的踢飞洪水,飞跑过去,扶住庄大姐,拉住小万。这群和风雨搏斗了一夜不曾皱眉、不曾叹一口气的汉子,这工夫眼眶子全湿了。

护厂队的首领是于德禄。他抢过老霍,背在背上,向保健站跑去。老霍在于德禄背上哭笑不得,只得擂着他的背喊:"于德禄,你发疯了,我冒雨赶来可不是为了住你的医院。"

"谁叫您来的? 您根本就不用来。"

"这还用人叫? 我自己要来的! 我知道,有你们,我不来也行。可是,你知道,你们不叫我来,那可不行!"

于德禄不管局长怎么抗议,还是一直把他背到保健站,看着医生给老霍打了针,服了药,换上干衣服。于德禄这才安静下来,走到老霍跟前说:

"老天这一突然袭击,我的罪就更大了!夜里我一边领着工人防雨排水,一边暗骂自己,觉着你对我的批评不是过重,而是还轻。"

老霍看看他,这个粗壮的汉子一夜间仿佛消瘦了许多,络腮胡子也挓挲起来了。对他在这样的夜晚没有离开工厂,领着工人们大战洪水,老霍心里是满意的,嘴上却说:"老于,我们的对手都是搞突然袭击的专家,就像这暴风雨,毫不讲信用,说来就来,我们不防备就要吃亏。"

于德禄愧疚地点着头:"干部职工情绪正热,这一大瓢冷水泼得太苦了!"

"这不是泼冷水,是火上泼油!"老霍详细询问了水淹的情况,然后斩钉截铁地说,"八点钟让那四个车间恢复生产。你派两支硬队伍保住变电所和铁路,叫交换台通知北湾区各厂来一个负责干部,带一辆卡车,越快越好。"

老霍亲自给水泵厂打电话,要求派二十辆卡车,绕郊区的战备公路,送五十台直径三米的大水泵来,以供各厂使用。"让咱们的'铁龙王'和霸道的水龙王较量!"他又给可能会出问题的单位一一打了电话,了解了水情,作了指示。

不一会儿,于德禄领着北湾区各厂的负责人来了。老霍详细做了防洪排水的部署,最后对小万说:"你打个电话向云涛同志汇报,全局有十八个工厂的部分车间停产,到今天上午八点钟能恢复正常;矿机厂干部、工人干劲很高,铁路线没有被淹,有三千二百台潜孔钻机已经发车;电机厂也来抢去一部分任务,后八百台三十一日上午可以发车。"

水泵厂把"铁龙王"送到了,各厂负责人高高兴兴地拉着"铁龙王"去了。小万打完电话乐颠颠地跑回来。

"报告局长,云涛同志和其他几个领导都下厂了,我把情况告诉了值班员。另外,徐副局长也来了,一到就去钻机车间了。"

老霍用手指点点她,也笑了。

两个小时后,雨停了,水排净了。城市格外干净,空气格外清新。

王凯进京开计划会议,来到北湾区。这里已经看不出丝毫雨淋水泡的痕迹,而像洪水一样波浪齐天猛劲上涨的是工人更大的热情和干劲。矿山机械厂更像开了锅。装配工靳师傅正往车间东墙上贴标语。鲜红的大标语似雨后彩虹:

"把以前丢掉的时间抢回来!"

"把上个月落下的任务补回来!"

王凯好不容易才在炉台上找到了满头大汗的老霍。他扫一眼身穿炼钢服的于德禄,凑过去揶揄地说:"你这头狮子又欢起来了。"

于德禄朝旁边的老霍努努嘴:"局长把我的尾巴给按下去了。"王凯那宽阔的面孔,就像阳光杲杲的晴空,洋溢着信心和力量,爽快地对老霍说:"局长,我要走了,您还有什么叮嘱的?"说完还拍了拍自己的黑色皮包,那神情仿佛提包里装的不是一份计划、报表,而是一颗颗革命的火石、跃进的种子。他确是带着机电局叫人吃一惊的跃进计划上大会的,他还要在大会上拍胸脯的。

老霍想了想,说:"没问题,你去拍胸脯吧。在会上,你掌握这么个原则:除去理所当然地全面完成国家生产计划之外,凡是攻尖端、补空白、制造高大精尖产品的任务,给咱,咱要;不给咱,要抢。三十八万机械工人的志气和双手做你的后盾,你在会上的所做所言,对下,要能代表这三十八万人,对上,要让国家满意放心!"

王凯深沉地点点头,他激动得眼眶里噙满了泪水。他想:"老霍身上有一种强烈的进取心,胸中有烧不完的烈火,脚下有攀不完的高峰,这样的'大刀'干部,是革命的宝啊!"

进京的车子,在坦荡的大道上轻快地向前飞去。

新的一天开始了。机电局胜利地度过了不平常的一天。但这一天对机电局长霍大道说来,却很平常。在他一生的战斗里程上,经历过多少个这样的一天,还要迎来多少个这样严峻而壮丽的一天!

1976年1月

乔厂长上任记

"时间和数字是冷酷无情的,像两条鞭子,悬在我们的背上。

"先讲时间。如果说国家实现现代化的时间是二十三年,那么咱们这个给国家提供机电设备的厂子,自身的现代化必须在八到十年内完成。否则,炊事员和职工一同进食堂,是不能按时开饭的。

"再看数字。日本日立公司电机厂,五千五百人,年产一千二百万千瓦;咱们厂,八千九百人,年产一百二十万千瓦。这说明什么?要求我们干什么?

"前天有个叫高岛的日本人,听我讲咱们厂的年产量,他晃脑袋,说我保密!当时我的脸臊成了猴腚,两只拳头攥出了水。不是要揍人家,而是想揍自己。你们还有脸笑!当时要看见你们笑,我就揍你们。

"其实,时间和数字是有生命、有感情的,只要你掏出心来追求它,它就属于你。"

——摘自厂长乔光朴的发言记录

出　山

党委扩大会一上来就卡了壳,这在机电工业局的会议室里不多见,特别是在局长霍大道主持的会上更不多见。但今天的沉闷似乎不是那种干燥的、令人沮丧的寂静,而是一种大雨前的闷热、雷电前的沉寂。算算吧,"四人帮"倒台两年了,一九七八年又过去了六个月,电机厂已经两年零六个月没完成任务了。再一再二不能再三,全局都快要被它拖垮了。必须彻底解决,派硬手去。派谁?机电局闲着的干部不少,但顶戗的不多。愿意上来的人不少,愿意下去,特别是愿意到大难杂乱的大户头厂去的人不多。

会议要讨论的内容两天前已经通知到各委员了,霍大道知道委员们都有准备好的话,只等头一炮打响,后边就会万炮齐鸣。他却丝毫不动声色,他从来不亲自动手去点第一炮,而是让炮手准备好了自己燃响,更不在冷场时赔着笑脸絮絮叨叨地启发诱导。他透彻人肺腑的目光,时而收拢,合目沉思,时而又放纵开来,轻轻扫过每一个人的脸。

有一张脸渐渐吸引住霍大道的目光。这是一张有着矿石般颜色和猎人般粗犷特征的脸:石岸般突出的眉弓,饿虎般深藏的双睛;颧骨略高的双颊,肌厚肉重的阔脸。这一切简直就是力量的化身。他是机电局电器公司经理乔光朴,正从副局长徐进亭的烟盒里抽出一支香烟在手里摆弄着。自从十多年前在"牛棚"里一咬牙戒了烟,从未开过戒,只是留下一个毛病:每逢开会苦苦思索或心情激动的时候,喜欢找别人要一支烟在手里玩弄,间或放到鼻子上去嗅一嗅。仿佛没有这支烟他的思想就不能集中。他一双火力十足的眼睛不看别人,只盯住手里的香烟。饱满的嘴唇铁闸一般紧闭着,里面坚硬的牙齿却在不断地咬着牙帮骨,左颊上的肌肉鼓起一道道棱子。霍大道极不易觉察地笑了,他不仅估计到第一炮很快就要炸响,而且对今天会议的结果似乎也有了七分把握。

果然,乔光朴手里那支珍贵的"郁金香"牌香烟不知什么时候变成一堆碎烟丝。他伸手又去抓徐进亭的烟盒,徐进亭挡住了他的手:"得啦,光朴,你又不吸,这不是白白糟踏吗!要不一开会抽烟的人都躲你远远的。"

有几个人嘲弄地笑了。

乔光朴没抬眼皮,用平稳的显然是经过深思熟虑的口吻说:"别人不说我先说,请局党委考虑,让我到重型电机厂去。"

这低沉的声调在有些委员的心里不啻是爆炸了一颗手榴弹。徐副局长更是惊诧地掏出一支香烟主动地丢给乔光朴:"光朴,你是真的,还是开玩笑?"

是啊,他的请求太出人意料了,因为他现在占的位子太好了。"公司经理"——上有局长,下有厂长,能进能退,可攻可守。形势稳定可进到局一级,出了问题可上推下卸,躲在二道门内转发一下原则号令。愿干者可以多劳,不愿干者也可少干,全无凭据;权力不小,责任不大,待遇不低,费心血不多。这是许多老干部梦寐以求而又得不到手的"美缺"。乔光朴放着轻车熟路不走,明知现在基层的经最不好念,为什么偏要下去呢?

乔光朴抬起眼睛,闪电似的扫过全场,最后和霍大道那穿透一切的目光相遇了,倏地这两对目光碰出了心里的火花,一刹那等于交换了千言万语。乔光朴仍是用缓慢平稳的语气说:"我愿立军令状。乔光朴,现年五十六岁,身体基本健康,血压有一点高,但无妨大局。我去后如果电机厂仍不能完成国家计划,我请求撤销我党内外一切职务。到干校和石敢去养鸡喂鸭。"

这家伙,话说得太满、太绝。还无疑是一些眼下最忌讳的语言。当语言中充满了虚妄和垃圾,稍负一点责的干部就喜欢说一些漂亮的多义词,让人从哪个方面都可以解释。什么事情还没有干,就先从四面八方留下退却的路。因此,乔光朴的"军令状"比它本身所包含的内容更叫霍大道高兴。他欣赏地抬起眼睛,心里想:这位大爷就是给他一座山也能背走,正像俗话说的,他像脚后跟一样可靠,你尽管相信他好了。就问:"你还有什么要求?"

乔光朴:"我要带石敢一块去,他当党委书记,我当厂长。"

会议室里又炸了。徐副局长小声地冲他嘟囔:"我的老天,你刚才扔了个手榴弹,现在又撂原子弹,后边是不是还有中子弹?你成心想炸毁我们的神经?"

乔光朴不回答,腮帮子上的肌肉又鼓起一道道肉棱子,他又在咬牙帮骨。

　　有人说："你这是一厢情愿,石敢同意去吗?"

　　乔光朴:"我已经派车到干校去接他,就是拖也要把他拖来。至于他干不干的问题,我的意见他干也得干,不干也得干。而且——"他把目光转向霍大道,"只要党委正式做决议,我想他是会服从的。我对别人的安排也有这个意见,可以听取本人的意见和要求,但也不能完全由个人说了算。党对任何一个党员,不管他是哪一个级别的干部,都有指挥调动权。"

　　他说完看看手表,像事先约好的一样,石敢就在这时候进来了。猛一看,这简直就是一位老农民。但从他走进机电局大楼,走进肃穆的会议室仍然态度安详,就可知这是一位经过阵势,以前常到这个地方来的人。他身材短小,动作迟钝,仿佛他一切锋芒全被这极平常的外貌给遮掩住了。斗争的风浪明显地在他身上留下了涤荡的痕迹。虽然刚交六十岁,但他的脸已被深深的皱纹切破了,像个胡桃核。看上去要比实际年龄大得多。他对一切热烈的问候和眼光只用点头回答,他脸上的神色既不热情,也不冷淡,倒有些像路人般的木然无情。他像个哑巴,似乎比哑巴更哑。哑巴见了熟人还要咿咿呀呀地叫喊几声,以示亲热;他的双唇闭得铁紧,好像生怕从里边发出声音来。他没有在霍大道指给他的位子上坐下,好像不明白局党委开会为什么把他找来,随时准备离开这儿。

　　乔光朴站起来:"霍局长,我先和老石谈一谈。"

　　霍大道点点头。乔光朴抓住石敢的胳膊,半拥半推地向外走。石敢瘦小的身材叫乔光朴魁伟的体架一衬,就像大人拉着一个孩子。他俩来到霍大道的办公室,双双坐在沙发上,乔光朴望着自己的老搭档,心里突然翻起一股难言的痛楚。

　　一九五八年,乔光朴从苏联学习回国,被派到重型电机厂当厂长,石敢是党委书记。两个人把电机厂搞成了一朵花。石敢是个诙谐多智的鼓动家,他的好多话在"文化大革命"中被人揪住了辫子,在"牛棚"里常对乔光朴说:"舌头是惹祸的根苗,是思想无法藏住的一条尾巴,我早晚要把这块多余的肉咬掉。"他站在批判台上对造反派叫他回答问题更是恼火,不回答吧态度不好,回答吧更加倍激起批判者的愤怒,他曾想要是没有舌头就不会有这样的麻烦了。而和他常常一起挨斗的乔光朴,却想出了对付批斗的"精神转移法"。刚一上台挨斗时,乔光朴也和石敢一样,非常注意听批判者的发言,越听越气,常常汗流浃背,毛发倒竖,一场批判会下来筋骨酥软,累得像摊泥。挨斗的次数一多,时间一长就油了。乔光朴酷爱京剧,往台上一站,别人的批判发言一开始,他心里的锣鼓也开场了,默唱自己喜爱的京剧唱段,以转移自己的注意力。此法果然有效,不管是几个小时的批斗会,不管是"冰棍式",还是"喷气式",他全能应付裕如。甚至有时候还能触景生情,一见批判台搭得很高,就来一段"由本督在马上用目观望",有时皮肉受点苦,就来一段《敬德装疯》:"为江山跑坏了能征惯战的马……"他得意洋洋地把自己的经验传授给石敢,劝他的伙伴不要老是那么认真,暗憋暗气地老是诅咒本来无罪的舌头。无奈石敢不喜好京剧,乔光朴行之有效的办法对他却无效。一九六七年秋天一次批判会,台子高高搭在两辆重型翻斗汽车上,散会时石敢一脚踩空,笔直地摔下台,腿脚没伤,舌头果真咬掉了一块。他忍住疼没吭声,血灌满了嘴就咽下去。等到被人发现时已无法再找回那块舌头。从那天起,两个老伙伴就分开了。石敢成了半哑巴,公共场合从来不说话。治好伤就到机电局干校劳动,局里几次要给他安排工作,他借口是残废人不上来。"四人帮"倒台的消息公布以后,他到市里喝了一通酒,晚上又回干校了,说舍不得那大小"三军"。他在干校管着上百只鸡,几十只鸭,还有一群羊,人称"三军司令"。他表示后半辈子不再离开农村。今天一早,乔光朴派亲近的人借口有重要会议把他叫来了。

乔光朴把自己的打算,立"军令状"的前后过程全部告诉了石敢,充满希望地等着老伙伴给他一个全力支持的回答。

石敢却是长时间的不吭声,探究的、陌生的目光冷冷地盯着乔光朴,使乔光朴很不自在。老朋友对他的疏远和不信任叫他的心打寒战。沉了一会儿,石敢到底说话了,语音低沉而又含混不清。乔光朴费劲地听着:

"你何苦要拉一个垫背的？我不去。"

乔光朴急了："老石，难道你躲在干校不出山，真的是像别人传说的那样，是由于怕了，是'怕死的杨五郎上山当了和尚'？"

石敢脸上的肌肉颤抖了一下，但毫不想辩解地点点头，认账了。这使乔光朴急切地从沙发上跳起来替他的朋友否认："不，不，你不是那种人！你唬别人行，唬不了我。"

"我只有半个舌……舌头，而且剩下的这半个如果牙齿够得着也想把它咬下去。"

"不，你是有两个舌头的人，一个能指挥我，在关键的时候常常能给我别的人所不能给的帮助；另一个舌头又能说服群众服从我。你是我碰到过的最好的党委书记，我要回厂你不跟我去不行！"

"咳！"石敢眼里闪过一丝痛苦的暗流，"我是个残废人，不会帮你的忙，只会拖你的手脚。"

"石敢，你少来点感伤情调好不好，你对我来说，重要的不是舌头，你有头脑，有经验，有魄力，还有最重要的——你我多年合作的感情。我只要你坐在办公室里动动手指，或到关键时候给我个眼神，提醒我一下，你只管坐镇就行。"

石敢还是摇头："我思想残废了，我已经消耗完了。"

"胡说！"乔光朴见好说不行，真要恼了，"你明明是个大活人，呼出碳气，吸进氧气，还在进行血液循环，怎说是消耗完了？在活人身上难道能发生精力消耗完的事吗？掉个舌头尖思想就算残废啦？"

"我指热情的细胞消耗完了。"

"嗯？"乔光朴一把将石敢从沙发上拉起来，枪口似的双眼瞄准石敢的瞳孔，"你敢再重复一遍你的话吗？当初你咬下舌头吐掉的时候，难道把党性、生命连同对事业的信心和责任感也一块吐掉了？"

石敢躲开了乔光朴的目光，他碰上了一面无情的能照见灵魂的镜子，他看见自己的灵魂变得这样卑微，感到吃惊，甚至不愿意承认。

乔光朴用嘲讽的口吻，像是自言自语地说："这真是一种讽刺，'四化'的目标中央已经确立，道路也打开了，现在就需要有人带着队伍冲上去。瞧瞧我们这些区局级、县团级干部都是什么精神状态吧,有的装聋作哑,甚至被点将点到头上,还推三阻四。我真纳闷,在我们这些级别不算低的干部身上,究竟还有没有普通党员的责任感? 我不过像个战士一样,听到首长说有任务就要抢着去完成,这本来是极平常的事,现在却成了出风头的英雄。谁知道呢,也许人家还把我当成了傻瓜哩!”

石敢又一次被刺疼了,他的肩头抖动了一下。乔光朴看见了,诚恳地说:“老石,你非跟我去不行,我就是用绳子拖也得把你拖去。”

“咳,大个子……”石敢叹了口气,用了他对乔光朴最亲热的称呼。这声“大个子”叫得乔光朴发冷的心突地又热起来了。石敢立刻又恢复了那种冷漠的神情:“我可以答应你,只要你以后不后悔。不过丑话说在前边,咱们订个君子协定,什么时候你讨厌我了,就放我回干校。”

当他们两个回到会议室的时候,委员们也就这个问题形成了决议。霍大道对石敢说:“老乔明天到任,你可以晚去几天,休息一下,身体哪儿不适到医院检查一下。”

石敢点点头走了。

霍大道对乔光朴说:“刚才议论到干部安排问题,你还没有走,就有人盯上了你的位子了!”他把目光又转向委员们,“你们的口袋里是不是还装着别人写的条子,或是受了人家的托付? 我看今天彻底公开一下,把别人托你们的事都摆到桌面上来,大家一块议一议。”

大家面面相觑,他们都知道霍大道的脾气,他叫你拿到桌面上来,你若不拿,往后在私下是决不能再向他提这些事了。徐进亭先说:“电机厂的冀申提出身体不好,希望能到公司里去。”接着别的委员也都说出了曾托付过自己的人。

霍大道目光像锥子一样,气色森严,语气里带着不想掩饰的愤怒:“什么时候我们党的人事安排改为由个人私下活动了呢? 什么时候党员的工作岗位分成了‘肥缺’、‘美缺’和‘瘦缺’、‘苦缺’了呢? 毛遂自荐自古就有,乔光朴也是毛遂自荐,但和这些人的自荐是完全不同的两种性质。冀申同志在电机厂没搞好,却毫不愧疚地想到公司当经理,我不相信搞不好一个厂的人能搞好一个公司。如果把托你们的人的要求都满足,我们机电局只好安排十五个副局长,下属六个公司,每个公司也只好安排十到十五个正副经理,恐怕还不一定都满意。身体不好在基层干不了,到机关就能干好?机关是疗养院?还是说在机关干好干坏没关系?有病不能工作的可以离职养病,名号要挂在组织处,不能占着茅坑不屙屎。宁可虚位待人,不可滥任命误党误国。我欣赏光朴同志立的'军令状',这个办法要推行,往后像我们这样的领导干部也不能干不干一个样。有功的要升、要赏,有过的要罚、要降!有人在一个单位玩不转了就托人找关系,一走了之。这就助长干部身在曹营心在汉,骑着马找马的坏风气。难怪工人们反映,厂长都不想在一个厂里干一辈子,多则订个三年计划,少则是一年规划,打一枪换一个地方,这怎么能把工厂搞好!"

徐进亭问:"冀申原是电机厂一把手,老乔和石敢一去不把他调出来怎么安排?"

霍大道:"当副厂长嘛。干好了可以升,干不好还降,直降到他能够胜任的职位止。当然,这是我个人的意见,大家还可以讨论。"

徐进亭悄悄对乔光朴说:"这下你去了以后就更难弄了。"

乔光朴耸耸肩膀没吭声,那眼光分明在说:"我根本就没想到电机厂去会有轻松的事。"

上　任

一

机电局党委扩大会散后,乔光朴向电器公司副经理做了交接,回到家已是晚上了。屋里有一股呛鼻的潮味,他把门窗全部打开。想沏杯茶,暖瓶是空的,就吞了几口冷开水。坐在书桌前,从一摞书的最底下拿出一本《金属学》,在书页里抽出一张照片。照片是在莫斯科的红场上照的,背景是列宁墓。前面并肩站着两个人,乔光朴穿浅色西装,健美潇洒,显得很年轻,脸上的神色却有些不安。他旁边那个妩媚秀丽的姑娘则神情快乐,正侧脸用迷人的目光望着乔光朴,甜甜地笑着。仿佛她胸中的幸福盛不下,从嘴边漫了出来。乔光朴凝视着照片,突然闭住眼,低下头,两手用力掐住太阳穴。照片从他手指间滑落到桌面上——

一九五七年,乔光朴在苏联学习的最后一年,到列宁格勒电力工厂担任助理厂长。女留学生童贞正在这个厂搞毕业设计,她很快被乔光朴吸引住了。乔光朴英风锐气,智深勇沉,精通业务,抓起生产来仿佛每个汗毛孔里都是心眼,浑身是胆。他的性格本身就和恐惧、怀疑、阿谀奉承、互相戒备这些东西时常发生冲突,童贞最讨厌的也正是这些玩意儿,她简直迷上这个比自己大十多岁的男人了。在异国他乡同胞相遇分外亲热,乔光朴像对待小妹妹,甚至是像对待小孩一样关心她,保护她。她需要的却是他的另一种关怀,她嫉妒他渴念妻子时的那种神情。

乔光朴先回国,一九五八年底童贞才毕业归来。重型电机厂刚建成正需要工程技术人员,她又来到乔光朴的身边。一直在她家长大的外甥郗望北,是电机厂的学徒工,一次很偶然的机会,他发现了小老姨对厂长的特殊感情。这个小伙子性格倔强,有蔫主意,恨上了厂长,认为厂长骗了他老姨。他虽比老姨还小好几岁,却俨然以老姨的保护人的身份处处留心,尽量阻挡童贞和乔光朴单独会面。当时有不少人追求童贞,她一概拒之门外,矢志不嫁。这使郗望北更憎恨乔光朴,他认定乔光朴搞女人也像搞生产一样有办法,害了自己老姨的一生。

七年过去了,"文化大革命"一开始,郗望北成为一派造反组织的头头,专打乔光朴。他只给乔光朴的"走资派"帽子上面又扣上"老流氓"、"道德败坏分子"的帽子,但不细究,不深批,免得伤害自己的老姨。可是他的队员们对这种花花绿绿的事很感兴趣,捕风捉影,编出很多情节,反倒深深地伤害了童贞。在童贞眼里,乔光朴是搞现代化大生产难得的人才,过去一直威信很高,现在却名誉扫地。犯路线错误的人群众批而不恨,犯品质错误的人群众最厌恶。可在那种时候又怎能把真相向群众说清呢?童贞觉得这都是由于自己的缘故,使乔光朴比别的走资派吃了更多的苦头,她给乔光朴写了一封信,想一死了事。细心的郗望北早就留了这个心眼,没让童贞死成。这使乔光朴觉得一下子同时欠下了两个女人的债。

乔光朴的妻子在大学当宣传部长,虽然听到了关于他和童贞的议论,但丝毫也不怀疑自己的丈夫,直到一九六八年初不清不白地死在"牛棚"里,她从未怀疑过乔光朴的忠诚。乔光朴为此悔恨不已,曾对着妻子的遗像坦白承认,他在童贞大胆的表白面前确实动摇过,心里有时也真的很喜欢她。他表示从此不再答理童贞。当最小的一个孩子考上大学离开他以后,他一个人守着几间空房子,过着苦行僧式的生活,似乎是有意折磨自己,向死去的妻子表明他对她和儿女感情的纯洁无瑕和忠贞不渝……

可是,下午在公司里交接完工作,乔光朴神差鬼使给童贞打了个电话,约她今晚到家里来。过后他很为自己的行为吃惊,责问自己:这是什么意思呢?如果自己不再回厂,事情也许永远就这样过去了。现在叫他俩该怎样相处?十年前厂子里的人给他俩的头上泼了那么多脏水啊!他这才突然发现,他认为早被他从心里挖走了的童贞,却原来还在心里占着一个位置。他没有在痛苦的思索里理出头绪,他不想再触摸这些复杂而又微妙的感情的琴弦了。得振作一下,明天回厂还有许多问题要考虑。忽然,觉得有什么东西落到头上,他抬起头,心里猛地一缩——童贞正依着他的膀子站着,泪眼模糊地望着那张照片。滴落到他头上的,无疑就是她的眼泪。他站起身抓住她的手:"童贞,童贞……"

童贞身子一颤,从乔光朴发烫的大手里抽出自己的手,转过身去,擦干眼角,极力控制住自己。童贞的变化使乔光朴惊呆了。她才四十多岁,头上已有了白发;过去,她的一双亮眼燃烧着大胆而热情的光芒,敢于火辣辣地长久地盯着他,现在她的眼神是温润的、绵软的,里面透出来的愁苦多于快乐。乔光朴的心里隐隐发痛。这个在业务上很有才气的女工程师,她本来可以成为国家很缺少的机电设备专家,现在从她身上再也看不见那个充满理想、朝气蓬勃的小姑娘的影子了。使她衰老这么快的原因,难道只是岁月吗?

两人都有点不大自然,乔光朴很想说一句既得体又亲热的话来打破僵局:"童贞,你为什么不结婚?"这根本不是他想要说的意思,连声音也不像他自己的。

童贞不满地反问:"你说呢?"

乔光朴懊丧地一挥手,他从来不说这样没味道的话。突然把头一摆,走近童贞:"我干吗要装假? 童贞,我们结婚吧,明天,或者后天,怎么样?"

童贞等这句话等了快二十年了,可今天听到了这句话,却又感到慌乱和突然。她轻轻地说:"你事先一点信也不透,为什么这么急?"

乔光朴一经捅破了这层纸,就又恢复了他那热烈而坚定的性格:"我们头发都白了,你还说急? 我们又不需要什么准备,请几个朋友一吃一喝一宣布就行了。"

童贞脸上泛起一阵幸福的光亮,显得年轻了,喃喃地说:"我的心你是知道的,随你决定吧。"

乔光朴又抓起童贞的手,高兴地说:"就这样定,明天我先回厂上任,通知亲友,后天结婚。"

童贞一惊:"回厂?"

"对,今天上午局党委会决议,石敢和我一块儿回去,还是老搭档。"

"不,不!"童贞说不清是反对还是害怕。她早盼着乔光朴答应和她结婚,然后调到一个群众不知道他俩情况的新单位去,和所爱的人安度晚年。乔光朴突然提到要回厂,电机厂的人听到他俩结婚的消息会怎样议论? 童贞一想到能强奸人的灵魂、把刀尖捅到人心里将人致死的群众舆论,简直浑身打颤。况且都望北现在是电机厂副厂长,他和乔光朴这一对冤家怎么在一块共事? 她忧心忡忡地问:"你在公司不是挺好吗,为什么偏要回厂?"

乔光朴兴致勃勃地说:"搞好电器公司我并不要怎么费劲,也许正因为我的劲使不出来我才感到不过瘾。我对在公司里领导大集体、小集体企业,组织中小型厂的生产兴趣不大,我不喜欢搞针头线脑。"

"怎么,你还是带着大干一番的计划,回厂收拾烂摊子吗?"

"不错,我对电机厂是有感情的。像电机厂这样的企业,如果老是一副烂摊子,国家的现代化将成为画饼。我们搞的这一行是现代化的发动机,而大型骨干企业又是国家的台柱子。搞好了有功,不比打江山的功小;搞不好有罪,也不比叛党卖国的罪小。过去打仗也好,现在搞工业也好,我都不喜欢站在旁边打边鼓,而喜欢当主角,不管我将演的是喜剧还是悲剧。趁现在精力还达得到,赶紧抓挠几年,我想叫自己的一辈子有始有终,虎头豹尾更好,至少要虎头虎尾。我们这一拨的人,虎头蛇尾的太多了。"

是惊?是喜?是不安?童贞感慨万端。以前她爱上乔光朴,正是爱他对事业的热爱,以及在工作上表现出来的才能和男子汉特有的雄伟顽强的性格。现在的乔光朴还是以前她爱的那个人,但她却希望他离开他眷恋的事业。难道她爱不上战场的英雄,离开骏马的骑手?她像是自言自语地说:"没见过五十多岁的人还这么雄心勃勃。"

"雄心是不取决于年岁的,正像青春不一定就属于黑发的人,也不见得会随着白发而消失。"乔光朴从童贞的眼睛里看出她衰老的不光是外表,还有她那颗正在壮年的心苗,她也害上了正在流行的政治衰老症。看来精神上的胆怯给人造成的不幸,比估计到的还要多。这使他突然意识到自己的责任。他几乎用小伙子般的热情抱住童贞的双肩,热烈地说:"喂,工程师同志,你以前在我耳边说个没完的那些计划,什么先搞六十万千瓦的,再搞一百万的、一百五十万的,制造国家第一台百万千瓦原子能发电站的设备,我们一定要揽过来,你都忘了?"

童贞心房里那颗工程师的心热起来。

乔光朴继续说:"我们必须摸准世界上最先进国家机电工业发展的脉搏。在五十年代、六十年代,我们是面对世界工业的整个棋盘来走我们电机厂这颗棋子的,那时各种资料全能看得到,心里有底,知道怎样才能挤进世界先进行列。现在我心里没有数,你要帮助我。结婚后每天晚上教我一个小时的外语,怎么样?"

她勇敢地、深情地迎着他的目光点点头。在他身边她觉得可靠,安全,连自己似乎也变得坚强而充满了信心。她笑着说:"真奇怪,那么多磨难,还没有把你的锐气磨掉。"

他哈哈一笑:"本性难移。对于精神萎缩症或者叫政治衰老症也和生其他的病一个道理,体壮人欺病,体弱病欺人。这几年在公司里我可养胖了,精力贮存得太多了。"他狡黠地望望童贞,正利用自己特殊的地位,不放过能够给这个娇小的女人打气的机会。他说:"至于说到磨难,这是我们的福气,我们恰好生活在两个时代交替的时候。历史有它的阶段,人活一辈子也有它的阶段,在人生一些重大关头,要敢于充分大胆地正视自己的心愿。俗话说,石头是刀的朋友,障碍是意志的朋友。"

他要她陪他一块到厂里去转转,童贞不大愿意。他用开玩笑的口吻说:"你以前骂过我什么话?噢,对,你说我在感情上是粗线条的。现在就让我这个粗线条的人来谈谈爱情。爱情,是一种勇敢而强烈的感情。你以前既是那么大胆地追求过它,当它来了的时候就用不着怕它,更用不着隐瞒它以欺骗自己、苦恼自己。我真怕你像在政治上一样也来个爱情衰老病。趁着我还没有上任,我们还有时间谈谈情说说爱。"

她脸红了:"胡说,爱情的绿苗在一个女人的心里是永远不会衰老的。"做姑娘时的勇气又回到她的身上,她热烈地吻了他一下。

在去厂的路上,她却说服他先不能结婚。她借口说这件事对于她是终生第一次也是最后一次,而且她为这一天比别的女人付出了更多的代价,她要好好准备一下。乔光朴同意了。当然,童贞推延婚期的真正原因根本不是这些。

二

两个人走进电机厂,先拐进了离厂门口最近的八车间。乔光朴只想在上任前冷眼看看工厂的情况。走进了熟悉的车间,他浑身的每一个筋骨眼仿佛都往外涨劲,甚至有一股想亲手摸摸摇把的冲动。他首先想起了"十二把尖刀"。十年前他当厂长时,每一道工序都培养出一两个尖子,全厂共有十二个人,一开表彰先进的大会,这"十二把尖刀"都坐在头一排的金交椅上。童贞告诉他说:"你的尖刀们都离开了生产第一线,什么轻省干什么去了。有的看仓库、守大门,有的当检验员,还有一个当了车间头头。有四把刀在批判大会上不是当面控诉你用物质刺激腐蚀他们,你真的一点不记仇?"

乔光朴一挥手:"咳,记仇是弱者的表现。当时批判我的时候,全厂人都举过拳头,呼过口号,要记仇我还回厂干什么?如果那十二个人不行了,我必须另磨尖刀。技术上不出尖子不行,产品不搞出名牌货不行!"

乔光朴一边听童贞介绍情况,一边安然自在地在机床的森林里穿行。他在车间里这样溜达,用行家的眼光打量着这些心爱的机器设备,如果再看到生产状况良好,那对他就是最好的享受了。比任何一对情人在河边公园散步所感到的滋味还要甘美。

外行看热闹,内行看门道,乔光朴在一个青年工人的机床前停住了,那小伙子干活不管不顾,把加工好的叶片随便往地上一丢,嘴里还哼着一支流行的外国歌曲。乔光朴拾起他加工好的零件检查着,大部分都有磕碰。他盯住小伙子,压住火气说:"别唱了。"

小伙子不认识他,流气地朝童贞挤挤眼,声音更大了:"哎呀妈妈,请你不要对我生气,年轻人就是这样没出息。"

"别唱了!"乔光朴带命令的口吻,还有那威严的目光使小伙子一惊,猛然停住了歌声。

"你是车工还是捡破烂的?你学过操作规程吗?懂得什么叫磕碰吗?"

小伙子显然也不是省油的灯,可是被乔光朴行家的口吻,凛然的气派给镇住了。乔光朴找童贞要了一条白手绢,在机床上一抹,手绢立刻成黑的了。乔光朴枪口似的目光直瞄着小伙子的脑门子:"你就

44

是这样保养设备的？把这个手绢挂在你的床子上,直到下一次我来检查用白毛巾从你床子上擦不下尘土来,再把这条手绢换成白毛巾。"这时已经有一大群车工不知出了什么事围过来看热闹,乔光朴对大伙说:"明天我叫设备科给每台机床上挂一条白毛巾,以后检查你们的床子保养情况如何就用白毛巾说话。"

人群里有老工人,认出了乔光朴,悄悄吐吐舌头。那个小伙子脸涨得通红,窘得一句话也没有了,慌乱地把那个黑乎乎的手绢挂在一个不常用的闸把上。这又引起了乔光朴的注意,他看到那个闸把上盖满油灰,似乎从来没有被碰过。他问小伙子:"这个闸把是干什么用的？"

"不知道。"

"这上边不是有说明。"

"这是外文,看不懂。"

"你在这个床子上干几年啦?"

"六年。"

"这么说,六年你没动过这个闸把?"

小伙子点点头。乔光朴左颊上的肌肉又鼓起一道道棱子,他问别的车工:"你们谁能把这个闸把的用处告诉他?"

车工们不知是真的不知道,还是怕说出来使自己的同伴更难堪,因此都没吱声。

乔光朴对童贞说:"工程师,请你告诉他吧。"

童贞也想缓和一下气氛,走过来给小伙子讲解英文说明,告诉他那个闸把是给机床打油的,每天操作前都要捺几下。

乔光朴又问:"你叫什么名字?"

"杜兵。"

"杜兵,干活哼小调,六年不给机床膏油,还是鬼怪式操作法的发明者。嗯,我不会忘记你的大名的。"乔光朴的口气由挖苦突然改为严厉的命令,"告诉你们车间主任,这台床子停止使用,立即进行检修保养。我是新来的厂长。"

45

他俩一转身，听到背后有人小声议论："小杜，你今儿个算碰上辣的了，他就是咱厂过去的老厂长。"

"真是行家一伸手，便知有没有！"

乔光朴直到走出八车间，还愤愤地对童贞说："有这些大爷，就是把世界上最尖端的设备买进来也不行！"

童贞说："你以为杜兵是厂里最坏的工人吗？"

"嗯？"乔光朴看看她，"可气的是他这样干了六年竟没有人发现。可见咱们的管理到了什么水平，一粗二松三马虎。你这位主任工程师也算脸上有光啦。"

"什么？"童贞不满地说，"你们当厂长的不抓管理，倒埋怨下边。我是不在其位不谋其政。"

"在其位就谋其政吗？不见得。"

他俩一边说着话，一边走进七车间，一台从德国进口的二百六镗床正试车，指挥试车的是个很年轻的德国人。外国人到中国来还加夜班，这引起了乔光朴的注意。童贞告诉他，镗床的电器部分在安装中出了问题，西德的西门子电子公司派他来解决。这个小伙子叫台尔，只有二十三岁，第一次到东方来，就先飞到日本玩儿了几天。结果来到我们厂时晚了七天，怕我们向公司里告发他，就特别卖劲。他临来时向公司讲七到十天解决我们的问题，现在还不到三天就处理完了，只等试车了。他的特点就是专、精。下班会玩儿，玩儿起来胆子大得很；上班会干，真能干；工作态度也很好。

"二十三岁就派到国外独当一面。"乔光朴看了一会儿台尔工作，叫童贞把七车间值班主任找了来，不容对方寒暄，就直截了当布置任务："把你们车间三十岁以下的青年工人都招呼到这儿来，看看这个台尔是怎么工作的。也叫台尔讲讲他的身世，听听他二十三岁怎么就把技术学得这么精。在他临走之前，我还准备让他给全厂青年工人讲一次。"

值班主任笑笑，没有询问乔光朴以什么身份下这样的指示，就转身去执行。

乔光朴觉得身后有人窃窃私语,他转过身去,原来是八车间的工人听说刚才批评杜兵的就是老厂长,都追出来想瞧瞧他。乔光朴走过去对他们说:"我有什么好值得看的,你们去看看那个二十三岁的西德电子专家,看看他是怎么干活的。"他叫一个面孔比较熟的人回八车间把青年都叫来,特别不要忘了那个鬼怪式——杜兵。

乔光朴布置完,见一个老工人拉他的衣袖,把他拉到一个清静的地方,呜噜呜噜地对他说:"你想拿外国人做你的尖刀?"

天呐,这是石敢。他不知从哪儿搞来一身工作服,还戴顶旧蓝布工作帽,简直就是个极普通的老工人。乔光朴又惊又喜,石敢还是过去的石敢,别看他一开始不答应,一旦答应下来就会全力以赴。这不也是不等上任就憋不住先跑到厂里来了。

石敢的脸色是阴沉的,他心里正后悔。他的确是在厂子里转了一圈,而且凭他的半条舌头,用最节省的语言,和几个不认识他的人谈了话。人家还以为他正害着严重的牙疼病,他却摸到了乔光朴所不能摸到的情况。电机厂工人思想混乱,很大一部分人失去了过去崇拜的偶像,一下子连信仰也失去了,连民族自尊心、社会主义的自豪感都没有了,还有什么比群众在思想上一片散沙更可怕的呢?这些年,工人受了欺骗、愚弄和呵斥,从肉体到灵魂都退化了。而且电机厂的干部几乎是三套班子,十年前的一批,"文化大革命"起来的一批,冀申到厂后又搞了一套自己的班子。老人心里有气,新人肚里也不平静,石敢担心这种冲突会成为党内新的斗争的震心。等着他和乔光朴的岂止是个烂摊子,还是一个政治斗争的漩涡。往后又得在一夕数惊的局面中过日子了。

石敢对自己很恼火,眼花缭乱的政治战教会了他许多东西,他很少在人前显得激动和失去控制,他对哗众取宠和慷慨激昂之类甚为反感。他曾给自己的感情涂上了一层油漆,自信能抗住一切刺激。为什么上午乔光朴一番真挚的表白就打动了自己的感情呢?岂不知陪他回厂既害自己又害他,乔光朴永远不是个政治家。这不,还没上任就先干上了!他本不想和乔光朴再说什么话,可是看见童贞站在乔光朴身边，心里一震，禁不住想提醒他的朋友。他小声说："你们两个至少半年内不许结婚。"

"为什么?"乔光朴不明白石敢为什么先提出这个问题。

石敢简单地告诉他，关于他们回厂的消息已经在电机厂传遍了，而且有人说乔光朴回厂的目的就是为了和童贞结婚。乔光朴暴躁地说："那好，他们越这样说，我越这样干。明天晚上在大礼堂举行婚礼，你当我们的证婚人。"

石敢扭头就走，乔光朴拉住他。他说："你叫我提醒你，我提醒你又不听。"

乔光朴咬着牙帮骨半天才说："好吧，这毕竟是私事，我可以让步。你说，上午局党委刚开完会，为什么下午厂里就知道了?"

"这有什么奇怪，小道快于大道，文件证实谣传。现在厂里正开着紧急党委会，我的这根可恶的政治神经提醒我，这个会不和我们回厂无关。"石敢说完又有点后悔，他不该把猜测告诉乔光朴。感情真是坑害人的东西，石敢发觉他跟着乔大个子越陷越深了。

乔光朴心里一激灵，拉着石敢，又招呼了一声童贞，三个人走出七车间，来到办公楼前。一楼的会议室里灯光通明，门窗大开，一团团烟雾从窗口飘出来。有人大声发言，好像是在讨论明天电机厂就要开展一场大会战。这可叫乔光朴着急了，他叫石敢和童贞等一会儿，自己跑到门口传达室给霍大道打了个电话。回来后拉着石敢和童贞走进了会议室。

三

电机厂的头头们很感意外，冀申尖锐的目光盯住童贞，童贞赶紧扭开头，真想退出去。冀申佯装什么也不知道似的说："什么风把你们二位吹来了?"

乔光朴大声说："到厂子来看看，听说你们正开会研究生产就进来想听听。"

"好，太好了。"冀申瘦骨嶙峋的面孔富于感情，却又像一张复杂的地形图那样变化万端,令人很难琢磨透。他向两个不速之客解释:"今天的党委会讨论两项内容,一项是根据群众一再要求,副厂长郗望北同志从明天起停职清理;第二项是研究明天的大会战。这一段时间我抓运动多了点,生产有点顾不过来,但是我们党委的同志有信心,会战一打响被动局面就会扭转。大家还可以再谈具体一点。老乔、老石是电机厂的老领导,一定会帮着我们出些好主意。"

冀申风度老练,从容不迫,他就是要叫乔光朴、石敢看看他主持党委会的水平。下午,当他在电话里听到局党委会决议的时候,猛然醒悟当初他主动要到电机厂来是失算了。

这个人确实像他常跟群众表白的那样,受"四人帮"迫害十年之久,但十年间他并没有在市委干校劳动,而是当副校长。早在干校作为新生事物刚筹建的时候,冀申作为市"文革"接待站的联络员就看出了台风的中心是平静的。别看干校里集中了各种不吃香的老干部,反而是最安全的,也是最有发展的,在干校是可以卧薪尝胆的。他利用自己副校长的地位,和许多身份重要的人拉上了关系。这些市委的重要干部以前也许是很难接近的,现在却变成了他的学员。他只要在吃住上、劳动上、请销假上稍微多给点方便,老头子们就很感激他了。加上他很善于处理人事关系,博得了很多人的好感。现在这些人大都已官复原职,因而他也就四面八方都有关系,在全市是个有特殊神通的人物。

两年前,冀申又看准了机电局在国家现代化中所占的重要地位。他一直是搞组织的,缺乏搞工业的经验,就要求先到电机厂干两年。一方面摸点经验,另外"大厂厂长"这块牌子在国家工作重点转移到经济建设上来以后一定是非常用得着的。而后再到公司、到局,到局里就有出国的机会,一出国那天地就宽了。这两年在电机厂,他也不是不卖力气。但他在政治上太精通、太敏感了,反而妨碍了行动。他每天翻着报刊、文件提口号,搞中心,开展运动,领导生产。并且有一种特殊的猜谜的嗜好,能从报刊文件的字里行间念出另外的意思。他对中央文件又信又不全信,再根据谣言、猜测、小道消息和自己的丰富想象,审时度势,决定自己的工作态度。这必然在行动上迟缓,遇到棘手的问题就采取虚伪的态度。诡谲多诈,处理一切事情都把个人的安全、自己的利益放在第一位。工厂是很实际的,矛盾都很具体,他怎么能抓出成效?在别的单位也许还能对付一气,在机电局,在霍大道眼皮底下却混不过去了。

但是,他相信生活不是凭命运,也不是赶机会,而是需要智慧和斗争的无情逻辑!因此他要采取大会战孤注一掷。大会战一搞起来热热闹闹,总会见点效果,生产一回升,他借台阶就可以离开电机厂。同时在他交印之前把郗望北拿下去,在郗望北和乔光朴这一对老冤家、新仇人之间埋下一根引信,将来他不愁没有戏看。如果乔光朴也没有把电机厂搞好,就证明冀申并不是没有本事。然而,他摆的阵势,石敢从政治上嗅出来了,乔光朴用企业家的眼光从管理的角度也看出了问题。

电机厂的头头们心里都在猜测乔光朴和石敢深夜进厂的来意,没有人再关心本来就不太感兴趣的大会战了。冀申见势不妙,想赶紧结束会议,造成既定事实。他清清嗓子,想拍板定案。局长霍大道又一步走了进来。会场上又是一阵惊奇的唏嘘声。

霍大道没有客套话,简单地问了几句党委会所讨论的内容,就单刀直入地宣布了局党委的决议。最后还补充了一项任命:"鉴于你们厂林总工程师长期病休不能上班,任命童贞同志为电机厂副总工程师。同时提请局党委批准,童贞同志为电机厂党委常委。"

童贞完全没有想到对她的这项任命,心里很不安。她不明白乔光朴为什么一点信也没透。

冀申不管多么善于应付,这个打击也来得太快了。霍大道简直是霹雳闪电,连对手考虑退却的时间都不给。他极力克制着,并且在脸上堆着笑说:"服从局党委的决定,乔、石二位同志是工业战线上的大将,这回真是百闻不如一见。好了,明天我向二位交接工作,对今天大家讨论的两项决定,你们二位有什么意见?"

石敢不仅不说话,连眼也眯了起来,因为眼睛也是泄露思想上机密的窗口。

乔光朴却不客气地说:"关于郗望北同志停职清理,我不了解情况。"他不禁扫了一眼坐在屋角上的郗望北,意外地碰上了对方挑战的目光。他不容自己分心,赶紧说完他认为必须表态的问题:"至于要搞大会战,老冀,听说你有冠心病,你能不能用短跑的速度从办公大楼的一楼跑到七楼,上下跑五个来回?"

冀申不知他是什么意思,漠然一笑没有作答。

乔光朴接着说:"我们厂就像一个患高血压冠心病的病人,搞那种跳楼梯式的大会战是会送命的。我不是反对真正必要的大会战。而我们厂现在根本不具备搞大会战的条件,在技术上、管理上、物质上、思想上都没有做好准备,盲目搞会战,只好拼设备,拼材料,拼人力,最后拼出一堆不合格的产品。完不成任务,靠月月搞会战突击,从来就不是搞工业的办法。"

他的话引起了委员们的共鸣,他们也正在猜谜,不明白冀申明知要来新厂长,为什么反而突然热心地要搞大会战。可是冀申嘴边挂着冷笑,正冲着他点火抽烟,似乎有话要说。

本来只想表个态就算的乔光朴,见冀申的神色,把话锋一转,尖锐地说:"这几年,我没有看过真正的好戏,不知道我们国家在文艺界是不是出了伟大的导演;但在工业界,我知道是出现了一批政治导演。哪一个单位都有这样的导演,一有运动,工作一碰到难题,就召集群众大会,做报告,来一阵动员,然后游行,呼口号,搞声讨,搞突击,一会儿这,一会儿那,把工厂当舞台,把工人当演员,任意调度。这些同志充其量不过是个吃党饭的平庸的政工干部,而不是真正热心搞社会主义现代化的企业家。用这种导演的办法抓生产最容易,最省力,但贻害无穷。这样的导演,我们一个星期,甚至一个早上就可以培养出几十个。但要培养一个真正的厂长、车间主任、工段长却要好几年时间。靠大轰大嗡搞一通政治动员,靠热热闹闹搞几场大会战,是搞不好现代化的。我们搞政治运动有很多专家,口号具体,计划详尽,措施有力。但搞经济建设、管理工厂却只会笼统布置,拿不出具体有效的办法……"

乔光朴正说在兴头上,突然感到旁边似有一道弧光在他脸上一烁一闪,他稍一偏头,猛然醒悟了,这是石敢提醒他住嘴的目光。他赶紧止住话头,改口说:"话扯远了,就此打住。最后顺便告诉大伙一声,我和童贞已经结婚了,两个多小时以前刚举行完婚礼,老石是我们的证婚人。因为都是老头子、老婆子了,也没有惊动大伙儿,喜酒后补。"

今天电机厂这个党委会可真是又"惊"又"喜",惊和喜又全在意料之外,还没宣布散会,委员们就不住地向乔光朴和童贞开玩笑。

童贞、石敢和郗望北这三个不同身份的人,却都被乔光朴这最后几句话气炸了。童贞气呼呼第一个走出会议室,对乔光朴连看都不看一眼,照直奔厂大门口。

唯有霍大道,似乎早料到了乔光朴会有这一手,并且看出了童贞脸色的变化,趁着刚散会的乱劲儿,捅捅乔光朴,示意他去追童贞。乔光朴一出门,霍大道笑着向大家摆摆手,拦住了要出门去逗新娘子的人,大声说:"老乔要滑头,喜酒没有后补的道理,我们今天晚上就去喝两杯怎么样?……"

乔光朴追上来拉住童贞。童贞气得浑身打颤,声音都变了:"你都胡说些什么?你知道明天厂里的人会说我们什么闲话?"

乔光朴说:"我要的正是这个效果。就是要造成既定事实,一下子把脸皮撕破,你可以免除后顾之忧,泼下身子抓工作。不然,你老是嘀嘀咕咕,怕人说这,怕人说那。跟我在一块走,人家看你一眼,你也会多心,你越疑神疑鬼,鬼越缠你,闲话就永远没个完,我们俩老是谣言家们的新闻人物。一个是厂长,一个是副总工程师,弄成这种关系还怎么相互合作?现在光明正大地告诉大伙,我们就是夫妻。如果有谁愿意说闲话,叫他们说上三个月,往后连他们自己也觉得没味儿了。这是我在会上临时决定的,没法跟你商量。"

灯光映照着童贞晶亮的眼睛,在她眼睛的深处似乎正有一道火光在缓缓燃烧。她已经没有多大气了。不管是作为副总工程师的童贞,还是作为女人的童贞,今天都是她生命沸腾的时刻,是她产生力量的时刻。

刚才还是怒气冲冲的石敢也跟着霍大道追上来了,他抢先一步握住童贞的手,冲着她点点头。似乎是以证婚人的身份祝愿她幸福。

童贞被感动了。

霍大道身后跟着两个电机厂党委的女委员。他对她们说:"你们二位坐我的车先陪他俩办个登记手续,然后再陪新娘到她娘家,收拾一下东西,换换衣服,然后送她到自己的新家。我们在新郎家里等你们。"

女委员问:"你们还要闹洞房?"

霍大道说:"也可能要闹一闹,反正喜糖少不了要吃几块的。"

大家笑了。

乔光朴和童贞感激地望着霍局长,也情不自禁地笑了。

主　角

四

你设想吧,当舞台的大幕拉开,紧锣密鼓,音乐骤起,主角威风凛凛地走出台来,却一声不吭,既不说,也不唱,剧场里会是一种什么局面呢?

现在重型电机厂就是这种状况。乔光朴上任半个月了,什么令也没下,什么事也没干,既没召开各种应该召开的会议,也没有认真在办公室坐一坐。这是怎么回事?他以前当厂长可不是这种作风,乔光朴也不是这种脾气。

他整天在下边转,你要找他找不到;你不找他,他也许突然在你眼前冒了出来。按照生产流程一道工序一道工序地摸,正着摸完,倒着摸。谁也猜不透他的心气。更奇怪的是他对厂长的领导权完全放弃了,几十个职能科室完全放任自流,对各车间的领导也不管不问。谁爱怎么干就怎么干,电机厂简直成了没头的苍蝇,生产直线跌下来。

机电局调度处的人馋不住劲了,几次三番催促霍大道赶紧到电机厂去坐镇。谁知霍大道无动于衷,催急了,他反而批评说:"你们咋呼什么,老虎往后坐屁股,是为了向前猛扑,连这个道理都不懂?"

本来被乔光朴留在上边坐镇的石敢,终于也坐不住了。他把乔光朴找来,问:"怎么样?有眉目没有?"

"有了!"乔光朴胸有成竹地说,"咱们厂像个得了多种疾病的病人,你下这味药,对这一种病有利,对那一种病就有害。不抓准了病情,真不敢动大手术。"

石敢警惕地看看乔光朴,从他的神色上看出来这家伙的确是下了决心了。石敢对电机厂的现状很担心,可是对乔光朴下狠心给电机厂做大手术,也不放心。

乔光朴却颇有点得意地说:"我这半个月撂挑子下去,还有一个很重要的收获:咱们厂的干部队伍和工人队伍并不像你估计的那样。忧国忧民之士不少,有人找到我提建议,有人还跟我吵架,说我辜负了他们的希望。乱世出英雄,不这么乱一下,真摸不出头绪,也分不出好坏人。我已经选好了几个人。"说着,眯起了双眼,他仿佛已经看见电机厂明天就要大翻个儿。

石敢突然问起了一个和工厂完全不相干的问题:"今天是你的生日?"

"生日?什么生日?"乔光朴脑子一时没转过来,他翻翻办公桌上的台历,忽然记起来了,"对,今天是我的生日。你怎么记得?"

"有人向我打听。你是不是要请客收礼?"

"扯淡。你要去当然会管你酒喝。"

石敢摇摇头。

乔光朴回到家,童贞已经把饭做好,酒瓶、酒杯也都在桌子上摆好了。女人毕竟是女人,虽然刚结婚不久,童贞却记住了乔光朴的生日。乔光朴很高兴,坐下就要吃,童贞笑着拦住了他的筷子:"我通知了望北,等他来了咱们就吃。"

"你没通知别人吧?"

"没有。"童贞是想借这个机会使乔光朴和郗望北坐在一块儿,缓和两人之间的关系。

乔光朴理解童贞的苦心,但对这做法大不以为然,他认为在酒席筵上建立不了真正的信任和友谊。他心里也根本没有把对方整过自己的事看得太重,倒是觉得,郗望北对过去那些事的记忆比他反倒更深刻。

郗望北还没有来,却来了几个厂里的老中层干部。乔光朴和童贞一面往屋里让客,一面感到很意外。这几个人都是十几年前在科室、车间当头头的,现在有的还是,有的已经不是了。

他们一进门就嬉笑着说:"老厂长,给你拜寿来了。"

乔光朴说:"别搞这一套,你们想喝酒我有,什么拜寿不拜寿。这是谁告诉你们的?"

其中一个秃头顶的人,过去是行政科长,弦外有音地说:"老厂长,别看你把我们忘了,我们可没忘了你。"

"谁说我把你们忘了?"

"还说没忘,从你回厂那一天起我们就盼着,盼了半个月了,什么也没盼到。你看锅炉厂的刘厂长,回厂的当天晚上,就把老中层干部们全请到楼上,又吃又喝,不在喝多少酒、吃多少饭,而是出出心里的这口闷气。第二天全部恢复原职。这厂长才叫真够意思,也算对得起老部下。"

乔光朴心里烦了,但这是在自己家里,他尽力克制着。反问:"'四人帮'打倒快两年多了,你们的气还没出来?"

他们说:"'四人帮'倒了,还有帮四人呢。说停职,还没停一个月又要复职……"

不早不晚就在这时候郗望北进来了,这几个人的话头立刻打住了。郗望北听到了他们说的话,但满不在乎地和乔光朴点点头,就在那帮人的对面坐下了。这哪是来拜寿,一场辩论的架势算拉开了。童贞急忙找了一个话题,把郗望北拉到另一间屋里去。

这几个人互相使使眼色也站了起来,还是那个秃顶行政科长说:

"看来这满桌酒菜并不是为我们预备的,要不'火箭干部'解脱这么快,原来已经和老厂长和解了。还是多少沾点亲戚好啊!"

他们说完就要告辞。童贞怕把关系搞僵,一定留他们吃饭。乔光朴一肚子火气,并不挽留,反而冷冷地说:"你们跑这一趟的目的还没有达到,就这么两手空空的回去啦?"

"表示了我们的心意,目的已经达到了。"那几个人心里感到不安,秃顶人好像是他们的打头人,赶紧替那几个人解释。

"老王,你们不是想官复原职,或者最好再升一两级吗?"乔光朴盯着秃顶人,尖锐地说,"别着急,咱们厂干部不是太多,而是太少,我是指真正精明能干的干部,真正能把一个工段、一个车间搞好,能把咱们厂搞好的干部。从明天起全厂开始考核,你们既然来了,我就把一些题目向你们透一透。你们都是老同志了,也应该懂得这些,比如:什么是均衡生产?什么是有节奏的生产?为什么要搞标准化、系列化、通用化?现代化的工厂应该怎么布置?你那个车间应该怎么布置?有什么新工艺、新技术?……"

这几个人真有点蒙了,有些东西他们甚至连听都没有听见过。更叫他们惊奇的是,乔光朴不仅要考核工人,对干部也要进行考核。有人小声嘟囔说:"这办法可够新鲜的。"

"这有什么新鲜的,不管工人还是干部,往后光靠混饭吃不行!"乔光朴说,"告诉你们,我也一肚子气,甚至比你们的气还大,厂子弄成这副样子能不气!但气要用在这上面。"

他说完摆摆手,送走这几个人,回到桌前坐下来,陪郗望北喝酒。喝的是闷酒,吃的是哑菜,谁的心里都不痛快。童贞干着急,也只能说几句不咸不淡的家常话。一直到酒喝完,童贞给他们盛饭的时候,乔光朴才问郗望北:"让你停职并不是现在这一届党委决定的,为什么老石找你谈,宣布解脱,赶快工作,你还不干?"

郗望北说:"我要求党委向全厂职工说清楚,根据什么让我停职清理?现在不是都调查完了吗,我一没搞过打砸抢,二和'四人帮'没有任何个人联系,凭什么整我?就根据我曾经当过造反派的头头?就根据我曾批判过走资派？就因为我是个所谓的新干部？就凭一些人编筶造模的议论？"

乔光朴看到郗望北挥动着筷子如此激动，嘴角闪过一丝冷笑。心想："你现在也知道这种滋味了，当初你不也是根据编筶造模的议论来整别人？"

郗望北看出了乔光朴的心思，转口说："乔厂长，我要求下车间劳动。"

"嗯？"乔光朴感到意外，他认为新干部这时候都不愿意下去，怕被别人说成是由于和"四人帮"有牵连而倒台了。郗望北倒有勇气自己要求下去，不管是真是假，先试试他。就说："你有这种气魄就好，我同意。本来，作为领导和这领导的名义、权力，都不是一张任命通知书所能给予的，而是要靠自己的智慧、经验、才能和胆识到工作中去赢得。世界上有许多飞得高的东西，有的是凭自己的翅膀飞上去的，有的是被一阵风带上去的。你往后不要再指望这种风了。"

郗望北冷冷一笑："我不知道带我上来的是什么风，我只知道我若会投机的话，就不会有今天的被停职。我参加工作二十年，从学徒工当到生产组长，管过一个车间的生产，三十九岁当副厂长，一下子就成了'火箭干部'。其实火箭这个东西并不坏，要把卫星和飞船送上宇宙空间就得靠火箭一截顶替一截地燃烧。搞现代化也似乎是少不了火箭的。岂不知连外国的总统有不少也是一步登天的'火箭干部'。我现在宁愿坐火箭再下去，我不像有些人，占了个位子就想一直占到死，别人一旦顶替了他就认为别人爬得太快了，大逆不道了。官瘾大小不取决于年龄。事实是当过官的比没当过官的权力欲和官瘾也许更大些。"

这样谈话太尖锐了，简直就是吃饭前那场谈话的继续。老的埋怨乔光朴袒护新的，新的又把乔光朴当老的来攻。童贞生怕乔光朴的脾气炸了，一个劲儿地劝菜，想冲淡他们间的紧张气氛。但是乔光朴只是仔细玩味郗望北的话，并没有发火。

郗望北言犹未尽。他知道乔光朴的脾气是吃软不吃硬，但你要真是个松软货,永远也不会得到他的尊敬,他顶多是可怜你。只有硬汉子才能赢得乔光朴的信任,他想以硬碰硬碰到底,接着说:"中国到什么时候才不搞形而上学?'文化大革命'把老干部一律打倒,现在一边大谈这种怀疑一切的教训,一边又想把新干部全部一勺烩了。当然,新干部中有'四人帮'分子,那能占多大比例?大多数还不是紧跟党的中心工作,这个运动跟得紧,下个运动就成了牺牲品。照这样看来还是滑头好,什么事不干最安全。运动一来,班组长以上干部都受审批,工厂、车间、班组都搞一朝天子一朝臣,把精力都用在整人上,搞起工作来相互掣肘。长此以往,现代化的口号喊得再响,中央再着急,也是白搭。"

"得了,理论家,我们国家倒霉就倒霉在批判家多、空谈家多,而实干家和无名英雄又太少。随便什么场合也少不了夸夸其谈的评论家。"乔光朴嘴上这么说,但郗望北表现出来的这股情绪却引起了他的注意。他原以为老干部心里有些气是理所当然的,原来新干部肚里也有气。这两股气要是对干起来那可就了不得。这引起了乔光朴的警惕。

五

第二天,乔光朴开始动手了。

他首先把九千多名职工一下子推上了大考核、大评议的比赛场。通过考核评议,不管是干部还是工人,在业务上稀松二五眼的,出工不出力、出力不出汗的,占着茅坑不屙屎的,溜奸滑蹭的,全成了编余人员。留下的都一个萝卜顶一个坑,兵是精兵,将是强将。这样,整顿一个车间就上来一个车间,电机厂劳动生产率立刻提高了一大截。群众中那种懒洋洋、好坏不分的松松垮垮劲儿,一下子变成了有对比、有竞争的热烈紧张气氛。

工人们觉得乔光朴那双很有神采的眼睛里装满了经验,现在已经习惯于服从他,甚至他一开口就服从。因为大伙相信他,他的确一次也没有辜负大伙的信任。他说一不二,敢拍板也敢负责,许了愿必还。他说扩建幼儿园,一座别致的幼儿园小楼已经竣工。他说全面完成任务就实行物质奖励,八月份电机厂工人第一次拿到了奖金。黄玉辉小组提前十天完成任务,他写去一封表扬信,里面附了一百五十元钱。凡是那些技术上有一套,生产上肯卖劲,总之是正儿八经的工人,都说乔光朴是再好没有的厂长了。可是被编余的人呢,却恨死了他。因为谁也没想到,乔光朴竟想起了那么一个"绝主意"——把编余的组成了一个服务大队。

谁找道路,谁就会发现道路。乔光朴泼辣大胆,勇于实践和另辟蹊径。他把厂里从农村招用来搞基建和运输的一千多长期"临时工"全部辞掉,代之以服务大队。他派得力的财务科长李干去当大队长,从辞掉临时工省下的钱里拿出一部分作为给服务大队的奖励。编余的人在经济收入上并没有减少,可是有一些小青年却认为栽了跟头,没脸见人。特别是八车间的鬼怪式车工杜兵,被编余后女朋友跟他散了伙,他对乔光朴真有动刀子的心了。

在这条道路上乔光朴为自己树立的"仇敌"何止几个"杜兵"。一批被群众评下来成了"编余"的中层干部恼了。他们找到厂部,要求对厂长也进行考核。由于考核评判小组组长是童贞,怕他们两口子通气,还提出立刻就考。谁知乔光朴高兴得很,当即带着几个副厂长来到了大礼堂。一听说考厂长,下班的工人都来看新鲜,把大礼堂挤满了。任何人都可以提问题,从厂长的职责到现代化工厂的管理,乔光朴滔滔不绝,始终没有被问住。倒是冀申完全被考垮了,甚至对工厂的一些基本常识都搞不清,当场就被工人们称为"编余厂长"。这下可把冀申气炸了,他虽然控制住在考场上没有发作出来,可是心里认为这一切全是乔光朴安排好了来捉弄他的。

当生产副厂长,冀申本来就不胜任,而他对这种助手的地位却又很不习惯,简直不能忍受乔光朴对他的发号施令,尤其是在车间里当着工人的面。现在,经过考核,嫉妒和怨恨使他真的站到了反对乔光朴的那些被编余的人一边,由助手变为敌手了。他那青筋暴露的前额,阴气扑人的眼睛,仿佛是厂里一切祸水的根源。生产上一出事准和他有关,但又抓不住他大的把柄。乔光朴得从四面八方防备他,还得在四面八方给他堵漏洞。这怎么受得了?

乔光朴决定不叫冀申负责生产了,调他去搞基建。搞基建的服务大队像个火药桶,冀申一去非爆炸不可。乔光朴没有从政治角度考虑,石敢替他想到了。可是,乔光朴不仅没有听从石敢的劝告,反而又出人意料地调上来郗望北顶替冀申。郗望北是憋着一股劲下到二车间的,正是这股劲头赢得了乔光朴的好感。谁干得好就让谁干,乔光朴毫无犹疑地跨过个人恩怨的障碍,使自己过去的冤家成了今天的助手。但是,正像石敢所预料的,冀申抓基建没有几天,服务大队里对乔光朴不满的那些人,开始活跃起来,甚至放出风,要把乔光朴再次打倒。

千奇百怪的矛盾,五花八门的问题,把乔光朴团团困在中间。他处理问题时拳打脚踢,这些矛盾回敬他时,也免不了会拳打脚踢。但眼下使他最焦心的并不是服务大队要把他打倒,而是明年的生产准备。明年他想把电机厂的产量数字搞到二百万千瓦,而电力部门并不欢迎他这个计划,倒满心希望能从国外多进口一些。还有燃料、材料、锻件的协作等等都不落实,因此乔光朴决定亲自出马去打一场外交战。

如果说乔光朴在自己的厂内还从来没有打过大败仗,这回出去搞外交,却是大败而归。他没有料到他的新里程上还有这么多的"雪山草地",他不知道他的宏伟计划和现实之间还隔着一条组织混乱和作风腐败的鸿沟。厂内的"仇敌"他不在乎,可是厂外的"战友"不跟他合作却使他束手无策。他要求协作厂及早提供大的转子锻件,而且越多越好,但人家不受他指挥,不买他的账。要燃料也好,要材料也好,他不懂得这都是求人的事,协作的背后必须有心照不宣的互通有无,在计划的后面还得有暗地的交易。他这次出去总算长了一条见识:现在当一个厂长重要的不是懂不懂金属学、材料力学,而是看他是不是精通"关系学"。乔光朴恰恰这门学问成绩最差。他一向认为会处关系的人,大都成就不大。他这次出差的成果,恰好为自己的理论得了反证。

　　而他还不知道,当他十天后扫兴回来的时候,在他的工厂里,又有什么窝火的事在等着他呢!

六

　　乔光朴回厂先去找石敢。石敢一见是他进了门,慌忙把桌上的一堆材料塞到抽屉里。乔光朴心思全挂在厂里的生产上,没有在意。但和石敢还没有说上几句话,服务大队队长李干急匆匆推门进来,一见乔光朴,又惊又喜:"哎呀,厂长,你可回来了!"

　　"出了什么事?"乔光朴急问。

　　"咱们不是要增建宿舍大楼吗,生产队不让动工。郗望北被社员围住了,很可能还要挨两下打。"

　　"市规划局已经批准,我们已经交完钱啦。"

　　"生产队提出额外再要五台拖拉机。"

　　"又是这一套!"乔光朴恼怒地喊起来,"我们是搞电机的,往哪儿去弄拖拉机!"

　　"冀副厂长以前答应的。"

　　"扯淡!老冀呢,找他去。"

　　"他调走了。把服务大队搅了个乱七八糟,拔脚就走了。"李干不满地说。

　　"嗯?"乔光朴看看石敢。

　　石敢点点头:"三天前,上午和我打了个招呼,下午就到外贸局上任去了。走的上层路线,并没有征求我们党委的意见。他的人事关系、工资关系还留在我们厂里。"

　　"叫他把关系转走,我们厂不能白养这种不干活的人。"乔光朴朝李干一挥手,"走,咱俩去看看。"

　　乔光朴和李干坐车去生产队,在半路就碰上了郗望北骑着自行车正往厂里赶。李干喊住了他:"望北,怎么样?"

　　"解决完了。"郗望北答了一声,骑上车又跑,好像有什么急事在等着他。

李干冲郗望北赞赏地点点头:"真行,有一套办法。"他叫司机开车追上郗望北,脑袋探出车外喊:"你跑这么急,有什么事? 乔厂长回来了。"

郗望北停下自行车,向坐在吉普车里的乔光朴打了招呼,说:"一车间下线出了问题。"

郗望北把自行车交给李干,跳上吉普车奔一车间。李干在后边大声喊:"乔厂长,我找你还有事没说完哩。"

是啊,事儿总是不断的,快到年底了,最紧张也最容易出事。可这会儿乔光朴最担心的是一车间出问题会影响全厂的任务。

他和郗望北走进一车间下线工段,只见车间主任正跟副总工程师童贞一个劲儿讲好话。童贞以她特有的镇静和执拗摇着头。车间主任渐渐耐不住性子了。这种女人,真是从来没见过。她不喊不叫,脸上甚至还挂着甜蜜蜜的笑容,说话温柔好听,可就是在技术问题上一点也不让步。不管你跟她发多大火,她总是那副温柔可亲的样子,但最后你还得按她的意见办。

车间主任正在气头上,一眼看见乔光朴,以为能治住这个女人的人来了,忙迎上去,抢了个原告:"乔厂长,我们计划提前八天完成全年任务,明年一开始就来个开门红。可是这个十万千瓦发电机的下部线圈击穿率只超过百分之一,童总就非叫我们返工不可。您当然知道,百分之一根本不算什么,上半年我们的线圈超过百分之二十、三十,也都走了。"

乔光朴问:"击穿率超过的原因找到了吗?"

车间主任:"还没有。"

童贞接过来说:"不,找到了,我已经向你说过两次了,是下线时掉进灰尘,再加鞋子踩脏。叫你们搭个塑料棚,把发电机罩起来。工人下线时要换上干净衣服,在线圈上铺橡皮垫儿,脚不能直接踩线圈。可你们嫌麻烦!"

"噢。嫌麻烦。搞废品省事,可是国家就麻烦了。"乔光朴看看车间主任,嘲讽地说,"为什么要文明生产,什么是质量管理制度,你在考试的时候答得不错呀。原来说是说,做是做呀! 好吧,彻底返工。扣除你和给这个电机下线的工人的奖金。"

车间主任愣了。

童贞赶紧求情:"老乔,他们就是返工也能完成任务,不应该扣他们的奖金。"

"这不是你的职责!"乔光朴看也不看童贞,冷冷地说,"因返工而造成的时间和材料的损失呢?"说完他头也不回地拉着郗望北走出了车间。

车间主任苦笑着对童贞说:"服务大队的人反他,我们拼命保他,你看他对我们也是这么狠。"

童贞一句话没说。对技术问题,她一丝不苟;对这种事情,她插不上手。她所能做的,只是设法宽慰车间主任的心。

七

童贞知道乔光朴心情不好,就买了四张《秦香莲》的京剧票,晚上拉着郗望北夫妇一块去看戏。郗望北还没有回家,他们只好把票留下,先拉上外甥媳妇去了戏院。

三个人要进戏院门口的时候,李干不知从什么地方钻出来。乔光朴一见他那样子,知道有事,便叫童贞她们先进场,自己跟着李干来到戏院后面一个清静的地方。站定以后,乔光朴问:"什么事?"

他态度沉着,眼睛里似有一种因挫折而激出来的威光。李干见厂长这副样子,像吞了定心丸,紧张的情绪也缓和下来了,说:"服务大队有人要闹事。"

"谁?"

"杜兵挑头,行政科刷下来的王秃子在后边使劲,他们叫嚷冀申也支持他们。杜兵三天没上班,和市里那批静坐示威的人可能挂上钩了。今天下午,他回厂和几个人嘀咕了一阵子,写了几张大字报,说是要贴到市委去,还要到市委门口去绝食。"

乔光朴看看精明能干的李干,问:"你有点害怕了?"

李干说:"我不怕他们。他们的矛头主要是朝你来的。"

乔光朴笑了:"那些你别管,你就严格按制度办事。无故不上班的按旷工论处。不愿干的、想退职的悉听尊便。"

一个领导,要比被他领导的人坚强。乔光朴的态度鼓舞了李干,他也笑了:"你散戏回家的道上要留神。我走了。"

乔光朴回到剧场刚坐下,催促观众安静的铃声就响了。像踩着铃声一样,又进来几个很有身份的人,坐在他们前一排的正中间座位上,冀申竟也在其中。他那灵活锐利的目光,显然在刚进场的时候就已经看见这几个人了。他回过头来,先冲童贞点点头,然后亲热地向乔光朴伸出手说:"你回来啦?收获怎么样?你这常胜将军亲自出马,必定会马到成功。"

乔光朴讨厌在公共场合故意旁若无人的高声谈笑,只是摇摇头没吭声。

冀申带着一副俯就的样子,望着乔光朴说:"以后有事到外贸局,一定去找我,千万不要客气。"

乔光朴觉得嗓子眼儿里像吞了只苍蝇。在人类感情方面,最叫人受不了的就是得意之色。而乔光朴现在从冀申脸上看到的正是这种神色。他怎么也想不通冀申这种得意之情是从哪儿来的。是无缘无故的高升,还是讥笑他乔光朴的吃力不讨好?

冀申的确感到了自己现在比乔光朴地位优越,正像几个月前他感到乔光朴比自己地位优越一样。他曾对乔光朴是那样的嫉妒过,但是如果今天让他和乔光朴掉换一下,让他付出乔光朴那样的代价去换取电机厂生产面貌的改观,他是不干的。他认为一个人把身家性命押在一场运动上,在政治上是犯忌的,一旦中央政策有变,自己就会成为牺牲品。搞现代化也是一场运动,乔光朴把命都放在这上面了,等于把自己推到了危险的悬崖上,随时都有再被摔下去的可能。电机厂反他的火药似乎已经点着了。冀申选这个时候离开电机厂,很为自己在政治上的远见卓识得意。今晚在这个场合看见了乔光朴,使他十分得意的心情上又加了十分。他悠然自得地看着戏,间或向身边的人发上几句议论。

可是坐在他后边的乔光朴,却无论怎样强制自己集中精神,也看不明白台上在演什么。他正琢磨找个什么借口离开这儿,又不至于伤那两个女人的心。郗望北在服务员手电光的引导下坐在了乔光朴的身边。童贞小声问他为什么来晚了,他的妻子问他吃晚饭没有,他哼哼叽叽只点点头。他坐了一会儿,斜眼瞄瞄乔光朴,轻声说:"厂长,您还坐得下去吗?咱们别在这儿受罪了!"

乔光朴一摆脑袋,两个人离开了座位。他们来到剧场前厅,童贞追了出来。郗望北赶忙解释:"我来找乔厂长谈出差的事。乔厂长到机械部获得了我们厂可能得到的最大的支持,又到电力部揽了不少大机组。下面就是材料、燃料和各关系户的协作问题。这些问题光靠写在纸面上的合同、部里的文件和乔厂长的果断都是不能解决的。解决这些是副厂长的本分。"

乔光朴没有料到郗望北会自愿请行,自己出去都没办来,不好叫副手再出去。而且,他能办来吗?郗望北显然是看出了乔光朴的难处和疑虑。这一点使他心里很不舒服。

童贞问:"这么仓促?明天就走吗?"

"刚才征得党委书记同意,已经叫人去买车票了,也许连夜出发呢。"郗望北望着童贞,实际是说给乔光朴听。他知道乔光朴对他出去并不抱信心,又说,"乔厂长作为领导大型企业的厂长,眼下有一个致命的弱点,不了解人的关系的变化。现在人与人之间的关系不同于战争年代,不同于一九五八年,也不同于'文化大革命'刚开始的那两年。历史在变,人也在变。连外国资本家都懂得人事关系的复杂难处,工业发展到一定程度,就大量搞自动化,使用机器人。机器人有个最大的优点,就是没有血肉,没有感情,但有铁的纪律,铁的原则。人的优点和缺点全在于有思想感情。有好的思想感情,也有坏的,比如偷懒耍滑、投机取巧、走后门等等。掌握人的思想感情是世界上最复杂的一门科学。"他突然把目光转向乔光朴,"您精通现代化企业的管理,把您的铁腕、精力要用在厂内。有重大问题要到局里、部里去,您可以亲自出马,您的牌子硬,说话比我们顶用。和兄弟厂、区社队、街道这些关系户打交道,应交给副厂长和科长们。这也可以留有余地,即便下边人捅了娄子,您还可以出来收场。什么事都亲自出头,厂长在外边顶了牛叫下边人怎么办?霍局长不是三令五申,提倡重大任务要敢立军令状吗,我这次出去也可以立军令状。但有一条,我反正要达到咱们的目的,不违犯国家法律,至于用什么办法,您最好别干涉。"

乔光朴左颊上的肉棱子跳动起来,用讥讽的目光瞧着郗望北,没有说话。

这下把郗望北激恼了:"如果有一天社会风气改变了,您可以为我现在办的事狠狠处罚我,我非常乐于接受。但是社会风气一天不改,您就没有权利嘲笑我的理论和实践。因为这一套现在能解决问题。"

"你可以去试一试。"乔光朴说,"但不许你再鼓吹那一套,而且每干一件事总要先发表一通理论。我生平最讨厌编造真理的人。"他要童贞继续陪外甥媳妇看戏,自己去找石敢了。

童贞同情地望着丈夫的背影,乔光朴不失常态,脚步坚定有力。她知道他时常把自己的痛苦和弱点掩藏起来,一个人悄悄地治疗,甚至在她面前也不表示沮丧和无能。有人坚强是因为被自尊心所强制,乔光朴却是被肩上的担子所强制的。电机厂好不容易搞成这个样子,如果他一退坡,立刻就会垮下来,他没有权利在这种时候表示软弱和胆怯。

郗望北却望着乔光朴的背影笑了。

童贞忧虑地说:"我一听到你们俩谈话就担心,生怕你们会吵起来。"

"不会的。"郗望北亲热地扶住童贞的胳膊说,"老姨,我说点使您高兴的话吧,乔厂长是目前咱们国家里不可多得的好厂长。您不见咱们厂好多干部都在学他的样子,学他的铁腕,甚至学他说话的腔调。在这样的厂长手下是会干出成绩来的。我不能说喜欢他,可是他整顿厂子的魄力使我折服。他这套作风,在五八年以前的厂长们身上并不稀少，现在却非常珍贵了。他对我也有一股强大的吸引力，不过我在拼命抵抗，不想完全向他投降。他瞧不起窝囊废。"

他看看手表："哎呀，我得赶紧走了。说实话，给他这样的厂长当副手，也是真辛苦。"说完匆匆走了。

八

石敢在灯下仔细地研究着一封封匿名信，这些信有的是直接写给厂党委的，有的是从市委和中央转来的。他的心情是复杂的，有恼怒，有惊怕，也有愧疚。控告信告的全是乔光朴，不仅没有一句控告他这个党委书记的话，甚至把他当做了乔光朴大搞夫妻店，破坏民主，独断专行的一个牺牲品。说乔光朴把他当成了聋子耳朵——摆设，在政治上把他搞成了活哑巴。这本来是他平时惯于装聋作哑的成绩，他应该庆幸自己在政治上的老谋深算。但现在他却异常憎恨自己，他开脱了自己却加重了老乔的罪过，这是他没有料到的。他算一个什么人呢？况且这几个月他的心叫乔光朴撩得已经活泛了。他的感情和理智一直在进行斗争，而且是感情占上风的时候多，在几个重要问题上他不仅是默许，甚至是暗地支持了乔光朴。他想如果干部都像老乔，而不像他石敢，如果工厂都像现在电机厂这么搞，国家也许能很快搞成个样子；党也许能返老还童，机体很快康复起来。可是这些控告信又像一场冰雹似的擂头盖脸砸下来，可能将要被砸死的是乔光朴，但是却首先狠狠地砸伤了他石敢那颗已经创伤累累的心。他真不知道怎样对付这些控告信，他生怕杜兵这些人和社会上那些正在闹事的人串联起来，酿成乱子。

石敢注意力全集中在控告信上，听见外面有人喊他，开开门见是霍大道，赶紧让进屋。

霍大道看看屋子："老乔没在你这儿？"

"他没来。"

"嗯？"霍大道端起石敢给他沏的茶喝了一口，"我听说他回来了，吃过饭就去看他，碰了锁，我估计他会到你这儿来。"

"他们两口子看戏去了。"石敢说。

"噢,那我就在这儿等吧,今天晚上不管有多好的戏,他也不会看下去。可惜童贞的一片苦心。"霍大道轻轻地笑了。

石敢表示怀疑地说:"他可是戏迷。"

"你要不信,咱俩打赌。"霍大道今晚上的情绪非常好,好像根本没注意石敢那愁眉苦脸的样子。又自言自语地说,"他真正迷的是他的专业、他的工厂。"

霍大道扫了一眼石敢桌上的那一堆控告信,好像不经意似的随便问道:"他都知道了吗?"

石敢摇摇头。

"出差的收获怎么样? 心情还可以吗?"

石敢又摇摇头。刚想说什么,门忽然开了,乔光朴走进来。

霍大道突然哈哈大笑,使劲拍了一下石敢的肩膀。

这下把乔光朴笑傻了。石敢赶紧收藏匿名信。这一回他的神情引起了乔光朴的注意。乔光朴走过去抓起一张纸看起来。

霍大道向石敢示意:"都给他看看吧。"

心里并不畅快的乔光朴,看完一封封匿名信,暴怒地把桌子一拍:"混蛋,流氓!"

他急促地在屋里走着,左颊上的肌肉不住地颤抖。突然,嘴里咯嘣一声,一个下槽牙碎成了两半。他没有吱声,把掉下来的半块牙齿吐掉。他走到霍大道跟前,霍大道悠闲而专心地看报,没有看他。他问石敢:"你打算怎么办?"

石敢扫一眼乔光朴说:"现在你可以离开这个厂了,今年的任务肯定能完成,你完全可以回局交令。我一个人留下来,风波不平我不走。"

乔光朴吼起来:"你说什么? 叫我溜? 电机厂还要不要?"

"你这个人还要不要? 你要再完蛋了,要伤一大批人的心,往后谁还干?"石敢实际也是说给霍大道听。

霍大道静静地看着他们俩,就是不吱声。

乔光朴怒不可遏,在屋里来回溜达,嘴里嚷着:"我不怕这一套,我当一天厂长,就得这么干!"

石敢终于忍不住走到霍大道跟前说:"霍局长,你说怎么办?"

霍大道淡淡地说:"几封匿名信就把你吓成这个样子?不过你还够朋友,挺讲义气,让老乔先撤,你为他两肋插刀顶上一阵子,然后两人一块儿上山。嗯,真不错。石敢同志大有进步了。"

石敢的脸腾一下红了。

霍大道含笑对乔光朴说:"老乔,你回电机厂这半年,有一条很大的功绩,就是把一个哑巴饲养员培养成了国家的十二级干部。石敢现在变化很大了,说话多了,以前需要别人绑上拖着去上任,现在自己又想当书记又想兼厂长。老石同志,你别脸红,我说的是实话。你现在开始有点像个党委书记了。不过有件事我还得批评你,冀申调动,不符合组织手续,没有通过局党委,你为什么放他走?"

石敢脸一红一白,这么大岁数的老头子了,他还没吃过这样的批评。

霍大道站起来走到乔光朴身边,透彻肺腑的目光,久久地盯住对方:"怎么把牙都咬碎了,不值得。在我们民族的老俗话中,我喜爱这一句:宁叫人打死,不叫人吓死!请问:你的精力怎么分配?"

"百分之四十用在厂内正事上,百分之五十用于应付扯皮,百分之十应付挨骂、挨批。"乔光朴不假思索地说。

"太浪费了。百分之八十要用在厂里的正事上,百分之二十用来研究世界机电工业发展状态。"霍大道突然态度异常严肃起来,"老乔,搞现代化并不单纯是个技术问题,还要得罪人。不干事才最保险,但那是真正的犯罪。什么误解呀,委屈呀,诬告呀,咒骂呀,讥笑呀,悉听尊便。我在台上,就当主角,都得听我这么干。我们要的是实现现代化的'时间和数字',这才是人民根本的和长远的利益所在。眼下不过是开场,好戏还在后头呢!"

霍大道见两个人的脸色越来越开朗,继续说:"昨天我接到部长的电话,他对你在电机厂的搞法很感兴趣,还叫我告诉你,不妨把手脚再放开一点,各种办法都可以试一试,积累点经验,存点问题,明年春天我们到国外去转一圈。中国现代化这个题目还得我们中国人自己做文章,但考察一下先进国家的做法还是有好处的……"

三个人渐渐由站着到坐下,一边喝着茶,一边像知己朋友聊天一样从国内到国外,从机电到钢铁,天南海北地谈起来,越谈兴致越高,一两个小时很快就过去了。霍大道站起来对乔光朴说:"听说你学黑头学得不错,来两口叫咱们听听。"

"行。"乔光朴毫不客气,喝了一口水,站起身把脸稍微一侧,用很有点裘派的味道唱起来:

包龙图,打坐在开封府!

……

1979年春

"维持会长"

一

十冬腊月,北国的清晨,西北风夹着雪粒,就像蘸着盐水的鞭梢抽打着人的脸,割得肉生疼。

一个穿戴得像个圆球般的妇女,怀里抱着个缠裹得如同圆球一般的孩子,迎着吼叫的西北风拼命奔跑。一边跑嘴里还一边喊:"等一等,等一等!"

前面不远就是汽车站,正停着一辆汽车。这个妇女喘着粗气眼看着就要赶上来了,汽车却关上门,屁股上喷出一股轻烟,开走了。妇女气得一跺脚,冲着汽车狠狠地啐了一口:"呸!"

对一个带孩子的女工来说,早晨是最紧张的了。自己要穿戴,还要把赖在热被窝里不起的孩子拉起来穿戴好;要掐着钟点赶汽车,还不能忘了那些零七八碎的东西,什么书包、毛线、饭盒、奶瓶子、玩具等等,那心情的急迫,气氛的紧张,动作的旋律,真和打冲锋差不多。而且有一分钟的时间掐不准,就赶不上汽车,自己迟到还不算,抱着孩子在大风天里挨冻,哪一个当妈妈的心里不疼!

这个妇女搂紧孩子,转个身,让自己的后背对着风口。这时,一辆蓝色的小面包车突然在她身边停下了,女司机探出脑袋喊:"刘姐,快把孩子放到车上!"

车门开了,被称做刘姐的女工看见这辆中级轿车里坐满了孩子,稍大一点的孩子搂着较小一点的孩子,乔光朴和石敢站在车厢中间照应着。咿咿呀呀,有叫的,有笑的,还有哭的,这支奇妙的、在轿车里面合唱出来的"晨曲",谁听了谁都会动心,都会心醉。

乔光朴从刘姐手里把孩子接过来,放到最后一个位子上。他冲刘姐做个无可奈何的手势,意思是刘姐不能上车,因为车上太挤了,而且前面说不定还会有孩子要上车。

刘姐摇摇头,替乔光朴关上车门。她望着渐渐起动的轿车,望着因为车厢太矮而不得不低头弯腰的乔厂长的身躯,迎着西北风从不掉泪的眼睛,这时却潮乎乎的了。每逢坏天气,接送厂长们上班的这辆面包车就要变成了孩子们的收容车。

在优美的多部童声合唱里,乔光朴对像老爷爷一样逗着孩子自得其乐的石敢说:"喂,石爷爷,这终究不是个办法,就我们这一辆小面包车才能装几个孩子?"

石敢让一个孩子坐在腿上,揪着自己的胡子,反问:"你说怎么办?"

"应该用几辆班车,每个车上要有阿姨照应,早晨到各家去接。"

"孩子的妈妈们住在哪儿的都有,上什么班次的都有,怎么接?再说厂里也没有多余的大轿车。"

"想办法……"

中型轿车开进了电机厂门口,司机想把车先开到办公大楼跟前,让党委书记和厂长下去,然后再送孩子到托儿所,乔厂长却对司机说:"把车直接开到托儿所。"

车停稳,乔光朴一只胳膊抱起一个孩子送到屋里,阿姨们都拥出来接孩子。乔光朴看到屋里一股烟气,眉头就皱起来了。一位上年纪的阿姨,见厂长抱着孩子进来,从嘴里拔下香烟头扔到地上踩灭,跟着又吐了一口痰,站起身要接孩子。乔光朴没有把孩子交给她,亲自把孩子放到床上,回身对那个阿姨说:"你怎么竟然在托儿所里抽烟?这对孩子的健康有妨害。"

阿姨赶紧赔着笑脸说:"哟,厂长,瞧您说的,抽点烟对孩子有什么妨害？"

乔光朴摇摇头，难怪，她根本不懂这个。她自己也许带过好几个孩子，但是当这个托儿所的阿姨却不够资格，就问："你以前是干什么的？"

"我刚从家属工厂调过来。"

乔光朴明白了，他没有再说话就离开了这个阿姨。一眼看见一车间的铣工小孙也穿上白大褂当了阿姨，十分诧异，走过去问："你这是怎么回事？"

小孙脸红了："厂长，我生了小孩了。"

"噢！"乔光朴仰起脑袋，他想起劳资科长向他反映的情况，车间的女工中很有一批人想离开车间找个轻松的活儿干，实在找不到理由，就等结婚生下小孩便离开车间。眼前这个小孙曾经是个不错的铣工，现在却心甘情愿地洗洗尿布，侍弄侍弄小孩。他忍不住说："小孙，你离开铣床，是当了母亲后出于伟大的母爱呢，还是就想借此离开车间？如果是后者那就没有什么可说的了。如果是前者，仅仅为了孩子就轻易地丢掉自己的技术、前途和事业，这是没有上进心的姑娘的特点，而且是个很坏的缺乏眼光的特点。"

小孙低下了头，一声不吭。

乔光朴朝外走了两步又站住，回过头说："你把全厂有三岁以下的小孩的女职工名单搞一份给我，要写明她们住在哪儿，在哪个车间工作，什么工种，上什么班次，厂子正在考虑准备派班车接送一批孩子妈妈上班，但是首先接送的应该是那些在生产第一线和对工厂贡献较大的女工。往后贡献大小，在政治待遇和经济待遇上是不会一样的。另外，叫你们所长待会儿到教育科去一趟，我会通知教育科长，从服务大队里选拔一批年轻的女同志，训练几个月，掌握了一定的幼儿教育知识，再派到托儿所和幼儿园里来当阿姨和老师，不是所有的妇女都能当托儿所的阿姨的。"

二

乔光朴走出了托儿所，脑子里还在想着小孙不当铣工当阿姨的事，他心里有一股情绪，但也说不清是一种什么情绪。他看看表，离上班时间还有一刻钟，就拐进了传达室。眼角一抬，果然又是马长友的班，他用一种揶揄的腔调说："老马，你怎么还蹲在这儿不动窝？我希望咱俩下次见面的时候，是在车间里，而不要让我再在这儿碰到你。"

马长友在乔光朴面前毫不拘束，用一种成心气人的腔调轻松自在地说："钱挣得不算少啦，年纪不算小啦，哪儿也不去啦，就在这儿忍啦。"

乔光朴尖刻地说："你的算盘打得不错，拿着七级钳工的钱，往传达室一坐是够美的，这合理吗？你每月拿工资的时候心里不敲小鼓吗？你就不应该再拿七级工的钱，应该拿看大门的钱，工资也要像粮食定量一样，随着工种的变化而变化。"

马长友哈哈一笑："厂长，你没有这个权力，这是社会主义铁饭碗的优越性，工资只要长上来就落不下去了。"

"但是，我也不相信一个老工人的良心和责任感长上去以后还会落下来。铁饭碗不一定是社会主义的优越性，我看和共产党的性质、纲领、任务也不那么相容！"

马长友脸色有些变了："厂长，你掏心窝子说一句，你在电机厂到底能待多久？"乔光朴一怔，他明白马长友担心的是厂里反对他的那股势力，是关于他的大字报、控告信……因此，厂子里有一批人对乔光朴是持观望态度的。不知道明天会从什么地方刮来一股风，形势又会怎么变呢。马长友就是这种"观望派"之一。

乔光朴冷冷地说："电机厂不是乔光朴的，你也不是给我干活。乔光朴就是死了，厂还在，生产还得照样搞。"

马长友没有说话，他望着厂长远去的背影，心头涌起一种复杂的感情——是怜惜？是内疚？

三

上班的铃声响了。厂长办公室主任谷昌、刚由服务大队大队长提升为电机厂总会计师的李干、副总工程师童贞,三个人像踩着铃声一样走进了乔光朴的办公室。乔光朴听从了霍局长的劝告,科学地分配精力,严格地安排时间,以求工作达到最高的效率。他每一天干什么,每一周干什么,都有严格的时间表,而每天上班后的头半个小时,必须和郗望北一块会见李干和童贞。总会计师和副总工程师是厂长的左右手,每天厂里的材料的消耗、生产、销售等各方面的情况,都要通过财务部门反映到总会计师这儿来,简单地说就是这一天电机厂在经营上是赔了还是赚了。是赔,赔了多少?是赚,赚了多少?总会计师向厂长提出报告,厂长心里好有底数,知道哪儿有问题,应该去哪儿、抓哪儿。副总工程师则应向厂长提供和电机厂生产有关的国内外技术情报,厂长针对工厂经营上存在的问题,有哪些是属于技术性问题,由副总工程师去组织力量解决。李干、童贞和乔光朴配合得非常默契,乔光朴使用这两个人也很得心应手。

乔光朴问谷昌:"郗副厂长怎么还不来?"

谷昌:"到外贸局开会去了。"

"嗯?"乔光朴显出了疑问的神情。

"冀申通知的,关于出口产品销售权问题。"

"噢!"乔光朴心里一动,把手一挥,脸转向李干。李干递给厂长一张纸,他报告的全部内容——偌大一个电机厂在经营上发生的主要问题和取得的主要成效,全在这张纸上了。这是李干自己设计的,上面没有一个多余的字,都是用实实在在的数字说明问题,一目了然。乔光朴用飞快的速度看完报告,八项指标完成了七项。他抬起眼睛,一双霍霍闪动的眸子盯住李干:"成本怎么高了?"

李干:"原因出在造型砂上,西口砂四十七元一吨,南岛砂九十一元一吨,这两种砂在质量上没有太大的差别,而我们厂却买了一大批南岛砂。"

"为什么?"

"据说,供应科的采购员接受了南岛海子铺公社的一些礼物。"

乔光朴两颊的肌肉颤动着,鼓起了一道道棱子,但他没有爆发,只是冷冷地点点头,示意李干说下去。

"'文化大革命'开始以来,供应科购买的砂子就不打皮尺过数,完全凭卖主装多少就是多少,拉到我们厂一卸了事,我们根据对方的单子付款。我昨天亲自打的皮尺,有的一车皮亏二十吨,有的亏十三吨。仅昨天购进的砂子就总亏一百七十吨。我已经通知财务科,拒绝付款。"

"败家子! 要是他们家买粮食,少给半斤也不行。"乔光朴对谷昌说,"你记下来,今天下午两点叫供应科长找我。"

李干继续说:"接到了从香港市场上发来的经济情报,外商电机为了和我们的电机竞争,压价百分之十,这对我们很不利。"

"这些外国老板!"乔光朴站了起来,他眼里射出一股凶光,谁看到这样的目光都会毛骨悚然。去年,乔光朴刚上任不久,看出在国民经济的调整过程中,电机厂今后的任务可能"吃不饱",就亲自出马跑了一大圈,找到了机械部的车副部长。副部长到底站得高,肚里装着国内和国外两个大市场,建议乔光朴搞两种产品,一种是一百吨电动轮车,国内现用的多是外国货,副部长鼓励乔光朴在自己的家门口和外国争一争。另一种产品是轻型电机,打到香港和东南亚市场上去试一试。通过一年半的努力,他们的电机在香港市场电机产品销售量上占了绝对的优越地位,等于从垄断这项产品的日本人嘴里夺过一大块肉。日本商人咬牙做出了降价百分之十的决定,就是想把中国电机赶出香港市场。

乔光朴渐渐冷静下来,他看了一眼李干:"按目前我们厂的增产比例计算,仅就这一项产品,每年就可以上缴利润四百万,如果每台降价百分之十,每年利润减少多少?"

李干:"四十万元。"

"如果我们心疼这四十万,就可能从国际市场上被挤出来。那么连那三百六十万也保不住。哪个划得来?"

谷昌赶紧插嘴:"厂长,统配产品我们厂恐怕不能自行降价。"

乔光朴:"书呆子,我们厂的产品我们有权自己做主,不然就无法做买卖。"

谷昌:"所有出口产品的销售权可能都要归外贸局,这是冀申亲口讲的。听他的口气,市委和经委铁主任也都同意了。等望北开会回来就知道了。"

"噢,是这么回事!"

李干:"他到哪儿就在哪儿卡我们!"

"噢,他是想从出口产品的利润里提成,把出口权一手揽过去。他懂什么经营? 我们要是把销售权交给他,不出半年,我们的电机就得被挤出国际市场。产销不能分家!"乔光朴脑袋一摆,"不管他,降! 立刻通知香港。"

李干舒了一口气。童贞说:"除了降价,还得在产品上下工夫。比如,我们电机的颜色,不是纯灰、纯蓝,就是大红、大绿,太侉,色彩不美。我们还要研究国际市场上产品的弱点,在我们的产品上积极改进。比如,很多外国人是把轻型电机用在别墅里,要求电机表面光洁漂亮。可是外国的劳动力很贵,资本家要把电机外壳打磨得很光洁干不起,我们有这个条件。"

乔光朴高兴地把话接过来:"好主意! 你拿出一个标准,我叫家属工厂或者是服务大队去干。"他飞快地在台历上记下几个字。

童贞并不受乔光朴情绪的感染,还是那副文静样子,继续说:"我们新搞的这个百吨电轮车前途也很乐观,昨天我接到川溪矿的电报,他们用了我们的电轮车反映还不错,明年想找我们定做十四台。他们过去一直用外国车,因为没有备件,现在大部分都抛锚了。我们要乘机把这项产品推上去。我已经派了两个能独当一面的技术员,请厂长再搭配两个好修理工,组成技术服务队,明天就到川溪矿去,要钉在那里。我们不光卖给他们产品,设备坏了还管修,备件备品保证及时供应。这一手外国人是比不了的。如果这项产品在国内市场上能取代外国货,往后再挤进国际市场,我们厂的任务就会由'吃不饱'到'吃不了'。"

乔光朴兴奋地搓搓手,他真想把自己的妻子举起来。奇怪的是她有这么大的好消息,昨天晚上竟然一点也不透给他。他说:"仅就国内来说,就有多少矿山! 如果我们的百吨电轮车打开销路,前途大得很。谷昌,你记下来,回头你把童总谈的事向党委书记汇报,如果他同意的话,请他找马长友谈一谈,叫马长友带一个青年钳工今天找童总报到,参加赴川溪矿的技术服务队。请书记参加今天下午的厂长办公会议,决定几件事:一、设立专业销售人员,销售工作搞好搞坏是工厂的生命,要把那些政治上、业务上的强手调出来搞销售。销售工作是工厂的生命,不要猪八戒,更不能让光念紧箍咒的唐僧去干,要孙悟空式的人物。外国的销售经理都是很懂行的专家,非常熟悉市场情况。二、扩大产品宣传,要把我们的产品精印一批说明书,发给国内外厂商,甚至可以免费送样品。说明我们的产品是经过严格试验的,要把过硬的数据印上去,欢迎订货,保证按时供应。三、选地方,建立我们的销售点。成立技术服务队,加强产品质量的调查。四、设立国内外销售情报室,负责调查了解国内外各厂商的情况,收集他们的技术资料和样品,进行研究,而且还要学会同外国资本家周旋。"

等办公室主任记录完他的指示,他又补充说:"今天的日程稍改一下,九点钟我到服务大队去。"

三个听他说话的人全都一怔,机灵的谷昌提醒说:"今天九点到十点你应该去五车间。"

"中午去,在五车间吃饭。"

童贞看他一眼:"中午又不休息?"

乔光朴却说:"没有别的事你们可以走了。"

童贞没有走。

乔光朴站起来离开座位,扳住妻子的肩头,用赞许的目光盯住她:"你真是个称职的副总工程师,可你有这么好的消息又有这么好的主意,为什么昨天晚上不告诉我?"

"在家里有你一个人谈论工作已经就够累人的了,我如果在厂里汇报不完,还要在家里向你汇报请示工作,那我们完全可以不要家喽,我们也可以只保持工作关系。"童贞不无怨艾地说着,但她那热烈的目光在乔光朴脸上灼了一下,就轻轻地闭上了眼睛,头也靠在了丈夫的胸前。只有她在事业上帮了他的大忙,他才突然像火山爆发似的对她这般热烈。但是如果昨天晚上童贞把百吨电轮车的好消息告诉他,他会缠住童贞说上半宿他的雄心大志。难道在人的生活中,除了工厂、生产、经营,就不再需要别的了吗?

乔光朴心里一动:近几个月来,童贞在家里绝口不和他谈工作,他只当成童贞为了照顾他在家里好好休息,换换脑子。看来这里面还有别的意味。他突然意识到,童贞给他的太多,他给童贞的太少了。

童贞推开乔光朴,又恢复了特有的沉静,这沉静带有一种含而不露的冷峻和技术权威的自信。她盯住乔光朴问:"你为什么突然要到服务大队去?"

"一个厂长,只要他高兴,就可以到他下属的任何一个单位去。何况服务大队反我反了一年多,我不想把这些问题再拖进一九八〇年。"

童贞吸了一口气。她很了解乔光朴这种狂热、粗暴的脾气。她担心地说:"你可要掌握住情绪,说话的时候要冷静,激动了又会……"

乔光朴摆着脑袋笑笑:"生活里不能没有激动。我就是要痛痛快快地去教训他们一顿。一年半的时间里,电机厂翻身的事实,证明我们改造企业的这套办法是对的。实践有最大的说服力。"

他的话说得那么自信,这使童贞心里更加不安。她深知乔光朴是个永不满足现状,大胆而又有才能的企业家。他想推开一切阻挡他前进的阻力,但他不明白这阻力并不单是冀申和服务大队,更大的阻力是多年来造成的僵化的经济体制。说不定什么时候刮来一股风,就会摧毁他的梦想。他去服务大队一放炮,不知又要惹出什么麻烦。童贞拿定主意必须把这事告诉石敢,只有石敢才能阻止他到服务大队去放炮,否则不知又要惹出什么麻烦。她沉吟了好一会儿,才说:"光朴,你不能总是这样雷劈火烧的。千万不要以为把工厂搞好了,拿出了过得硬的产品就能成为不被打倒的资本;相反,这一切说不定还会激怒想打倒你的人。当然,我们不是社会舆论的奴隶,可是我们也不喜欢被人议论。我们这些经营工厂的人到头来还是斗不过经营权术的人,你不能不防呀! 好了,我还有事,得走了。"

童贞深深地叹了一口气,转身走了。乔光朴锁起了眉弓,心里说:"见鬼,她哪来这么多顾虑? 看来促使人精神衰老的主要原因是政治恐怖症。一个人的心是很难完全摸透的,即使是你最亲近的人……"

按规定来见厂长的组织科长和劳动工资科长的敲门声,把乔光朴从沉思中唤过来,他使劲用双手搓了几把脸,又把大脑袋抖动了几下,似乎把刚才童贞留给他的不愉快的印象全抖掉了。他用带着浓重胸腔共鸣的声音喊:"进来!"

四

组织科长一看就是个坐机关出身的女干部,蔼然可亲却又城府很深。她身上带着长期做政工和管人的工作那种特有的气质。这是一种极不明显的、在守口如瓶和坚持原则时带出来的隐隐盛气,神色中总有一种含而不露的冷峻和自信。劳资科长是个精明的美男子,白脸黑发,黑胡楂。乔光朴打量着这两位科长,突然对女科长说:"老扈,叫你看,像孙悟空这样的人能入党吗?"

扈科长的脸唰地变了。

乔光朴:"当然,这是打比方……"

扈科长客气而严肃地打断了乔光朴的话:"厂长,您把我们找来就是要开这样的玩笑?"

乔光朴的眉毛掀动了一下:"如果你们把我的话理解成开玩笑,那就糟透了。你们都是管人的,而且都是根据档案材料来管。要把眼睛盯到活人身上,要了解工厂的生产。马上就要调整工资了,生产尖子、技术尖子、为工厂经营做出重要贡献的人,必须优先考虑。这是请你们做的第一件事。"

乔光朴接着说到第二件事,他说管人的人有一条最重要的职责,就是要做到人尽其才,就是要发现人才,培养人才,重用人才,在目前还要特别注意提高专家的政治地位和物质待遇。中国人是很能干的,一到国外就发现质子、胶子,还获得诺贝尔奖金,可是在自己的家里就不行。这是什么原因?是什么东西束缚了他们?管干部的人应该认真想想这个问题,应该有愧,对国家对民族应该有一种过失感。扈科长对他这种观点可真接受不了。乔光朴又叫劳资科长查一查电机厂五级工以上的工人,有多少已经不在车间干活了,是什么原因。他们是工厂的宝贝,必须发挥他们的骨干作用。他叫劳资科把他们组织起来,成立一个"技术还乡团"。

第三件,乔光朴拿出一些资料交给两位科长,让他们好好看看。并介绍说,国外现在正搞"人力开发",日本一些企业把人力开发当做企业发展的重要条件,他们把人的智慧和能力看作是一种资源。经济竞争最重要的是技术竞争,而要在技术竞争中取得胜利,在很大程度上取决于掌握技术的人。

乔光朴这是布置工作,又是借机给两位管人的干部讲课。劳资科长听得津津有味,觉得很新鲜,厂长提出的问题引起了他强烈的兴趣。扈科长对厂长讲的这套理论有一种本能的反感,而且觉得枯燥无味,她硬着头皮在听,心里却很不以为然,认为乔光朴年初到国外转了一圈,就来卖弄那点趸回来的洋货。乔光朴当然也看出了组织科长的神色,越是这样他越得讲,不提高中层干部的管理水平,怎么能提高一般干部的管理水平?

乔光朴最后对两位科长说:"这是我给你们出的三个题,也是你们的业务,拿出答案后向我汇报。"

扈科长虽然碍着面子勉强接受了,但一出门就去找石敢。她认为必须严肃地向党委书记反映一下这个问题。

五

乔光朴去服务大队,走到半路,石敢追了上来。乔光朴问:"你是来保驾,还是要拉我回去?"

石敢摇摇头："都不是，给你壮胆、鼓气，还有事要和你商量。"

"什么事？"

"童贞要调走，经委铁健同志的指示。"

"什么？这是什么意思？"乔光朴心头一震。

"说是要调她去参加一个同外国人谈判的代表团，但是这里面恐怕另有奥妙。"石敢说，"还有，霍局长跟我谈，要把冀申再要回来。"

乔光朴差点没吼叫起来："胡说！电机厂刚上轨道，把总工程师调走，把一个搅和头又调回来，这不是成心要把这个厂整垮？不行！"

石敢冷静地笑了："有人还说你像霍局长，我看你比霍局长差远了。以前老霍批评我放走了冀申，现在我明白了。我想霍局长的意思，像冀申这样的人要跑到我们的上级机关，一定会掉过头来坑害电机厂。就应该把这种人放在我们手下，一边管着他，一边使用他。不过，你有这个气魄吗？"

"我坚决不同意！"乔光朴大步往前走去，回头又加了一句，"我要亲自去找霍局长，必要的话还要去找铁健。"

北方的冬天，风头就像镶上了刀片，割得人脸生疼。乔光朴把安全帽往下拉了拉，加快了步子，石敢也从后边追上来。走在前面的乔光朴忽然发现地上哩哩啦啦撒了一溜水泥。他往前看，有个戴着大皮帽子的人拉着一辆地排车，车上放着三袋水泥。那个拉车人好像在赌气，不走大路，专抄近道，不管脚下是坑是洼，一路猛跑。小车一颠老高，想必把水泥袋颠破了，撒了一地。乔光朴正想叫住那个人，小车突然陷到一个冰窟窿里，拉不动了。拉车人使劲把车把一摔，干脆不拉了。乔光朴和石敢赶上去，嚯，真是冤家路窄，拉车人是杜兵。

乔光朴挖苦地说："真不愧是鬼怪式操作法的发明者，拉水泥也像老牛尿尿似的，走一路撒一路。"

杜兵没有说话，盯着乔光朴，目光中有一种狞野而暴躁的神气。

乔光朴扳住了陷下去的那个车轮子，对杜兵喊："你还愣着干什么？扶住把！"

杜兵很不情愿地驾起了车把，石敢推另一个轮子。

"一——二!"乔光朴吼了一声,三个人把小车拉了上来。杜兵拉起车又要走,乔光朴上前压住了车把,"等等!"

"干什么?"

"把水泥袋挪一下,让破口朝上。"乔光朴盯着杜兵的眼睛,"脾气倒不小。"

"泥人还有个土性子呢,何况我是个大活人!"

"大活人? 怎么活法? 破罐破摔,胡闹一气;还是稀里糊涂混吃等死?"乔光朴边说边挪动水泥,发现水泥标号是六百号,就问,"你拉水泥干什么用?"

"盖更衣室。"

"盖更衣室用这么好的水泥! 你知道这水泥是多大标号?"

"不知道,组长说只要是水泥就行。"

"拿领料单我看看。"

"没有。"

"你是偷的?"

"反正不往家里拿!"

乔光朴火了:"送回去!"

杜兵丢下车扭头走了。乔光朴正要发作,秃顶的王冠雄从工棚里跑出来,向乔光朴和石敢赔着笑,故意冲着杜兵大声说:"小杜,你怎么干这种事?"

"你?"杜兵扭回头气呼呼地瞪着他的组长。

王冠雄赶紧朝杜兵使眼色,叫他快走,杜兵反而站住了。

乔光朴问王冠雄:"为啥不开领料单?"

王冠雄小心翼翼地解释:"用不了多少,他们嫌麻烦,想在近处找一点算了。"

杜兵冷笑一声:"组长,挨一刀是死,挨十刀也是死,干吗不说实话。我们组出过一次质量事故,瞒住了。再领水泥,成本就超过指标,月底就不能拿奖金,组长才叫我们找米下锅。"

乔光朴:"什么找米下锅,不是偷米下锅就是抢米下锅! 你又不是到天上去找米,找来找去还不是从厂里的库里拿,打乱全厂的材料调配计划。把这个送回去,填写事故单。盖更衣室可以领低标号的水泥。"

"是。"王冠雄应了一声,自己拉着车走了。

"狗!"杜兵唾了一口,转身进了工棚。

这是个很大的简易工棚,服务大队在这里面开会和休息。党委书记和厂长一块来到这儿,在自认为是爹不疼、娘不爱的服务大队引起了轰动,大队长派人把在外面作业的几个组也都叫来了。工人们客客气气地请两位领导坐下。乔光朴没有坐,他发现有几个工人也不坐,紧紧地贴着墙壁站着,似乎是想用身子遮挡住墙上的什么东西。他走过去,拉开了一个女工,只见用白灰刷过的墙上有一幅画:一个道士即将升天,左边一个童男,骑着一只狗,右边一个童女,骑着一只鸡。画没有题目,人物也没标出名字,但只要是电机厂的人,一看就明白,道士画得像乔光朴,童男是郗望北,童女是童贞。乔光朴死死盯住这张画,他的心上像浇了一瓢滚油,连血带肉一起燃烧。但是他的理智却在提醒他:身后有许多眼睛盯着自己,这样转过身去一定会立刻爆炸,那就不可收拾。乔光朴双颊的肌肉不住地颤抖,他这时的目光如果盯上谁简直可以置对方于死地。但他终于克制了自己。他见别处还有画,就一幅一幅看下去。有一幅画了"四人帮"考教授的场面,站在下面被考的是电机厂工人,坐在上面出题考人的仍是他们三人,外加一个李干。这些画都出自一个人的手笔,作者巧妙地抓住了乔光朴脸型的特点,加以夸张和丑化。这是谁画的呢?

工棚里静极了,大家都在紧张地等待着一场风暴。但人们又害怕这场风暴,不敢设想它会产生什么后果。心里最不安的要算石敢了,他深知乔光朴的脾气,可是当着这么多人又不好提醒他。他只好把所有的智慧和力量都凝聚到眼光上,希望用眼睛能代替舌头,使乔光朴感受到他眼光的分量,接受他的提醒。

可是,乔光朴似乎并没有朝石敢这边看,他用一种近乎平静的、令人难以捉摸的声调问:"这些画是谁画的? 能站出来叫我认识一下吗?"

"是我画的,厂长。请多指教。"杜兵站出来用同样冷静但带有挑战意味的口吻回答。

"你?"乔光朴没有想到,"你居然还有这两下子。对你这些画的内容我不想妄加评论,咱们还是搞心照不宣吧。不过,你将来会为这些画感到后悔的。你在画画上倒很有点才气。哎,你一定会调色喽?"

"调色?"这下轮到杜兵摸不着头脑了。

"对呀,你是个讲时髦的青年,会唱外国歌曲,喜欢国外生活,又懂点艺术。你能不能说一说外国人都喜欢什么颜色?"杜兵简直被厂长问傻了。乔光朴只好进一步解释,"你这个可怜的画家,把才能都用到赌气和诽谤上去了。调色……比方说:外国人不喜欢大红、大绿,嫌太侉,你能配出一种又协调又美的颜色吗?"

"这……可以搞成玫瑰红试试,绿的也可以搞成翡翠绿。"杜兵结结巴巴地说。

"蓝的呢?"

"蓝色里最美的是孔雀蓝。"

"玫瑰红、翡翠绿、孔雀蓝。嗯,不错,这些名字就很美。"乔光朴高兴地叨咕着,"你能不能把这三种颜色调出来我看看?"

杜兵从他的更衣箱里取出油彩画笔,在一张白纸上配出这三种颜色,递给乔光朴。乔光朴仔细端详着,喃喃地说:"行,可以试试。"他突然把目光射向杜兵,在他的审视下,杜兵刚才想跟厂长拼到底的那股神气早跑光了,很不自然地低下了头。

乔光朴的语调变得很亲切:"你不是个好车工,也当不好泥瓦匠,因为你连水泥标号都不懂。但是,说不定你会成为一个很不错的喷漆工,还可以设计商标,画画广告,把你的才能用到正道上。等会儿你拿着这三种颜色样子去找童副总工程师,如果她同意,你就先喷一批电机试试。你可以到十车间去工作,怎么样?"

杜兵只深深地点点头,他怕由于意想不到的激动,一张嘴,声音变了调。

整个工棚的人都轻轻舒了一口气。

石敢趁机大声说:"同志们,今天我和厂长来看望大家,你们有什么困难和要求也可以提出来。成立服务大队不是根据厂长或哪一个人的主意,是厂党委经过慎重研究决定的。车间里年年都要考核,考核不及格的,在现代化生产中跟不上趟的,都要到大队里来做服务性工作。服务大队里年纪轻的,还要分批送到学校和训练班去学习,学习成绩好,技术过关了,还送回各车间去当技术工人。"

乔光朴把话接过来说:"想想去年夏天我们厂的情况吧,每天一到晚上七点钟以后,就有一批上中班的人不干活了,到临时工的工房里去看电视。站在民工的后边,心里还嘀嘀咕咕,怕叫车间领导看见算溜工。民工一天的工资多的是六元,少的是四元,比我们厂的普通工人高得多。他们有的是钱,一个工房一台大电视。他们赚的是国家的钱。我们厂有九千多名职工,人浮于事,光是四个门口守大门的就有几十个人,可是我们还雇了一千多名临时工。一个日本人对我说,如果把这个厂交给他管,减掉一半人,产量提高一倍。我相信他的话,但不能那样做,因为我们背上驮着将近十亿人口的大包袱,我们不但不能裁人,还要多安排就业。可我们又不能像过去那样,大家挤在一块泡蘑菇,混饭吃,那就会把国家和工厂都熬垮。因此,我们辞退了临时工,成立了服务大队。你们承担了服务性工作,光每年为厂子节省临时工的开支就有一百二十万元。给你们发奖金一年连十万元都用不了,加上盖宿舍和幼儿园小楼也没超过六十万,还可以为国家节省六十万元。你们说,要是你们当厂长会不会也这样干?……"

坐在工棚角上的王冠雄听到这儿心里一动。他摘掉棉帽子,露出了光光的秃头顶,拧起眉毛盘算着:专款专用,辞退了临时工,那一百二十万元就冻结了,他们这可是破坏了财务制度……

乔光朴继续说:"……我向你们说句透底的话吧,工厂再按过去的老样子办下去是不行了。多少年来,'竞争'这两个字,在我们国家是忌讳的,好像一提竞争就是资本主义。我们只习惯于国家下达任务,产品国家收购,赔赚国家包干,反正吃大锅饭;躺在国家身上,把工厂搞得半死不活,赔钱的多,赚钱的少。一搞竞争,就逼得你不把工厂搞好就没有出路。我们厂现在就拉开了架势,在国际市场上和外国人竞争,在国内也和外国人竞争,还要和同行业竞争。当然,我们这种竞争和资本主义的你争我夺根本不同,我们要服从和执行国家的经济计划,也不能丢掉社会主义的协作关系。工人之间,今后也不能干和不干一个样,干坏干好一个样了,对工厂贡献的大小必然会造成物质待遇上的差别。我们厂人不少,但专家、干才不很多。各部门都缺有能耐的人,谁有什么本事,什么专长,可以毛遂自荐。……"

电话铃响,是郗望北找乔光朴,有重要事情要和他商量。而且郗望北说他要立刻出差,跟着轧钢厂的专列去运锻件。乔光朴冲着话筒答应立刻回去。他抬头看看大伙,人们交头接耳,工棚里的气氛活跃了。他又看看石敢,最后说:"我今天讲的全是大实话,你们不要轻信别人的谣言和煽动。最后再给你们说个寓言:真理和谎言两个人同去洗澡,谎言趁真理没注意,偷走了他的衣服。真理洗完澡上岸不见了自己的衣服,只见谎言那肮脏的衣服堆在岸上,他当然不屑去穿。从此,谎言就罩上了真理的美丽的外衣,而真理却是赤裸裸的。"

工人们笑了。从服务大队成立以来,他们还是第一次为自己的厂长鼓掌。

六

乔光朴的儿子乔基回家来了,这在童贞的心里掀起一阵波浪。自从她和乔光朴结婚之后,这还是第一次见他的儿子,而且这个儿子每次给家里来信只问候他的爸爸和妹妹,对童贞这位后母却只字不提,似乎他们家根本就没有童贞这个人。这就是说他根本不承认或者不接受他爸爸和童贞的结合。这种烦恼是童贞在结婚前无论如何也料想不到的,和乔光朴相爱并结婚,却因此遭到了他儿子的怨恨。好像这种婚姻就一定要得到老乔前妻儿女的应允,这是为什么呢?乔基是为已经不在世的母亲抱不平,还是凡前妻的儿子就一定要和后娘誓不两立?在童贞这样一位高级知识分子的心里,从来没有把自己和"后娘"这个可怕的称呼联系在一起。这是乔光朴的儿子把

87

她推到了这个后娘的地位上。起初她曾大为吃惊,对"后娘"这两个字厌恶极了,但她又没有能力否认这个事实。"后娘"——这无疑又是一顶她摘不掉的帽子,在她那美好而又受过伤的心灵上投下了一片阴影。

据说乔基这位连长的脾气秉性从小就很像他的爸爸,哪一点像呢?

童贞在心里埋怨自己:你心有点跳?你紧张什么?难道他不是一个晚辈倒是你的婆婆?唉,他要是婆婆倒好了,问题就在于他是个儿子!

下班后,童贞没有直接回家,到副食品商店买了一大堆东西,不管怎样,也要做一顿像样的饭菜招待这位连长。童贞提着大兜小包,排队挤汽车,累得呼呼喘气,贴身的衬衣都叫汗水湿透了。

按规定,童贞上下班是应该由厂里派汽车接送,不要说她已经是副总工程师,凡是主任工程师就可以车接车送了。童贞坚持不坐厂里的汽车,是怕别人说闲话,她老担心"夫妻店"这顶大帽子不知什么时候就会压下来,把她和乔光朴压垮。因此,她除去在技术上一丝不苟,该怎么办就怎么办,全力辅佐乔光朴把电机厂搞好外,在生活上、作风上都格外小心谨慎。甚至还常常给谈话比较随便的乔光朴堵窟窿,可以说,她是乔光朴的补充。当然,乔光朴也补充了她。

童贞吃力地回到家里,推开房门,屋里并没有人,桌上放着一张纸条。

爸爸:

　　我出差路过此地,很想见见您和妹妹。如果晚上你们有时间可到霍叔叔家去找我。

　　　　　　　　　　　　　　　　　　　　儿子乔基　即日

童贞手里的东西哗啦一声掉在了地板上,她浑身一点力气也没有了,瘫软地躺在了床上。

她闭上了眼睛,喃喃自语:"这就是说因为有了我,他连这个家也不进了,我应该离开这儿,让他们父子、兄妹团聚。"

　　这一刻,她甚至怀疑自己和乔光朴结婚究竟是做对了还是做错了。他们婚后的头两个月里,童贞沉浸在无比的幸福之中。她的精神生活、爱情生活得到了最大的满足。她热恋着乔光朴,甚至关于他俩的那些各种各样的谣言和闲话,她也不在乎了。她和乔光朴生活在一起,这件事给她带来的幸福,把她过去为此受到的侮辱和打击都偿还了。在她的热劲冷静下来以后,有一天她偶然发现,乔光朴虽然眼睛望着她,但是她却感觉到他看到的不是她,而是他前妻萧枫。当她问他为什么怔神的时候,他感到很尴尬,还极力想掩饰过去,这使童贞心里更加难受。如果说二十年前,童贞曾嫉妒过乔光朴对妻子的这种爱恋,那么现在她对乔光朴已有同情,甚至惋惜。他心里也同样很不好受,她几乎是含着泪,把萧枫的照片翻出来,挂在墙上。正因为她觉得自己太幸福了,所以才觉得对不起萧枫。

　　作为一个女人,童贞很想充分地享受小家庭的乐趣,每天下班回来亲手做点可口的饭菜。两个人吃过饭以后,可以谈谈生活,谈谈艺术,谈谈所有和睦的夫妻之间年年月月也谈不完的话题。可是乔光朴坚决反对童贞亲自做饭,他提出或者雇保姆,或者就从食堂里买现成的饭菜。童贞则坚决反对雇保姆,因为她想当一个主妇已经想了好多年了! 有时乔光朴吃着很丰盛的热饭热菜,嘴里却还埋怨童贞:"你是个工程师,等着你处理的问题堆成山了,你怎么能把精力和时间花在买菜做饭上?"

　　童贞嗔怪地说:"你可真是吃甜咬脆,得便宜卖乖。吃的时候又香又甜,比谁吞得都多,吃光一抹嘴就骂人。"

　　"我的肚子是得了便宜,可我声明,我的胃口从不挑肥拣瘦,你只要给我吃饱就行。别忘了你是副总工程师,如果因为结婚让你背上家庭包袱,我永远不会原谅自己,那还不如各过各的。"

　　"胡说,工程师就不要家庭,不要生活,一天二十四小时就是讲技术、技术? 如果你是这样要求你手下的工程师的,我真羡慕那些不是工程师的女人。"

　　"如果你不是个优秀工程师,我也不会跟你结婚。"

"什么？"童贞一惊，她认真地打量着乔光朴，"原来你死了妻子以后十年不提结婚的事，在回厂上任的时候突然宣布和我结婚，真的光是为了堵住别人的嘴？是看上了我的技术而不是爱我这个人？可我同意和你结婚是爱你这个人，而不是爱你是个厂长！"

乔光朴自知失口，赶紧解释。但是他感觉到童贞结婚后在爱情生活上变得非常敏感，甚至有点神经质。

有人说：一个人一生中只能爆发一次真正的爱情。这话也许是有道理的，童贞虽然四十多岁了，但对爱情生活的向往和追求还像个小姑娘，特别是她等了二十多年之后终于和自己相爱的人结婚了，她有权利充分享受她应该得到的爱情生活。她把这一切看得十分重要。而乔光朴是结过婚的人，不像童贞把这个看得那么重，他们互相爱恋的程度也不一样。

童贞意识到这一点了，除去家里来了客人和星期天，她不再做饭了。她也不再要求乔光朴陪她转商店了。那还是他们结婚后的第一个星期天，童贞想给自己和乔光朴买点衣服，就拉上乔光朴进了百货商店。商店里有很多一对对的夫妻，有年轻的，也有上年纪的，都高高兴兴，有说有笑，一边商量，一边采购。童贞羡慕这样的夫妻，她不过是也想享受一下这种任何一个妇女都能享受的东西，可是乔光朴却没有给她。他开始是不愿跟她来，因为在他的记忆里，他从不曾逛过百货商店，没有这个兴趣也没有这个要求。童贞平时也很少逛百货商店，只是想尝试一下夫妻双双逛商店采买东西的乐趣。乔光朴不愿扫她的兴，就陪她去了。但是走进了商店，乔光朴就像个大傻瓜，像个乡巴佬，只跟在童贞后面走，不说话，不管童贞说什么，他只是哼啊哈啊地应付着。他本来是一个武断的、好斗的、善辩的人，童贞多希望他对她的选择出出主意，就是完全反对也好。可他倒显得无比驯良，嘴上只有一句："你看着好就买。"五层楼的百货商店还没逛完两层，童贞就没有兴致了，谁愿意跟着一个木头人去逛商店！她买了点东西匆匆跑回家来了。

童贞喜欢听听音乐，看看电影。乔光朴坐在电影院里，灯光一灭，很容易就睡上一觉。他虽然酷爱京剧,可是他喜爱的是马连良、裘盛戎的唱法,这些名角都成了古人,乔光朴是宁愿在家里听听这些人的唱片,也不去戏院看他认为不过瘾的演出。童贞对京剧里的唱词却一句也听不懂。两个人在事业上是知心,抓工作常常不谋而合。可是在生活习惯和生活情趣上却是格格不入。童贞感觉到这一点了,可是乔光朴什么也没感觉出来,他对童贞是满意的,十分满意。每天晚上不管他多晚回来,童贞都等着他,教他半小时英语。一想起这一点,乔光朴就非常得意。有时也灵机一动,觉得太对不住童贞了,就主动买两张电影票,拉上童贞去看电影。

有一回他听说有个电影叫《巴黎圣母院》,反映不错,就拉上童贞去了。看了一半,两眼就有点睁不开了,他怕童贞不高兴,也不敢睡,想找个话题说两句话,提提精神,于是就借题发挥地对童贞说:"看这个电影我受点启发,你看这个电影拍的无非就是成群结队的乞丐,到处流浪的吉卜赛女郎,你们看得就这么带劲,艺术这玩意儿越反映古代的、愚昧的、落后的、荒唐的东西,越有人看。将来科学技术高度发展了,艺术家就没有饭碗了。因为,艺术家只关心过去,而我们搞工业的关心的是现在和未来,现在是未来的基础,现在是通向未来的阶梯……"

童贞简直是又好气又好笑,小声制止他:"得啦,得啦,你要睡就快睡你的觉吧,别发谬论了……"

童贞躺在床上一幕幕地想着结婚后的生活,这颗女人的心啊,真细,她把什么都记住了。

门开了,进来一个极为水灵的高个姑娘,她就是乔瑛,从大学赶回来看哥哥的。当她看到屋里的情景一下子怔住了,很多吃的东西扔在地上,童贞躺在床上一动不动。她从地上捡起那张纸条,心里全明白了。她把纸条放到口袋里,走到床边,扶住童贞的双肩,柔声说:"妈妈,您别生气,我哥哥是个挺好的人,他不了解您,他要知道您是怎么待我的,您给了爸爸多大帮助,他一定会尊敬您、爱您的。我现在就去把他叫回来,我早就想把一切都告诉他。"

"不!"童贞坐起来,"瑛瑛,你回来得正好,多做几样菜,然后给霍局长家里打电话,叫你哥哥回家来吃饭,你们爷儿三个好好吃顿团圆饭。我今天晚上有事,得到我母亲那儿去看看。"

"不,妈妈,您不能走,我一定要把他叫来,狠狠骂他一顿,叫他给您赔礼!"乔瑛说完反身走了。

七

乔瑛要告诉她哥哥的是十二年前的事。

那是个阴冷的秋天,天空混混沌沌,一会儿洒下一阵雨点,一会儿又飘下一阵冰粒。萧枫继她丈夫乔光朴之后,也被关进了"牛棚"。

到了晚上,幼儿园的小朋友几乎都被家长接走了,就剩下了乔瑛一个人。等到八点钟,老师也不耐烦了,就把她交给传达室看门的老头,自己回家了。五岁的乔瑛心里害怕,哭着喊着要找妈妈,她哭了一会儿,妈妈还没有来,看门的老头耳朵聋,眼睛也不太好,根本不管她。她更害怕了,哭得更凶了。小乔瑛不知又哭了多长时间,传达室的门突然开了,一个穿着雨衣的女人走进来,手里还拿着一件小雨衣。乔瑛喊了声"妈妈"就扑了过去。那个女人紧紧地把乔瑛抱在怀里,女人的脸是湿的,不知是淋的雨水,还是流的泪水。乔瑛终于认出来她不是妈妈,是爸爸的同事童阿姨。她又哭了,还是叫喊着要找妈妈。童贞告诉她妈妈病了,住进医院,叫童阿姨来接她。童贞给她穿好雨衣,抱着她走了。

从此,乔瑛就住在童贞的家里,晚上和童贞睡在一起,白天去幼儿园由童贞接送。为此厂里和街道上又传出许多闲话,本来童贞已经为和乔光朴的关系吃了不少苦头,现在把乔光朴扔下的孩子又领到家里抚养起来,这岂不等于承认关于她和乔光朴的谣言都是事实吗?自己给背上扣了一个大黑锅。郗望北几次想劝说老姨,把乔光朴的女儿送给霍大道的老伴去照看,乔光朴和霍大道是一样的身份,一样的遭遇,别人不会说闲话,他们之间互相照应也是应该的,但是每当他要下决心时,看着老姨的脸色,就又把到嘴边的话咽回去了。他不愿意让老姨第二次去自杀。

童贞每天晚上都领着乔瑛到能看到乔家窗户的地方转一圈,但是窗户天天是黑的。半年以后的一天晚上,窗户突然亮了,乔光朴从"牛棚"被放回来了。童贞把乔瑛领回到她自己家,童贞却不进屋。她倚在了门外面的墙上。

乔瑛一见乔光朴就扎在爸爸的怀里哭了。

乔光朴手里还攥着刚刚才见到的他妻子的遗书,紧紧地抱着女儿。这个男子汉也哭了,他的泪全部滴在了女儿的头上。沉了一会儿,他忽然问女儿:"小瑛,谁接你回来的?"

"童阿姨。"

"这半年多你都是跟着她吗?"

"嗯。"

"她在哪儿?"

"童阿姨没有进来,她在门外边。"

乔光朴放下女儿,跑到屋外,童贞已经走了。乔光朴回到屋里,又打开妻子的遗书。

光朴:

　　如果有一天你见到了这张纸,那就是说我已经不在这个世界上了。有两件事我不放心,我还得挣扎着把我的意见告诉你。头一件就是你和小瑛今后怎么办。你和童贞的关系我全知道,我曾经恨过她,而且恨得很深,但是,现在对我来说一切都过去了。我也很清楚,你们并没有超出同志关系。我不只是相信你,因为只有我最了解你。你必须还得再结婚;为了小瑛你也得结婚。你的脾气很不好,个性太强,而且不懂得女人,有时办事不近人情。如果再找个坏脾气和阴毒的女人结成半路夫妻,你后半辈子就过不好,我的小瑛也会跟着遭罪。童贞是个很好的女人,我恨她,但不能说她是坏女人,也许正因为她好才惹得我更恨她。她脾气温顺,喜欢小瑛。我和她交谈过两次,她是个正派的、很有教养的人,她决不是你们厂里人所传说的那种女人。她是很喜欢你,但她并不了解你,只看到了你好的一面,关于你性格中坏的那一面,她几乎一点也看不到,或者觉察到了但不愿意承认,是你们共同追求的事业把你们的感情拉近了。你反正是要重新组织家庭的,为了你,为了孩子,我求你这样做,与其找个我所不了解的女人,还不如找童贞。我考虑的是你们两个的性格配在一起正合适,她决不会跟你吵架的。我这不仅是给你选个后老伴,也是为女儿选一个基本能代替我的人。你千万不要怕被别人说闲话而不敢娶童贞,童贞已经为你把一个女人最宝贵的东西——名誉都丢尽了,为了这一点,我已经彻底原谅了她,我是知道做女人的苦楚的。而且你也有不可推卸的责任。我说这些话心里是很冷静的,人到临死的时候都是很冷静的。第二件事,儿子幸好去当兵了,我不担心他了,他会成为一个好军人。但是将来你不要把我死去的真正原因告诉他,因为那样只会给他的心灵投下抹不掉的阴影。他是一个脾气暴躁的人,如果怀着仇恨,却又不知道仇家是谁;想为母亲报仇,却又不知怎样去报;那该有多痛苦。这痛苦会咬碎他的心,说不定会毁了他的一生。因为我自己就要死了,却还不知道为什么而死。由于死得糊涂,对以前活过来的四十多年也感到糊涂了。写到这儿,我突然感到我是多么想活下去,我多想再见见你们,多想见见我的小瑛。叫她记住妈妈,因为妈妈到咽最后一口气的时候都会喊着她的名字!我的孩子,我的心肝!妈妈对不起她!

别了!

妻

日月早就不记得了,现在正是凄风苦雨的深夜。

八

童贞做好饭菜,等到快九点钟了,乔瑛还没回来,她知道乔基不会来了。

又过了一会儿,乔光朴回来了,怕乔光朴生气,吃不好饭,童贞没有讲乔基的事,两个人先吃起来。

吃过饭,还要准备乔瑛回来,桌子、碗筷都没有收拾,童贞就帮助乔光朴复习英语。乔光朴有一条规定:每天在他学习英语的时间,童贞不许干家务活儿,必须专心致志地教;他自己当然也不许谈工作,专心致志地学。

复习完英语,童贞看看表已经十点多钟了,乔瑛大概也不会回来了,就收拾吃饭的桌子。

乔光朴坐在沙发上,嘴里还在叨咕着单词:

boiler 大型锅炉

tractor 拖拉机

Europe 欧洲

童贞收拾完碗筷,正要和乔光朴好好谈一谈,她今天心里很难受,觉得有许多话需要对丈夫说出来。她也坐在沙发上,却听到了乔光朴轻轻的鼾声,他拿着书,头往沙发背上一靠就睡着了。乔光朴中午常常不休息,不管他身体多好,毕竟是五十岁出头的人了,身体吃得消,精神头也达不到了,晚上回到家里累得像摊泥,骨架都好像散了一样,往那儿一坐就想闭眼。有时候学半个小时的英语不得不用冷水洗三次脸。

童贞看着乔光朴睡得那么香甜,又恼又心疼。她只好把一肚子委屈全埋在自己心里,但眼泪却止不住地流下来了。她心里感到异常难受,又怕乔光朴着了凉,把一件大衣轻轻地盖在他身上,赶紧拖着疲乏的身子去收拾床铺准备热水,好让乔光朴洗脸烫脚,上床去睡。

电话铃突然响了,童贞生怕吵醒了乔光朴,奔过去赶紧抓起了电话的听筒。她看看乔光朴,他的脑袋只动了动,靠得更舒服一点,很快就又响起了呼噜声。童贞肚里的气更大了,刚才还不如不接电话,把他吵醒算了!

听筒里响起了乔瑛的声音:"喂,喂!"

童贞这才想起接电话:"哎,你找谁?"

"你是妈妈吗?我是乔瑛。"乔瑛想了一下,接着说,"喂,妈妈,我没有找到他,我听霍叔叔讲,刚才他要在霍叔叔家吃饭,霍叔叔不让他吃,把他臭骂了一顿,逼他回家来向您赔礼,他也答应了,可是不知他又跑到哪儿去了。我跑了几个叔叔家,也到火车站去了,都没有找到他。您不要生气,我回到学校就给他写信,我本想见面的时候深谈,怕信里写不清楚,现在见不着他,只有写信了。您放心,他要不认您,我就不认他。他有个女同学在你们厂,他一定是听信了那个同学讲的坏话。"

"别这样,小瑛,不许这样!"童贞急促地说,"你现在在哪儿呢?"

"我在火车站。"

"你还没有吃饭吧,快回家来吃饭,我都给你留着呐,这就放到炉子上去热。"

"不用了,我吃气就吃饱了。我得赶紧回学校,再晚就要关大门了,明天还有早自习。爸爸回来了吗?"

"回来了。"

"叫他也别生气,谁叫他养了个和自己一模一样的儿子。妈妈,再见。"

"再见。"

童贞放下电话,铺好被,打来热水,叫醒了乔光朴。她替乔光朴掀开大衣,从口袋里掉出一封信,童贞捡起一看,是市经济委员会的借调通知,被借调的正是她,童贞一怔,问乔光朴:"这是怎么回事?"

乔光朴说:"过两天,美国要派一个经济技术考察团到我们国家来,商量几项经济合作和技术引进的事,因为有的项目和我们市有关系,所以经委叫你去做我方的谈判代表。"

"厂党委同意了?"

"不行,坚决不同意。和外国人谈判,找个万金油式的工程师就行。那是扯皮,打嘴仗,你干不了那个,冀申愿意干那个,就叫他们干去吧。"

"那为什么还要我去呢?"

"还不是看上你在机电行业是个专家,又会两种外语。"

童贞凭她的细致和敏锐,觉得这件事决不像乔光朴说的那么简单,她沉吟着:"这件事来得太突然、太奇怪了。我是去年才被任命为副总工程师的,因为樊总上不了班,我实际负着总工程师的责任。一个总工程师在工厂所占位置的重要性,经委领导不会不知道,怎么能轻易调动呢? 找一个能参加谈判的人终究要比找一个总工程师容易。上边派新的总工程师来吗?"

"没有说。"

"有人接替我的工作吗?"

"没有。所以我们才不同意。你不要又疑神疑鬼。明天我和霍局长亲自找到铁健同志去说一说就行了。他是霍局长的老上级,人很不错,不会不考虑我们工厂的实际困难,硬把你调走的。"

"我恐怕还是离开一段时间好。"

"你胡说什么,我们厂怎么办?"

童贞没有再说话。

九

霍大道找了一天,竟没有找到那位铁健同志,他不是正在开会,就是出去检查工作了。一个机电局局长要找他的顶头上司——市经委主任,竟这般困难,真是活见鬼了! 霍大道非常恼火,因为他也不是闲人,而且他找铁健研究的事情又非常紧急。封建时代的衙门还悬着个大堂鼓,老百姓有了急事一敲堂鼓,上至宰相下至七品小县官都得升堂问事。现在社会进步了,堂鼓撤销了,电话代替了堂鼓,可是电话铃

声没有鼓声响,没人接电话,你毫无办法。霍大道一肚皮意见,只好在电话里冲着经委办公室的秘书发火:

"你们市委机关的这种作风,真得要彻底改一改。"

秘书也阴阳怪气地说:"我的霍局长,这不是作风的事,就说咱们铁健同志吧,身为市经委主任,还兼着市体育委员会主任、市环境保护委员会主任,挂脚一将还当着市计划生育委员会和防汛指挥部的主任,你算算一天得有多少会议需要他参加,得有多少人要找他?"

"我们国家干部那么多,可以车载船装,干吗把头衔都加到他一个人身上。"

"这里奥妙无穷,你霍局长还会不知道?"

"见鬼!"霍大道通知了乔光朴,晚上到铁健家里去等他,今天非得见到他不可。

一〇

晚上下班后,一个局长、一个厂长匆匆吃了点饭,就赶到铁健的家里,准备趁他在家里吃饭的时候堵住他。

铁健住的是市里上等的住宅区。推门进去,一拉溜三间大屋子。但是屋里的情景却把局长和厂长惊住了。中间的屋里生着个大炉子,铁健的老伴围着大锅煮面条,有几个农村打扮的男人给她当下手,有的拿笊篱,有的端瓷盆,在她的周围团团转。有的称她大姨,有的叫她大娘,有的喊她嫂子。西屋像乡下客店一样搭着通铺,铺上摆个小桌,桌上放着一盆黑乎乎的炸酱。六七条农村来的汉子,有的蹲在炕上,有的站在地上,一人手里端着一个大海碗,狼吞虎咽地吃着炸酱面。他们都是和铁健多少沾点亲、带点故的。他们都想通过铁健这个门路,给自己的社办工厂搞点材料和设备,给大队搞点拖拉机、化肥之类的东西。在他们眼里,家乡出了铁健这么个大人物,实在是四邻八舍的造化。市经委主任掌握着全市的经济大权,所有工厂都归他管,只要他一点头,就没有办不成的事。可是,他们当中的大多数人都见不到铁健。只有极个别的关系非常靠近、铁健实在无法推托的人,才给解决一点问题。但所有来投奔铁健的人,却保证可以吃上一顿热面条,找不到旅店还可以在这儿住上一两天。这些老乡亲们当然也不会客气,他们觉得铁健一个月挣二百多块,有的是钱,吃几顿面条也吃不穷他。对铁健来说,这实在是一笔不小的开销,他也只能管得起这种很简单的炸酱面,还给提供一间大房子,有时人太多了就在地板上铺块塑料布,照样可以睡人,老乡亲们好坏都能凑合。来的人当中有些纯粹是八竿子也打不着的亲戚,甚至是和铁健的家乡隔着公社、隔着县的农民,到城里来买东西或者做小买卖,也打着"老乡亲"的旗号,到铁健家住一宿,吃顿面条,又省住店钱,又省饭钱。反正铁健的老伴儿也记不清到底有多少亲戚和老乡。

东屋里坐着几位市里人。他们过去是经委或经委下属单位的干部,要求铁健给落实政策、解决工作和房子问题,也是苦于见不到铁健,不得不在他家里硬等。

虽然霍大道、乔光朴的身份以及要找铁健的目的和这东、西屋的人都不同,但铁大嫂已经忙得头昏脑涨,随随便便和霍大道打个招呼,就不再答理他们了。她是个在农村长大的妇女,心地善良,在她眼里,凡是找到家里来的人都是想走后门。打着为公家的旗号,打着落实国家政策的旗号,其实是想为自己、为自己的单位捞点好处。她可怜这些人,认为这些人也是没有办法,由于社会风气还没有根本改变,想办点事不找个门路是不行的。她又讨厌这些人,正是这些人,逼得她丈夫天天不敢回家,害得她这个领导干部的夫人成了个开店的老婆子,每天一扒开眼皮,就接来送往,手脚不停。

霍大道看出铁大嫂已经不认识他了,就走近了说:"大嫂,你不认识我了?"

铁大嫂各种奉承话听得多了,别说叫大嫂,叫奶奶的都有,求人办事谁还不会嘴甜点儿。就眼皮也不撩地说:"我老眼昏花,认不出来了。"

霍大道只好自报名姓:"我是机电局的老霍,霍大道。"

铁大嫂透过面汤锅里冒出的腾腾蒸汽,仔细打量了一下霍大道,用围裙擦擦手,热情地迎上来:"哟,是你老霍呀,怎不早说,你看我这个眼,愣没认出来,老啦!"

霍大道把乔光朴介绍给她,然后说:"工作上有点急事,要找铁健同志,找了他一天也没有找到。他什么时候能回来?"

"他不回来,一个月也不准回来一两次。他回家就跟火车进站似的,停停脚,拉个笛就又走了,你拉不住他。"铁大嫂嗓门非常大,似乎是有意让三个屋的人都能听到。

"你们大伙看看,一个是霍局长,一个是乔厂长,都是全市最大的局,最大的厂,要研究工作都找不到老铁,叫我可到哪里去找他?"

不知道她这是什么意思?宣扬连局长都找不到她丈夫,是为她丈夫官高位重,平常人不容易见到他而自豪呢,还是想借机告诉那些人趁早别再等了,等到什么时候也见不到他,死了这份心吧。

铁大嫂很客气地给霍、乔二人让座:"你们吃饭了吗?吃碗面条吧。"

"我们吃过了。"霍大道在考虑下一步怎么办。

西屋一个农村干部模样的人,亲热地带着明显讨好的笑容走近乔光朴,自己手里夹着自卷的喇叭筒烟,却从口袋里掏出一支"大前门",递给乔光朴:"你老就是乔厂长?吸烟。"

乔光朴赶紧推辞:"我不会吸烟。"

"去年你们厂把我们公社的临时工都给辞退了,今年你们还招人不招人?"

"不招人。"

"你们厂需要布轮吗?你们有什么任务要叫我们公社的厂子给协作加工的吗?⋯⋯"

乔光朴心想,那些被辞退的人在家里肯定把他的三辈祖奶奶都骂了,可是现在还这么赔着笑脸求他,乔光朴说不清心里是一股什么滋味。他赶紧示意霍大道快走,快点离开这儿。

霍大道只好告辞,铁大嫂跟在后边送他们出来。出了门,大嫂朝他俩摆摆手,领他们向左拐,又进了一间房子。这里安静、优雅,屋里的陈设带着一种西方色彩。几个穿着俏丽的姑娘,嗑着瓜子,守着一台飞利浦录音机,正欣赏着外国歌曲。她们对生人闯进这间屋子非常反感。铁健的女儿铁冰瞪了她母亲一眼。但一下子认出后边跟着的是霍大道,她不得不站起来打个招呼。咋咋呼呼的铁大嫂,在她的宝贝女儿面前变得像个老奶妈,低声慢语地说:"他们有急事要找你爸,你给领着去吧。"

"嗬,霍叔叔,连你们见他都这么费事?"铁冰撇撇嘴笑了,"好吧,今天晚上市委小礼堂放内部电影,是日本片,我爸准会去。我领你们到那儿去找。"

霍大道和乔光朴互相看看,一个是急促地掀动了几下灰白的眉毛,一个是脸颊上的肌肉跳动了几下,但都没有说话。

铁冰的伙伴们告辞了。铁大嫂把一罐炸辣酱和炖好的排骨放到篮子里,叫女儿带给铁健。铁健一天三顿吃食堂,她心疼老头子的清苦,每隔几天就叫女儿给送一趟菜。

铁冰一边换衣服,一边对着乔光朴问:"您就是乔瑛的爸爸?"

"对,你认识她?"

"她是我高中的同学,听说她有个姓童的干妈,是留学生,帮她一块复习功课才考上了大学。"

"你呐?"

"我没考上,今年再考。"

霍大道不知道这个现代派的小姐还会扔出什么话,就赶紧把话题岔开,说:"你这屋里洋玩意儿不少啊!"

"都是人家送的,这个录音机就是外贸局的冀叔叔送的,外国人送给了他,他有好几个,就把这个转送给我了。外国货就是比我们国产的好。"

这句话使乔光朴心里的血腾地撞到了脑顶。他看着这满屋子的洋玩意儿,进口电视机,进口落地灯,还有桌上摆着的那一堆外国造的小玩意儿,而且冀申居然把礼物送到经委主任女儿的手里,他忽然感慨万端。几十年前,他还是个小学生的时候,就跟着老师上街游行,呼口号:"抵制日货!""爱国多买中国货!"可是五十年过去了,我们的革命成功了,日货不仅没有被抵制住,反而打进我们国家一些高级干部的家庭里来了。连日本电影都成了某些领导和他们的子女热衷观赏的参考片,这不是一种讽刺吗?是对我们这个民族,对我们这场革命的讽刺!

他突然一转身,没头没脑地对霍大道说:"看来,光靠喊口号抵制外国货是不行的,老百姓是谁的货好就买谁的,我们得拿出呱呱叫的产品和外国人竞争!口号打不败外国货,革命也代替不了外国货,只有用货比货,用好货打败劣货。"

对乔光朴这段突如其来的议论,霍大道一下子就听懂了。国家正处在一场大改革的前夕,不改是不行的了,非改不可。这些天他总在琢磨,想提出这样四句话:国家要抓体制,行业要抓竞争,企业要抓经营,干部要抓决策。不能光等,要先从自己的局搞起来,早搞这盘棋就早一点活起来,再拖就要拖死了,就要垮了!

铁冰穿戴完毕,说:"我们走吧。"

一一

来到了市委小礼堂,霍大道和乔光朴被挡住了,他俩没有票。铁冰把那个装着炖排骨和炸辣酱的篮子交给乔光朴,说:"没关系,我去想办法,你们在门外边先等我一会儿。"说完她自己就先进去了。

这个姑娘真有办法,一会儿工夫她手里拿着两张票出来了,虽然座位不好,两张票也不挨着,他们不是为了来看电影,对座位好坏不在乎。铁冰能搞到票进礼堂看电影,他们已经很满意了。

铁冰把霍大道和乔光朴领进市委小礼堂,指着休息室对他们说:"你们是现在找他,还是等一会儿找?现在市委的头头和冀申他们都在里边了。"

乔光朴十分诧异:"冀申算什么人物,怎么居然享受市委领导的待遇?"

铁冰笑了:"我一看就知道您太老实了。冀申神通广大,是个孙悟空式的人物。"

乔光朴纠正她:"不,他不是孙悟空,是牛魔王式的人物。"

"反正他在王书记面前挺吃香。"

"你一个小孩子,怎么知道这么多事?不许瞎说。"霍大道严厉地说。

"别以为就你们当官的知道内幕。我们说不定比你们知道的更详细。"铁冰机灵地说,"你们要听我的话,就等电影开演以后再到休息室去找我爸。那时别人都走了,休息室就剩他一个人了。"

"你爸爸不看电影?"乔光朴诧异地问。

"他要等关了灯,电影开演的时候才入场呐。"

"为什么?"

"他怕叫人看见,又被那些难办的事缠住。"

"谁还会到电影院里来找他?"

"你们不就来啦?"铁冰眨眨眼,"你们等到礼堂一关灯,就去休息室,准能堵住他。"说完,把篮子塞给霍大道,转身不见了,大概是找她那帮门第相当而又志趣相投的男女快乐去了,去谈市委内幕,谈外国货,谈流行歌曲,谈一切他们感兴趣的东西……

霍大道和乔光朴紧紧地盯着铁健的座位,市委领导们一个个都来了,冀申也真的来了,就是铁健的位子还空着。

灯熄了,银幕上出现了八个大字:

　　内部电影
　　注意保密

局长和厂长照铁冰说的办法,果然在休息室门口堵住了铁健,经委主任苦笑一下,那意思是说:完了,今天的电影又看不成了。但他的修养极好,不管心里生多大的气,外表上轻易不泄露一丝一毫。而且市委的领导都在这儿,不论找他的是谁,是为了什么事情,叫市委领导看见总是没有好处的。遇到这种情况他总是悄悄地把来人打发走。尽管这样,座位离休息室门口很近的冀申还是听出了霍大道的声音,而且一下子就猜出霍大道是为童贞的事情而来,冀申在黑影里笑了。

乔光朴用他那特有的专注的目光盯着经委主任。

铁健六十来岁,高个子,灰白头发。从他常挂在脸上的那种客客气气的笑容里,可以看出他为人严谨而克制。他额头眼角的皱纹很深,里面仿佛凝聚着几十年风雨斗争的经验和智慧,也隐隐透露了他走过漫长而艰苦的路。在他灰白而粗长的眉毛下,有一双严峻的眼睛,谁看到这双眼睛,就会不自觉地和他保持一段距离,多么激动的人也会冷静下来。这双眼睛,以前也许闪烁过机智、快乐和生命的光彩。但现在一切光彩都消失了,剩下的只是一个深不可测的枯井。他似乎无时无刻不对世界发出疑问,也对自己提出警告:要小心。现在,他明明猜到了眼前这两个人的来意,却不点破,默默地等待着。

乔光朴忍不住了:"铁健同志,为什么要把出口产品的销售权从厂里转到外贸局?"

铁健摇摇头:"还没有最后定嘛!"

"为什么要调走童贞?"

"那是市委点的将。是借调嘛!"

乔光朴进一步逼问:"这么说,真是王书记接受了冀申出的主意,可他知不知道这就是拆电机厂的台?!"

铁健眼里突然闪过一丝焦虑和痛苦:"光朴同志,不要感情用事。从大局出发,赶紧叫童贞交接工作,快来报到。"

"要是厂党委不同意呢?"

"是共产党的厂党委吗?共产党的厂党委不服从共产党的市委的领导?"

"要是本人不肯离开电机厂呢?"

"那就正好叫人抓住了辫子:是'家天下'、'夫妻店',老实说,有人恨不得你乔光朴大吵大闹,童贞不服从调动,正好趁机整你哩!"

乔光朴吸了一口粗气,站起身对霍大道说:"我走了。"径直推门而去。

铁健在后面喊他:"看完电影再走嘛。"乔光朴没有搭腔,也没有回头。

铁健怔怔地望着乔光朴的背影,似乎是自言自语地说:"这个家伙的性子真够人受的,老霍,你回去好好跟他谈一谈,不能把真实情况都告诉他。调童贞出来是王书记在常委会上拍板决定的,就是要拆散电机厂的'夫妻店',乔光朴还蒙在鼓里。王书记定的是调出,如果把童贞调走,冀申再弄一个他的人往电机厂一插,乔光朴还怎么干?所以我在会上提出,暂时还找不到合适的总工程师人选能顶替童贞,王书记才同意临时借调。童贞的关系还留在电机厂,她就可以过问厂里的事情。"

霍大道锐利的目光盯住了铁健:"人家攻一步,你就退一步;人家提出一个要求,你虽然打点折扣,最后还是照办。你步步往后退,我们在下边还怎么干?!"

霍大道是他的老下级,这话伤了他的心。铁健居然动了肝火:"我有什么办法?我就像个封建大家族里的长房儿媳妇,上有公婆,下有小叔小姑,卡在中间受夹板气。我辛辛苦苦地支撑着局面,却出力不讨好。我自己的人对我不满意,对立面的人对我也不满意。我每天过着清教徒式的生活,可还是挨骂!天天都有一大群人缠着我,叫我给解决问题。我哪来的权力?我如果把精力都用在经委的工作上,也许还能干点事,你看看现在我成天都干什么?"他自嘲地数起了自己的头衔:"体育委员会的主任是我,环境保护委员会的主任是我,计划生育委员会的主任是我,防汛抗洪指挥部的主任也是我。我是搞工业的,和踢球打弹、生孩子有什么联系?你以为这是信任我吗?你以为有人骂我是'维持会长',我就不知道吗?"

霍大道对眼前这位老同志突然产生了一种怜悯之情。铁健表面上是这样冷静、超然,而内心却相当痛苦和紧张,简直是在一种如履薄冰的心境中生活,真是苦啊!但是霍大道想起自己来找他的目的,意识到自己决不能软,决不能同情他,那样他就什么事也不给你办。想到这儿,霍大道说:"冀申到外贸局以后都干了些什么事,你知道吗?"

铁健不说话。

"他就像过去的土财主到了大上海一样,见什么眼馋什么,认为贵的就是好货,结果买进来的是废物,上当受骗,成千成万地糟蹋外汇。经委为什么不过问?"

铁健冷冷地说:"冀申所以有恃无恐,他手里有两张牌,一张牌是在'文化大革命'中保过市委王书记,王书记对他有好感,在一切事情上都会支持他;第二张牌是在目前不少干部中间,买外国东西成风,外国货吊着很多人的胃口。冀申是操纵时代的老手,他当然要利用这种风气,甚至公开说什么'谁反对引进外国东西就是反对四化,就是极左思潮还在作怪'。"

"你怕了?"霍大道盯问,"真是职位高一级,顾虑多一层。我已经把咱们市在进出口工作上的问题,写了一个详细的报告。你是知道的,我看不准的事不干。这次如果市里不解决,我一定要把官司打到中央。"

"老霍,要慎重!"铁健从来不采取冒险的办法解决问题,他宁肯拖延不决。他不赞成破釜沉舟,也不允许别人破釜沉舟。

霍大道盯住不放,又逼了一步:"冀申去年调到外贸局是不符合组织手续的,至今他还是电机厂的人,必须叫他回去。"

铁健心里动了。他对安排冀申在外贸局是有看法的,而且冀申决不会满足于只掌握外贸大权,他很可能已经盯上了自己这个位子。市委表面上分成两派,其实内里还不止两派。铁健哪边也不靠,哪一派也不参加。两派都打他,两派也都拉他。为什么让他挂那么多的衔儿?因为叫这一派的人当,那一派不同意;叫那一派的人当,这一派不同意,最后只好叫他干,两派都能通得过。他必须小心又小心,谨慎又谨慎,维持平衡。铁健何不趁这个机会,把冀申搞回去呢!一来拿掉王书记的一个爪牙,二来除去了自己一个潜在的对手。铁健欣赏乔光朴,但他不放心乔光朴的一些做法,放冀申回厂也可以抑制一下乔光朴。他在公、私各方面冷静地权衡了一下利弊,最后答应了霍大道。他换上了一副轻松愉快的笑容,说:"老霍,别着急,要给我时间做工作。外国人不是讽刺我们中国的节奏是'一慢二看三通过'吗?一点不假。有些事不是你我能解决得了的,世界还不是尽善尽美嘛!"

又谈了几件事,霍大道都达到了目的,可不知为什么他并不感到痛快,心里倒像铐上了一副锁链,异常沉重。他认识铁健二十多年了,可是又常常感到他很陌生。他忽而离你很近,忽而又离你很远,使人难以捉摸。他想起人们送给铁健的绰号"维持会长",心里不免产生一种忧虑。

一二

乔光朴愤怒而又沮丧地回到家里,童贞一眼就看出他的神色不对,问:"你怎么啦?"

"调你走的事已经定了,明天你去经委报到吧。"乔光朴尽量把声音放得平和,压制着自己焦躁的情绪。

"真的吗?"童贞实在没有想到,正当厂里缺乏技术力量的时候,偏偏调走她。"那么工作怎么交接呢?"

"交给谁?"乔光朴闷声闷气地说,"眼下没有合适的人选。你挂着电机厂的工作走,将来也许还能回来。"

童贞苦笑了:"你实在是太善良、太幼稚了。"

"咳!"乔光朴懊恼地说,"当初我真不该感情用事,匆匆忙忙地宣布和你结婚。我的本意是想通过结婚把你、我和电机厂拴在一起,把你的心拉回到事业上来。可没有想到他们会拿'夫妻店'这题目做文章,今天既害了你我,又害了电机厂。"

童贞又惊又气地望着丈夫,嘴唇哆嗦着:"那好吧,现在分开也不晚!我明天就去报到。"

乔光朴诧异地抬起眼睛,这才发现童贞的脸色煞白。他第一次感觉到,他是最不会体察一个女人细微的感情变化的。他把大手一挥,猛地叹了口气。

童贞强忍住了眼泪。她知道,这就是丈夫的性格——她曾十次、百次地原谅过他的这种性格,今天她却不想再原谅他,虽然她也知道,他的心中同样是不好受的。

一三

冀申接到铁健要找他谈话的电话,心里纳闷了好半天:这老家伙找我有什么事呢? 不会是什么大事,因为王书记一点没跟我露过最近有什么事情同我有联系。也不会是什么好事,他找我不会有好事;当然也不会有什么坏事,这老家伙是识时务的,他知道我的身份。那么到底是什么事呢?

冀申坐在汽车里想了一路,也没想出眉目。反正他已经摸透了铁健的脉,没什么大了不起,就抱着一个"他有来言我有去语"的态度,进了铁健的办公室。

铁健每天几乎就是在会议和谈话中生活的。他的热情渐渐榨干了,永远是一副稳重、冷漠的面孔。但是他接待冀申就和接待霍大道不一样了,有意装得非常热情,甚至相互间还说了几句十分得体而又显得很亲热的玩笑话。但双方又都觉得不自然,亲热中藏着虚带着假,彼此都存着戒心。

铁健先问:"最近工作怎么样? 听说你到外贸局以后大刀阔斧,真砍杀了一阵是吗?"

"咳!"冀申这一声咳,再配上他那不动声色、难以捉摸的表情,真是含义复杂,听的人可以做各种解释,是表示他太辛苦了,太累了;也可以是很满意,很不满意;还可以是有苦难言。总之是什么都回答了,什么也没有回答。他也知道铁健对他的工作根本没有兴趣,只是客套地问一问罢了。冀申有意不把自己的情况告诉铁健,他深知对铁健这样的人,你越是个谜,他越不敢碰你。冀申的哲学是:你要了解别人,不叫别人了解你。这样你就可以掌握能出其不意攻击别人的秘密武器。

铁健很怵头,也很不愿意和冀申这样的人打交道,当然不想把时间拖长,就说明了这次谈话的宗旨:"你们电机厂最近这多半年真是突飞猛进,刚才我看了一下全市几个大厂的第一季度生产预计,电机厂能完成三千万,这个数字是了不起的。厂里很忙,工作很多,光是乔厂长他们几个人已经踢打不开了。你也知道童贞在前几天被调出来,正陪着美国代表团一边谈判,一边到全国各地去走走看看,大概得需要半个多月以后才能回来。厂里实在忙不过来,他们要求你先回厂帮着抓一段工作,你还是那个厂的副厂长嘛。"

"噢?"能掐会算的冀申把铁健可能跟他谈的问题都想到了,就是没有想到这个问题。他那张骨骼突出、皱纹交错的脸由于感情急剧变化憋得通红。沉吟一会儿,他问:"外贸局的工作呢?"

"你愿意挂着当然也可以,如果顾不过来就叫那几个局长多管点。"铁健这是点出来,冀申必须以电机厂的工作为主。

冀申当然也听明白了这个意思。他也看出来铁健并不是要罢免他在外贸局的职务,不是铁健没有这个权力,而是没有这个胆量。

冀申本想叫板:"要是叫我回厂,我从此不管外贸局的事啦!"他转而一想,这个"板"还不能叫,外贸局的几个老头对他到外贸局本来就有看法,暗地里你争我夺,他如果一赌气离开外贸局,岂不正中人家的意。这个"板"还是等见了王书记再叫吧。铁健为什么突然提出要他回厂呢?真的是乔光朴要他回去?不,决不可能!冀申苦苦思索也想不出眉目。他在心里骂了一句:"这个老家伙捣的什么鬼?"虽然只是一会儿工夫,冀申已经在脑子里转了一百个弯,仍不得其解,就只好试探地问:"铁健同志,这件事王书记知道吗?"

铁健已经想到他要提这个问题,笑着说:"你是电机厂副厂长,并没有免职,党组织关系和工资关系还都在厂里,回厂抓工作是理所当然,你如果认为应该请示王书记,那我明天就向王书记打招呼,你先回厂干着。"

　　冀申一双灵活的眼睛紧紧盯住铁健:"铁健同志,我在外贸局抓了几个月的工作,碰到的事不少,和外国人打了不少交道,也定了几笔大买卖。你对我的工作有什么不满意的地方没有?"

　　铁健哈哈大笑,亲热地使劲扳了一下冀申的膀子:"老冀呀,你想到哪儿去了。外贸局的工作虽然有时我也过问一下,但主要是市委负责工业和财贸的王书记亲自抓,那还能错得了!"

　　冀申实在从铁健的嘴里再也掏不出什么话来了,不得不承认对方是个更难对付的老滑头。

　　铁健是够滑的,他的地位也正像他自己说的那样两头挨骂。但他并不想改变这种状况,如果他采用霍大道提供的理由,用霍大道式的方法跟冀申谈话,那就可能完全是另一种效果,会使冀申害怕,至少能杀杀他的气焰,铁健完全有权力撤他的职务,使他灰溜溜地回厂,纵然他有意见,也没有办法,而且会取得霍大道们的全力支持。可是,铁健不那样干,他总是采取别人能够接受的办法解决问题,不得罪任何一方。表面很圆满,让大家都过得去,却给将来留下了麻烦。但他自己对这一套还挺欣赏,很得意。

　　冀申站起来说:"好吧,外贸局还有几件缠手的事,一时也没法交接。我明天先回电机厂接上头,暂时就两头挂着吧。"

　　冀申怎么能丢掉外贸局的职位呢?他倒不是对外贸工作有什么特殊的兴趣,他感兴趣的是权力。特别是在外国人面前,在摄影机前,在酒宴上……他体验到了权力的滋味——这是人类享受的一杯烈酒。

　　冀申回到家,立刻给王冠雄打电话,要了解一下厂里的情况。叫他重回电机厂,虽然开始他有点意外,但仔细一想倒正中下怀。他在外贸局经管的出口产品中,没有一样比得上电机厂的电机在国际市场上的声望高。如果抓住这项产品的出口权,外贸局不仅油水很大,而且利用这种国际市场上的热门货,可以在国外搞到很多别的东西。但乔光朴死死攥住电机的销售权不放。冀申虽然利用自己管外贸的权力要了一些花招,却没能达到目的。这回他亲自回厂,利用副厂长的职权,也许能有些办法。但是,他深知乔光朴的厉害,如果不扳倒他,自己在电机厂是扎不下根去的。

一四

冀申坐在家里等王冠雄,脑子里翻来覆去想这个问题,他回到电机厂怎样向群众解释这件事,一定会有不少人说他在外贸局混不下去了,才又被赶回厂来的。回头食不好吃呀!这可关系着他的名声,冀申一直认为一个人如果损伤了自己的名声,就会降低他的权力。他正琢磨着,想寻找一个既不破坏名声,又冠冕堂皇的理由。傍晚的时候,王冠雄来了。

王冠雄是第一次到冀申家里来,他虽然当过多年行政科长,管过不少房子,但是从未见过这么讲究的住宅,地板不是木头的,也不是水泥的,铺的全是硬质塑料,连所有的墙壁外面都镶了一层乳黄色的塑料板,上面印着鸭蛋青色的花纹和图案,雅致大方,太美了。这多亏是他见过世面的王科长才认得出这是塑料墙,要是换个土包子还真不知道这墙壁是拿什么做的。他还知道,这种塑料墙不用刷浆,脏了以后用水一冲就行。这座"小白楼",去年刚盖成以后曾轰动了全市,好多没有见过世面的老百姓都跑来看新鲜,楼下一拉溜五间大汽车房。据说"小白楼"是准备分给市委领导和少数区局级以上干部住的。老实说,王冠雄虽然也仔细看过"小白楼"的外表,但是在他没有进冀申的家之前,也想象不出"小白楼"里边到底是什么样的。今天进来一看,他服气了,他佩服的不是房子,而是冀申这个人,瞧不起经委主任铁健了。铁健的官比冀申大得多,工资也高得多,市委同样也分给他一套"小白楼"的住房,他没有要。用这套高级住房,换了两个普通的单元和花园区的四间平房。分给了两个儿子一人一个单元,他们老两口和女儿住在那四间平房里,据说铁健还很得意,住"小白楼"太招风,将来有什么运动,"小白楼"肯定会成为群众起而攻之的目标,而且和市委头头们住在一块弊多利少,将来老头一死,儿女们肯定住不长。就是市里不赶走他们,他们也付不起昂贵的房钱。现在铁健的儿子们一人一个单元,可以一辈子住下去了。铁健的算盘打得也不错,可是今天,王冠雄一走进冀申的家,一见"小白楼"里面是这样讲究,就替铁健惋惜,挺大的干部,还是乡下人的脾气,放着天堂不敢上。在这样的房子里睡上一天,就是得个急病死了也值得,也不枉来一世。还是人家冀申有气派,有远见,当个大干部就得要有福会享。其实冀申在要房时候的打算并不是王冠雄这样的人能猜得透的。当时冀申是很佩服铁健的深谋远虑的,铁健知道自己的地位是处于守势,不得不想想后事。而他冀申,在政治上正处于攻势,将来不知是坐经委的位子,还是市委的位子。有好房子就住,到时候想给儿子解决几间房子还不容易。

可是今天,冀申却没有心气和王冠雄谈论房子问题,他见这位落魄的行政科长老是东瞅西瞧,对他的房子看个没完,嘴里还老是不断发出一串串的"啧啧"声。冀申请他吃饭,用市场上买不到的"白沙液"酒招待他。王冠雄不免受宠若惊,喝着酒,冀申赶紧把谈话拉上正题,他说:"老王,你还在服务大队吗?"

"可不!我不像你冀厂长,上边有人,后边有戳儿,想走就走,我一辈子也动不了窝啦!"

"咳,这个老乔,对你这样的老同志怎么可以这样。再这样搞下去,不成了拉帮结派,搞家天下了吗?"冀申无限同情地叹口气,突然口气一转来了精神,"没关系,我还在电机厂兼着职,如果愿意我明天就可以回厂,像你这样的老中层干部早就应该恢复职务,我要严肃地向市委反映这个问题。"

"你还想回厂?别净说好听的了。谁离开那个地方,也不想再回去。"

"这倒也是,我也不愿意跟独断专行的人搭班子,再说我在外贸局待得也挺好。可是一想到你们这些人,心里总好像欠着点账。可是如果市里叫我回去解决问题,我也不能不服从市委的命令啊?"冀申为自己回厂铺了台阶,造了舆论,却又说得玄妙莫测,叫王冠雄摸不着大门。他口气一转:"近来厂里的情况怎么样?听说李干当了总会计师?"

"可不,李干算个什么东西,还不是靠在财务账上捣鬼,溜须拍马,一步登天……"王冠雄果然按照冀申的杆儿往上爬了,他原来还挺纳

闷,冀申怎么会突然想起要找他来呢? 他听了冀申刚才这番话,觉得
又有了希望,也许冀申真的能再回厂,也许市委叫他调查电机厂的问
题,穷帮穷,富帮富,像他这样的人还得靠冀申给翻身。他就乘着酒
兴,带着强烈的个人感情的色彩,把对电机厂不满意的事一件件地数
落开了,当他说到李干在临时工问题上肯定捣了鬼,给服务大队发的
奖金和盖幼儿园的费用,都是从给临时工的开销中省出来的,冀申眼
里像通了一股电流,猛地亮了。他不动声色,强装还在听着王冠雄说
下去,大脑皮层却抓住李干的问题急剧地运动着……

要整乔光朴这是可以狠狠抓住的一条小辫子,现在正是抓整顿,
抓规章制度,他这样干正好违犯了财务制度。在报纸上揭露这件事是
最时髦不过的了。现在报纸上经常发表读者来信,何不叫王秃子写个
材料,立刻去找王书记,请他批个字,明天在市委机关报上以群众来信
的名义捅出来,一定会轰动全市,电机厂一下子就乱了,冀申跟着这股
风回厂,进厂就抓这件事,群众一定会认为他是市委派回来专门调查
解决这个案子的。他正好一下子就把乔光朴的道行彻底打下去了……
但是还不能把这个计划全盘告诉王秃子,王冠雄也是个老油条,他如
果知道冀申要打他的旗号去登报纸,他是不会干的。

冀申好不容易耐着性子听王冠雄唠叨完了就问:"你刚才说,李干
在财务账上捣鬼的事是真的吗?"

"当然是真的!"

"好,你把情况写一写。"冀申拿出了纸和笔。

"写材料干什么?"王冠雄心里动了一下。

"这件事情要向市委汇报,我脑子不好,怕记不全把细节丢掉了。"

王冠雄不再多心,连编带想写了一大篇。

冀申收好王冠雄写的材料,高高兴兴地把他送走了。

一五

又是几天过去了。郗望北带着大锻件回来了。乔光朴到货场去

接车。货场上站着不少人,大家都想看看这辆特别的火车。一些爱说风凉话的人把这列火车叫做"当代的特别快车"。

不一会儿,一列火车徐徐地开进了电机厂的铁路专线。乔光朴苦笑了一下,这真是一辆特别列车。前边有几节很讲究的客车车厢,有餐车、卧铺车、食品车。列车的中部和尾部,全装着重型轧钢机的部件。

本市的轧钢厂从大三线的一家重型机械厂定做了一台重型轧机,这套重型连轧设备自重几千吨,组装起来就是一座黑色的铁城。轧机造出来快一年了,轧钢厂也急着要安装投产,可就是运不来。路途遥远,要穿过好几个省份,沿途所经过的几座小桥梁需要加固,还要经过几个转车的车站,不啻是一次钢铁的长征。这件事太麻烦、太难办到了。而且牵涉部门太多,手续繁杂,谁也不管,谁也不着急。重机厂反正已经把产品造出来,钱也拿到手了,就像抱着不哭的孩子,也不着急。真正着急的是这套连轧设备的买主——轧钢厂,可是干着急想不出办法。

今年春天,郗望北也去到大三线那家重型机械厂定做了两个大锻件,全是大型发电机上的转子。这两个大家伙好像太平洋里的头号巨鲸,同样存在着一个运输问题。郗望北找到轧钢厂的林厂长,给他出主意:由轧钢厂出钱,郗望北负责联系,从机务段借几节客车厢;并且仔细研究沿途都经过哪些地方,哪个地方最缺少什么东西,一路上可能会求到什么人,这些人可能提出什么条件,然后根据这些需要采购物品,高级的、低级的、洋玩意儿、土特产,全都塞进车厢……这样做当然要花费很大一笔钱,林厂长有些心疼。郗望北给他算了一笔账:轧机运回来早投产一个月,就把这笔钱赚回来了。否则,再等上两年,轧机也运不来,扔在机械厂万一包装不好,风吹雨淋,把轧机都锈坏了,你还得认倒霉!

一席话使林厂长定了心。他请郗望北帮忙办这件事,郗望北答应了。但他提出两条:"一、我们有两个锻件挂在你们车上捎回来,运输费由我们厂支付;二、不管火车开到哪儿,我负责给联系,但不陪吃不陪喝。因为这主意是我出的,我要一吃一喝,就说不清了。"

这件事他回来也请示了乔厂长。乔光朴直摇头,他觉得这种干法没有把握。轧钢厂的林厂长亲自找到他发了一顿脾气:"老伙计,你是见死不救,成心拆我的台!办成了对你们厂也有利,办不成与你们厂没关系,我是走投无路,不得不冒一次险。我只借你的郗望北用半个月。"乔光朴想答应也得答应,不想答应也得答应。一切按郗望北的计划行事,列车装上轧机以后,到什么地方出了问题,就把当地有关人员请上餐车,好吃好喝,好招待。从领导到加固桥梁的每一个工人,从铁路员工到交通警察,大小都有礼物馈赠。果然十分顺利地把轧机和锻件都运回来了。

郗望北从前面的一节车厢里跳下来,又黑又瘦,满脸尘土。乔光朴迎上去,他没有问辛苦,没有寒暄客气话,只是用力握了一下郗望北的手。

工人们忙着卸车。乔光朴叫工人赶紧把转子运到实验车间。他见到电机厂的锻件一运到,心里也一块石头落地了。今年的任务他已经感到手拿把攥了,不觉又用赞赏的目光瞧了瞧郗望北说:"副厂长,这两个转子运到实验车间后一定要严格做试验,掌握可靠数据,六十万的机组我们第一次搞,副总工程师又不在,你要盯紧。"

郗望北一怔:"副总工程师干什么去了?"

"调走了!"乔光朴不愿多说。

厂长办公室主任谷昌骑着自行车飞快地奔来,到了乔光朴跟前,把一张报纸递给他。乔光朴诧异地望望他,展开报纸,看到第一版上发表了王冠雄写给报社的信,揭发电机厂总会计师李干严重破坏财务制度。这就是那天晚上王冠雄给冀申写的材料,经冀申修改加工,市委王书记做了批示,今天登出来了。乔光朴飞快地看完这封信,冷笑了两声,强压住怒气,把报纸摔给了郗望北。郗望北的目光落在报纸上,眉头立刻锁紧了。

谷昌说:"冀申回厂了,要求立即召开党委会。老石请你们马上回去。"

郗望北听了,心里又是一震。

乔光朴一路回厂部，看到很多工人停下了手里的活计，拿着报纸议论纷纷。人们一见他过来，就不说话了，只用各种各样的眼光打量他，以各种不同的心境猜度他。他有意放慢了脚步，脸上闪着紫红色的光，神色坚毅而勇武。

愤怒容易使人莽撞，但是自制力强的人一旦把愤怒变为深刻的痛苦，他的智力就会更加敏锐。乔光朴突然决定想听听群众的反映。他有意放慢了脚步，不再取大道直接回厂部，而是拐进了车间，他一个车间一个车间地转。路过服务大队的时候，他停下了脚步。工棚里争吵得很厉害："王秃子，你吃里扒外，发奖金的时候你一个不少拿，转身又给报社写信骂厂子！"

"这回你算捞上了，又出名又拿稿费。哎，得了多少钱呐？"

王冠雄大声为自己辩解着。他是有苦说不出，知道自己被冀申利用了，可是事情已经闹到了这步田地，既然得罪了乔光朴就只能靠冀申了，而且，只好硬着头皮顶下去。

乔光朴推门进去，一眼从嘈杂的人群里看到杜兵。杜兵穿着喷漆工的蓝布大褂，上面沾了红一块绿一块的油彩，正在对王冠雄嚷些什么。乔光朴还没注意到，工棚墙壁上的那些讽刺他的漫画全铲掉了。

工人们看见乔光朴，立刻围上来，七言八语地叫着"厂长"，向他发着各种议论。这些议论，有的是对李干表示支持，有的是对报纸表示不满。

乔光朴抑制不住感情的洪流，使劲把手捺在身边一个小伙子的肩头上。他觉得和工人的感情从来没有这样亲近过。多好的工人！他剋过他们，批过他们。可是，在这困难的时候，群众却是这样地了解他，支持他。他心里甚至感到惭愧……

一六

乔光朴赶回党委办公室，会议桌前已经坐满了人，连都望北都先他一步来到了会议室，大家显然正在等他。他扫了一眼冀申，冀申谈笑风生，神态中似乎大有得意之色。

石敢看见委员们已经到齐,便冷冷地说:"这个紧急会是冀申同志要求召开的,现在请冀申同志先说吧。"

冀申打开了一个精美的进口记事本,从容不迫地说:"昨天晚上市委王书记把我找去,叫我把李干同志的问题了解一下。这事闹得满城风雨……"

郗望北突然打断了他的话:"请问冀申同志,你是以普通党委委员的身份对这件事发表意见呢,还是以市委王书记特派代表的身份来调查处理这件事?听你刚才的话显然是王书记的特派代表,这个举动本身是不是可以理解为市委对电机厂的党委已经信不过了?不然,王书记为什么不通过党组织的正式渠道,向石敢同志布置任务?如果确是信不过这个党委了,开这样的会还有什么实际意义?而且也不应该再由石敢同志主持会议,就请你按市委的意见办吧。"

"对!"立刻有人附和。

郗望北头脑灵活,能言善辩,的确捅到了冀申的疼处,使他很狼狈,一时简直想不出该如何回答,只好抽着鼻子冷冷一笑,竭力装出对郗望北的插话很不以为然的样子。

组织科的扈科长气呼呼地说:"不要打岔,特殊情况特殊对待,我们厂出了这么大的事,市委书记当然有权派人来过问,这谈不上对党委信任不信任的问题。李干的问题不是孤立的,党委也有责任,我们党委太软,在我们厂是政领导党,而不是党领导政,党政工团,应该党领导一切。"

"说得好!"扈科长救了冀申的驾,他借题发挥说,"试想,王书记为什么叫我来呢?如果我不来,石敢同志能处理得了这件事吗?石敢同志当然是个非常好的老同志,但是我们都知道,他是当家不主事。你们在座的有的是车间党总支书记,你们做得了车间主任的主吗?这牵涉到我们厂的办厂方针,究竟是搞一长制,搞家长作风,还是搞民主,厂子的一把手应该是党的领导,还是行政领导?企业的灵魂应该是党,还是利润——也就是钱?李干事件的确不是偶然的,我们要认真总结教训,要彻底扭一扭我们厂的办厂路线。"

冀申的话讲得很巧妙,又富有挑动性,一下子把乔光朴孤立起来,煽起了某些党总支书记心里的那股醋火。自经济体制改革以来,党政分家,车间里权力的重心渐渐由书记的手里转移到车间主任的手里,动钱动物要由主任批条子,书记说话不灵了。当惯了一把手的书记们,非常不适应这种变化,有的人眼看要大权旁落,正憋了一肚子气,冀申真算说到他们心里去了,立刻有几个人发言支持冀申,话里话外不点名地捎带了乔光朴。

乔光朴大吃一惊,冀申整他,王冠雄骂他,他毫不奇怪,甚至不大生气。他怎么也没有想到中层干部中会有这么多人不理解他,这些人平时对他是那样尊重,原来心里却在深深地忌恨着他,他有点泄气,有点伤心,一股不可名状的怒气在全身扩张,他一时还无法理解这种现象,是意见分歧?是妒忌?是势利?党委的委员们,怎么会一个人一套心眼儿?平时似乎都还配合得不错,一出了事就翻脸不认人,恨不得把那个倒霉的人一脚踩死。

乔光朴只顾搞他的经营,搞他的改革,他只知道大刀阔斧地行使自己做厂长的权力,而他的党委书记石敢是和他不隔心的战友。他以为别的人也会像石敢那样理解他,怎么可能呢!没有几个人愿意心情舒畅地把权力和荣誉让出来。有些气量狭窄而又自命不凡的人,由于偶然的机缘而高居要职,他们对一切都可以容忍,而决不能容忍别人的才能。仿佛别人的成就就是他们的痛苦,若是承认别人正确,就等于承认自己更渺小、更猥琐、更无能一样,因而或明或暗地引起一些摩擦和斗争。乔光朴正是在这样一场斗争中成了一部分人的靶心。可是他自己却没有感觉到这一点。

奇怪的是正当会议气氛非常紧张,而会议的主要当事人李干,却突然大笑起来:"哈哈,果不出我所料,你们打我不是目的,而是通过我打乔厂长。现在甚至撇开我,连幌子也不挂了,就直接朝乔厂长开炮了。哈哈哈!"

石敢是精明的,他一直不声不响,默默地注视着这场"混战",他把每个党委委员的思想状况都看清楚了,他心里有数了,一个班长不摸准自己班子的思想情况,就无法工作。他接着李干的话音说:"厂长要对工厂的经营负全部责任,因此他是工厂的主要负责人。用有些人的习惯用语来说,就叫做一把手。党委书记是做思想政治工作的,有些做党的工作的同志想当一把手,这很好,赶紧钻研业务,参加考核,不是没有希望的。总之,这不是今天会议要讨论的内容。今天要讨论的是李干同志的问题。李干同志,你先讲讲吧。"

李干的神态很坦然,他打开一个大夹子说:"咱厂自'文化大革命'开始以后,差不多每年都要雇用一千名左右的临时工,每年开销一百二十万元。乔厂长来了以后把临时工辞掉了,一年半的时间共节省一百八十万元。按财务制度规定这笔钱不能动,我却拿出十万元做了服务大队的奖钱,拿出五十万元盖幼儿园和宿舍楼。这是去年八月四日干的,当天我就写好检查放起来了,今天我把它交出来。"他把一张纸交给石敢。

郗望北和几个委员禁不住笑了。

组织科扈科长严厉地说:"你既然想到了这一天,为什么还要干?"

李干:"为什么不干?这是大好事嘛!"

扈科长:"你不想想你自己会得个什么结果?"

李干:"撤销职务。"

冀申插嘴说:"你一个人哪有这么大胆子?"

李干笑了:"你是不是想叫我说是乔厂长让我干的?遗憾的是我当初就想到了这一点,所以一开始做的时候就留了后手。我本应该请示乔厂长,可是我故意没那样做。你们可以去查账,查记录。在所有手续上签字的都是我。我和乔厂长一不沾亲二不带故,为什么要这样开脱他?我觉得电机厂可以没有李干,不能没有他。撸掉一个财务科长无足轻重,撸掉乔厂长,对电机厂的影响太大啦。请党委决定吧。我把该交代的工作都准备好了,谁接替我,可以随时交接。"

冀申嘲弄地说:"真有一股英雄气。那就没有可说的了,按纪律办事吧!"

一提要处分李干,委员们争起来了,大部分人不同意。

乔光朴把话接过来："既然你们盯的是我,为什么要拿李干做替罪羊?要处分就处分我好了!"

这时,一直保持着冷静的石敢,从桌旁站了起来。他环视四周,委员们都被他冷峻的表情镇住了,会场上顿时鸦雀无声。

石敢的舌头虽然不好使,但他的话却使人感到一字千钧。他缓缓地说:"李干同志不该受处分!先来讨论一下,这一年多来,我们厂的一系列做法,也就是冀申同志所说的办厂方针,是错了还是对了。如果错了,李干是执行者,该受处分的是我和老乔。如果这一切基本上是对的,而动用那笔款子是错的,那么对这件错事可以批评,但不能因此就全盘否定党委这一年多的工作。至于领导体制,我认为我们坚持的还是党委领导下的厂长分工负责制,这不叫一长制。冀申同志,我顺便问一句,你是不是正式回来了?"

冀申:"算回来了。但是还兼着外贸局的工作。"

乔光朴火冒三丈,他压了又压,挤出一串冷笑:"机电局下属一个工厂的副厂长竟然还兼着外贸局的副局长,真是天下奇闻!不过,老冀,电机厂是国家企业,你不能想来就来,想走就走。要么去当你的副局长,把厂子职务免了;要么回厂上班。在厂里你是分工抓基建的,遇到重大问题要同我商量,有事离厂要向厂党委打招呼。"

冀申也不示弱:"工作安排我还得听市委的。"

党委会不欢而散。

一七

乔光朴回到家已是十点多钟了。自从童贞走了以后,他不愿意一个人早早回到家里闷坐着,总是在厂里待到很晚才回去。他感到饿得慌,拿出面包啃了两口,觉得没滋没味,又丢开了。有罐头,懒得去开;有灌肠之类的东西,不愿去切。他烦躁得很,在屋里来回转着,心里总像缺了点东西。他在心里问自己:"我这是怎么啦?我需要什么?我要干什么?我难道是得了什么病?"

童贞不在身边,他感到似有所失。他拿起科技英语教材,看了半天也没学进去。他索性躺倒床上,蒙头睡觉。脑袋发沉,隐隐作疼,这本来是缺觉的缘故,可他偏偏睡不着。蒙眬中冀申阴毒的笑脸,扈科长一本正经的指责,李干的险些被撤职,王冠雄的文章,奇怪的"维持会长",面目不清的王书记,销售权的争夺战……这一些光怪陆离的人和事,像一堆乱绳,从四面八方向他抛来,缠他的躯体,箍他的脑袋。他大吼一声,撩开被子坐起来,双手用力掐住了自己的头。他忽然产生了一种可怕的孤独感。他跳到地上,冲到电话机前,拿起童贞打来的最后一份电报,按电报上的地址要通了长途电话。他现在急需见到童贞,哪怕跟她说上几句话,排排胸中的闷气也好。夜间的长途电话好要,时间不久就接通了。当耳机里传来那个熟悉的声音,乔光朴冲动地对着话筒喊起来:"我是乔光朴,我必须马上见到你,你回来一趟吧!"

乔光朴这种热切的、急不可耐的口气把童贞吓了一跳:"光朴,出了什么事?"

乔光朴意识到自己头脑发昏了:"唔,没什么大事,就是非常想你。"

童贞扑哧一声笑了,眼泪也流下来了:"你的身体好吗?回到家不要坐着就睡着了,容易着凉。晚上不要光啃凉面包,自己做个汤。咳,我临走的时候忘记嘱咐你了……"

"用不着了,现在你完全可以放心了,我是既吃不下也睡不着!"

童贞慌了,她略一思索:"明天不是星期天吗?你在家好好休息。我这儿的工作并不紧张,明后两天是陪美国人游西湖,我可以请假不去,明天一早我就坐班机回去看看你,正好也有件事要向霍局长汇报。"

"那好,反正我也睡不着,现在就去机场等你。"

"别冒傻气!我还要请假,还不知能不能赶上那趟班机。你答应我好好休息,不然我就不回去。"

"好吧。"乔光朴放下电话。他想了想,又抄起电话,要通了电机厂值班室，"喂，你是刘科长？你想办法通知郗副厂长、李干和设计科、工艺科的负责人，有什么需要请副总工程师解决的问题，就把图纸资料准备好。明天童总要回来一趟。叫他们拣主要的，不要鸡毛蒜皮都端来。童总只能待一个晚上。"

<h2 style="text-align:center">一八</h2>

第二天一早，乔光朴起床后先打扫屋子。童贞走了多少天，这间屋子就有多少天没有打扫。然后他提着网兜上街。乔光朴从来没买过菜，他根本不了解星期天的菜市场上会是什么情景。所有卖好东西的地方都排着长队。乔光朴一见这阵势就蒙了。在这儿站一会儿，嫌人多走了；到那边排一会儿，不耐烦又走了。转了半小时，什么也没买上。他几次想掉头回家不买了，可是家里什么东西都没有，童贞回来吃什么？她再来排队还不是一样。他一咬牙就铁心排下去了，却又耽误了去机场的时间。等他回去，童贞已经在家里了。

乔光朴定定地望着妻子，望了好长时间。

童贞也看着他："你怎么了？"

他紧紧抓住童贞的手，扶她在沙发上坐下来："真把人憋死了，我似乎有许多话要跟你说。"

童贞温柔地笑了："那就说吧。"

"难啊！你的话是对的，阻力不是几个人能推得开的，我推不开石头，就会被石头压死！"

"我们还是应当相信，党终于会把这些石头推开的。我这次到外边跑一跑，开阔了眼界，倒是增加了一些信心。"

乔光朴猛地把妻子拉进怀里，他的脸贴在她的头发上。几滴眼泪无声地流下来，滴到童贞头上。童贞扳起丈夫的脸，替他擦擦眼角，声音里带着无限柔情："你怎么像个小孩子似的哭了？"

"是啊，莫名其妙，还流了泪。"乔光朴并不感到难为情，"可怕的是，我们的一些经济工作像是害了贫血症，没有血，只能流泪。"

童贞安慰他："我离开以后，你少了个帮手，可能太累了，心情不好。"

乔光朴真挚地说："这几天我才发现，我们俩不仅在工作上，似乎在精神上也是互相撑持的。你在我身边的时候，我还不觉得怎么样，你离开了我，我才感到你的宝贵……"

门外响起了喊声："童总回来了吗？"

电机厂的几位大将来了。童贞的桌子上一会儿就码起一大沓图纸资料，这都是需要她审核的。

乔光朴挽起袖子下厨房了，没办法，今天只有他做给童贞吃了。可是能做出一桌什么样的饭菜，就连他这个一向充满自信的人，对这一点也没有信心。

一九

经委主任铁健事先没打招呼，突然来到了电机厂，要石敢和乔光朴先陪着他看看几个主要车间。铁健是老工业部长，领导工业是内行，他很快就感觉到电机厂的气氛不一样。厂区大道收拾得非常整洁，两旁栽种着花草树木，使人觉得心旷神怡。上班时间一到，大道上几乎看不到遛遛逛逛的闲人。眼下在我们的工厂里，能做到这一点就很不容易了。

进了车间，空气立刻热了好几度，气氛紧张。车间的水泥地板擦得一尘不染，按照生产流程画出白线和绿线。工件的转序，产品的堆放，井然有序。铁健越看越激动，有时还以老内行的眼光给乔光朴提几个小建议。他觉得电机厂的一招一式，确实反映了乔光朴的个性。老头儿对石敢发着感慨："看来叫光朴出国考察一下大有好处，搞现代化大生产，就要眼界大、见识广啊！"

铁健的进厂引起了工人们的猜测和不安，群众总是很敏感的，而且他们的猜测往往还是准确的。当铁健到办公室坐下来的时候，他刚才表现出来的那股热情，似乎已经消失了。虽然他脸上还挂着笑容，可这笑容有点像秋末的残花,透出一种冷意。看来他要谈一件很严肃的事情了。

铁健的神色变得严峻起来:"李干的事闹大了。你们说话不冷静,叫人抓住了辫子。这回不光是一个王冠雄控告你们,还有你们党委的几个成员也反对你们的做法,惹得市委王书记很恼火。不管你承认不承认,现行的财务制度还有效,李干破坏了它,不处理是不行的!石敢同志,两条道你选吧,一条是光丢掉李干;一条是李干和乔光朴都得丢掉,还得牵连一下你。你选哪一条?"

"这?"石敢真不知如何回答。

铁健:"所以嘛,赶快对李干拿个处理意见报上来。"

"不行!"乔光朴很带感情地说,"李干的错误到底有多大? 你把他撤了,把童贞也调走了,把我的左右手都砍掉,我还怎么干!"

铁健摇摇头,以一种长者兼领导的身份,用手指点着乔光朴,严肃而又亲切:"你是搞事业的,还有搞政治的,我就是站在中间尽量保住你这个搞事业的。石敢同志,你是书记,你的脑子要冷静,人家原本是想拉你打乔光朴,结果发现你和乔光朴摽得太紧了。你如果再护住李干,到头来是李干护不住,还得搭上乔光朴,你要权衡一下利弊。"

乔光朴:"撤李干不行,要撤先撤我。他明明没错,你这样一搞,下边谁还敢干? 我这个厂长还有脸见下边的干部吗? 这是妥协。"

"对,政治斗争,双方都要做点妥协。"铁健说,"我也不是光压你们,他们也做了让步,出口产品的销售权问题,暂时不收,还由你们自己对外。冀申也只在外贸局挂个空名,暂时以厂子工作为主,怎么样?"

"这不成了做交易了吗? 光靠和稀泥不解决问题。"

"你领导工厂要搞均衡生产,政治上也要找平衡,这个平衡搞不好哪一边都不乐意。我不是和稀泥的泥瓦匠,我是锔锅匠。咱们这个锅有裂纹了,我得把它锔起来,不然就会破,就四分五裂不能用了。没有更好的办法,只要维持住现状,大家都别闹翻了就不错。"

乔光朴是一个很难说服的人,他晃着大脑袋就是不认头:"我就不信你能维持住局面,表面上嘻嘻哈哈,暗地里勾心斗角,一切都照样进行,派性依旧,斗争依旧。表面上看着很平静,内部鼓起了脓包,里面发炎了。根本的办法是把脓挤出来,割掉瘤子。"

铁健也有点烦了:"挤谁? 谁是瘤子? 一不是国外的敌人,二不是国民党,三不是林彪、'四人帮'分子,甚至还都是受'四人帮'迫害的老同志,现在是我们亲兄弟之间争权夺利,你们一拨,他们一派,有什么办法? 党外有党,党内有派,派性是现代化的产物,你看看国外的那些政党,哪个党是一派? 眼下这个世界又分多少派? 就是势不两立的敌对的两派,有时也要坐在一块儿谈判,相互做点妥协。我们自己内部的派性斗争,为什么就不能互相让点步?"

在座的那几个人都被经委主任的奇论惊住了。石敢说:"这么说,我们的党和资产阶级政党就没有区别了?"

铁健站起来拍拍脑门儿:"都叫你们把我气糊涂了! 好吧,废话不说了,你们赶紧拿个处理意见报上来。"

乔光朴的嘴还是那么硬:"不行,决不能处分李干!"

铁健嘴唇哆嗦了一下,他真的生气了。他在市委替这些人说话,护着他们,没拿他们当外人。可是他们却不识好歹,不给自己争气。他终于忍不住说:"看来电机厂的事我是管不了啦!"说完扭头走出办公室。

石敢急忙从后面追上去,在楼梯口赶上了铁健,他想对经委领导解释几句。可是铁健摆摆手说:"石敢同志,你舌头上的伤口似乎已经长好了,说话很灵便嘛。可是你忘了有句古话:'刀伤好治,舌伤不好医。'我们都尝过舆论的苦头,你们现在又成了舆论的中心。作为一个党委书记,你失职了,你没有管好乔光朴。"

石敢望着铁健的背影,见他钻进了汽车,拐个弯驶出电机厂大门。他怔怔地想:"一个党的好干部,怎么会变成'维持会长'呢? 他处处貌似公正,实际上是向歪风邪气低头,打击了革命的有生力量。我们党的领导干部可千万不能像铁健这个样子啊!"

二〇

送走铁健,乔光朴回到了办公室。这几天他很忙,情绪也很坏。外贸局借口进出口货物太多,把他的出口电机给卡住了。产品积压,白白交纳各种税款,资金周转困难。国外订户一封又一封地来电报催货。乔光朴明明知道这是冀申搞的鬼,企图逼他交出出口电机的销售权。乔光朴找冀申谈了一次,冀申却跟他打官腔,佯装已经回厂,管不了外贸局的事。乔光朴叫郗望北也想了很多办法,仍旧没有打开通路。他几乎要被逼到绝路上去了,他打定主意今天要去找市委王书记谈一谈。

门开了,石敢、李干和生产科的几个人来找乔光朴。李干把几封电报交给他,他一看,简直要气炸了。由于电机没有按合同日期交货,国外有几个大订户提出退合同,还有几家因电机厂拖欠合同的时间太长,要求赔款,总数达到三百万元!

"混蛋!内外一块儿夹攻!"乔光朴把电报使劲摔在桌子上,转身就走。石敢拦住他:"你干什么去?"

"我到市委去。这场官司如果打不赢,我就辞职,叫冀申来当厂长,他们要怎么搞就怎么搞吧!"

李干指指电报问:"这些怎么答复?"

乔光朴:"要退货的就让他们退,要罚款的就认头罚,谁叫我们拖欠了合同,失了信誉,胳膊断了只好往袄袖里吞。郗副厂长呢?"

李干:"他在试验车间指挥转子试验,试验一结束他还得到成品库去。电机堆成山,库里放不下啦。眼看年底到了,车间里又会送出一大批产品,往哪儿放?需要望北去安排一下。"

"你叫他掌握一下厂里的生产。"乔光朴转头对石敢说,"如果市里不解决,我就直接上北京。"

李干又问:"香港销售组来信,又有一批新订户要购买我们的电机,我们应不应?"

"不应!我们叫外贸局卡着脖子,答应了人家,还不又得退合同、赔款!"乔光朴说完就走。石敢拉住他:"等等!"

石敢想了想,说:"拖欠合同,不管责任在谁,总是我们中国内部的事,不能对国外的用户感情用事,更不能发脾气。"

李干急忙应声:"对!对!"

石敢对李干说:"你立刻给用户发电报,措词要诚恳。因拖欠合同给他们造成的损失我们按规定赔偿。想退合同的要耐心解释,一方面承认错误,也请他们等一等,就说我们立即发货。香港市场的新订户,我们全都答应,立即签合同。用户找上门来怎么能拒绝!老乔,你看怎样?"

乔光朴定睛地望着党委书记,突然冲李干一挥手:"就按老石的意见办!"

李干和生产科的人高高兴兴地走了。

石敢的神情一下子变得异常严肃,尖锐的目光盯住乔光朴的眼睛:"老乔,这些天你是怎么搞的?动不动就发脾气,而且还说什么不行就辞职。忘了你自己立的军令状啦?忘了你是怎么把我拉来的?告诉你,我的劲头刚来。现在船到了江心,你要扔篙?这不是你乔光朴的性格!这些问题,你早该有精神准备,好戏还在后边呢。"

乔光朴低下眼睛,深深地哼了一声。

石敢的口气和缓了:"你在家里主持工作,那件事交给我去办。我打算先去找市委,如果问题得不到解决,我再拉上霍局长去机械部找车副部长。有必要的话还可以由车副部长找国务院。实在不行,宁可让出销售权,也得先发货。反正赚来的钱都得入国库。"

二一

就在这时候童贞回来了,但她不能在电机厂再待下去了。

这次到中国来的美国经济技术合作代表团的团长,是哈佛大学的副校长,他看中了童贞。她是这样一种女人:精通机电工业,但决不傲慢,甚至像个纯洁的小姑娘一样谦虚,对科学技术有着特殊的敏感,知道哪儿出现了新东西,就立刻盯住,千方百计抓过来。精通英、俄两种语言更给了她许多方便条件。她性格是那样温顺,长得那样动人。但在谈判中对技术上的每一个细节又决不放过,很难对她打马虎眼,更不能骗过她。她是又可爱又不好对付的那种专家。中国要挤进世界经济发达国家的行列,必然要吸引外国资本家在中国投资,联合开发资源,进行大规模的经济合作和技术引进,童贞是中国方面进行这种工作的不可多得的技术人才。但是目前国家还没有发现她,她只在一个工厂里当个副总工程师。这位哈佛大学的副校长决定请童贞到哈佛大学学习两年,算哈佛的毕业生。凭童贞的才干,在这两年里一定还会取得学位。童贞再回国后,在中国经济技术界就会成为说话有影响的专家。而她又是哈佛的毕业生,对她的母校,她的老师,甚至对美国都不可能没有感情,如果把这种感情带到谈判中,美国将会捞到多大好处!中国是个庞大的市场,各经济发达国家竞相同中国合作,美国如果有计划地培养出几个像童贞这样的专家,在这场竞争中,无疑会占优势。

这位精明的美国人首先想说服童贞,当然他的真正的想法并没有全部说出来,只说童贞是个人才,但是个不完全的人才,只知道五十年代的世界,不了解七十年代的世界,而中国又是多么需要能掌握世界经济技术现状的专业人才。

在最后一轮谈判中,美国人又遇到机电局长霍大道,从他们掌握的材料和亲自打交道得出的印象,认为霍大道是中国工业界那种铁腕式的人物,精明能干,而且又是童贞的顶头上司。美国代表团就向霍大道正式提出了童贞的问题,还又加上一条,童贞在哈佛大学学习期间,一切经费完全由美国承担,霍大道猜透了美国人的心理,他不能不佩服美国人的精明和眼光的远大。但是对于我们,这同样也是个难得的机会,为什么不利用他们提供的机会培养自己的专家?霍大道自信比美国人更了解童贞,他当场对美国人表示自己同意童贞赴美学习,但要请示上级领导之后再做最后决定。霍大道的果断使美国人感到惊奇,而且答应尽可能在美国代表团回国的时候,让童贞随他们一起走。时间太紧了,霍大道又深知市经委和市委某些领导干部的精神状态和工作作风,如果逐级请示,等到市委同意了再给中央打报告,这件事十有八九就算吹了。霍大道一面通知童贞做出国准备,一面自己亲自到北京找到机械工业部的车副部长,详详细细讲了自己的看法。副部长很高兴,立刻签字。霍大道很顺利地为童贞办完了出国的一切手续。等他从北京赶回来以后,家里对这件事已经又闹得满城风雨了。他屁股还没坐下,经委来电话,叫他立刻去见铁健。市委没有权力派人出国学习,可是有权找各种借口把本市要出国的人员扣下。霍大道立刻派人把出国的证件交给童贞,并嘱咐说:"告诉童贞,不见我的面不许交出证件。她的出国是得到了国家批准的,任何人无权吊销她的证件。"

童贞的心里却还在矛盾着,她很愿意去学习深造,她也知道学习回来后对国家是有好处的,可是她又不愿丢下乔光朴。她对他很不放心,她总是隐约有一种感觉,乔光朴不知道什么时候会出事的,如果他真的出了事,而且自己又不在他身边,这对他们两个人都是很痛苦的。

乔光朴刚一听到这个消息也是坚决不同意。冀申在党委会上举手赞成,他觉得这下可以彻底拆散电机厂的"夫妻店"了。冀申的这种态度倒使乔光朴又犹豫了。但是两天后,冀申又变卦了,他觉得不对头,童贞从美国学习回来就会成为国家的宝贝,也许要到北京去工作,说不定正好卡住他这个将来的外贸局长或经委主任。那他们两口子就会更得意了,将要大出风头。但这些话是不能当做阻挡童贞出国的理由端出来的,何况自己一开始就表示了同意。又是组织科扈科长提出一个理由,在这方面她比冀申更高明,一下子就抓住了要害。她撇开了乔光朴,单独向石敢和冀申提出了组织部门对童贞出国的反对意见:"美国人不是傻子,为什么由他们出钱替我们培养人才?他们肯定另有企图。再说童贞,生活一直很不愉快,'文化大革命'中挨了斗,名声很坏,虽然给她平了反,但她心里对党对群众不可能没有一点成见。去年才和乔厂长结婚,半路夫妻也不会有多深的感情,又没有孩子牵肠挂肚,如果她到美国以后,出了意外怎么办?即使她并不想叛国,可她毕竟是个高级知识分子,到了资本主义国家成天花花绿绿,如果给她提供良好的工作条件,优厚的报酬,她顶得住那种腐蚀?倘若,有外国的名家要追求她,像她这样的人还能经得住?她若是发一个声明不回国了,这影响会有多大?给我们党,我们国家将造成多大的政治损失?这个责任谁负得起!"

扈科长的观点很快被添油加醋,在电机厂传开了,又形成了一股群众舆论的风暴。童贞在结婚后,她的心境像大河边上的一湾水,渐渐平静了,这下又掀起了狂澜。真是怕什么就来什么,人言可畏。童贞痛苦极了,她几乎是绝望了。如果说"文化大革命"那是群众运动,受侮辱的也不止她一个人,现在却是平白无故地又给她身上泼了这么多脏水,这是为什么呢?如果她不走了,那就等于证明群众舆论是对的,她就是因为这个原因被扣下的。如果她还要走的话,就得背着这些侮辱和怀疑走,而且至少得背上两年,特别是她走了以后,乔光朴也得替她背上一份这样的包袱。

这些言论激怒了乔光朴,他对童贞说:"这下倒好了,逼上梁山,你非走不可了!"

冀申则把组织科长的意见当作广大干部和群众的反映给市委写了报告,但是来不及了,美国代表团明天就要回国了,霍大道通知石敢明天在送童贞去飞机场之前,在电机厂要开一个热烈的欢送会。

第二天一早,霍大道亲自来了,不仅科室的全体干部都出来送行,各车间的工人也派代表来送行,特别是妇女们,围住童贞,拉住她的胳膊,依依不舍。有的留恋她,有的羡慕她,也有的同情她,甚至妒忌她。

霍大道跳上最高的一级台阶,满脸怒气地开始致他的欢送词:"童贞同志出国去学习,对我们国家,我们市,我们局以及你们厂都是件好事情,是大喜事,可是我们办得像丧事。给童贞造了那么多谣,提了那么多带有侮辱性的问题。但是真正受到侮辱的不是童贞,而是我们大家,我们国家。害得我这个当局长的在送她上飞机之前,不得不先给她辟谣,给她平反,给她恢复名誉。美国人主动花钱培养中国人,当然有他们的企图。我们也有我们的企图,哈佛大学是世界性的名牌学校,美国政府的许多高级官员,包括基辛格这样的世界知名人士,都是从哈佛毕业的。童贞取得了哈佛的学位以后,在我们和美国的交往中,对我们难道不是有利反而有害吗?美国人都相信他们培养童贞出来以后,童贞会对他们有所帮助。而我们中国人,对自己的同胞、对自己的姐妹却抱着许多怀疑,这是一种什么样的心理状态?还有人说什么她要是不回来怎么办?要是被资本主义的花花世界腐蚀了怎么办?说这话的人如果不是出于无知、嫉妒,就是别有用心。这些人说不定他们自己才是那样垂涎资本主义的花花世界!不然他们为什么那么相信资本主义花花世界的吸引力,而不相信我们民族、我们国家的力量?这种人装得比谁都正派,好像只有他们最靠得住,一肚子乌七八糟的东西。让童贞背着这些谣言出国,她将带着一种什么样的感情离开祖国、离开同胞?我看造谣的人才是有意逼她,想叫她不再回来!这种人的灵魂太丑恶,至少是以小人之心度君子之腹。"

霍大道的话没有说完,市委的一辆小汽车开到门前,市委组织部长跳下车,对霍大道说:"霍大道同志,市委王书记叫你和童贞同志马上去市委。"

霍大道冷冷地说:"童贞同志立即要出国了,没有时间去了。"

组织部长:"王书记也正是因为这件事才找你们去的。"

霍大道:"我送童贞同志一上飞机,立刻就去见王书记,至于童贞,请你叫公安局带着逮捕证来,否则你留不住她,因为她出国是得到国家批准的,证件齐全。"他转身对石敢大声说:"石敢同志,把你们厂的大轿车、小轿车都开上,让同志们坐上去,送童贞同志去飞机场。"

郗望北因为正在指挥转子试验,不能去飞机场,和童贞握握手告别,就匆匆跑回车间去了。

霍大道让童贞坐进了自己的车。这样的阵势,这样的车队,使童贞又感动又不安。霍大道压住满心的怒气,装得很轻松愉快,谈笑风生,向童贞讲起了他对美国的印象,还讲了几句笑话。用半开玩笑的口吻告诉童贞,不要小看乔光朴,乔光朴是粗中有细,如果童贞信得过,他霍大道可以代替她常常提醒乔光朴。叫他在每当要发脾气的时候,就想想童贞。越是这样,童贞越忍不住几次偷偷扭过脸去抹掉了涌出眼眶的泪水。

来到飞机场,离飞机起飞只有二十多分钟了,美国人已经开始上飞机,童贞和送行的同志一一握手告别。乔光朴陪她向舷梯走去,两个人都沉默着,他们似乎有很多话还没有来得及说,却又一句话也不想说,这样的沉默含有一种坚韧的力量和无比的痛苦。

童贞不时向进口处望一眼,她希望能看到一个人的脸,这个人是乔瑛。她是答应要来送行的,可是现在却没有来,这使童贞很伤心。

乔光朴知道童贞在等谁,他心里也埋怨女儿不懂事。两人已经到了舷梯下,必须要告别了,两个人对望着,童贞眼里闪着泪光。乔光朴握着她的手说:"到美国安下心来学习,不要担心我。你在我身边,我是无所顾忌的。你走了以后,我的生活会很沉重,但我能挡过去。痛苦会代替你陪伴我,而且痛苦会使人冷静,它比你本人更能提醒我。放心吧,为了让你在美国安心学习,我也不会蛮干的。"

听了这话,童贞更忍不住了。她不愿意哭着和丈夫告别,匆匆道了声"再见",扭头就要上梯子,入口处响起了乔瑛的声音:"妈妈,等一等。"

童贞回过头来,看见乔瑛拉着一个青年军人正朝自己飞跑过来,她心里一热:"乔基!"

童贞转身迎上几步,乔瑛扑上来,娘儿俩紧紧抱在了一起。

乔基二十七八岁,长得很像乔光朴,他站在旁边等那泪流满面的娘儿俩稍稍冷静了一下,就很不好意思地说:"童阿姨……"一见妹妹瞪他,立即醒悟,改口说:"妈妈,请你原谅我上次……"

童贞似有无限的爱回到了心中,替乔基整整领章、帽子,见他跑得满头大汗,就说:"你是怎么知道的?"

乔瑛:"他刚下火车,差点没碰上。"

乔基忽然神情非常庄重地说:"我在部队上找了个女朋友,她叫我告诉您,两年后,等您从美国学习回来的时候,主持我们的婚礼。"

童贞明白乔基的意思了,说:"我一定回来参加你们的婚礼。"

服务员催促上飞机了,乔瑛把一大包水果、罐头、点心之类的东西塞到童贞怀里,扶着她登上了舷梯。

飞机刚刚起飞,乔光朴他们还没有走出机场,突然在西北方向像沉雷似的发出一声巨响,乔光朴心头一震,不好!不是轧钢厂就是自己的工厂出了事故。他坐上车连声对司机说:"快快,回厂,快!"

他们的车刚拐上通向电机厂的大道,就见两辆白色救护车鸣着长笛驶向电机厂,乔光朴血往上涌,两眼似要把汽车的玻璃刺穿!

工人们向实验车间跑去。实验车间的东半部玻璃震坏了,西大墙被崩塌了一个大窟窿。

生产科长向乔光朴报告他刚了解到的事故经过:"转子试验到最后阶段,郗副厂长听到声音不对,叫工人赶紧躲开,他去关电闸,吴工程师不放心,跟他一块儿去,就在这时转子破裂了,重伤二人,轻伤五人。机器设备有一台被崩坏,厂房也遭到了一定程度的破坏。

事故是偶然发生的,但这是必然的结果,因为转子锻件的质量有问题。搞现代化不是一两个厂子的事,全国都得抓经营管理,抓质量。幸好这事故是发生在试验阶段,如果被装进电机,在发电厂发生这样的事故,后果就不堪设想。乔光朴不等生产科长说完就挤进去看受伤的同志。

医生做了紧急处理,把受伤的人包扎好,先把昏迷不醒的吴工程师抬上了救护车,护士要去抬郗望北的时候,郗望北用没有受伤的右手抓住了机器上的一根管子,死活不走,一定要叫人把石敢找来。石敢来了,他凑到郗望北的跟前,见郗望北整个脸都叫白布缠着,鲜红的血已经透过纱布渗了出来。

石敢忍不住心里的疼痛,轻声呼唤:"望北,望北!"

郗望北看不见石敢,他扬起了左手在空中抓着,石敢赶紧把自己的手递到他的手里,郗望北用力抓住了石敢的手,声音微弱地说:"这次事故的原因是重机厂给我们的锻件不合格……"他的手拉着石敢的手去摸不能动的右手。石敢从郗望北的右手里拿来一块转子的碎片,上面沾满了血。乔光朴也走过来,默默地从石敢手里接过那块碎片看着。

郗望北继续说:"老石同志,出了这么大的事故,市里肯定要处分我们,转子是我买来的,试验是我指挥的,我又是分工抓生产的,就处分我吧。要保住乔厂长,保住咱们……"郗望北话没说完就昏过去了。

石敢扭过头去,抹了一把眼泪,对医生说:"快送医院!"

恰恰在这个节骨眼儿上,冀申来了,他愁眉苦脸,一副无可奈何的样子对石敢和乔光朴说:"王书记、铁健同志和霍局长都到我们厂来了,正在办公室等你们呐,叫你们二位快去。"

工人们默默让出一条道,乔光朴和石敢出了车间,向办公大楼走去。冀申眼泪几乎要流出来了,他用充满了痛苦的声调对工人们说:"同志们,出了这样大的事故是我们厂的不幸。没有办法,市委已经决定叫乔厂长暂时停职检查,待事故查清原因以后再说。现在让我临时代理抓全厂的工作,我再三说我干不了……"

工人们先是一惊,随即就炸了,没有理会冀申,却像潮水似的涌出车间,拼命追上石敢和乔光朴,把他们两个团团围住。人群里有叫的,有骂的,有说讽刺话的,但是你的话立刻被他的话压下去,结果是乱哄哄嚷成一团,谁也听不清谁在说什么。

刚刚从技术服务队回厂的老钳工马长友,挥着手叫大家静下来,他说:"大家别瞎吵了,听我说,乔厂长不是属于乔光朴他自己的,也不是属于王书记、铁主任那几个人的,他是我们电机厂这九千职工的厂长。现在讲民主,可以由工人自己选厂长,只要我们工人说乔厂长行,别人就不能随随便便把他撤了。他们市委要不愿意要他,我们要!王书记要也嫌他不好,咱们工人选他。对不对?"

工人们一声呐喊:"对!"

马长友又说:"那咱们就派两个代表,跟着石敢同志到楼上,把王书记、铁主任叫到这儿来,当面锣对面鼓叫他们说清楚……"

工人们喊:"对!跟他辩论辩论。"

马长友:"石敢同志,你同意不同意?"

石敢嘴唇抖动着,一字一顿地说:"你们不要说党嫌他不好,不,他是党的好儿子。问题是我们党现在也很困难呀！长征的时候、抗日的时候、打国民党的时候，那时候我们党的力量还不够强大，可是我们都有信心，坚信我们一定会胜利，因为人民群众和我们站在一起。但是现在呢，就说我这个党委书记吧，越当越难了，越干越不会干了。一会儿这，一会儿那，我甚至摸不着大门了。同志们，我不该跟你们发牢骚，可我心里有话，我不跟你们说又去向谁说呢？"

说到这儿，石敢竟抑制不住，眼泪哗哗地淌下来了。

乔光朴的眼里没有泪，倒似乎是从眼里喷出一粒粒火星。

工人们突然一窝蜂似的拥着乔光朴和石敢要向办公大楼里冲，石敢向群众摆着手，止住了大家的喧嚷，用平静的声调说："谁说乔厂长撤职了？没有的事，我以党委书记的身份担保，如果乔厂长该撤职，我就更该受处分，因为我对党做的工作没有他多，错误不比他少！"

工人们望着党委书记，渐渐冷静下来了。

石敢已经完全恢复了理智，他摆摆头，对群众高声说："你们要是信得过我，我就当你们的代表，一定把你们对乔厂长的支持转告给市委，现在就请乔厂长赶紧回现场处理事故的善后工作，我一个人去见市委领导。"

"同意，信得过！"

乔光朴始终没有说话，只是紧紧地握了握石敢的手，掉头向车间走去。

工人们也分散开来，向各车间走去。

1979年春

血往心里流

　　上车的,送人的,背包的,提兜的,像潮水一样从进站口涌进站台,然后又分成许多支脉,流进各个车厢。在这万头攒动的人流里,我突然在我们要找的五号车厢门口发现了一个熟悉的学生头。这是一头乌亮浓厚的美发,像黑色的瀑布从头顶倾泻而下。它不柔软、妩媚,但健美、洒脱,有一种朴素而自然的魅力。除去我的同学姚一真,别人不会有这样的美发,不会将出奇的美发随随便便梳成普通的学生式。我帮着姐姐把行李送上车,安顿好座位,就急忙跳下车去找一真。她已站到远处人少的地方,正和一个男人说话,而且两个人的神情都不大自然。我知道她是无兄无弟的独生女,这男的莫非是她的对象?我没有打招呼,走过去想仔细瞧瞧。

　　一真颀长的身材,挺拔而丰满,鹅蛋形脸,娇美动人,修长的细眉,晶亮的杏核眼,似乎比以前更漂亮更招人喜欢了。但是她脸上的神色,眼里的光芒,却表明她已经变了。我故意在她眼前晃来晃去走了好几趟,想叫她看见我,先打招呼,可她只顾谈话,目不斜视,仿佛站台上就只有他们两个人。我不便插进去打搅,也不忍心抢他们这点宝贵的时间,就站在一边静听。他正说话:

　　"我以为厂里不会有人来给我送行的,没想到你会来。这么说我在厂里还不能算是四面楚歌,至少还混下你这么一个人缘儿。"

　　她说:"你不要太难过,反正就是两年时间。"

　　他似乎是自嘲地摇摇头:"难过?不,正相反,这对我是一趟美差。我像一条受了重伤的狗,需要找一个偏远人少的地方舔舔自己的伤口。别说是到农村待两年,要是叫我到深山老林里当一辈子和尚那才痛快哩!"

哟,这是什么话?他俩别是刚怄完了气?我这才仔细打量这个幸运的人:他穿一身整齐的绿军装,魁伟健壮,头颅硕大,额头高耸,人长得不算漂亮,倒还有一种粗犷的男子气,只是脸色发黄,满眼红丝,年岁也比一真大。和水灵水鲜的一真站到一块儿可有点不般配,我心里有点替她惋惜。但她似乎对他蛮好,把手里提的肉松、罐头等一大兜食品塞到他的手里。见这情景我禁不住笑了,她现在也懂这一套人情世故了。

五年前上中学的时候,一真还像个不食人间烟火的"嫦娥仙子"。她和我在一个学习组,常到我们家复习功课或者是写作业。她那粉皮嫩肉的俊俏模样,深潭似的一对眸子,婶子大娘们谁看见谁爱。可有一样,她不懂社会上的人情事理,不会看别人的眉眼高低。每逢我要到同学家里去,妈妈总是一再嘱咐:在别人家里别待的时间长了,看人家摆桌子吃饭就赶紧出来,人家要是家里有事,大人脸色不好看也赶快离开。可是一真从来不懂这一套。有时作业没写完赶上我们家吃饭,妈妈让她也跟着一块儿吃,如果正巧她肚子也饿了,绝不客气,坐下就吃,不是吃一点儿,一直吃饱为止。而且放下碗筷之后也不会说声谢谢之类的客气话。有时碰上我们家来了亲戚朋友,屋里挤得插不下脚,我们俩作业如果没写完,她也不会自动走开腾地方。碰到这种时候,妈妈只好下逐客令:"好闺女,家里来人了,你先回家,明儿个再来。"虽然是被撵走的,一真决不介意,第二天该来照常来,而且还是那么高兴,昨天的事一点儿也没有在心里留下影子。正因为她这个人长得挺细,心却挺粗,不娇气,傻实在,自己不会虚情假意,也不懂别人的虚情假意,姐姐才说她不像是吃人间五谷杂粮长大的,倒像是在真空里长大的,纯洁得里外透明,就送了她一个"嫦娥仙子"的称号。当时她的确像个从天上掉下来的美姑娘。初中毕业后我下乡了,她进了工厂。这五年"社会大学",我可懂得什么叫"社会"啦!姚一真呢,她恐怕也毕业了。这位小嫦娥,现在不是已明世故,懂得不空着手来给男朋友送行吗？

但那男的好像还不大情愿接过这些好吃的东西："你呀，太幼稚，叫他们看见又该说你的闲话了。"

"叫他们说吧，我不怕！"姚一真像压着一肚子火气突然爆发了，"我来以前想过了，我就是要堂堂正正地做给他们看。谁想他们竟一个也不来。按理说，别人不来，车间的领导应该来，你的老同学、踩着你爬上去的人也应该来送送你。——我又把他们看错了。"

"不，这样最好。我喜欢人与人之间是赤裸裸的，好也罢，孬也罢，都要出自真诚。你想，他们讨厌我，恨不得我快滚蛋，心里不愿送我，如果硬要假惺惺来送行，赔着笑脸，再说上几句言不由衷的安慰鼓励之类的话，岂不是往我的伤口上撒盐末！"

她说："黑书记对你还是挺同情的，他跟我说为你的事使了不少劲儿，还担了不小的责任，有人要给你处分，是他顶住了。他说在你走之前好好和你谈一谈。"

他似乎苦笑了一下："记住，当你受了伤的时候，千万要把伤口掩藏起来。牛受了伤，苍蝇就叮上去吸血。人受了伤，陪着一块唉声叹气的不光是同情，还有幸灾乐祸的带刺的笑眼，这能使你的心里再一次出血！"

她急切的语气中带着女孩子特有的温存，显然是要尽力安慰他："不管怎么说，车间里有不少工人还说你是个心地正派的老实人，也能干，你不要太寒心。"

他说："唉，你老是用直线式的眼光看世界上最复杂的事物，说我好话的人当然也不是没有，但在他们的眼里，这年头老实和愚蠢差不多，能干和傻子是一个概念。他们送给我最恰当的评价是三个字：倒霉蛋！这不使我寒心，寒心的是另一种人：我刚一回来当上车间副主任，周围几乎全是笑脸和媚眼；我被一撸到底，笑脸随即变成阴冷、蔑视、嘲笑的毒脸。我总算懂得了'人心都是肉长的'，这是一句骗人的鬼话。"

他的话似乎引起了她的共鸣，使她忘记了自己应该安慰男朋友，而是火上浇油地接上说:"我也感到这一点,现在要做一个实实在在的正直人太不容易了,因为有人学得又奸又猾,到处都有诡辩术和陷阱,老实人就注定会吃亏。虚伪,纯粹的虚伪,这就是一些人思想的本质。"

我站在旁边越听越糊涂,他们不像两个依依不舍的情人,也不像一对话别的夫妻,倒像两个研究哲学的书呆子在发空论。他们的谈话吸引了我,我打定主意,就站在他们身边听下去。好在站台上人很多,他俩的谈话似乎也无意背人。但男的又似乎对刚才一真那番"共鸣"很觉不安。

一真从口袋里掏出两本书递给他:"在农村有时间看书了,这是上个月我心里别扭得要命,从爸爸书箱子里翻出来的,你带去看吧。"

他看着书的封面,轻声念着书名和作者的名字:"《判断力批判》,康德;笛卡儿,《指导理智的规则》。好,谢谢你。"

乘务员催旅客上车,送亲友的下车。一真和她的朋友往车门口走,我也要去和姐姐道声再见,听到他边走边向一真急切地说:"小姚,你的情绪也不大对,你不应该这么消沉。……你今天不该来送我,一定是我的情绪影响了你。"他似乎在找寻能准确表达他思想的词句,"他们造了我俩很多谣言,你我心里都很明白,你无心,我无意,你是为我所累。要和你谈那种事,我根本不配。我和他们比,可以算是清白老实的;要和你比,我就是很不纯洁,算得上是油滑的了。你的心太纯洁了。要是世上的人心地都这么纯洁,而且从生到死永远是纯洁的,那有多好。但这是不可能的。我心里既希望你永远这么纯洁无私,可又怕你吃这心地太单纯的亏。怕你学油滑,可又希望你学油滑点少吃眼前亏。一想到你被生活耍弄和教训几次之后,慢慢老练起来,知道怎样处事待人,怎样顺应潮流而不使自己倒霉,两年后我回来时你已经胸有城府,完全变成另一个人,真是不寒而栗!"

她冷冷地说:"我也算受过骗跌过跤了,可是伪君子无非是给我的生活里撒了点儿辣椒面,顶多不过是让我吞了只苍蝇。这只能使我更憎恨虚伪,而不会羡慕虚伪。我永远记住这句话:人类最美好的品德就是诚实。"

他向她伸出了大手,两人握住手。他又热烈地补充说:"人一生下来,血管里的血本来是很纯洁的。走上社会后,有人就不知不觉地往血里掺水,渐渐血变冷了,血色淡了。甚至有些人的血管里流的已不再是血,而是油。从灵魂到躯体浸透了投机取巧的润滑油。照这样一代代演变下去,人类还有什么希望! 是谁促使了这种演变? 这种灵魂的蜕化又是从什么时候开始的? 到什么时候才能打住?"

铃声响了,他朝一真挥挥手,说了声"再见",踏上了火车。我看见他眼里闪着晶莹的东西。

我走到姐姐的窗口前,嘱咐她到了目的地拍个电报回来。火车徐徐开动了,我和姐姐挥手道别,直到她的头缩进车厢,我才转头看一看。她还在盯着他所在的车窗口,眼里似乎也闪动着泪花。我终于断定,他们的确是一对恋人。

火车拐了一个大弯,奔向东北方,车尾渐渐被一片大楼遮住看不见了。我走近一真,站在她的对面,她才略微一惊:"啊,玉兰,是你!"

"你还认得我?"我意味深长地冲她抿嘴一笑,等着她向我提出一连串的问题:怎么在这儿碰上你啦? 你从农村选回来没有? ……

但是,她只擦擦眼角,没有说一句话,好像我们并不是邂逅相逢的老同学。她以前对人那种真诚的热乎劲儿一点儿没有了,默默地任凭我挎着她的胳膊走出车站。显然,她的心还没有从对象身上收回来。我忍不住逗她说:

"哎,要不要我给你招招魂儿?"

她看看我没答声。

我故意激她:"想不到你这个小'嫦娥仙子'一旦下凡搞起对象来,还真有股痴劲儿!"

"对象? 谁的对象?"她总算冲我抬起了那一双好看的杏核眼。

"谁的对象? 说别人还能对得起你!"我挽紧了她的胳膊,"别装傻了,我都看见了,那个大脑袋的复员军人不是你的……"

"无聊,连你也这么说!"她从我手里抽走胳膊,生气地朝前走了几步,又回过头余怒未息地说,"难道在你们眼里世界上男女之间的交往,除去谈恋爱就不会再有别的事?"

我见她真恼了,紧走几步追上她,搂紧她的膀子和解地说:"别生气,我不了解情况。可……那个人到底是谁?"

"一个为时代所不容的人。"

"哎呀,你就别说绕口令了。一真,你可真变了,说起话来像个哲学家,叫人听不懂。"

"变了吗?"她冷漠地笑笑,"生活教会了老实人,人受了伤是不能不变的,这是痛苦的事,可又多么深沉,使人一下子聪明十倍。"

"你也受了伤?"我很惊奇地问,"刚才在站台上就听到你谈受伤的事,是你还是他? 是不是出了工伤?"

"这是最厉害的'工伤'!"

"伤在哪儿?"

"伤在心里,这是精神上的创伤,血往心里流,永远不会收口,永远痛苦。"

"痛苦?"她这样的年纪,这样的条件,怎么会和这个字眼发生联系? 我是个爱管闲事的热心肠,何况一真又是我要好的朋友,我决心向她打问明白,也许能帮她一把。

但她仿佛还沉浸在痛苦的回忆里,或者是还在进行痛苦的思索,很不愿意多说话,不管我怎么引逗就是不搭茬儿。

我们漫步走上解放桥,一真回头看着车站,人来车往,熙熙攘攘。她问我:

"玉兰,你看世上这么多人,他们成天说个没完,你说他们都说些什么?"

"那么多人说话谁知道都说些什么!"

"他们说的是真话还是假话,还是半真半假、有真有假?"

"我看你是要疯了。"我惊异地看着她。

她眼里闪着一种尖刺刺的光,突然兴奋起来:"我要搞一种机器,不,搞一种药,让人一吃下去就吐真情,说实话,医治世上的撒谎病。"

"我看你自己就有病,要不就不会这样冒傻气。"

"你不信吗?"她那固执而天真的"仙子"劲儿又上来了。我看她说话开始多起来,就拉她走下解放桥,沿着河边向海河公园走。她问我:"我以前向你讲过手术台上讲真话的事吗?"我摸不着头脑地摇摇头。

"从头说吧。那是上初二的时候,有一天妈妈的医院里又有大手术,病人是一个商业局的科长,姓申。他爱人是本医院的老护士,几次三番找我妈妈,要让我妈妈亲自操刀。其实妈妈是外科主任,凡有大手术她都要亲自动手。自'文化大革命'以来,只要妈妈有大手术,我都买一斤熟牛奶给她送去,怕她身体顶不住,在手术中间喝下去。那天我提着牛奶一进外科,就看见护士们全都撇着嘴议论纷纷。原来那位申科长在手术台上演了一出'浪子回头'的好戏。为了他的病,他爱人跑前跑后,托人靠友,现在托到外科权威亲自动刀,他的病大有希望能治好,心里感动了。上了手术台,打完麻药,麻醉师为了检验麻醉效果,故意和他搭讪。谁知这位申科长的大脑受了麻药的抑制,突然良心觉醒。大概他多半辈子也没说几句实话,躺在手术台上,肚子被人剖开,对着无影灯痛哭流涕地讲起实话来了。讲他爱人对他多么好,为给他治病费了多少心,他怎么对不起他爱人。还讲了他搞过几个女人,从局里捞过多少外快,受过别人多少贿赂。这一切连同他受的处分过去都瞒住了他的爱人。现在,在手术台上,医生们不仅看到了他内脏里的病块,还看见了他那颗极端丑恶的灵魂。他的爱人当时也在身边,终于经不住这种刺激,手术没完就捂着脸,哭着跑出手术室。这件事给我印象特别深,人做了亏心事瞒过一时,瞒不了长久。但是等上了手术台再说实话总是有点晚了。应该有一种药,放在粮食里、水果里、糕点里、牛奶里,甚至放在冰棍里,让人们随时随地都吐真情,说实话,根绝世上的谎言和虚伪。"

我们边说边走进了海河公园,我找了个清静的椅子拉她坐下。见她话匣子有点打开,情绪也比刚才好了,就往正题上引:

"一真,说实在的,刚才猛一见到你,感到你变得太厉害,和五年前的'仙子'大不一样了。可是听了你这些议论,又觉得你仍然还没有从月宫上下来,还是那么天真,喜欢空想。"

她看着我摇摇头。

我扳住她的肩膀头,恳切地说:"一真,把你的事讲讲吧,我快闷死了。"

她转过脸来盯着我的眼睛,似乎真的在考虑我值不值得她信任:"好吧,我心里也憋得难受,就从头给你讲起吧。"

"一九六九年,我当了司锤工。工厂是一个新的世界,生活仿佛在我前面展开了一幅五彩斑斓的图画。先说我周围的那些好人吧。车间党支部的崔书记,四十多岁,漆黑的大葵盘脸上长着许多黑色的小疙瘩,像核桃皮一样很不平整。大概是个由工人提拔上来的干部,看上去很厉害,工人们都有点怵他。他对我们倒十分亲切。他亲自给我挑选工作服,还挑了顶大号的工作帽亲手给我戴好,说话又亲切又风趣:'小姚,你这头漂亮的头发只好委屈它一下,用帽子盖好,不然火烤铁烫就会变黄。过去都管打铁的叫黑铁匠,锻钢打铁确实也是黑脸的多。你们听到我的外号了吧? 大老黑,黑老包,黑书记……这些都是我的大名,倒也名副其实。不过这几年,打铁的可以摘掉这块黑牌子了,来了一批新锻工都是小白脸。一吨锤司锤工刘惠荣是车间第一个漂亮姑娘,你这一来她也只好退居第二位了。好吧,就让漂亮的和美的在一块儿,把你分到她们组去跟小刘学开锤。'

"我的师傅刘惠荣,身材不高但十分匀称俏丽,嘴角老是挂着娇羞而迷人的微笑,她的脸就像春天的阳光一样妩媚可爱。她听完黑书记的介绍,亲热地拉着我的手打量了好半天,便带我去见组长。

"我的组长叫申富强,别看他年纪只有二十四五岁,却老成厚道,像个老大哥。从不跟女徒弟嘻嘻哈哈,从来不凑到我脸跟前跟我一个人说话,给我讲技术都是当着全组人郑重其事。对我很严格,却不过分,该批就批,该帮就帮,该护着的时候还护着我。我们组里曾出过几回设备事故和废品,我心里很害怕,组长却一个人全担起来,把责任统统揽到他的身上。因此,尽管他有意和我保持一定的距离,我却感到他很亲切。我第一次下中班,妈妈很不放心,夜里十一点多钟还站在马路上接我。组长不等我说话,拉着刘惠荣一直把我送到家门口,然后再把刘惠荣也送到家。以后每逢中班,天天如此。光是这一点,妈妈就非常感激。

"组长从没有向我打听过家里的情况,可是对我们家的事他似乎知道得很清楚。春节前的一个星期天,他带着组里的几个小伙子突然来到我们家,给我们的房子刷浆。他连工具都自己带来了,就像干自己家的活儿一样又实在又卖力。没等爸爸妈妈下班,他们就刷完浆,连屋子都帮我收拾好了。我要留住他们,等妈妈回来好好款待他们。可组长一摆头,领着人走了。他帮了人家忙,又决不要人家感谢,毫不做作,这更使我敬重。以后我们家凡是有动力气的活儿,好像都由他包了。妈妈也很高兴我遇上了一个好师傅。特别是见惯了社会上的那样一种青年人:留着小胡子,斜叼着烟卷,喜好往女人堆里钻,嬉皮笑脸,挤眉弄眼。再看我们组长申富强,更显得正派,不俗气。虽然他的人样子长得并不算出色,小眼睛,尖下巴,但他心灵美好给他的外貌增添了不少光彩。

"人在顺境里时间就过得快。去年秋天,我进厂四年,升为二级工,定级的那一天,师傅刘惠荣向我祝贺的第一句话是:'你现在是自由的了'。我不大明白这句话的意思。她说:'徒工一定级就可以搞对象了。'我简直以为自己的耳朵听错了,这位俊俏腼腆的女师傅竟随随便便地谈起了这个问题。'瞧你装得这个像,连耳根子都红了。现在这社会你还看不明白,早下手挑好的,晚下手抓剩的。你心里有个谱儿没有?'我老实地承认还从来没想过这回事。她说她倒替我找好一个,而且估计男方没什么问题,只要我点头就可以把关系挑明,存钱准备办大事。她一边说一边冲我甜蜜蜜地笑着。这些女儿家最不好张口的事,从她嘴里却很轻巧地就吐出来了。她等着我问男方是谁,可是我没有问。因为我根本就没考虑过这个问题。她等了一会儿,只好自己说出来:'小姚,过了这个村,可就没有这个店啦。他为人心好,技术上精明能干,又是党员,前途真是不可限量,和你正般配。你猜他是谁？就是咱们组长申富强。'我真怔住了，有点生气地盯了她一眼，叫她不要胡闹，哪能开这种玩笑。她秀脸一绷：'这怎么是开玩笑？这是终身大事，我是为你好。你觉得怎么样？'申富强是个好人，我尊敬他，向来拿他当师傅待，当大哥哥看，要和他搞对象却办不到。刘惠荣叫我好好考虑考虑。过了几天她又到家里和妈妈提这件事，照例又把申富强夸了一顿，还特别提到申富强不抽烟，不喝酒，不流气的优点。这一点果然打动了妈妈的心，她平时就从我嘴里听到不少关于申富强的好话，现在心活了：'要说一真的确年龄还小，可是先交交朋友倒也未尝不可，通过'文化大革命'，我倒是觉得一真若找个有头脑、正派好学的工人也不错。'刘惠荣一听这话非常高兴，认为事情已经成了一多半。妈妈向她打听申富强家里的情况，刘惠荣说：'小申的父亲是商业局一个业务科的科长，他母亲是个老护士，和您在一个医院，说出来您可能也认识，叫李玉珍。'我差点没喊出来，妈妈赶紧用眼色止住了我。由于我平时不爱打听事，特别是不爱打听师傅和男同志的事，在一块儿工作好几年竟不知道组长就是手术台上忏悔的申科长的儿子。虽然有其父未必有其子，儿子不能替父亲的错误负责。但和申富强搞对象的事是绝不可能了。妈妈嘱咐我不能把手术台上的事传出去。刘惠荣不知内情，还一再催我快表态。有一次把我催急了，我告诉她说不同意，她却不相信，唠唠叨叨又开始夸申富强的好处。我反问她：'你把他说得这么好那么好，你为什么不跟他搞？'她不仅不生气，反而有几分得意地说：'我早就有了，过几天你就可以见到他了。'

"果然，几天后车间里分配来几个复员军人，有个叫胡友良的，是刘惠荣、申富强的老同学，也是一块儿进工厂的。胡友良这次回来被提拔为车间副主任。当兵以前他是我们组的副组长，那时申富强还是普通组员，也就是在那时候刘惠荣和他搞成的对象。那天下午车间里开欢迎会，大老黑先讲了一阵客气话，无非是说胡副主任一来，车间面貌一定会变个样。然后请胡副主任讲话。他迈着出操的步子，并不推辞地走到前边去。我这才认识胡友良，他长得倒是威风凛凛，英气外露，一双眼睛虽不太黑，却像一对信号灯似的闪闪逼人。他的脸是热烈而吸引人的,是那种有理想、热爱生活的人的脸。他一说话立刻就引起了大家的兴趣。他气冲,声高,不说那种新官上任都说滥了的客套话:'不用介绍大家也都认识我,我是这个车间的徒弟,以前大伙儿都叫我愣头青。'他直爽的战士性格把大家逗笑了,'徒弟在师傅面前要说真话。我回来以后心里老觉着不是滋味。一九六九年我走的时候车间是这个样子,四年过去了,还是这个样子,甚至更破更乱了,设备也损坏得更不像样子了。……这种状况可真吓了我一跳,叫我摸不着大门。我在部队上天天看报纸,讲工厂企业在路线斗争上取得一个又一个胜利,群众觉悟一天比一天提高,我原以为厂子变得会使我不认识了,闹了半天这生产和觉悟成反比……'

"申富强悄声对刘惠荣说:'他说这个干吗,这不等于挑崔书记的眼吗!'刘惠荣脸涨得通红,不知是兴奋,还是心里也稍稍有点不安。她的对象可是越说越热烈:'九九归一,原因还是领导不力,用软脚踢刺猬。生产上是一本糊涂账,干多干少,干盈干亏没人管,生产计划更是孩子不哭娘不哄,没有预见性、法律性。我伸耳朵一摸,哪儿都有问题,用工人编的顺口溜说,就是择不完的线头,扯不完的皮,抓不净的虱子,脱不下的棉衣。我再加上两句:打不完的官司,生不完的气。搞生产跟打仗一样,手软心活干不了。我在部队当的是炮兵,喜欢准确、干脆。要不咱就别干,要干就像个干的样子。可能有人说我是吹大牛,是新官上任三把火,我看有火就能烧开水,心热总比心冷强。'我听惯了领导讲官话,听了胡友良的'就职演说',觉得很痛快。他看出了问题,也敢指出问题,没有用'形势一片大好'把一切责任都掩过去了,他倒是个有魄力的人。

"确实不假,胡友良一来,真像一股山洪冲进了车间,围着他形成一股激流,这激流冲到哪里,哪里立刻就紧张起来。他每天早晨七点以前进厂,到晚上八点多钟才走,一周至少要在厂里住三天。早晨往门口一站,把迟到的人全记下来,第一次迟到不理你,第二次冲你点点头,第三次就要狠批一顿。他六亲不认,不管是老师傅、老同学还是新徒工,犯在他手里一视同仁。他开会不讲官话,可是抓着犯纪律的人,要想找他求个私情,他就开始打官腔,摆大道理,想叫他通融通融是太难了。人们一看见他来了,就赶紧说:'大胡来了!'有人在工作时间想坐下聊聊天,先看看大胡来没来。有人想在厂里干点私活儿,想往家里捎点东西,也都嘀嘀咕咕怕叫大胡看见。总之,'大胡'这两个字成了大家头上的紧箍咒。溜奸滑蹭的人一听到这两个字就像听到了警报器。车间的生产还真叫他抓上来了,从他上任以来月月完成任务,一九七三年提前三天完成全年任务。

"虽然大家见了他都赔着笑脸,甚至说几句言不由衷的奉承话,但他一转身,后边就有人骂他。特别叫我生气的是,我们组的人也跟着骂,申富强听到有人说他好朋友的坏话不但不阻拦,有时还成心引逗大伙儿,在一旁敲边鼓。这使大胡的未婚妻刘惠荣脸上一红一白,在中间受了不少夹板气。我很替她抱不平,每逢遇到这种场合,我就站出来替她说话,替大胡解释。现在人心真是不好猜,过去生产上不去,大伙儿也着急,发牢骚,骂领导无能。现在来了个抓生产的硬手,管得严一点,大家又受不了,骂爹骂娘。叫当头的怎么办?大胡黑夜白天长在车间,嗓子哑了,舌头烂了,嘴也起泡了,他为了什么?为什么就没有人理解他?别人不理解,刘师傅、申师傅应该理解。我劝刘惠荣别光埋怨他,要给他鼓劲儿,不能泄他的劲儿。我一讲这些话,申富强就用奇怪的眼神看着我,别的人也都不爱听,不等我说完,大伙儿都掉头走了,晾我的台。

"有一次我又和在背后说大胡坏话的人摆起了大道理,他们不仅不听还挖苦我说:'人家刘惠荣都不管,你倒护着胡友良。'连刘惠荣对我的话都挺反感,我又气又不理解。大胡正走过来看我一个人生闷气,就笑着说:'小姚,你真是个大孩子。往后你也得学着点,说话时先看看对象,看看人家脸色,你犯不上为我惹气生。'

"他自己从来说话不看别人脸色,也不怕得罪人,却叫我学这一套。我对他说:'胡主任,我听几句闲话没关系,你是领导,说话办事可真得注意点态度和方法。'他脸色一下子严肃了:'是啊,你提到点子上了。我的脾气不好,自己也想控制,可是一进车间,一看到这个烂摊子,一见到有人嘴上一套,干起来一套,火气就压不住。不动肝火,不动真章程没法组织生产。当然,不吵架更好,可是办不到。说轻了,皮松肉紧不顶用,说重了又显得态度不好。我也知道,车间里的人叫我得罪苦了,可是有什么办法?谁叫我是个共产党员,谁叫我挑起了这副担子,对党问心无愧就得了。'

"我听了这话很感动,劝他保持部队的作风,别光听信个别人的话灰心丧气,一个人的优点和缺点往往紧挨着。他说:'你放心,我这个人可以被撤职,不会躺倒不干。工作就是拼命、激动、失望,随你说什么都行,可就不是舒舒服服坐在椅子上一杯茶、一支烟、一张报。'

"听完大胡这些话,我赶紧去找刘惠荣,把大胡的思想告诉她,更证实她的对象的确是个好同志。谁知我师傅不爱听这些话。我也真傻,人家刘惠荣对自己对象的思想不是比我更清楚吗,还用得着别人介绍。

"说也怪,每当我和刘惠荣一谈论大胡的事,组长申富强就像影子一样从背后插进来。他说:'看来小姚对胡主任倒是十分了解啦?'我听不出这是好话还是坏话。他脸上闪着一种奇怪的微笑,叫人很不舒服。他又说:'大胡倒霉就倒在你这样的人身上了。他本身没跌过跤,爱出风头,加上有些势利眼的人再一捧,就把他捧得云山雾罩,头大得没处放了。'

"我不满地反驳他:'你把他当成了出风头?'

"他说:'这是说轻了。工厂是出机器的,可是一个工厂、一个车间本身就是一架由人组成的机器,管好这个有思想、有感情的机器比操作任何一架铁机器都更困难。大胡恰恰是不懂这个,他把人都当成死机器管。历史已经走到了一九七四年,我们在搞批林批孔,他却用四十年以前资本家的办法搞生产。你知道工人们骂他什么吗?骂他是工头!'

"我又惊又气,也是头一回当场顶撞了他:'这是诬蔑!别人这么说,你是他的好朋友、老同学,也这么说?'

"他突然笑了,但笑得很阴沉,两眼像铁钩子一样,看看我又看看

刘惠荣。我以前还从没见过他会有这副神态。冲着我又说：'一谈起大胡你干吗这么激动？'

"'无聊！'我差一点把这两个字说出口，扭过头去不再答理他。他又向刘惠荣讲起昨天大胡和人吵架的事。昨天下午，一个青年工人在车间里擦自行车，支部书记老崔从办公室出来正要往车间里走，抬头看见有人工作时间擦车，装作没看见转身进了模具间。不一会儿，胡友良也从办公室走出来，一见有人工作时间擦车，火气就顶上脑门子，走过去批了一顿。那个人一贯吊儿郎当什么都不在乎，就当场和大胡吵了起来，吵得全车间都知道了，还是黑书记出来解了围。申富强讲完了过程归纳说：'什么叫领导水平，老黑这就叫有水平。现在会装哑巴的人才是最聪明的人。咱们那个大兵就是唯恐别人把他当成哑巴卖了，把人都得罪苦了。古代法家还懂得天时、地利、人和，现在当领导也都懂得新官上任三把火，头一把抓生活。先给群众来点甜头，树起威信，往后就好办了。大胡上马就是生产、生产，什么背时他抓什么。背天时、丢地利、失人和，总有一天要倒霉。惠荣，我说他几回，他根本不往耳朵里去。人嘛，地位一变，感情肯定也变。你好在和他还有那层关系，要多劝劝他。'

"'我也说不了他，随他折腾去吧，我跟着他挨骂也挨够了！'刘惠荣说完气呼呼地走了。她只要一听到有人谈论大胡，立刻拨头躲开。申富强见只有我们两个人，态度马上变得非常亲热，用一种叫我很不自在的奇特的眼光盯着我问：'一真，我可是一直在等你的回信呀，你不是说要考虑考虑吗？已经考虑了好几个月啦。考虑的结果怎么样？'

"我心跳得连自己都听到声音了，两颊火烧火燎。刘惠荣没跟我说实话，我还真的以为申富强什么都不知道，原来他什么都知道，也许就是他叫刘惠荣找的我。今天既然逼到这儿了，索性就把话谈明了吧。告诉他我不同意。他问我是什么原因，我告诉他什么原因都有，不同意就是不同意！他脸色立刻变得非常阴沉，可是嘴角还挂着带刺般的微笑，眼光又像铁钩一样把我紧紧勾住。我躲开他的眼光，心里一阵阵发凉,又惊又怕。他那张脸在我的印象里是又老实又厚道,真不知道还这样敏于反应,变化多端,令人琢磨不透。沉了好一会儿,他仿佛咬着后牙根,一字一顿地对我说:'这么说,是我配不上你这个干部的女儿喽?'

"我也绷下脸来:'申师傅,说这个多无聊!你也知道我一向很尊敬你。'

"他撇撇嘴笑了,一双小眼睛盯着我不放,似乎要用眼睛把我吞进去:'我也一向认为你很清高,现在明白了,你不过是个高级一点的势利眼。你现在崇拜的是胡主任,可是你除去看见了他的职务,并不了解这个人。你不要把机会当成才能,人走时气马走膘,机会能造就英雄也能造就贼。咱们等着瞧,往后有好戏让你看。'

"我气得浑身打颤,真想大哭一场。我还从来没有受过这样的伤害,而且这样恶毒下流的话又是从我的好师傅好组长嘴里吐出来的,更加倍地刺痛了我的心。我以前真是瞎了眼。

"从那次谈崩以后,我们的关系变了。他从不放过一个机会向我施加压力,叫我难堪。因为他是组长,这种机会很多。他有时冷笑热哈哈,有时又一连几个星期不答理我,组里什么事也不找我,'淡'着我。我还不懂得什么叫爱情,可是我以为若是爱上了一个人,而又不能获得这个人的爱,应该是痛苦的。可是申富强和我谈崩以后,看不出有丝毫痛苦,反而比以前更爱说爱笑了。越是有我在场,他的话越多,笑声也越高。和刘惠荣上班一块来,下班一块走,似乎故意做给我看。

"没过多久,上夜班的时候出了一件事,使我在小组里更孤立了。过去上夜班,工人们总要睡几个小时,自从大胡一来,他夜里抓住睡觉的按旷工论,大部分人不敢明目张胆地睡了,还有人偷着睡。那天夜里一点钟吃完夜宵,正是人最困的时候。组里有人说大胡白天干了一天,上半夜又在三吨锤上拼了好几个小时,他精神头再大下半夜也拾不起个来,不会再转悠了。说完都躲到更衣室去睡觉,锤跟前只剩下我自己。不一会儿,大胡竟真来了,据说他有个毛病,锤声越响他睡得越香甜,锤声一停,车间一静下来他立刻就醒。他问我小组的人都干什么去了,我只好实话实说。大胡自然把他们狠批一顿。自那以后,组里人都用白眼看我,说我给大胡报的信,骂我是'主任的情报员'。第二天再上夜班,申富强就想出了主意,吃完夜宵以后,他叫我开锤,他一个人掌钳子打些根本用不着的小工具。刘惠荣和其他人都可以安心去睡觉。大胡听到锤响就不大会来转悠,就是来了有申富强在也可应付过去。这简直是磨洋工,真是用工人过去对付资本家的办法对付大胡。可是申富强买了好,都说他是好组长,同时也整治了我,大伙儿也挺高兴。我实在忍不住,下班后就向申富强挑明了,这是磨洋工,是欺骗国家。在批判会上他们口口声声讲工人是企业的主人,史学的主人,哲学的主人,就是这样当主人?我叫申富强向车间承认错误,要不我就去告诉车间。他最后只好答应,可是也更恨我了。不久,闲话就传出来了,说我拆刘惠荣的墙脚,在追求大胡。没有几天,车间里都轰动了,编得有鼻子有眼,说我这个高干女儿至少要搞个车间主任一级的干部。人们骂大胡的时候,不怕刘惠荣,倒背着我。在他们嘻嘻哈哈讲得正热闹的时候,只要我一去,有人使个眼色就全不吱声了。刘惠荣还几次指桑骂槐地骂我是臭不要脸的。她已经向她的几个好朋友声明,和大胡彻底吹了。嘴里还不三不四地说:'让那个喜新厌旧的官迷去找官小姐吧!'

"我实在受不了啦,就找到崔书记要求调走。等了几天,车间要成立批儒评法写作组,编写一本《劳动人民反孔的故事》,要抽十几个人,脱产一个月,其中有我。通知都下来了,大胡听到信儿却不同意。他提出一个口号,大干一百天,争取提前一个月完成全年生产任务。这十几个人脱产一个月,对车间生产当然要有影响。他找到老黑,不同意让这么多人脱产。老黑是一把手,又负责抓运动,拿出党委决议,大胡只好认头了。轮到抽我出去,又出了问题。这几天刘惠荣病了,我再一走没人开锤了。大胡临时决定叫我先不去,等刘惠荣病好了再说。我心里不愿意,可是考虑到全组生产只好服从。大胡刚走,申富强把老黑找来了,对他说:'崔书记,我们在下边没法干了,到底是听支部

的呢,还是听大胡一个人的?您通知叫小姚去搞运动,大胡刚才来说不让小姚去,我们也不知听谁的好啦。'

"老黑宽宏大量地笑着说:'谁符合毛主席革命路线就听谁的,个人服从组织嘛。'

"申富强的眼光又在书记身上溜来溜去:'话是这么说,我们也知道谁是对的。可是大胡现在气正横,车间里有嘛事,一提就是大胡说的,大胡拍的板,到处都是大胡、大胡。去年在党支部领导下,全车间工人拼死拼活完成了任务,功劳倒都记在大胡一个人身上了,好像以前的车间领导都是废物蛋,就数他能,他一来车间就变了。今年他的口号要再实现了,就更证明这一点了。说不定他还会升到厂部当副主任去。'

"老黑始终不动声色,反问他:'这不是好事吗?'

"申富强赶紧遮掩:'好事是好事,就是群众意见太大。'

"老黑说:'小伙子挺能干,有人说他想出点风头也是难免的。现在先谈小姚的事吧,她走了,你们组谁开锤?'

"申富强说:'我叫人给刘惠荣带信儿了,她一会儿就来。她胃病本来不重,可能是大胡吹了她,精神上不大痛快。'他说着话故意瞟了我一眼。然后转头问书记:'小姚到底是去不去?'书记点点头说,还是去吧。看样子申富强也希望我离开小组。

"我回到更衣室想把工作服换下来,刘惠荣真的也来了,正在换衣服。我们两个谁也不看谁,相互也不说话。还有几个抽上来写反孔故事的人也在屋里,有的织毛活儿,有的洗衣服,有的在里间的澡堂里洗澡。头一天脱产报到就等于放假。一离开生产班组大胡管不着了,都觉得又随便又轻松。叽叽嘎嘎,说说笑笑,快把房盖掀起来。平时在车间里招呼人就得扯开嗓子大叫,空中天车隆隆,地上的加热炉风吼风啸,再加上铿锵个没完没了的汽锤声,噪声太大。要是在车间向更衣室喊人就更困难了。我当时隐约听到有人喊我,正要出去看看,更衣室的门突然打开,大胡走进来,正脱衣服的刘惠荣和另外两个女工嗷一声叫起来,赶紧用衣服蒙住脸。大胡慌忙退出去,对着门口大声

喊：'小姚，赶紧回组干活儿，不然小组停产造成的损失由你负责！'

"这下可不得了啦，刘惠荣和几个女工撒了泼，更衣室吵成一个蛋，嚷着要跟大胡没个完。我赶紧跑回小组问问是怎么回事。原来我走以后，申富强也跟着老黑走了，大胡到组里一看没人生产，以为是没有司锤工造成了停产，就气急败坏地闯进女更衣室去找我。本来大胡上任以后见到有的女工躲到更衣室去睡觉、干私活儿，他就订了一条制度：除去上班前、下班后女工洗澡换衣服的时间外，男同志一样可以进女更衣室找人或检查纪律。当初这条制度刚一公布的时候，就有的女工骂街。今天大胡又忘了有特殊情况，刘惠荣刚来，有的女工头一天脱产，都要换衣服。再说他进更衣室也应该先敲敲门。

"不一会儿，刘惠荣她们在车间门口贴出了一张大字报：《大流氓、大坏蛋、大工头胡友良必须低头认罪！》还叫着要去找老黑，叫党支部表态。我压着气看完大字报，完全是任意夸大，连编带造，把大胡骂得简直不是人了，说他从到车间来没干一件好事。人越围越多，却没有一个人敢替大胡说话。我气不忿儿，就说明了事情真相，告诉看大字报的人，大胡是喊我回组干活儿，并不是到女更衣室里去向几个女工耍流氓。不等我说完，身后一个女人急鼻子快脸地嚷起来：'你还有脸在这儿说话。他当然是去找你的，这全车间谁不知道！可是正经男人有谁往女更衣室去搞对象？你们要早约会好了在更衣室见面也应该告诉我们个话儿，我们也好给你们腾空，省得碍眼。为什么不声不响，连门也不敲，正选我们脱衣服的时候闯进去，这不是使坏耍流氓是干什么？'多么无耻！我回过身一看，说这话的竟是刘惠荣，气得我一句话也答不上来，扭头挤出了人群。

"大胡也正在看大字报，听了刘惠荣的话愤怒地喊起来：'刘惠荣，你不要像个泼妇似的胡搅蛮缠。对我你们愿意说什么都行，不要随意污辱小姚。'那几个女人更不依不饶了，刘惠荣又哭又骂：'你这个臭流氓，到这时候了还护着自己的对象……'她那几个好朋友在一边帮腔。要不是有人拉走了大胡，真要被她们几个冲上去挠破了脸。

"大胡是个硬汉子，想忍住愤怒撑过这场风波。可是他说话没人听了,虽然工人中大多数都承认大胡是个正派人,决不会干那种事,可是却没有几个人肯站出来替他说话。他已经无法在车间再工作下去了,几天工夫他像换了一个人,精神蔫了,眼窝陷下去了,眼睛红红的,一下子老了好几岁。这时厂里要抽一个人到黑龙江农村做下乡知识青年的带队工作,叫谁去谁都不愿意去。老黑书记到党委把这个差使给大胡要来了。后边的事你已经看到了,刚才我在车站送走的那个人就是胡友良。"

我想安慰她,却想不出合适的话来。她遇到的事本没有什么,这种事我在农村也见得多了,要不还叫生活吗?最粗糙的石头又岂止是一面,何况是人。我心里本来在想着安慰她的话,嘴里却不知不觉地说:"那个大胡也真够愣的。"

一真说:"他愣算什么错?他无非就是不安心像别人一样混日子,拼啦干啦,对自己对别人都严格得过了头,搅得一些人不安稳,人家就恨他。他吃亏在于不了解人心,不了解形势,现在不是历史飞跃的年代,而是历史曲折迂回的年代。大家都在磨蹭,他偏要往前冲闯,等着他的就不会有好结果。这就是这些天来我反复考虑的结果,但是今天却没有告诉他。"

我问申富强的情况怎么样。

她说:"申富强接替大胡当了车间副主任,他和刘惠荣今天结婚。车间的人大都去贺喜了。谁不愿意去锦上添花呀?至于被一撸到底、今天带队下农村的大胡却没有一个人来给他送行。"

这,真是黑心人自有黑幸福。一真在这样的车间待下去也真够受的,我劝她去上大学。她摇摇头:"早想过了,那没有用,我不想镀层金挂个牌子。而且我一表示要上大学,妈妈会为我使劲,有人看在她和爸爸的面子上也会为我使劲,我就是功课考得再好也说不清。那我岂不违背了自己的心愿,也成了个不干不净的人。如果有一天我上了手术台不也会追悔莫及。索性咬紧牙关抗下去,清清白白地来到这个世界上,清清白白地活一辈子。"

"那你今后打算怎么办？"

"我也不知道该怎么办。不过我真想掌握一种能解剖人的思想的技术，制成一种药，把那些骗子成天用来做戏的舞台，变成他们吐真情、露真相的手术台，医治人世间根深蒂固的伪君子。"

我是个吃了早晨饭不管晚上饭的人，现在不能不承认我有了一桩沉重的心病：老天哪，千万可别把我的好朋友逼成精神病呀！我搂着她的脖子，肚子里搜索着宽慰人的话："一真，不论发生什么事，都不要颓丧，可不要使自己的心境衰老了。在愤怒和困难里更要勇敢。"可是这些话连我自己也没有宽慰住，倒是把我自己的眼泪说下来了。我把她搂得更紧了，我们两个都茫然地看着汩汩东去的海河水。

1979年9月

解　脱

一

在我们这么大的国家里,什么怪事没有呢?市委任命中国第一架战斗机的设计师凌子中,到国防工业办公室担任副主任兼总工程师。当国风大变,科技工作在人民心目中的地位由第九变成了第一;正值举国上下向"四化"进军的途中,这样的任命意味着什么是十分清楚的。可是这位凌子中却不去上任,提出要改行去搞政治。难道他不知道当前许多专职的政工干部,都提出来要改行去当业务干部吗?奇怪的是市委竟答应了他的请求,由他带着一个三人工作组来到七一五厂。不久,凌子中就生平第一次以政治运动领导人的身份主持了杜恒的说清楚会。

杜恒坐在会议室的一个墙角里,他顶多有四十岁。虽然已经到了夏天,他还穿着发旧的帆布工作服,赤脚穿着厂里发的大头皮鞋。他在夏天穿着这身装束如果走在马路上,很可能被当成是精神病患者。但是在七一五厂的人眼里却早就看惯了,从他身上历来是看不出春夏秋冬四季变化的。他的脸长得不算难看,以前也许是英俊而动人的。现在却像他的装束一样也变形了,像块生铁板一样毫无表情;又高又陡的额角,则像一块竖起的广告牌,告诉所有见过他的人,他的性格是属于那种倔鬼、犟种、半痴半疯类型的。

凌子中旁边坐着一位和杜恒年纪相仿的农村妇女,怀里揽着两个男孩子。凌子中望着杜恒,古井般深湛的眼睛里,突然掀起一阵风暴。他真想大声呼喊出来:"让这一切快点结束吧!"

每当听到外国朋友恭维他是中国的第一流飞机专家,凌子中就认为是一种不可忍受的嘲弄。他的留在国外的同学,有的参与搞出了"协和"、"B-52"、"银河式C-5A",而他呢,二十多年来毫无成就。是他的天资比他们差吗?不,甚至是更好些。那又是什么原因呢?眼前的杜恒,年富力强,正可以在事业上大有作为,又被吊在政治运动的螺旋桨上难以解脱。作为一个老科学家,没有比看到有希望的人才遇到摧残更痛心的了。

他控制住自己的感情,开口了:"为了把杜恒同志的问题搞得更清楚,使我们对他有个全面的、历史的了解,特地到东北把他的爱人陈佩珍请来了。杜恒可以说,他的亲属可以说,我们大家也都可以说。说清楚会嘛,目的就是要把问题彻底说清。杜恒,你先说吧。"

"我没有什么好说的,更没有不清楚的地方,谁说我有问题谁说清楚吧。"一年多以来,开了无数次会,写了无数次材料,杜恒始终就是这么几句话。今天他扔完这几句话又不吭声了。

凌子中朝陈佩珍点点头。陈佩珍眼圈红了,刚要张嘴,杜恒猛地站起来,厉声说:"佩珍,你有什么好说的!"他眼里燃烧着暴怒的、想拼命的火焰,嘴唇颤抖着。一直还没有瞧见爸爸的两个孩子,这时不顾一切地冲过去,抓住杜恒的胳膊,睁大眼睛,又惊又怕地望着他的脸,不住声地喊着:"爸爸,爸爸!"

陈佩珍并不理会丈夫的愤怒,极力控制着自己的眼泪说下去:"我既然打定主意来了,就是要把憋在心里的话全说出来。这些年,我们一家老小跟着杜恒受的罪、背的黑锅也太重了,再不说一说真要憋屈死人了。我有个请求,杜恒若是犯了坐牢的罪,就请国家把他逮捕法办;若是他没有犯罪,就请领导答应他退职,让我把他领走……"

二

杜恒和陈佩珍结婚后的第二年,杜恒没有请探亲假,佩珍到七一五厂来看他。首先接待她的是个漂亮而潇洒的青年技术员,亲热地使劲握住佩珍的手,一边目不转睛地打量着她,一边逗趣地说:"嗯,和照片一样,不过更漂亮,更自然。难怪我们科里的人都说小杜娶了个乡村美女,果然不假。佩珍,你可要有个思想准备,他们说不定还要闹你们俩的洞房。"

陈佩珍羞得满脸通红,一个素不相识的男子,乍一见面竟和她这样亲热和随便,她有点接受不了。技术员拎起佩珍的东西,把她接到自己的家里,才想起做自我介绍:"我叫石铁麟,是小杜的师兄。我们厂的总工程师凌子中,是航空技术界的一号专家,他有两个最得意的助手,一个是我,另一个就是小杜。小杜有件事脱不开身,一会儿就来。厂里的招待所太脏太乱,你和小杜就住在我家。今后你不要客气,我和我爱人完全受你指使。"

这一番话把陈佩珍说得更不好意思了。

一连几天,石铁麟又是请佩珍和杜恒吃馆子,又是请他俩看戏,陪他们一块儿到公园去划船。真的像师兄一样处处照顾他俩,连杜恒也像个傻子一样一切听从石铁麟摆布。蔫头耷脑的杜恒竟然交上这么个热心能干的好朋友,佩珍心里很高兴,也放心了。

不久,一场掀天揭地的政治大革命几乎使地球也失去了平衡。凌子中作为技术权威,理所当然地第一批就进了牛棚。由于和他的关系过密,石铁麟戴着反动权威的"孝子贤孙"的帽子,第二批进了牛棚。杜恒沾了出身好的光,反倒戴上了"赤卫队"的袖章,成了凌子中和石铁麟的看守。他们自己还没明白是怎么回事,就由朋友变成了敌人。技术体系碰上了政治斗争,就像西瓜碰上了快刀,很快就四分五裂了。可怜这些技术员的神经本来就像小草一样脆弱,在这多灾多难、风雨交加的年月,更加东倒西歪,六神无主了。几场批判会一下来,石铁麟首先垮了。

这一天,外厂批斗凌子中,石铁麟陪斗。下午,这两个人再被送回牛棚时,凌子中已经奄奄一息,光着脚,鞋子不知丢在哪儿了。杜恒赶紧到宿舍拿来自己的一双鞋给凌子中穿上,又到保健站苦苦央求一个厂医,偷偷到牛棚给凌子中治病,听说石铁麟中午还没有吃饭,杜恒又跑到饭馆给他买来一斤水饺。

这几天,石铁麟常常为拜凌子中为师而后悔,并且拿定主意不能再做凌子中的殉葬品了。今天在被批斗的台子上,他最后下了决心,不吃就得被吃,做牙齿总比做肉食好。他吃饱了杜恒送来的饺子,故意在盘子里剩了一些,趁着杜恒和医生都在忙乎凌子中,他借口去厕所,就端着那几个饺子来到赤卫队总部。他不仅把一切都如实讲了,还交上一份由他老婆在家里替他写好的对凌子中的批判稿。石铁麟当场被释放,代替他被关进牛棚的是杜恒。而且杜恒很快就有了一个十分响亮的罪名:反动技术权威的"铁杆僚机"。

石铁麟的脉管里却像注入了强心剂,他越来越积极了。抄家风刮起来以后,他从凌子中的家里和杜恒的宿舍里得到了一批宝贵的技术资料和这两个人尚未发表过的研究成果。石铁麟对眼前这场政治斗争由憎恨变成感激了,不论在政治上还是在技术上他都获得了意外的重要收获。

杜恒呢,倒也暗暗庆幸自己住进牛棚倒比当看守轻松了,和凌子中同住一个牛棚,如同在一条船上一样,很快就加深了彼此间的了解,感情立刻近了。杜恒早就有打算,想搞一种新型战斗机,一直担心凌子中会不同意。在患难之中他说出了自己的设想,凌子中不仅没有为杜恒想超过自己而生气,反而提出了一些杜恒没有注意到的问题,帮了他的忙。

几年后,凌子中恢复了职位,立刻把杜恒设计的"715-1"型歼击机投入试制。样机造出来以后得到了空军领导的赞扬。空军当时的一位负责人批示大批投入生产。不久,林彪自我爆炸,那个负责人成了林彪的死党。于是根据无情的政治斗争的逻辑推断,林彪的死党批准生产的"715-1"型歼击机,当然是为林彪搞军事政变服务的,那么设计这种飞机的杜恒,和批准这种设计的凌子中,还能逃脱罪责吗?杜恒险些又一次被推进了牛棚。

三

丈夫得感冒,妻子就会打喷嚏。杜恒的家里虽然还不知道他又被林彪事件牵涉上,但估计他又出事了。因为近三年了杜恒没有回家探过亲,有一年多了没给家里寄过一分钱。爹已经不能下地劳动,娘害着哮喘病,常年下不了炕。佩珍还有两个孩子,大的六岁,小的四岁,一家老小全指靠她当小学教员的工资过活。炕上炕下,家里外头,也全仗她一个人张罗。受累作难她不怕,就是猜不透杜恒在外边究竟出了什么事。一九七四年秋天,她带着两个孩子,第二次来到七一五厂。这一次没有人接她,传达室的老人指给她去杜恒宿舍的路。厂里的人听说她是杜恒的家属,都用一种异样的眼光打量她。她领着孩子走过去,身后立刻引起一阵低声的议论,陈佩珍心里更加不安了。来到杜恒宿舍的门口,她陡地怔住了,门上挂着锁,门板上糊着一张大字报。她的头一阵晕眩,赶紧扶住门框,才没有让自己摔倒。稳了稳神,她看清了门板上大字报的字迹,门框上还贴着一副白纸对联:

孔老二阴魂附体,成名、成名、成名
林彪的反党喽啰,卖命、卖命、卖命

横批是"自食恶果"四个大字。

陈佩珍脑袋嗡嗡山响,不知该怎么办。这时在她身边已经围了不少看热闹的人,有几个半大小子和半大闺女还站在旁边起哄、找乐儿。陈佩珍受不了这个阵势,恨不得立刻逃开这个地方,可又不知道杜恒到底怎么样了,是被抓走了,还是没有被抓走?有个上了年纪的工人从这儿过,告诉她杜恒正在礼堂开会。她就抱起小二,领着老大,顺着工人指的方向直奔礼堂。穿过厂区和宿舍区，陈佩珍又看见一些批判杜恒的大字报和大标语。她一见了这东西就心惊肉跳，连头也不敢抬，慌慌张张绕过去，赶快逃开。走进礼堂，里面人不多，后边还空着多半截。陈佩珍的心一下子揪到嗓子眼儿，悄悄地在一个不显眼的地方坐下，仔细地盯着台上，见杜恒并没有在台上站着，稍微缓了一口气。

刚升为设计科科长的石铁麟，正在台上念着批判稿，看见一个带着孩子的农村妇女走进会场，开始觉得很奇怪，当他认出来人是谁，心里一阵兴奋，脑子里突然闪出一个念头，不妨逢场作戏，捉弄一下这对牛郎织女。他声调骤然提高了，嘴角闪出尖锐的冷笑，冲着台下喊："杜恒，你上来，我问你几个问题。"

陈佩珍听到叫丈夫上台，心猛地收紧了，紧紧地搂住了两个孩子，怕他们看见爸爸叫出声。她一看见杜恒走上台，就沉重地低下头，再也不敢朝台上看了。一串眼泪涌出来，她偷偷地擦掉了，不敢叫孩子看见。

石铁麟见杜恒走上台来，他并不急于发问，而是故意留个扣子，抓住听众的注意力。他仪表堂堂，这时更显得神采飞扬，稍微有一点发黄的眼睛像鹰一样尖锐地盯着台下，两片薄嘴唇善于蠕动和变化，从那里边吐出来一串串俏皮的词句，紧紧抓住听众，连他个人似乎也陶醉在自己的抑扬顿挫的声调里："杜恒，我问你，你在林彪事件中究竟扮演了一个什么角色？是什么动机使你以技术为阶梯，向林彪卖身投靠的？"

石铁麟像一切厉害的批判家一样，很会提问题，他的问题足能把对方置于死地，使对方很难回答。

杜恒根本就不回答，一双奇特的眼睛怔怔地盯住石铁麟，半天不错眼珠，不躲闪更不滴溜溜打转。他的眼球仿佛是铆死的，不会转动，露着傻子般的呆滞和疯子般的狞野。碰上这样的目光，石铁麟心里一阵发颤。但他立刻镇定住自己，继续用嘲讽的口吻大声说："杜恒，你不要装傻充愣。真是死猪不怕开水烫！你是不是因为林彪叛逃时坐的是'三叉戟',而不是你的'715-1式'有点遗憾？甚至是抱恨终生？"

台下一阵哄笑。

石铁麟这些讥讽嘲骂的话,每一个字都像钉子揳进陈佩珍的心里。一开始她真不敢相信这些话竟会是从杜恒的好朋友石铁麟的嘴里吐出来的,生活难道就是这样捉弄人的吗？陈佩珍受不了啦,她想哭却不敢哭出声,她不敢朝台上看,她抱着孩子又悄悄走出了会场。她多想找一个没有人的地方痛哭一场,可是七一五厂没有这样的地方。她在礼堂门前的一块大宣传牌子的后面找了个地方,娘儿仨坐了下来。一直听到礼堂里宣布散会,她怕见人,就拖着孩子先回到杜恒的宿舍门口。

不一会儿,杜恒蔫头耷脑地回来了。看他这副丢魂失魄的样子,陈佩珍心里又一阵发酸,轻轻地叫了他一声。杜恒只从鼻子里答应了一声,心不在焉地点点头,眼皮却并没有撩开,更没有认出和他打招呼的究竟是谁。老大追上去喊着"爸爸",杜恒转回身,猛地一惊,眼里闪出惊喜的光彩,迎过来高兴地喊:"佩珍,是你!"

他拉住老大,又抱起了小二。佩珍发红的眼圈终于忍不住落下来一串泪珠。她用只有做妻子才有的眼光看着丈夫:他变了,这三年间几乎老了十岁;额头眼角有了深深的皱纹。做妻子的心里一阵酸痛。

杜恒把一家人领进屋里,这简直不像个人住的地方,这儿一堆图纸,那儿一堆书籍,各种飞机模型和稀奇古怪的零件随便丢放,就像个没人管理的图书馆兼仓库。屋里本来住着三个人,杜恒常常一夜一夜地开着灯看书和画图,那两个人受不了这份罪,就都搬走了。剩下杜恒一个人就更得劲了,资料、图纸、模型怎么用着方便就怎么摆放,搞得屋里插不下脚了。佩珍实在看不下去,进门只好先收拾屋子。杜恒则欢天喜地地哄着两个孩子玩儿,一会儿用纸叠个飞机,一会儿又叠个汽车,他把一切都忘了。直到老大喊肚子饿,他才想起是到了吃晚饭的时候了。他真想领着老婆孩子到市里最高级的饭店去美美吃一顿,可是他兜里没有这笔钱。他每月的生活费几乎是用高等数学计算好的,发了工资,先把全部粮食定量换成食堂饭票,留下很少一部分机动钱,其余的都买了参考书和资料。他以前存的资料全丢了,只好重置家当。现在他口袋里还有二十块钱,但这笔钱的用处已经派好了。他需要使用电子计算机,厂里没有,要到郊区一个研究所去借,借用一次得交付二十元使用费。这笔钱是无论如何不能动的。杜恒到食堂买了二斤馒头,给爱人和孩子买了两个好菜,自己买了个丙菜。佩珍并不计较吃什么,一家人倒也乐乐呵呵地吃了顿团圆饭。两个孩子累了,吃完饭就睡着了。佩珍把家里的情况一五一十向丈夫讲了一遍。下面该杜恒向妻子说知己话啦,比如这几年是怎么过的,为什么弄成这个样子,今后打算怎么办等等,总之是应该有好多话要向妻子说。可是杜恒对自己的情况一句也没讲,翻来覆去只嘟囔一句话:"叫你受累了,叫你们吃苦了!"

妻子没办法,只好一句一句地追问了半天,对丈夫这几年的情况才有了个大概的了解。杜恒见妻子的追问结束了,他看看表站起来对佩珍说:"你太累了,早点睡吧,我早跟人家约好了,今天晚上得到研究所去,借用他们的计算机。"

佩珍憋着一肚子气:"你还干呀?"

杜恒反而惊奇地看着妻子,仿佛是反问妻子:"怎么能不干呢?"

佩珍赌气地说:"下午批的不是你呀?"

杜恒低下脑袋,他为连累妻子,让妻子替自己担惊受怕心里很不好受。妻子千里迢迢来看他,怎好扔下她自己走呢?他很爱佩珍,但他不会表达这种爱,甚至找不出一句可以安慰妻子的话。他那个精密的头脑里,装满各种数据和设计构图,理性掩盖了深刻的激情。他急得在屋里转磨磨。他托人费了好大的劲儿,才征得研究所同意今天晚上让他使用计算机,如果今天失约,不知又要拖到哪一天。杜恒终于想出了一个主意,他从床底下拿出几张飞机图样,给佩珍讲起飞机来。一谈起飞机,杜恒很快像换了一个人,什么"鬼怪"呀,"火神"呀,他搞的"715"又是什么样的……他讲得眉飞色舞。谁知他讲得越神,佩珍的心里越沉,她的丈夫也许有一天会造出世界上最先进的战斗机,可是他现在无论在政治上还是个人生活上都搞得一团糟;他空有

163

一个第一流的头脑,却缺少灵活性,不会适应政治环境,跟不上潮流。

杜恒全不顾妻子的神情变化,越讲越冲动,最后抓住佩珍的手,眼里射出一种固执的光,终于由谈飞机带出了他埋在心里的话:"好佩珍,我所以还在这个世界上活着,就是由于还留恋两件事。一件是你和孩子,一想到你们,我这颗千疮百孔的心就得到一点安慰,见到你们你不知道我心里有多高兴,也只有见到你们我才感觉到在人世间我也有自己的家庭和幸福。第二件就是飞机,飞机给了我活着的力量。世界上最好的战斗机,每小时能飞三千五百公里,一般的都在两千多公里左右。我现搞的是'涡轮风扇喷气发动机',将来'715-2'型时速可接近三千公里,是音速的三倍。我实话告诉你,失败一回,我成功的把握就增加一分。我只要活一天就要争这个脸。你等着吧,我早晚要搞成它!"

不知是他的信心,还是他的傻劲儿感染了妻子,惹得她苦笑了一下。杜恒见妻子笑了,就使劲握了握她的手说:"你快睡吧。"说完匆匆走了。

刚才强笑的佩珍,等丈夫一走,就趴在床上哭了,哭得连头也抬不起来了。

四

第二天早晨,杜恒从研究所回到宿舍,屋里变了样,东西收拾得整整齐齐,地上擦得干干净净。两个孩子还睡得好好的,床边用一捆书挡着。佩珍却不在。杜恒心里一跳,看见桌上有一封信——

恒:

你走后我想了很多,家里人谁也没有想到你会弄到这步田地,人不像人,鬼不像鬼。可你不死心,还要硬干下去,你到底图个啥?你不替自己想还不替家里大人孩子想?我知道你的性子,我说不服你。可是我怎么向两个老人讲?家里盼着我带钱回去,或是带个你平安无事的消息回去。这两样我一个也带不回去。眼下只有一条道，就是把两个孩子留下。如果厂里不让你回家，你就可以借送孩子为由，回家好好散散心，如果不愿意再受这份窝囊气就辞职不干了，回到家乡种地也行，教书也行。如果你还不回心转意，孩子也会给你添很多麻烦，拖累你也搞不了邪门歪道。这样回到家我也好向两个老人交代，就说你抚养两个孩子上学，我养两个老人，从此不再向你要一分钱。我这样做，你可能会恨我，埋怨我，但没有办法，我实在是为你好，万不得已。你知道，我把两个孩子扔在这儿，就是把我的心扔在这儿了。你千万要把孩子带好，要是孩子有了差错，我决不依你！你记住，每隔半个月给我写封信，把孩子的情况告诉我。平时要多给小二喝水。老大跟你一样，是个莠头匪，提防他惹祸。我不愿等到天亮再看见你们厂里的人，我老是心惊肉跳，在这儿一天也待不住。我走了。

　　你自己可要保重啊！我盼着你带着孩子回去。

妻　佩珍

　　杜恒看完妻子留下的信，他傻眼了，像个泥胎似的怔怔地站了好半天。细心的佩珍留下了两个孩子，他请假回家就有了借口，不怕领导和批判家们不答应。可是他这种不清不白的样子怎么能回家？万一把挨批的问题再带到家乡，牵连老人和孩子，那不更糟了？他担心佩珍，她回到家怎么向亲友解释呢？把他说成什么样都行，完全可以说他犯了强奸罪、盗窃罪、抢劫罪，可千万别说他政治上、路线上出了事，个人品质错误不株连家属，政治问题是要株连家属的呀！

　　杜恒在心里一遍又一遍喊着妻子的名字，一声又一声叫着对不起全家。他揪住自己的头发，咒骂着自己，捶打着自己的脑袋。突然，他趴到床上，搂住两个孩子，一种潮乎乎的东西从杜恒的脸上流到两个孩子的脸上。

　　从此，命运的所有负担和打击全落在杜恒的头上了。白天，他把两个孩子留在宿舍里，一天都揪着心。不是挨了别的孩子打，就是两

165

个小家伙自己打成一锅粥。而且老大已经多少懂点事了,从别的孩子的骂声中他明白了自己所以常常受气,是因为他的爸爸在大人群里也常常受气。他管住小二不再出门了,决不和别的孩子一块儿玩儿。他还把门上的大字报和对联撕了个干干净净,现在谁要再往他家门上贴一片纸,他就会咬掉对方的手指。有人在他家门口一停步,朝里看上两眼,老大那对晶亮的黑眼珠里就会射出一股怀疑和仇恨的光。到了晚上,杜恒先得把两个孩子哄睡了,然后用一件蓝褂子遮住灯泡,才能干自己的事。

就在杜恒苦煎苦熬的时候,石铁麟正春风得意,被批准入党了。他一接到被批准入党的通知,立刻通知了杜恒,叫他到科里来汇报思想。这叫得势压人,可杜恒又不能不来。

中午,石铁麟叫他爱人朱倩在家里炒了几个好菜,夫妻俩痛痛快快地对饮了几杯"嘉宾酒"。饭后两个人嘴里又都嚼上一小撮好茶叶,免得下午上班去带出酒气。石铁麟志得意满地对爱人说:"我们现在还缺什么呢?想要的现在基本都到手了。不过我心里还有一个更大一点的规划,我需要得到杜恒的'涡轮风扇喷气发动机'的设计总图。这是'715-2'型能不能上天的关键。咱们俩一个唱红脸,一个唱白脸。你唱红脸,下午到他家里去,给他两个孩子带点糖果去,以关心为名,把设计总图上的关键东西记下来,或者用相机拍下来。我下午找杜恒谈话,把他缠在设计科。"

朱倩没有完全理解丈夫的用意,问:"你要那个设计总图干什么?杜恒的设计不是被你批得够臭了吗。你的组织问题也解决了,我看适可而止吧。"

石铁麟摇摇头:"女人的心总是软的,搞政治斗争,量小非君子,无毒不丈夫。聪明人不是自己去辛辛苦苦地创造奇迹,而是巧妙地利用奇迹来帮自己的忙。"

朱倩半娇半嗔地挖苦说:"让你搞技术纯粹是一种误会,如果你改行搞政治,也许会成为一个风云一时的人物。"

石铁麟得意地笑了:"这就是'文化大革命'给我的启发。在我们这样的制度下,只懂技术是没有出路的,用政治手腕搞技术说不定会大有作为。因为我们国家在世界上叫得响的是革命,是搞路线斗争,而不是发明创造,不是取得了多少技术专利。这就要求你我这些吃技术饭的人,必须学会善于适应一个接一个的政治运动,借助这些运动达到自己的目的。"

他一边说着话,一边把相机和一把糖果塞到爱人的绿呢子外套的口袋里。他笑眯眯地拥推着爱人走出他们舒适的家。

石铁麟坐在科长办公室里等杜恒。他第一次明显地意识到成为一个党员的优越感。他容光焕发,神色不凡;而且还在心里不时提醒自己,不要把得意之情过分显露出来。

杜恒像一切有问题的人一样,有着严格的时间观念,按时来了。石铁麟看见杜恒更无法抑制自己的优越感了,他居高临下俯视着杜恒,心里突然泛起一股少有的怜悯之情,心中似有不忍,甚至不敢正视对方那呆滞的目光。他在私下和杜恒谈话,不像在台上批判杜恒时那么尖酸刻薄,今天又特意加上几分亲热的口吻:"怎么样? 在下边劳动还吃得消吧?"

杜恒只是盯着石铁麟,没有吭声。他觉得这是没话找话,根本用不着回答。

"听说小陈把两个孩子扔给你就走了。咳,女人总是靠不住的。"石铁麟用同情的目光,朝着杜恒心里最疼的地方扎,"想起前几年,凌总从牛棚一出来,立即起用你,把你的'715-1'式歼击机推上马,那时你是何等的踌躇满志,大有可能坐上副总工程师的位子。正像俗话说的,飞得高跌得重,有一荣必有一辱。人应该默默地活着,安守本分,自忍自乐。"

石铁麟把杜恒找来并不是要谈什么思想,要听什么汇报,他只想拖住杜恒,多给妻子一些时间。加上他今天情绪又好,就自拉自唱地聊起来了。杜恒是来"汇报"的,反倒变成"旁听"的了。直到快下班了,石铁麟才放他走。

杜恒走出设计科,看老大和小二站在楼梯口,脸上泪痕斑斑,两对小眼睛里流露出惊恐的神色。每个人的手里还都拿着一块糖。他问老大:"你俩站在这儿干什么?"

老大说:"有个阿姨说,你叫我跟小二在这儿等着。"

杜恒没有多想,抱起小二,拉着老大就走。走出设计大楼,老大脸上挂着很懂事的表情,仰脸盯着杜恒问:"爸,你又挨批判啦?"

杜恒心里像叫雷击了一下,他没有回答孩子的问题,拉着老大快步走了。

老大见爸爸没有回答自己的问题,不放心地又追问了一句:"我长大也要挨批判吗?"

已决心把一切都豁出去的杜恒,听了孩子这话,心里又慌又乱。从妻子把两个孩子留在这儿,他就打定主意,不管自己受多大罪,也不能屈着孩子。自己的心反正已经磨出了一层厚茧,谁爱怎么批就怎么批吧。孩子的心稚嫩而纯洁,决不能在他们幼小的心田里造成创伤。但这是不可能的,老大已经懂事了,而且处在这种环境中的孩子是很敏感的,爸爸挨批,他们不可能不受伤。杜恒明白了这一点,非常难受,比他自己挨批更痛苦十倍。

爷儿仨回到宿舍,门口有两个孩子要找老大去玩儿,老大一瞪眼,使劲关上了门。杜恒有点奇怪。问:"这些天你俩为什么不出去玩儿啦?"

老大说:"我们不出去,就在屋里玩儿。"

"有人欺侮你们吗?"

"嗯,"老大眼圈红了,带着哭音说,"他们骂街,说你是林秃子的干儿子,说我跟小二是林秃子的干孙子。"

杜恒怒不可遏,向门口冲去,他想去拼命。冲到门口又站住了。他和谁去拼命呢?和外边那两个孩子?他转回身猛地把两个孩子搂进怀里,他再也控制不住自己,眼泪哗哗地滴到两个孩子的头上。

两个孩子在他怀里也哭了,老大一边哭一边说:"爸爸,咱们回家吧,这个地方不好!"

杜恒无法回答孩子的要求,只好先给孩子擦擦眼泪。他到桌上拿手绢突然看见发动机设计总图摊放在桌子上,他记得这图是放在抽屉里的,为了防备孩子弄坏,他对这份总图保护得很小心。这一刻,他没有多想总图移动的原因,反倒一下子发现了孩子受气的根由,仿佛欺侮他两个孩子的不是别人家的孩子,而是这份图纸。他一把抓过图纸撕碎,狠劲摔到地上,对两个孩子说:"对,咱们回家。爸爸不干了,回家种地去,再也不受这份窝囊气啦!"

杜恒搂住两个孩子,让两个孩子的脸贴在自己的脸上,这样过了好长时间,他渐渐冷静下来,用热水给两个孩子洗了脸,开始哄他们玩儿。他心里觉得对不起孩子,自己就是强打笑脸,也要把两个孩子哄乐。他趴在床上当老牛,让小二骑到自己背上,叫老大在前面牵着他。他爬几下,又哞哞地像牛一样叫几声。把小二逗笑了,老大却不笑。杜恒又问老大想吃什么好东西,老大说什么东西也不要,只叫爸爸给他改名字,嫌"老大"这个名字不好,经常遭到城里孩子们的取笑,这里的孩子都有大号。杜恒想了想,问老大:"你喜欢飞机吗?"

老大说:"喜欢。"

杜恒说:"好,你就叫杜飞吧。"

老大乐了,小二又不高兴了,也非要改名字。杜恒扳着小二的头说:"行,都改成个好名字。你就叫杜机。杜飞,杜机,连起来就是一架大飞机。明天就写信,把你们的新名字告诉妈妈。"

两个孩子笑了。

杜恒蹲下身子,把刚才撕破的发动机设计总图又一块块捡起来,接好,用透明胶纸粘好。

五

陈佩珍回到家里等了一个多月,还不见丈夫把孩子送回来,又急坏了。不放心大人,也不放心孩子。只好又到七一五厂把两个孩子接回来。

一九七五年春天,杜恒已经把"715-2"型歼击机的设计搞完了。

由于凌子中已经调走，石铁麟把着七一五厂技术大权，他拒绝投入试制。杜恒就把自己的设计报告复写几份，同时寄给几个大型的飞机制造厂。坐落在大西南的七〇二厂采纳了杜恒的设计，并同时把他也借调到七〇二厂。半年后，"715-2"型歼击机上了天，震动和鼓舞了整个航空工业战线。年底，国务院在上海召开航空工业座谈会，由各大厂技术负责人参加。主管航空工业的部长特别关照，叫七一五厂通知杜恒参加会议，并做关于设计"715-2"型歼击机的技术报告。石铁麟到了上海才给七〇二厂发电报，等杜恒拿着电报赶到上海，会议已经进行好几天了。饭店服务员看着杜恒那一身四季常穿的工作服，有点眼差，没有让他进门，先给大会秘书组打了个电话。石铁麟得到信出来接他。这位七一五厂的代表，脱掉了经常在厂子里穿的工作服，换上了一身考究的纯毛中山装，更显得一表人才。他热情地和杜恒握手，并告诉大会正等着他去发言。而且用异乎寻常的诚恳态度提醒杜恒："老杜，你可不能旧病复发，三句话不离技术。要讲路线斗争、阶级斗争，从这个高度总结自己的经验教训，千万别在这种全国性的会议上出差错。"

秘书组本来是叫石铁麟出来把会议的进展情况向杜恒详细介绍一下，代表们都想及早地听上杜恒的报告，秘书组也希望杜恒稍事休息后就做报告。石铁麟根本没谈这些，反倒先把杜恒吓唬了一顿，并告诉他会议为他已经拖了两天，就等他发言了，也不讲明大会要求杜恒发什么言。杜恒经过四天三夜的旅途劳累，连水也没有喝一口，蒙头转向地跟着石铁麟上了会场。石铁麟和会议主持人小声说了几句，主持人高兴地冲杜恒点点头，立刻宣布："请七一五厂技术员杜恒同志做报告。"

杜恒坐到讲台前面手足无措，他本来就不善于应付这种场面，现在更没词儿了。路线和技术到底怎么分怎么合，他本来就搞不清。如果叫他从技术角度谈"715-2"的设计过程，他是有话可说的；可是从政治角度、从路线高度总结这件事，他不仅是一筹莫展，甚至还觉得是一种不祥之兆。高度文明本来使人类有多种多样的职业和分工，可是在当时的中国,所有的人只有一种职业,这就是政治。可是杜恒却还不明白政治到底是什么东西。他呆呆地坐在讲台上,半天不知从哪儿讲好。冷场时间越长,他越紧张,代表们都奇怪地望着他。他着急了,结结巴巴地说:"这种路线斗争,我也搞不清楚……"

他的话没头没脑,会场里引起一片低声的议论。

杜恒越发紧张,再也无法讲下去了。

这时,石铁麟站起来,拿着一个精致的大夹子,迈着自信而有力的步子走上台,在杜恒耳边低声说了些什么,杜恒就离开了讲台,石铁麟坐上去。他微笑着,沉着地解释说:"我们本来打算先让杜恒同志讲一讲,因为他是代表我们厂到七〇二厂参加'715-2'型歼击机试制工作的,可能由于旅途劳累,他没有准备好,现在只好由我把'715-2'型歼击机的全部设计过程向同志们介绍一下。"

石铁麟打开夹子,有声有色地宣读了自己的论文。里面有设计"715-2"型歼击机的全部理论根据和指导思想。他音调洪亮,充满自信。口气却用的是"我们",好像有个设计小组,他是代表这个集体在发言,显得非常谦虚。但说到关键处,他语调一快,好像是不自觉地就用了"我"的口气,使人觉得他是无心地泄露了事情的真相:"715-2"型歼击机的设计主要是他搞的。这个所谓的集体设计,不过是和那些集体创作组、写作组一样,只是个徒有其名的赶时髦的形式。石铁麟的论文就给代表们留下了这样一个强烈的印象:真正设计新式歼击机的人,就是今天这篇论文的作者和宣读者。石铁麟的论文也的确写得很精彩,一下子震动了所有参加会的代表。

杜恒在台下也被惊得目瞪口呆。自己花了许多年攻下的成果,这里面还有凌总和两个厂工人的很多心血,现在怎么全成石铁麟的啦?难道真像他在论文里讲的,他在十年前就开始这项研究了?他以前为什么一字不漏,而且反对得那么厉害?

石铁麟成了会议上的明星,这个找他要资料,那个向他请教问题,而杜恒似乎已经被人遗忘了。杜恒尽管不大相信在科研上会有这样的巧合,可是他也说不清这到底是怎么回事。

晚上,石铁麟找到了杜恒,他尽量用矜持掩盖着内心的极度兴奋,对杜恒说:"老杜,你在七○二厂把'715'送上了天,我的论文今天公之于世,这叫不谋而合,英雄所见略同。不过我不客气地说,你这个人是实干家,干具体事还肯用功,但在理论研究上功夫太差。往后我们可以相互配合,你的论文写出来以后,如果不见外的话就交给我,我一定好好替你润饰一下。"

杜恒锲而不舍的目光盯住石铁麟:"你的论文把我研究的东西都包括了,我的论文没有必要再拿出来了。"

"怎么能这样说,各有千秋嘛。"石铁麟是准备好了杜恒会和他大闹一场的。他心里最清楚,杜恒为了这一天,忍辱负重,付出了多大的牺牲。今天眼看到手的荣誉,又被别人夺去。人到这时候是会眼红,是要拼命的。石铁麟突然意识到,在默默无闻的杜恒的身上,有一种潜在力量,这力量一旦爆发出来,就会把他的对手击垮。杜恒现在似乎是不屑于和石铁麟争夺这份荣誉,但是只要他想要,这荣誉什么时候都是属于他的。想到这儿,石铁麟的心里颤抖了一下,脸色也突然阴沉下来,说:"老杜,大会规定每厂只有一个代表。反正咱们厂有我在这儿可以把会议精神带回去。你也该好好休息一下,回咱们厂也行,回七○二厂也行。"

"不,我要回家看看。"杜恒说。

"那太好了。"石铁麟态度立刻变了,从口袋里掏出二十元钱,情热话也热地说,"老杜,我身上就带了这么一点,给你爱人和孩子从上海买点东西带回去。"

杜恒一怔,他没有想到石铁麟会有这一手。石铁麟对他的态度一会儿冷一会儿热,叫他琢磨不透。他没有接钱,只说了声"谢谢",提着兜子就走出了饭店大门。

……

几个月以后,那个航空工业座谈会成了"右倾"翻案势力向党进攻的黑会。上海来了两个人,据说其中还有一个是报社记者,来到七一五厂找杜恒。了解那次座谈会的情况,而且口口声声说杜恒路线觉悟很高,在当时就看出了会议大方向有问题,不仅拒绝在会上发言,而且不等会议结束,就愤然退出会场,离开上海。那两个人想了解当时杜恒离开上海的具体情况。记者还带来一篇起草好的批判稿,请杜恒署个名。变幻莫测的政治风云把杜恒搞苦了,他的心都有点麻木了。他既不甘心无端遭到这种风雨的摧残,又不想投其所好乘风而上。他态度冷淡,不想署名。石铁麟害怕了,他在那个座谈会上出够了风头,他的论文也以简报的形式在会上打印散发了。而且他最害怕杜恒把他剽窃别人科研成果、逼迫杜恒离开上海的实际情况公开。现在是杜恒的机会来了,只要他几句话就可以将石铁麟置于死地,而杜恒则可以借此翻身,扬眉吐气,两个人的处境立刻可以倒过来。现实的政治斗争就是这样,突然把他推进了深渊;突然又给他一个可以飞黄腾达的机会。

石铁麟几乎是赔着笑脸,围着杜恒团团转了好几天。幸好,杜恒是个天生的不幸者,他搞科研时脑子是发达而健全的,对于这种政治却是愚昧无知。石铁麟的态度使他讨厌和感到莫名其妙。在他眼里,石铁麟其人就像这种政治一样复杂而不可捉摸。他宁愿承担飞机制造上最繁难的研究课题,也不愿稍微动点脑子去想一想石铁麟和政治一类的玩意儿。然而政治却是了解他的。深知他性格的石铁麟,趁机以科长的身份大包大揽,劝得杜恒心烦,为了摆脱纠缠,就同意在那篇文章上署上他的名。石铁麟不仅保住了自己,还赢得了那两个上海人的好感。

又是几个月后,随着"四人帮"这个邪恶的头衔出现在报纸上,杜恒一下子又成了被清查对象。这是石铁麟在设计科的群众大会上宣布的,根据是:杜恒和上海那两个来路不明的人的关系很可疑;杜恒在上海开会期间是不是接受了"四人帮"在上海死党的指示,不然为什么坐到讲台上却不发言,故意扰乱会场,向大会施加压力?

石铁麟却似乎是受迫害的英雄。第一批被批准晋升为工程师,提职提薪。他正满怀信心地等着坐到副总工程师的位子上去,不想凌子中带着工作组回厂了……

六

杜恒的说清楚会进行了好几个小时,关于杜恒的问题总算是弄得清清楚楚了。凌子中询问到会的人还有没有疑问,大家都说没有了。凌子中的目光转向石铁麟。沉了一会儿,石铁麟才笑着说:"凌总,今天这个会是不是有点想保杜恒? 您由一个搞技术的改行搞起政治来了,是不是也有自己的目的?"

"对,我就是为了保杜恒才来的。杜恒没有错,更谈不上有罪。他是林彪、'四人帮'的反动政治的受害者!"老工程师突然激动起来,眼里闪着凌厉的光芒,"我不仅保他,也想保你。你是个技术人员,脑瓜也聪明,如果踏踏实实搞自己的专业,也能给国家尽点力量。可是你却用政客的手腕搞技术,这就只能害人害己害国家。其实你也可以算是受害者,不过你和杜恒不同,杜恒厌恶林彪、'四人帮'那一套,而你却乐于接受运用林彪、'四人帮'那一套,甚至如鱼得水,借助政治运动的淫威又去糟蹋别人。"

石铁麟脸色煞白,他失去了往日特有的自制能力,气冲冲地站起来说:"我以设计科党支部书记的身份宣布:我们支部对杜恒的问题,对今天的会保留意见。"说完摔门而去。

凌子中也气得声音有些发颤:"'四人帮'的政治不仅摧残了一批人才,也造就了一批会投机钻营的怪才。上边刮出一股风,下边就有人趁风撒黄土。因此,使每一场政治运动,总免不了要伤害无辜的人。如果说贪污和浪费是极大的犯罪。浪费和摧残人才不是更大的犯罪吗? 我们应该开展一场反对摧残和浪费人才的运动。政治造成的弊病,还得用政治办法解决。这就是我毛遂自荐要当工作组组长的原因。"

大家没有再提出新的问题,一致同意立即解脱杜恒。

三天后,七一五厂召开群众大会。凌子中在会上代表国防工办党委宣布,任命杜恒为七一五厂副总工程师。

可是杜恒没有参加大会,一个技术员递给凌子中一个纸条:

"杜恒已被他爱人拖着去火车站了。"

一散会,凌子中立即坐车去火车站追杜恒,一路上他盘算着怎样做通陈佩珍的工作,最好是把她也调到市里来工作,那样在生活上和工作上对杜恒都能有个帮助。他似乎找到了一条出路,也觉得有些把握,因此在他枯焦的脸上,隐隐地透着一点难得的笑意。

1979年11月

基　础

一

国庆节快到了,锻工车间的很多人,围着车间主任路永存,要求在节日期间加班。因为加班费是基本工资的百分之二百,三天下来,三级工能闹个七八元,四级工有十来元,五级工以上的就甭提啦！可是,加班干什么活计呢？任务并不紧啊。大伙儿说,车间里的主要设备——五百吨快锻机的基础,已经浇灌好了,可以提前在节日安装。但路永存坚决不同意,理由是,这基础是百年大计,关系重大,必须一丝不苟地坚持质量第一,按规定时间进行保养后才能安装。想加班的人你看我,我看你,心里暗暗叫苦,却又不肯离开。

老路长得又高又瘦,脊背驼得很厉害,一头蓬松的白发,看不出他的实际年龄到底有多大,大概是在五十岁以上六十岁以下。一张粗糙而和善的脸,那上面留下了这半个世纪以来各个重大事件的痕迹。他为人没有一点机灵劲儿,办事专会凿死铆子,别人说他硬是放着河水不洗船。其实,他也不是不了解大伙儿的心气,但原则问题绝不能马虎。

工人们七嘴八舌,有的说提前安装不见得会影响质量,有的说可以找些杂活儿干干,还有的给老路甩了许多难听的话。路永存不着急也不上火。他有个婆婆嘴,又有个蔫主意,咬住理是不会轻易松口的。他正被吵得脱不开身,解围的来了。这是车间事务工康同彦。

176

　　康同彦虽然也是五十多岁的人了,头发还漆黑油亮,脸上细皮嫩肉,闪着孩子般的粉红色的光泽。他身材不高,肚子特大,凸起的肚子把腰椎挤得向后弯成了弓形。别看他样子长得很笨,行动却极其灵便。他从人群的缝隙里钻到前面,用非常严肃的腔调对大伙儿说:"师傅们,别在这儿闲磨牙了,该干吗的赶紧去干吗,我有急事要和路主任商量。"他那双精明的小眼睛扫了一眼众人,怕大伙儿不相信,又加了一句:"厂部从这个月起,要扣发咱们全车间的奖金,我得赶紧和主任商量个办法,好跟劳资科打官司。"

　　一听说加班费没争取到,又要扣奖金,工人们感到事情有点不好办了,都不大高兴地离开了办公室。

　　康同彦眼睛一眯笑了,这是他的拿手好戏。每逢路永存碰上棘手的问题下不了台,或是被人缠住脱不开身的时候,康同彦就像个保镖一样,准会在主任身边出现,风风火火、真真假假地编上一大套,不是说厂长来了电话急着要找路永存,就是说哪儿出了问题,立等路主任去处理。他装得不露一点痕迹,却暗中给路永存解了围。有时甚至连老路自己也觉察不出康同彦是在暗中为他保驾。老路这个实心肠的人,常常把康同彦逢场作戏胡编出来的话信以为真,害得康同彦有时也只好假戏真唱。

　　工人们走了后,路永存郑重其事地问:"谁说要扣咱们车间的奖金?"

　　康同彦神秘地一笑:"小道消息。"

　　路永存不高兴了:"哼,又是'小道消息'! 既是'小道消息',刚才你为嘛当着大伙儿的面说出来? 还说得活灵活现,好像真有那么回事,这影响多不好!"

　　"我的'小道消息'可靠性都在百分之九十五以上。我得到信儿必须先给你通个气,不然到时候厂部真的把奖金扣了,你这个主任怎么向全车间职工交代?"康同彦挨了训斥,心里老大不痛快,但他脸上却赔着笑说。他和路永存有着三十多年交情了。解放前,康同彦是"康记铁工厂"的少掌柜,路永存是这个小铁工厂里耍手艺的工人。现在,耍手艺的当了车间主任,掌柜的倒成了跑前跑后的事务工。

一会儿,康同彦又向老路进言说:"主任,大伙儿的要求不可不考虑,我拿耳朵摸了摸,别的车间可都加班。有活儿干没活儿干还不全在车间了? 基础不去碰它,你抓个借口找点活儿给大伙儿干,不就可以加班了? 省得工人骂大街,落这种埋怨图嘛呢?"

"那有什么办法,没有事干反赔百分之二百的加班费,倒霉的还不是国家? 唉,当干部还有不挨骂的!"

"当干部就得挨骂?"康同彦晃晃肉锤似的胖脑袋,心里不服:这个厂子要是你私人的,你挨骂也值得;给国家当这个吃力不讨好的车间主任,一个月总共才挣个七八十块钱,还赚了挨骂,值得吗? 工人们加班又不挣你路永存的钱,这是何苦呢? 再说工人们加班,你主任也可以跟着一块儿来,多捞个十块八块的买嘛吃不香? 真是死心眼儿! 他算看透了,路永存为人太真。难怪他当了这么多年干部,老是不升不降,恐怕他这辈子也升不上去了。就是机会碰上他的脑门子,他也会错过去。

路永存忽然想起一件事:"老康,落实政策办公室刚才来电话,叫你去一趟哩。"

康同彦的眼睛猛地扩大了一倍,闪闪发亮,连心房也剧烈地跳动起来,他转身就走。但一想又停住脚步用叮嘱的口吻说:"主任,可别忘了到劳资科去问问奖金的事。"

"我一会儿就去。你顺便叫小青来一趟。"老路说着,心里又在嘀咕另一件事了。

<h2 style="text-align:center">二</h2>

奚小青放下电话,心里像一锅煮沸的水,上下翻腾着。

打电话来的是她的男朋友——路永存的儿子路杰,约她节日里到他家去,这叫"认门口",正式见见他的父母,特别是叫他的好朋友们也看看小青。路杰还在电话里告诉她,从南方给她买来几件最时兴的服装和质地很讲究的衣料。小青却很为难,她没想到,他们认识才不过几个月,路杰已在为结婚准备雄厚的物质基础了。但她和路杰见过几回面以后,发现路杰根本不合她的心意,两人几乎谈不到一块儿去,他的为人跟他父亲差远了。刚才路杰约她到他家去过国庆节,她若是一去不就等于把关系明确下来了吗?她在电话里没有答应,也没有拒绝,她告诉路杰,下班前一定给他答复。

就在这时候,介绍人康同彦来告诉她,路主任叫她去一趟。而且康同彦还喜气洋洋地小声对她说:"等一会儿还有好事告诉你,路杰说你们的新房里还缺一台电视机,这包在我身上!"

康同彦说完,冲她神秘地一笑,肥胖的身子灵活得像个胖头鱼一样游走了。

奚小青模样长得不算出众,但她的身上有一种朴素健康的自然美。她气质文静,说话沉稳,是个内涵很深厚的姑娘。也许正是这一点,才格外得到了路永存的赏识。她是车间里的团支部书记。

姑娘心里敲着小鼓走进了路永存的办公室,路永存让她坐下,问:"小奚,这些日子大伙儿心气比较散,平时不干活儿,过节想加班,你们团支部得多做团员、青年的思想工作。"

还好,老路没谈儿子的婚事,姑娘心里松了一口气,轻轻地点了点头。

"有什么困难?团支部改选过没有?"

小青说:"选是选完了,分工还没分好。谁也不愿当团干部。被选上的实在推不掉了,就只想当组织委员不想当宣传委员。"

"为什么?"

"宣传委员要搞宣传,写黑板报,印材料,搞鼓动,吃力不讨好。组织委员只管收团费,清闲。"

"嗯?还有这种思想?"路永存感到惊讶。

小青微微一笑:"路主任,我也不知道是怎么回事,现在团支部的威信不高,办个什么事也号召不起来;团员的荣誉感、责任心都不强。咱车间还只有十几个团员,进的没有退的多,青年太少了。就是那几个徒工,不找他们谈几回话,连个入团申请书都不写。"

奚小青的话引起了路永存的警觉,他想起了眼前这个姑娘自己的问题,她是团支书,理所当然是党支部的培养对象。可她也装做什么都不知道,连个入党申请书也不交。老路站起来走了几步,在小青跟前停住了。他望着这个年轻的姑娘,胸腔里也像加热炉膛一样,呼呼地烧起来了。奚小青不论是工作上还是品格上,在全车间青年中都是拔尖的。但是,老路总觉得她的心里搁着什么,没有向他吐露,这时就问道:"啊,咱们自己心里可要踏实呀,你有啥想法呢?"

姑娘脸红了,低下头去。沉了一会儿她抬起头,迎着路永存的目光说:"路主任,我可以问您几个问题吗?"

"什么问题? 问吧。"

这个有心路的姑娘,尽力抑制住自己内心的激动,说:"《共产党宣言》刚发表的时候,共产主义还像个幽灵,却把资本主义世界吓坏了,他们怕得要命。现在,世界上出现了许多社会主义国家,资本主义反而不害怕了。这是为什么? 既然社会主义制度无比优越,为什么生产力不如资本主义发展得快? 为什么在经济建设、科学技术发展上赶不上资本主义? 凭信仰我是相信共产主义一定会实现,一定会战胜资本主义的。可是听科技报告,看技术杂志,都是资本主义比社会主义先进,这又怎么解释?"

路永存非常惊讶,他是个重实际的人,不大研究理论,这些问题虽然不难回答,但要一时全讲清楚,却也并不很容易,他万万没有想到奚小青会提出这样一些问题。

奚小青却显然是经过深思熟虑的,这些问题在她脑子里不知转了多少圈了。她越说越激动,看见车间主任经常细眯着的眼睛越睁越大,就把话题转到老路身上:"路主任,您在解放前就参加了工会,参加过罢工,那阵儿您对共产主义的信仰和现在一样吗? 过去许多革命先烈为了共产主义可以含笑而死,坚信革命一定胜利。可是现在还有多少人有这种信念? 即便是在活下来的老干部中,在某些人的头脑里,共产主义的理想还占多大分量? 在他们的生活中,未来占着多大比重? ……"

路永存简直是怔住了,他怎么也不能把这些稀奇古怪的提问和这个平时积极要求上进的团支部书记联系起来。他首先想到的不是怎样回答姑娘的问题,而是替她惋惜,替她担心,她的思想与其这么复杂,还不如也像别的轻浮的姑娘一样,穿红戴花,讲吃讲穿好哩。他脸色庄重,严厉地说:

"你尽胡想些什么?"

姑娘没有吭声,用固执的眼光看着老路,好像在说:现在你心里不也在为这些问题纳闷吗?

三

路永存到评奖领导小组交涉车间奖金的事,结结实实地碰了一鼻子灰。他走在回车间的路上,脑子里还在进行着和评奖领导小组组长的辩论:

"你们车间把设备都弄坏了,停产好几个月,月月亏损赔钱,还想要奖金? 想得倒美……"

刚才老路听完这话,气得瞪了半天眼没有想出答词,现在想出词来了:"是呀,按理说停产亏损就不应该发奖金。可是我们车间为什么会停产呢? 亏损赔钱又怪谁呢? 你走遍全世界问问,有一台快锻机装上还没用三四年就连基础一块儿完蛋了的事吗? 二月份,快锻机一坏,我们就给厂部打了紧急报告。一开始没人管,谁也不着急,有了水泥没有钢筋,买来钢筋又缺石子,材料好不容易凑齐了,又没有人干。一拖就是半年多。重新制造安装一台新的快锻机也用不了半年,可我们厂光是换一个基础就等了八个月。这能不亏损吗? 这也怪我路永存? 这也是车间的责任? 为什么要扣车间工人的奖金? 再说别的车间都发奖金,唯独甩下锻工车间,我这个车间主任还怎么当? 怎么向工人交代? ……"

理由有的是,可就是当时一着急都叫气堵住了,事后一冷静下来,一条条的又都想起来了。老路真是后悔不迭。其实他脑子并不笨,口才也不错,只要能容他慢声细语缓缓地讲。他不会抢别人的话,但别人也不能抢他的话,若是碰上扯皮的事,人家脸红脖子粗地一喊叫,他一张嘴人家就抢他的话茬儿,他就没词了,不管他多占理也全闷在了肚里。因此,在全厂的中层干部会上,他也常常受气。就连厂长们心里不痛快,在别的车间闷下气,也总是找锻工车间的茬儿,拿路永存出气。因为老路保险不会跳脚,不会当场给厂长下不了台。尽管大伙儿都欺侮他,全厂上上下下又都承认老路是个大好人,是勤劳踏实的老黄牛。

锻工车间的人都在等待着主任带回来好消息。可是当他们一见路永存那副蔫头耷脑、一边走还一边在嘴里念念有词的样子,心里一下子都凉了。可不要以为扣掉六七块钱是小事情,立刻就有人甩闲腔,而且故意起高调,存心念给老路听:

"到什么时候也是老实人吃亏,咱们的路头儿太废物了!兵熊熊一个,将熊熊一窝,全车间的人都跟着他挨板子。"

"好马在腿,好汉在嘴,咱们的路主任没有嘴,一辈子办不了漂亮事!"

……

老实,本来是一种美德,是党性强的表现,现在却和蠢笨、无能、迟钝等同起来了。

开始老路只装做没听见,车间弄成今天这副烂摊子,要怪自己没抓好,不能埋怨工人说闲话。可是他越不搭腔,发牢骚的人越上劲,有的连活儿也不干啦。他火了:

"扣掉几块钱奖金就不干活儿啦?光为了钱干活儿,还有良心没有?"

一见主任脸色变了,大伙儿都不吭声了,谁都明白,主任心里也不痛快,他也没办法。有个小伙子不听这一套,张口就顶:

"良心?我的良心就是干活儿拿钱,吃饭穿衣。"

"照你这样还能实现现代化?"

"我是个工人,管不了那么多。"

老路被气得嘴唇打颤，工人们把那个愣头青劝走了。他也回到了办公室，上边压，下边挤，他这个车间主任夹在当中还怎么干？再这样拖下去，锻工车间真要垮了。他觉得，不管工人怎样骂，他都应该忍受着，得为节后的工作做好安排。忽然，他想起了早该回来的路杰，不知今天回来了没有，他抄起了电话。

安装五百吨快锻机要用软垫，二十天前，供应科派路杰到南方采购。临行前，路永存对儿子千叮咛万嘱咐，叫他千万要把软垫买到，快点回来。老路拨通了基建科的电话，接电话的正是儿子路杰，听他说话的那份高兴劲儿，老路心里一喜，以为一定是买到软垫了。但路杰却很轻松地告诉他，软垫没买来，生产厂已经没有这种货了。路永存脑袋嗡的一下，这时候路杰要是站在他跟前，他一定会给他一个耳刮子，儿子误了他的大事啦！路杰一点不理解老子的烦恼，仍然用兴高采烈的腔调告诉老路他从南方买回一批好木料，他要求父亲早下班，和他一块儿到车站把木料运回家去。一听老路说不行，路杰立刻变了声音，在电话里就埋怨起来。埋怨老路对他的事不关心，他还讲出一番道理。谁的老子对儿女的婚事没有个规划，他顺嘴就举出了好几个例子，谁的父亲给儿子买了什么家具，谁的父亲给儿子弄了一套什么样的房子，最后归到只有老路这个当父亲的对儿子的事不管不问。

老路不等儿子说完，就生气地挂上了电话。规划，规划，才见过几次面，结婚用的东西就鼓捣得差不多了。可是车间的规划呢？工厂的规划呢？

路永存心里烦透了，他在屋里坐不住了，可又无计可施，怒冲冲走出办公室，由着两条腿又不知不觉地来到快锻机的基础上。他突然觉得今天车间里格外静，锻工车间怎么能没有砸钢碰铁的声音？怎么会听不到天车隆隆的脚步声？连狮吼虎啸的加热炉也静静地躺在那儿，一点声息没有。这一刻，他多想听到那熟悉的、震耳欲聋的锤击声！打铁的车间这么安静可真不是好事，这是能憋死人的那种静默。

老路已经打了多半辈子铁了，越打条件越好，设备越先进；但也越打越难，越打越赔钱了。过去他刚学徒的时候，老板全靠人工抡大锤，照样赚很多钱;以后钱越赚越多,老板就买了一台夹板锤,钱就赚得更多了。到后来锤使老了,锤膀子裂开了,用铁丝捆上照样干,还是大笔大笔的赚钱。谁听说过打铁的会赔钱?现在一个几千人的矿山机械厂,几百人的锻工车间,怎么会亏损呢?毛病出在哪儿呢?

路永存抱着脑袋蹲在基础上,眼睛死死地盯着脚下用钢筋水泥浇灌成的基础,心里向自己提出了一个又一个问题。这些问题的答案没有找到,却发现基础上有一处很不结实,他用铁棍一敲,水泥基础像豆腐渣一样掉下来一大块。他心里一动,赶紧俯下身子仔细地检查基础,越检查他越不放心。快锻机的基础本应该是由基建科负责的,老路也不是泥瓦工,但他是个有经验的铁匠,他断定基础有问题,就急忙跑回办公室,给基建科长打电话:

"于科长吗?五百吨快锻的基础有问题呀!我用铁棍一捅就给捅下来一块,这怎么经得住五百吨压力?"

"你用铁棍捅还能不捅下碎碴来?你要用炸药崩,还能把它炸飞了呢。"基建科长在电话里挖苦着。

"老于,这基础可不是闹着玩儿的,咱们这台快锻机装上以后还没用四年,就得把基础挖掉重修,哪个国家这样干?人家都是用几十年,甚至上百年,即便熬坏了几台锤,基础也不坏。要像我们这样干,还不得把国家赔死!我建议你们从基础上取个试块做试验。"

"没有必要,基础出了问题有我们基建科负责,你管好你自己车间的事就行了!"基建科长生气地把电话撂了。

真是睁着眼说瞎话,扯不完的皮,打不完的官司。路永存喃喃自语:"扯吧,扯吧,把头发都扯白了,把厂子都快扯垮了,还扯哩!……"

四

康同彦现在走路一蹦一跳,脚底下像踩了弹簧。刚才落实政策办公室给他摘掉了"反动资本家"的帽子,还补给他四千多元钱,心里舒坦极了。他在回车间的路上还弯到小卖部买了多半书包高级奶糖和一条带过滤嘴的"恒大牌"香烟。今天他要大大方方地请请客。他一路哼着小曲儿回到车间办公室门口,看见路永存正对着电话机愣神,就响亮地叫了一声:"老路!"

路永存抬起头,见康同彦脸上有股得意的神色,问道:"老康,你怎么了?"

康同彦笑了:"老路,你怎么跟我装傻? 这不全是你给我办的!"他很会说话,明知这次彻底落实政策是党中央的决定,却故意把"好"送给路永存。这些年来,路永存对他确实不错。就是在他戴上帽子以后,锻工车间也没有拿他当反动分子对待。当他上了年纪,干体力活儿吃不消了,路永存就叫他当了事务工,这既发挥了他的特长,他也因此又掌握了一点权力,东跑西颠,也算得上是锻工车间一个说说道道的人物。他心里对路永存这个厚道人是感激的。他从书包里抓出一大把糖扔到桌子上,又拿出一整盒烟递给路永存,乐滋滋地说:"吃糖,抽烟。"

路永存明白过来了,他没有吃糖,也没有接烟,说:"给你摘帽要感谢党。老康,你想想看,怎么才能把锻工车间搞好?"

康同彦一下子还不明白路永存是什么意思:"这……我怎么说得好。"

"假定把这个车间交给你,就当是你的私营厂,你怎么干?"

"交给我?"康同彦一惊,他心里的血直往上冲,血压似乎也升高了。他知道自己的办事能力,他相信路永存也知道他不是大草包,平时替主任补过不少台,莫非路永存看他已经摘了帽子就想提拔他为车间副主任? 天呐,难道今天真的要双喜临门? 突然涌出的对权力的渴望,烧得他脸色通红,浑身发热。

路永存见他想到别处去了,就直话直说:"过去你父亲开'康记铁工厂',就那么几盘炉,几十个人。你成天不干活儿,到郊区去打兔子、抓鸟,晚上去逛窑子,高兴了才到工房里转两趟,可是赚了好多钱。现在条件比那时候强多了,设备多了,人也多了,怎么反倒赔钱呢?"

康同彦明白了,他很清楚眼前这位车间主任的难处和苦处,就用一种十几年来他一直不敢用的尖酸口吻说:"我看你把锻工车间搞成这样就不错了,因为这毕竟不是你的私营厂。"

"这是什么意思? 你说我没使劲儿?"

"劲儿没少使,都是瞎劲儿。这个车间要是你私人的,弄成这个样子就得关门,你一家大小就得自杀,或者去沿街要饭;工人也得失业去另找饭门,还能像现在这么美? 拿着工资成天聊大天。共产党就是宽宏大量,社会主义的优越性就是有饭大伙儿吃。"

"这个车间搞不好是我无能……"

"你为什么无能? 就因为这个车间不是你的,你没有主宰权。因此你在工人面前也就没有权威,工人可以听你的,也可以不听你的。你们不是靠抓住工人的根本利益来领导工人,而是靠政治运动来领导工人。结果,这些年政治运动一多就有了副作用,就像吃药多了产生抗药性一样。入了党的还不如还没有入党的积极分子听话;前几年哪个小组不争着要'四类'分子,因为'四类'分子比红五类听话,干活儿卖力气。工厂的主人并不把工厂当成自己的,这能搞得好吗? 说句实话,现在的工厂没有主,不是厂长的,也不是你车间主任的,更不是工人的。你会说,是党的,是国家的。那国家主席能管得了每一个工厂吗?"

"你又胡说八道了。"路永存愤怒地盯着他过去的少掌柜。其实叫他愤怒的,正是康同彦的话里不全是胡说八道,而且使他想起刚才团支书奚小青那一番话。这两个经历、政治身份和年龄完全不同的人,在他们的话里却有一些共同的东西,这使路永存在愤怒之后又有点不寒而栗。

路永存的话使康同彦心里一激灵,他猛地清醒过来。在心里咒骂着自己:"你个老混蛋,一得意就忘形。幸好路永存老实厚道,要换个旁人,往上一汇报,你刚摘掉的帽子又得重新戴上。"他出了一身冷汗,立刻赔着笑脸说:"主任,我是跟你胡说,你别当真。"

"你也用不着又来这一套,瞧你装的这个样子!"路永存厌恶地说,"快锻机的基础质量有问题,基建科又不给做试验,你有什么办法没有?"

一听这话康同彦来了精神,只要路永存遇到难题,他都乐意出头帮忙。而且在这个厂里,他自信还没有他办不成的事。他从提包里掏出一盒烟,在手里掂了掂,笑着说:"这事交给我,我还就是叫他基建科的人给做试验。"康同彦说完转身要走,忽然又想起一件事,从他那提包里拿出一包钱,递到路永存手里,郑重地说:

"交给路杰。"

"这是什么钱?"

"他的新房里还缺一台电视机,这是我这个当介绍人的帮他筹划的。"

老路很恼火,愤愤地说:"我不管这事!"

康同彦不高兴地把钱收起来:"好吧,我直接交给路杰。"

五

路永存看完康同彦拿回来的试验报告单,气得浑身发抖,动不了劲儿啦。五百吨快锻机的基础全部不合格。设计图纸上要求强度二百,现在只达到九十。停产七个月就等到了这么个结果,上百吨水泥,几十吨钢筋全白扔了。更要命的是白白扔了七个月的时间。这下又得重新用钢钎一点一点地把几百立方米的钢筋水泥基础剔掉,另打新基础,那不知又要等到哪年哪月啦!

不幸之中万幸,多亏路永存多个心眼儿,检查出基础质量有问题,叫康同彦偷着做了个试验。若是糊里糊涂将快锻机装上,那犯的罪就更大了。路永存把这个情况立即报告给厂长,厂长也很恼火,马上召开了紧急会议。几个主要科室的科长全来了。

基建科科长是几年前由调度员升上来的,长得像猴子一样瘦小枯干,说话的嗓门却十分响亮,领导基建科很有魄力,在矿机厂的中层干部中有一个精明能干的好名声,是厂里"四大铁嘴"之一。他听完了厂长的质问,心里一愣,他事先一点信儿也没有得到。就从路永存手里要过报告单,一看还是自己科的人给做的试验,他立刻在心里骂上了:这帮吃里扒外的王八蛋,偷着给人家做试验,出了事也不给我透个信儿!

但是,就在看报告单的这几分钟里,他已经想好了答词,然后抬起头,脸上挂着诚恳的讨人喜欢的微笑,语调却是理直气壮:"这不是我们的责任,我们施工没有问题。这次质量事故是水泥失效造成的。我还要郑重声明,正在施工的宿舍大楼也用的是这一批水泥,将来出了事,我们基建科一概不负责。"

瞧,他推得多干净,多轻巧!路永存都听傻了,现在做人的力量,当干部的水平,全在能说会道里边啦。他嘴唇发抖,还没有想好还嘴的词,有人替他搭腔了。

搭腔的是供应科长,一个外表粗野的中年汉子,由于吸烟过多嘴唇发黑。工厂的供应科就像社会上的百货部、食品店一样,都是别人求他,他很少求人,因此搞供应的人喘气都特别冲。这位科长在厂里有一个响当当的大名——林大拿。林大拿猛地从沙发上抬起头,对基建科长冷冷地说:"老于,你别吃不了乱拨拉。就算你是铁嘴钢牙,也不能逮住谁咬谁。我们买的水泥都有合格证,怎么会是失效的?你们施工前为什么不做试验?明明是好水泥,都叫你们糟蹋了,反而倒打一耙!"

会上立刻热闹起来,两个人唇枪舌剑,展开了对攻。要是有不了解内情的人坐在旁边听这场舌战,一定会觉得谁说的都有理。因为双方都掌握了扯皮的窍门:没有理不要紧,只要理直气壮就能占住一半理。

厂长身材魁梧,面色红润,带出一副心宽体胖的样子。他想拍板定案,他想把责任拍给基建科,于铁嘴不服,当场嚼理;于是厂长又想压供应科认账,林大拿更不服。厂长想急又不能急,干瞪眼拍不了这个板。现在的事情就是怪,按理说应该是厂长管科长,可有的事管得了,有的事管不了;看起来科长比厂长职权小,可是科长抓住了厂长的短处,也能克厂长。因此,相互都抓住了对方的小尾巴,有时互相利用,有时互相掣肘,好像谁都有权,又好像谁都没有权。或者说,办公事,没有权,有权也不用;办私事,敢用权,权力大得很。干部中的这种关系,真是一笔狗扯连环,撕咬不开的糊涂账。

路永存坐在一旁干着急。

实在没办法,厂长只好挥挥手止住了两个科长的舌战:"好了,别扯皮了。责任问题以后再说,先说基础怎么办吧。"

路永存心里叫苦,他知道厂长让步了。这么大的事故连责任都不追了。

林大拿往沙发上一躺,轻松地说:"研究基础怎么办,就没有我们供应科的事了。"

厂长问于铁嘴:"老于,你说怎么办?"

"我也不知道怎么办。"于铁嘴懒洋洋地说。

路永存沉不住气了:"得返工,把这个废基础剔掉,重新打新的。"

于铁嘴问:"谁剔?"

"当然是你们剔,这本来就是你们的活儿嘛,又是你们干废的。"

基建科长眼睛一瞪:"你说了算数吗?事故还没分析,责任还没查清,连厂长都没有拍板,你路永存有什么权力说这种话?"

"这……"路永存被问得没词了。他做人的哲学是老实与不老实做斗争并战胜它;别人的哲学正好相反,是不老实战胜了老实。而且这两种哲学一交锋,老路的哲学就得吃败仗。他只好说:"你们不干谁干?你们拖得起,我们可拖不起啦,最后倒霉的还是国家。"

基建科长挖苦地说:"别以为就你一个人关心国家的现代化,我比你还着急。要叫我们干也行,反正现在我手里没有人,要剔基础就得把盖宿舍大楼的工程停下来……"

听他这么一叫板,厂长着急了:"那怎么行?"

基建科长笑了:"我有个办法。老路,你们车间的人不是成天没事干吗?我看你们自己剔吧。"

推来推去,又推到锻工车间头上了。路永存气坏了:"这不是我们的事,我们是打铁的,干不了这种事。"

"什么你们我们,都是为了国家四个现代化嘛!"基建科长也躺到沙发上,"好吧,你们要不干就等着吧。"

林大拿探起身子,从厂长的烟盒里抽出一支带过滤嘴的香烟,叼在嘴上。于铁嘴也伸出手:"哎,别光顾自己。"林大拿又抽出一支扔给于铁嘴:"你这家伙,往后别叫铁嘴了,叫铁公鸡吧,一开会就尽抽'伸手牌'香烟。"

于铁嘴也不吃亏,回敬他说:"听你们科里人讲,不管多老实的人,到你手下搞上三个月的材料供应,就会连他爹都敢赚。"

两个人点着烟,哈哈一笑。别看刚才他俩面对面吵得那么凶,那叫假翻脸,会一散就全忘了,丝毫不影响两个人私下的情谊。

老路怎么能是这两位科长的对手。他心里一阵阵作疼,脑子里突然想起刚才康同彦提出的问题,这个矿机厂到底是谁的?眼前的厂长、科长没有一个人把这个厂看成是他自己的,出了这么大的事故,他们都不着急呀!难道这个矿机厂倒成了我路永存的啦?不,厂子是党的,可是党在哪里?党是实的,还是虚的?党啊,你受骗了,他们连亲爹都敢赚,还能不赚你!没有一个人把党看得比他自己还重。你把他们放在了各种位置上,可是他们却在糊弄你,他们把我们的基础搞坏了,他们都成了根深蒂固的撒谎者。小青啊小青,你要寻求的答案不就在这里吗?!

路永存在对人对事上向来缺乏一种尖锐的判断力,可是今天他突然明白了许多过去他所不敢正视的问题。有什么样的社会要求,就造就什么样的社会人才。没有扯皮的需要,就不会出滑头;有了这种需要,办事就自然要扯皮。他亲生的儿子路杰,不也正在效法林大拿吗?

厂长考虑了一会儿,对路永存拍板了:"这个不合格的基础,还是你们车间自己剔吧,可以派人先到基建科学一学……"

六

路永存回到自己的车间,把工人们召集到五百吨快锻机的基础跟前,布置了剔基础的任务。工人们炸窝了。且不说剔基础这个活儿又脏又累,非常不好干。在道理上也太说不过去了,基建科出了这么大的事故,就应该撤他们科长的职,扣他们全科职工的奖金,包赔锻工车间的损失。现在可倒好,基建科不仅一点责任不担,反倒叫锻工车间给他们擦屁股。刚扣完锻工车间的奖金,有了这种谁也不愿意干的活儿又派给锻工车间。这个车间的工人能那么痛快地就接受吗?

路永存理解工人们的这种不满情绪,但他对眼前这一切都无能为力。这个苦果子,本来是十年前,甚至是二十年来种下的,现在都叫老路一个人咬了。工人们正气愤地说着各种牢骚话,忽然有人发现他们的路主任脸色煞白,瘫软地跌坐在坏基础坑里。

"路主任!"工人们惊慌地围住他。

路永存自己也不知道这一切是怎么发生的,开始他只觉得心里发慌,喘气困难,心房一阵阵绞疼,渐渐就支持不住了。奚小青和几个小伙子赶紧扶住他,他的血压和心脏以前从未发现过异常,今天却莫名其妙地突然暴发了心脏病,一道可怖的阴影掠过他的脸。由于他强迫自己抑制住内心极度的疼痛,他脸上的肌肉引起了一阵阵痉挛。

老路劝大家干活儿去,说他自己不碍事。但奚小青不肯走,要留下来照顾他。他忽然想起了儿子的婚事,禁不住把小奚拉到身边,用非常轻微的声音说:"路杰那小子是混蛋,他不配跟你在一起……"他还想说什么,但见小青脸上泛起了红晕,眼眶里汪着两泡泪水,就没有再说下去。

一会儿,老路强忍住胸腔的疼痛,拼力提高声音对小青说:"小奚,你以团支部名义组织一个突击队,争取用一个月时间,把这个坏基础剔完。"说着,从口袋里掏出一卷钞票,塞给小青道:"这些钱先添上,作为奖金,不够的话,下月发工资我再给……"

小青一阵心酸,忍不住掉下了泪水;她一面把那卷钞票还给老路,一面呜咽地说:"路主任,你放心,我们一分钱奖金也不要,保证按时完成任务!"

"不,你拿着,干这活儿很辛苦。都怪我无能,没把工作做好,也拖累了你们!"老路使劲儿地把钱塞到奚小青手里。

这个消息一传开,锻工们都急了,纷纷赶来围在老路跟前,大家带着颤音对他说:"路主任,你还摸不透我们锻工的脾性?我们说归说,做归做,刚才我们耍态度骂街,其实不是冲你老主任来的,我们怨的是厂部,是基建科,他们欺软怕硬,骑着咱脖子屙屎!你可千万别往心里搁!为了让车间快投产,基建科不干我们干,干完了把他们拽到机电局党委去评理!我们都参加突击队,分三班倒着剋,不要奖金也一样漂漂亮亮剋完它,咱可不是为了几块钱奖金干活儿!"

路永存欣慰地笑了,笑着笑着,眼泪不觉簌簌地滚落下来,一阵难忍的心绞痛又使他昏晕起来……工人们见老主任在几个小时里突然消瘦下去的脸上,沁出了大滴大滴的汗珠子,人人心里好像被抽了一鞭子。大家正要抬起他送医院,这时,路主任挣扎着抬起了头,怒目圆睁地对大伙儿吼叫道:"快放下我,你们真糊涂!我有什么病?我们的车间才有病,我们的厂子才有病,病根子可出在基础上啊!"

工人们也齐声安慰他说:"你放心吧,坏基础,有我们剋,老主任!"接着就有人搬来一把工作椅,大家搀扶他坐在椅子上,说:"看我们马上动工,治好这个基础!"

路永存脸上掠过一丝信任的光彩,语重心长地喃喃说道:"工厂是我们国家的基础,可再也不能这么糊弄下去了……我们绝不能给国家留下后患!……基础,基础……"

1980年1月

今年第七号台风

"喂,最新天气预报,今年第七号台风即将来到。"

"风源来自哪儿?"

"大洋彼岸——美国。"

"台风中心是谁?"

"还不清楚。"

……

这份"预报"没有登在报纸上,没有通过电台进行广播。在机械研究所的大院里,上至研究员,下至锅炉工,通过借火抽烟,通过斟茶倒水,通过一个眼神,甚至嘴角一动,就把这个消息传播了。打听、研究和利用"内部动态",似乎已经成了人们的一种精神需要。

从表面上看,研究所还和往常一样,人们见面和往常一样打着哈哈,在传播上面的"天气预报"时也装出一副与己无关的神态。可是私下里却正在紧张地进行活动,先在心里对全所的人进行分析、对比、排队,只要认为自己有一线希望能成为台风中心的人,就开始托人情、找门路,悄悄地展开了攻势。

于是一场暗地的、异常激烈的竞争开始了。有风的使风,有雨的唤雨。研究所一场新的台风形成了。

这是来自人们内心深处的风暴,就像封建时代争夺状元一样,研究所这第七次出国的机会轮到谁呢?

现在出国,和从前考上状元不是一样吗!

机械研究所烧锅炉的老孙头儿,不知用什么办法搞了个民意测

验,其结果可以概括如下:

> 你的最高志愿是什么?
> 小青年回答:出国看看。
> 技术人员回答:出国考察。
> 领导干部回答:出一次国。

有这些因素,在研究所形成第七号台风已经绰绰有余了。可是谁能想到,首先被卷进这场台风的竟是绝对没有希望出国的锅炉工老孙头儿呢!老孙头儿平生最爱三件事:抽烟、喝酒、养鸟。这两天锅炉房里老是不断人,递烟的也有了,送酒的也有了。而且送礼者因为都是知识分子,脸面很值钱,说话会绕弯,绝口不提出国的事,更不提请老孙头儿说情的事。当锅炉房只有老孙头儿一个人的时候,人家装做来打水,偶然想起:"哎,老孙头儿,接住!"

迎面飞来一盒"凤凰",老孙头儿伸手接住。他虽然已经七十多岁,可身手灵活,白发红颜,精神极好。看看手里的香烟,故意装傻:"这是什么意思?"

"我托人买了一条,给你来一盒。"

"这怎么行,我是无功不受禄。"老孙头儿假意客气,刺探对方。

"得了,谁不知你老孙头儿有三件宝:美酒、好烟、百灵鸟。接着吧。"人家希望心照不宣。

"恭敬不如从命。多谢!"老孙头儿却是装痴卖呆,来者不拒。等人家一走,他还朝人家背影啐上一口唾沫,"呸!别看你们给了我东西,我还不知情。这不是你们给我的,这是老缪给我的!"

"老孙头儿,又跟谁生气了?"资料员白哲英提着个书包走进来。

"跟谁生气?"老孙头儿眼皮不撩,"还能跟谁,跟老缪!"

"缪副所长回来了?"

"回来了。"老孙头儿顺口答道。

"啊!回来了……"白哲英从书包里掏出一瓶"泸州大曲",

"老孙头儿,快过年了,你买到好酒没有?"

"没有!"老孙头儿还是不抬眼皮。

"今天我上班来,在路上正碰见食品店放好酒,就多买了一瓶。知道你是全所的酒冠军,这一瓶送给你。"

老孙头儿眼角扫了一下那瓶酒:"我可没有钱啊!"

白哲英一笑:"你说哪儿去了,这点……"

老孙头儿双手一抱拳:"多谢美意!"

他接过酒瓶,走到那张又旧又破的小桌子跟前,将酒瓶的盖子咬上一点桌子边,伸开巴掌猛地朝瓶盖上一拍,砰的一声,酒瓶盖起了。他的动作是那样熟练、轻巧,白哲英眼睛都看直了。看来老孙头儿是常干这手活儿的,那个小桌子的边上印满了这种瓶盖咬出的痕迹。老孙头儿拿过一个茶杯,斟上多半杯酒,从他那个油脂麻花的兜子里又掏出一包炒果仁。他的兜子里大概总备有几包这样的现成酒菜。他自己先灌了一大口,然后又把酒杯推给白哲英。白哲英赶紧推辞:"不行,这是工作时间,你怎么就喝上啦?"

老孙头儿狡黠地笑了:"你们是脑力劳动,上班时间不能喝酒。我是体力劳动,喝点酒干得更欢。"

几口酒灌下去,老孙头儿眉飞色舞,话也多了。白哲英一见正是提那件事的好时候:"老孙头儿,你和缪副所长讲讲,这次出国该轮到我了吧!"

老孙头儿睁大眼睛:"你也想出国?"

白哲英脸一红:"我怎么就不能出国?"

"你要出国得排在我后边,"老孙头儿挤挤眼又喝了一口酒,"你管资料,一天有多少人用你的资料?我管烧开水,全所哪一个人不每天喝两杯我烧的开水!咱俩谁的贡献大?所以还是得让我先出国考察考察,看看外国的锅炉是不是烟筒朝上,水门朝下。"

白哲英感到被嘲弄了,但又不能发火,只好说:"我跟你说真格的,你别开玩笑。"

"说真格的你也是个资料员。"

"资料员怎么啦?"一个烧锅炉的竟用这种口吻轻视一个大学毕业的资料员,这使白哲英感到受了极大的侮辱。

老孙头儿眼盯着酒杯,手指夹着一角钱一包的大果仁,并不看别人的脸色,酒还是一口接一口地往下吞;到肚里立刻又变成一篓一篓的废话流出来:"我从来是酒后不揭短,你既然托到我,我就得跟你说实话。前些年,这个研究所就剩下老缪一个光杆司令,下边统着我这一个兵。一九七七年大牌子一挂,招兵的大旗一举,呼啦一下子人就满了。都看着研究所里这碗饭好吃,六叔五舅,八姑七姨,弯弯曲曲的就钻进来了。刚一来的时候说得都挺好,会这个,懂那个,什么条件都不要。等到户口从外地迁到这个大城市里来了,人也进了研究所的大门了,就不是他了。干吗吗不行,尽是些鹰嘴鸭子爪——能吃不能拿的货。一沾上要房子,要煤气炉,出国,眼眉都拧起来了!"

白哲英脸一红一白,这才是花钱找病呐! 白给他送来一瓶酒,还得挨他数落。

"老白,你要想出国,就得下真功夫!"白哲英一见老孙头儿把话转到了正题上,就又压住火气听下去,"我还不说叫你跟钱学森似的,你跟老缪似的就行。老缪二十来岁的时候在英国发表了一篇论文,英国根据他的理论发明一项发动机的专利。前些天英国人和咱们国家谈买卖,想敲咱们竹杠。国务院一个副总理点名叫老缪去。老缪去了以后,英国人一见他就傻了,赶紧说:缪先生是我们的老师。买卖很快谈成了。人家还邀请老缪访问英国。像这样的人你不让人家出国行吗! 可老缪就是这点好,他不去,让那些下三烂争去吧!"

"我们资料室的冀秀环又有什么本事? 她不就是从农村刚选调回来的知识青年吗? 为什么她一到研究所就能出国?"

"你能跟冀秀环比? 她老子是外贸局的大拿,咱们所许多进口仪器都被他卡着进不来,咱们所要是叫他闺女出国就能把仪器买回来。你比得了吗?"老孙头儿嗞儿的一口酒,嘎巴一个大果仁,他越喝到最后,吮酒的声音就越响亮悦耳。

白哲英听老孙头儿这样一说,感到自己连出国的一线希望都没有了,肝火冒上来了,抢过酒杯也灌了一大口:"那好,有真本事的出国,咱不生气。有门路的出国,能给研究所买点东西回来,咱也不生气。那刘所长、王副所长还有那些处长们,为什么一个个也都出国了?他们是行政干部,并不懂业务,出国无非就是开眼界,捞点外国货,回来后多点吹牛的资本。"

"这你也不能往心里去。这叫好处大家沾,领导轮流坐庄。我把话说在前边,这次该轮到秦副所长了。按理说应该轮到老缪了,可是老缪不会和他争。"老孙头儿看见白哲英刚喝了一口酒脸就红了,喝酒上脸的人心眼儿少,好对付。他就把酒杯又推过来,"来,喝!这种事,你就得想开了。前些年,咱们国家兴参观学习,南边的到北去,北边的到南来,公费旅行,好吃好喝,好不快活人也。如今到国外参观是最时髦了,所以大家都挤破脑袋。道行大的人都到市里去找门路,顶不行的也去走所长的后门,你却走一个烧锅炉的后门。看来你们知识分子也够可怜的了。我知道你并不是看得起我,而是想叫我给你在老缪跟前说好话。所以我喝着你买的酒,知的却是老缪的情……"

这正是白哲英买酒送礼的本意,可是一经老孙头儿点破,他反而脸上搁不住了,又羞又恼,怒冲冲地说:"你别胡说,好心好意给你瓶酒,这和出国有什么关系?你不喝就算啦,我把它还带走吧。"他回手把剩下的那半瓶酒又装进书包,气呼呼地走出锅炉房。

老孙头儿挤挤眼笑了,一仰脖把茶杯里的酒全倒进肚里。他瞄一眼滚开的锅炉,冬天人们喝水少,这一炉开水足够上午用的了。吃饭前他没有什么事好干了,就躺到自制的木躺椅上,闭上了眼睛。趁他睡回龙觉的这工夫,把他和缪副所长的关系交代一下。

九年前,大年三十的下午,老孙头儿正想锁上大门回家过年去,进来一个叫花子又把门推开了。

"去,去,要饭你也不看看门口。"老孙头儿说着又要关门,一抬头他怔住了,"呀,你……"

"老孙头儿……啊不,老孙同志,你好!"

"缪总工程师,你从干校回来了?"老孙头儿一慌,对缪其臻用了从前在机电局的称呼。

"我被解放了,领导说叫我回来过个好年。"

"那你就回家呗。"

"我的房子叫别人住上了。我住在办公室里吧。"

"办公室没暖气,这十冬腊月还不把你冻成冰棍!"

"没关系。"缪其臻笑了,那笑容表示任何苦和罪对他来说都不算一回事了!

老孙头儿拍拍脑门:"有了,你跟我来。"他把缪其臻领进锅炉房,"这里有炉子,有煤,还有一张床,你睡在这儿不强似那办公室。"

缪其臻千恩万谢地赔着笑点着头。

老孙头儿回到家里,他心里就像长了一块病,打不起精神来。他福大寿大,儿孙满堂,有管他叫爸爸的,有叫爷爷的,还有叫姥爷的,可他就是笑不起来。想来想去,他明白了,他心里这块病就是缪其臻给添上的。可是为什么要惦记这个"技术权威"呢?和他一不沾亲,二不带故,听说他脾气特别怪,一生气就用外国话骂人,一高兴就用外国话唱歌,反正是说外国话比说中国话顺嘴。老孙头儿在研究所待了十几年了,刚才还是头一次和缪其臻说话,可见他架子有多大了。他现在倒霉了,和老孙头儿有什么关系呢?为什么老孙头儿心里这么别扭呢?老孙头儿想把缪其臻拉到自己家里来过年,仔细一想不行,还听说他吃饭用刀子不用筷子,只吃罐头里的肉,不吃大肉铺卖的肉,吃面包不吃馒头,总之,毛病不少。把他弄到家里来不是给新年找不吉利吗?

老孙头儿决心不想那个姓缪的,痛痛快快过自己的年。可是缪其臻那个"叫花子"的模样像个影子似的老在他眼前晃,他摔掉酒杯,下炕穿鞋,急急忙忙来到研究所的锅炉房。见缪其臻斜靠在床上,瞪着双眼正望着黑乎乎的大锅炉出神,半痴半疯,腮边似乎还挂着两滴老泪。脸没洗,脚没烫,衣服没换,身边没有吃的也没有喝的。老孙头儿上前一把抓住缪其臻的胳膊:"老缪,跟我走!"

缪其臻吓了一跳,腾地从床上跳下来:"老孙同志,你,你干什么?"

"我不会拉你去游斗，叫你到我家里去过年。"老孙头儿不由分说，拉上老缪就走。

上了饭桌子，缪其臻并没有什么洋毛病，胃口很好，吃得很香甜，还陪着老孙头儿喝了一点白酒。这是他第一次喝白酒。老孙头儿像把丢掉的魂儿又找回来一样，这个年过得非常高兴。几杯酒下肚，话就像长流水，又讲起了他的过去。老孙头儿八岁就给金少山当小跟包，上台管给金少山穿靴子，下台管给金少山喂猴牵猴。他常挖苦自己一辈子最没有本事，在旧社会也好，在新社会也好，都不过是马勺上的苍蝇——混饭吃。但他却最佩服有真本事的人。张口就是金少山金老板，抽大烟，玩儿女人，坏毛病不少，可人家也真有玩意儿，谁不服也不行！

吃完饭，两个人喝着茶水，老孙头儿趁着高兴劲儿劝缪其臻："老缪，你光棍一个人多可怜，到老了不能动了怎么办？找个老伴吧，我给你搭桥……"不等他说完，缪其臻站起来走了。这吃过洋面包的人脾气就是怪，老孙头儿的话不知又触痛他哪根筋了！

缪其臻是个老光棍儿，挨批的时候有一条罪状，人家揭发说他发过誓，不得诺贝尔奖金不结婚，名利心重到家了。可能老孙头儿的好心触疼了他这块伤疤。老孙头儿又追到锅炉房，脸红脖子粗地说："老缪，我不知道在这方面你心里有伤，从今后我要再提这件事，就不是人生父母养的！"

就在这个年三十的晚上，两个身份不同，经历不同，又没有共同思想和语言的人却唠唠了多半宿。就在这个晚上，老孙头儿还教会了缪其臻抽烟。

从此，缪其臻和老孙头儿成了一对特殊的朋友。每到星期日，缪其臻早晨三点就起床，跟着老孙头儿到郊区去逮鸟。老孙头儿下好网，叫缪其臻看着，他自己去赶鸟。有时能逮几百只铁雀，把毛拔光，回到家来两个人大吃一顿。当时缪其臻每月只能领三十元的生活费，加上他旧习不改，总想买几本书翻一翻，因此剩下的钱就没有几个了。不管是"炸铁雀"还是"清蒸铁雀"，对他来说都是美味珍肴，在他的记忆里,他还从来没有吃过这么好的东西。

缪其臻完全变成了另外一种人,这是以前被他称做小市民的那种人。但是他从这种小市民的生活中获得了安慰和满足,甚至还享受到了极大的人生乐趣。

……

"老孙,醒醒。"缪其臻喊醒了老孙头儿,从口袋里掏出两盒"三五牌"香烟,放进老孙头儿油脂麻花的兜子里,"我很快就要走了,你多保重。"

老孙头儿两眼还迷迷瞪瞪地问:"去多久?"

"一年。"

"这么长啊!"老孙头儿叹了口气,"我要想找你喝酒怎么办?唉,等你学回来,我也许早走了。"

"你干什么去?"

"进火化场。"

"你别胡说。"老缪想笑,但没有笑出来,他看见老孙头儿不是开玩笑,就安慰说,"我走了以后你再收个徒弟,有人陪着,你就可以坚持天天打拳。只要你不放松锻炼,我保你活到八十五岁以上。"

"晚上到我家去,给你送行。"

"看情况,因为我后天就得和美国的经济考察团搭一架飞机走,时间很紧了,有很多事情还没有交接。"缪其臻说完匆匆走了。

老孙头儿怔了半天神儿,心烦得连中午饭也没有吃。因为在缪其臻回所两三个小时之后,第七号台风就算最后形成了。连老孙头儿在锅炉房都坐不住了,要是听信大伙儿的议论,这次台风的中心人物缪其臻不但出不了国,还应该对他进行审查和批判。

这次缪其臻陪美国赴中国经济考察团转了一大圈,考察团里有一个哈佛大学的副校长,他看中了缪其臻。缪其臻对外国人,不像一般的中国人那样谦虚好客,格外礼让。他很少对外国人说多余的客气话和做出过分亲热的表示,他的性格令人很难捉摸,他似乎不是站在落后的中国的土地上,而是站在一个科学技术的高峰上冷静地观察着世界,对科学技术有着特殊的敏感。这是个有天才、有主见的人,是个叫外国人不好对付的专家。美国人恰恰看中了这一点,决定请他到哈佛大学一个研究所工作一年。

可是这件事从研究所的人嘴里说出来,再传到老孙头儿的耳朵里,就走样儿了。

"还不知缪其臻和美国人捣了什么鬼!"

"缪其臻这个老光棍儿,到美国找上个外国娘儿们,他还会回来吗? 如果他发个声明不回国了,这政治影响有多坏!"

风越刮越猛,新闻一会儿一变。老孙头儿活了这一辈子,不管是为自己的事,还是为儿女们的事,他从来没有这么焦心过。以前都是他取笑别人,现在轮到别人取笑他了。这个喜欢用几句旧戏里的唱词打发烦恼和取笑人生的老人,如今神经紧张到了极点。

"研究所党委经过研究,不同意缪其臻出国。"

老孙头儿恨恨地想:那还用说,老缪一走就顶掉了他们的机会,至少一年内这些头头甭想再出国,他们能没有意见?

"机电局党委同意,霍局长给缪其臻签批了所有出国证件。"

老孙头儿舒了一口气:到底还是好人多!

"市委主管这件事的王书记不签字……"

老孙头儿一惊。

"霍局长亲自给机械部部长打电话,要求部长批准。"

老孙头儿这个当惯了普通老百姓的神经再也受不住了,他一攥拳头:"去他娘的,出这个国有什么用? 闹不好又弄一身病!"说完就去找老缪,劝他死了出国的心,中国这么大,死了还怕没地方埋?

老孙头儿没有找到老缪,晚上老缪也没有到他家喝饯行酒。第二天,老缪一天没露面,老孙头儿急坏了。第三天,老孙头儿一进研究所的门,就得到消息,会议室里正为缪其臻开欢送会,他放心了。

老孙头儿没有等欢送仪式结束,就回到了锅炉房,摘下了百灵鸟的笼子,托在手里静静地等着。

一会儿,人们都下楼来了,一一和缪其臻握手告别,汽车就在门外边等着。老孙头儿听见缪其臻和别人道完别,叫司机等一会儿,他朝锅炉房跑来了,老孙头儿的眼睛湿了。

缪其臻抓住老孙头儿的手,用对方最喜欢听的称呼说:"老哥,我再嘱咐你一遍:每天坚持打拳,酒每天可以喝一点,但要少喝,烟要戒掉或少抽一点。"

老孙头儿把那个百灵鸟笼子递给老缪:"兄弟,你把这个百灵带上,你每天看见它,就看见我了,只要百灵还叫,就说明我活得挺好。一年后我到飞机场去接你。"

"我一定把这个百灵养好。"老缪紧紧地抱了一下老孙头儿,转身走了。

等老孙头儿擦干老泪,走到门外,送老缪的汽车连影也看不见了。他迎着北风,冲着飞机场的方向,默默地站了很久。

1980年2月

人事厂长

一

高盛五拼了两个月的命，在部里举办的厂长训练班上拿了个好成绩，今天喜气洋洋地回来了。出了火车站，他没有回家，也没有回厂，却转转悠悠来到东北角汽车站。但他也不是想上汽车。高盛五捏住旧风雨衣的下角，把屁股兜住，就在汽车站对面的便道台阶上坐下来了。他怕被熟人认出来，还把鸭舌帽使劲往下拉了拉，让帽檐儿紧紧地压住眉毛。但是他那独具特色的、象征着力量和健康的拳头般突起的颧骨，锤头般浑圆的鼻头，却无法遮掩住；从他身上散发出来的那种幽默的、凝聚的意志力，更是无法掩藏的。他轻松地舒了一口气，美滋滋地点上一支烟，眼睛却始终盯住对过儿的汽车站。

这儿是通往北郊工业区班车的终点站。

高盛五坐了一会儿，五点钟一过，汽车就多起来，一辆接着一辆，排着队开进站来。"吱扭"车门一开，就像提开了水闸板，穿着各式各样服装的人流拥出车厢，三五成群，叽叽喳喳立刻汇入天津市人的大海。二八月乱穿衣，春天的城市五光十色，人头攒动，要想始终盯住一个人是很困难的。高盛五不眨眼睛地盯住这一切，似乎是要寻找什么人，却又对这一切显得漠不关心，好像心不在焉。

突然，又有两辆汽车停住了，从车里走下来的人，都穿着一色的乳黄色的中山服，褶线笔挺，一个个非常精神。每个人左胸的上部绣着一个十分精致而漂亮的图案——这是国家为表彰优质产品颁发的金牌的图案。像一道彩虹在上边圈住金牌徽标的,是五个金线绣的小字:仓北机床厂。

高盛五眼里立即闪了一道光,刚才还漠漠无情的脸,转眼变得非常生动,高颧骨、圆鼻头似乎也闪闪发光。他站起身,习惯地又拉拉帽檐儿,目光像摄影机的镜头,紧紧盯住前面一群穿中山服的人,尾随着跟上去。

仓北厂的人在马路上一走,格外招眼。有的惊奇,有的羡慕,都爱多看他们两眼。

"嘿,快瞧,仓北机床厂的,多神气!"

"人家这厂办得就是好,得了金质奖章,每个职工还奖给六十块钱!"

"你别光看人家多拿钱,仓北厂的人出来就是规矩。你多咱看见过仓北厂的人在马路上打架骂街,上汽车不排队,抢座啦?没有!连商店的售货员,电影院的服务员,见了仓北厂的人都另眼看待,格外客气。"

"他们就沾了这身厂服的光啦……"

高盛五在人群里听着这些议论,心里痒痒酥酥,话不醉人人自醉。他得意地笑了。应该让党委书记老姚来听听这些议论,来看看自己的工人出了工厂大门以后是什么样子。

二

说起来简直有点可笑。是去年吧,中央下来文件,工厂的革命委员会取消,革委会主任改为厂长。仓北厂的人私下都在议论,这样一改,一直负责抓生产的革委会副主任高盛五很有可能要当厂长。他对工厂的生产情况很熟悉,而且确实抓出了点眉目,仓北厂生产的精密机床,由在国际市场上排不上号,上升到世界第二名。党委书记姚刚是"文化大革命"后从人事局调来的干部,对工厂的生产不太熟悉。以前讲究党的一元化领导,他还兼着革委会主任的职务,其实生产上、技术上这两大摊子主要还是靠高盛五。现在党政分家,建立厂长分工负责制,姚刚当然会实事求是地让高盛五当厂长,自己只做党委书记。况且下边的呼声他也不会听不到的。

但是结果怎么样呢?姚刚是党委书记兼厂长,主管生产。高盛五由主管全厂生产的第一副主任,改为普通的副厂长,主管人事工作;为了不让干部工人说闲话,给高盛五又加上了党委副书记的职务。除去人事厂长应该主管的劳动工资科、财务科、安技科等,还外加组织科、宣传科、保卫科等一大堆政工部门。把党务政工这一块全给了他,表面上看,他好像是升了,实际上却没有实权了。

姚刚是个十八岁就坐机关的"一帆风顺派",加上多年做人事工作的经验,在权力上做点手脚那可是用不着费多大劲。他认为"四人帮"倒台以后,势必要跟以前来一个大颠倒。以前臭的,现在香;以前香的,现在臭。往后在一个工厂里管党务抓政工,徒有虚名,没有实权。只有抓生产,掌握工厂的经济大权,才是名副其实的一把手,是工厂里真正的"大拿"!他宁可丢掉党委书记的帽子,也不放弃厂长这块牌子。更何况仓北厂的干部还没有一个人有资格能够做党委书记,他还可以兼着这个职务,保留对全厂党政大事自己拿主意,亲自点头的权力。把一些琐碎的具体工作推给副书记高盛五。真是何乐而不为!

高盛五来了个大改行,刚开始脑袋真有点发蒙。他是个电工出身,对技术有着特殊的兴趣和敏感,十几年前自己就能装电视,做喇叭。他如果不被提拔当干部,一定会成为一个大工匠;他如果一九五五年高中毕业后,不是因为家庭经济困难而能上得起大学的话,一定会成为一个优秀的工程师,甚至是个科学家。而命运却让他主管他从来没有干过的政治工作,舍己所长,用己所短。主管政工,首先就得会做思想工作,他自己的思想就不通。但鉴于自己所处的地位,不通也得通,他捏着鼻子上任了。

上任就有事,政工部门的干部都想改行,特别是年轻人。组织科管档案的小韩要求到财务科去学会计,高盛五立即就答应了,年纪轻轻的应该支持她去学点真本事。宣传科的两个干事要求到车间去学技术,他答应得更痛快。党委书记都想去学技术抓生产,这些小干事们要求去学技术还不是好事,应该支持。

这下可坏了,高盛五犯了疑。人家别的厂长都是谁抓什么就老说自己抓的那一摊重要,千方百计保护自己那一块,他却是站在生产的立场上抓政工;由此引起了政工部门的不满,有真的有假的,政工干部都要求改行。从党委书记那儿就瞧不起政工干部,一甩手扔下这批人不管,自己先改了行。来了个人事厂长,不爱部下,倒给改行开绿灯,谁干政工不伤心。似乎政治工作和"四人帮"一块儿臭了,搞政工没有前途了。往后不搞疾风暴雨式的阶级斗争,不搞轰轰烈烈的政治运动,政工人员就要失业了。工厂里再也用不着做政治思想工作了,只要隔两年长一次工资,每月多发点奖金就行了。好吧,奖金越发越多,工人的情绪和奖金的数目并不成正比,积极性不是越来越高,而是忽高忽低。发奖金前三个月有效,过了三个月就不大灵,多给了没意见,少给了发牢骚,在工作上找齐。车间干部总结出一套"苦恼三部曲",送给了主管发奖金工作的高盛五:"评奖评奖,无人开腔;评奖评奖,越评越僵;评奖评奖,轮流坐庄,评奖变成了平奖。"高盛五头疼了,思想工作不要了,奖金又不是万能的,难道我们的工厂就走投无路了?

是高盛五感到走投无路了。"四人帮"时期,靠批、靠斗、靠吓唬;现在靠什么呢?靠讲大道理,人家不听,靠钱又不灵。就在他作难的时候,保卫科长拿着一把大剪刀找他来了,气呼呼地说:"高副厂长,现在戴蛤蟆眼镜、穿喇叭裤这股风再不刹不行了!明天上班的时候,我在大门口检查,有穿喇叭裤,有男的留着女人头的一律给剪了!有戴蛤蟆眼镜的不让进厂,按旷工处理。你看行不行?"

"你这是想干什么?"高盛五大惑不解,"你们保卫科没事干了?"

"哎,你这是怎么说?……"想借机给政工干部出出心里的闷气,提提政工干部威信的保卫科长,被不懂政工的人事厂长气得一句话没说完,赌着气走了。

高盛五真是动了脑子了,没办法,一切从头学起。他领导生产,从来都是想好了再做,决不做起来再想,用不着返工。态度从容,抉择果断,因为他把生产那一套都吃透了。这个政治思想工作无边无沿,没有章程,没有规范,抓不着,摸不透,也没有一本教科书可以参考。幸好高盛五是个多才多智的家伙,别看他长得武高武大,看上去好像动作迟缓,笨手笨脚,心却细得要命,不着急不上火,心里有真主意。他硬着头皮,钻起来了。他翻了很多资料,研究外国人的管理办法。又从桌子底下把两三年没有动的马列著作搬出来,找了点理论根据。在一个大学教师的帮助下,高盛五又学习了心理学、教育学和人才学。在一次党委会上他正式提出自己的主张:政治思想工作既不是专门整人斗人的"石头政治";也不是假大空式的"空头政治"。这两种"政治"应该跟着"四人帮"一块儿完蛋了! 真正的政治思想工作是一门科学,连国外的资本家都懂得这门学问,如果我们放弃了这门科学,就搞不好现代化的工厂。老姚当场就善意地挖苦他是"高克思"。

高盛五并不介意党委书记的玩笑话,他理直气壮地说:"你们要说我这一套不行,就请你们拿出一套办法来。你们要是拿不出办法,国家也没有政治思想操作规程,那就得听我的。"

党委只好同意他试试。国家经济体制和结构正在进行改革,办工厂谁也拿不出个准章程,就靠自己摸索着往前闯。八仙过海,各显其能。人的头脑是无所不能的,只要你无止境地吃苦耐劳,不断探求,总会想出办法,把政治思想工作搞得有声有色,生动活泼。现代化的管理加上共产党做思想工作的老传统,嘿,不愁管不好工厂!

高盛五开始按自己的土办法行事。

第一件事,去年一年把全厂职工在农村插队落户的子女大部分都招回仓北厂上了技工学校。眼下,只剩下四个人,今年要把他们都办回来,去掉职工心上的一块病,也卸掉了他们肩上的一个大包袱。

新官上任三把火,这第一把火烧起来很得人心。高盛五来了劲头,他盘算着今年又有九个老工人到了退休年龄,给他们办退休手续,让他们的子女来顶替。但是这些老工人不能放走,留在厂里能干多少是多少,他们是厂子的宝贝疙瘩,仓北厂能得金质奖章全是靠他们的手艺抠出来的。这些人走一个就少一个了,要想办法把他们的技术留下。现在三十岁以下的工人顶戗的少,哪怕叫老人把着手一人带一个呢,带自己的儿子也行! 对,将来技工学校就招收本厂职工的子弟,如果将来仓北厂的工人都是血统工人,两代、三代,甚至四代、五代都在仓北厂做工,厂史就是他们的家史。他们不就会更加热爱自己的工厂,更希望把工厂办好……

第二件事,高盛五利用工人都想出差的心理,规定每个季度选出来的先进生产者,每人放两天假,轮流坐着厂里的那辆吉普车到北京去玩儿两天,到长城、十三陵逛一逛,晚上回来还可以从北京买点鱼回来。北京菜市场里物品丰富,天津人爱吃鱼,这既是一种政治待遇又是一种物质享受。而且还规定,任何厂长不得以任何理由占用这辆先进生产者专用的吉普车。

这件事情不大,在仓北厂影响却不小,工人的情绪很高,都支持这项制度。

厂长们却很反感。姚刚半开玩笑地说:"盛五啊,你的政治思想工作就是这样做呀,用牺牲领导干部的利益,去讨好群众。"

高盛五也同样用嘻嘻哈哈的声调回答:"没办法,领导搞特权,使干部和群众的对立情绪很大,只好对头头搞点一平二调。因为你们是领导,政治思想工作总要好做一点。"

高盛五没有说出来,他心里还有打算哩,局里答应,今年要拨给仓北厂一辆"上海牌"小轿车。仓北厂的领导只坐过吉普车,还没坐过自己的小轿车。不要说姚刚,就是高盛五也很想进城开会的时候能坐一坐"小上海"。但是他打定主意,这辆"小上海"一来就把那辆吉普车替下来,让先进生产者坐着"小上海"去逛北京。姚刚肯定不会同意,高盛五也想好了办法,召开职工代表委员会,鼓动职工代表说话,给他来个众愿难违。

姚刚当然也不是傻子,他早就想到了这一点,就用党委书记的口吻提醒高盛五:"你是党委副书记,你可不能用满足群众对物质利益的追求,来代替政治思想工作。"

要是以前,高盛五还真得被姚刚这几句话给吓住,现在他看了点书,肚里有了几套词儿,张口就说:"政治觉悟,即令是最伟大、最崇高的无产阶级革命家的觉悟,都决不是什么从天上掉下来的不可知的东西。它不是乌托邦的空想,也不是神秘的宗教的狂热,而是从非常现实的物质利益中产生出来的。政治觉悟的产生决定于一定阶级的物质利益,它是一定阶级的物质利益的反映。"

"老机关"姚刚还真叫他给唬住了。心里暗暗叫苦,后悔不该叫高盛五管这一摊儿,这家伙头脑灵活,鬼点子太多,他抓什么,什么就突出,什么就出新花样。暂时只好由他去。

头两脚踢开了,高盛五这个"土政治家"摸到了一点门道,也有了点兴趣,各种各样的点子更多了。凡是新的念头一旦钻进了高盛五的脑子里,就会燃起强烈的欲望,他非要试试不可。

仓北机床厂生产的精密仪表机床,在世界上仅次于瑞士产品,远远超过了原来是第二名的日本产品,国家奖给仓北厂一个金牌和一笔奖金。去年年底,又从利润里提出一大笔钱,这两笔奖金加在一块儿每个职工可以分到一百多元。工人想把这笔钱拿到手,过个肥年;领导也想把这笔钱发下去,大家干了一年,不白辛苦,高高兴兴,上下同乐。高盛五却有他的想法,钱发下去一吃一乐抹抹嘴头子就完了。而且今年发一百二,明年就得发一百五,你要发一百群众都有意见。他利用自己主管这项工作的便利条件,死说活说,总算说服了党委书记,每个职工只发了二十元。利用剩下的钱,按每个职工的身材做了一身质地考究、式样大方而又漂亮的厂服,绣上了金牌和厂名。春节前发给了职工,要求每个职工一出厂门口,必须换上厂服。虽然仓北机床厂只有一千多名职工,这件事却很快轰动了全天津城。这不仅仅是因为仓北厂的厂服做得漂亮,而是人家一看见这身衣服,就知道这是仓北厂的人;就知道这个厂的产品在世界上占第二位,得了国家的金牌,都挑起大拇哥:了不起,真是好样的!

高盛五发了这一身厂服,等于给每个职工颁发了一个金牌,把集体的荣誉变成了每个职工的个人荣誉。仓北厂的人一下子产生了一种强烈的自豪感,感到当个仓北厂的工人很光荣,对自己的工厂从来没有这样喜欢过。干活加倍当心,不能出废品丢了金牌,还要争取超过瑞士。仓北厂的人走到马路、大街上,招来很多羡慕的眼光,特别是姑娘小伙子,连搞对象都容易多了。他们除去感到自豪,也有了一种责任感,说话办事可不能给胸前的金牌抹黑,不能损害仓北厂的名声。要是穿着这身衣服被人揪到派出所,那脸还往哪儿搁!

一个聪明的主意,常常比一件功绩更可贵。只不过是发了一套厂服,使仓北厂的厂风、职工的精神面貌就发生了这么大的变化。保卫科长也用不着拿把剪刀站在厂门口(没有人穿着喇叭裤进厂)了。

三

高盛五在学习期间见到一份通报,卫生局表扬仓北厂的人在马路上不随便吐痰。他有点不大相信,下了火车顾不得回家,想亲自考察一番。他跟在自己的职工后面走着,他那双具有吸引力的、含蓄而深邃的眼睛里,时时流露出抑制不住的喜悦。他此时的心情,很有点像一个剧作家在剧院里看到自己的剧本演出获得巨大的成功一样,而且正酝酿着写第二个、第三个新的剧本。

哎呀,高盛五只管跟在一群仓北厂的工人后面,工人吐痰没吐痰他也没看见。一抬头却来到了自己的家门口。前面那群工人里就有他爱人苗玲玉,她和别的工人说了声“明儿见”,开门进了自己家。高盛五撩撩帽檐儿笑了,穿戴都一样,连自己老婆都认不出来了。

他也抬腿进了屋。苗玲玉脱下厂服,叠起来小小心心地放在枕头底下压好,系好围裙,拿起舀面的盆准备做饭,一扭身看见了丈夫,把面盆往地上一摔,破口就骂:“你还回来,我当是你死在外边啦!”

高盛五嘿嘿一笑:“瞧你,两个月没见面,刚一回来连句好听的都不会说。”

苗玲玉是天津大姐,刀子嘴,脸一耷拉,说风就风,说雨就雨。仍旧没好气地说:“今天出了第三榜你知道不知道?”

"什么第三榜?"

"长工资,把你给甩掉了!"

"不可能。"高盛五漫不经心地摇晃着脑袋,"我四十四岁,参加工作二十四年,才是四级半工,厂部那几个人都不长,也得该给我长了。"

"你那是做梦娶媳妇! 人家都长了,就是把你给甩了。谁叫你这时候离开厂去学习,你不知道'人在人情在,人走茶就凉'?"

"怎么会呢? 我和老姚共事不是一年两年了……"

"屁!"苗玲玉逼上来,越说越气,"姚刚工资八十多块,还又给自己长了一级,现在毛小一百了。厂里多少人说闲话,管嘛用? 人家有权,第三榜一出,生米做成熟饭,谁有意见也没有用了! 谁看见有好处都想往自己身上搂。什么领导,我算看透了,都是搂着自己的心口过日子,胳膊肘没有朝外的,你越没有心肝,就越升得快,越得实惠。脸皮厚吃个够,脸皮薄吃不着。"

"你又言过其实。"

"这是实过其言! 人家嘴一张连耳朵都跟着动弹,上边有根,下边有一帮,全都捧着书记说。你一走,谁替你说话?"

高盛五觉得的确有点不妙:"你说的是真的?"

"我的爷爷,第三榜都出来了,板上钉钉啦!"

"我去看看。"高盛五往外走了两步又停住了,他自问,"我去干什么,去吵? 去闹? 去争?"他返回身,一头躺倒了床上。眼睛望着屋顶,嘴里吹起了口哨。这下可把苗玲玉惹恼了,她指望丈夫到党委去闹一通,就是长不上工资也出出这口窝囊气。谁知他一屁股躺下,说:"我是个老工人,又是一个副厂长,连这点觉悟还没有?"他说这话不知是安慰自己,还是安慰妻子。说完还吹起了小曲。她更大声小声地数落开了。高盛五是个生气不带样的人,所以有人总以为他不会生气。他也知道老婆的脾气,女人的心就是挂在舌头上,干脆就给她两个耳朵。他吹着口哨想自己的事:老姚怎么会办出这种事呢? 这不是长不长几块钱的事,岂不要伤了正副手之间的感情? 我发明了厂服,把仓北厂的人打扮得漂漂亮亮,我却不能发明一种东西医治人们的灵魂,纯洁人们的灵魂。

世上哪有不会动感情、不会生气的人？高盛五脑子乱哄哄的,无法冷静地把这个问题想透,就对爱人说:"我那些出差的用具先别动。"

苗玲玉一惊:"你还要走?"

"明天我去住医院,趁这个机会把痔疮彻底治一治,不然一上火就犯。"

苗玲玉眼珠一转,明白了丈夫的意思:"对,歇它几个月,看看他们怎么办!"她忽然又可怜起丈夫来,赶紧打鸡蛋,下挂面,拿酒壶烫酒。

四

高盛五躺在病床上,翻过来倒过去烙开饼了。这算怎么一回事呢? 不给长工资闹情绪了,跑到医院来泡病号。身为人事副厂长,成天叫喊政治思想工作是一门科学,轮到自己头上就一点不科学了。他不愿意承认这一点,在心里反驳自己:"我高盛五可不是为了这几块钱,如果我在家里,不给我长级,我要说个'不'字,就不算共产党员。老姚身为一把手,办的这事叫人寒心!"另一个声音立刻表示反对:"你高盛五是给姚刚干工作?"

他又给自己找到一条理由:"我这不是泡病号,厂里人都知道我的痔疮很严重,一犯病连走路都困难。医院三次开了住院单,劝我把痔疮彻底割去。"他还可以给自己找出十条应该住院治病的理由,但是没有一条能够说服自己、安慰自己,更不用说能叫别人信服了。如果在这张病床上躺上几个月,一天到晚眼睛瞪着房顶,光为那几块钱生闷气,就是把人熬不死,心也会变冷、收缩、干枯,成了个自私自利的人肉干。说到底,长一次工资不容易,下次长工资还不知到什么年月了,能捞就给自己捞一级。老姚出于这个想法给自己捞上了,你高盛五没有捞上,就跑到医院来闹情绪。如果你不是为了钱,为什么不找到老姚把事情说开,甚至还可以批评他一顿。九九归一,还是那几块钱! 贪婪是心里的牙,能吃掉人的灵魂。高盛五以往说话办事都经过再三考虑,风度从容不迫,是个有思想有个性的人。一沾上自己的工资问题却让几块钱影响了判断力,太盛的感情影响了清醒的理智。

他后悔了。想趁着事情还没有张扬出去,要点药赶紧出院。就是非动手术不可也得躲过去这段时间再说。但是已经晚了,苗玲玉到厂里给他开转诊单,她带着一股火气,把老高住院的消息散布出去了。刚长完工资,敏感的时候,敏感的问题,高盛五的住院也必然会引起很多人的敏感,这个消息很快就会传遍全厂。

党委书记老姚立刻到医院看他来了,还买了一大兜子苹果。老姚五十岁出头,长得朴实憨厚,像个工农出身的干部或者是个还没有丢掉土气的老干部。真是怪事,一个人的形式和内容竟会有这么大的差别!姚刚一见面就亲热地捺住了高盛五的膀子,不让病人动弹:"盛五,怎么搞的?是不是学习太累了,火大把痔疮搞犯了?我知道你这个人好学,心也好强。这回彻底治一治,多吃水果……"把那一大兜苹果放在高盛五床头。

高盛五本来对书记一肚子意见,现在倒觉着自己做了见不得人的事,哼哼唧唧什么话也没说出来。党委书记叫他不要惦记厂里的工作,好好治病。坐了一会儿就走了。关于工资问题一个字没提,高盛五也一个字没问。这算唱的是哪出戏?这就叫心照不宣!

高盛五心里好不是滋味,你是书记,明明知道我的思想上有问题,为什么装傻充愣,一个字不提。你不愿意解释,还可以狠狠批评我嘛。那也比这样好受。党委书记是管党管人管思想的,为什么就不做思想工作?我这个副厂长就不是人,就没有感情,就不会产生思想问题?同志间的关系为什么变得这样生疏,这样复杂?共事多年,天天见面,相互却不知心!

车间的干部们和得到消息的工人们,也一拨拨地都到医院来了。

"刚才姚头儿来了?"

高盛五点点头。

"我一看咱厂的'小上海',就知道里边坐的是姚头儿。"

高盛五腾地坐起来:"'小上海'拨下来了?"

"书记、厂长都坐了好几天了。"

"不行,不……"

"咳,你就别管那个了!"一个知道他计划的车间干部说,"你就好好在医院里蹲它半年再说,厂里好多人都替你抱不平。"

"替我抱什么不平?"

"没长工资,这明摆着是琢磨人,谁还看不出这点事。"

高盛五的头轰的一下子。群众一眼就看到了根上,我是没长上工资就躺倒不干了!而且这件事很可能引起连锁反应,把党委这个集体搅成一口浑水缸,损害党委的声誉。隐蔽的火星比公开的大火更危险,对长工资不满的人如果借我的躺倒而爆发怎么办?工人思想上和党委领导有了裂缝,不及时解决,后果了不得。思想上的裂缝,一针不补,十针难缝。

他身上出了一阵冷汗。要是没长工资的人(占全厂职工的百分之六十)都闹起情绪来怎么收拾?仓北厂好不容易刚搞出了眉目,可不能垮下去,也经不起反复了!

他问:"这次调资工作做得怎么样?有没有留下后遗症?"

"后遗症大了,两个月之内大家的情绪上不来。百分之四十算个什么比例?既不是照顾先进,又不是照顾面儿。长了的觉着应该应分,没长的骂爹骂娘。再加上当头儿的近水楼台先得月,群众意见就更大了。"

"啊!"高盛五心里一惊。

"你想吧,连你这副厂长都气病了,没有长工资的工人又该怎么样?"

高盛五的脸臊成了猴屁股。来看他的人也都是这次没有能长上工资的,到他这儿来发发牢骚,泄泄闷火。这些话钻进高盛五的心里,就像点起一把火,烧得他五脏六腑毛焦火辣。再有的就是那孩子还在农村的四个职工,盼着高盛五快点治好病出院,好把他们的孩子从农村办回来。他躺不住了! 等到那帮人一走,他赶紧办了出院手续,提着住院用具回家了。

五

苗玲玉做好了中午饭,正准备往医院里送,一见丈夫回来了,吓了一跳:"你怎么出院了?"

高盛五紧绷着脸:"快做饭,我下午去厂上班。"

"你疯啦?"

"少废话!"

苗玲玉厉害是真厉害,但有个优点,见丈夫真发脾气了,她反而老实了。高盛五的思想还在感情的波涛里颠簸,他闷头抽烟。苗玲玉也一声不吭地给他摆上了饭菜。

高盛五拿起筷子,口气和缓了:"玲玉,没有给我长工资,可也没有给我落工资,多少年不就这么过的吗?为什么一见老姚他们长了工资就生气呢?这是嫉妒,嫉妒是动物的本能。一个猴子吃饱了肚子,另一个猴子看见了就嫉妒。我们毕竟是人,人就要有良心有思想,自己的思想和良心应该经常说说话,做做自己的思想工作。"

"你通了,我不通。"苗玲玉没有扯着嗓子喊,但仍然没有好气,"厂里好多人都知道你带气住了院,手术没做就上班,看你怎么给自己找台阶。"

"人都是有弹性的,我的伸缩性更大,自己再不安慰自己,自己不找台阶下,还怎么工作?"高盛五想了想又说,"下午回厂先了解情况,明天把所有对调资有意见的人找到一起开个座谈会,我先做个检查,把老婆怎么鼓动,自己怎么没顶住,怎么闹情绪住院,实事求是地讲一遍。既取得大家的谅解,还能做别人的思想工作。"

"缺了德的,没良心的,你拉扯上我干吗?"

高盛五不管老婆打岔,按照自己的思路说下去:"对,调资工作的屁股,只能我来擦。老姚说话不硬气了。他大概就是考虑到我是人事厂长,为了好做群众的思想工作,才不给我长级的。"高盛五自嘲地苦笑了。

苗玲玉眼珠一转,对丈夫说:"这种思想工作你不能做,你要做就得挨骂。捞到便宜的就捞了,吃了亏的你还叫人家想通,这叫什么思想工作,这叫糊弄人。'四人帮'的思想工作所以不得人心,就因为全都是假的,说一套做一套。你可别干这种事。"

高盛五眼睛一亮,他盯住妻子,喃喃地说:"嗯,不错,你的话提醒了我。政治思想工作是一门科学,科学是真理,真理不能迁就错误。思想工作不能给错误的决定打掩护,不能给错误的领导擦屁股。否则以后谁还相信我的思想工作?"

可是不这样办,又怎么办呢?高盛五犯了愁。

苗玲玉端上饭菜,高盛五一声不吭地吃着。突然他把筷子一摔,筷子头挑起的菜汁,溅了苗玲玉一脸。她吼起来:"你撑的!"

"我想好了!"高盛五坚定地说,"我回厂先做老姚的工作,他必须把调资工作的内幕告诉我,有错误就要承担责任。下边的职工该长的没给人家长,不该长的长了,都要拿出说法,拿出改正错误的办法。"

"对,要不行你就别干了,还去当你的电工!"苗玲玉给丈夫打气。

"没有你的事,你别瞎掺和!"高盛五用话把妻子的火气堵回去,嘱咐她到厂里不许瞎说。他换好衣服,抖擞精神,信心也足了,扳着妻子的肩膀说:"不管怎么说,这十几年给中国人智力上造成的病害,光靠长工资是治不好的。心病还得心药医。我不能因为自己没有长工资,就放弃了对政治思想工作这门科学的研究!"

他吹着口哨,一副轻松愉快的样子,拉着爱人上班去了。

1980年5月

一个工厂秘书的日记

1979 年 3 月 4 日

今天,我提前一个小时来到厂里。王厂长要调走。我猜度像他那样的人,是不会等到职工们都上班来再走的。一定是趁着群众还没有上班,一个人悄悄离开工厂。

王厂长是自己向公司打报告,要求调走的。我心里最明白,他是无法在这个厂里再待下去,是被骆副厂长挤走的。也许全厂的职工心里都明白,只是窗户纸不点破,特别是不当着王厂长的面点破,彼此心照不宣。这就更叫人难受。

我当了四年秘书,送走了两个厂长。王厂长这已经是第三个了。

轰轰烈烈地上任,灰溜溜地交班。

权力的追求者们在权力上做了多少游戏;权力也用游戏的办法报复那些权力的追求者。

改选调动,走马换将,是解决问题最简便的办法。大概古今中外都是如此。

但每一次和被撵走的厂长告别,都是一次心灵剖露。我的情绪需要一周的时间才能平静。这次,我决心破例使用一下秘书的权力,把厂里唯一的那辆吉普车派给王厂长,把他送到新单位去。

传达室的人却告诉我:"王厂长走了有半小时了。"

"就他一个人?"

"刘书记替他扛着行李卷儿。"

"咱厂的吉普车呢?"

"昨天晚上,就叫骆副厂长派出去了。"

我心里翻起一阵内疚,我只想提前一个小时上班帮他点忙。可是想捉弄他的人,提前一天就打好了主意。

我突然对刘书记也产生了一股怨恨气:你这个老实而又窝囊的一把手!你们山东自古以来就是出英雄好汉的地方,你为什么就没有一点英雄气?一把手送二把手,竟然自己扛着行李卷儿去挤公共汽车!

我正站在厂门口愣神儿,有辆吉普车带着一阵轻风开进厂门口,骆副厂长从车里跳下来,满面春风,脸上浅浅的白麻点里盛满笑意。

一见我就打着哈哈说:"老魏,今天来得这么早?是不是给王厂长送行?走了没有?"

"走了。"我不愿意多说话,特别是在情绪不好的时候。言多必失,万一超出了小秘书的身份,白惹出许多不必要的麻烦。

骆副厂长从口袋里摸出几个"二踢脚",递给我两个:"给你,放两个。"

我没有接:"我不敢放这玩意儿。"

骆副厂长哈哈一笑:"亏你还是个男子汉。"

我问:"你口袋里还常带着这玩意儿?"

骆副厂长:"春节剩下的,今天都放了它,驱驱晦气!"

"噔——嘎!"

"哈哈哈哈!"

一股冷气从我的耳朵里钻进去,透过脊椎,冷到脚跟。幸亏王厂长走得早,他若听见这"二踢脚"声该会怎么样?

厂长——这个职位竟有这么大的邪劲!为了取得它而摘掉这个"副"字的帽子,已经挤走了三个人,而公司两次又派来了新厂长。这次公司是会派人来顶替王厂长呢,还是随了骆副厂长的心愿,在厂长前边去掉那个讨厌的"副"字?

若果真如此,我也应该想想自己的退路,离开厂长办公室,还是到生产科去当我的统计员。

1979年3月11日

"魏秘书,听说骆副厂长升厂长了?"这几天向我提出这个问题的工人更多了。

我一律回答:"不知道。"

跟着就会听到一句:"别来这个了,你还能不知道!"

我的这些可怜的同胞们,也真是……什么事情也主不了,还挺好奇,什么消息都打听。谁当厂长你不也得干活儿,关你什么事?

这几天楼道里经常响起这样的喊声:"骆厂长,电话!"

有的车间打报告,抬头也是"骆厂长"。

真的把个"副"字省掉了。这些心眼儿灵活、见风使舵的干部,比工人更可怜。

"老魏,你看出来没有?骆厂长这些天紧抓挠,什么事都管,一天到晚全厂飞。说话嗓门儿也高了,脸色也好看了。"

"没看出来。"这不是没有的事吗,你上班是干活儿来的,看人家脸色干什么!我也许是当秘书当的,神经老是处于麻木或半麻木状态。什么话都得听,什么脸色都得看,但又能做到听而不闻,视而不见,无动于衷。

苦啊!我要是有德将来也能当个厂长,一定不叫活人受这份罪。买个机器人当秘书,它没心没肺,没嘴没耳,脸色永远是铁板一块,感情可能随自然气候变化,而不会随着政治气候变化。

我知道现在也有人很注意我的脸色,听我的话音。我在称呼骆明同志职务的时候,决不嫌麻烦,一定用全称:"骆副厂长"。

需要厂长批办的文件,没有厂长时我按规定一律请示党支部书记老刘,他说请谁处理我再把文件转给谁。决不妄自尊大地给骆明同志提职。骆副厂长可能有觉察。没有办法,我还没有接到上级的任免通知。

我不反对骆明当厂长,因为我没有这个权利。如果上级领导征求我这个小秘书的意见,我就会说:别看骆明是我们厂的老人,熟悉情况,下边也有一帮人捧他,但他当不好这个厂长。他关心的是厂长的权力,不是厂长的责任。他缺乏一个好厂长应有的政治品质和才能。

1979年3月12日

真是怪事,今天骆副厂长的女儿骆晶玉,坐在办公室里缠了我半天。

两年前她就从农村办回城里来,但一直没有分配工作,因为她的条件太高。集体所有制的单位不去,工作不随心不去,离家太远不去。她很少到厂里来,我真猜不透她坐在我对面东拉西扯不肯走,到底想干什么。

扯来扯去,扯到工作上了,她才说明来意:"我想到你们厂来。"

我不相信:"你别开玩笑了,我们厂虽然是国营企业,但是个二百来人的小厂,你怎么会看得上。再说我们是化工厂,没有你愿意干的好工种。"

她说了实话:"好单位进不去,已经等了两年了。今年都二十六啦,不能老是这么等下去。再说你们化工厂也有个好处,成本低,赚钱多,工人的奖金发得多。"

"这倒也是。那就跟你爸爸说一声呗。"

"他怎么好意思办这件事。老魏,你给办办吧。"

对一个秘书来说,讨好上司向上爬的机会来了。当厂长心里有想办的事,自己又不好出头的时候,秘书就应该把事情揽过来。上蹿下跳,根据需要打出各种不同的旗号,把厂长的事情办成。

可是四年前,我拧不过党支部的调令,硬着头皮上来当秘书的时候,就给自己定了一条规矩:和任何一个领导,都只保持工作联系,不拉拢私人关系。对谁都一律公事公办,不公事私办,更不私事公办。

我回答她:"等我请示了党支部再说。"

骆晶玉对我的回答很感意外。她选择这个时候到厂里来,显然是以正厂长的女儿这种新的身份找我。按现在新的社会等级观念,厂长的女儿应该比厂长的秘书身份高;厂长的秘书也应该是厂长女儿的秘书。无奈我不愿意领这个新头衔。骆晶玉大为不满,带着和她父亲发怒时一样的冷笑,摔门走了。

1979年3月15日

刘书记高兴地小声通知我:"新厂长快来了。"

这个老实人,简直像个孩子。已经这样高高兴兴地迎接过三次,也忧心忡忡地亲自扛着行李卷儿送走过三次。一听说要来新厂长兴致还是这么高。

我的高兴和失望的神经可都麻木了。

1979年3月18日

丁零零、丁零零……

离办公室还老远,我就听见了电话铃响。

人们挖苦掐着钟点上班的人是踩着电铃进厂门。我却是十天有八天是踩着电话铃进办公室。

这个钟点的电话,多数都是找厂长们的。

在刚上班前后的这个时间,最容易把厂长们堵住。上班半小时以后再找厂长们就困难了。连我也不知道他们都干什么去了,更不知他们忙的是公事还是私事。

丁零零……秘书的耳膜是最厚的,不管电话铃叫得多么急,我照旧不慌不忙地开了门,挂好书包,拿出大饼油条先咬了一口,然后才去接电话。

"喂,喂,是魏秘书吗? 老魏,求你点事。我父亲昨天过去了,今儿个要火化。你跟厂长说说,能不能把厂里汽车给我用一下,帮帮忙,帮帮忙……"

我心里一惊:"你是谁?"

"我是大庞,庞万成。多麻烦你了。"

我埋怨他:"你怎么不早打个招呼?"

"我也没想到他会死这么快呀!"

我作难了:"你也知道咱们厂就是一辆吉普、一辆'解放',昨天都到外县搞原料去了,一两天回不来,怎么办?"

大庞是个老实巴交的起重工,不到万不得已他是不会向厂里张口的,就是有点死心眼儿。我把实情都告诉他了,他还举着电话不放,苦苦求我:"老魏,我跟骆厂长说不上话。不管怎么说你也是给厂长当了这么多年秘书,门路比我广。我现在没有别的路了,好不容易托人定好了火化时间,亲戚都来了,要是找不着车,去不了火葬场,叫我怎么办? 魏秘书,我只好抱着你这个坟头哭了。……"

他死了老子拿我当坟头,我又到哪儿去找坟头呢? 在一般老百姓的眼里,我这个当秘书的似乎权力很大,岂不知我只给厂长们跑腿学舌。但在这种时候,这些话是不能成为推脱大庞的理由的。看来他除了认识我这个"头面人物"外,真的是一点没别的门路了。

我举着电话正犯愁,一个敦敦实实的矮胖子,从我身后绕到我的对面(他什么时候进办公室来的我竟一点不知道),笑嘻嘻地冲着我说:"来,我跟他说几句。"

我有点纳闷儿,问他:"你……有什么事?"

矮胖子长着一张发面饼似的圆脸,极其和善可亲,一对鼓眼泡,一双又大又亮的金鱼眼,像碰见老熟人一样满含着笑意。

我似乎明白了他的身份,他很可能是哪个厂的供销员,到我们厂来联系业务。我用手指指左面,对他说:"左边第三个门是生产科。"

矮胖子摇摇头:"我叫金凤池,是化工局党委派我到东方化工厂来工作的。"

我一惊:他是新来的厂长?

我心里暗骂自己,当秘书最忌势利眼,我为什么今天竟以貌取人呢!

我把话筒递给金凤池,他举起话筒,语气变得严肃而又亲切:"大庞同志,别着急,告诉我你几点钟用车。"

他从口袋里掏出一支圆珠笔,我递给他一张纸。他一边重复着大庞的话,一边在纸上记着:

"十点钟用车,好。你的家在哪儿? 锦州道五条八号,好。你叫什么名字? 庞万成,好。喂,我说万成,十点钟的时候,你在家门口等着,汽车一定准时开到你的门口。别客气,用不着说这种话。你还有什么事需要我办的吗? 你就别管我是谁了,反正能解决你的问题。我倒还要劝你一句,老人去世是喜丧,你不要太难过,注意身体,多休息几天……"

金凤池把话筒倒到左手,又拨通了一个号码:"化工机械修配厂吗? 你是谁? 老杜哇! 知道我是谁吗? 哈哈哈……上任啦,不来没有办法,真舍不得离开你们,舍不得离开咱们厂。喂,我有个事得用一下咱们的大轿车,可以吗? 好! 十点钟,叫小孙把车开到锦州道五条八号,找一个叫庞万成的人。麻烦你了,有什么事需要我办的,就打电话来。"

他放下听筒,转头问我:"咱们几部电话?"

我答:"咱们厂小,只有三部电话,这儿一部,生产科一部,传达室一部。"

他拉个凳子坐下来,掏出烟盒,硬塞给我一支,自己也点着了一支。一双鼓眼睛笑模悠悠地望着我,缓缓地说:"甭问,你就是咱们厂上下一把抓的魏秘书了!"

"我叫魏吉祥。是赶鸭子上架,将就材料。"我的语气告诉他,我对当这份秘书差事丝毫不感兴趣。

金厂长客气地说:"我刚来,情况不熟,还得请你多帮助。"

我连忙摆手,表示消受不起。

金厂长脸一绷,神情格外认真,说:"我说的是大实话。群众是干部的先生,秘书是厂长的老师。不管开什么大会,做什么报告,还不是秘书在下边写好,厂长到台上去念。秘书的水平高,厂长的水平就高;秘书的水平低,厂长的水平也高不了。所有的文件,你都得先看,然后再分给各个主管厂长。厂长杂七杂八的事务,也得由你统着。你是厂长们的班长。厂长领导工厂,秘书领导厂长。"

我坐不住了,听着他的话,心里一会儿觉得很舒坦,一会儿又觉得很不自在,脸一阵阵发烧。听不出他是恭维我,还是挖苦我。在厂里我也算是个半路出家的知识分子了,今天竟叫新来的厂长给说得蒙头转向,连好坏话都分不出来了。

我还说不准对新来的厂长有什么印象,这个人至少是不窝囊。

中午,庞万成火化了老人,顾不得脱去孝服,从火化场直接来到厂里。一定要叫我带他去见新来的金厂长。

金厂长正由刘书记陪着在车间里熟悉情况。工人们一见我领着满身重孝的庞万成到处找新来的厂长,不知出了什么事,从后边围上了一大帮人。

大庞一见金厂长,扑上去,按天津卫的旧礼,跪在地上咕咚磕了个响头。"孝子头,遍地流",竟流到工厂里来了。大庞这一手大出我意外。

金厂长也没有提防,慌忙扶他起来:"大庞同志,你这是干什么!真是,唉!"

大庞一肚子感激话,再加上见了新厂长有点激动,就结结巴巴地说:"金厂长,太谢谢你老啦,要不是你老派车去,我爸爸还不知要在家里停几天呐!停一天就多花几十块钱,弄不好人也得臭了。我爸爸在地下也得感谢你老,太谢谢啦……"

金厂长想拍拍大庞的肩膀,安慰他几句。可是矮墩墩的金厂长,够不着傻大黑粗的庞万成的肩膀头,只好使劲地抓住了他的胳膊,真诚地说:"大庞,快别这么说。现在是有门路的走门路,有权力的使权力,剩下既没有门路,又没有权力的工人怎么办?我就认为,一不能怪工人们和领导有对立情绪;二不能怪群众不像一九五八年以前那样积极了,埋怨他们尽想自己的事,私心太重。眼看着他们有事没人管嘛。自己要再不管还怎么活?"我感到惊奇,金厂长倒真敢说话!他新来乍到,在这个群众场合,好像是随随便便地同工人们说点大实话,而且是用一种替群众抱不平的口吻。

他这几句话果然说到了工人的心里,从他们敬佩的眼神里,从他们交头接耳的啧啧声里,金厂长收到了比召开一个群众大会、发表一阵"就职演说"还要好的效果。

刘书记看到工人们这样欢迎新到来的厂长,很高兴,实实在在地说:"老金,你看咱厂的工人不错吧? 都很欢迎你。"

金厂长又对大庞说:"万成,人死了是不能再活了,你要想得开,把后事料理完在家多休息几天,千万把身体养好。"

他早晨在电话里已经嘱咐过了,当着大家的面又重复一遍。

庞万成被感动得不知说什么好了,脸红脖子粗地说:"不,我不歇了,我就是来上班的。"

说完脱掉孝服,换上工作服。金厂长叫他多歇几天,他不仅没有多歇,三天的丧假只歇了一天半。

老刘陪着金厂长到别的车间去了。我转身回办公室,突然看见骆副厂长在人群后边站着。他眼睛望着刘书记和金厂长远去的背影,使劲吸着香烟,脸上的白色麻点一个个非常鲜明。麻子是他情绪变化的指示灯。在他心情愉快、气色好看的时候,浅浅的白麻子似乎也隐去了。当他发脾气、冒肝火的时候,脸红麻子白,非常突出。

他走到大庞跟前,笑着说:"庞万成,想不到你愣大的个子,腿倒挺软,借给你辆汽车就给人下跪!"

庞万成一怔,结结巴巴地说:"骆厂长,你这是……"

骆明是个狗脾气,说翻脸就翻脸,你无缘无故也许就被他咬上一口。我装做没看见他,扭头回办公室。

他却从后面跟上来,并肩和我走着。

"老魏,咱们这个新来的头儿,挺会收买人心哪!"

我没有搭腔。厂长之间勾心斗角的事,我从来不参与,不向这一个,也不偏那一个。

不过,我们这个小化工厂,又要进入多事之秋了。

1979年3月23日

"金厂长上任第一件事,就是从外单位给本厂一个最老实的工人借调汽车。"

这件事在全厂传遍了,而且添枝补花,加上了许多传奇色彩。

我们的群众多么容易满足和被感动呀!

1979年4月2日

我和金厂长到公司汇报工作。坐进吉普车,好一会儿谁也没有说话。

他突然向我提出了一个我无论如何也想不到的问题:"'强龙不压地头蛇',这是哪个戏里的一句词儿?"

我看看他:"《沙家浜》。"

谁也不再说话了。

但是他的意思我完全明白了。

直到下了车,踏进公司的办公大楼,金厂长又对我说:"我们要争取头一个讲。开头大家总有点客气,你推我让。有身份的人不想开头一炮,都愿意先听听别人怎么讲。我们这样的小厂,正好可以挤上去。再说会议刚开始,领导们精神集中,听得仔细。到后边老头儿们都累了,抽烟喝水上厕所,谁还认真听你的发言。"

我佩服他的分析,但也替他担心。他来厂还不到一个月,能讲些什么呢?

公司通知是厂长来开会。任何会都有个灵活机动,憨厚的刘书记害怕金厂长来的时间太短,情况掌握得不多,提出叫骆副厂长来参加。

我知道骆副厂长也最愿意干这种出头开会的事。可是金厂长笑笑说:"我还是去吧。"

非常微妙。是他不愿意给骆明这个以厂长身份出头露脸的机会呢,还是自己不愿意放弃这个在公司领导面前表示新身份的机会呢?

会议开始以后,他果真头一个发言,讲得很生动,举出了庞万成三天丧假只歇一天半的例子。他表扬的是工人,没有表白自己。给人的感觉却是领导很高明。

公司领导表扬了我们厂。我们这个不起眼的小厂受到表扬,太稀罕了。

我越发感觉到,金厂长这个人不那么简单。

第二个发言刚开始,金厂长就悄悄地对我说:

"老魏,你好好记一下,特别是外单位好的经验和公司领导的指示。我出去一会儿。"

他这一去就是好几个小时,到快散会的时候才回来。真是怪事。

1979 年 4 月 25 日

怪事一件接着一件,这两天我发现骆副厂长脸上的麻点不那么明显了。

这场新的权力角逐的暴风雨,难道这样快就过去了?

骆明这个人不会轻易服输的。难道是他对金厂长服气了?他似乎也不是那种肯服气的人。

中午,我从食堂回到办公室,金厂长正在我的屋里打电话,骆副厂长以少有的媚脸在旁边陪着。

"⋯⋯叫骆晶玉,骆驼的骆,晶体管的晶,林黛玉的玉。她是我的亲戚,你办也得办,不办也得办。一个星期内我听你的信儿!好,就这样定。"

我心里有点开窍。我不赞成金厂长老来这一套,可是佩服他的心计和手段。骆明是个不好对付、不好配合的副手。

但他熟悉这个厂的生产情况,下边也有一帮子人,如果把他治服了,金厂长的脚跟就算站稳了。

我却没有想到金厂长会用这种办法:小人喻以利。难怪有工人背地议论金厂长够滑的。

1979年5月10日

我和金厂长到局里开会。坐了一会儿,他又悄悄地对我说:"老魏,你好好记一记,我出去一会儿。"

一到公司和局里来开会,他就来这一手。他出去干什么? 哪来的这么多事?

等了一会儿,我也走出会场。我想看看他到底去干什么。

天气已经转暖,许多办公室都开着门。金厂长是在化工局大楼里,挨个屋子"拜年"。从一楼到四楼,一个处一个处地转。每到一个处,就像进了老朋友的家一样。从处长到每一个干部,都亲热地一一打招呼,又说又笑。他兜里装的都是好烟,大大方方地给每一个会抽烟的人撒一根。谁的茶杯里有刚沏好的茶水,端起来就喝。

当然,他也不是光掏自己的烟,别人给他烟的时候也很多。他和每个处的人都很熟悉,又抽又喝。有时谈几句正经事,有时纯粹是扯闲篇、开玩笑,嘻嘻哈哈,非常开心。一晃几个小时就过去了。

在化工局里,我们厂是排不上号的一个小单位。

这样一个小厂的厂长,在局办公大楼竟这样自由自在,到处都有熟人,到哪里都可以谈笑风生,而且认识许多职位比他高得多的干部,我不能不说这是一种本事。

散会以后,在回厂的路上,我问金厂长:"听说你在局里和公司里有很多熟人?"

"今天下午你不都看到了!"他冲着我笑了。

我无法掩饰自己的尴尬。

他很开心地说:"魏秘书,这些日子我看出来,你是个好同志。钢笔字写得又快又漂亮,成天忙得四脚朝天,比哪一个厂长都忙。就是有点书呆子气,办事死心眼儿。老魏,我告诉你一种我发明的学问。在资本主义社会,能够打开一切大门口的钥匙——是金钱。在我们国家,能够打开一切大门口的钥匙——是搞好关系。今后三五年内这种风气变不了。我们是小厂子、小干部,要地位没地位,要权势没权势,再不吃透社会学、关系学就寸步难行。"

惊人的理论！我说不清心里是敬佩他，还是厌恶他。

1979年5月12日

骆副厂长脸上的笑纹几乎把所有的麻点全遮住了，他兴冲冲地对我说："老魏，交给你个任务，今天晚上你陪着金厂长到我家里去吃饭。我怕老金不去，你一定得作陪，无论如何要把他拉去！"

我心里说："浅薄的人。给你闺女找个工作就值得这样！"

转念又想，一个五级看泵工，由于某种机缘入了党，当上了副厂长，你又能要求他怎么样呢？我是决不能到他家里吃这顿饭。以前我遇到这种拉拉扯扯的事就往老婆孩子身上推，不是借口老婆病了，就是推说孩子发烧。反正是老婆孩子跟着我倒霉！

今天说轻了推不掉，我狠了狠心就对骆副厂长说："哎呀，不凑巧，我那个小不点儿得了肺炎，下班后我得赶紧回家送他上医院。"

骆副厂长的脸像外国鸡，立刻变了："我就知道我老骆的脸小，请不动你这位大秘书。这样办吧，下班前，你把老金送到我家门口，然后，就请你自便。"

我没有办法，谁叫我是秘书呢！只好冲着骆副厂长的背影又骂自己的儿子："我的儿子将来要再给人家当秘书，我就把他的手指剁掉！"

临下班的时候，我去请金厂长。金厂长答应得很痛快，而且约我一块儿去。我把瞎话又说了一遍。金厂长那对突出的金鱼眼眯成了一道缝儿，笑了："老魏，你不会编瞎话，往后就别编了，瞧你那脸色，红了又白，白了又红。"

"金厂长，这是真的……"我急忙遮掩。

他笑得更凶了："得了，你的瞎话千篇一律，连个花样也不会变。你就不拿耳朵摸摸，全厂谁不知道魏秘书有一手绝活儿，一旦人家有事求他，他不愿意给办的时候，就往老婆孩子身上推。老魏呀，你那么大学问编什么瞎话不行，干吗非给老婆孩子招灾！"

我只好苦笑着摇摇头。

他拍拍我的肩膀："你真是个书呆子，副厂长请客，不吃白不吃。

他要是拿出两块钱以下的酒,咱都不喝! 你就跟着我去,进门不用你说话,只管低头吃你的饭。这样的美事还不干!"

我最终也没有去。

但我知道了骆明请客的原因,他的女儿今天到国营无线电十厂去报到了。

金厂长的道行真大,这一手就可以把骆明给降住了。

当党性、纪律和法制对某些人不起作用的时候,也可以用义气和恩惠试一试。

不知为什么,金厂长这一手却怎么也引不起我的敬佩。相反,他在上任第一天留给我的那个朴实可亲的印象,已经被后来的这些事给冲淡了。

(1979年6月至9月的日记略)

1979年10月9日

上行下效。领导干部之间关系有多复杂,社会上就有多复杂,群众的思想就有多复杂。

骆明和金厂长摽成把了,刘书记和金厂长的关系却越来越紧张。今天在讨论奖金问题的支部会上,书记和厂长之间的紧张关系公开化了。

九月份,上级发下来一个文件,工厂可以从利润里按比例提取奖金。我们厂原是由搞综合利用起家的,大部分原料是捡别的厂甩出来的废物,花钱不多,一本万利。发奖给钱的事,厂子越小、工人越少,就越好办。九月底一结算,每个工人可以拿到五十元奖金。就连科室的干部,也可以分到四十多元。大部分工人等于一个月拿双份的工资。

刘书记这个实实在在的山东汉子,一听这个数目字吃了一惊。虽然他的生活条件在厂级干部里最差,每月多收入四十多元还是很需要的。但他一摆脑袋,表示反对:"不行,发这么多的奖金,这可了不得!"

"有什么了不得?"他的意见遭到了不少人在心里反对,从表情上可以看得出来。钱不是坏东西,给多少也不烫手,每月多进个四五十元,谁还不高兴? 但是,委员们嘴里,谁也不说赞成,谁也不说反对。都拿眼睄着厂长和书记,等着一二把手定板,谁都想多领钱,少担责任。

金厂长对骆明说:"老骆,说说你的意见。"

骆副厂长很干脆:"应该发给工人,照文件办事。"

刘书记说:"文件是指一般情况说的,我们有我们厂的特殊情况,不能钻这个空子。我们要全面领会文件精神。上级要知道我们发这么多奖金,也不见得就会同意。"

骆明:"这笔钱不发给工人怎么处理? 难道白白地上交?"

刘书记:"存在银行,将来搞点集体福利设施。"

金厂长只顾抽烟,一言不发。谁也猜不透他的态度。他是个会处关系、善于权衡得失的人,决不会为了多给工人发几十块钱的奖金而让自己担风险。万一为了这件事和局、公司的领导把关系搞僵了怎么办? 损害了国家利益,使工厂和国家的关系搞坏了怎么办? 哪头重,哪头轻,他不会不知道,他不会因小失大。更何况党支部书记已经表态,像他这样的人难道愿意站到书记的对立面去吗?

连我都觉得,金厂长一定不会同意多发奖金。

金厂长开始表态,一张嘴果然不出我所料。他说:"老刘说得对,奖金数目是大了一点……"

骆副厂长脸突然涨红了:"你——"

金厂长冲他摆摆手,他们两个似乎是私下已经碰过头了。我心里一动,金厂长既然收服了骆明,就一定会利用这个"贼大胆"。今天说不定也是拿他当一杆枪,先试试刘书记的火力。

金厂长接着说:"我们是东方化工厂的领导,我们用不着替国家操心,我们要操心的是东方化工厂的群众,得罪了他们,我们就要倒霉了。文件向群众传达了,如果奖金不照数给,我们就失了信,国家也失了信。我们挨骂还不说,群众的心气一散,生产就会掉下来。所以,我主张五十元的奖金一个不剩全发下去。公司里要问,我们有词儿:按上级文件办事。兄弟厂要反映,咬扯我们,我们更有理:这是多劳多得,我们厂搞得好,给国家赚钱多,奖金自然就发得多。大伙儿说怎么样?"

委员们大多数都同意金厂长的意见,就算通过了。

刘书记心里感到发这么多奖金不合适,嘴上却又讲不出更多的道理。虽然在会上按少数服从多数通过了金厂长的意见,可是散了会,老刘把金厂长留住了。他就是这么个爱钻牛角尖的人,骆副厂长背后就骂他是"犟死亲爹不戴孝帽子"。

我要给公司赶写个材料,下班后也没有走。我把通刘书记房子里的上亮门打开,一边写着材料,一边支起耳朵听着隔壁房间里谈话声。我担心刘书记的脾气,他也太认死理,老实得过分了。以前正副厂长不和,他成天焦心。调走的王厂长最对他的脾气,作风正派,对上对下一是一、二是二,从不弄虚作假。就是心胸太窄,爱生闷气,不到一年就被骆明气跑了。现在来了个金厂长精明能干,上上下下关系都处得挺好,连骆明都服气了,正副厂长配合得挺好。按理说老刘这个党支部书记不该省心了吗?他却偏要没事找事。过去他和王厂长两个人还对付不了一个骆明,现在他一个人又怎么能对付得了金厂长和骆明两个人!心实的斗不过心虚的,搞事业的斗不过搞权术的。我真替他、替我们厂担心。

隔壁房间里老刘的声音越来越高:"……当个领导最主要的是思想要端正,不能迎合一部分人的口味,八面讨好。更不能拿着国家的东西送人情。老金,有人确实向我反映这个问题,你不能不注意点儿。"

这话说得太刺人了,一把手对二把手哪能这样说话!我赶紧把写好的材料送过去,冲淡他们的紧张气氛。

金厂长真有两下子,什么话都听得进去,脸上一点不挂相,冲我一笑,说:"老魏,你来得正好,咱们一块儿扯扯。咱们这位刘书记真够饿,难怪以前咱厂的班子都尿不到一个壶里,他这个一把手不是给下边擦屁股,下边得给他擦屁股。我问你,你说我思想不端正有什么事实?你说我拿国家的东西讨好群众,我执行的是不是上级的文件?"

"唉,"老刘一摆手,"给钱的事越多越不嫌多,一降下来群众就有意见。但是,我们做领导的应该为群众的长远利益考虑,要教育引导群众,文件上不也说可以抽出一部分奖金搞些集体福利事业吗?"

"你扣住这五十元不给,那群众就会骂我们。再说你把这钱扣下干什么用?"

"留点后路,长流水不断线,万一哪个月出点事,没有完成任务,仍然可以发奖金。再说钱存多了还可以给群众盖点宿舍。"

"得了,刘书记,你吃亏吃得还不够!"金厂长转头对我说,"你当秘书最清楚,咱们国家的事就是有权力不用过期作废。现在叫你发奖金,你就发;如果不发下去,精神一变,剩下的钱你就没有权力支配了,你还想盖房子? 咱们这个小厂,好不容易盖几十间房,土建部门要几间,管电的要几间,给水的要几间,煤店、副食店再要走几间,层层扒皮,我们还能剩几间? 花了钱,受了累,还得惹气挨骂,本厂工人落不着实惠。把钱往大伙儿手里一分,又稳当又实惠。"

刘书记并不认可,但他也不吭声了。

金厂长掏出烟盒,每人给一支烟。老刘没接,掏出自己的烟吸着。金厂长也不在意,把给老刘的那支烟叼在自己嘴上,点着火深深地吸了一口,又说:"老刘,你那一套一九五八年以前行得通,现在不行。对上级文件既不能不办,又不能完全照文件的精神办,这里边学问可大啦。就说你老刘吧,在这方面坐了多少蜡!'文化大革命'中遣送的可以回城安排工作,你没有快抓快办,现在又冻结了,叫就地安排。这一件事你挨了多少骂? 退赔,办得快了钱就拿到手了,办得慢了就没拿到。这种事多了。谁死板谁就吃亏。"

金厂长说得很诚恳,他是真心想劝刘书记灵活点儿。我却觉得老刘听了这番理论,对他的反感更深了。

1979 年 10 月 10 日

得便宜卖乖。奖金发下去了,全厂上下议论纷纷。可气的是,群众对昨天党支部会上讨论奖金问题的争论都知道了,而且知道得比我的记录还详细。刘书记挨了大骂,金厂长成了"青天大老爷"。

我感到不公,替老刘抱不平。

金厂长提出要借发奖金这个东风,把群众情绪鼓起来。召开了全厂职工大会,金厂长在会上做了个简短而又深得人心的报告,没有叫我给起草,那是真正代表厂长的水平。

他说:"……这个月的奖金一分不少,全发给大伙儿了。有人接到这一包子钱,吓了一跳。只要大家干得好,我们厂的利润再提高一块,下个月奖金还会多。你们放心,只要是通过我的手发给大伙儿的钱,我是一分不扣,一分钟不停,全发给大伙儿!……"

1979年11月2日

这个星期天最丧气了,从早晨四点多钟起来钓鱼,到下午三点钟,才钓到三四条小鲫鱼。在回家的路上遇见了金厂长。他钓了满满一篓子,我问他在哪儿钓的,他笑而不答。我猜他一定是和哪个看养鱼池的人有关系,从养鱼池里钓的。他不顾我的拒绝,硬是把鱼分了一半给我。

路过他的家门口时,还要拉我上楼坐一会儿。我不好拒绝,也想看看他的家里是个什么样子。我猜想,像他这样神通广大的人,家里一定搞得很富丽堂皇。

我走进去一看才知他的家里非常简朴,简朴得使我不敢相信这是金厂长的家。

他的女儿正在家写功课,他叫女儿给炒个菜,要和我喝二两。他女儿瞪他一眼,拿起书包到奶奶屋里去了。

金厂长还有个老娘,他只好又去求老娘。老奶奶虽然答应给他炒菜下酒,但是嘴里也不停地埋怨儿子。很快我就从老太太的嘴里明白是怎么回事了。

金厂长每月工资七十多元,只给家里一小部分,剩下的抽好烟,喝好酒。每天晚上在饭馆里喝完酒,回到家里随便吃两口饭就行。老娘和两个孩子主要靠他爱人的工资养活。

他在家里的地位,远不如在工厂里。

我万万没有想到他会是这样一种人。这倒使我对他产生了一种好感:是同情他的家庭,还是欣赏他把神通都用到工厂里,并没有往自己家里搂东西?连我自己也说不清楚,真是莫名其妙!

1979年12月31日

下班铃早响过了,干部们一个也没有走。金厂长从银行打来电话不让干部走。从早晨一上班他就带着财务科长到银行去了。我们厂在年底每人要发一百元的奖金,银行不同意。厂长亲自拿着文件去交涉。他在银行蹲了一天,连中午吃饭都没回来。不知他把干部们留住是什么意思?

又等了一会儿,厂长回来了。

他满脸喜色,对干部们说:"大家都动手,今天无论如何要把钱分出来,发下去。"

干部们一个个都很高兴,在财务科长的指挥下开始数钱,数到一百元就装进一个红信封。

刘书记把金厂长叫到我的屋里,动感情了,说:"老金,不能这样干,这叫滥发奖金! 文件里没有叫你年终发这么一大笔钱吧?"

金厂长忙了一天,也没有好气地说:"文件里也没有说不让发这笔钱。"

"老金,这样要犯错误! 是不是发完这笔钱,过了年,我们厂就关门?"

"你这人,真是!"金厂长强压住火气,"我跟你说过多少回了,有多少发多少,而且必须在今天发下去。要不还用得着我亲自到银行里去泡蘑菇! 上边的精神没有准儿,一会儿一变,明年还不知道是嘛章程,要是来个新文件,奖金冻结,你想发也发不了,到那时我们就挨大骂啦!"

"你怕挨骂我顶着!"

"这是支部会上定的,你一个人不能推翻。发!"金厂长推门走了,我这是第一次看见他发火。

1980年1月3日

今天一上班我就收到了好几个文件,其中有一个文件就是通知一九七九年的奖金暂时冻结。

我把文件拿给金厂长,他哈哈一笑:"我早就猜到会有这一手!"

一公布,全厂上下对金厂长的欢呼声更高了。干部们也都议论这件事:这一百元拿得太巧了,晚一天就飞了。金厂长既有远见卓识,又敢作敢为。

下午,选人民代表。区里只给我们厂一个名额。

今年的选举是真正的民主,上边连候选人都不提,完全由群众民主选举产生。四个车间分成三个选区,全体干部编为一个选区。车间的三个选区投票结果,金厂长以绝对压倒的优势当选。在干部这个选区里,金厂长只差三票就是满票。这个结果是谁都料得到的。可是也有一点没有料到,在车间的选区里有一张票上写了这样一句话:"金凤池是个大滑头!"

由于监票、唱票的那几个工人嘴不严,这句话给传出去了,这对金厂长是个打击。

看来不管多滑的人,也很难滑过群众的眼。但是,让群众看出是滑头的人,还能算滑吗?世界上有没有一种真正的、让人并不觉得滑的滑头呢?

下班后,金厂长提着多半瓶"芦台春"来到我的办公室:"老魏,先别走,可怜可怜我这个无家可归的人,陪我先喝二两。"

说完从口袋里掏出两包花生米。

"您怎么不回家?"我问。

"昨天和老婆吵架了,今天不能回去,一回去还得吵。"他把酒斟到茶杯里,一仰脖就灌了一大口。

我劝他:"金厂长,您这样不顾家可不行。从下个月起,我把您的工资扣出一大半,送给您的家里。"

他笑了:"来来,喝酒!清官难断家务事,我老婆和我打了二十年,都没有管住我。你能管得了?来,喝!"

他真是个喝酒的能手，光喝酒不吃菜。喝两口酒，才吃一个花生米。越喝口越大，不一会儿，那对突出的金鱼眼就有点发红了。

他突然盯住我的眼睛说："老魏，现在的群众真难伺候！五股八流，什么人都有，不管你怎么干，也不会让他都满意。"

我明白他是指什么说的，还不好搭腔。他喝了一口酒又说："我是为了群众，得罪了头头。反过来说，让头头满意，一定又会得罪群众。你知道今天干部投票时反对我的这三票都是谁吗？"

我心里一惊，不明白这是什么意思。他怎么会知道谁投了反对票呢？他一定是疑心刘书记，但刘书记是个光明正大的汉子，他不会投金厂长的赞成票，这是明摆着的事。

我只好回答说："不知道。"

金厂长嘴角一咧："有一票是老骆投的，没错，准是他！"

我实在是没想到，也不大相信："他对您不是很敬佩，很好吗？"

他笑了："那是因为我给他办过事，他那两下子也玩儿不过我。但是这个人比较毒，忌妒心太强。不过今天他不赞成我当人民代表是对的。"

我又问："那一票是谁呢？"

他用食指点点自己的鼻子尖："我自己！"

他不是醉了，就是成心拿我耍笑着玩儿。

"我说的是实话。"他又灌了一口酒，果真是带着几分醉意了，"我知道，连你也瞧不起我，一定认为我是个大滑头，社会油子。我不是天生就这么滑的。是在这个社会上越混，身上的润滑剂就涂得越厚。泥鳅所以滑，是为了好往泥里钻，不被人抓住。人经过磕磕碰碰，也会学滑。社会越复杂，人就越滑头。刘书记是大好人，可他的选票还没有我的多，这叫好人怎么干？我要是按他的办法规规矩矩办工厂，工厂搞不好，得罪了群众，交不出利润，国家对你也不满意，领导也不高兴。你别以为我的票数最多就高兴，正相反，心里老觉着不是滋味。所以我明知老刘不投我的票，我却投了他一票……"

"金厂长，您喝多了。"我扶他在值班员睡的床上躺下来，"您先躺一会儿,我回家给您拿点饭来。"

我真后悔下午投了他一票。他虽然精明能干,而且票数多,可是他这个人和"人民代表"这种荣誉总不大协调。难道金凤池是当今这个时代最合格的"人民代表"的候选人吗?我在心中连连暗自摇头。但转而又想,他刚才那一番心里话也不是没有一点道理,时代是按照自己的需要改变人的灵魂,"人民"这两个字的概念就不能随着时代的变化而改变吗?群众既然拥护金凤池,为什么不能说他是人民的代表呢?

1980年6月

父子之争

老子占上风

"停住,停住! 就在这儿下车。"小轿车刚开到水磨石的高台子跟前,司机正想绕过它,将车开进厂门口,客人却一迭声地喊停车,司机只好来了个急刹车。专程去接客人的地球轴承厂厂长义军打开车门,让客人下来。

客人是位五十多岁的乡村小老头儿,头戴一顶农村人常戴的麻酱色毡帽头,穿一身家做的青色棉袄棉裤,脚蹬一双布底棉靴头。农村人只有逢年过节串亲戚,才会打扮得这么齐整。这位客人下车后,围着那个水磨石的高台子正转三圈,倒转三圈;然后扶着水磨石仰起了头。从前,在这个水磨石的高台子上面,立着一个几米高的毛主席雕像,雕像早就搬走了。可是从老人那仰着头的神色来看,雕像似乎还原封不动地立在高台子上面。

老人愣了一会儿,突然自言自语地说:"把毛主席像搬走了,再有买不上轴承的可朝谁下跪?"

站在旁边的义厂长突然心里一震,脸刷的一下红了……

十几年前的一个春天,豆镇拖拉机站因为买不到轴承,几台拖拉机全趴窝了,卡住了全公社春耕的脖子。给拖拉机站做饭的马开宝老汉,看到站长急得抓耳挠腮,就自告奋勇,说他能买到轴承。还当着司机们起誓:他若买不来轴承,情愿把两个眼珠子抠下来给大伙儿当泡踩!对这件事,老汉心里有根!儿子马杰,媳妇素蓉,大学毕业后都分配到地球轴承厂当了技术员,到那儿别说是买几套轴承,就是要几套,谁还能驳他这个老面子?

谁知老汉来到轴承厂就碰了钉子。轴承厂生产的轴承,必须全部交给机电物资公司,工厂没有权力自己销售。他找谁,谁都左推右挡,人家不管。他在农村里还觉得"技术员"这三个字很了不起啦,到大工厂一看,他儿子这个技术员连屁大的事也主不了!

马开宝老汉急得在地球轴承厂的大门口外面转磨磨。时间正是刚过了晌午头,工厂交接班,大门口出出进进的人很多。马开宝突然心生一计,与其回去叫人家抠眼珠子当泡踩,还不如把这张老脸卖在这儿呢!他掏出公社的介绍信举过头顶,来到毛主席雕像跟前,扑通一声双腿跪倒了,口中念念有词:"毛主席,您叫我们农业搞机械化,可我们的拖拉机都成了'死鸡'!我到处求爷爷告奶奶,连个轴承都买不上。现在是上天无路,入地无门,投亲不应,只好求您老人家帮忙。我买不到轴承,就是撞死在您的脚下,也决不回去……"

一个老人突然冲着毛主席像下了大跪,立刻就围上了一大帮人。消息一传开,人越围越多,马开宝祷告的声音也越来越高。说着说着竟诉起苦来了,说农民如何困难,生活多不容易;甚至还讲了自己的祖宗三代和光荣历史。解放前,他在镇上卖烤红薯,给八路军代买过药品和粮食,偷着为八路军办过不少事。现在,共产党、八路军掌了天下,他买几套轴承就这么难!

马杰听到信儿赶忙跑来,冲进人群伸手要拉老子,被马开宝迎面啐了一脸唾沫:"呸!王八蛋玩意儿,我当初瞎了眼,供你上大学。现在进了大工厂就翻脸不认人,反过手来卡老子脖颈。你不是我儿子,我也不是你老子。你要是卖给我几套轴承,我管你喊亲爹都行!"

马杰一见老爹的眼珠子都红了,指桑骂槐,数道个没完没了,劝又劝不住,走又走不开,眼看着他跪在大门口实在不像话,自己又毫无办法。事情越闹越大,围着看热闹的人都同情老汉,替他说话。轴承厂革委会的人一看这情景,怕事情闹大,不可收拾,临时做了紧急决定:责成副主任义军处理。他到车间里把八套好轴承画上黄色,标志着这些产品报废了,废品嘛,工厂就有权处理了! 他把这报废的合格品,以支援农业为借口,送给了马开宝老汉。

老汉高兴地拎着八套轴承回到镇上,向领导汇报了事情的经过,并说服领导,自己办起了一个小轴承厂,马开宝就成了豆镇轴承厂的厂长。他儿子马杰,通过这件事也感到:中国技术落后,经济体制和生产管理更落后。他不当技术员了(那一阵技术员也实在没有多少事好干),要求到生产科当了调度员。

十几年过去了,地球轴承厂还是挂着国家重点企业的大牌子,"地球牌"轴承仍然很难买到。大工厂,大锅饭,躺在国家计划上,盈亏国家包干,赔钱的时候多,赚钱的时候少。尽管马杰已经当上了生产科科长,对这种局面也一筹莫展。他的长进就是学会了吸烟,而且吸得很凶。说话尖刻,脾气无常。

可是,生产条件差,产品质量也不太好的豆镇轴承厂,却越办越活,生意兴旺。虽然,他们的产品价格比"地球牌"轴承贵一点儿,但是,他们的产品容易买到,农村社队没有门路,为了救急就找到了豆镇轴承厂。马开宝是来者不拒,还特意在地球轴承厂的大门口旁边,设立了一个代销点,有到地球厂来买轴承碰了钉子的,豆镇厂就大包大揽,有求必应。从此,马开宝办的轴承厂名声大振,给公社赚了不少钱。在轴承行业中,创造了小厂打败大厂的纪录。

今天,地球厂的厂长义军,就是把马开宝请来,给他们工厂的中层干部们介绍一下企业经营管理的情况。马开宝重登地球厂的大门,和上次来求援大不一样了。他特意叫老伴儿给换了一身新衣服,老汉要抖抖精神。

下午一点半钟,义军陪着马开宝来到会议室。这个大厂的会议室十分讲究,中间一排长桌,桌面罩着紫红色的台布,桌上摆着水壶和茶杯。桌子四周摆着一圈高腿沙发。中层干部们都舒舒服服地仰面躺在沙发里,有的闭着眼打盹儿,有的眯着眼抽烟。马开宝只看见在桌子四周有一圈脑袋。老汉立刻来了气,心想:工厂的头头们就像这样都躺在沙发里,还能把工厂搞好?国家的领导人在开会的时候,和外国人谈判的时候还都挺直腰板坐着呐,一个工厂的头头就是这个样子!

在桌子的正面,空着两个大沙发,这显然是给义军和马开宝预备的。老汉眨眨小眼睛,立刻有了主意,当义军指着沙发让他坐下的时候,他拿捏着作难地说:"哎呀,我坐这个玩意儿腰疼,你们有没有硬板椅子?"

不能让他一个人坐硬椅子,义军只好搬来了两把,自己陪他一块儿坐硬椅子,又掏出一支大前门的香烟递上去,马开宝摆摆手,掏出了自己的小烟袋。义军讲着开场白,他就端起小烟袋抽起来。抽完以后,想把烟灰磕在桌上的烟碟里,又怕把玻璃烟碟敲碎。索性抬起脚,往鞋底上啪啪一磕,烟灰撒了一地。马杰真恨不得把脸扎到裤裆里。马开宝等义厂长带头鼓完掌,却笑模悠悠地开腔了:"我们乡下练武术的多,讲究内练一口气,外练筋骨皮。治理工厂也要讲究一股精、气、神……"

不少人立刻从沙发上挺直了身子。马开宝继续滔滔不绝地讲起来:"我们厂没法和你们厂比,你们厂拔根汗毛,比我们的腰还粗。我们是小本经营,自负盈亏,就怕赔钱,把用户当成大爷。你们是大企业,什么都大,家大业大,大手大脚大少爷,大厂作风,把自己当大爷,把用户当孙子。自己出轴承,却不管卖轴承,哪有这样做买卖的,还能不赔钱!"

马杰实在坐不住了,站起来打断了老子的话:"爸爸,行啦!你不脸红,我的耳朵还发烧呐!地球厂搞成这样,不是我们的错,更不是我们无能。像你那样的厂子要老是骑在我们厂的头上,中国的经济就没有希望了!"他说完,摔门而去。

马开宝心里很恼火,嘴上却不得不嘿嘿一笑,摆出一种老子不把小子怪的气度说:"这小子,从小就这样,又臭又硬。义厂长,你手下要是尽用这样的干部,还能把工厂搞好?我不是跟你吹大牛,我手下的干部,不论是办材料,兜生意,没有他们打不开的门路,没有他们办不成的事。我动动嘴,使个眼色就行。我要叫他们摘星星,就不会把月亮给我!"

骡马大会

半年以后,中国经济界出现了新情况,市场调节像根巨大的拐杖,支助着半死不活的计划经济,工业市场又活了,中国的经济出现了新气象。各地纷纷举办"产品展销会"和"骡马大会"。成百上千家工厂,各占一块地盘,摆出产品模型,竖起各色各样的广告牌,吸引用户订货。这阵势真有点像春节前农村的鞭炮市场,几十辆大马车面对面排开,卖鞭人脱光膀子,嘴里骂着粗话,像打架一样脸红脖子粗地夸着自己的产品,把产品推到顾客的怀里。

在三省两市联合举办的一次"骡马大会"上,马家父子又见面了。这回地球轴承厂的阵势可大不一样,工厂自主权扩大了,自己管销售,产销结合,以销定产。工厂办的好坏直接关系到全厂职工的个人利益,地球轴承厂一下子活了。它的底子厚,基础好,竞争能力强,义军和马杰在产品上又下了一番工夫,使"地球牌"轴承成了同类产品的名牌货。马杰胸有成竹地来到了"骡马大会",他没有和别的厂抢地盘,却说服了市委书记,把"阶级斗争展览馆"借来,做了轴承厂的展销厅。马杰叫人把他们的产品制成幻灯片,在展销厅里连续不断地放映;又精印了大量的彩色产品样本,见人就送;还在报刊上登广告,电视上放映广告,他动用了一切现代化的手段来宣传自己的产品。找到地球轴承厂来订货的用户挤破门口,他们厂的任务,一下子由吃不饱变得吃不了啦。

豆镇轴承厂可抓瞎了。虽然他们的宣传搞得比地球轴承厂还热闹,可豆镇厂的轴承质量赶不上"地球牌"轴承,价钱又贵,谁还会来订货呢?马开宝老汉眼红了,他把厂里最漂亮的几个姑娘调来当推销员,这些姑娘自己不抽烟,口袋里却装着名牌香烟,一见有人要来订货,就赔着笑脸,送烟送水。马开宝还摆出了精致的麻将牌、牛皮鞋和市场上不容易买到的不锈钢的家具拉手,哪个采购员订他们的货,就奉送这些东西。货订得越多,赠送量就越大。虽然有些采购员很想得到这些热门货,但现在各厂都讲经济核算,都想买物美价廉的产品。有的采购员不敢为了自己捞一付麻将牌,就让工厂吃那么大的亏。马开宝这一招也没有收到太大的成效。一急之下,他拿出了过去卖烤红薯的办法,把样品模型穿成一串,挂在肩上,手里举着大广告牌,在"骡马大会"上来回叫卖。后边招引了一大群人,但看热闹的多,订货的少。

就在这时候,地球轴承厂又宣布:"地球牌"轴承降价百分之五。这下可彻底把豆镇轴承厂挤垮了。豆镇厂的轴承成本高,再降价就要赔本,不降价吧,有"地球牌"轴承比着,更不会有人买了!万般无奈,马开宝只好决定去求儿子。他自己拉不下来脸,就打发那几个姑娘带上几盒好烟去找马杰。不求他别的,只求他把"地球牌"轴承的价格上涨百分之十五,这样就能把豆镇厂救活。

姑娘们对要挤垮她们厂的马杰没有好印象,硬着头皮找到了马杰,并向他递上一支烟。马杰不接烟,也不抬眼皮,说:"别一根根地往外抽了,带来多少全拿出来吧。"

几个姑娘气得脸涨得通红,把带来的香烟整盒地掏出来,扔到马杰的办公桌上,为了自己工厂的利益,她们忍住气没有掉头走开,心里却在骂着马杰:"这个毒鬼,太狠了,一点儿不像马厂长。"

马杰仍然不看姑娘,低着头说:"你们来是不是想叫我提高'地球牌'轴承的价格,或把定户让给你们一部分?这些事都好办,但是,你们做不了主,还是回去请你们厂长来一趟吧。你们厂的任务好办,我们厂甩点儿零头,就够你们吃一年的。"

"这个人真毒,六亲不认,对自己的亲爹老子都逼得这么狠!"姑娘们议论着回到了自己的销售点,向马开宝一学舌,老人跳着脚把儿子骂了一顿。儿子这是成心拿他捏着玩儿。但是骂归骂,去还得去,为了自己的小工厂不关门,只好把当爹的威风藏在袖筒里,长脸一抹变圆脸,尽量躲着人,走进了地球厂的展销厅。这真是厂大威风大,像礼堂一样的大厅,布置得琳琅满目。还分成了接待室、技术服务室、签订合同室等。他在洽谈室里找到了儿子。这间办公室里摆设很讲究,有几张大沙发,玻璃橱里放着烟、酒、水果、糕点等食品,有时和外国人谈买卖,就得边吃边谈。

马杰一见父亲进来,先给老人斟了一杯水放在茶几上,转身出去了。等他从外边找了个硬椅子回来,看见老人已经坐在沙发里了。这个小子绷着脸一本正经,用对老人很尊敬的口吻说:"您坐沙发腰不疼了?"

幸好老人一脸核桃纹般的褶皱,脸红不脸红别人看不出来。他生气地嘟囔说:"少说废话,我找你来是谈正事的。"

马杰说:"要谈正事也行,搞工厂就得在产品上下工夫,不能靠歪门邪道。您必须把那些麻将牌、皮鞋、拉手全收起来。要不就专卖这些东西,别叫轴承厂。还有这些香烟……"马杰把刚才几个姑娘留下的香烟都推到老子跟前,用一种十分尖刻的声调说:"你们的产品质量差、价格高,当然不会有人买。您不怪自己没把工厂搞好,却用送礼和让姑娘送烟来搞推销,这不是糟蹋人家大姑娘,这像话吗!……"

马杰的话还没有说完,马开宝手里的茶杯啪地掉到地上,摔碎了。老人站起来,抖抖瑟瑟地冲到儿子跟前:"你……你这个混账东西!"

突然,老人扬起胳膊,朝儿子脸上狠劲儿抽了一巴掌,掉头颤巍巍地走了。

儿子治好了老子的病

马开宝从"骡马大会"背着个"零蛋"回到家,不久就病倒了。他不吃不喝、似睡不睡、昏昏沉沉,在公社卫生院看了几次也不见效,托人用车推到县医院看了一次,不但不见好,反而越来越重了。老伴儿急坏了,连着给儿子发了两封电报,几天以后,儿子和媳妇一块儿回来了,马杰五岁的儿子小盛拿杆秫秸枪站在大门口,见了素蓉高高兴兴地扎到妈妈怀里,一见后面的马杰,立刻用枪横在门口,不让马杰进。奶奶赶紧说:"小盛,快喊爸爸。"

小盛脑袋一昂:"他不是好人,把爷爷气病了!"

马杰顾不上儿子,用手一拨拉小盛:"滚开!"

小盛一屁股坐在地上,哭了。马杰赶紧走到里屋去看爸爸。这是农村里最普通的房子,一铺土炕,两件黑乎乎的漆皮剥落的木柜,一条长板凳。马杰把脸凑到老人眼前,轻声呼唤着:"爸爸——"

马开宝睁开通红的布满血丝的眼睛,紧紧地盯住儿子。

"爸爸,您觉得怎么样?"

"我要完了。"

"您别胡思乱想,我今天就把您接到市里去检查治疗。"

"不用!"老人摇摇头,喘了一会儿,说:"马杰,你上过大学,道道比你爸爸多,厂子也大,腰粗腿壮,把我们挤垮了,算你有能耐! 大鱼吃小鱼,小鱼吃虾米,解放快三十年了,儿子吃掉了老子。"

"爸爸! ……"儿媳妇含着泪想劝说几句,被马杰制止住了。

过了一会儿,老人吃力地睁开眼睛说:"小子,你看看这间屋子,你出生的时候,就是这些东西,你爸爸当了十几年厂长,屋里还是老样子。我没多吃厂里一口东西,没多占一分钱的便宜。这个厂在你的眼里不算啥,可我们这几十口人指着它吃,几千口子社员指着它给赚点零花钱。你们砸了社员的饭碗子,就那么舒坦?"

老妈急忙替儿子打圆场:"这又不是马杰一个人的事,你光埋怨他有啥用?"老妈又向儿子使眼色,叫他给老头赔不是,说几句好话让老头儿顺顺气也许就过去了。

马杰无可奈何地说:"唉,这不是我们爷儿俩的事……"

一听这话,马开宝从枕头上把头抬起来,狠狠地说:"好,算你有种! 你没有我这个老子,我也没有你这个儿子,我死了以后不许你给我打幡抱罐! ……"一口痰堵住,马开宝半天没上来气,老伴儿和儿媳妇赶紧上炕给他捶背。

窗外有人向马杰招手,他走出屋子,院子里站满了豆镇轴承厂的社员,全都用愤怒的目光盯着他。一个小伙子走到他跟前,非常不客气地压低声音说:"马科长,你要是连句软话都不说,非要把老头儿气死,看在乡亲的分儿上,我们得管管你。"

马杰抽抽鼻子,掏出烟卷,谁也不让,自己抽出一支,大模大样地吸起来,冷冷地说:"一看你们这架势我算懂了,在中国搞点经济改革有多难! 触犯了谁的利益,谁也不干。就是坑害国家没人着急。你们算个什么厂? 在中国工业的棋盘上都算不上是一个棋子,现在日子刚有点不好过,就摆出了一副拼命的架势。可像我们那样的国家重点企业,不死不活地晃荡了十几年,你们却不心疼!"

有人喊了起来:"你们厂不管怎么晃荡,工资跑不了。我们的厂子一出事,社员们就得把脖子扎起来!"

"不会叫你们扎脖子的!"马杰扔掉了烟头,"日本只有几十家轴承厂,年产十亿套。我们全国六百多家轴承厂,年产才一亿套多一点。为什么呢? 我们是各自为政,小而全,大而全,重复布点,重复生产,浪费材料,互不依靠,互相排斥。结果就是分裂,就是低水平。没有一个先进国家是这样干的。这种局面是不应该再维持下去了,不按经济规律,搞专业化的大生产,我们国家就上不去。可见你们被挤垮是理所当然的。"

"啊!"社员们吼起来。

马杰摆摆手:"我们厂党委做了一项决议,如果你们愿意就做我们的协作厂,专做球架,做多少我们收多少。但必须要达到我们的工艺要求,考虑到你们厂的技术力量太弱,我们派个工程师来帮助你们,就是素蓉,她一直帮助你们把产品搞过关再走。你们赶紧研究吧,三天内我听答复。现在我必须送我爸进城看病。"

社员们叽叽喳喳地议论起来。马杰转身要进屋,猛见老爸由老妈和素蓉搀着走出来了。他一怔:"爸爸,您怎么起来了?"

马开宝没理儿子,却对他的社员们说:"我听说这叫专业化公司,早晚得走这一步。我赞成,你们大伙儿的意见呢?"

"赞成!"社员们高兴地说。

有几个姑娘立刻把素蓉拉走了。

马开宝对老伴儿说:"拿个凳子来,我在这儿晒晒太阳。"

马杰惊奇地问:"您的病好啦?"

马开宝没有答理他,却对老伴儿说:"你去做饭吧,泡点儿枣,蒸年糕,他们都爱吃黏的。"

老伴儿转过身,朝马杰努努嘴,把孙子小盛推到马杰的怀里,挓挲着两手,高高兴兴地和面做饭去了。

1980年7月

狼　酒

奇怪吗？在乘船坐车的时候，人和人之间的关系发展得极快，萍水相逢，很容易就建立起友谊。相反，如果是感情不和的熟人，同乘一辆车，同坐一条船，相对无言，又不能不相对，那也真是人世间一件很尴尬、很不愉快的事。

就请看在南去列车的一间软卧室里，这三个神色古怪的乘客吧：副部长应丰，从打北京一上车就没说过一句话，准确地说他那铁闸般线条坚硬的嘴唇，根本就没有启动过。他不抽烟，甚至也没有喝水，两片嘴唇就像粘在了一块儿。周秘书和徐局长想跟他搭讪，他只用鼻子哼过几声，嘴唇还是没有动。文件和书刊倒是带了不少，在小桌上摊开了几本，翻了翻，也没有心思看下去。硕大的头颅往卧铺的墙板上一靠，他索性眯起眼睛想自己的事。他虽然已年近六十岁，眉毛头发还漆黑，特别是那双眉毛，过分的密，过分的粗，一直扩散到上眼皮和额头上，很像河蟹的两个弯曲的大夹子，好斗地张开了钳子口，在杀气腾腾地对着一切朝他看的人示威。副部长这双钳子眉真是够人瞧的，倘若发起脾气来，这对大河蟹钳子就更凶了。领导是这样，随行人员还敢笑吗？徐局长，四十多岁，生性风趣而喜欢热闹，他憋得难受，不时和秘书老周交换一下目光。他后悔不迭，昨天真不该毛遂自荐答应跟着这位应大人出差，难怪别的司局长们都那么害怕跟他出来，这可真是活受罪！只有秘书老周，像个没有感情的机器人，不动声色地在啃一本技术杂志。部长们出差，一般情况是不带秘书的，把秘书留在机关里看家，处理和应付一些紧急文件及书信。周秘书这一次跟应丰下来,却是出于对副部长的情绪不放心。而且他若再不跟下来,副部长就快成光杆司令了。

前几天,应丰叫秘书通知科技局和计划局的两个局长,准备跟他到 G 省去解决几个大工厂的问题。可是一个局长推说正要和外国资本家谈判一项技术协定,一个局长推说正在主持一个重要的会议,全都走不开。老周心里当然明白,这两个人不是下不去,而是不想下去。部里马上要分房子,这是盼了好几年的事啦,局长、处长们都有自己的打算,有的还想多搞一点儿。正在这时候下去,要是没有自己的份儿了,怎么办? 更主要的是跟着应丰出差,比在家里还累,又苦又不自在,谁愿意去找罪受! 这叫周秘书作了难,他不能将实情告诉应丰,副部长的脾气太大,万一发作起来,下一道不去不行的命令,搞得大家都很不愉快,上下级关系会更紧张。老周敬佩应丰,赞成他的为人;可又明明知道他这一套现在很不得人心。老周也埋怨那两个局长,总还应该懂得上下级关系,部长叫局长跟着到下面去检查工作,竟这样推三阻四,有令不行,还怎么干工作? 这些大局长们也真做得出来! 没办法,周秘书只好去找部里有名的能耐人——调度局局长徐炳坤想主意。徐炳坤还没听完他的话就笑了。这位局长的上眼皮过长,他一笑起来不是抬眼皮,而是耷拉眼皮,黑眼球都被眼皮遮住,眼睛里只留下一对白眼珠,怪里怪气的叫人不舒服。但他可以叫人信赖,这是个精明的、会办事的人。他也不免对那两个局长埋怨了几句,然后自告奋勇要陪副部长下去,他也想趁此机会现身说法,好好劝劝副部长,脾气不要太耿直,对一些无关大局的生活问题、作风问题,能睁一眼闭一眼地过去就行了。由于副部长办事可钉可铆,现在搞得上下级之间关系有点别扭,和有些部委、省市的关系也有些紧张。再不改变,路就越走越窄了! 徐炳坤还真是从全部的利益出发,一片好心替应丰着想,颇有点仗义执言,拼死一谏的劲头。计是一条好计,周秘书也早希望有个人能劝劝应丰,但心里总不踏实:

"就咱两个陪他去,他要不同意怎么办?"

徐局长眼皮一撩:"那就把实话告诉他,别人都不愿意跟他去!"

"那怎么行？"

"我看他是吃硬不吃软，该刺激的时候也得刺他一下。"

"应副部长还嘱咐，不要提前通知G省省委，免得人家去接站。"

"怎么，让我们跟他一块儿去挤公共汽车？我们偷偷地去不光是自己吃苦受累，更重要的是G省的头头还会对我们有看法，一定会认为我们部里的人架子大，到下边去对省委不理不睬。"

"你说怎么办？"

"不管他，我有办法。"

"老应的脾气你可不是不知道……"

"有我哪，他脾气再大叫他抓不着。咱们不能直接通知G省，把话透给部计划局的老郭就行。他是从G省调来的，同他们省的工业书记海保深经常有联系，我怀疑他就是海保深派到部里来的眼线，中央有什么情况他随时都可以向海保深报告。我们告诉了他，就等于通知了G省，老应还无法责怪我们。"

周秘书点点头，徐炳坤果然是名不虚传的"鬼难拿"。当周秘书把出差的准备情况报告应丰以后，副部长果然脸色大变。周秘书赶紧按徐局长的办法以实情相告，副部长瞠目结舌，瞪着秘书半天没吭声。这就算是默认了。

周秘书可是出了一身虚汗，还算庆幸，副部长总算没有发作起来，他的脾气已经改得很多了。老周记得自己还是小周的时候，刚给应丰当秘书不久，有一回一份材料没有搞好，应丰气冲冲地把材料往地上一摔，一句话不跟他说，也不看他，材料究竟在什么地方不合适也不指出来，可真把刚上任的小秘书吓傻了，他差点没留个条子逃走。就在他流着眼泪收拾行李的时候，应丰五岁的小女儿给他送来一条清炖拐子鱼和两张香油烙饼，这是应丰老伴儿拿手的饭菜。小周觉得应副部长虽然很凶，人还不错，才又留了下来……

这三个相对无言的乘客呀，似乎各怀心事，连列车员看着他们都觉着难受。

"嘎嗒嗒、嘎嗒嗒……"特别快车均匀而有节奏地摩擦着轨道。车窗的双层玻璃都放了下来,在车窗外掠过的是一片光秃秃的原野。时令正值深冬。

应丰收起腿,躺下了。

"嘎嗒嗒、嘎嗒嗒……"

"爸爸,您往后别再干这种羊群出骆驼的事啦!现在还搞唯我独革、唯我独左的这一套,没人买账了。您还觉着自己傻不错呢,可是这次您下去为什么没人跟着!害得老周不得不亲自拉上个徐局长陪您下去。"一向说话尖刻的小女儿道出了真情,应丰心头一震。部里的事她全知道,是从哪儿打听来的?"您正派,清高,不搞歪门邪道,不搞特权。可是您就不想想,您再干净还能脱离社会?您再清高还能不受时代的局限?时代按照它自己的需要改变人,而不是人改变时代。您这是自讨苦吃,到最后还得碰个头破血流,把自己搞成了孤家寡人。人家跟着别的部长下去,到哪儿都是好吃好喝好待承,跟着您下去却像个苦行僧。您不想想,现在是二十世纪八十年代,是人类进入了追求物质享受的时代,谁还愿意陪着您去当和尚?"

应丰猛然用手搓了几把脸,从卧铺上坐起来。但尽力克制住自己,装出一副不动声色的样子,把脸扭向窗户,不让徐炳坤和老周看见自己的脸色。

昨天晚上发电影票,也许是票有富余,司机背着应丰多要了两张,送给应丰的老伴儿和小女儿。每次发票,应丰只拿两张,自己要一张,给司机一张。当他准备乘车去看电影的时候,见老伴儿和小女儿也在车里坐着,他绷着脸硬叫她们出来。老伴儿知道老头子的脾气,顺从地跳下汽车。小女儿却撒娇耍赖地不挪地方,应丰硬是铁青着脸把女儿拽出来了,司机说情也无效。坐一个人要跑一趟,坐三个人也是跑一趟,这岂不太死板。小女儿一赌气把电影票全撕了。等应丰看完电影回来,女儿却不饶了,明知他心情不好,明知他第二天还要出差,却缠住他没完没了地展开了思想攻势。

车窗外是一片片光秃的土地,偶尔能看到一些社员在田里冬耕,在应丰的眼前旋转着向后退去。他昨天夜里叫女儿搅得没有睡好觉,他看着车窗外旋转的大地,眼睛发花,头也开始晕眩。他只好又躺下,闭住眼睛。

"嘎嗒嗒、嘎嗒嗒……"列车在高速奔驰。

半月前,应丰就看过G省几个大工厂写来的报告,最近又连续接到他们的告急电报。由于国家经济调整,开展市场调节,G省省委为了保护本省利益,管工业的书记海保深提出让大厂给赔钱的小厂贴补,下令几个大工厂转产,什么能赚钱就搞什么,要叫大厂养全省。这几个大工厂在业务上归部里领导,党政关系却在地方,产值利润归地方。由于这种双重领导,都管也都不管,对自己有利就管,没利就不管,多少年来一直扯皮。现在一搞竞争,矛盾更尖锐了。但县官不如现管,那几个工厂要真的转了产,事情就麻烦了!应丰一接到报告就想下去,摸清情况,和当地省委研究出解决的办法。但是被一些鸡毛蒜皮的事情缠住,一拖就是半个月。这是些什么事呢?宿舍大楼盖好了,决定分配方案。应丰认为这是小事,想速战速决,不分级别,根据人口合理分配。这个图省事的办法在部党组会上就没通过。部、局、处三级干部都要适当照顾。照顾多少才算适当?光是这个方案,讨论一次又一次,迟迟定不下来。而且房子问题直接牵涉到应丰。地震以后,他把自己的房子腾出两间,让给了两个普通干部。谁知那两个干部一住上就不走了。现在提出每人非要一个三间一套的单元不可。他们知道为了照顾部长,一定也会答应他们的要求,给不了三间,至少也会给两间。应丰发了脾气,他拍板定案,不分干部级别,按人口平均分配,那两个人占的房他不要了,随他们的便!

"嘎嗒嗒、嘎嗒嗒……"

徐炳坤瞟一眼副部长,冲着周秘书努努嘴:

"睡着了。"

周秘书赶紧朝他摆摆手,示意他不要说话,副部长并未睡着。

应丰果然翻了一个身,让脸朝里。他头疼得厉害,又气又伤心。更使他着恼的是无法向人发泄心中的闷气,他本来可以同自己的秘书和徐炳坤谈谈这些事,但是这两个人能理解自己吗?他本来对老周是非常信任的,可是现在连自己的女儿不是对自己都不了解吗?这几年,他对小女儿是多么信任,多么宠爱。他下班回来或是休息的日子,喜欢和小女儿下棋谈心,不愿意对别人讲的心事,却可以对小女儿讲。他还喜欢闭着眼睛躺在沙发上,听小女儿给他念小说。这一切对于已经进入晚年的他,是一种多么美妙和不可少的享受。但这一切今后都不会再有了,他的心被小女儿深深地伤害了。难道真是自己老朽了,固执,死板,跟不上这个时代了?不,可怕的正是自己并没有错,而小女儿似乎也不错。她小小年纪,大学还没有毕业,应该是纯洁、天真,有几分孩子气和书生气,但这一切她都没有,却有一个苍白而又可怕的世界观。在小女儿面前,他反倒显得纯洁天真得可笑,身上还有一股愚蠢的书生气。这是一种多么令人毛骨悚然的颠倒!

应丰觉得在卧铺间憋闷得难受,他不顾周秘书和徐局长惊疑的目光,走出卧铺间,来到两个车厢连接的地方,散散步,透透风。

"嘎嗒嗒,嘎嗒嗒……"列车的速度又加快了。窗外渐渐有了绿色。车越往南,绿色越深。

徐炳坤一会儿看书,一会儿和周秘书闲扯,但眼睛却老是瞄着应丰。他几次想请示一下副部长,下车后打算怎么办?先去工厂还是先去省委?和那个海保深怎么交涉?但他几次话到嘴边,一看应丰的脸色又咽回去了。他对什么人说话都不怵头,包括在有些会议上直接向副总理汇报工作也从不打奔儿。唯独和自己这位顶头上司说话,特别是说这种如何搞关系、如何将公事私办、将私事公办才能有效率的话,却使他心里有点发毛。徐炳坤终于没有找到机会把准备好的话说出口。

第二天上午,他们下了火车。想不到省委书记海保深竟派自己的车到车站来接应丰,还在省里最好的宾馆为他们安排好了住处。

应丰恼怒地看看周秘书。

徐炳坤立刻把话接过来,对海保深的秘书说:"应部长为了不麻烦省委,没有让我们事先通知你们,海书记是怎么知道应部长要来?"

海保深的秘书笑了:"你们不告诉我们,我们就不能从别的渠道打听吗?"

应丰听着这样的对话只好把肚里的火气压下去。他本想立刻去工厂,住到工厂招待所里去,徐炳坤却站到前边,对海保深的秘书又是握手,又是寒暄,像应丰的"副官"一样大包大揽地答应下来,替副部长打开了海保深专车的车门,应丰也不得不上了。

徐炳坤自有他的道理。他下车后一见海保深主动派车来迎接,心里就有底了。对海保深的为人他早有耳闻,这一下更摸住了这位省委书记的心思。这位海书记很有魄力,为了本省利益出的点子不少,也敢谈敢做;但手腕灵活,通情达理。省和部是平级,但是应丰的资历比他老,手里掌握着一个庞大而又十分重要的部,在中央说话上的分量也比他重。他不想和这个有声威的副部长硬顶,得罪了这样的人物能有什么好处!徐炳坤甚至已经猜到了海保深下令让几个大厂转产的动机了,他不会不知道这样做的严重后果。他不过是以此相要挟,趁机向部里提条件,为自己的省要点儿钱,要点儿机器设备。这还不好办?反正肉烂在锅里,谁也吃不了什么亏。徐炳坤已经预见到,这次出差能够有一个圆满的结果,而且时间不会拖得太长。他上车后先问司机:"你们这儿哪个饭店最高级?"

司机答:"春江饭店。"

他小声对应丰说:"部长,今天中午我们应该请海书记在春江饭店吃饭。"

应丰没有马上说话,只是把那蟹钳一样的浓眉转向徐炳坤,他简直琢磨不透这位局长是怎么想的。要不是出差前那场不愉快的小风波,他不会让徐炳坤答应住到宾馆里来。自己让了一步,他却又提出一个请客吃饭的问题。工厂里火烧眉毛,急切等部里来人解决问题,他却有这份闲情逸致,真是莫名其妙!应丰说:"中午在宾馆随便吃一点,饭后立即去工厂,请客吃饭的事以后再说。"

徐局长又笑了,他笑得很勉强,近乎于苦笑,眼睛里又只剩下白眼珠了。他小心地说:"部长,这是惯例,我们不请他吃饭,他也要请我们吃饭,越主动越好。而且我还提醒您,到工厂以后,那几个厂的厂长也会请您到家里去做客。人是有感情的,伤了感情就破坏了相互间的关系,必然也会影响工作。感情不是虚的,是实实在在的,用点儿物质手段建立感情最容易。"

应丰的钳子眉支张开来,似乎要对着徐炳坤的嘴夹下去,把他的嘴钳住:"我不请他们,他们也不要请我。先开始工作,别的事以后再说。"

"如果您决定今天中午请海保深吃饭,我保证今天在饭桌上就把我们想要处理的问题解决了!"

"我们还没有到工厂去,问题还没有摸清楚,你怎么解决?"

"我心里全清楚!"徐炳坤胸有成竹。应丰很惊异,但并不相信。徐炳坤看出了应丰的疑虑,更加肯定地说:"不信您就试试,而且您用不着多说话,一切由我出头,您只要到关键的时候点个头就行。"

应丰对徐炳坤的这种口气更烦了,他克制住自己不做声。反正他不点头,徐炳坤就没有自作主张的胆量。

他们来到宾馆,先洗了个澡,去去身上的乏气。徐炳坤很快就来到应丰的房间,想接着"劝驾"。没等他开口,海保深的秘书进来了:"应部长、徐局长,海书记从会场上打来电话说,今天中午在春江饭店为应部长接风,这是他私人请客,请务必光临。他已经动身了,让我陪着您们三位立刻去饭店。"

应丰一愣,他没有料到海保深还真有这一手。被徐炳坤猜中了,答应不好,不答应也不好。徐炳坤白眼珠一转,见应丰稍一犹豫,他马上接口说:"哎呀,海书记真是厉害,处处抢先一着。刚才应部长还跟我商量,今天中午要请海书记吃饭,想不到又让海书记抢先了。请您稍候一会儿,应部长马上就去。"

海保深的秘书一转身,应丰就批评了徐炳坤几句,身为党的干部,怎么学了一身旧官场的习气,睁着两只眼说瞎话!

徐炳坤并不解释,等副部长发完脾气,他用下级对上级说话的口吻,用老师开导学生的耐性,给应丰详细分析了海保深的思想,讲解了自己的打算,劝应丰今天在酒席宴进行到高潮、大家吃得正高兴的时候,向海保深提出工厂转产的问题,口气要有软有硬,软中带硬。海保深不到万不得已是不愿意给中央一个坏印象的,他在全国的省委书记中算是少壮派,说不定他想在省里干出个样子将来到中央去工作。要利用他这一点。徐炳坤也叫应丰巧妙地借助自己的权力和地位,再给海保深一些好处,谈判保证会成功。

应丰听着这一套,脑浆都疼了! 他盯住徐炳坤,对这位比自己年轻十好几岁的局长,真得刮目相看了。他强压住火气说:"你叫我搞权术,跟海保深谈交易?"

徐炳坤面不改色:"这本来就是一场交易。经济调整,工业竞争,他们省吃了亏,想从我们这儿找点贴补。他这一手也的确很厉害,我们真要和他闹翻了,不是他怕我们,而是我们怕他,省里有实权,可以卡住我们许多厂。不用说别的,就是从粮食、蔬菜、肉类这些吃的方面一卡,我们的工厂就吃不消……"

徐炳坤还没有说完,老周领着海保深的秘书又进来催。几个人就这样别别扭扭地上了汽车,他们比在火车上的时候觉得更别扭了。应丰的心里尤其觉得不痛快,自从他决定出差的那天起,一件事接着一件事,就没有痛快过。而且他明明知道自己是对的,他对小女儿的那套理论、对周秘书和徐炳坤的劝告从心眼儿里厌烦,却不由自主地又迁就了他们,依顺了他们。他以前可不是这样的人,他是不容易被别人摆布的,他一向都有主见,敢切敢断,为什么现在变得犹犹豫豫、稀里糊涂地就按照徐炳坤给他想好的主意办呢? 他越想越生自己的气,皱起眉,一声不吭。这是他制怒的最好办法。

春江饭店坐落在江边,后面是一座景色优美的小山。虽是冬季,这里仍然绿树葱翠,山清水秀。饭店的小楼就掩映在一片绿树丛中。海保深率省经委和计委的领导干部们在餐厅门口迎接应丰,同时他还请了前几天到这儿来了解出口情况的B部唐副部长作陪。这位省委书记看上去还不到五十岁,开朗潇洒,相貌堂堂。他热情而好客,先把唐副部长介绍给应丰,然后又把自己省里那几位主管经济的领导介绍给应丰,方才入席。餐桌摆在餐厅的中央,整个二楼餐厅就是这几个人吃饭,想必是早就做了布置。应丰一见这阵势,心里就更烦了,但他尽力克制着,唯一的办法就是不说话。不说话就不会爆发,全部火气都可以憋在肚子里。徐炳坤故意谈笑风生,主动搭讪。他处处替应丰打圆场,时常向主人提些问题,掌握着谈话的主动权,这样可以防止对方向应丰提问题,造成被动,或引起不快。徐炳坤只盼着应丰像这样沉默下去就行。这场戏听他唱,一切由他应付。可是徐炳坤越是这样表演,应丰听着越反感,心里的火气越大。

酒宴开始了,桌上摆的又是"狼酒"。海保深举起酒杯:"来,应部长,尝尝这种狼酒,它虽然不在八大名酒之列,好像不是正统,却人人喜欢,味道妙不可言,柔里有刚,力量大得很,把人醉倒了都不知是怎么醉的。喝!"应丰推说心脏不好,烟酒不沾。谁怎么劝也不行。叫他吃菜,他也不动筷子,眼睛根本不扫菜盘子。这搞得主人十分尴尬,只好叫服务员上主食。他拿了一根筷子,扎起一个馒头,不抬头,不吃菜,甚至不抬眼皮,三下五除二把那个馒头吞下肚去,放下手里的单根筷子,站起身说:"我吃饱了,你们慢慢吃。不奉陪了!"说完扭身下楼,走出了饭店。

宴席上的人全愣住了。海保深面有怒色,唐副部长嘴角挂着讥讽的微笑。应丰告辞的时候,他们没有说话,也没有动身子,照旧喝酒吃菜。海保深冲着唐副部长高高地举起酒杯:"老唐,来,咱们喝干它!"

"对,干了它!"

徐炳坤赔着笑脸想替应丰解释几句,但是海保深哈哈一笑,不愿再答理他了。老周到底是个秘书,和自己的部长贴心,他也没有吃饭,眼睛一直瞄着应丰。应丰一走,他起身提起东西也跟了出去,走到门口却碰上了三个工厂的厂长。他们听说部长来了,立刻赶来看望,对部长一下火车就上了省委书记的宴席,很不放心,想探听一下两个领导人谈判的结果。按惯例下一步该是他们厂长请部长吃饭了,来和周秘书约个时间,好早做准备。老周严肃地制止了他们,可不能再搞这一套了,三个厂长大眼儿瞪小眼儿,心里却无比痛快。来了这样一个部长,不愁工厂的问题得不到解决,而且又省钱又省事。三个厂长开始争起来,都想叫部长先到自己的厂里去。周秘书冲他们摆摆手,着急地说:"你们先别争,部长还不知跑到哪儿去了!"

这座南方城市,气候本不算太冷,又正是晌午头,大街上很热闹。应丰独自一个人在人群里穿行。"狼酒,狼酒,人人喜欢,妙不可言,力量很大……"他脑海里、胸腔里鼓满了一种不可遏制的怒气。但这股怒气是冲着谁来的,他却说不清。是对海保深?人家好心好意为你接风,其罪何有?倒是你把人家搞得很难堪。是对徐炳坤和老周?他们有什么错?徐局长不是一个劲儿想替你打圆场?你这样一发作,把自己两个部下扔在了酒席宴上,会搞得他们脸上很不光彩,让下级给上级擦屁股!这也不怨,那也不怨,那么怨谁呢?怨你自己吗?

这样一问,应丰反倒冷静下来了,甚至心里隐隐有点后悔了。已经是半截入土的人了,为什么这个脾性就不能改呢?他心里涌起一股对自己不无怨恨的情绪。今后不应该用感情支配自己的行动,要用理智,用对周围关系、对工作利弊的冷静的思考来处理问题。看来自己的确应该有一个生活顾问,女儿、秘书……任何一个人处理生活问题都比自己更有经验。他以前干了这种事,对后果也许连想也不去想,一出饭店就扔到脑后去了,可是今天他却意识到,这样干的确是得罪了一批人,上上下下全得罪了。不这样干行不行呢?对于应丰来说,今天这场戏这样收场也许还是最好的结果了。不抬头、不说话、不吃菜,只吞了一个馒头,尽管肚里气得要爆了,在酒席宴上到底还没有说出叫主人更难堪的话。如果不是前天晚上临出差前和小女儿吵了那一架,今天下了火车他就决不会住进宾馆,对海保深的邀请也会断然拒绝,这一切都不会发生。优柔寡断,他一生最厌恶的一个毛病,到快老了却在自己身上出现了。

应丰走在大街上,不断地和行人相撞,或摩肩擦臂而过。街道上车水马龙,熙熙攘攘,城市进入了最热闹、最繁华的时候。应丰的心里却突然涌起一种莫名其妙的孤独感。从前他搞过特工,也打过游击,在白色恐怖中,在只身一个人闯入敌占区的时候,没有这种孤独感。甚至前些年在牛棚的时候,他有恨,有怒,有悔,也没有这种可怕的孤独感。现在他占据着很高的职位,握有重大的权力,许多人请他吃饭还请不到,想巴结他还巴结不上,他哪来的这种孤独感呢?如果小女儿在身边,他也一定会同她和好,爷儿俩依偎在一起,好好地谈谈心。他渴望听到小女儿那清脆的、甜润的说话声。

灵魂的孤独是人生最可怕、最难挨的。

"我在他们眼里真像小女儿说的那样讨厌?他们都是具有相当级别的干部,我着急的事他们就不着急?"

他的耳边果真又响起了小女儿的声音:"多高级别的干部也是人,而人的形式和内容是随着不同的时代而变化的。现在只有您是例外,您的变化和时代是逆转的。地震以后,高级干部有几个像您似的让出了自己的房子?结果又怎么样呢?谁说您好?当初让的时候大家鼓掌,现在想把房子收回,人家就该骂您了,请神容易送神难,好心不见得会有好报。这些人生处世的道理,难道还需要女儿教给爸爸吗?雷锋是一九六三年战士的典型,历史已经到了一九七九年,更何况当初想树雷锋的人,也不一定就是想给自己找个生活的样板。您到了这般年纪,处在这样的地位,却想起学雷锋做好事来了,把自己搞得很狼狈,把亲属朋友、下级干部搞得很尴尬。上个月,浙江给您寄来一筐橘子,已经烂了不少,您非叫老周原封不动地退回去。那筐橘子再回到浙江的时候,还不变成了橘子酱!人家的好心好意落个这结果,会怎么说您?还有呢,去年你们到南方去开会,是你们部里的人主动找关系提要求,每人可以买两瓶'狼酒',特意也给您留出两瓶。你却大发脾气,非叫人把酒退回去。大家只好瞒住您,连您那两瓶也给分了。看看您这位部长当了个什么角色?"

"他们怎么会干出这种事!"应丰无比愤怒,他真想有机会把处长以上的干部召集起来讲一讲这个问题。应该提醒大家都检点一点儿吧!为这些事我们的党挨骂还少吗?别干这因小失大的蠢事啦,两瓶酒,值几个钱?多要一套房子又能舒服到哪里去?即便盖幢别墅,你还能带进棺材里去?现在所以人心不齐,领导在台上磨破了嘴,群众心里有一定之规,这是为什么?决不仅仅是因为我们穷!我们现在穷,还能穷过抗日战争、解放战争时期？还能穷过三年困难时期？那时候为什么群众能和我们一块儿勒紧裤腰带,同心同德？因为我们和群众同甘共苦。过穷日子,只有同甘共苦,才能同心同德。我们当领导的连这点头脑还没有？非要把自己搞臭了不可吗？可是,搞臭了的似乎倒是我。难道现在当一个正派人比封建时代当个清官还难！一个二十几岁的小丫头,倒比她老子更世故,更油滑。时代真是变了,历史真的要逆转了！

　　"历史也有盛有衰,人生就是一切,只应当追求实际。将现代关系学的全部秘诀归结为一句话:善于求人,善于使人。群众也替你们这些当头的总结了三句话:权力不使,过期作废,不捞白不捞……"

　　"你给我住嘴！你还编成格言了！"

　　应丰的脚突然被边道的台阶绊了一下,他不能再这样一遍又一遍重复和女儿的辩论了。他痛苦地赶走了眼前的女儿的影子。

　　应丰受不了这孤独感的压迫,他找到了通向工厂的公共汽车站,他必须立刻到工厂去,到车间去,到工人中间去。他有手艺,喜欢机器,熟悉工人。工人也会喜欢他的,只要他一亮手艺,就能和工人找到共同语言。否则,今天这种可怕的孤独感会把他逼疯。

　　应丰抬脚刚要上汽车,听到身后有人喊他,急回头,看见周秘书领着三个厂长跑来了。他们头上冒着热气,脸上现出又惊又喜的神色。应丰心里一热,就像在一次困难的战斗中突然遇见援兵一样。他抖擞精神,迎着自己的部下大步走过去。

1980年9月

十字路口

外人是无论如何也猜不到这一队人竟是送新娘的！

负责抓生产的副厂长很有身份地挺着肚子。以他为中心，设计科长、生产科长、供销科长等几位中层领导干部站成一圈儿，身材矮小的新娘文招香被圈在中间，就像一圈高大的篱笆围着一株小花儿一样。干部们的脸上没有多少喜气，他们盯着文招香的眼光里倒是有一种希望和信任。

在待人处事中善于卖关子的供销科长教导文招香："小文，你去了以后关于咱厂的事先一字别提，等结完婚，趁你公公正高兴的时候再提，只要他一点头，咱厂今年就有救了。"

足智多谋的生产科长打断他："不行，一结婚小文就是他们省的人了，再提出我们厂的问题，手里已经没有王牌了。小文，一下飞机你就向老头子提出咱厂的问题，你说不替厂子办完事心里不踏实，结不了婚。你公公急于替儿子办喜事儿，必然会积极解决我们厂的困难。"

供应科长直摇脑袋，心里说："这是个馊主意，咱们小文是个不起眼儿的小技术员，长相也不算很出众，人家对方可是省机械局长的儿子。不是人家非求咱结婚，而是咱得上赶着和人家结婚……"

领导们给文招香出谋划策，这气氛真像是开生产调度现场会或是临时召开紧急党委会。反正是绝对不像在办迎亲送新之类的嫁娶喜事。

只有设计科长一言不发，他用同情的目光望着这个小姑娘。当招香问他还有什么事情要办的时候，他才把手里的那张纸递过去，叫招香按上面开的单位给厂里买点技术资料。文招香脸色通红,神情紧张,这哪是去做新娘,简直就是去完成一件她力不胜任的工作。这比刘备过江招亲还难呐!因为当时刘备有个诸葛亮给出主意,还有个赵子龙随身保驾。眼前这个小姑娘却是单身到几千里之外和人成亲,而且肩上还担着鼓风机厂四千多名职工的半个饭碗。

新娘身上的压力的确是越来越大了。

副厂长像个老爹一样,亲切地替她整整衣领,拉拉头巾,用极其语重心长的口吻说:"招香,咱们厂的困难,我不说你心里也很清楚。国家经济调整,机械行业任务本来就不足,由于我们动手早,揽来了为沿海几家重型钢厂提供大鼓风机的任务,今年勉强能吃饱肚子,谁知他们又变了卦,一个个都撤销了合同。没有任务就创造不了利润,给国家拿不出利润,职工的工资、奖金、福利事业也就无从谈起。你一定要好好和斯局长说明我们的困难,只要他肯帮忙,问题就能解决了。古代都是天朝的公主到边疆塞外去和亲。今天,你是咱们大三线工厂的公主,在经济改革的关键时刻到沿海的大城市里去和亲,别忘了全厂职工在你身上所抱的希望。这也许是你最后一次替咱们厂办事了……"

招香眼泪都快流出来了,喃喃地说:"厂长,您放心,我就是不结婚,也要替厂子保住这些合同!"

"别说傻话,怎么能不结婚,厂子还指望你这门婚事帮忙哩!"设计科长带有嘲讽意味地插了一句。

副厂长掉开了头。是啊,一个大厂抓生产的领导人却不得不借助一个姑娘的婚姻来帮助自己管理工厂,对副厂长来说这是什么滋味呢?

在这伙儿领导干部的旁边,站着一伙儿真正是来送新娘的人。平时和招香要好的几个姑娘正围着招香的父母说笑。他们的话题绝对和生产无关,每句都离不开眼前这件喜事。有的姑娘舍不得招香离开她们远走高飞,有的姑娘却多少带着点炉忌地说招香这几年走好运,连跳三级:到北京上大学是第一次跳了龙门;在大学里又搞上个高级干部的儿子,是跳第二级;结婚离开大三线是跳第三级,今后要从山沟里彻底跳到人人羡慕的沿海大城市去生活了。只有招香的母亲,眼里含着泪却始终没有机会掉下来。是啊,谁家姑娘出嫁会有这么排场?从前大户人家的女儿出嫁也无非就是骑马坐轿。现在有钱有门路的人家可以弄辆小汽车去接新娘,而她家的招香却是坐着飞机去结婚。只这一点,有些人就眼红死了,何况还是厂长和一大帮领导亲自把女儿送到机场,这够多体面,多威风。可老太太还是有很多不放心,坐飞机安全不安全,会不会出事?招香到个生地方过得惯过不惯?婆家人好不好,会不会给招香气受?老人多想抱住女儿,痛痛快快地流一阵子眼泪,说上几句体己话,好好嘱咐一下女儿。虽然这些话她已经说过好多回,问过好多遍了,可是老人还想再嘱咐上几遍。但是厂长和领导同志们老是把着招香不放,老人靠不上前,也插不上话。直到招香要上飞机了,一个一个地和别人握完手,最后才拉住了妈妈的胳膊。老人再也忍不住了,眼泪一串一串地落在了衣襟上。飞机起飞的时候,老人吓得连头也不敢抬,背过脸用大襟挡着擦眼泪。

飞机平稳了,文招香耳膜一鼓一鼓要胀破的感觉消失了,心情也稍微地放松了一点儿。她想充分体验一下坐飞机的滋味。女服务员端着糖盘走过来,她坐在靠通道的第一个位子上,服务员先把糖盘举到了她的面前。她作难了,一块不拿吧,显然不甘心,心里想拿;可是拿几块合适呢?若是别人先拿她还可以学着别人的样子拿。招香稍一犹豫,就红着脸拿了四块糖。家乡有个老令,娶嫁喜事,送钱送糖的数目不是四就得是八。四平八稳,取个吉利的意思。别人把糖都送到嘴里,招香把糖攥在手心里。这四块糖不论好坏,是在飞机上发的,可有个纪念意义。不能吃,要带回家去,爹一块,娘一块,他一块,自己吃一块。想到这儿,姑娘的脸腾地红了。她装睡觉,赶紧闭上眼,低下头……

四年前,春天的一个晚上,同学们都睡了,文招香躲在教室里补笔记,《材料力学》这门课她学着有点吃力。忽然,她听到背后有响声,吓了一跳,回头看是同班的一个学生斯崧。他面前摊开一本厚厚的发黄的书,旁边放着个大茶缸,里面盛满了冷水。他含一口冷水,低下头看一会儿书,然后把口里的冷水吐掉,再含上一口。他是这个班里的第一号怪物,不知又搞什么花样。他除去上课,其他的时间就扎在书堆里,他什么书都看,抓到什么就看什么,就是不看"工业经济"——他所学习的专业的书。可他的门门功课还能应付过去,并且都在中等以上。除了回答老师的提问,在班上很少说话。可说可不说的,绝对不说;有些话非说不可的,就尽量用点头或摇头来表示。他动嘴唇似乎比动脑袋更费劲,不和任何人交朋友,独来独往,书似乎就是他最好的朋友。他是从哪儿来的,以前是干什么的,他家里是干什么的,大概除去看过他档案的人,没有人知道了。脾气反常,有些在一般人看来是大事,应该上心或发火,他倒置之不理。偶尔为了一件鸡毛蒜皮的小事,却瞪起眼珠子要和人家拼命。晚上不睡,早晨不起。每天早晨一直拖得非起床不可了才爬起来,不洗脸,不漱口,不吃饭,匆匆跑进教室。就像他的脚踩着开关一般,他一进教室上课铃声就响了。别看他常常不洗脸,脸皮却又白又细,就是他那不爱启动的嘴唇也像孩子嘴一样红微微、湿润润的。有些女同学,明知他一袋牙膏用一个学期也使不完——经常不漱口,可还是喜欢用他的碗喝水。可惜了这张漂亮而鲜润的脸蛋,头发乱蓬蓬的,十天半月不准洗一次,没见他穿过干净衣服。就是刚上身的新衣服,只要吃过了一顿饭,就准得留下点儿油污或饭嘎巴。难怪同学们骂他是"怪物"、"神经病"。他在班里是一个"谜"。

夜很深了,在这空荡荡的教室里,身后坐着这样一个怪物,还不时地喝水吐水,文招香无法再安心补她的笔记了。她回过身问:"斯崧,你怎么啦?"

斯崧头也不抬,用手指指自己的左脸。

"你牙疼?"

他点点头。牙痛不算病,疼起来要了命。看到他这副难受的样子,文招香没说话,回到宿舍拿来一个小布包,取出针对斯崧说:"来,我给你扎两针，一会儿就不疼了。"

斯崧惊奇地抬起眼睛，他的眼睛平时总低着，只能看见一条缝，现在睁开来，原来又黑又亮，深不见底。里面似乎藏着许多东西，似乎还有招香的影子。招香叫他把水吐掉，问明了是哪一个牙疼，在"合谷"和"侠车"两个穴位扎上针。当她用手指揉着斯崧细白的脸颊时，心房突然紧张地跳动起来，两朵红晕也悄悄地爬上双颊。

斯崧的牙痛果然止住了，他欣喜地盯住文招香，他还从来没有认真地打量过人，特别是对一个姑娘。文招香在班里个子是最小的，却格外显得机灵利索，一对亮眼是圆的，一张红脸蛋是圆的，小嘴也是圆的，一天到晚喳喳个不停，什么都问，什么都打听，单纯得厉害，也可以说是幼稚得可笑。她是从山区的一个工厂里来的，她本人也像山区出产的红薯一样，纯洁朴实，玲珑可爱。

斯崧破例说话了："你还有这一手？"

"我在工厂当过两年'红医'。"文招香很高兴引得怪物开口了。问："你年轻轻的，牙齿怎么坏得这样厉害？"

斯崧："过去甜的东西吃多了，现在就得吃苦头。"

"你含凉水能止痛吗？"

"太冷的东西能止痛。因为痛是热，痛生火，冷水灭火。神经发冷、麻木，就对痛没有感觉了。可是，你却用太热的东西止住了我的痛。"

"热东西还能止痛？没听说过！"

"你的热心肠不就止住了我的牙痛？"想不到这个怪物说起话来还这么俏皮，逗得招香咯咯地笑了。斯崧看着她说："你太纯洁了，像天使一样纯洁，可惜这个世界不是属于纯洁人的！"他突然意识到什么，低下眼睛埋头看书，任文招香怎样追问，他再也不吭声了。

但是，从此斯崧就不能说他连一个朋友也没有了。他牙一痛，只要做出某种表示，文招香就偷偷给他治疗。当然，他也帮她补笔记。那是她故意占他的时间，不叫他一个人躲起来，去看那些奇怪的书。

这期间，大事一件接一件发生，大学生们也经历了希望—失望—

再希望的多次反复。一九七八年,招香和斯崧毕业了。

又一个很清静的晚上,斯崧装作牙痛,把招香引到校园里僻静的地方。他悄悄问招香:"你怎么打算?"

招香想了想说:"我还得回工厂,厂子待我不错,我不能没有良心,再说我学的又是经济管理,现在工厂里正用得上。"

"良心?"斯崧眼里射出一种异样的光,粗鲁地一把将招香拉进自己的怀里,他双手扳住姑娘的双肩,眼睛直瞪瞪地望着对方的眼睛,口气又急又重:"你把我的良心从昏睡中唤醒了,又想扔下我不管了。我在这个世界上什么也不留恋,什么也不要,只想有你在我身边,使我的良心不死,也不遭受污染。你难道还不明白,不是你跟我走,就是我跟你走!"

招香不敢正视他的眼睛,她没有经过这个,心里有点怕。对斯崧这么坦率的表白又很感动。轻轻地说:"我答应你,什么都答应你。但是你松开手,别逼我,让我想一想……"

斯崧松开手,抱歉地笑笑:"你还不知道我家里的情况,我应该告诉你……"

"别说了!"招香急忙打断他,她私下对他的家庭进行过多次猜测,反正他的家庭好不了! 他若不是受过重大的磨难,绝不会造成这种性格。这种时候,她不愿意提这件事,以免刺伤他的心,就真诚地说:"我只了解你这个人就够了,不管你生在什么家庭,就是右派、反革命、叛徒、特务我也不管。"

"不,去年落实政策,我爸爸就又回到省机械局当了一把手……"

"你是高干子弟?"招香惊讶地后退了一步。

斯崧眼里又射出那种神经质的光,逼上一步,一迭声地问:"你讨厌我的家庭? 你恨我?"

"不,我是说你一点也不像高干子弟。"

"高干,高干,大起大落,几起几落。我可算跟着高干的爹妈饱尝人世间的冷暖了。我不希望吃得太甜,也不希望吃得太苦。有时我真羡慕那些出生在小康之家的子弟。……"

飞机开始降落,文招香赶紧收回了思绪。马上就要见到斯崧的面了,她愈觉得从来没有像现在这样想念他。

招香走下飞机,在等着接人的人群里她一眼就看见了斯崧高高的瘦个子,他没戴帽子,把大衣领子竖起来,将下半个脸全埋在衣领里,胳肢窝里夹着一本书,他什么时候也离不开书。他也看见招香了,迈着仙鹤似的步子迎上来。从招香手里接过她唯一的嫁妆——一个黑皮包,而且里边占分量的东西还是鼓风机厂的图纸资料和合同书。招香留神打量斯崧的神色,他几乎一点也没变,冷漠,孤傲,低着头,埋着眼睛,一句热乎话也不说。他偶尔也看看招香,想说什么,却始终没有张嘴。招香笑了,心里骂了一句:"怪物,哑巴!"

招香没有到这个城市来过,一边跟着斯崧走,一边打量着城市街景。也用含羞的目光,不时地打量一下斯崧。

"牙还经常疼吗?"

"把坏牙都拔掉了。"

她忽然想起在飞机上发的糖,就掏出一块剥去糖纸,看看旁边没有人注意,急急忙忙塞进斯崧的嘴里。问:

"甜不甜?"

斯崧:"有甜就有苦。过去我若不是吃甜的太多,何至于得牙痛病。"

这个扫兴鬼到什么时候也不会说吉利话。

招香问:"非得今天举行婚礼吗?"

斯崧点点头:"都准备好了。"

招香:"我还有事,把东西放到家里,你得陪我到几个工厂里去办交涉。"

斯崧:"到工厂去干什么?"

招香瞄一眼斯崧,亲昵地说:"你们大城市的人都说话不算数,去年和我们厂定了合同,我们厂排了计划,材料都投下去了,今年又要撤销合同。叫我们厂怎么办?"

斯崧淡漠地摇摇头:"你是来结婚的,管那些闲事干啥?"

招香娇嗔地说:"还不是因为你有个当局长的爸爸。"

"别说这些事了,商量一下我们结婚典礼的事吧。"斯崧突然热烈地挎住了招香的胳膊,招香的脸立刻羞红了,在大马路上这怎么可以。她想把胳膊抽出来,可是斯崧夹得铁紧。他又问:"你真心喜欢我对不对?"

"哎呀,都到这时候了还问这个!"

"那你答应按我的意思举行婚礼吗?"

招香点点头,往斯崧身上靠了一下。

"不管我有什么变化,你都不会离开我吧?"

越说越离奇了,招香嗔怪地瞪他一眼:"毕业这一年多,是不是又旧病复发了。"

斯崧又使劲夹了夹招香的胳膊:"你不知道我多么想你,你是我活着的唯一安慰,我怕你甩开我。"

招香看出斯崧神色不大对头,说话也着三不着两。但是处在结婚前夕的姑娘,心头注满了激动和幸福,没有想得更多。何况斯崧本来就是怪里怪气的脾气。

斯崧没有领招香坐汽车,也没有带她回家,却领她来到一座刚整修好的教堂跟前。文招香怔住了,惊疑地看看斯崧。

斯崧不得不说了:"招香,进去吧,我已经加入了天主教。让我们按照天主教的规矩举行仪式,请神父为我们的幸福祈祷。我们俩是头一对,这不但别有意味,而且对我们俩终生都有纪念意义。"

招香惊呆了,她使劲抓住了斯崧的胳膊,盯住他的脸。当她明白斯崧说的是真话,而不是开玩笑时,她猛地掉过头,拉着斯崧就走。斯崧冷不防,胳膊一张,腋下夹着的那本书掉在地上。斯崧想去拾,招香夺过来一看,是《新旧约全书》。她生气地把书摔在地上。斯崧赶紧又捡起来放在大衣口袋里。她不知哪来的这股力气,手像钳子一样紧紧夹住斯崧的大衣袖子,拉起他就走。斯崧几乎是一路小跑才能跟上她。她没有目的,飞快地走着。那神情就像后边有魔鬼在追赶他们一样。这时她心里只有一个信念,赶紧离开,离开这教堂远远的。引得许多走路的人也都停下脚步看着他们。斯崧不得不抗议似的放慢了脚步,拖住了招香的速度。招香找到一个清静的地方,站下来,怒气冲冲地问斯崧:"你加入天主教,你爸爸知道吗?"

"知道,他既然只能给我一个肉体,而不能给我一个灵魂,又怎么能反对我信教呢?"斯崧淡淡地说,"招香,信教并不犯法,整修教堂,恢复宗教活动,这是国家允许的。"

"你真的相信有什么天主?"

斯崧摇摇头。

"那你为什么要在教?"

"在教的人不一定就信教。在教可以是一种信仰,也可以是一种消遣,一种娱乐。世界上有一多半人并不信马列主义,他们为什么还活着?许多资本主义国家的政府要人,同时又是虔诚的教徒。美国总统的办公桌上就摆着《圣经》。连牛顿这样伟大的科学家,不也信教吗?所以,我也想进去看看。"

文招香后悔死了,前年从大学毕业的时候她真不该和斯崧分手。她痛苦地望着眼前这个曾相爱过的人,他似乎离她很远,完全像个陌生人。在学校里他的心一度热起来了,怎么又变冷了呢?一个姑娘千里迢迢地飞来准备结婚,怎么受得住这样的打击呢?

招香眼里闪着泪光,几乎是用恳求的语调说:"你怎么会变成这样?你有这样的家庭,这样的父母,这样干你对得起谁?你还缺什么呢?"

斯崧眼皮也不抬地说:"生活中我什么也不缺,就是精神上似乎老缺点儿什么,精神贫乏比物质贫乏更可怕。我信教并不是有求于这个世界,而恰恰是出于对这个世界一无所求了。"

"是太可怕了,活着一无所求,没有理想,没有追求,精神贫血,灵魂枯竭。"招香喃喃地说。

"精神贫血,灵魂萎缩,是当今世界上流行的一种通病。"

"不对,这是二流子、游手好闲的人常犯的病。他们吃穿不愁,活在人间,却对人类不承担任何责任,吃凉不管酸,成天就苦闷呀,空虚呀！那些对生活负着责任、为社会承担义务的人,是没有工夫空虚和彷徨的。他们也有痛苦,但生活是充实的,精神是充实的,不必到教堂里去找刺激!"招香看见斯崧扭过身去,漫不经心地吹起了口哨,她用力把他的身子扭过来,几乎是带着哭腔说:"斯崧,有些人就是从精神堕落走到道德败坏的,消极是毁灭的开始。"

这些并没有打动斯崧,但招香的真诚,一片为了他好的热心使斯崧感动了。他眼里开始闪出一种生动的光彩,说话却还是那种冷冷的嘲讽腔调:"你在不讲这些大道理的时候,更可爱。"

招香气坏了:"你说吧,你对我的感情是不是也冷了,变心了?"

"不,不! 我的灵魂虽然苍白无力,但我还是个人。"斯崧解释着,"我留恋你的爱情,我渴望生活在只有你才能给我造成的纯洁、真诚和热烈的气氛中。跟你在一块儿,我灵魂会复原的。"

"那好,你决定吧,是要我,还是要你的天主教?"

"这……哎呀,你和天主教并不矛盾,甚至可以结合……"不等他说完,招香抢过手提包,掉头就跑。是痛苦、是失望、是悔、是恨?她脑子里乱糟糟的,一时没有了主意,恨不得找个没人的地方大哭一场。但终于忍住泪水,没有目的地向前急跑着。

斯崧怔住了,他不明白心地纯洁、性情温顺的招香,为什么一听说他信教就急成这样。她把什么都看得这么认真,信教和不信教又有多大关系,值得这样吗? 在学校的时候,正是她的温柔和善良打动了他的心,现在却为了一件小事就翻脸。

等到斯崧醒过闷儿来,招香的背影已经看不见了。一个姑娘家,人生地不熟,她往哪儿去呢? 若出点事可怎么办? 斯崧那颗还没有完全冷透的心,忽然有点着急了。他反身去追,招香已不知去向。

省机械局局长斯光炯的家里乱套了,来参加婚礼的喜酒没喝上,都在积极出主意,帮着找新娘。机场、车站去找过了,连招香的影子也没有见到。饭店、旅馆查问过了,也没有文招香这个人。斯崧受不住家人的埋怨,躲到自己屋里锁上门,不出来了。

斯光炯不敢过分激动,也一个人躲在书房里闭着眼抽烟。小儿子斯崧伤透他的心了,但他又不能过多地责怪儿子。斯崧是当今社会孕育出来的一个怪胎,责任不在他,而在母亲。自己这几十年政治生活的坎坎坷坷,风风雨雨,不就严重地摧残了儿子的灵魂吗?使斯崧本来和别的孩子一样纯洁的灵魂,扭曲、变形了。这个文招香是个什么样的姑娘呢?将来是她救了他,还是他害了她呢?斯崧别的心都死了,招香唤醒了他的爱情,他的心需要姑娘纯洁的爱情来慰藉。但是,搞不好就把人家姑娘给毁了。这是近几天来斯光炯反复思虑的一个问题,今天的事实证明他的考虑不是多余的。对待儿子的婚姻要慎重,不能任他胡来,既要替自己儿子想,也要替人家姑娘想。……

斯光炯罩在自己吐出的烟雾里,沉思着。文招香能到哪儿去呢?万一姑娘有个三差两错怎么办?

斯光炯脑袋一震,立刻站起来敲开了儿子的房门,他仔细地向斯崧追问了两个人见面的详细过程,都说了什么话。当他听到文招香说过要到几个工厂交涉撤销合同的事,斯光炯心里升起一线希望。他回到书房,给省里有大型鼓风机的单位一个一个打电话,查问有没有一个从大三线来的姑娘交涉合同的问题。回答都说没有。

斯光炯心里有点慌了。是啊,一个姑娘受了这样的打击,怎么还会有心思去替工厂交涉业务?可是斯光炯又不死心,他忽然想起轧钢厂去年也订购了一批大鼓风机,立即拿起电话又要通了轧钢厂生产处,不等他说完,耳机里就传来轧钢厂崔处长的声音:"有,有,这会儿就在我对面坐着呢,这个小姑娘嘴茬子相当厉害,满脸怒气,好像是专门打官司来的。"

斯光炯松了一口气,对着话筒说:"你留住她,别让她走。我马上就到你那儿去,但是你不要告诉她我是局长。"

他坐上汽车直奔轧钢厂,进了厂门没有惊动任何人,径直来到生产处,推开了处长办公室的门。老崔刚要站起来打招呼让座,斯光炯急忙又使眼色又打手势止住他:"别动别动,你们接着谈。"

斯光炯打量着文招香,她简直还是个小姑娘。城市的姑娘,结婚前夕全都烫发,她却还是留着学生式的短发,脸蛋通红,虽然带着怒

气,却极其妩媚动人。她只扫了一眼斯光炯,就接着刚才的话继续说:
"……你们也是国家的企业,为什么这样不守信誉?已经签订好的合同为什么无缘无故撤销?你们就不想想这会给兄弟厂造成多大困难?"

老崔无可奈何地解释说:"我刚才不是说了,你们有意见,我们也不愿意这样干。我们愿意买你们的风机,你们是专门生产大型风机,产品是名牌货,质量有保证,交货日期有保证,价格也便宜。我们省的风机厂过去只搞小风机,现在硬搞大风机,成本高,价格贵,质量和交货时间都没有保证。"

"那你为什么退我们的货,又订他们的货?"

老崔把手一摊:"这是省局的指示,为了保护本省的利益,使本省的工厂在国家经济调整中不至于饿肚子,本省的工厂一律不许到外省去订货。就是质量差、价钱贵也要买本省的货,保持全省在竞赛中的优势。"

老崔在趁机发牢骚给局长听。可是斯光炯已经不在乎这些,他找到了儿媳妇。他正盘算如何说服这个玲珑可爱的小姑娘回到他的家里去,今晚如期和斯崧举行婚礼。

文招香的话却使他吃了一惊:"省局谁的指示?我想你们的省委不会做出这样本位主义的错误决定。难道是你们的斯局长?"

"嘿"老崔咧嘴一笑,看看斯光炯,才说:"就算你猜对了。"

"真是他!"姑娘咬着下唇沉了一会儿,"你们应该给他指出来,他的命令是错误的。这不叫保护本省的利益,而是保护落后。这不是竞争,而是用行政手段破坏竞争。如果各省都学你们的做法,中国不又会倒退到封建割据的时代,各自为政,闭关自守,变成许多小诸侯。欧洲英、法、德这些国家,工业要比我们发达,连他们都感到靠一国的力量不够,成立了欧洲共同市场。苏联也搞了什么社会主义大家庭。我们全国一盘棋,经济力量尚且不算强大,如果再分裂成二十九份,那不是更坏了!"她越说越急,突然停住嘴。

斯光炯从这样一个姑娘嘴里听到这番宏论,非常惊奇。他想解释几句，老崔这个大直筒子抢先说："看不出，你这个小业务员还懂这么多理论。"

姑娘说："我是学经济管理的。可我刚才讲的算不上什么理论，是实际情况。国家下决心要改革体制，改革经济结构，用经济办法管理经济。可像你们的斯局长，不懂经济规律，利用手中的权力发号施令，照这样干下去，三年以后我们国家还得再来一次调整。我们国家的经济政策正处在十字路口。"

斯光炯接过来说："姑娘，你别忘了，斯局长毕竟是我们省的机械局长，他不能不考虑本省的利益。"

姑娘不服气地说："他是不是党员？为了局部的一点小利，影响全局的改革和调整，就凭这一点他这个局长就不称职……"

"同志，"大老崔急忙把话接过来，"说这些都没有用，你还是办手续到我们招待所里住下来，明天上街逛逛，买点儿东西。好好玩儿两天再回去。"

"不，"斯光炯说，"这个同志的批评是对的，我收回那个不成文的决定。老崔，你们自己比较一下，如果外省的产品确实比我们省的产品质量好，价格便宜，那就不要撤回合同。谁的好就买谁的，这对我们也是个促进。"

文招香一惊："您是——"

斯光炯："招香，我来接你回家。"

文招香脸红了："不……"

老崔摸不着头脑了："斯局长，这是怎么回事？你们认识？"

斯光炯笑了："我们是一家子。招香是斯崧的对象，今天晚上举行结婚典礼。欢迎你去喝喜酒。"

"噢！是这么回事。难得！恭喜你的斯崧找了这么个好对象。你们先谈，我去打水。"老崔借故出去了。

斯光炯坐到招香的对面，亲切地说："咱们现在商量一下，你和斯崧的事怎么办？"

招香难过地摇了摇头："我也不知道该怎么办。"

"以前你真的喜欢过他吗？"

招香点点头。

"现在知道了他的情况，没有后悔吗？"

招香抬起头："只要他不变心，我就不后悔。可是……"

"嗯？"斯光炯站起身，在屋里走着，"好姑娘，斯崧显然配不上你。可是，我一看见你，就舍不得放你走了。你有头脑，有主见，你一定能帮助斯崧，他正处在人生的十字路口。"

招香顾不得害羞，提出了一个显然是她经过反复考虑过的问题："你舍得放他走吗？"

"嗯？"

"我想带他走，让他离开这个熟悉的繁华城市，离开这个给过他甜也给过他苦的家庭，到一个艰苦的地方，不努力工作就无法生活，也许对他会有好处。叫他知道人在世界上是应该承担责任和义务的。"

这个问题提得太突然了，斯光炯毫无准备，而且他知道老伴儿是决不会同意的。特别是现在山区大三线的人纷纷要求调到沿海大城市来，本来结婚后完全可以留在这个城市里的招香，却偏要带着丈夫一块儿回山沟。她害怕这个城市，她尤其害怕再见到那个尖顶的教堂。

招香的决定反倒使斯光炯对她格外地敬佩。他沉思了一会儿，下了决心地说："好吧，你的决定是有道理的。你是个可信赖的姑娘，我把斯崧交给你可以放心了。今天你们俩先结婚，在这儿玩儿几天，你也帮着我做做你婆婆的工作，我帮你把你们厂长委托你办的事情办好。然后送你们两个一块儿回去。"

门突然被推开，斯崧带着一阵冷风冲进来，他喊了一声"招香"，正要奔过去，一抬眼看见他爸爸也坐在屋里，两脚立刻钉住了，没有动。

1980年9月

三十年后……

　　一辆天蓝色的小面包车开进了"十间房"住宅区,在坑坑洼洼、狭窄而弯曲的小胡同里东穿西拐,最后在一排土红色的砖房前面停了下来。年轻的司机跳下车,嘴里嘟嘟囔囔地骂着:"这个鬼地方,简直是到了贫民窟啦!"

　　从车里走下一个穿戴体面的中年人,看了司机一眼,那眼光分明在说:"不要瞎说,什么是贫民窟,你见过?"

　　中年人打量着眼前这一片低矮的平房,这里不是"十间",而是有几百间房。离市中心区较远,靠近海港码头。解放前是乱葬岗,解放后政府盖起了一排排平房,成了工人住宅区,大多住的是码头上扛大个的、蹬三轮的、小摊小贩与送煤运货的。体面的中年人抽抽鼻子,有一股难闻的味道,钻进他的鼻孔。这是什么味儿呢?天热气压低,地沟里翻上来的臭气,缺乏打扫的厕所里散发出来的屎尿臊气,再加上随地泼洒的洗鱼刷锅的腥汤酸水挥发出来的气味,构成了"十间房"住宅区这种特殊的味道。

　　漂亮的面包车很快被一群孩子围住了,有几个大人也好奇地凑过来。这胡同里还从来没停过小汽车。今天,是谁家有这么阔气的客人竟坐着小汽车来串门?有几个大一点的孩子已经忍不住了,纷纷打问:"你们找谁?"

　　"戴长天在这儿住吗?"

　　"找戴大爷,那不是吗!"几个孩子同时朝胡同里一指。

　　中年人顺着孩子们指的方向,首先看见一个黑红黑红的脊背,上面的颗颗汗珠,就像珍珠在黑缎子上滚动一样。戴长天赤裸着上身,穿一条说灰不灰、说白不白的旧短裤,趿拉着一双旧布鞋,正在劈木头准备生炉子。

"您就是戴长天同志吗?"

戴长天回过身来。他五十岁上下,黑黄的面皮,脖子和喉头上长满了钢刷似的黄胡子。他扫了一眼来客,丝毫没有因为来客服饰讲究、身份不低,就显出高兴或引以为荣的样子,甚至连好奇心都没有。相反,他露出一种对任何比自己地位高的人不以为然的神情,他好像是那种生活不得意,对什么全不在乎的人,用一种淡淡的近乎不耐烦的口气问:"你找我有什么事?"

"我姓刘,是市委外事办的。"来客先做了自我介绍,继续用疑惑的目光打量着戴长天,他不大相信眼前这个人就是他要找的那个戴长天。"您是在一九四五年八路军726团'攻如猛虎,守如泰山'连里当过副排长吗?"

"当过。"

"现在是海港五区第三装卸小队的队长?"

"是啊,你有什么事快说吧!"戴长天讨厌这种查户口式的提问。他从对方的神色里早就看出来了,眼前这个有身份的人也和普通的老百姓一样,不相信他是一九四五年就当了副排长的"老革命"——要是有那么老的资格,现在早当上大干部了,干吗还挤在"十间房"? 只不过这体面人不像普通老百姓那样直爽,不好意思把这样的话直接讲出来。

戴长天却似乎既不为他过去那段光荣历史感到自豪,也不为现在还当个装卸工感到羞愧,像说别人的事情一样说:"平津战役的时候我受了伤,伤好后就没有再回部队。痛快说吧,你找我到底有什么事?"

"您在日本的一个老朋友随着日本经济代表团到我国来了,他提出一定要拜见您。我们费了好大周折,才找到了您。"

"我在日本的老朋友?"戴长天抬起了眼睛。这是一双饱经忧患、充满火气的眼睛,谁看到这双眼睛,都会联想起随时可能爆发的火山口。他脸上一道道深深的皱纹,是生活的锋刃留下的刻痕,而且这锋刃也许伤到了内心深处。这一刻,他古井般深邃而干枯的眼睛里满是疑虑,坚定地摇摇头:"我在日本没有亲戚,更没有老朋友!"

"您是有顾虑,还是忘了? 他叫吉田雄二。"

"吉田雄二? 不知道,我从没听说过这个人!"

这两个人的一问一答,被围着他们的大人和孩子听到了,很快又在附近的几排砖房里传开了。邻居们有的羡慕,有的嫉妒,也有的替老戴高兴,交头接耳,看热闹的越来越多了。

"想不到戴大爷在日本还有个好亲戚,真是天外飞来的喜事。"

"瞧着吧,这回他可要'帅'起来了,电视机、录音机,各种洋玩意儿不愁搞不到了。"

"……"

有的甚至在打主意,怎样讨好戴长天这个倔老头儿,将来说不定有求着他的时候。十年前人们为着海外关系害怕到什么程度,今天就为这种关系高兴到什么程度,羡慕到什么程度。"十间房"的居民开始替不大好客的戴长天招待刘同志了。有的递烟,有的送水,赔着笑脸说话,一口一个刘同志。刘同志礼貌周到地和每一个人点头,但他没有接烟,也没有喝茶。住在这个地方的人能有什么好烟好茶? 经常和外国人打交道的人,什么烟抽不上,什么茶喝不着! 不过,对居民们这种明显的讨好,他却是很高兴的。

可是当事者戴长天,还在摇着脑袋,一口否认吉田雄二是他的朋友。刘同志心里纳闷:这个老戴一定是个怪物,神经病。日本人是不会错的,人家对他过去的情况说得都对,他为什么不认呢? 刘同志根据自己搞外事活动的经验,知道戴长天碰上的这种事,正是许多人求之不得的。现在有一个外国亲戚,就像过去有个皇亲国戚一样。中国人要叫外国人一捧,立刻就会身价百倍! 可是这个戴长天又臭又硬,倒拿捏起人来了。他只好耐着性子进一步解释说:"吉田雄二先生说,一九四五年您帮过他的大忙,等于救了他一条命,三十几年来他一直不忘。这次到中国来一定要见见您,还带来一份礼物。"

一听说还有礼物,好心的邻居们也帮着劝起来了:"戴大爷,你就别拗了,八成是以前你救了人家一条命,你忘了,人家倒没忘,现在是来报答你了。"

"咳,既然刘同志开着车来接你,你就跟着去一趟呗!"

刘同志说:"人家吉田先生还说到家里来拜见你呢。"

戴长天的老伴儿在门口急忙摆手:"不行! 可不行! 我们一间房子半条炕,进门插不下脚……"

邻居们立刻有人敲边鼓,实际是说给刘同志听:"戴大娘,这您就不用犯愁了,要是叫您在咱们这个蛤蟆坑里接待外国人,那不就失了咱们国体吗! 刘同志一定会分给你们一套好房子,然后再叫那个日本人来。"

刘同志笑了,表示明白大伙儿的意思。他低头走进了戴长天的屋里。房子是一个标准间,虽然没有几件像样的家具,可是屋里塞得满满的。屋子本来就不算高,还搭了一个暗楼,想必是孩子多睡不下,只好充分利用空间。一间平房隔两层,更闷更热,进屋就得低头弯腰,不然脑袋就会碰上隔板。刘同志立刻觉得身子黏糊糊地直往外冒汗,憋得有点上不来气。他急忙转身出来了,对着戴长天,实际也是对着众邻居说:"搬家来不及了,房子的事我一个人也做不了主。吉田雄二今天下午就要回国,我看你还是跟我到宾馆去看看他,尽到礼节就行了。"

"我又不认识他,见了面说什么话?"

"一切都有我呐!"刘同志一再坚持,而且抬出了市委领导和海港的党委书记,戴长天要接待日本朋友这件事是经过研究,各级领导都有批示的。不该见的你想见也不行,叫你见的你不见也不行,要考虑国际影响。再加上邻居们好说歹劝,戴长天用湿手巾擦了把脸,换了身衣服,跟着刘同志一块儿上了漂亮的面包车。坐在汽车上,他耷拉着脸,那神情就是告诉刘同志:这可是你把我拉来的,不是我要认他,而是他来找我。我倒要看看这个老朋友是什么样的。

面包车在宾馆大楼前面停住,戴长天随着刘同志走上台阶,他们还没有推门,包着银边的玻璃钢大门自动打开了。走进宾馆,戴长天就觉得从燥热的三伏盛夏,突然一脚迈进了秋天,清凉凉格外舒服。

抽抽鼻子,一种新奇的幽香钻进鼻孔,淡淡的,清新而悠长,令人精神格外爽快。这是什么香味?不像是花香,可是宾馆的厅堂里确实摆着各种奇花异草。地上是使人不忍落脚的深红色地毯;墙上挂着壁毯,还有许多摆设是戴长天没有见过,叫不出名字的。在一进门的左右两个大厅里,还设有售货的柜台,不管是吃的、用的,所有高级的、外面见不到的东西,这里都有。在没有看见这些东西之前,他连想也想不出人类竟能造出这许多奇妙的玩意儿。原来不光外国有好地方,中国也有好地方。大楼外面挂的牌子写的是"人民饭店",他这才感到"人民"的意义和分量了。他活像刘姥姥走进大观园,里面的人用一种奇怪的眼光打量着他,交头接耳,使他感到背上痒痒的,似乎出了一层毛毛汗。

戴长天正在红地毯上踯躅蹒跚,一个六十来岁又矮又胖的日本人已经迎过来了,老远就向他伸出了手:

"您就是戴长天先生?谢谢,非常谢谢!"

吉田看上去是个文静而慈祥的老者,戴副无框眼镜,面色红润,保养得很好。他态度极其亲热谦和,真像一对好朋友多年不见乍一相逢一样。

戴长天没有说话,刘同志在路上一再嘱咐他,不要一见吉田雄二的面就先说不认识,对日本朋友要有礼貌,要表示友好和亲热。可是,他也没有装出一副笑脸,他不卑不亢,用淡漠而严峻的目光,不太有礼貌地盯住了吉田雄二。

吉田雄二从戴长天的神色里看出他还没有认出自己,完全把三十年前的那件事给忘了。他就巧妙地讲起了和戴长天相识的那场战役的详细过程。

戴长天终于明白了,他眼前坐着的这个日本人,是一九四五年日本侵略者投降前最后一次战役的俘虏。但是,这个俘虏怎么还会记得他戴长天?还口口声声说什么自己帮过他的忙?戴长天记得很清楚,他没有帮过任何一个日本人的忙。

戴长天虽然一肚子狐疑,却不好照直提出来,稍微和缓地问:"吉田先生这次到中国来……"

吉田雄二笑着说:"我是以日本化工机械公司董事长的身份,来和贵国谈判一笔买卖。贵国要在海滨建造一个大型化工厂,全套设备由我们公司提供。感谢贵国的诚心协助,昨天已经正式签署了协议书。"

戴长天没有再说话。

吉田雄二热情地留住戴长天和刘同志在宾馆吃了午饭,算是临别前的一种答谢。虽然是在中国的宾馆里,吉田雄二倒像是东道主,以主人的身份不断地让菜让酒。饭菜也极其丰盛,许多菜是戴长天没有吃过的。可是他心里老觉得不自在,没有吃出什么滋味。还是刘同志见过世面,既不失身份又讲究"实惠",美美地吃了一顿。

吃过饭休息了一会儿,刘同志拉着戴长天把吉田雄二送到飞机场。吉田雄二在临上飞机之前,从提包里拿出一个精致的小纸盒送给戴长天。戴长天不要,他一直疑心这个日本人对他这么亲热一定有什么原因,而且他也一直没有想起来自己和这个三十多年前的日本俘虏之间到底发生过什么关系,怎么好接受一个莫名其妙的外国人送的莫名其妙的礼物?!

一个满脸赔笑一定要送,一个绷紧脸死活不接,这场面很尴尬,显得对日本朋友不大友好。刘同志赶紧把纸盒接过来,代替戴长天收下了礼物。等到吉田雄二乘坐的飞机起飞了,他轻轻地舒了口气,接待任务总算顺利完成了。他把纸盒递给戴长天,对老戴的口气也不那么尊敬了,说:"刚才你怎么对吉田那样呢?快打开看看吧,他送给你个什么玩意儿?"

戴长天打开纸盒。嗯?里面是一条旧皮带,像蛇一样很规矩地盘成一盘,底下压着一张纸条——

戴长天先生:

> 时间是治愈一切创伤的最好的良药,它能给一切悲剧都续上一个喜剧的结尾。我们两个人的友谊又证明了这一点。我原打算把这根皮带一直保存下去,使我永远记住贵国人民的骨气,您对我的教训和我对贵国的歉意。可是随着中日两国人民友好交

往的不断加深,今天我有机会用实际行动改正了以前我对贵国犯下的罪行。我想通过这根皮带和您建立长期的牢固的朋友之谊。您不会拒绝吧?

吉田雄二

戴长天的大脑像被电流击了一下,他猛然想起来了⋯⋯

战斗结束了,日本军宣布全面无条件投降,戴长天清理俘虏。他大声地叫喊着,咒骂着:"快,到那边去集合。他妈的,你们也有这一天!"可是他心里窝了好几年的那口气并没有全出来,日本人真鬼,投降得太快了,他们钻了中国俘虏政策的空子。他们把中国糟害成这样,中国人还没有好好地教训他们,他们就投降了⋯⋯

俘虏们大都低着头,一个个走向集合地点。俘虏的队伍里却有个又矮又壮的"鬼子",头不低,背不弯,还是一副武士道精神。戴长天走过去把那个俘虏拉出队伍,命令他:"解下皮带!"

矮壮的俘虏兵先是一惊,但他照办了。

戴长天接过皮带,劈头盖脸地朝俘虏抽打起来。但是他越打,俘虏的头昂得越高,而且还大声地用中国话叫了一声:"你打吧,打不死三十年后我还会来的!"

这下可把戴长天气疯了,他直到把那个俘虏打得趴在地上,揪住他的衣领问:"你还到不到中国来?"

日本俘虏有气无力地摇摇脑袋:"不来了。"

"哼,原来你这个武士也是骨头掺肉长的,也知道疼啊!你要再说声'还来',我不把你活活打死,就不算是个中国人!"

日本人睁开眼睛,挑起大拇指:"你们中国人这个,我要永远记住你,请问你叫什么名字?"

"戴长天,就是这个城市的人。有一天你只要还到中国来,就还会碰上我戴长天,今天的这出戏就还会再演一遍!"

事后,戴长天受到纪律处分。

⋯⋯

今天,戴长天抚着这根皮带,瞳孔里似有岩浆喷射出来:他真的又来了,不过,不是带着枪炮与仇恨,而是技术与友情。三十年啊,他保存着这根皮带,从趴在地上的战俘变成了日本化工机械公司的董事长,开口闭口"我的公司","我向贵国负责提供……"友好之中,时时流露出踌躇满志的神情。可我戴长天是战争的胜利者,却早已忘了这根皮带。是啊,三十年来,我在码头上扛大个,带着一班年轻人拼命干,汗没少流一滴,力没少使一分,闹腾来闹腾去,怎么"十间房"还是"十间房"? 我老戴还得光着胳膊劈柴引火? ……技术? 我老戴没文化,可咱们偌大个国家,能人多着呢! 他妈的,这到底是怎么回事? ……

被三十年的劳累、喧闹、公事、家务和走马灯似的"运动"、"阶级斗争"整治得麻木了的脑袋,此时分外活跃起来。戴长天突然捧起盒子向前冲去,载着吉田雄二的飞机已经在天空变成了灰色的小点,越去越远。他愣了一会儿,扭身一下子看见刘同志正用惊异的目光望着他。他索性逼上一步,直盯住刘同志的眼睛。

刘同志吓了一跳,以为他疯了:"你要干什么?"

"干什么,你说,三十年前,日本是战败国,他们比我们强不了多少。为什么到现在他们由小国变成了经济大国,我们地大物博的国家倒变成了经济上的小国? 我们八年抗战打胜了,为什么两个八年、三个八年、四个八年都过去了,在经济上、技术上不能打胜?! 我一个装卸工都感到脸红,感到着急,你倒又牵绳子又敲锣,不紧不慢,耍我老戴一场猴儿戏,自在着哩!"

"这这……"刘同志也有点上火了,心里咕哝着:这老家伙! 不是公事公办,转三百六十个弯儿我也攀不上你。真是……

不过,他毕竟是有涵养的,什么也没说,瞟了戴长天一眼,径自上了面包车。

"嘶——"面包车轻快地开走了。戴长天孤单单地站着,眼中的火光渐渐熄灭,数滴老泪,落在皮带上。

1980年9月

一个女工程师的自述

　　清晨,我打开办公室的门,屁股还没有来得及坐到椅子上,后面就跟进来一帮人。在以前事事讲路线、处处抓阶级斗争的年月,当个厂长虽说也不吃香,头上老悬着一顶"只埋头拉车,不抬头看路"的帽子;但不管怎么说还可以落个清闲,动嘴总比动脑子、动手省力气多了。而且那一阵下级对上级总是报喜不报忧,凡事只拣好听的说,形势一派大好嘛。当个领导真是容易得很,超脱得很。左手一举是"路线",右手一举是"斗争","所向无敌",下面百依百顺,听话得很。现在当厂长是什么滋味? 真正到了"两眼一睁忙到熄灯"的地步。下面对上面像故意找别扭一样,专门报忧不报喜,什么难听就说什么,反正是谁也不怕谁了。我就没有发现一个肚子里不怀牢骚的人。

　　我不用回头就知道屁股后面跟进来的是些什么人,都是我的"嫡系部队"。因此我坐下以后眼皮也没撩,没有好气地说:"有什么事就说吧!"

　　按眼下这股搞业务吃香的风气一直刮下去,将来很有可能顶替我的位置,因而在中层干部中总是以老大自居的生产科长,当仁不让地抢先说:"西德罗姆克公司把给连轧机配套的电器发来了。"

　　"嗯?"我猛地抬起了眼睛,"合作的事八字还没一撇,怎么就把货发来了?"

　　"姥姥家心急,不等孩子生下来,先把小裤小袄送到了,就是孩子流了产,我们也得还给人家衣服钱。"生产科长阴阳怪气地把一沓发货单、说明书之类的东西摔到我桌子上。

我没有去翻它,心里像塞了团猪毛,德国人行动好快呀!一种要上当的预感紧紧抓住了我。半年前,局技术处的万处长建议我们厂和西德罗姆克公司合作,引进他们的技术,使用他们现成的图纸,生产连续轧钢设备,我们做不了的东西由罗姆克公司给配套。在工厂生产任务不足的情况下,这未尝不是一条门路,当时我被万处长说得有点心活,生产科长从经营的角度出发坚决反对。万处长三番五次地鼓动我,厂里的工程师们也很上劲,一趟又一趟地找我,我当然明白他们心里的小算盘,是想借机到西德去转一趟。我架不住上下夹攻,最后答应派工程师吴传学跟着万处长到西德和罗姆克公司谈判,先摸摸情况再说。他们走了以后,国内经济形势变化很快,机械行业属于重点调整压缩的对象,我对和德国人合作生产连轧机一点儿把握也没有了,在这种时候一着棋下错,工厂就会吃大亏,甚至会完蛋。我派去谈判的人还没回来,罗姆克就把给连轧机配套的电器发来了,这更增加了我的疑心。禁不住自言自语地说:"德国人怎么这样快呀?我们的人还没回来,他们的货倒先到了。"

生产科长接口说:"我们是吃官饭的,干的是大爷买卖,快点儿慢点儿没关系。人家讲的就是效率,时间就是金钱,金钱就是力量,就是幸福。"

"咱们的人好不容易熬上出趟国,东游西逛,回到北京还要做总结,写汇报,当然外国的货要比中国的人走得还快了!"长舌头的财务科长说话更尖刻,他要是和生产科长联合起来挖苦某个人,那个人连五分钟也支持不住,不是气跑,就得气死。他把罗姆克公司的说明书拿在手里掂了掂,冷笑热哈哈地说:"这不是说明书,这是讨账单。两千万哪,数字可不小。厂长,给不给呀?"

我没有吭声。我和外国资本家打交道,一向还比较小心。但对罗姆克公司印象一直不错,他们卖给我们的二百六镗床很好使,质量好,守信用,上个月还派人来帮助检修,并且白送了一箱子备件。要不然我也不会同意和他们谈判,引进他们的技术。

财务科长用一种与他无关的嘲讽口吻说:"要是付了这笔款,今年咱厂不仅竹篮打水一场空,还得亏损八百万。职工们白忙乎一年,到年底什么也捞不到,眼睛光看着别厂的工人大把小把往家里拿奖金,厂长你顶着吧,骂娘的人少不了!"

我一摆手:"先不付款,等吴传学回来再说。"

生产科长耸耸鼻子:"他已经回来了。"

"什么时候?"

"昨天。"

"嘿!"我突然来了火气,"他回来了为什么不进厂汇报?立刻把他找来!"

"等等,我还有事哪,也和吴传学有点关系。"一直站在窗子前背对着我们、对我们刚才的谈话毫不感兴趣的保卫科长,突然转过身来,向上翻的大鼻孔像双管猎枪的枪口,从里面喷出两股烟柱,粗糙而阴冷的脸上挂着一种狡诈、得意的神色,眼光中带着一种嘲讽意味,好像他能洞悉一切,他是熟知人性特点的专家,谁想欺骗他都是徒劳的。这副样子全是他的职业造成的。他还用那种令我厌恶的、审讯人时所用的慢条斯理的腔调说:"吴传学的老婆苏敏,昨天晚上跑到宾馆,在那个德国人尤勒的房间混到深夜才走,两个人又听黄色音乐,又跳舞,闹得全宾馆都轰动了。有个服务员躲在门外偷听,似乎还听到轻声的尖叫和撕扯的声音。夜里十二点,宾馆保卫科给我们厂打来电话,报告这件事。是不是还发生了别的关系,人家不敢说,但肯定没有好事……"

我心里大吃一惊,苏敏不是轻浮的女人,办事有主见,有事业心,我交给她的工作都很放心,一直对她印象不错,怎么会办出这种事?但我板着脸,拿出一种不动声色的样子。我知道,一旦我对这件事表现出兴趣和惊奇,保卫科长那副盛气凌人的气势就会更厉害了。我用怀疑的目光盯住他,观察着他神色的变化。这位老兄自从"阶级斗争"不再为纲了,"牛鬼蛇神"们也都落实了政策,就有一种近乎失业的感觉,在干部中数他牢骚最多,对思想解放运动最看不惯。这一刻却又像鹰见了兔子一样,耳朵支起来,眼睛瞪起来,又上来精神了。我听了心烦的事,他听了就高兴,好像这一回可该看他的了,他又有机会大显身手了。我怀疑他是不是又捕风捉影,犯了老毛病。

保卫科长十分精明,看出了我的疑虑,伸出手指头继续说:"我有三条根据。一、昨天吴传学刚从国外回来,两人都年纪轻轻,分别了一个多月,乍一见面,苏敏不在家里守自己的丈夫,却跑去找尤勒,这说明她跟尤勒的感情,胜过她对丈夫的感情,甚至可以说两人已经如胶似漆,难解难分了。二、关于他们两人的关系,工厂早有闲话,眉来眼去已久,两人还经常一块儿看电影。昨天晚上是被人看到了,没有被人看到的还不知有多少回哩。三、苏敏这样干并不难理解,也不足为奇,现在的技术人员想出国想蓝了眼睛,苏敏想拉上一个德国人,将来出国方便,也不是没有可能。而且尤勒有钱,有外国货,苏敏还能白跟他好。厂长,这件事可不单单是个男女关系的问题,它牵涉我们厂和罗姆克公司的关系,实际就是两个国家的关系,问题很复杂!"

我不高兴地止住了他:"事情没有查清以前,从你这儿先不要把问题复杂化。"

财务科长说:"这才叫赔了夫人又折兵!"

保卫科长竟以在阶级斗争压倒一切的年代他惯用的至高无上的权威口吻,向我提出意见:"厂长,我看别叫他俩在一块儿了,检修二百六镗床那一摊子,再另外给尤勒配个助手。"

我看他一眼:"你说配谁?"

生产科长坚决反对:"不行,检修工作正到了关键的时候,再配新手就会摸不着头脑,影响进度。这个季度正是叫劲的时候,我还指望二百六镗床拿钱哪!再说咱们厂能懂点儿德语的,除去吴传学和苏敏两口子,还有谁?"

保卫科长那车轴般的脖子一拧,还想争辩,我挥挥手止住了他们:"不要闹得满城风雨,等查清事实再下结论……"我的话还没有说完,门上响起了"笃笃"的敲门声,保卫科长气冲冲拉开门,想不到门口站着的是苏敏。我们几个都感到很意外,但心里最烦、最受惊的,恐怕还就数我了。苏敏跟尤勒想必是真有那回事了,不然为什么她一上班就主动来找我？

我不冷不热地说："进来吧。"

苏敏见屋里站着这几位大将，都是厂里的实力派，而且出名的不好惹，尖嘴的、长舌的、手黑的。她神情极不自然，脸色微微泛红，埋下脑袋。但这是一刹那的事，很快她就克制住自己的感情，抬起眼睛，大胆地迎着众人的目光。这一来使屋里这几个人反倒不大好意思再看着她了。

她变了。虽然外表和过去的苏敏没有明显的差异，但是内里已经发生了深刻的变化，这从她的眼光里、她的神色中都透露出来了。我感到惊异，感到陌生，她不再是我所熟悉的那个文静纤细的女工程师了。她的温柔的目光中，什么时候增加了一种倔强和自傲，带有挑战的意味。荏弱的外表似乎已掩不住她胸腔里那股愤怒般的激情。这一切都是反常的，在她身上都是不协调的。女人的变化真是玄妙莫测，这反而使她的身上出现了一种异样的神采，更增加了她的风韵。她的这种变化从何而来？难道是尤勒那个家伙改变了她的内心生活？这使我又气恼，又不安。

她轻声的，然而很严肃地对我说："厂长，有些事情我想跟您谈一谈。"

我说："请坐吧。"

生产科长朝财务科长盯了一眼，仅仅是盯了一眼，决没有使眼色，财务科长便明白了，两个人一块儿往外走。他们俩在任何场合都是这么一唱一和、一搭一档，配合默契。走到门口，财务科长又回头甩了一句冷腔："厂长，吴传学赔的那两千万到底给不给，你可早下决心。"

保卫科长却没有要离开的意思，反倒拉了把椅子在我对面大模大样地坐下了，他似乎觉得自己理所当然应该参加这场谈话，也许他还想把这场谈话变成审讯。从口袋里掏出总是随身携带的记事本，在桌上摊开，又从上衣的小口袋里掏出圆珠笔，记录的架势、审问的派头都做好了。我心里想，他愿意听听倒也有好处。

可是苏敏不看保卫科长，却冲着我说："厂长，我想和您单独谈一谈。"

"嗯?"保卫科长的脸色立刻沉下来,他后边一定还有更难听的话。我赶紧把话接过来:"忙你的去吧!"

保卫科长没动地方,反把惊异的目光转向了我,我当然知道他那眼光的意思,他给保卫科的干部们规定,办花花案,跟女人谈话,一定要两个人,免得被不正经的女人咬一口,说不清楚。我是个糟老头子,还怕什么女人咬吗?而且苏敏还未必是那号不正经的女人。我用眼光示意,坚决叫他走开。有他在这儿苏敏是什么也不会讲的。

保卫科长没有办法,带着一肚子火气退出去了。

屋子里只剩下我和苏敏了,她反而显得慌乱起来,眼睛躲避着我的目光。长时间的叫人尴尬的沉默。我不催她,最难说的就是第一句话,何况她要讲的还是一个女人最难说出口的事情。她局促不安,脸色红了变白,白了又变红,时而紧张,时而懊丧。也许她的灵魂里正在进行着一场艰苦的挣扎。我不启发她,也不安慰她,不能由我先打破这令人窒息的沉默,我生怕一出声会动摇她的决心,使她从这间屋子里哭着跑出去。让她的良知受点折磨吧,我不看她,索性翻开一本书,拿出一副耐心等待到底的样子。

隔壁就是秘书的办公室,电话铃声,说话声,一阵阵传到我的屋子里来,这也多少冲淡了苏敏紧张的情绪。她突然表现出一种有主见的女人特有的镇静和执拗,像讲述别人的事情一样,冷静地开口了:

"我不想只告诉您发生了什么事情,或者说什么事情也没有发生,只为了交代我和尤勒有没有不正当的关系,没有必要找您,保卫科长是最正统的审判员。我今天上班来,许多人都用异样的眼光打量我,议论我,他们感兴趣的是我和那个德国人发生了龌龊的事情没有,或者是我把自己卖了多少钱……"她突然说不下去,眼里涌出泪花。她扭过脸去,沉了一会儿,但到底忍住了自己的眼泪。再转过脸来的时候,神色已经平静了。

"就是您,现在最关心的可能也是这个问题。不,这不是最主要的。生活的真正含义比表现出来的要复杂得多!我感到痛苦,感到失望,感到愤怒,但决不仅仅是对我自己……

"我还是从头讲吧。两个月前,尤勒来到咱们厂,检修罗姆克公司卖给我们的二百六镗床。这台镗床在我们厂被看得很神秘,马工程师曾带着几个大工匠修了一个多月,连毛病在哪儿都没有找到。从此更没有人敢碰它了,怕拆开以后检修不好反而栽跟头。所以我们厂不得不给罗姆克公司拍了电报,他们立刻就派尤勒来了。为了工作便利,也为了从尤勒那儿学点技术,防备以后这台镗床再出了故障,自己好能够检修,您决定要给尤勒配个助手,是吧?

"于是,全厂搞机械的工程师、技术员,为了要当这个助手展开了竞争。当然,大家都想去当助手,主要目的是想跟这个德国人学会一点儿检修镗床的绝招,壮大自己的资本,一招鲜,吃遍天嘛。还有一个原因,就是当今的风气如此,跟外国人打交道似乎是一种荣耀,哪怕是当助手。但别的技术人员都无法同吴传学和我相比,我们两个德语基础比较好,这些年一直没有丢下。尤其是传学,他有心计,总想搞出点名堂,拼命学外语,立志要出国看看。尤勒一进厂他就充当翻译,他给尤勒当助手最合适,顺理成章,谁也争不过他。可是他不想干,他知道出国的机会快轮到他了,他把上上下下的关节几乎全打通了。局技术处的万处长很喜欢他,甚至私下已经对他许了愿,只要去西德谈判就一定带着他。万处长也没有出过国,他那么热心地支持我们厂和罗姆克公司合作,也想借机到西德去兜一圈。吴传学手里有了这张牌,就不愿意再给尤勒当助手了,他生怕被镗床的检修工作缠住,影响他出国。可他又不想把给尤勒当助手的机会让给别人,就想让我干。这也正是我们遭到很多人嫉恨的原因。有些人早就望风捕影,说了我很多闲话。他们希望我和尤勒出点事情,好看笑话。所以今天我和尤勒几乎无法工作了,人们一群一伙儿地来看我们俩,指指画画,捏鼻子捏眼,好像我们是被批斗的对象,是被展览的动物……"

我很想插一句:这能怪谁?还不是你自作自受。而且真要影响了镗床的检修进度,我还要拿你是问。但我忍住了,没有吱声。不知是由于气恼,还是因为受辱,苏敏的脸涨得通红。她尽力克制着自己的感情,有意使自己的话显得冷静、客观,这样就更增加说服力。她每说到动感情的地方,自己激动起来了,就不得不停下来,低下头,或者把头转过去。

"……从掌握镗床的检修技术这一方面出发,我当然也愿意当尤勒的助手。但对这件事我并不积极,作为一个女人,我厌恶这样的差事,我讨厌尤勒这个人。传学曾跟我讲过他陪着尤勒第一天进车间检查镗床时的情形。尤勒一来,金工车间立刻就轰动了,咱们的职工不知是出于好奇,还是羡慕,也许是想看什么洋相,呼啦一下子就在尤勒身边围了一大群人,大家兴致勃勃地盯着他瞧,而且一传十,十传百,有的人停下手里的工作,跑来看尤勒,人越围越多,大家指手画脚,议论纷纷。有的议论他的长相;有的打听他的经历;有的眼馋他一天就挣六十元人民币,住在大宾馆,每天厂子派小汽车接送,中午由宾馆给他往厂里送饭。还有人借着尤勒发牢骚:我要是赚他那些钱,吃他吃的东西,我的干劲儿比他还大! 当人们听说尤勒并不是什么专家,而是罗姆克公司一个普通的修理工,年纪也只有二十七岁的时候,大家的心里突然冒出一股火气。二十七岁在咱们国家还是个不值一提的小青年,真是远来的和尚会念经,中国的工程师解决不了的问题,他一个年轻工人就能解决得了? 要是把每月给尤勒的那一千八百元拿出来给中国的哪一个机械工程师,他都会把镗床修好。也有人说:'别看这钱给外国人行,给中国人就报不了账,那麻烦事就多了! 大家七嘴八舌,怀疑尤勒这个西德的小青年是否能单枪独马地修好这台镗床,不少人幸灾乐祸地等着看笑话。尤勒本想认真地检查一下镗床,先找出毛病,一见这么多人围着他,不仅不感到荣幸,不想趁机大出一下风头,反而发了脾气,甩手不干了。对吴传学说:'你们中国真是个奇怪的国家,有伟大的历史,精美的烹调,动人的魅力,最懂礼貌,最有纪律,可是在工厂里最没有纪律,不讲礼貌,也不讲效率。他们再这样围着我,我就提出抗议,什么也不干。他们妨碍我工作。当然,这些漂亮的姑娘可以例外,我喜欢女人,厌恶男人,厌恶他们这样围着我。'这个家伙竟敢当着众人说出这样的话,是他的直率,还是粗野? 我感到惊奇而可怕,仿佛那天我也在现场受到了侮辱一样。吴传学告诉尤勒,厂长准备给他派一个助手,他晃着脑袋表示不需要助手,他的经验也决不传给男人。又是男人、女人,吴传学却灵机一动,用嘻嘻哈哈的口吻反问他:'假如给你派一个漂亮的女工程师做助手呢?'尤勒耸耸肩表示非常高兴。吴传学十分得意。可是我听了他介绍的情况,却再也不想给尤勒当助手了。他不过是个肤浅而粗野的德国工人,一个中国妇女和这样的外国人打交道是不会有什么好处的。并且您还有规定,当尤勒的助手要负责为他煮咖啡,在他上班的时间里要照料他的生活,这就等于是他的半个服务员。我是工程师,干这种事情有失自己的身份。

"但是,吴传学却背着我,向您大包大揽,要求让我给尤勒当助手。还说了一些尤勒只要女助手,不喜欢男人的话。搞机械的女工程师中,既懂点德语,又能够和我竞争的就没有几个人啦。为了便利工作,您最后决定让我去当这个助手。起初我不同意,以后被传学说服了,他的理由是叫人动心的。他叫我不要管尤勒是个什么样的人,尤勒不论多么粗俗,也不敢对我有越轨的举动,这牵涉到我们厂和罗姆克公司的关系,他不怕,我们还怕得罪他的老板,不然要砸破饭碗。传学还讲,给尤勒当助手有两个好处,一是掌握二百六镗床的检修技术,这台镗床是全厂的眼珠子、摇钱树,谁掌握了它的奥秘,谁就是大爷。往后不能总请德国人来帮忙,一旦它突然出了故障,离开你就不行。你要想拿人,厂长也得给你磕头。第二,一边给尤勒当助手,一边向他学习德语。由于局技术处大力支持,我们厂很有可能会进一步和罗姆克公司发展技术联系,联合生产连轧机。倘若谈判成功,我们厂就得派技术人员到西德去实习。如果会一口纯熟的德语,那得有多吃香。传学希望我们夫妻两个一起出国,到工业发达的国家去开开眼界,见见世面。对于许多没有出过国的知识分子来说,那实在是一个富有魅力的、神奇的新世界。我们的国家里,私人没有条件到国外去旅行,因此出国才成了极有诱惑力的、很时髦的事情,成了一种荣誉,出一次国连身价都会提高,别人也会用一种羡慕的眼光看你。只要世界上存在着诱惑的东西,就有被诱惑的人。我的心被传学说活了,同意做了尤勒的助手。

"第一天上班,我对尤勒是存有戒心的。我们北方人耐寒,一早一晚也已经开始穿毛衣了,他却只穿件开领的短袖尼龙衫,胳膊上长着长毛,露出的上胸也长满了黑黑的长毛。对外国人很难根据他的长相判断年龄,按中国人的眼光,说他三十七岁都会有人相信。传学把我介绍给尤勒,我只微微点了点头,他却冲我又点头又弯腰,露出两排又长又整齐的白牙。有这样一口坚实而有力的牙齿,拧螺丝得时候他完全可以不用扳手,用牙齿就可以把螺丝拧紧。尤勒双颊红得就像扒掉了一层皮,裸露着鲜红的细肉,鼻子像刀背一样又尖又窄,两只深嵌在眉骨后面的蓝眼睛,就像两个玻璃球冲着我熠熠闪光。鹰鼻鹞眼,这副长相可怕而又讨厌,我不敢拿正眼多看他,只偶尔用眼角扫他一下。但是,尤勒工作起来并不嬉皮笑脸,他的作息时间和我们厂的上下班制度一样,每天工作八小时。所不同的是在车间的二楼上专门为他收拾好一个休息室,里面有床铺、沙发、煤气炉和奶锅之类的东西,他随时都可以到休息室里去歇一会儿,喝杯咖啡。由于我对尤勒存有戒心,最怕进他的这间休息室,心里埋怨咱们厂的办公室,为什么还要在休息室里摆上一张床。自己的工人在工作时间睡大觉是违犯劳动纪律,请来的外国工人在工作时间睡大觉难道就是合理合法吗?莫非让他躺在床上,由我给他煮咖啡吗?你们领导愿意怎样低三下四都可以,我不会办那种事,这完全是按中国人的习惯布置的。我们的老习惯认为'好吃不如饺子,舒服不如躺着',因此就给外国人也摆了一张床。还好,尤勒对我们为他精心布置的休息室并不感兴趣,仅仅把它当成了更衣间。每天早晨,我总是先到车间。汽车提前五分钟才把他接到厂里来,他一进车间的大门口,就一边走一边解开领带和上衣的纽扣,进了更衣室,外衣已经脱下来了,他的身后边就像有鬼催着一样,既不吸烟,也不喝咖啡,不到两分钟就换好工作服来到现场。一干就是四个小时。干活儿时不吸烟,不东张西望,好像根本不知道我们还允许他中间可以休息一会儿,更谈不上要跑到二楼休息室去喝咖啡。

我自然也不会去提醒他。我们厂的考勤制度规定,中午到十二点职工才可以去买饭、休息,可是每天连十一点半钟还不到,工人们就停下手里的工作,洗饭盒,点菜票,准备去排队买饭。他们有自己的理由,去晚了就买不上好菜。我的情况就是证明,从给尤勒当了助手,中午没赶上过一顿热菜,更谈不上好了。十二点以前,车间的机器几乎全部停了,尤勒却什么也看不见,他工作的时候对别人的情况,对现场以外发生了什么事情,一概不关心,不到十二点不歇手。下午也是一样,准时到现场,准时下班,不提前也不错后。您私下曾嘱咐过我,要抓紧检修进度,注意检修质量。尤勒似乎不用我抓,他自己盯得就很紧。没有想到他的工作态度会这样认真。

"我开始留神观察他,罗姆克公司派他来帮助我们检修镗床,是为了保持自己产品的信誉,取得我们的好感,占住中国这块市场。白送给我们一箱子备件,实际也是赚的我们的钱。尤勒一到中国就由我们厂给他开工资,干一天六十元,他这么着急干什么? 第三天,他开动了镗床,这儿听听,那儿摸摸,围着它转了几圈,然后就动手拆设备,三下五除二就把镗床大卸八块了。他的胆量和果断使人惊奇,心里没有十成把握是不敢对机器这样大动手术的。而且外国人的傲慢和自信也的确达到了惊人的程度,他明知我是个工程师,居然真的摆出专家对待助手的样子,每拆开一处就把毛病指给我看。对镗床上的每一个部件他都吃得很透,一万多个部件在他手里就像小孩儿玩儿积木一样。手艺很熟练,图纸也看得很明白,镗床的总图和几百张分图他好像都印在了脑子里,我问到哪儿,他立刻就能答上来。他这个工人和我们的工人的确不大一样。几天干下来,我就放心了。尤勒完全用不着我督促,他工作的时候并不故意装出一副忙忙碌碌、十分紧张的样子,冷静,沉着,胸有成竹,且又全力以赴。想不到,倒是我们的天车工首先吃不消了,提出来要换人。在咱们厂,天车工算是比较清闲的工种了,没事的时候都在屋里坐着,有人要用车得到屋里去请他们,干完活儿就又下车回到屋里抽烟喝茶。他们一开始都觉得跟外国人干活儿一定很有意思,抢着要来,干了几天一看,又觉得不合算了。尤勒八点钟准时要用天车,直到十二点钟才停手,中间就是有不用天车的时候,也不许天车工下车,必须待在车上,随叫随到。天车工一爬到车上就是四个小时,想喝口水都不行,连大小便都没有空儿。清闲惯了的天车工们,哪受得了这份罪,向我提出来不干了,要求另换别人。刚干顺了手,相互都熟悉了,一换人会影响尤勒的情绪,也会影响工作。再说换个别人来,也还是这样干,他不是也吃不消吗?我就劝那个天车工,尤勒是给我们干活儿,他受得了,我们怎么能说受不了呢!您猜天车工说什么?他说:'我跟尤勒不能比,他给我们干,我们是谁?我又给谁干?他到我们中国来足吃足喝足玩儿,就跟我们中国人到德国去一样,一步登天了。你要叫我出国,我不要工资也干。再说他干一天挣六十块,我干一天挣一块六。他中午吃的是什么?宾馆送来的点心盒、烧鸡、火腿、奶油面包,都是真材实料,吃到肚里全变成有用的东西,没有废物,他怎么会受不了?你看他一干就是半天,不抽不喝,不屙不尿,一点毛病都没有,劲头老是梆梆的,他肚子里足啊!我吃的是吗?窝头、咸菜、大葱,数量多、质量差,到肚子里全变成了粪和尿,别说是四个小时,就是两个小时我也憋不住。'天车工说出了这样的话,叫我还能再说什么呢?

"说老实话,跟着尤勒干活儿我的身体也感到很吃力,那真得像个干活儿的样子,他工作的节奏很快,我当然也得跟上他。不仅手脚要利索,身体的运动量增大;思想还得高度集中,一时一会儿也不能开小差。但在技术上我们合作得很愉快,在厂里虽然紧张,但并不感到劳累,只有下班回到家里才觉得浑身疲乏。我不抱怨,反而觉得很高兴,这才叫干工作。我对尤勒已经有了好感,并且佩服他。可是为了照顾天车工,我不得不使用休息室,干我所不愿意干的事。那天上午工作到十点钟的时候,硬是劝说尤勒上楼休息,名义上是照顾他,实际是照顾我们自己的人。尤勒对我的举动感到很惊讶,他对工作一段,休息一段,然后再工作的习惯不可理解,他宁愿把这些休息时间集中起来,由他自己支配,可以每天提前下班,也可以提前把检修工作完成,到外地痛痛快快地玩儿一玩儿。他仅仅是出于礼貌,出于对我的尊重,不愿拂我的好意使我感到难堪,才同意到休息室去坐一坐。

"在休息室里尤勒告诉我,这样的大型镗床,罗姆克公司只生产了四台,卖给苏联和英国各一台,卖给中国两台。去年他到苏联帮助检修机床,干得很漂亮,公司给了他一笔奖金,还认识了一个苏联姑娘。这次到我们厂来,公司给了他两个月的时间,他想用一个半月把工作干完,挤出半个月时间到苏联去看他的情妇。他毫不掩饰地承认他非常想念她,恨不得立刻见到她。又是钱和女人,难怪他抓得那样紧,那么讲求效率。如果他在中国干得好,维护了罗姆克公司的信誉,替公司做了宣传,回去后公司里说不定还会奖给他一笔钱。因为中国是个大市场,潜力大得很。使我感到惊异的是尤勒丝毫不隐瞒这些。我不能只是陪他坐着聊天,就不情愿地,但也不感到是受侮辱地为他煮了一杯咖啡。当我把咖啡端给他的时候,他突然站起身,毕恭毕敬地向我鞠了一躬,喊了声:'妈妈,谢谢你!'我的脸臊得发烫,恼也不是,笑也不是。他急忙笑嘻嘻地向我解释,在家里的时候都是他的妈妈替他煮咖啡,照料他的生活,想不到来到了中国能够喝上女工程师为他煮的咖啡,感到很荣幸,理应称我做'妈妈'。为了解除我自己的窘境,我顺势向他打听起德国的社会风貌、经济结构和科学技术等等我所感到兴趣的问题。

"这是我们两人之间第一次进行镗床检修工作以外的交谈,我发现他除去精通自己公司的产品,喜欢钱和女人,对别的事情既不关心也不懂,其他知识甚至少得可怜。我看出了他的弱点,心里很有点得意。他向我讲述了自己的经历:五年前,他在中技校毕业后来到罗姆克公司,前两年是试工期,尤勒为了能成为该公司的正式工人,他没黑没白地死记硬背,把罗姆克公司生产的几种大型机床全吃到肚里了。试工期满以后进行了一系列的实际操作和技术理论的考核,公司对他很满意,给他指出了三条道让他选择。第一条路去上大学,由公司负担学习费用,毕业后拿出研究成果再回公司。第二条路当质量检查员,质量管理人员待遇比工人高,属于职员。第三条路当修理工。尤勒选择了第三条路。

"时间一长,我和尤勒的关系渐渐变得自然和随便了,对他那副日耳曼人粗野的长相也不再感到可怕和厌恶了。他经常叫我给他买电影票,每次都请我一块儿去看,我差不多都拒绝了,买票的时候只给他买一张。只是上个星期天,办公室让我以厂部的名义回请他,我才陪他看了一场电影。他不加任何遮掩,非常坦率地对我讲不喜欢看中国电影,不喜欢看政治片和艺术片,喜欢看色情电影,可是在中国看不到,只好看侦探片和娱乐片。他下班以后什么事情也没有,只想怎样玩儿,怎样乐。实在无聊了就把他苏联情妇的照片拿出来,看一阵,吻一阵,这一切就当着我的面做,他毫不掩饰想女人想到快发疯的程度。每逢他谈起这种事情,身上兽性的一面要发作的时候,我就躲开他。听着他这些话,我觉得作为一个女人的自尊心受到了伤害。但他的话可怕而又新鲜。他的思想和生活不带任何伪装,需要金钱就去追求金钱,心里想女人嘴里就说出来。仿佛现在真的到了一个生活完全开放的时代,人们可以撕下身上的一切遮羞布,人的本性可以得到充分发展,一切欲望都可以得到满足。我清楚地知道这种生活有它放荡和丑恶的一面。也许由于自己过古板的生活太久了,感到尤勒追求的那一套,也有一种说不出来的吸引力和刺激性,他使我看到了自己生活中的寂寞和虚伪。

"我对他的戒心什么时候消除的我自己也不知道,开始只是对他的工作态度有好感,后来不知不觉我们成了朋友,但仅仅是朋友。他从来没敢触犯过我,他嘴里是敢说一些我们中国人不敢想象的话,但并不像我们猜想的那样只要他高兴,见了任何一个女人都敢动手动脚。相反他对我倒表现得十分敬重。因为检修工作越到后面越难,要求越精细,尤勒的弱点暴露得也就越明显了。对他的本职工作,他就像电脑操纵的机器人一样精确而熟练,有些问题知道该怎样办,不知道为什么要这样办。出现了意外的情况,或是我提出了新的技术要求,他就显得慌乱,一筹莫展。这时候就需要我在理论上一点点给他讲解,常常是我提要求,他去完成。我心里对镗床的检修质量非常满意,有些地方我提出的指标很难达到,但是尤勒千方百计地都达到了。我的知识赢得了他的钦佩。有时他明显地对我表现出一种不正常的感情，我一发现这种情况，心里感到恐惧，脸上摆出一副中国人公事公办的神情，弄得他只好规规矩矩，不敢做非分之想。有好长时间，尤勒不提他的苏联情妇了，也不再急着把工作干完快点到苏联去。反而跟我说，他不打算到苏联去了，愿意把两个月的时间都花在我们厂，好好地同我合作，把镗床修得比刚生产出来的时候还要好。我只是客客气气地对他表示了感谢。天车工告诉我，在我不在的时候，尤勒偷偷地吻过我的围巾和口罩，还用我的水碗喝过水，天车工叫我留神。以后我就把自己所有的东西都存放在女更衣室，只有棉纱和手套用完后留在现场，上面沾满机油，他愿意吻就叫他吻吧。

"昨天，传学从西德回来了，衣冠楚楚，一副志得意满的样子。带回来一些值不了多少钱的洋玩意儿，亲戚朋友和邻居们都来看他，都感到很新奇。传学就更加显得得意了。我向他打听谈判的事，他支支吾吾，但还是承认上当了。他们到了德国，罗姆克公司接待得非常热情和周到，带他们观光，送他们礼物，陪他们看戏，他们十分感动，甚至受宠若惊。岂知人家这样干完全是为了做买卖，在接待时破费了一元钱，谈判时就要捞回十元钱。而我们的人由于'吃了人家嘴软，拿了人家手短'，把温良恭俭让的作风带到了谈判桌上。与罗姆克公司正相反，个人占了人家一元钱的便宜，工厂却赔进去一百元、一千元。等您接到合同书的时候，仔细研究一下就明白了，对人家有利的全写上了，而且清清楚楚，意思一点不含混；对咱们有利的不是没有写进条款里，就是写上了也含含糊糊，可以做各种解释。比如我们引进罗姆克公司的技术，生产连轧机，合同上规定必须贴他们的商标，但又不许到国际市场上去卖。这就等于堵死我们的销路，不许我们到国际市场上和他们竞争。可是我们国内有几家工厂能买得起连轧机？即便能卖出一两套，又有什么意义？罗姆克公司似乎也早就想到了这一点，在合同上又规定了一条，不管我们厂的生产发生了什么问题，罗姆克公司为连轧机配套而卖给我们的电器，按期运来，我们必须如期付款，否则人家就要罚款。我们倘若生产连轧机，搞出来卖给谁？如果不生产连轧机,买它的配套电器有什么用？合同一签骑虎难下,净赔两千万元!"

我终于忍不住了,敲了一下桌子:"他们为什么不跟我商量一下就签合同？岂有此理!"

"我们厂在局里领导下,万处长有这个权力。而且他们欠了人家的情,不签合同似乎也不好回来。每个人的胳膊肘都朝里,我们的人一和外国人打交道胳膊肘就要朝外。你说他们有意出卖国家的利益,这好像太冤枉他们了。你说他们没本事,连他们自己也不认账,就说传学吧,哪一点不比尤勒强。可是罗姆克公司派尤勒这样一个工人出来,他单枪匹马,能独当一面。咱们派出去的都是专家、工程师,却赔了个一塌糊涂。更可悲的是咱们人在国外赔了钱,还满不在乎,像赚了钱一样振振有词。签完合同以后,吴传学毕竟是小人物,心里嘀嘀咕咕,怕回来以后不好向您交代。万处长却说:'我们这才赔了多一点儿？比起那些大工程,我们赔的还不如他们赔的零头多。'原来我们的领导都比着看谁赔得多!

"昨天晚上,我们家来了一屋子人,都想听传学讲讲国外见闻。以前我也很愿意听出国回来的人介绍国外的情况。可是,昨天我说什么也忍受不了传学那眉飞色舞的样子。他似乎把刚赔掉的两千万早扔到脖子后边去了,在国外谈判受骗,丢了人还不以为耻,倒像个凯旋的英雄。亲戚朋友们对他赶上了这么好的出国机会很眼热,恭维他走运,说着羡慕他的话。他自己也飘飘然,表面上装得很矜持,心里却得意得很。这一切当然都瞒不过做妻子的眼睛,我突然对他涌起了一股从未有过的反感。我看着他那副洋洋自得的样子,简直想呕吐。我一向认为他聪明,有才气,一表人才,风流潇洒,结婚十几年来我们的感情一直很好。讲公正话,这次出国谈判的失败,也不能全归罪于他。可不知为什么,这件事却深深地伤害了我对他的感情,我怎么也没有想到他离开了自己的国家,在维护本企业的利益上还不如一个中技校的毕业生尤勒。在传学讲得正上劲的时候,我离开了乌烟瘴气的家,想在大街上散散心,没有目的地溜达着。由于二百六镗床的质量不错,再加上尤勒来帮助维修的工作态度也很认真,我对罗姆克公司怀有好感。想不到在进行进一步技术合作的时候,他们竟采取这样狡诈的商人手段。我问自己,如果我去谈判会怎么样呢?我自信不会像吴传学那样又赔钱又丢脸。不知不觉地我走到了宾馆大楼的门前,突然想起何不上楼向尤勒打听一下罗姆克公司的情况。

"您也许要问,我在马路上闲溜达,为什么不往别处走,偏偏来到尤勒住的宾馆门前?我自己也说不清楚,也许从家里一出来就想去找尤勒,但是我在心里不愿意承认这一点。或者想欺骗自己,不敢承认这一点。宾馆离我的家很近,尤勒几次邀请我晚上到他的住处去做客,我都没有去。我也没有向他提出过邀请,叫他到我家里来做客。因为我的丈夫不在家,这样做有许多不方便。我本来是打算等传学回来,我们两个一起到宾馆去看望尤勒,星期天也请他到我们家吃顿中国饭。没有想到传学他们这样惨地上了罗姆克公司的当,按理说我应该恨罗姆克公司。可是我却生自己丈夫的气,恨他们无能,不争气。对胜利者的罗姆克公司派来的修理工尤勒,反倒更增加了几分好感。这本来是反常的,人有时候就是常常有这种反常的感情。

"尤勒正在听音乐,也许那就是'黄色音乐',我没有听过,也叫不出它的名字。他见到我很惊奇,也很高兴,立刻关掉录音机,给我斟上咖啡。坐下以后他就发现我的神色不对。因为这时候我已经为自己的举动后悔了,我为什么在晚上要跑到这儿来,要坐在尤勒的房间里喝咖啡呢?但是已经来了,就不能马上再走开。尤勒问我:'苏工程师,出了什么事情吗?'我摇摇头:'没有,我丈夫回来了。'他一怔,带着不解的神情说:'我真替您高兴。'我说:'谢谢。可是他叫你们公司赚去了两千万元,明天我们厂长和全厂职工都会骂他!'

"尤勒一听是这回事,哈哈笑了:'做买卖总是要有赔有赚。而且你们和罗姆克公司打交道不可能不赔钱,连多疑的日本人,粗暴的俄国人,浅薄的美国人都不是对手。我们罗姆克公司是向来不赔钱的。我们最愿意和中国人打交道,你们谦虚、正直、爽快,喜欢在小处斤斤计较,往往在大处失算。'我感到受了侮辱,真想立刻站起身走开。尤勒一见我脸色不好,立刻改口:'谈这个多没味道,来,让我们轻松

一下。'

"他又打开了录音机,随着轻飘飘怪腔怪调的乐曲,他一个人在房间里跳起了舞。跳着跳着,竟围着我打起转转来,并伸出手邀请我一块儿跳。我也不知是哪来的一股冲动,也许是想发泄一下胸中的闷气,想对传学报复一下,竟然站起身和尤勒一块儿跳起舞来。我还是上大学的时候学会的跳舞,很多年没跳了,脚步生疏,尤其是跟一个外国人跳,紧张而激动。他架着我由慢到快,我的双脚被他架得几乎要离开了地板。起初我步法混乱,担心踩到他脚上,渐渐地有点熟悉了,音乐的旋律也像发狂一般,他拉着我越跳越快。我的头感到有点晕,想停下来,但他趁势把我的腰箍得更紧了,我像被他抱起来一样贴着他的身子旋转。他的脸低下来,向我的脸靠近,我把头拼命往后躲,他的头却不断往下压。我感到不对头,被压迫得喘不过气来。刚才我不好意思看他的脸,只低着头盯住我的脚尖。这会儿我的耳边感到他的呼吸声越来越急促,他的嘴快要贴上我的脸了。我抬起头,看到他那对蓝眼睛里闪着一种贪婪的可怕的光。我突然清醒了,这是闪着一股不可抑制的冲动、燃烧着兽性般欲望的眼光。我在心里问自己:这是干什么?自己的丈夫、自己的工厂刚刚被他的公司算计去一大笔钱,我却又跑来陪着他跳舞狂欢。他是为了庆祝自己公司的胜利,我哪?难道赔了钱,还不够,还再丢一份人?

"一股强烈的羞耻感,像仇恨一样给了我一股力量,我挣开了他的手臂,推开了他的身子,向他一点头,说了声'再见'!气冲冲地跑出了宾馆。我生谁的气呢?生传学的气,也生我自己的气。这就是所谓'苏敏和尤勒事件'的来龙去脉。我不想替自己做什么解释,我想说的是:一切不幸都是从看不起自己开始的,对一个女人是这样,对一个国家、一个民族也是这样。"

听了苏敏的叙述,我还能说什么呢?我唯一担心的是怕她受不了别人的风言风语,撂挑子不干了。她一撤出来,镗床的检修工作肯定会留尾巴。想了想,我用婉转的口吻说:"小苏,每一次我交给你的工作都非常放心,这次镗床的检修质量我很满意。你要是不干了,尤勒就会草三潦四地把床子装起来,后患无穷。质量关在你手里把着,对镗床你都吃透了,再换谁也接不上茬儿呀!"

苏敏一怔:"我什么时候说不干了?"

"啊……那好!"我站起来高兴地说,"我陪你一块儿到现场去,让那些说闲话的人看看,我对镗床检修工作非常满意。今天晚上我请尤勒吃饭,你作陪。一下就把那些无事生非的人的嘴堵上了。"

我们两个刚走出了办公室,保卫科长拦住了我,他的意思我明白,是想探听一下我和苏敏谈话的结果怎么样。我让苏敏先走一步,小声对他说:"不仅不应该办她的案子,还应该表扬她。你不要听见风就是雨,要把精力用到正道上,保卫工厂,保卫国家和整体利益。去把吴传学找来,那两千万倒该当个案子搞。"

保卫科长站着发怔,好像没听懂我的话。我只好摇摇头,这位老兄就是对花花绿绿、鸡毛蒜皮的事感兴趣,大事他倒不管。

1981年3月

一件离婚案

审判员和原告的谈话

"陶怡春,你为什么要和王怀礼离婚?"

"……我在起诉书里都写明了。"

"你的起诉书我们都看过了,而且做了调查。现在要求你们两个面对面把真实情况全讲清楚,法院才好做出判决。如果你没有什么可说的,就先让被告谈。"

"不,我可以说,我们俩感情破裂。婚姻法上有规定,夫妻双方感情破裂就可以离婚。"

"你和王怀礼的感情是怎么破裂的? 你看责任在谁?"

"责任在他……他根本就没有感情。他不是男子汉,他只知道活着,不知道生活,不懂感情。我跟他从来没有过过真正的夫妻感情生活。"

"请你讲事实。"

"我讲的都是事实!"

"你们是自由恋爱,还是包办婚姻?"

"经别人介绍,我同意。"

"还是自由恋爱嘛,'他根本就没有感情',你为什么还要同他结婚?"

"情况是在不断变化的。那阵儿我的心气儿跟现在也不一样。"

"这么说是你变心了,你现在心气儿高了,看不上王怀礼了,夫妻感情破裂的责任在你身上。"

"不……我没有变,我还是我。"

"那么是王怀礼变了?"

"他也没有变,他要能变就好啦。"

"你这样吞吞吐吐,说不清道不明,我们无法判决!"

"夫妻间的事怎么能一下子说得清呢?"

"这样也好,你不愿意在法庭上公开夫妻间的事情,就说明你们还是有感情的,不愿伤害自己,也不愿伤害对方。我们希望你撤回自己的起诉书,两个人回家好好过日子吧。以后相互都多体谅一点儿,你三十七,他三十九,都是快四十岁的人啦,还有两个孩子,要多替子女想想。怎么样?你们如果没有什么再说的,就休庭。"

"不,我说,我才三十七岁,就是六十岁的寿命还有二十三年活头呐!既然已经走到这一步,就没有再和好的可能了。我豁出去了,我什么都说……一九六九年我跟王怀礼结婚的时候,图他老实巴交,不会说不会道,不抽烟不喝酒,光会挣钱不会花钱,找一个这样的丈夫一辈子牢靠。因为在认识他之前,我曾经找过一个又漂亮又精神的小伙子,能言善讲,风流潇洒,我把心都给他了,他却把我骗了。我觉得什么爱情呀,婚姻呀,无所谓。什么叫幸福和美满? 就是活着搭个伴儿。我认头了,随便找一个就行,只要不是秃子、瞎子、瘸子,我看着他不恶心就行。就这样介绍人领来了王怀礼,还数落了他一大堆好处,我就答应了,稀里糊涂结了婚。结婚以后我才知道他是怎么个老实法了,老实的除去自己的老婆不和任何人交往,老实的除去认识自己的家别处哪也不认识。不认识电影院,不认识饭馆,下饭馆得由我点菜、我花钱。看戏我花五分钱买一份剧目说明书,他可以心疼得连戏也看不好,没完没了地叨咕:一看戏不就明白了,干吗非买一张说明书。五分钱就买这么一张纸,多不合算,包东西太小,擦屁股又硬又滑。……叫我说什么呢? 我想知道导演是谁,他对这些却根本没兴趣,既不知道梅兰芳、马连良,也不知道赵丹、白杨,现在的张瑜、刘晓庆就更甭提了！我喜欢照相、划船、游玩儿，喜欢画画和文学，他一沾这个就头疼，认为这些一不能当吃，二不能当喝。别以为这都是小事，我是人，要有精神生活。他什么也不懂，什么也不关心，好像有馒头咸菜管饱肚子，有老婆孩子组成一家人家，就非常满足了。如果夫妻在一起就是吃饭睡觉，那不跟动物差不多了！其实他也并不关心老婆孩子。我们很少吵架，也很少笑，有时一连三五天相互不说一句话。他以为每到月底把工资连同工资条一起都交给老婆，就是好丈夫了。丈夫不光意味着是家庭的主要经济来源，更重要的，丈夫首先应该是个大活人，活的，不是半死不活的，也不是机器人，应该有思想，有灵魂，有感情，有爱好，会喜怒哀乐。而我就是跟这样一个半死不活的人过了十来年，现在我无论如何也不能再这样过下去了。"

"这就是说，你是嫌丈夫太老实，才跟他离婚，对吗？"

"他哪叫什么老实，他是窝囊、废物！跟着他精神上受罪，经济上吃亏。他除去到工厂上下班，什么本事也没有，每月只能吃死工资。他的工资确实是'死'的，像他这个人一样，不活泛，而且也不增长。结婚的时候，我是二级工，他是三级工，他参加工作的年头比我早两年。现在我是四级工，他还是三级工。自一九七七年以来，三次调级，一次都没有给他调，你看他多老实！好事不会轮上他。就说评先进生产者吧，一九七五年以前，评上先进可以得到饭盒、脸盆、钢笔之类的奖品，他一次也评不上；现在评上先进有奖金，就更评不上他了，轮流坐庄都轮不到他的头上。就是一九七五年批判资产阶级法权的时候，评上先进生产者什么也不给，只给一张纸，就跟我花五分钱买的剧目说明书差不多，也正因为没有实惠可捞，大家才推选他当了先进生产者，实际是要笑他这个傻小子。他站到台上领奖，那是他生平第一次上讲台，第一次出头露脸，第一次能够站到大伙儿的前面。那天他回到家里话也格外多，是我们结婚好几年来他说话最多的一次。但是翻来覆去就是那几句：'嘿哟，站到台上手脚就跟不是自己的一样了，看到台下净是眼睛，一个个像探照灯一样，都要把人给照化了！人家书记硬是敢对着那么多探照灯又说又笑，真是能耐……'他还把那张花二分钱就能买一份的奖状藏在箱子底下,当成宝贝,一高兴就掏出来看看。地震的时候他正在工厂里,一块角钢砸在他脑袋上,差点没被砸死,住在医院里闹死闹活,折腾了半个多月。有一天眼看人就不行了!他还叫我把那张宝贝奖状放在他的手心里。好像一看到奖状就想起了他这一辈子仅有的一次荣誉,想起了那次多么露脸,多么出足风头,居然站到面对几千人的大台上,站在了只有像党委书记这些大人物们才能站的地方,可享受到了人间的荣耀!好像一想起那些荣耀,连身上的伤也不疼了,可以心满意足地死去了。你看,大家不过是起哄,是逢场作戏地选他当回'先进',他却当成了真的,当成了一生最高的荣誉,这不是缺个心眼儿吗?他活得太可怜了,什么也没经过,什么也没见过,人家都不拿他当人,上一次讲台对别人来说是很平常的事,在他却成了了不起的大事。我和孩子跟着他丢人都丢不起……"

审判员正和陶怡春谈着话,被告王怀礼却想起自己的心事……

被告在想什么

我们两口子真是鬼给配的对儿,过不下去想散伙也没有好散,还得跑到法院里来,互相揭一顿老底儿,你把我骂得一钱不值,你就光彩?

人家都说一日夫妻百日恩,我们是十来年夫妻却没有一日恩。我真后悔,当初为什么要找一个这样的女人?我刚一结婚,车间的小哥们儿就拿我开玩笑:"'麻秆',你才叫癞汉子找好妻呐。想不到你还搞了一个这么漂亮的媳妇,小心点!"

我长得又高又瘦,车间的人都叫我"麻秆",我也知道自己的长相不怎么样,又没有什么特殊的能耐,在搞对象上我的眼光并不高,以前也谈过几个,都是人家女方不同意。邻居的大婶介绍了陶怡春,真是从天上掉下来个大美人,那脸盘儿,那眉眼儿,那小嘴儿,长得太好看了。她漂亮得使我都不敢看她,我站在她跟前就像一个臭要饭的,一句话也说不出来。她问了我几句什么,我说了些什么,连我自己也不知道。事后大婶问我怎么样。我说别问我怎么样,只要人家不嫌弃咱就行。

我知道自己不漂亮,可我不是不愿意漂亮,我恨不得一下子自己也漂亮得能和她般配了。我也爱漂亮的女人,要个大美人当老婆谁不高兴!

结婚以后,车间那群坏小子不论说什么话,我都不在乎。不,他们越挖苦我,我心里越暗暗高兴,他们是生气,是看我的媳妇漂亮眼热。他们千能耐,万能耐,就是没有能耐搞一个像我们怡春这么摆得出去的人物。那些天,不管是在人前还是在人后,我老是禁不住一个人偷偷地傻笑,回到家一看见怡春就更想笑。结婚后就不再不敢看她,而是看不够了。我愿意盯着她,不错眼珠儿地看上几个小时。但是她一看我,我就赶紧把脸扭开。

家里的活儿我全包了,不论是重活儿轻活儿,该男人干的还是该女人干的,我全干。只要我一回到家就决不让怡春动手。我们的经济并不宽裕,两个人加起来才五级工,有好吃的全给她,反正我吃多好也不长肉,有窝头咸菜就行了。说实话,只要怡春高兴,我就是吃窝头咸菜,心里也是又香又甜。有好的也先给怡春穿,我这副长相,穿上好衣服也是白糟蹋,有两身干净的工作服上下班替换着穿就行了。省出钱全都给怡春添置衣服,她要气派有气派,要身条有身条,好衣服穿在她身上的确抬色,钱不白花,花多少也不冤枉。她肯嫁给我王怀礼,我决不能让她的心里有一丝一毫的委屈。我把心掏给她,把肉剐给她,都不要紧,只要她高兴就行。夫妻嘛,俩人一结婚就像一个人,还分什么你的我的。她吃就是我吃,她穿就是我穿。

邻居的婶子大娘背地劝过我:"不能这样宠媳妇,会把媳妇惯坏了,她越打扮越年轻越漂亮,你都快成小老头儿了。"

我没有听信这样的劝告,心里觉得婶子大娘们的这些话很可笑,夫妻在一块儿过日子还能动心眼儿,还能各自在心里留一手?工厂的同事还能以心换心呐,何况是两口子。

我和怡春实实在在过了几年好日子,她为我生了两个小女孩儿,孩子长得太水灵了，都像她的妈妈，不像我，多亏不像我。那些年，怡春老嘱咐我，要争取当先进，还要争取入党。我知道自己有多大本事，我害怕出头，什么事都不靠前也不靠后，可是我不能让怡春失望。我没有巧劲使笨劲，我不会马前三刀，可我有长性，老是一股劲儿。出满勤我可以做到，早来晚走、任劳任怨我可以做到，别人不愿意干的活儿我可以多干，管他是吃亏占便宜的，我不在乎，苦一点累一点我也能挺住。谁的心里没有三寸气？我也不愿意让老婆说自己窝囊。就这样我当上了厂级先进生产者。现在她反倒又嘲笑我的奖状。我成了预备党员，她却跟我提出来离婚。

事情从什么时候开始的呢？

我真是个混蛋，自己的老婆什么时候开始变心的我都不知道。

是又开始兴跳舞的那一阵？那天我下班回来，怡春已经把饭做好了，她和孩子也先吃过了。她显得特别高兴，穿上了那身淡绿色的纯毛夏装，又黑又密的长头发用白手绢一系，又随便又俏皮，就像刚下飞机的外宾。见我一回来就急急忙忙地说："快吃，吃完咱一块儿去舞会上看看。"我吓了一跳："哎哟，我可不会跳舞。""瞧你这个废物样儿，没关系，我教你。""干了一天活儿怪累的，吃完饭我还想早点睡觉。"她不高兴了，一屁股坐到床上："谁像你，天一黑就睡觉，躺到床上跟死的一样。你看人家国良两口子手拉手一块儿去舞场了。"国良是我们厂里宣传科的小干部，我不能跟人家比，人家在科室坐了一天，养精蓄锐，晚上到舞会跳跳舞正好活动筋骨。我是造型工，受了一天大累，回到家像叫卖肉的把骨头剔走了，哪还有心气儿去跳舞！再说我实实在在是不会，我也最怕到这种热热闹闹的场合去。你瞧我这个样子，我能穿着工作服去舞场？我去了只会使怡春脸上挂火，使她难堪。就说："怡春，你自己去吧，我在家看家，照看两个孩子。"她生气地脱下衣服往床上一丢："那好吧，咱就都死守在家里，哪儿也别去，戏也不看，电影也不看，舞也不跳！"她又在说气话，其实出来新电影她一个也漏不下，自从生了第一个小孩儿起，我倒是真的没有看过电影，不能两口子为了看电影把孩子扔下不管，每次我都是留在家里看孩子，让怡春去看电影。老实说,我对看那玩意儿也没有多大瘾,还不如在家里哄着闺女玩儿有意思。以后大闺女长到三尺高,能够进电影院的门了,她们娘儿俩一块儿去,我带着小二在家里看家。我知道怡春的心气儿,她恨不得夫妻双双挎着胳膊一块儿去看电影,上舞场。我也是人,我也知道玩玩乐乐比干活儿美,自己的媳妇又那么俊,领着媳妇在人前逛逛能,那有多洋气。可总不能因小失大,扔下家和孩子不管。我又从床上拿起怡春的衣服,给她穿好,哄她说:"别又耍小孩子脾气,挺高兴的事,别往不高兴上去办。我去了又不会跳,光给你丢人。还是你自己去吧,好好散散心。家里没有人也不行,老叫张婶替咱照顾家咱也不放心。再说这又不是去干什么正经事,非得两口子一块儿去不可,把家和孩子都推给邻居也太不合适,怎好意思张嘴。一会儿我得把老大老二喊回来,给她们洗洗澡。"我一直把怡春送出了门口,她好像还是不大高兴,叹了口气,回身用指头点了一下我的脑门儿:"你呀你,老牛筋、母猪肉,油盐不浸,拿你没法治了。"她是责怪,可我心里很舒坦。以后她再去跳舞就不拉我了。我看到她对跳舞那么有兴头,跳完舞回来格外精神,对我更体贴,我心里也很痛快。轮上有舞会的日子,我连饭都不让她做,我尽量把家里的活儿都担下来。谁能想到跳舞还能把女人的心跳野了呢?

不,是姓林的那小子拿东西把怡春的心给买活了。女人嘛,有几个不喜欢漂亮玩意儿,现在又时兴买内部的便宜货,林玉琪在轻工业公司工作,怡春自从认识了他,好像没有买不来的东西。她花五十元买了个录音机,从此我们那间小屋里就一天到晚响着西洋舞曲。有了音乐,怡春就可以在家里教我跳舞,学会了不就可以夫妻双双下舞场了吗!可我怎么也拉不下脸来,即便是在自己的家里,我也不好意思开着电灯抱着老婆学跳舞,更怕叫孩子看见笑话。所以一次也没有学。只听听录音机播放的音乐。五十元买台录音机,就是内部处理也没有这么便宜。到现在我还怀疑,录音机究竟是怡春买的,还是林玉琪送的。以后各种又便宜又灵巧的小件进口货,最时兴的女式服装、小孩儿服装,各种市场上见不到的衣料,怡春一样又一样地拿到家里来了。甚至连香蕉、橘子、花生、香油,我们家也是下顿接上顿地吃不完。轻工业公司怎么卖起土特产来了?我留神了,也多了一个心眼儿,不能老占人家的便宜,尤其是一个女人,哪能平白无故老接受别人的东西!我王怀礼虽然工资不高,什么时候也没有让老婆短过钱花,她想要什么都可以大大方方花钱去买,为什么要拿这些不明不白的玩意儿?世上哪有这么多便宜叫我们占?贪便宜要吃大亏,特别是一个女人,更不应该占人家的便宜。我把这个道理好声好气地跟怡春讲了,她却全不在意,没好气地数落我:"你是个男子汉,什么东西也搞不来,现在我搞来了,你还一百个不愿意。尽是瞎操心,天生的窝囊废。往后有你好吃的,有你好喝的,别的事你不用管!"

也对,有我吃,有我喝,我操那份闲心干什么呢?不叫咱管,咱就不管。

我不管,可有人爱管闲事。关于怡春的闲话,越传越多,越传越邪乎,不断往我耳朵里吹。你想想吧,谈论一个女人的闲话居然传到她丈夫的耳朵里,一定是满城风雨,闹得十分厉害了。有人看见怡春和林玉琪一块儿去看戏,有人看见他俩挎着胳膊逛商店,还有人看见他俩在公园里划船、游泳,邻居张大婶也偷偷告诉我,凡是怡春歇班在家的日子,总有个挺精神的小伙子来找她,两人在屋里又说又笑,一待就是一天。那个挺精神的小伙子,甭问就是林玉琪。

我也是个男子汉,而且是两个孩子的父亲,自己的老婆跟别人胡搞,我心里能好受吗?这口气咽不下去!可我又不敢当面问怡春,我没有那份勇气,我对外人的闲话半信半疑,只好自己暗暗地留心。她对我的态度一点儿也没有变,甚至比以前更体贴,对两个孩子也挺疼爱,家务活儿也不比以前干得少,在家里是看不出她变心的征候。每逢她去参加舞会,我就在后边暗暗跟着她。她进了舞场,我就在外边溜达。舞会十一点散场我等到十一点,十二点散场我就等到十二点,我躲在墙角的暗处,盯住一个个从舞会上出来的人。怡春确实是和林玉琪一块儿出来,林玉琪一直把她送到家,但两个人并没有挎胳膊。

我跟了她好几个月,也没有抓住什么把柄。我也不明白为什么要跟踪怡春,就是抓住她跟别人瞎搞的证据我又该怎么办呢?

哩哩啦啦一年过去了,我不知道这一年是怎么过来的,头发全白了,瘦得更像麻秆了,背也有点驼,还未到四十岁的人,人家都说我像五十岁。张大婶一看见我,又着急又叹气,她老人家叫我多打扮打扮,学学跳舞唱歌之类的玩意儿,兴许能把怡春的心收回来。我哪有心思打扮,比以前更邋遢了,有时下班后连工作服都懒得换。

有一天,干活儿的时候我手被砂箱碰破了,医生给开了两天工伤假条,离下班还有好几个小时我就回到家里。推开房门傻眼了,录音机放着舞曲,怡春和林玉琪正抱在一块儿跳舞。他们吓了一跳,我更吓了一跳,我不是替他们害臊,而是替自己害臊,我不敢看他们,赶紧把脑袋转过去。

他们两个也停下来不跳了,林玉琪红着脸一句整话也说不出来,让我吃西瓜,喝汽水。桌上摆着一个切开了的大西瓜,还有好几瓶汽水。好啊,星期天晚上还没跳够,大白天跑到我家里来跳了,跳渴了吃西瓜,喝汽水。我心里的火气顶到脑门了,可是浑身打颤说不出话来。林玉琪不知嘟囔了一句什么,转身走了,我也真混,稀里糊涂地还把他送出来。他跟我说了声:"回见。"

我还回他一声:"回见,有空来。"

我转身要回屋,碰上了怒气冲冲的张大婶,她指着我鼻子说:"怀礼呀,怀礼,你可真是王八头、窝囊废!那个小子给你戴上了绿帽子,你好不容易把他堵在屋里,还不把他狗脑子打出来,倒乖乖地把人家送出门,还跟他'回见',还叫他有空再来。你这么客气,他能不来嘛!"

她干吗扯脖子喊叫,怡春在屋里一准儿都听到了。我一回到屋,她果然绷着脸对我说:"要怪你就怪我吧,是我叫他来的。"

这也太欺侮人了,我发疯似的举起了拳头,但没有落在怡春的身上,却捶在了我自己的脑袋上。我不是没有力气,我是搞翻砂造型的,力气有的是,更何况我已经气红了眼,兔子急了还咬人哪!可我没有动她一指头,我不是怕她,我对她实在恨不起来。要打她,我怎么下得去手?

车间的哥们儿不止一次给我出主意,叫我对老婆要狠狠地打,不下黑手管不住老婆,你打得越狠,拿出大丈夫的气概,她说不定反而会更爱你。你越老实,她就越欺侮你。这也许是个好主意,可是我做不出来。

怡春突然哭了。哭一阵,说一阵:"我是有对不起你的地方,你打也行,骂也行。今天咱索性把话都说开了吧,这一年多我过的也是烙大饼的生活,有的时候玩儿得很愉快,但是一想起你立刻就像欠了债,心就沉下来。你放心,我还是你的,我是你的老婆,我不会离开你,但咱们俩是生活夫妻,不是爱情的结合,我们之间没有感情也没有快乐。我是个有缺点的女人,有各种各样的爱好,爱打扮,喜欢热闹,喜欢交际,也爱动感情,这些年跟你过着一种和尚尼姑似的生活,我以为时间长了就可以把自己身上的旧毛病压下去。谁知女人的本性是脆弱的,而我的天性就更脆弱,一旦遇到适宜的条件,很难抗拒外界的诱惑。我要过一种更有意思的生活,现在的生活已经改了样式,我愿意跟上这新的样式。就像现在的舞会上增添了许多新乐曲、新舞姿一样,我也想掌握它们,不绊人家的脚。你能不管我吗?我们还像以前一样平平静静地过日子,我保证身体上忠实于你,精神上你别限制我……"

她说起来没完没了,她好像倒有一肚子委屈,一会儿哭,一会儿说。平时她有一点不高兴,我心里也就没了主意,更不用说像这样哭天抹泪了,这使她说的那一大套话有一多半我没有听懂。但是有一点我懂了,结婚这么多年,她并不爱我,对我也没有感情。她要求我答应,只要她的身子,让她的精神去自由自在地爱别人。她这是可怜我,她知道只要她一离开我,像我这种情况就不可能再成得了家啦!

她跟林玉琪跳舞算得了什么,她这些话才是一把真正的刀子,把我的心杀死了。我收拾了一下自己零用的东西,到外边找到了两个孩子。她们虽然也喜欢妈妈,但平时我伺候她们的时候多,我又从来没有大声说过她们,更没动过她们一指头,她们对我倒也有感情,一听说要跟我到工厂去住,觉得很新鲜,高高兴兴地答应了。

可怜的没有娘的傻孩子！

我们爷儿仨离开了家。

审判员和被告的谈话

"王怀礼,刚才陶怡春讲的情况都是事实吗？"

"一点不假,都是事实。"

"你还有什么说的？"

"没有。"

"你同意离婚？"

"我同意。"

审判员脸上那固有的高深莫测的神情一扫而光,显得不胜惊讶。连书记员也都奇怪地抬起头,盯住王怀礼。再窝囊的人也不能傻到这个地步,哪能这么容易就答应离婚！

这两年闹离婚的很多,特别是中年和青年夫妻。就连这个区级法院,一天就要判好几起。审判员经得多,见得多,虽然王怀礼和陶怡春都不讲真正造成他们离婚的原因,可是审判员一眼就看明白了,女的看不上男的,想甩掉他,不管她已经有没有外遇,只要离了婚,她不愁找不到比王怀礼风流漂亮的人。但是像王怀礼这样的人,离婚后就很难再续弦。这样的案子可不少,或者是男的喜新厌旧,另有所爱;或者是女的别有新欢,有了外遇;通常的情况是被甩的一方坚决不同意离婚,拖延下去,把对方拖垮、拖老,拖得回心转意能凑凑合合在一块儿过日子。即便闹到非离不可的地步,也以不同意相要挟,好提出各种有利于自己的条件。这个毫无与众不同之处的王怀礼,为什么竟有如此与众不同的举动？上得堂来什么也不讲,一口答应离婚？

所有的到法院来闹离婚的,几乎没有好离好散的,更不会念叨往日夫妻间的旧恩旧情,而是你骂我,我骂你,揭隐私,道丑行,眼见的,耳听的,捕风捉影,彻底抖落出来,然后才一刀两断。陶怡春不想跟王怀礼过了,但是她不会讲自己的坏处,只数落丈夫。在家里显然是受气包的王怀礼,为什么到了今天这步田地还要守口如瓶?既然已经同意离婚,还有什么可顾忌的,在法庭上他难道还惧怕即将离他而去的老婆?

审判员是法律的象征,往法庭上一坐只认法律,不认六亲,不偏不倚,不带任何倾向。可是,今天这位身材短小,却明测事机的审判员,同情显然是在王怀礼一方。他在琢磨怎样用含而不露的话语点拨一下这个窝窝囊囊的傻小子。

审判员端详着王怀礼,王怀礼今天表现得并不十分窝囊。他没有低下头,也没有藏起自己的目光,没有表现出那种戴着绿帽子的晦气和愤怒。他长得不好看,但也不是丑八怪,毫无特色,平平常常,像许许多多普通的人一样。如果他走在大街上,或走进会场里,立刻就会湮没在群众之中,很难再把他找出来。的确是貌不出众,哪一个器官都不值得描写一番。

"王怀礼,这可是法庭,你说每一句话都要考虑好了,将来不能后悔,如果真的离了婚,你以后出了问题再来找法院,法院就不好管了。"

"我不会再来麻烦法院的。"

"虽然女方提出离婚,你也表示同意,但是我们认为你们两个离婚的理由不充足。她告了你些什么呢?做人太老实,没有长工资,对一张没有奖金、没有物质奖励的奖状无比珍爱,这算什么错误呢?相反,我们倒认为这是很难得的优点。如果因为这些就可以离婚,那不乱套了吗?我们的法律还怎么维护人民的利益?王怀礼,对你个人来讲是这样重大的事情,你为什么就没有话好说呢?"

王怀礼当然有话要说,而且心里装了一肚子话,但他不想在这儿说,只在心里对自己说,等夜里孩子睡着以后,对孩子说。他带着两个孩子在工厂里住了几个月,什么都想过了,就连什么是爱情,什么是感情,夫妻生活到底是怎么一回事,这些他从来没有想过的问题,也翻来覆去地咂过滋味了。就像吃鱼似的,刮鱼鳞,去鱼皮,剔鱼骨,掏出肠肠肚肚,连苦胆也尝过了。他还是不怨恨怡春,他决定忍受侮辱,忍受委屈,一声不吭地了结这件事。伤害怡春,等于伤害自己,等于伤害两个即将失去娘的孩子。他多么想保住自己心里对前几年那个幸福家庭的回忆。就说那张奖状吧,昨天夜里睡不着觉,他又拿出来看了。他接到了传票,知道今天一早就要上法院,十几年的夫妻就要各奔东西了。那张奖状正是怡春叫他得来的,他要给妻子争气、露脸,他要叫妻子看看自己并不是什么也干不好的废物蛋。那天他站在奖台上受奖,知道了受人尊敬是什么样的滋味,尝到了荣誉的酒浆。当时他觉得自己真是扬眉吐气,他多么希望怡春也坐在台下看他受奖。有她在期望着,他才得到了这种荣誉。正是怡春使他的生活发生了变化,这个从来不靠前也不靠后、不声不响的老实人,正在往前靠,往前站,往前赶。可是就在这时候怡春却要离开他,而且她是用那种令人寒心的腔调笑话那张奖状。他把那张奖状看成是她给的,他把它当成了对她肯于委屈下嫁给他的报答。而她却是这样无情地挖苦它、嘲笑它。她不仅今后要离开他,而且在离开的时候还要亲手把过去两人间最美好的东西全部撕碎!这是在撕他的心。他已想好,今后不再结婚了,就带着两个孩子过日子,关于过去他和怡春之间的夫妻恩爱的记忆,还是他最宝贵的精神支柱。他注定要失去她了,为什么还要把过去的她也丢掉了呢?

　　就连陶怡春,对王怀礼今天的态度也深感意外,他怎么会这样痛痛快快地就答应离婚呢?王怀礼有怎样两下子她太清楚了,今天是怎么回事?他变了,什么地方变了呢?头发突然全发白了,身体更瘦了,显得又高又有点驼背,脖子上的喉结又大又突出,他仰头对着审判员,喉结不断地上下蠕动。不,这都不是主要的,他的外表变化并不大。他的神情不一样了,他的眼睛变了,他似乎是个意志坚定而又有主见的人了,在法庭上他的精神像个原告,而不像被告。这个老实人身上的这种奇特的内在变化,使陶怡春感到吃惊,这几个月他住在厂里,莫非有人给他出了什么主意?老实说,几个月前,他把林玉琪堵在自己屋里,不打不闹,一声不响地领着孩子离开家,就叫陶怡春没有想到。她想孩子想得发疯,就是不敢到厂里去找他,一来怕丢人,怕王怀礼车间的人瞧不起她;二来到工厂去找丈夫等于认错服软了。她有什么错？她不认为自己有错。她听到张大婶指桑骂槐："天下的男人没有再比怀礼更废物的了,不把那个骚货赶走,自己倒乖乖地躲开了!"王怀礼的同事也气愤地给他出过这样的主意："家是你的,房子是你的,你为什么要出来住车间？回家去,把她赶走!"有人把这些情况告诉过陶怡春,她也曾偷偷地盼着丈夫带着孩子回来,可是他始终没回来,事情已经没有退路了,她只好告到法院。她想孩子,她要得到孩子。她也不能不承认,同王怀礼生活了十多年,却并不真正了解他。不知道他原来还是一个这样有蔫主意的人。也许她从来就没注意过他有什么优点,也从不想去发现这些。

"王怀礼,你同意离婚,有什么条件没有？"

"没有。叫她说,她愿意要什么就拿什么。"

陶怡春受不了啦,她受不了王怀礼这种仗义的、可怜她的口气。她忍不住大声插进来说："你别来这一套,我不需要你的可怜、你的大方。咱们公事公办。"

在法庭上大吵大闹,你争我夺是正常的。

王怀礼这时才真正用可怜的目光望了一下陶怡春,陶怡春却不敢用眼睛接住王怀礼的目光。

"王怀礼,你真的这样大方？"

"这不叫大方,我家里所有值点钱的东西都是为她置办的,她走了,我要那个没有用。"

"你才三十九岁,难道以后不想再结婚了？"

"不想了。"

"为什么？伤心了？"

"不是,不是……我不大懂爱情,感情也不很多,现在还剩下这一点用在两个孩子身上恐怕还不够,没有心思再想别的了。"

"这么说,你得要两个孩子？"

"孩子当然得是我的。"

陶怡春着急地叫了一声："孩子得归我!"

王怀礼头上像挨了一棒,猛地站起来,眼睛直呆呆地望着陶怡春,痛苦和惊吓使他脸上的肌肉产生一阵痉挛。巨大而突出的喉结蠕动了好半天,带着心灵上深深的凄怆说:"你要是再把孩子带走我就全完了,这个世上还有我什么呢? 你离了婚不是还要结婚吗,带着孩子也是累赘。孩子也懂事了,跟着后爸爸能过得好吗? 你真想在孩子心上再扎上一刀? 再说如果你们两口子都去跳舞,孩子扔给谁管? 你跟着我是有点委屈,我知道自己不配,难道我还不配当爸爸,还没有权利爱自己的孩子? 怡春,你放心,孩子跟着我决不会受屈,我别的能耐没有,洗衣服做饭,照顾人还没问题。孩子跟着我,爹是我,娘还是你,我死也不会给她们找个后娘,你什么时候想她们都可以来看,也可以叫她们去看你。孩子要是跟了你,亲娘后爹,我这个亲爹找谁去!"

陶怡春哇的一声哭了起来。

审判员站起来说:"休息一会儿,你们两个再好好商量一下。"

大厅里只剩下这一对即将离散的夫妻。

原告和被告的谈话

两个人面对面坐着,突然都感到生疏和不自然。男的不看女的,女的也不看男的,静悄悄的大厅里,气氛尴尬。

最后还是女的轻声打破了这种难忍的局面:"你为什么不骂我? 凭嘛要在法庭上装得宽宏大量!"

"我们两个都够倒霉的,让外人去笑话我们吧,骂我们吧,将来让孩子也骂吧,我们自己就别相互对骂了。夫妻一场,好离好散。"

陶怡春心里一颤:"孩子都骂我,是吗? 你教她们都恨我?"

王怀礼着急地摆摆手:"我自己都不恨你,怎么会教孩子恨你呢?"

"你不恨我? 我不信。"

"我也嫌自己太窝囊,没志气,可就是恨不起来,有什么法儿,仔细想一想,我也没有什么好恨的,这些年我并不委屈,很知足,连车间的书记都羡慕过我。现在两个孩子都快上学了,长得水灵灵的,往后我还有什么可愁的。你比我更倒霉,一直委屈了这么多年……"

陶怡春忽然又哭了起来。她以前并不是这样,今天不知为什么,眼泪特别多,老是想哭,胸中似乎有哭不尽的委屈。

王怀礼的心里也被哭乱了:"你别哭,你别哭,你心里有什么话都可以说出来。"

"你不把孩子给我,我就不跟你离婚。"

"不离哪行?这又不是小孩儿闹着玩儿,都嚷嚷开了,又不离了,这算哪一出?现在离,咱们是好离好散。以后我看见孩子,就等于看见了你,光念你的好处。这次要是不离,往后咱们也过不好了。花里胡哨,玩玩闹闹的玩意儿我一样也不会,你表面上跟着我,心里想着别的,你也受罪,我也受罪。等到闹翻了脸再离开,就没有意思了。"

案情竟发生了这样的变化,使最简单不过的案子变得复杂了。原告已有悔意,不想离婚了;被告却劝说原告,坚持要离。

如果大吵大闹,相互对骂,夫妻恩断义绝,陶怡春就可以无所顾忌,也不用犹豫,一跺脚就走了。谁会想到王怀礼不嫉恨,不埋怨,一句关于她的坏话也不说。甚至他完全有理由向审判员提出林玉琪的事儿,陶怡春早就准备了这一手,他也一个字不提。他这样做并不是由于他痴呆糊涂、逆来顺受;相反倒表现出他的宽厚、坚定、有理智。这使他处处占主动,过去是善良而忠诚地爱着妻子,现在要分手了,仍然想维护妻子。身为原告的陶怡春却处处被动,似乎她以前欠着丈夫的情,现在还欠着他的情。她跟他过了十多年没有爱情的生活,把青春都搭上了,本来是自己有理的事,现在却变得没理了,她好像成了一个不正派的女人。她的犹豫,使王怀礼想到别处去了,问:

"那个林玉琪多大岁数?他成过家没有?"

陶怡春警惕了:"这关你什么事?"

"他不会骗你吧?咱们离婚后他能跟你结婚吗?"

"这你就不用操心了,我离开你,将来不管出了什么事也不后悔,也不会再去敲你的门!"王怀礼的好心伤害了陶怡春的自尊心,逼得她一下子又坚定起来。

审判员、书记员从里屋出来了,规规矩矩地坐到自己的位子上。

不知为什么,陶怡春看着审判员的神色,总觉得他们听到了自己刚才和王怀礼的谈话。

审判员:"你们协商得怎样了?"

陶怡春:"离!"

审判员:"王怀礼,你哪?"

王怀礼:"离!"

审判员把目光转向陶怡春:"孩子哪?"

陶怡春:"都给他,我什么也不要!"

王怀礼低下头,一声不吭。

法庭上静悄悄的。秋天正午的阳光已经爬进了大厅中间的地板上。

审判员:"你们两人的这件离婚案很特殊,可离可不离,感情有裂痕,但并未破裂,双方都还藕断丝连,完全有可能和好如初。如果非要离婚不可,分开以后,你们肯定都要后悔,尤其是你陶怡春。……"

陶怡春:"我不后悔,我不后悔!"

审判员:"再给你们一个星期的时间,回去都好好想一想。"

陶怡春:"没有必要,我们双方都同意,任何条件我都接受,为什么不在今天就判决?"

王怀礼:"了结吧,总拖着也不是长法儿。"

审判员:"……那好吧,既然你们非要这样办不可,那就只好判决了……"

1981年9月

种瓜得瓜

即便是大年三十,在教工宿舍的大院里除去热烈欢愉的气氛,另有一种人人都能感觉出来的文静淡雅的味道。这就越发显得邝华门前的热闹劲儿和整个大院的风格极不协调,常常惹得教师们侧目而视。

"哎! 邝老师!"一个头戴油脂麻花的售货员帽、身穿酱色大疙瘩毛衣的小伙子,骑着一辆破旧的公车,前轱辘已顶上了邝华的门,仍不下车,左脚蹬着门槛大声吆喝,引得四邻八舍全探出脑袋。

"中民,你进来。"邝华在屋里搭了腔。

"你出来,我还有别的事哪!"

邝华从屋里走出来,嘴里咬着两根刚点着的香烟,拔出一根塞在中民的嘴里。此人三十多岁,穿着打扮像教员,眉宇间的神色却像自由市场上的管理员。中民把大包小包的东西塞给邝华:"这是猪肝,这是酱肚儿、头肉,这是三根火腿肠。"邝华嘴里啧啧着:"好,够铁的! 这些东西市场上早就见不着了。"

"你再看这个。"中民从自行车的后衣架上又取下一大蒲包鲜亮亮,白生生,像胖娃娃的手巴掌一样宽厚的鲜带鱼。邝华欢叫了一声:"嘿,太棒了! 今年国家供给的带鱼都快臭了。"

"那是给教'快班'的老师吃的!"中民的眼角斜了一下邝华的邻居,那是位四十岁出头的女教师,名叫石隽,文秀端庄,老复旦大学的毕业生,本校教师中的佼佼者。年年教"快班",她的学生十个有六个能考上高等学校。石隽正低头冲洗刚买回来的带鱼,带鱼黑乎乎又窄又薄,发出一股臭烘烘的腥味儿。她却像在课堂上教书一样,不嫌不

320

厌,认真仔细,脸上带着南方妇女特有的恬静和温柔,仿佛她就应该吃这样的带鱼,能有鱼吃就已经很知足了。

"今年国家卡得很死,这些东西你是怎么弄出来的?"邝华不愿让中民伤害自己的邻居,引开了话题。

"嘿嘿,说你是傻八儿,你还不服气!"中民忽然一吐舌头正色道,"这可不是走后门,店里卖给自己职工的,我从自己嘴里省出一份给你。怎么样?你这个学生够哥们儿吧!"

中民走了,陆陆续续又来了不少人,全是邝华的学生。

"邝老师,给你电影票。大年初一的,还是晚场,够意思吧!带着我们师娘去,我也把我们那位领去,让你参谋参谋……臭德行!"

"邝华,煤球来了……什么?上个月的煤还没烧完,不想要了?你这个傻小子真不知好歹!这拨儿煤球不是冻的,一个碎的没有,过这村就没这店了,给你倒下了!……哎,把东西准备好,我们哥儿几个初二来,给我们伟大的'慢班'老师来拜年!"

邝华站在家门口,飘飘然一派志得意满的醉意,这个年过得太痛快了,在心里憋了好几年的窝囊气总算放出来了。这些年学校里讲学历,抓升学率,他是下乡青年选调上大学的工农兵学员,被人瞧不起,让他教"慢班"。他索性来个顺坡下驴,靠山吃山,靠水吃水,不把学生当学生,而是当成哥们儿。看电影坐在一起嗑瓜子,学生想抽烟没钱买,他负责供应。"慢班"的学生都升不了学,却分配到了副食店、百货店、煤店、粮店、修理队等社会生活的"要害"部门,在学校个个功课都很差劲,到社会上活动能力却很强。他这个在学校里最被人瞧不起的老师,现在却真正是桃李满天下,门庭若市,车水马龙,自己搭起的小厨房里堆满了市场上买不到的食品。那位优秀的模范教师石隽,反倒门庭冷落,只好享受那一斤半臭带鱼。想到石隽,邝华突然动了恻隐之心,这位女老师虽然很有学问,但不傲气,不多事。不管心里怎么想,表面上从来没说过看不起他邝华的话。邝华盖厨房占了她家的地盘,她也一声不吭,见了面仍然客客气气地叫他一声"邝老师"。因为她是"快班"的班主任,"慢班"的学生就特别恨她,用刀子扎了她的自行车带,她也不去告诉校长……这是个真正的好人！邝华仗义地把中民送来的一级带鱼分出一少半，提到了石隽的面前，诚恳地说："石老师，把那臭带鱼先放在一边，吃这好的！"

石隽被吓了一跳，抬起了惊恐的眼睛，她的自行车带被学生拿刀子捅个大口子也没见她这般惊慌过："不，不，这就挺好……啊，谢谢你，邝老师。"

"石老师，你若不要就是看不起我邝华！"他的慷慨是用吵架的方式表达，更把石隽吓坏了，她低下头不敢看他，像偷了人家东西似的，声音低低地说："多少钱？"

"你这不是寒碜我嘛！别提钱！"

"你不要钱我不敢要。"

女人要是用蔫主意更不好对付，邝华呲呲牙花子，看了一眼手中的带鱼，估摸顶多有三斤，就说："三八两块四，你就给两块钱吧！"

石隽给了他两块四角钱，借机把闷在心里好长时间不好意思说出口的话说出来了："邝老师，放学前教研组研究，学校教务处也有这个意见，下学期想请你去教初二的'生物学'，你的意见怎么样？"

邝华心里立刻骂了一句：这个臭娘儿们，刚把好带鱼送给她，她就端出了教研组长的架子，这是明明嫌我教数学教不好，把我赶出了数学教研组。他妈的，今年教地理，明年教数学，后年教生物，到处打补丁，我成了球儿了，被他们来回踢着玩儿！但他还是拿出一副大丈夫气概，满不在乎地说："行啊，我愿意教'实用学'！"

"啊？"

"不，是'生物学'。"说完生气地回屋去了。

石隽对着那堆一级带鱼犯愁了，那鲜亮亮又宽又厚的带鱼当然要比自己买的臭带鱼好吃，她何尝不愿意吃好的呢？何况又是花了钱买的，满可以心安理得。可就是不敢动手收拾它。她眼前的带鱼忽而像蛇一样活动起来，忽而变成了刀子朝着她的自行车捅去，忽而又变作了一个个淘气的学生的脸……

天哪，这个年算是过不好啦！

1982年2月

322

拜　年

一

"阳历年"——那算什么年？不管你给它起多好听的名儿叫什么"元旦"，可中国人从来不把它当"年"看待。录音机、电视机可以进口，没听说"年"还能进口！中国人真正的年，是春节！农历正月初一，这才叫新年新岁，万象更新哪！

初一饺子，初二面，初三合子往家转……转眼到了大年初五。俗称"破五儿"，又是吃饺子的日子。好吃的东西反正就是那几样，每样吃了一圈儿，轮回去再从头吃起。人嘛，平时抠抠搜搜，一过年就放开了手脚，好像有今天没明天了，不把腰里那点钱折腾光了，心里就不舒服。吃喝玩乐，日子过得就是快。酒喝足了，钱花光了，今儿个——到了工厂上班的日子啦。

冷占国比往常上班提前二十分钟出了家门，他历来讨厌"以厂为家"早来晚走和加班加点那一套。只有废物蛋才耍这种花架子，顶多可以赚顶先进生产者的帽子。但管理工厂那都是下策。可以说冷占国是吃铁末子长大的，从懂事那天起，就在三条石的各个小铁工厂里窜来窜去捡煤核儿，个子刚长到和大锤把儿一般高，就进厂当了小学徒。工厂里那点玩意儿全在他肚子里装着，不管哪个部位发生了什么问题，能瞒哄别人，却瞒不了他。他认为每个人只要干足了八小时，工厂就不是现在的样子。八小时工作制顶多使了四个小时的劲，何苦在八小时以外又装腔作势！他一年到头不早来晚走，也不早走晚来，规规矩矩，按制度办事。但一年中有四天是例外，阳历一月二日、五月二日、十月三日、农历大年初五。赶上这四个日子，每天都提前二十分钟上班。为什么？他一不害怕节日，二不反对放假，但目前有些人这种干着玩儿、玩儿着干的脾气可叫他受不了。节前五天就松了劲，你把嗓子喊破也吆喝不起来；节后五天还缓不上劲儿来，你把眼珠子瞪圆也没人理你的茬儿了！里外里加在一块儿，元旦放一天假，等于放十一天；春节放四天假就等于放了半个月，还受得了吗！他也愿意一年到头光放假，可往哪儿拿钱去？所以每逢放假后的头一天上班，他都提前二十分钟往总调度室一坐。他手下的调度员们也都知道主任的脾气，这一天全部提前上班，每人抓住一部电话机。八点钟——上班的铃声刚响，每个调度员同时都拨通了各个车间办公室的电话。要是有哪个车间的主任没有上班来；或者哪个车间的机器没有转，还没有开工生产，这个车间的头头就算倒霉了！

总调度室主任——这职务比厂长小半级，比车间领导高半级。要命的还不在冷占国比车间的头头们高出这半级，关键是冷占国这个人。他一进工厂的门，除去生产，别的全不认识，六亲不认，男女不分，老中青不辨，似乎连七情六欲也没有，老是板着一副冷冰的铁面孔，一说话就把人往墙角上逼，谁受得了！

今天是"破五儿"，他还没有进厂门，火气似乎已经顶到脑门子了。往年的春节都赶在二月份，今年却赶在了一月份。一个月赶上俩节日，掐头去尾，一个月连半个月的活儿也干不了，这个月的生产计划怎么保？年前，厂长硬掐着他的脖子，逼他寅吃卯粮，东挪西凑，虚虚实实提前报产，多报产值，把应该在第一季度里分三个月下发的奖金，全部提出来，春节前一次发给了职工。凡是机械厂的人，摸摸头囟儿就有一份。说是一年到头了，大家辛辛苦苦干了十二个月，痛痛快快过个肥年吧！冷占国虽然有坚强的个性，但胳膊再粗也拧不过大腿，只好咬着牙干。他心里虽说不痛快，可自己也分了一份，并且也没有旗帜鲜明地把自己那一份退回去，真是打断了胳膊往袄袖里藏！年是过了,够痛快,也够肥,今后怎么办? 谁来坐这根大蜡? 还是他——冷占国!

马路上还很清静,车辆和行人都不算多。往常这个钟点,车水马龙,已经挤成一个蛋了。今天是怎么啦? 有人还想再歇一天? 年还没有过够? 便道上尽是白花花的炮仗纸,看见这些像铺了一层地毯似的炮仗纸,就使人还可以闻出一种喜气洋洋的过年的味道。今年放鞭炮的人特别多,大年三十的晚上从十二点一直响到初一上午九点。解放天津那一年真枪真炮也没有这样响! 他就奇怪,人们哪来的这么多钱呢? 瞒别人还能瞒得了他吗! 工厂里的钱越来越紧,生产不是看涨,而是看落,大伙儿口袋里为什么还都那么肥呢? 莫非也是来路不正? 其实就是那么点钱,不过市场活跃,周转加快,从你的口袋装进我的口袋,又从我的口袋转到他的口袋,钱不值钱,人人都能摸得上,热热闹闹,大家高兴。但是冷占国决不花那种冤枉钱,过年他连一个炮仗也没买。一是他没有小孩儿,冷冷清清,挺大的一个人举着一挂鞭自己点火自己放,有什么意思! 二是老婆有病,他没有那份兴致。

"哎呀!"他急忙扭车把,差点和前面一辆拐弯的自行车撞上。工厂快到了,今儿个头一天上班不顺气,骑在自行车上老走神儿。他提一提精神抬起了头,以前很吃香,现在最不景气的重机厂,在城市里鹤立鸡群,像一片小山头似的横在前面:办公大楼、设计大楼、试验大楼,两万平方米的总装车间、像前门楼子一样突出的煤气站、有双层天车的热处理车间,高高低低,参差不齐,方圆十五公里,是个用钢铁堆起来的城堡。不,是用钱堆起来的! 而且有许多钱扔在了地底下,这些埋在地下的各种基础是再也收不起来了。光说调整,调整不好就下马,能这么轻巧吗? 工业的脊梁骨弯了,光靠农民做小买卖赚的那点儿钱顶个屁用! 这么大一个机器厂,还没有真正为国效过几年力哪,一讲调整就丢掉不要了? 上上下下一推六二五全不管了? 过去,一提重机厂人们都另眼看待,姑娘小伙子们找对象都比别的单位容易,看看这一大片厂房就叫人眼馋。想不到现在成了人们嘲笑的对象,还不如做皮鞋卖百货赚的钱多!

冷占国越想越气,猛地又低下了头。

二

重型机械厂的大门敞开着,时间还早,上班的人稀稀拉拉,职工们年后第一次碰面,抱拳拱手,相互问候,倒也热闹。有一个身材不高的人抱着大竹扫帚从厂内中央大道一直扫过来,扫净了门里,又扫门外。冷占国从早晨出了家门,这是碰到的第一件叫他高兴的事,好兆头,开市大吉,刘瘸子这一回算办了件人事。他一年到头在传达室里坐着还嫌累,轻易不开大门,职工上下班全走旁边的小门,汽车走后门。冷占国老为这件事骂街:"就凭这一条,机械厂也搞不好,不走大门,净走旁门歪道!"今儿个刚过完年,刘瘸子长了一岁,也长了点出息,又扫马路,又开正门,这个年不白过,今年的生产说不定还沾他点光。

他翻身下了自行车,破例想和刘瘸子打声招呼,认真一打量,嘿!扫大门口的不是刘瘸子。一个矮墩墩的矬胖子,一张毫无特色的脸,原来是他的副手,总调度室副主任——老实木讷的胡万通。冷占国心里刚冒出来的那点高兴劲儿又飞了,一个总调度室的副主任,不干点正事却来扫大门口,不光是失身份,而且是失职。仿佛胡万通不仅丢了自己的脸,也丢了他冷占国的脸。论职务冷占国压胡万通一头,若是排辈儿,胡万通却是冷占国的师兄,他比冷占国早学半年徒。只因掌柜的看他脑瓜儿不伶俐,手脚更笨得出奇,天生不是个打铁的材料,就叫他拉风箱烧火,让冷占国学拿钳子打铁。也正是从冷占国拜师兄的那一天起,他就指挥和领导胡万通。胡万通对这种被领导的地位一点也不在意,他和冷占国正相反,几十年如一日的早来晚走,以厂为家。你早来也不要紧,可别扫马路呀,到车间转转不还可以掌握点生产情况嘛!

胡万通却决不认为扫马路就是丢人,他是故意选了这个春节后第一天上班的早晨来扫大门口,可以向全厂每一个职工都拜一拜年。所谓拜年,还不就是问声好、打个招呼,你主动给别人拜年也比人家矮不了一截,可对方心里会很舒坦。现在当个干部不能拿架子,板着面孔打官腔吃不开了,要想办成点事就得靠人缘儿,靠面子。

"王科长,过年好! 初二我到你家去了,你不在……"

"老几位,过年没得空儿给你们去拜年,今儿个给几位拜个晚年!"

胡万通像所有自知能耐不大的人一样,说话随便,待人亲热而坦率。他似乎永远都是这副快活诚实的样子,不分干部和工人,向每一个来上班的人都拜上一个年。

"老师傅,头一天上班就来得这么早,我在这儿等着给你拜年呐!"

"哎呀,这不是胡主任嘛,您过年好! 干部在大年初五扫马路,这可是多少年没有的新鲜事啦!"

不少工人为胡万通扫街而感动,他不仅没有失身份,在群众中反倒长了身价。新年新岁,喜气洋洋,大家都高兴,更容易联络感情,增加对他的好感。何况在这个世界上你到底做了些什么是无关紧要的,重要的是你如何让人们相信你的确做了不少工作。至于成效多少是不大被人注意的,谁能无止境地吃苦耐劳、忍辱负重,谁就是当今的天才!

精工车间的副主任施明带着本车间的一群小青年,骑着飞车冲过来。

"小施,你们过年好!"他见了现在的青年人就像见了女人一样,宽厚阔大的嘴唇咧开了,那样子就好像随时都禁不住要笑似的。

"哟,胡头儿,初三我到你家给你拜年,你躲了,把好酒也都藏起来,这可不对呀!"

"胡头儿,你大年初五扫马路,真是活雷锋!"

青年人跳下自行车,亲热地围住了胡万通。

"胡头儿,听说你要升副厂长了……你别装傻,年前厂长到我们车间征求意见了。"

"叫胡头儿请客!"

一个青年工人搂住了胡万通的肩膀头,伸手到他口袋里去掏烟。

"别抢,别抢,我给你们拿。"

哪容他往外拿,青年人早从他的上衣口袋里把一盒还没有开封的恒大牌香烟掏走了,这样的香烟过春节每户才供应十盒。青年人把烟一分,有人三根,有人五根,最后还剩下两个人没有分到烟。这两个人当然不能吃这个亏,继续找胡万通要烟。施明知道他的秘密,大声叫着:"他褂子口袋的烟是次货,专门准备给外人抽的,他裤口袋里还有好烟,那才是留给自己抽的,要不怎么外号叫烟神!"

胡万通嘿儿嘿儿笑了:"过年卖给的好烟我一根也没捞着抽,这是最后一盒了。不信你们看……"他从裤口袋里掏出自己抽的烟——塑料袋里装着大烟叶和一沓白纸条。

抢烟的几个坏小子见到这副情景心里一动:"这个老实人,把好烟整盒整盒地送人,自己过年抽烟叶。他大概除去老婆不送人,别的什么都可以给人。话又说回来,吃亏人常在,他也正是靠这些东西买了个傻人缘儿。不过,坏小子的心里仅仅是有那么一点点感动,绝不会再把香烟还给胡万通。他们的哲学是:见了老实人不欺负也是傻瓜。他们叼上恒大烟,骑上自行车,一哄而散。这还不算完,回头又饶了两句:

"胡头儿,当干部的要都像你有多好!"

"胡头儿,选厂长我一定投你一票!"

胡万通憨厚地摇摇脑袋,继续扫地,仍然不忘同每个进厂的人打招呼。

站在一旁的冷占国可给气坏了,连他的脸都感到替胡万通臊得慌。人家把他当傻小子耍,寻开心找便宜,他就愣觉不出来,还乐呵呵感到怪不错哪!当然,胡万通这样干还使冷占国的心里有那么一种不舒服,上班来的职工几乎都和胡万通打招呼,有说有笑,却很少有人答理他。甚至人们根本看不见他,上班来的人全把注意力集中到胡万通的身上。胡万通本事不大,反倒能跟周围的人保持一种良好的关系。尽管大家都瞧不起他,可又都喜欢他,把他当成天生的挚友。冷占国从来没有想到自己还会嫉妒没有本事的胡万通。

他走过胡万通的身边时,低声然而威严地说:"万通,别扫了,赶快回办公室。"

"呵,占国,你来了。好,我马上就完!"胡万通三下五除二把大门口外面的小马路扫完,将扫把丢在传达室,紧跑几步跟上了冷占国,用充满焦虑的口气说:"占国,这两天弟妹(北方话:兄弟媳妇的昵称)怎么样？初二我去的时候见她的气色可不大好。过年劳累，睡觉又少，再加上小孩们爱在窗户根儿底下放鞭炮，一惊一乍，你可多留神，千万别让她犯病……"

冷占国阴沉着脸没有吭声，他最不愿意别人提他老婆的病，尤其是在工厂里。当然，胡万通例外，他们是多年的师兄弟，两家的事谁也不瞒谁。虽然现在他心里还闷着胡万通的气，不愿答理他，可是讲私人交情，讲为人处世，他还是觉得胡万通这个人安全可靠。胡万通确实是这样一种人，别人一见面就可以信任他，都愿意把隐私告诉他，有火气可以朝他身上撒，有牢骚也可以冲着他发，一切苦恼、隐痛、忧虑都可以向他倒出来。他可以心甘情愿地代人受过，自己有天大的委屈也可以忍气吞声，而且毫不吝啬对别人的同情和安慰，使对方在精神上得到解脱。更重要的是他不出卖朋友，不传老婆舌头，他不说任何人的坏话。他的立场永远是缓和矛盾、平息争端，决不站在一方指责另一方，也不挑唆别人相互怨恨。他越是这样，就越是掌握了许多别人的秘密，一条秘密就是一条小辫子。他不使用这些秘密，不抓别人小辫子，不等于他没有力量，反而证明他的忠厚善良。因而使他在工厂成了个特殊的人物，绵里藏针，软中有硬，以弱胜强。没有人比他更窝囊了，谁都可以欺侮他，可他又是个强者，是个胜利者。就像冷占国这种脾气古怪的汉子，在工作上可以把他拨拉得团团转，训斥他，嘲笑他。但是冷占国的老婆犯病还得靠他帮着送医院，然后又把孤单执拗的冷占国拉到家里，像对待亲兄弟一样照应他。冷占国在胡万通手里也不是没有短儿，所以别人都怕他，而胡万通只是顺从他，并不怕他。当调度员们每人守着一部电话机进入一级战备状态的时候，他却向冷占国提出了另外的主张——

三

"占国，别叫大伙儿光抱着电话要数字了，今天刚过完年，什么数字也要不上来。倒不如你领着我们大伙儿挨个车间转一转……"

"干什么？"

"给车间的头头和工人们拜年哪！"

"什么什么？拜年？我还去作揖磕头哪！这是领导生产，不是老娘儿们串亲戚。你们从初一拜到初四，还拜不够？还要跑到工厂里来拜年，刚才你在大门口演的那一出儿，像武大郎开店似的，还不够叫人恶心的！"

"你看你，说着说着就着急，你听我慢慢儿跟你讲。"胡万通嘿儿嘿儿一笑，别人说他什么话，他也不会着急上火。而且每逢和别人办事谈话的气氛要紧张的时候，他就主动敬烟，紧张的气氛立刻就会缓和。伸手不打笑面人嘛，哪有一点人情味儿都不讲的家伙。可是那盒救急的好烟被施明那帮坏小子抢走了，他只好掏出了大烟叶："你卷根儿这个尝尝？比恒大有劲！"

冷占国不耐烦地摆摆手，往自己的茶杯里放上一撮茶叶，一摸暖瓶是空的，生气地把冰冷的水壶推到了一边儿。自从胡万通从车间提升到总调度室两年多以来，总调度室二十一个干部，别人没有再打过开水，全是胡万通一个人的事儿。每天早晨，调度员们上班来，各个暖瓶都是满满的。时间一长，这好像也形成一种制度了，开水就应该副主任去打，别人没有这个习惯了。今天虽然出了例外，但冷占国也只是把暖瓶推开，并没有想到自己要去打开水，心里反而埋怨胡万通光顾扫马路，忘了打开水。

胡万通笑着解释："我去过了，锅炉房还锁着门哪，今儿个头一天上班，不到十点甭想喝上开水。"

"为什么不让锅炉工上早班，今天正式开工，没水喝怎么行！"

"那就是行政科的事儿了，咱们管不了。这和你领导全厂生产是一个理儿，不能像过去一样总靠公事公办，拿出上级领导下级的劲头，用组织手段和规章制度卡下边是不行的。现在没有人听你那一套，人家嘴上怕你，说不过你，但是私下可以和你拧着劲儿，不听你的，你有什么招儿？所以还得和下边搞好关系，建立感情，拿人情面子拘着大伙儿干活儿。"胡万通想借过年的喜庆劲儿劝劝师弟。

"得了得了,这是工厂不是幼儿园,我不会哄小孩子!"

"不论工厂还是幼儿园,理儿是一个。咱们干调度的,上边通厂长,下边靠工人,管事多,接触人多,因此得罪人也就多。一年到头了,你领着大伙儿到下边一拜年,过去有点疙疙瘩瘩的事也就过去了。你不也羡慕外国的生产管理办法吗?到了年节,人家老板也对下边人说:'承蒙多关照','感谢您捧场'!把公事当成私事办就好多了。大伙儿心里不痛快,不想干这活儿,冲着你这个当头的人缘儿不错,碍着你的面子也得干。"

"那还要计划干什么?规章制度还有什么用?!"冷占国又喊了起来。他热爱工厂,办事利落,从前他把组织生产当做一种享受,就像一个有才气的导演排练一出好戏一样,沉醉在创造的乐趣之中。可是一年一年干下来,越干不是越熟练、越顺手,而是越干越艰难、越不适应。挫折和困难使他对现状越来越不满,态度变得严谨而刻板,好像车间的人一年到头老欠着他一笔还不清的账。

外间屋的调度员们听到主任又冲着副主任嚷叫起来,放下电话悄悄地走到门口偷听。他们钦佩主任的精明和能干,可是又惧怕他。在他手下当兵很难,老是神经紧张,在生产的组织和调度上稍有一点失误,就甭想瞒过主任的眼睛。冷占国嘴又刻薄,常常让不如他的人下不了台。而副主任胡万通却具有一种使周围的人心情舒畅的魅力,大家在心里都赞成他的办法,到下边转悠一圈儿,说说笑笑,抽烟喝茶,事情也办了,还落个轻松愉快。谁愿意像个旧社会的工头似的,大年初五一上班就逼着下边干活儿。

胡万通抽了一支喇叭烟,看看冷占国刚才冒起的那股邪火已经熄下去了,就笑模悠悠地说:"走吧,快到点了。"

冷占国抬起头扫了自己的副手一眼,天哪,这算个什么人呢?老牛筋,母猪肉,蒸不熟,煮不烂,没囊没气,软磨硬泡。他没当干部的时候对冷占国是百依百顺,现在怎么变成了这个样子?难道他到下边推动工作也是这个办法?调度工作需要精明练达,快刀斩乱麻,真不明白这一年多他是怎么胡噜自己那一摊儿的!冷占国瞧不起胡万通,对胡万通的工作却不能轻易下断语,他管的炼、铸、锻等热线那一摊儿,虽没有突出的成绩,也没有出大的娄子,不管什么情况总能凑合过去。现在的事情真是难说,智勇不足,靠甜嘴蜜舌也能干工作。冷占国叹了一口气:"要去你去,我是不去。"

"我算什么,说老实话,我不光春节给大伙儿拜年,一年到头我老给下边拜年。我的经验是:给下边布置工作说软话比说硬话更容易成功。"

"那是你乐意,窝囊人办窝囊事。"

"窝囊也好,不窝囊也好,你的目的不是要把事情办成吗? 他骂你也好,唾你也好,只要能替你办事不就得啦。快走吧,大家看的是你,意见多也是对你……"胡万通险些违背了几十年做人的宗旨,把他听到的群众对冷占国的意见说出来。其实也可惜那些好话对冷占国说,句句就像子弹打在坦克上,弹回来反伤了自己。

"谁爱有意见就有吧!"冷占国不想打听别人对他有什么意见,他心里有数,早就采取了"四不"方针:不怕、不问、不听、不改! 现在人们的嘴比鸭子屁股还臭,你做得再好,要想贬你也可以把你说成一堆狗屎。你本是一堆狗屎,要想抬举你,也可以把你说成一朵鲜花。他也不想再跟胡万通费唾沫了,站起身一把推开了通向外面大屋的门,挤在门口偷听的调度员们,慌忙回到原座位,拿起了电话听筒。

冷占国的火气更不打一处来,他从一个调度员手里夺过电话,自己拨通了精工车间的号码。可是对方没有人接电话,只听见铃声嘟嘟响。他捺了一下电话的插簧,又拨通了总装车间的号码,同样也没有人接电话。还真叫胡万通猜对了? 他强压住性子,决心举着听筒一直等下去,看看对方到底什么时候才接电话。他的眼睛盯住了手腕子上电子表的指针,一分、两分……到六分钟的时候对方有人拾起了电话,还没搭腔,嘴里就先骂骂咧咧的:"这是谁呀,这么早就来电话,八成是年货吃得太多,肚子撑得不好受! 喂,你要哪里……"

"你们车间主任在吗?"

"不在。"

"副主任哪？"

"也不在。"

"你们那儿有头儿没有？"

"没有！"

"你们的头儿哪？"

"死啦！啊，不，他们到班组给工人拜年去了。"

"嗯？也在拜年！还要工资吗？"

"一个钢镚儿也不少给，拜年发财嘛！"

"你是谁？"

"你是谁？"

"我是冷占国。"

"我一听就是你，这种日子只有你这个不长眼眉的才来抓生产，你是大伯子背兄弟媳妇过河——专干受累不讨好的事！"

"你是谁？"

"我是你大爷！"对方砰的一声把电话撂了。

四

冷占国举着听筒的手瑟瑟发抖，像铁板一样冷峻的双颊上，看得见血液在搏动，两只眼睛则像是烧热的炭块儿，熠熠闪光。为了工作也会得罪人，这到哪儿说理去？生活和无数事实总是对他的计划和雄心进行修正，多亏他有坚强不变的个性，能够在重重打击面前不为外物所移，也不为个人的恩怨所颠倒，他强迫自己冷静沉着，慢慢放好听筒，目光转向他的下属。

调度员们有的往车间打通了电话，有的还没有打通，总之收获很小，紧张地看着自己的上级。

"你们立即到自己所管的那些车间里去，不是去给他们拜年，而是督促他们赶快投入生产。如果哪一个车间今天上午不能恢复生产，就按制度办事，扣罚……"冷占国讲到这儿，突然想到三个月的奖金已经提前预支,早就发下去了,还扣什么呢？他改口说:"你们要盯的重点是:炼钢车间,六十万千瓦汽轮机中压转子的大钢锭;铸造车间,三五〇工程的主机机体;锻压车间,六十万千瓦汽轮机的高压转子;精工车间,两千八百变断面铝板机、六千吨涨力矫直机、一千二百立米高炉……这些产品必须在这个月底交货!"

忽然,楼道里笑语喧哗,热闹异常。总调度室的门被推开了,厂长、党委书记带领着厂部的几个头头给总调度室的干部拜年来了。厂长满脸喜色,高声道喜:"冷主任,老胡,同志们,你们春节过得好哇!你们总调度室的人平时最辛苦了,过年搞团拜是咱们的老传统,我们厂部的几个同志给大家拜年,先到你们总调度室来。"

"不胜荣幸。可是占工作时间拜年,考勤怎么划？算出勤,还是算缺勤？大家客客气气地拜一天年,这一天的产值找谁去要？工资找谁去要？"冷占国说完连看也不看厂部的领导,也不让厂长们进门,又把目光转向他的部下,"我刚才说的听明白了吗？"

调度员们像战士回答首长的问话一样,大声说:"听明白了!"

来拜年的厂部头头们被干晾在门口,进也不好,走也不好。好在他们被冷占国顶撞也不是一回两回了,并不太在意。只是当着这么多的一般干部,面子上太尴尬了。厂长刚五十多岁,是个"年轻的老干部",修养极好,哈哈一笑:"对,冷主任说得对,大家快一点,别占太多的工作时间。好,你们忙吧,我们再到别的科室去看看。"

厂部领导给自己铺个台阶走了。

冷占国向部下一挥手:"听明白了就赶快行动!"

胡万通抢先一步出了门:"负责热线的跟我走。占国,你代表咱们总调度室到各个科室转转,车间你就别管了。"

"他倒指挥起我来了!"冷占国心里烦躁,嘴里没有吭声。

但是,他不去给别人拜年,自己也无法工作。人事科、保卫科、宣传科、组织科……几十个科室的干部陆陆续续都来敲总调度室的门。他们相互拜年,有的是团拜,有的是私人串联,拜谁,不拜谁,这里面很有讲究。有的是拜好朋友;有的专门拜和自己有矛盾的人,借机调和;

有的借机感谢曾经帮助过自己的人;也有的趁拜年发展新的关系。一拨儿又一拨儿地来到了总调度室。冷占国恼也不是,笑也不是,他可以冲着厂长甩冷腔,却不能嘲骂来给他拜年的普通干部。一气之下他也走出了办公室,干脆躲开吧! 他最不放心精工车间,这个月全厂产值的重点恰恰又压在这个车间,他要亲自到那里看看。

　　楼道里闹闹嚷嚷,你到我屋来,我到你屋去,作揖拱手,嘻嘻哈哈,冷占国厌恶地快步走出办公大楼。他刚一踏上厂区的中央大道,立刻感到更不对头,听不见从车间里发出的机器声,没有正常的生产秩序。整个厂区就像庙会的会场,班组与班组之间相互拜年,车间与车间之间相互拜年,一群群,一伙伙,你来我往。看这劲头,今儿个这一天真要泡汤了! 可是厂房折旧费、设备折旧费、工资劳保等等,生产不生产,每天要开销十一万元,拜年能拜来这十一万吗? 不赚光赔,往后的日子怎么过? 还嚷什么"恭喜发财",这不是叫屁憋的吗? 冷占国可受不了啦。

　　他反身跑回办公大楼,让厂长办公室的秘书立刻通知各车间主任,赶紧到总调度室开紧急生产调度会议。

　　秘书朝他挤挤眼:"你总是用骑兵急袭式的作风工作,要知道现在不是正面发起进攻的年头,而是迂回调整的时期。"

　　"少说废话,你赶紧下通知!"

　　"十几个车间,还有好几个有关科室,我挨个通知到了也就该吃饭了,你想上午开会是无论如何办不到了。"

　　"他娘的,"冷占国从牙缝间喷出一股怒气,"调度会就定在下午一上班,你通知厂长,我请求他必须参加!"

五

　　"咱们开会啦——"

　　会议开始之前,气氛总是十分活跃的:寒暄的,开玩笑的,低声交谈小道消息、内部情况的,递烟送茶的……冷占国沉默寡言,谁也不理,谁也不看,连对坐在他身边的厂长也不瞄一眼,一个人昂头抽烟,眼睛盯住窗外设计大楼的楼角。即便别人对他说露骨的恭维话,他也毫无反应。有人心虚,不知在什么事情上被他抓住了小辫子,想巴结他,冲他开一个亲热而讨好的玩笑,他也不动声色。软硬不吃,不进油盐。他不向厂长请示,也不跟副手商量,连一句人们习惯说的客气话、表示和同事亲热和谐的客套话也不说。比如:"厂长,你先给大伙儿讲几句呀?""万通,你看是不是开始呀?"一切人情世故到他这儿就全免了,擅自宣布了开会。好像总调度室主任,理所当然就是调度会的主席,不管来参加会的是些什么人,也得一律听他指挥。

他身躯高瘦,有魁伟的骨架,却缺少肥肌重肉,因而坐在那里像一块巨大的山石——威势逼人。当他说完了那句开场白,才把目光收回来,放肆地打量着车间主任们:"春节过去了,大家拜年也拜得差不多了吧? 如果还没拜够,我再给你们大伙儿拜,磕响头也行! 但是要有一个条件,得完成这个月的任务。这个月全厂的计划:产值九百万元,利润十七万元。截止到今天早晨,全厂共完成六百二十万元,还差二百八十万元,时间就只有两天半。你们就亮底吧,咱们都是干这个的,谁也不用瞒谁,我要具体的措施,实实在在的数字。今天上午完成多少,下午完成多少,夜班完成多少? 明天、后天一共还有六个班次,每班各完成多少? 如果你那个车间完不成计划,理由是什么?"他稍停一下,又说:"今天看见诸位拜年的劲头都很大,想必是胸有成竹,我谢天谢地。哪个车间能确保完成计划,我当场给他磕头拜大年! 开始——"

他的冷峻的挖苦比他的吼叫更叫人受不了,他的客气中包含着阴冷和露骨的轻视,大家听了更增加对他的反感。他对这些人并无仇恨,他只是恨工作不该这样干。他自信自己那套办法是卓有成效的,过去曾被无数事实证明过。可是现在这些办法只增加了他和周围的人在感情上的裂痕,对工作似乎并无多大好处。因此他也增加了对自己的怀疑和不满,他的坏脾气又使他把对自己的不满发泄到别人身上,这就越发遭到别人的怨恨。说穿了现在谁怕谁呀! 别说他是个总调度室主任,就是厂长又怕他何来?人家不过是表面怕他,心里恨他。只避免当面和他发生冲突,对付他的办法有的是,不说完得成,也不说完不成,各个车间都差不多,到时候大家都完不成,法不责众,看你冷占国有什么咒儿念?现在各个单位的困难都是一堆堆的,随便摆出几堆就够说上半个小时;每个人肚里的牢骚也有好几串,拉出几串就够应付冷占国的。他有牢骚,别人的牢骚比他还多。尽管他精通生产,有敏锐的智力,即使在他的坏脾气中也时常显现出智慧的异彩,但是他的坏脾气毁了他的智慧,人们只知道他脾气坏,不承认他有智慧。他不能控制全厂的生产局面,也控制不了这个集中了全厂能人神仙的调度会了。表面上冷占国是会议的中心,实际上每个人都以自己为中心,各想各的事,各打各的算盘,哪个人都有一套对自己有利的神算妙计。

也许,能叫与会者从始至终思想不开小差的会议是没有的,更不要说把挖苦嘲笑当做打喷嚏,把拍桌子争吵视做家常便饭的生产调度会了。

瞧吧,这些车间科室的头头们济济一堂,有的把这半天调度会当做了享受,有的当成罪受,有的借机来休息半天,有的来开心取乐儿,发发牢骚,不解决问题还图个心里痛快。这一切内心活动都可以从他们那丰富多彩、迥然不同的表情上看得清清楚楚:有人端端正正、严肃认真;有人怒目圆睁、慷慨陈词;有人幽默多智、谈笑风生;有人冷静观战、超尘绝俗;有人尖酸刻薄、嘴上无德;有人满腹委屈、哭诉无门;有人闭目养神、昏昏欲睡;有人神情木然、魂不守舍。这一切又好像只是方式不同,大家早有默契,联合起来,对付冷占国。会议室里烟雾缭绕,真比庙堂里十八个罗汉的形象还要多姿多彩,生动而又不雷同。施明正悄悄地、专心致志地往坐在前面的胡万通的后背上挂纸王八。墙角一个负责做记录的年轻调度员,正怀着强烈的创作冲动在"工作手册"上画人物素描,这里有天才的模特儿,有丰富的材料。

精明练达的厂长,一副城府很深的样子,表面上不露声色,慢慢地吸着烟,心里却已经打定主意,干脆就在这个会议上宣布自己调走的消息和部党组对胡万通的提升。一个月前,工厂党委讨论副厂长的人选,有人提出了冷占国,但是大多数委员不同意,却选择了胡万通。现在看,这个决定是对的。没有人不承认冷占国有高超的工作能力,他似乎是个天生当厂长的材料。也许正因为他是天才,才为凡人所不理解,所不容。现在当个干部首要的一条就是有活动能力,会疏通关系和善于办事,冷占国缺少的正是这些。他当调度主任,惹出麻烦,厂长还可以为他擦屁股,他若当了厂长难道还叫市工业部的领导来给他擦屁股? 他的屁股擦也擦不完!

厂长又把目光转向了胡万通。胡万通认真地听着每一个人发言,不停地在小本子上做记录。他脸上的表情也随着发言者的态度和内容而变化无常,他对于任何喜欢演说的人都是最热心的听众,他的脸仿佛不是自己的,倒像有一个适应外界变化的开关。这是一个从相貌到为人都很平常的人,但他的生命很结实,他的机遇很惊人。在平凡的时代里,只有最平凡的人才有好运。他给人的印象是一个老实本分的人,与世无争,从不谈论权力、职务、地位,似乎决不贪图这些东西,实际上在通往厂长的道路上,他却是个幸运儿。胡万通知道时势造英雄的真理,懂得和周围的人保持良好的关系有多么重要,谁也没有看出在他老成豁达的性格中深含着一种老于世态的灵通。别人都把他当成了一个窝囊废,在社会上他却是个玲珑剔透的水晶球。当个领导首先要具备演员的才能,现在只有傻瓜还不懂得这一点。使用胡万通这样的干部完全放心,他决不会给上级惹什么麻烦,用起来顺手。

想到这儿,厂长微微笑了。不论是冷占国还是胡万通,都没能瞒过他的眼睛,他到部里以后再指挥起这个厂来,仍然会得心应手。

往胡万通后背挂王八的施明,终于完成了这桩壮举,一根曲别针,下面钩着一个用香烟盒撕成的乌龟,上面牢牢地钩在胡万通的衣领上,引得他身后的人发出一阵轻轻的嘻笑声。他得意地往沙发背上一靠,端详着自己的杰作,随后又点着了一支烟,把烟雾不断地喷到那只乌龟上。但是,这只纸乌龟的刺激性毕竟是有限的,他很快又感到腻烦了,把一双像张开的剪子尖儿一样又小又锋利的眼睛盯住对面的一个女人。这是调度会上唯一的一个女同志,工艺科的副科长李瑞,于是施明又想入非非了……

"精工车间,精工……施明!"

施明一激灵,抬起头,看见冷占国那对热煤球一样的大眼珠子正凝然不动地盯着自己,慌忙说:"没问题。"

"没有什么问题?"

"什么问题也没有!"

"计划能完成?"

"能完成!"

"要是完不成哪?"

"你砍掉我的脑袋!"施明的装傻充愣,引得人们哄堂大笑。居然能把冷占国耍笑了一下,施明更加得意地说:"只要你现在给我磕个响头,三天后你砍掉我脑袋也值得。"

冷占国厌恶地皱皱眉头,仿佛有一只癞蛤蟆爬到他的脚面上:"你那个脑袋一分钱不值,也配拿到调度会上来打赌儿!"

去年分房子的时候,施明得到六楼阴面上的一间小屋子,闹了一肚子气;到增加工资的时候,和他同时进厂的中层干部都长了一级,就是甩掉了他,他找到党委把党委书记和厂长的祖宗八代全骂了。从那时起他就破罐子破摔,对谁都敢耍穷横。穷横、穷横,人穷了就横。眼下还在乎一个冷占国?他把瘦脸一吊,愤愤地说:"你那脑袋值钱,完不成计划拿它顶账行吗?你对我们像对小孩子一样连唬带吓,这一套吃不开!咱们厂连续两年没完成任务了,再说国家根本就没有什么任务可让你干,不也没把谁怎么样?!今年不就是那点活儿吗?你干吗逼命?让大伙儿悠着劲儿干呗。"

有施明这种想法的人恐怕还不是一两个,冷占国只好耐着性子解释说:"春节前厂长下令拿出五十万元给职工发了奖金,知道这钱是哪儿来的吗?是从生产的钱里提出来的,所以这个月不同往常,如果完不成九百万元的产值,光是银行就会把我们卡死,下个月周转资金一分钱没有,连煤、水、电、气都没有钱买,生产就得停,工资福利发不出去群众就会乱!今年的生产任务不足是真的,可是只有把一月份这几项产品干得漂亮,人家才会找我们订货。如果一月份的计划落空,拖欠人家合同,用户就会撤销合同,要求我们赔偿损失,甚至罚款。到那时候就是把我们大伙儿连同厂房设备一块儿卖了,也还不完人家的账!插个草棍儿就当头,你是副主任连这个道理还不明白?"

"我比你明白得还多,现在的事是走一步算一步,孩子不哭娘不哄,车到山前必有路。别以为就是你一个人关心工厂的命运,别人都是白吃饭!……"施明荤的素的一块儿上,逗得大家又笑了。

冷占国就是再厉害,对这样的人又有什么办法?他怒冲冲地说:"你要是什么也不懂,连人话也不会说,就回去,换你们的主任来!"

"谢谢,我从此不参加调度会!再要开会你们直接到医院去通知主任。"施明真的起身往外走,胡万通赶紧转身把他拉住。胡万通这一转身不要紧,把后背上的纸王八暴露给大家,屋里轰的一声都笑了,施明笑得最响。胡万通被大家笑傻了,人们还不告诉他。厂长站起身,把他背上的纸王八撕了下来。

厂长办公室的秘书走进来,神色张皇地对冷占国说:"街道上来电话,有个小孩儿放二踢脚把你家窗户上的玻璃打坏了,你老伴儿一生气又犯病了,几个老太太捺不住她,叫你快回去。"

冷占国脸色铁青,没说话,也没动。调度会开成这个样子,计划一点没落实,在这种时候他因私事离开,别人的闲话就会更多,往后叫他还怎么工作?

厂长却发话了:"占国同志,赶紧回去,厂里事就别管了。秘书,给叫辆汽车。"

冷占国还是没有动。施明又坐到自己的位子上,说:"冷主任快走吧,这不厂长都说话了,不会算你早退,也不会扣你的工资。"

胡万通站起来:"占国,我跟你一块儿回去。"

冷占国腾地站起来:"你回去干什么,快主持开会!"他摔门走了出去。

　　会议无法进行下去了，大家都松了一口气，会议中心由讨论生产改为议论冷占国的很不幸福的家庭生活。但不是幸灾乐祸，人们的脸上都充满同情，虽然有的是真有的是假。胡万通还没有主持过调度会，冷占国不在，他就没有主心骨，不知道该怎样收拾眼前这个局面，只好求救地看着厂长。

　　厂长清清嗓子，对大家说："调度会我看也开得差不多了，冷主任的意见很对，这个月还有两天半，大家必须抓紧，回去立刻就动，今天夜里要留个干部值班，组织好夜班工人的生产。我趁这个机会公布一件事，部党组的文件已经来了，我很快要调到市政府工业部去工作，王副厂长升任代理厂长，胡万通同志提升为副厂长。大家对我这几年在厂里的工作有什么意见，趁我没走快提出来，这是对我的帮助。以后同志们到部里去办事还可以找我。"

　　尽管早就有人在下边传说这件事，但是相信的人不多，以为这不过是取笑胡万通。现在一旦变成了事实，大家感到突然，感到惊奇，一时竟没有人说话了。现在人们的心气就是这么怪，很难伺候，软了不行，硬了也不行，刚才是那样讨厌冷占国，喜欢胡万通，当真要胡万通当副厂长了，大家的心里又不约而同地升起一个问号：他行吗？

　　胡万通显得比别人更慌乱，春节前党委书记找他谈话，高高兴兴地提到了这件事，名义上是征求他的意见，实际上是给他报喜，书记愿意找个老实人搭班子。他这个老实人吭哧半天最后拒绝了。怎么今天还是照原样宣布？这个消息一传开，冷占国那样的脾气受得了吗？他会怎么想？说不定两个人几十年的交情一下子就掰了！胡万通怎么能领导得了冷占国？他一想到今后要以副厂长的身份指挥冷占国这个总调度室主任，就感到六神无主。他真诚地说："厂长，还是把我换成占国吧，他比我强多了！"

　　厂长笑着摇摇头："万通同志，这还能换吗！实话说我也舍不得离开工厂到部里去，现在的生活里天天充满戏剧性，社会叫我们扮演什么角色，大伙儿喜欢什么角色，我们就得扮演这个角色，即使自己感到痛苦,感到力不胜任也得演,为了工作嘛!我相信你会干得很好的,因为你有个最有利的条件,就是群众基础好,厂党委是征求了群众意见之后才报部党组批准的。"

有几个车间主任响应厂长的话:"对,万通,你就干吧。"

从来没有愁事的胡万通这回却是真正犯愁了,头脸也涨得通红:"这种事不能起哄,我实在不行,碰到事没有主意,也没有水平……"

厂长没有料到公布了命令还会出现这种局面,他在心里也暗骂胡万通是个废物蛋,老实过头了,就严肃地劝导说:"万通同志,你没有主意不要紧,甚至没有权威也不是坏事,大家吃专横霸道的亏太多了,反过来就拥护老实人,投老实人的票……"

"那是大家起哄开玩笑,你不信正式投票选举试一试!"半天没说话的施明突然打断了厂长的话,"厂长,你看到重机厂这个烂摊子前途不妙,再待下去没有你的好了,想拔腿走人,我们也不留你。但是,你别给自己再找一个听话的傀儡强加在我们头上。你要真走了,我们还真得把厂子好好搞一搞哩!"

厂长讥笑地说:"施副主任,冷占国你不满意,胡万通你也不满意,你到底满意谁?莫非你想毛遂自荐?"

施明动了肝火:"你别戗火,我毛遂自荐也不见得会比万通差。万通,你别往心里去,我这不是和你过不去!"胡万通冲着他苦脸一笑。有能耐的人斗法,叫他这没能耐的人在中间受罪!

施明又对厂长说:"你要问我真正的意见,我还是选冷占国,别看我骂他,气他,但我心里服他。他要早几年当厂长,我们厂也许不会这样!"

厂长毕竟是宰相肚里能撑船,哈哈一笑,对大家说:"好吧,以后有时间再谈。今天是大年初五,每个人家里还有好多事情要干,早点散会。万通同志,就开到这儿吧。"

胡万通胡乱点了一下头。一散会,有两个人抓住了胡万通,非叫他请客。胡万通官大脾气长,挣脱了他们的手,掏出钱包甩给他们:"这里有十块钱,你们愿意吃什么就买什么,我得去看看占国。"

"万通,等一等,我跟你一块儿去!"施明喊了一声,也匆匆追过来,路过厂长身边的时候递给他一个纸条:"厂长,你要高升了,我对你没有什么意见,送给你一副对联吧。"

"噢?!"厂长一惊,不知这个惹不起的神又想出了什么新花样,他打开了纸条:

　　曲率半径处处相等,
　　摩擦系数点点为零,
　　——又圆又滑。

尽管厂长胸怀博大,脸色也突然变了。

1982年3月

找"帽子"

　　这一下可叫金流傻眼了,他站在教育局大院中间的花坛旁边木呆呆、懵懵懂懂,像一棵落霜打蔫的老水仙。他本来就是立身无傲骨、遇事缺乏主见的人,这一刻他真想一头撞死在花坛的石头上。同村的右派分子一个个全都摘帽改正,落实政策回到城里,只剩下他没人管、没人问。今天他来到原工作单位——区教育局打问,组织科的同志一查档案,全局的右派分子全部改正完毕,都已落实政策回城了,可是记载右派名单的老册子上没有金流的名字,当初既没有给他戴上右派帽子,现在当然也就不存在为他落实政策的问题了。

　　"天哪,当初明明是把我打成了右派嘛,不然为什么要把我赶到农村去?"

　　"这我们就不知道了。当初整你的人已经不在教育局了。"

　　二十多年来,别人都把他看做是右派分子,他对这顶帽子既厌恶又害怕。可是如今这顶帽子对他来说,突然变得无比珍贵、无比重要了。却偏偏在这时候右派的帽子飞走了,没有这顶帽子,他的名誉就得不到恢复,政策就得不到落实。往哪里去找到这顶得而复失的帽子呢? 传达室的老王头儿看他可怜,走过来拍拍金流的肩膀,真心实意地对他说:

　　"你去找找老隋,求他给你证明一下。"

　　对,金流挨整的时候老隋是区教育局的书记,他能证明自己是右派。金流打听了五十个人,跑了五十个地方,最后才在一家高级宾馆的小会议室里找到了老隋。没说上两句话,老隋就想起来了,眼前这

344

个傻小子当时的确作为右派上报过,上面没有批。后来作为内部掌握,帽子拿在群众手里,其实是同右派分子一样待遇,送到农村去了。这些内情金流一概不知,二十多年来别人一直把他看做右派分子,他自己也从来没有对这一事实发生过怀疑。现在,老隋却不愿认这笔账,认了这笔账就等于往自己脸上抹黑,承认整错了人! 于是老隋斩钉截铁地说:"金流同志,当初我们并没有把你打成右派分子,这是有档案可查的。"

金流又气又恼,还想辩解。老隋一挥手:"现在我正开着重要的会议,你没有什么政策要落实的,从来没有给你戴过帽子,现在谈得上摘帽子吗? 金流同志,不要看到现在右派分子似乎又吃香了,一窝蜂地回来再找一顶帽子戴! 还是回去好好安心工作。"说罢,迈着方步,走到里间去了。

金流无可奈何地离开了宾馆,嘴里还在喃喃地咕哝着:"帽子,我的帽子⋯⋯"

1982年3月

招风耳,招风耳!

一

据说上帝创造人类的时候让两个耳朵朝前长是便于倾听别人的意见。你看华胜贵这对出类拔萃的招风耳,像馄饨片儿一样又薄又大,像风筝的两个翅膀一样直插在头颅两侧,和圆滚滚的大脑袋构成的角儿正好九十度。他这一副宝贝耳朵,要是被相面先生看见非吓掉半个腮帮子不可,拉住他至少要讨个十块八块的零花钱。为什么?奇相必有奇福,他的福气全在这对耳朵上了,比佛祖佛宗、天神天将的耳轮还要出奇,他很有可能也是上苍的一员福星下界,福大命大造化大。就连那些信教而不信神的人也会说他是上帝的骄子。果然不假,当他活到四十五岁的时候,突然福星高照,官运亨通,一下子被提拔当了锻造工段的党支部书记。转眼间由一个普通工人变成了一百二十号人的父母官,成了全工段的"大拿"。但是招风耳并没有给他招来多少福气,倒招来不少麻烦,也许后边还有更大的祸患在等着他。二十多年来他是大家公认的老实巴交的好工人,谁知升官长脾气,把上帝赐给他一对招风耳的良苦用心全忘得一干二净。那对招风耳不再像两个雷达,把外界的一切信息全部接收下来,输送给大脑,去芜存精,滋补思想,帮助他对生活做出各种各样的决策;相反,招风耳变成了两堵回音壁,把一切声音(不论好话、坏话)都反弹回去。这位全工段的"大拿","拿"了还不到一年,常常被大伙儿吵得耳根子发疼,有时他真想把耳朵堵起来,甚至干脆想把招风耳砍掉。用声音杀人——这是最现代化、最残酷的刑法。他听别人讲过,美国最新式的轰炸机,在执行轰炸任务的时候总是一边放着交响乐一边扔炸弹,让爆炸声和音乐声搅在一起,既杀肉体,又杀灵魂。现在,不论大小只要当个干部,就要天天承受声音子弹的射击。想想吧,一天到晚被各种奇奇怪怪的声音、奇奇怪怪的意见包围着,男的、女的、闹的、喊的、哭的,你说东他说西,哪一个拜不到也不行,都拜到了就都骂你,耳根子软不行,耳根硬也不行,不疯的把你逼疯,不傻的把你闹傻!

不信就请看:年关已近,华胜贵又被各种各样的声音围住了。他不断在心里提醒自己:要稳住,千万要稳住! 他故意装得不动声色,抹搭着眼皮,手里摆弄着工段的生产报表,谁也不看,谁的话也不听。只有那两只又薄又大的招风耳,颤颤巍巍,又红又亮,像充血,又像蒙了一层透明的薄膜,仿佛承受不了这种种声音的压力。

"华头儿,再这样下去我没法干啦,维修工们都跟我翻儿了!"操着这副糖嗓的是钳工维修组长,"锻工们每人都存了十几个班,眼看要过年了,一个个都在家蹲了,买年货,串亲戚,做小买卖赚大钱,你看工段里还有几个人在干活儿? 就苦我们维修工了,累没少受,便宜没得着,谁还愿意伺候你!"

"伺候我? 为我干活儿?"华胜贵翻了一下眼皮。

"不为你为谁? 你的定额不合理,为什么锻工赚了十来天,我们一天赚不着? 农村实行包产到户,你工厂也能实行包产到户? 这不是猴拿虱子——瞎掰嘛!"

"不包工你们干吗? 一天的活儿你们能磨蹭五天,五天的活儿半个月也干不完。包工你们不满意,不包工也不满意,到底怎么样干才对你们的心思? 光捞便宜不干活儿就好啦? 而且还要大家的便宜捞得一样多才行,谁也不能多一点儿,谁也不能少一点儿。"华胜贵这是在心里反驳糖嗓的维修组长,并没有说出声,他知道说出来也没有用,何苦给自己惹气生。

糖嗓见华胜贵不吭声,从口袋里掏出一卷图纸摔到桌子上:"这些活儿的定额得重新定,配这个涨圈你说要几天?"

"这是有规定的,一天。"

"规定一天的时候每月奖金给八块,现在你每月给多少奖金? 两块? 干不完!"

"你要几天?"

"三天。"

"这一件活儿你就赚两天。"

"堤内损失堤外补。"

几个女工叽叽喳喳地插上来:"我说华头儿,你听说了吗,人家铆焊工段这个月每人发了五块钱的奖金。你就跟我们能耐大,为什么不找到车间里去闹、去争?"

一个像精豆子似的小个子女工撇撇嘴:"人家还想借着梯子往上爬哪,要是为你们得罪了上边的头头,断了官运怎么办!"

"人家铆焊工段任务足,我们的任务不够吃的,能保持每月发两块钱的奖金就算不错了……"华胜贵突然又把话头儿打住了,说这些有什么用? 人嘛,都是贱骨头,前些年一分钱的奖金不给,阶级斗争一抓就灵,大家都提心吊胆,规规矩矩地干活儿。这两年一折跟头,开头是不要空头的政治思想工作,大把大把发奖金,发着发着没钱了,又想往回缩。这一缩不要紧,思想工作丢了,钱也白赔了。就像抽白面儿的上了瘾,不长好毛病,少抽一口鼻涕哈喇子就全下来了。不给钱不干,给钱也不干!

就在锻造工段的姐儿几个、哥儿几个正放着活儿不干围着他们头头找乐儿的时候,办公室的门砰的一声被人用脚踢开了。这又是什么人物来了? 还没露面先带着三分火气,开门都不用手! 工人们都扭过脸去看,可是踢门的这个主儿,把门踢开了没有马上进来,站在门外和一个人搭讪上了,一股寒气从门口钻进屋里。唯独华胜贵装做没听见,继续琢磨着手里那张不景气的生产报表,连眼皮也不抬。这种事他也见得太多了,用脚踢门的,用屁股撞门的,用棍子撬门的,工厂大了什么人都有,反正门是铁的,不用炸弹炸不坏。

"哎，小五儿，想着，有好事可别忘了我。从明天起我就歇了，有嘛事过了正月十五再说！"踢门者和哥儿们说完了"行话"，转身走进了办公室。这是一位和当今社会一样复杂的人物，很难根据表面特征对他做出判断。第一，看不出他年龄到底有多大，漆黑的短胡，不能说不精神，像《在敌营十八年里》的副官，还是像安娜·卡列尼娜的情夫渥伦斯基？长长的头发却是又脏又乱，从不梳理，上面落有铁皮、火柴棍、小土块儿，就像一个倒立着的扫把，他只学人家的长头发，不学人家的爱干净，不知这算哪一派？也许是自成一派。谁能分得清他是二十几岁，还是三十几岁？第二，看不出他的身份，装束不伦不类，不像工，不像干，不像学，不像商，上身穿咖啡色的高领毛衣，毛衣上打着精细的盘龙花结，质地优良，做工讲究，看样子价钱也便宜不了，可穿在他身上并不当一回事，不珍惜，不爱护，油渍泥斑，脏糊邋遢。下身是和毛衣顺色的毛料西裤，也沾了不少油垢灰点。他要的就是这个劲儿，穿着考究的衣服干活儿，这也是很时髦的一派。什么都不在乎，而且显示出腰里有钱，不然也不敢拿毛衣料裤当工作服穿！第三，他的神情更令人捉摸不定，面目端正，眉眼间甚至还藏着一股秀气，但这种天生的清秀气被后天增加的污浊气破坏了，他的内心和外表，他的打扮和神情，他的头和脚，他的语言和行动，都是矛盾的，不协调的。他的思想就像烂砖堆上的一摊水，不知往哪儿流。有时以极其复杂的形式表现出来，令人难以理解，有时又简单得可怕，只要你盯住他的眼睛往里看，钻探他的灵魂，你就会感到失望，那里面什么也没有，顶多有点为找不到媳妇而焦急，再不就是想多捞点钱，找个地方吃喝打趣一番，寻点新鲜刺激。除此再也看不见他思想里还存着些什么新鲜的有生命的东西。

其实，这位古里古怪的英雄不过是锻造工段一个普普通通的三级锻工，名叫孙二和。他走进办公室谁也不看，摆出一副财大气粗、凡人不理的气概，径直走到华胜贵的跟前，他并不答理这位支部书记，他们两个人吵过架，他发誓今生不理姓华的，有半年多了不跟华胜贵说一句话。可是华胜贵是领导，工段长三天两头歇班，华胜贵是生产、生活一把抓,孙二和是工人,在人家领导之下,人家可以不求他,他不能不求人家。就说眼下吧,孙二和不知用什么办法竟然在定额包工中赚了十七天。这是锻造工段的新章程,因为没有钱,工人提前完成了任务不给奖金,富余出来的时间归自己支配。这就是说孙二和可以在家里休息十七天,仍然算出勤,工资照拿。但是这张十七天的歇班证,必须有生产组长和工段领导人的签字才能生效,他要叫华胜贵在他的歇班证上签字,又不跟人家说话,能行吗?孙二和有办法,他不慌不忙从口袋里掏出歇班证往华胜贵的眼前一推,一言不发,拿眼睛瞅着他的顶头上司,这才叫气人哪!不用废话,华胜贵签这样的字也不是一回两回了,一见歇班证就明白是怎么回事,拿起蘸水钢笔蘸了一下墨水就要在"工段负责人"下面写上自己的名字,糖嗓却叫了起来:"好小子,你怎么赚了十七天?你们这是什么定额,老太太的松裤裆!"

他这一喊使华胜贵的笔停在了半空。

工人们围上来抢看这张歇班证。孙二和不着急,慢条斯理地说:"你们生气?眼红?有能耐也去赚呀!定额是松裤裆也好,紧裤裆也好,不是我自己做的,是头头定的,你们有话去跟头头说。"

这小子真坏,把大伙儿心里那股毒火往华胜贵头上引。

"对,华头儿,你这定额不合理!"有几个工人果然又冲着华胜贵叫起来。

华胜贵生气地把笔往桌上一丢,这个字不签了!孙二和自己投机取巧得了便宜不用说,还煽风点火,成心惹事儿。他这一摔笔杆,要是别的工人来找他签字就害怕了,不怕他这个人,就怕他不签字,人不值钱,官衔值钱。孙二和可不怕这一套,只要华胜贵不签字,嘴边有八句现成的话质问他。制度是他定的,定额是他审核的,说出的话拉出的屎,还想再缩进去?他站在旁边看这出戏,越闹越对他的心思。

精豆子女工拉拉孙二和的毛衣,笑眉笑眼地冲着他小声说:"二和,春节快到了,你给我办点儿年货,行吗?"

孙二和不用正眼扫了一下精豆子:"你要什么?"

"黄花鱼!"

孙二和没有吭声，别看他找不到媳妇，见了女性架子可挺大，他的理论也像他的外表一样奇怪，认为现在时髦的姑娘都是贱骨头，你越跟在她的屁股后面甜嘴蜜舌地追呀、哄呀，她们就越是瞧不起你。你要不答理她们，或者挖苦她们，骂她们，她们反而会把你当成真正的男子汉，钦佩你，缠住你不放。因此，他挑媳妇的标准还挺高，全工段十几个姑娘，他只相中了电工艾质洁。可人家又看不上他，他对自己的评价同别人对他的评价差距太大了。

精豆子果然朝他耍起贱来，摇着他的胳膊嗲声嗲气地说："二和，你怎么不说话，你答应了？"

糖嗓也凑过来："二和，你歇上这十七天又大发了，一天就算赚一百五吧，十七天下来就是两千多块！捞不上奖金就捞时间，时间也能变成钱，你真是算计到家了……"

孙二和脸色突地变了："你这是什么意思？"

"你别害怕，咱哥儿们不会到保卫科给你告密。你也别跟我们装傻，闻闻你这身上还有一股海鱼的腥气味儿哪。"

"妈的，别狗拿耗子——多管闲事！"孙二和甩开糖嗓和精豆子，直奔华胜贵，想逼工段的一把手签字，只见华胜贵突然站起身，支棱起两只招风耳，焦急地问："锤为什么不响了？为什么停了？"他推开众人跑出了办公室。

工人们轰的一声笑了："他这对猪耳朵还真管事。"

"就冲这对猪八戒耳朵也不是当官的料，活受罪！"

"……"

二

华胜贵急匆匆跑进工段，九千平方米的厂房里一片静悄悄，静得连水龙头嘀嗒嘀嗒漏水的声音和不知什么地方蒸汽管道跑汽的嘶嘶声也格外刺耳了。这个成年锻钢打铁、汽锤轰鸣的工段，一旦静下来就使人瘆得慌。华胜贵不怕动，不怕响，就怕静。他值夜班的时候汽锤砸得越凶,他睡得越香。五吨锤砸一下,周围三里地都要抖一抖,他就像睡在弹簧床上一样舒服。可是汽锤一停他就醒。干打铁这一行,安静是最倒霉的事了!静——就意味着停产、出事故,不是设备出事,就是人出事。打铁这玩意儿可了不得,一锤砸下去若是打滑了,打偏了,把铁打飞了,大块的像炮弹,小块的像子弹,碰上人就不得了。但今天显然不是出了事故,因为工段里连个人影都看不到。往常只要出一点事,工人们就一围一大帮,真关心的,假关心的,看热闹的,骂街的,每个人不管在什么地方存的邪火都可以借机放出来,没有个一天半日的时间恢复不了正常的生产秩序。当然,最后倒霉的还是那个受伤的人和华胜贵,受伤者自己痛苦自己知道,别人对他的同情和对领导的谩骂并不能代替止疼药。华胜贵所以倒霉是不仅挨了下边骂,耽误了生产;完不成任务还挨上边的批评,他是两头不够人。

难道是下班了?他看看手表,才四点钟,离下班还有一个多小时哪,工人都干什么去了?他跑到五吨锤的工人休息室,仍不见一个人影,华胜贵心里一压再压的那股火气蹿上来了。太不像话了,成天叫喊奖金太少、奖金太少,不干活儿哪来的奖金?全工段别的汽锤因为没有任务都停了,只给五吨锤揽来了一点任务,全车间的奖金就指望着朝五吨锤要哪!可是,只开这一台锤还打打停停,这还想要奖金?喝西北风去吧!

华胜贵怒气冲冲地来到洗澡间,果然不出他所料,外间屋的水泥地上胡乱放着一双双锻工穿的大头皮鞋,像丢弃的一堆废料头。里间屋水汽弥漫,水声哗哗,锻工们相互开着玩笑,说着粗话,他们没有因为提前洗澡、破坏了劳动纪律而有一丝一毫的不安。华胜贵真想冲进去把他们一个个地拉出来。但是到门口又站住了,以前他曾上过这样的当,一步跨进去,立刻被一股水柱封住了眼,工人们一起往他身上撩水,弄得他浑身精湿,狼狈透顶,却又不知是谁干的,工人们都不认账。这副样子不能出门,不得不洗上一个澡,换身衣服。这样他也同样违犯了劳动纪律,不仅不能批评工人,工人们反过来倒可以讥笑他。他的眼睛忽然瞄准了那一堆大头皮鞋,便弯腰一双双地拾起来。

把这些脏兮兮臭烘烘的宝贝都捡起来正好够他一大抱,他气冲冲地走出洗澡间,又回到办公室,对工段的人事员小白说:"谁来要皮鞋就记下他的名字,算旷工一小时,扣掉这个月的奖钱!叫他们也知道一下别老觉着这两块钱少,想白拿也不容易。"

人事员对书记这一招大不以为然,却又碍着自己人微言轻,不便对领导的决定说三道四,就顺口只说明了一下情况:"五吨锤的操纵机坏了。"

"坏在哪儿?"华胜贵那对招风耳紧张地支棱起来。

"电器部分出了毛病……"

"哎呀,那就快找电工修理呀!"华胜贵又跑出了办公室,直奔电工组。人事员在后面喊了一声:"已经找过了。"

华胜贵转头又奔五吨锤,他要亲眼看着电工把操纵机修好。这是全车间的饭碗,不修理好它恢复正常生产,他是不会让电工回家的,当然,他自己也决不会离开现场,这也是他的老习惯。他一溜小跑,就像火上房等着他去拉消防栓一样。远远地看见只有一个娇小的身影在操纵机跟前打转转,还真有点"蚂蚁啃骨头"的样子。不过在这现代化的厂房里,在这抓管理抓速度的时代,偏又在停产后十万火急的情况下,太煞风景了。华胜贵那对招风耳又像充血一样通红透亮了,这是他生气的标志。电工组的那些人哪?维修工就是养兵千日用兵一时,平时没事可以待着,一旦有事就要拼,要抢。华胜贵就是抱着这种又拼又抢的劲头来到五吨锤的操纵机跟前,他一点没看错,操纵机跟前只有电工组的副组长艾质洁在寻找操纵机出故障的原因。她一个人顾这顾不了那,着急也没有用,索性不紧不慢,干一点算一点。她是工段里出名的稳当姑娘,从不多说多道,显山露水的事决不干,对任何人都是一个态度,不远不近,不笑不说话,而且一说话就脸红。现在连中学生都把头发烫成各种花样,她却舍不得剪掉那两根黑亮亮的大辫子。工段的坏小子们背地叫她"大观园"。这个外号有点不伦不类,大概是说她像大观园里的小姐,又嫌这一大串文字太绕口,就省去了后面的四个字,只剩下"大观园"了。但是小伙子们不说她的坏话。她秀丽端庄,很像大家闺秀,在一群赶时髦赶过了头的姑娘中间,她的朴素自然反而分外招眼,她那温润的、绵软的神色更显得妩媚动人。就连正儿八经的党支部书记华胜贵也认为她是信得过的老实工人。可是现在他却不能忍受艾质洁的这股稳当劲儿了,他急鼻子快脸地说:"小艾,你们组的人哪?"

艾质洁被吓了一跳,她正为找不出电器的毛病而焦急,抬起头,惊恐地望着红头涨脸的党支部书记,书记眼球干燥,好像往外喷射火星。

"小艾,我问你话哪,怎么就你一个人干活儿,别的人呢? 你们知道不知道全工段都停产了? 救设备如救火,工段这一百多号人的工资、奖金得找它要哪!"

"你跟我说这些干什么? 设备又不是我弄坏的。你应该拿这话去问那些不来干活儿的人。"艾质洁心里这样想,但嘴上没有说出来。她低下头,不敢再看华胜贵,嗫嚅地说:"他们说快下班啦,都去洗澡了。"

"啊? 把设备扔在这儿不管,去洗澡? 维修工干活儿还分钟点? 你们这些人,平时就吊儿郎当,要用着你们了,还是这样稀拉晃荡!"

这不是吃错药了吗,人家招谁惹谁了? 他劈头盖脸甩了这一顿红钢硬铁,叫小艾的心里委屈得不得了。她小声地抗议:"你不去说他们,说我干吗?"

"我就说你,你是副组长,怎么带的兵? 怎么管理的小组?"

艾质洁的脸刷的一下白了,这才叫有好心没好报哪,弄坏设备的人没有事儿,提前下班洗澡的人也没有事儿,就是她这个规规矩矩干活儿的人倒惹出是非来了,受了累,还挨骂。姑娘的嘴唇哆嗦着,一肚子窝囊气说不出来:"你叫我管,他们听我管吗? 当上这个副组长,受了多少冤枉累,挨了多少冤枉骂? 瞎操心,瞎着急,管什么用?! 你还说我,你自己准管得了工人吗?"

姑娘越想越伤心,她长这么大还没有听见过一句硬话,父母都没有这样数落过自己。她一转身趴在操纵机的电器控制柜上哭起来了。她这一哭把华胜贵哭傻眼了,他千能万能,一见女人的眼泪就慌神了:"咳,这……你,你哭什么? 这是工作……"

偏在这时候从他身后又传来一阵工人的吵嚷声,华胜贵回头一看,脑袋嗡的一下大了:又出了什么事?

一群刚洗完澡的工人,赤脚穿着自制的木板拖鞋,手里抱着替换下来的工作服,簇拥着孙二和朝着华胜贵走过来。孙二和只穿一件短裤衩儿,上身赤裸裸,下身精光光,有人给他披上工作服,他扯下来摔到地上。晃着膀子,嘴里骂骂咧咧:"谁从澡堂子里偷走了我的衣服,再不拿出来,我要骂街了!"

后边的几个小子也立刻响应:

"对,我的皮鞋也被人拿走了!"

"我们的皮鞋都丢了,明天干不了活儿啦!"

华胜贵一怔,没有治住他们,反而被他们倒打一耙。自己并没有动孙二和的衣服,孙二和怎么叫喊衣服也丢了?这小子也真是二百五,十冬腊月,赤身裸体,瞧他身上冻得跟茄子皮一样,青一块,紫一块,要是冻出了毛病怎么办?

他大声喊:"皮鞋是我拿的,谁让你们提前洗澡?"

几个年轻工人立刻哄叫起来:"二和,听见了吗?你的衣服是华头儿拿的!"

其实孙二和的衣服是他们藏起来的,这几个工人就是想激二和上火,跟华胜贵闹事。

孙二和逼到华胜贵跟前:"姓华的,你也欺人太甚,凭什么拿我的衣服?你要不快点儿交出来,向我赔礼道歉,看见了吗,我就这个样子到你们家去。我说得出就做得出!"

工人们哄的一声笑了。

华胜贵也恼了:"孙二和,你不要耍赖,我没有拿你的衣服!"

孙二和上前要揪华胜贵的衣领子,突然发现了华胜贵身后的艾质洁正抽抽搭搭地哭。孙二和打个愣儿,赶紧从别人手里拿过一身工作服穿在身上,这种时候他顾不得替自己争气,要挺身而出为自己喜欢的姑娘打抱不平。他走到艾质洁的身边,俨然以其保护人的口吻问:"质洁,你怎么啦?别光窝窝囊囊地哭,人善有人欺,马善有人骑!"

355

孙二和这样一说,艾质洁哭得更厉害了。她是个自尊心很强的姑娘,在人前说句话都脸红,现在却叫她出这样的丑,让这么多人看着自己哭。孙二和算个什么人,又脏又浅薄,成天像个二流子一样不务正业,现在却用这种口气跟自己说话,就像他跟自己有什么特殊关系似的。艾质洁又羞又恨,不敢抬头,只好放逐眼泪。

孙二和见劝不好艾质洁就又朝华胜贵来了,这时候他早把自己"今生不和姓华的过话"这个誓言忘得一干二净了。艾质洁心里那样看他也实在是冤枉了他。眼下他的心里倒是溢满了一种少有的类似纯洁的感情:只要艾质洁不再哭,为了保护好她,叫他做什么都行。他的确把自己的恩怨抛在了一边,冲着华胜贵吼道:"你就是欺软怕硬,全工段谁不知道小艾是最老实的工人,你在别处受了气为什么要朝她的头上泄?"

华胜贵的招风耳耷拉下来了,鼓眼泡被怒气鼓得更高了,厚嘴唇颤动着也越发不听使唤了,他活像一个被人当场抓住的小偷儿。可他并没有做对不起人的事,现在却找不到一句替自己辩解的话。吭哧半天就是那一句:"孙二和,你别胡说八道……"

"你叫大伙儿看看,这不明摆着的事,小艾一个人检修操纵机,要是碰上有眼的领导,对这样的工人表扬还来不及哪,你却把她骂哭了。这不是叫屁憋得疯魔颠倒吗?"

一个沙哑的糖嗓也插进来:"长着个脑袋就想管人,他们的家谱上就没一个当过干部的,好不容易到他这一辈儿熬上了工段书记,还不好好威风威风!"

精豆子和几个女工也幸灾乐祸地过来劝小艾,明是劝架,实是火上浇油,叫他们一闹,艾质洁反而没有台阶下了,越哭越凶。她的父亲是局里的副总工程师,母亲是本厂的会计师,几次要调她到财务科学着当会计,劳资科也下了调令,被华胜贵顶住了。姑娘们都不愿意在锻造工段待下去,让小艾走就不能不让别人走,年轻人都走了锻造工段还干不干?华胜贵上来那股说直理的脾气还真有"犟死亲爹也不戴孝帽子"的劲头,上上下下硬被他顶住了。艾质洁也觉着他是个大好人,成天没黑没白、辛辛苦苦,受了不少累。她的脸皮薄,也怕别人说自己闲话,就在车间干下来了。谁想到今天却落了这么个下场,华胜贵是好人可不办好事!艾质洁越想越气,越气越哭,大哭怕出丑,不痛痛快快大哭一场又出不来这口冤气。身单体薄的小姑娘猛然觉得胸口堵得慌,一口气没上来,背住气昏死过去了。

在场的人一下子全吓坏了。孙二和大叫大喊:"谁也不许碰她!"转身朝工段的电话机冲去。

三

刚才抢救过艾质洁的护士,下了中班准备回家,这才发现华胜贵孤零零一个人还在门诊部走廊的长椅子上坐着,胳膊肘顶住膝盖,双手托着脸,一动不动,似乎是睡着了。大楼里静悄悄的,临近年关,夜里看病的人很少了。所以华胜贵这副蔫头耷脑、昏昏欲睡的样子格外引起了护士的注意。他很像一个无家可归的流浪汉,想躲在这儿忍过又冷又长的黑夜,幸亏那对与众不同的大耳朵,才使护士一眼认出了他就是傍晚的时候,护送一个急病人来的。护士惊奇地招呼他:"哎,同志,你怎么还在这儿?"

华胜贵慌忙从椅子上站了起来:"哦,小艾怎么样?"

护士笑了:"她没有事,就是体质较弱,加上感情过于激动造成一时的休克,恢复过来就好了。她已经回家老半天了,怎么你不知道?"

华胜贵神色茫然:"啊,没事就好……"

"你还待在这儿干什么?"年轻的护士动了好奇心。

"啊……"

"你是艾质洁的什么人?"

"啊……"

护士害怕了,站在她面前的是个神经不正常的人,深更半夜,一个姑娘家还是少招惹疯子为好。连那对引得她总禁不住想看上两眼的招风耳也带出一股不地道的劲头,她匆匆离开了门诊部的走廊。

357

　　叫华胜贵说什么呢？艾质洁的妈妈数落他，艾质洁的哥哥要打他，要不是旁边的人拉得快，他至少要挨两个耳光！也难怪小艾的家属生气，从小娇生惯养的宝贝闺女，在家里都没受过气，父母对她说话都不敢大声，在工厂里被人指着鼻子骂死了，谁摊上这种事能不着急！再说人家孩子并没有犯错儿，而且是干了好事。华胜贵自知理亏，也不敢还嘴。人家不让他进抢救室，说有他在跟前质洁心里堵得慌，永远也苏醒不过来。但也不让他离开，质洁要出了问题，一切后果由他负责。他只好坐在走廊的椅子上听候裁决。他没有睡觉，怎敢睡觉？即便想睡也睡不着。他想了很多，又似乎什么也没想；脑子里忽而像一团乱麻，忽而又是一片空白。他的思想变成出了故障的电视机荧光屏，嗓音轰轰，图像紊乱。就在他的理智发生了故障、对自己那一套近乎偏执狂的信念发生了动摇的时候，人家已搀着病号悄悄走了，连招呼也不和他打一声，把他像耍傻小子一样扔在了医院里。

　　华胜贵看看表，十一点五十分，已经没有公共汽车了，他是护送艾质洁坐救护车到市里来的，自行车还丢在工段里，现在只有步行回家了。他走出医院的大门口，夜里的寒风像锥子一样立刻把他身上的衣服穿透了，冻得他打了一个冷战。大棉袄忘在办公室里，上身只穿了件毛衣和一个棉背心，这一套衣服是坐办公室和在高温车间干活儿穿的，怎挡得住冬夜的寒气！飕飕的小西北风，风头上就如同镶了刀片，割得他皮肉生疼。这一冻倒也有好处，他本来是又饿又困又累，身上冰冷，把睡意赶跑了，脚步也加快了。为了抄近路，不走大街专钻小胡同，一阵连跑带颠儿，身上稍稍有点暖和了。街巷里行人极少，灯光暗淡，任何人走这样的夜路心里也不免会有点嘀咕，华胜贵眼下却是什么也不在乎了，他只盼着快点儿到家。进家先捅旺炉子烤烤火，然后再喝上两碗烫嘴的糊面汤，没有炒菜用香油拌点儿咸菜也行，热乎乎地吃饱了喝足了，钻进老婆给焐热的被窝里美美睡上一大觉。在这凄冷的寒夜里他把一切烦恼都丢开了，脑子里只存着这样一个实际而又迫切的愿望，鼓励他用半小时走完了五站地。他一看见自己的家门口，莫名其妙地涌出一种像迷路的孩子又找到自己的妈妈一样的感情，心急火燎地举起胳膊就要砸门，忽然看看周围的邻居，拳头在半空中停了一下，落在门上只是轻轻地响了一声。他住的是老式大杂院，深更半夜的不要搅醒了四邻八舍，招人家怨恨。当他抬起手准备敲第二下的时候，他爱人在屋里问了一声："谁？"

听声音他爱人根本就没有睡，还在等着自己，华胜贵心里发热，要说知疼知热还得是自己的老婆。他赶紧应了一声："月……月瑛，是我。"

他被冻得舌头打不过弯来了，说完就把半僵的身子贴近门板，准备进屋。等了半天，听不见妻子下地开门，倒听见从屋里传出月瑛轻轻的然而是难以抑制的哭泣声。他吓了一跳，着急地冲着门缝儿说："你怎么啦？出了什么事啦？"

妻子不回答，哭声反倒更高了。

"月瑛，到底是怎么回事，你先开开门让我进屋去！"

"你进来干什么？这又不是你的家！"

"你……这是怎么啦？"

"我怎么啦你心里不清楚？你跑遍天津卫打听打听，还有像你这样的干部吗？真正能吃香喝辣的干部，你当不上，你们家也没积那份德！就是这种受大累、遭大罪、挨大骂的干部轮上你当了，不过是个狗屁大的官儿，就烧得你不知自己姓什么了，成天没黑没夜地在厂里滚，连家也不要了。人家当多大干部的都有，都知道顾家，家里还跟着沾光哪！人家也有当工人的，现在时兴干活儿分工包干，看看左邻右舍，谁家男人不成天长在家里，做家务活儿的，出去赚大钱的，顶没本事的还帮着老婆买买年货哪。快过年了，谁的家里没有一大堆事？就是你，要钱你挣不来大钱，要人又抓不住你这个人，扔下家不要去当你那个兵头将尾巴官儿。既然你以厂为家，还回到我的家里来干什么？……"

"你小点儿声，半夜三更的让人家听见笑话！"

"你还怕人家笑话？连我们娘儿仨都跟着你丢人现眼！你给那个姓艾的姑娘偿了命不就得了吗，还回来干什么？明儿个看你还有什么脸见老院的邻居。自从你当了这个狗屁大的干部，在人前背后我们娘儿仁都比人家矮一头！"

华胜贵一惊，今天下午的事她都知道了？

这又怎么能瞒得住呢？这个大杂院里住着四五户本厂的职工，光有一个孙二和就够他受的。孙二和的父亲是从锻造工段退休的老铁匠，就住在华胜贵的对门，他妻子的火气一多半也是由孙家引起的。孙二和那张嘴一没有事就在院里白话华胜贵，把他说得简直不是人啦。而且这两年孙家突然发富，富得邪乎，二十四寸的进口大彩电、一千多元的录音机、电冰箱、洗衣机、大沙发、钢丝床，自己家里还有专用的小型轧面条机和制作面包的烤箱，光是轻便摩托车就有两辆，还扬言要为儿子结婚买房，只要有好房，花个万儿八千的不在乎。过去孙家的条件还没有华胜贵的条件好，穷人乍富，自然要显能耐，要在邻居面前臭美。华胜贵的妻子就生气，当然也有点儿眼红。孙家发富的窍门是孙二和每天骑着轻骑到海边买一趟鲜鱼或者螃蟹之类的海货，由他弟弟三和到自由市场上出卖，二和歇班的日子就贩两趟。这个秘密瞒不了其他邻居，只瞒住华家，因为华胜贵是一个党员干部，又正巧是孙二和的顶头上司。平常孙家人话里话外总骂闲街让华家人听，害怕华家两口子给捅出去。华胜贵的妻子是个快口快心的人，日久天长哪受得了这种气！憋了不知多长时间的火，今儿个夜里全朝着自己的男人撒出来了。华胜贵站在门外边可站不住劲儿了，冻得他浑身打战战，几乎是用求告的声音说："月瑛，你开门让我进屋，我冻坏了！"

"不行，要想进屋依我两条：一、回厂把工段党支部书记辞了，回小组当工人；二、你要实在辞不了职就请上半年的病假。"

华胜贵差一点没瘫在门口上，老婆是真恼了，铁了心啦！他又等了一会儿，仍听不见屋里动静，就快快地离开了家门口。他也有一肚子火气，他更埋怨月瑛不讲夫妻情分。但他不愿意在三更半夜跟老婆吵架，让别人看笑话。一个男子汉，怎么走到了今天这一步？他也同样恼恨自己，没有脸同妻子吵架，也没有脸向妻子求情。

他昏头涨脑，晕晕沉沉，浑身快冻麻木了，好像在梦中一般走着。现在已经没有刚才从医院往家奔的那种劲头了。那时他还怀着希望，现在已经完全泄气了，像胸口上结了一层冰，连心都冷透了。他也是个大活人，冷了需要温暖，饿了需要有食物填饱肚子，工作之余还需要有一个恢复体力、抚慰感情的窝。他在工段里跟任何人只有工作关系，不懂得发展私人联系，感情上十分孤单，现在连个家都没有了，在这深夜里只剩下他孤零零一个人。他到底有什么错呢？他也是个平平常常的老百姓，为什么现在就不被老百姓所理解了呢？工段党支部书记——这算个什么官儿！然而就是这样一个芝麻绿豆大的官儿也足以把他和群众分开，甚至同妻子、家庭分开。

时间已到下半夜，这是城市最安静的时刻，周围的一片世界都像睡死过去一样，华胜贵只听见从自己脚下发出嚓嚓的单调而缓慢的脚步声。他害怕这死一般的寂静，想打破这寂静，结果他那蹒跚的脚步反而使这漆黑的冬夜显得更静、更冷、更令人毛骨悚然了。接近郊外，西北风更加肆虐，一阵阵寒气冷彻骨髓，好在华胜贵的感觉早已经迟钝了，心里反正已经结了冰，零下二十度和零下三十度又有什么区别？

并不是时代和社会给他铸造了这样一副性格，而是父亲遗传给他的典型的铁匠性格，感情上忠心耿耿，干起活儿来奋不顾身，外表憨厚老实，内心勇敢高尚，对自己严格苛刻，对别人也不宽容。然而，他改变不了生活，就像改变不了自己的性格一样，更改变不了世界，连他自己那个小小的锻造工段也改变不了。相反，倒是生活本身大刀阔斧地把他给毁了！人在变，社会在变，生活在前进，就是在主宰时代的大人物面前也不会停留，何况他只是个工段党支部书记！想跟大伙儿抗，跟时代的风尚对顶，办任何一件事情从不想对自己可能引起的后果，这就铸成了他今天的悲剧。他身上的一切品质都成了被人捉弄的把柄。

突然，在凄厉的夜风中他隐隐听见妻子在后面呼唤他："胜——贵！胜——贵！"

他心里猛一阵抽动，似乎有两滴热乎乎的东西从两个眼角流出来，他还没有死，他还没有被冻透，他身上还有热量。但是那两滴热乎乎的东西很快变成两根冰柱挂在他脸颊上。他脚步没有停，也没有加快，好像有一种惯力在后面推着他，他不能停，不能回去，他像一个得了夜游症的人,在梦境中一步一步往前走着。

妻子的呼唤声越来越微弱,越来越远了。

四

华胜贵往常骑自行车上班,从家里到工厂只需要一个小时,今天夜里却足足走了三个小时,当他推开了工段办公室的门,浑身一点儿力气也没有了,像一摊烂泥似的把自己扔到椅子上。眼冒金星,脑袋疼得如同要炸开一般,天旋地转,他赶忙闭上眼趴在办公桌上。冻僵的身体被暖气一烘,仿佛皮肉开绽,每个毛细孔都像针扎一样疼。他休息了一会儿,忽然又觉得有什么不对头,猛地睁开了眼。

对,五吨锤还没有干活儿,难道操纵机还没有修好?上夜班的电工干什么了?

咳,昨天下午出了那种事,谁还干活儿呀!他又不在工段了,大家乐不得睡一宿安稳觉。锻工睡觉是官的,因为设备坏了无法干活儿呀!可是电工干什么去了呢?

一股火气,更准确地说是一种支部书记的责任感,赶走了他身上的一部分疲劳,使他重又站起来想去找值夜班的电工,还有两个多小时,把操纵机修好,上早班的工人来了就可以干活儿。当他吃力地想挪动脚步的时候,忽然发现办公桌上有一张写给他的纸条,是人事员小白写的。小白似乎断定他一定还会返回工段来,对他也用习惯的老称呼。

华师傅:

你送小艾去医院之后,这件事轰动了全厂,厂部和车间领导都到咱们工段来了。吴书记很生气,当时就叫我把艾质洁的人事关系送到厂部去了。他说你要早同意把她调走就不会有今天这种事了。吴书记还叫我告诉你,明天一上班叫你到车间党总支办公室去找他。

小白

华胜贵颤抖着双手把纸条撕了个粉碎,扬起拳头狠命地朝桌子上擂下去,正好砸在墨水瓶上,瓶子碎了,墨水溅了他一胳膊,玻璃扎破了手,红的血和蓝的墨水搅在了一起。他并不觉得疼,却独自一个人声嘶力竭地吼叫起来:

"叫我去找你,找你,当然要找你!你们这群……下边的人骂我,你们也跟着起哄,叫我两头不能做人。我干错了你们不满意,我干对了你们也不满意,有坏事全是我的,有好处全叫你们捞了。是你们把我提上来的。到关键的时候你们又踹我一脚,还有好人的活路吗?……"

他发疯似的冲出办公室,他红眼了,他豁出去了,他要去找电工,他要逼着他们把设备修好。

他就是要按自己的主意办,谁不高兴就撤他的职好了!他先来到了现场,打开了交接班记录本,看看工人们是怎样交班的。上面没有写生产情况,也没有写设备运转情况,却赫然用大一号的字写着一句俏皮话:

华胜贵是出东门往西走——糊涂东西!

他的气立刻泄了,敲着自己的脑袋自问:"这是何苦呢?你又为了谁?"

他不想再去找电工了,人家这时候睡得正香,何必去招那份恨,挨那份骂?别说是完不成生产任务,就是工厂关了门又关他个屁事!他倒忽然起了另外一种疑心,前些天他在厕所的墙上看见一行用铁棍画出来的骂他的话,当时他把那句脏话涂掉了,并没有太介意。现在这类挖苦咒骂他的话竟然写进了交接班记录,别处还有没有?他回到办公室,从柜里拿出一个手电筒,趁着现在车间里没有人,索性偷偷地检查一遍。

在洗澡间的墙壁上用铅笔写着——

华胜贵缺德带冒烟儿,不得好死!

在工人休息室的桌子上用刀子刻着——

华胜贵在刀尖上打拳——站不住脚。
武大郎盘杠子——上下够不着。

在技术组的绘图板上放着一张废图纸,图纸边上写着一段话,这显然是那个刚分配来的大学生的笔迹。但不像是给华胜贵的赠言。倒像是抒发自己的胸臆,也许还是从什么地方抄来的:

世界上一切说不清的事情都可以用加减乘除来解释。聪明人在自己的生活中懂得用乘法,使自己不断膨胀,成倍扩大;为自己的利益善用加法的人,也能活得舒服;只有笨蛋才用减法耗掉自己的生命;至于用除法糟踏自己的是那些倒霉蛋。可叹、可悲而又可贵的倒霉蛋——华胜贵!

他没有勇气再检查下去了,群众的意见已经很清楚了,现在是不兴"四大",如果允许搞"四大",批他的大字报一定会贴满全车间。他仿佛看见有一把把象征群众舆论的利剑正朝自己砍来,公众舆论可以做到法律做不到的事情,要把人搞臭,或者搞死都是很容易的。他既然改变不了生活,为什么不随着生活的大流往下漂呢?漂出多远就算多远吧!

像他这样老实厚道,却成了招人物议的人物,是生活在开他的玩笑,还是世道不公平?他只有中庸的天资,怎么能管得好锻造工段这一百多号男男女女,何况其中还有不少高人,他们是平民中的诸葛亮。华胜贵经过这一夜的折腾,似乎有点儿开窍了。人嘛,总是不到黄河不死心,到了黄河泪不干。

他脚底下磕磕绊绊来到工段的料场,这里存放着一垛垛钢锭、钢坯和炉料,像一架架小山一样,料场上最僻静,就是大白天有人藏在钢锭中间也不容易被人发觉。天快亮了,夜班的工人快睡醒了,上早班的工人要来了,他躲到这个清静的地方需要给自己拿一个大主意。

从车间里射出的强光透过钢锭的缝隙照在他身上,像斜刺里从他身上劈了一刀,他脸色发白,如同石灰一般。他心里翻腾着一股难言的滋味,是悔?是恨?是痛?是苦?拼死拼活干了一年多,对得起谁?对得起上,还是对得起下?对不起自己,对不起月瑛和孩子……他突然像孩子似的哭了,这是无声的,默默的,然而也是最痛彻心脾的哭泣。他撕扯着自己的头发,把脑袋狠命地顶在钢锭上。眼泪像钢水一样一滴一滴砸在钢锭上,寒冷再也不能把它冻成冰了。

就在这时候,有个人背着一筐什么东西也来到了这堆钢锭中间。华胜贵猛地问了一声:"谁?"

来人吓了一大跳,连人带筐都倒在了地上。

真叫冤家路窄,这个人是孙二和,满身泥水冰碴儿,狼狈不堪,已经没有昨天那种骄横的气势,身后筐里的海鱼撒了一地。他定了一会儿神,破天荒地冲着华胜贵堆下了笑脸:"华师傅,是你呀,我正要找你,这回无论如何得求你帮我一把……"

华胜贵看着他没有吭声。

"今儿个早晨,我去北塘口买鱼,把轻骑放在小树林里,空身去海边找渔船。买好鱼回来,看见小树林边上站着两个警察,他们守着轻骑等着抓我,我扔掉轻骑拐小道跑回来了。扔掉轻骑不要紧,还可以再买。轻骑上还挂着个挂包,包里有个钱夹,我也不心疼那点儿钱。但是那铁夹里有我的工作证,他们一定会拿着工作证找到咱厂里来,你是书记,得救救我。这一筐鱼就送给你过年……"

"哈,我不要你的鱼,也救不了你。告诉你,我不当这个工段书记了!"华胜贵冷笑着。这个从来不会冷笑的老实人突然发出冷笑,而且目光锋利,态度坚定,简直使人毛发倒竖,惊奇莫名。他完全变了一个人,神色变得精明而可怕。外表有这样巨大变化的人,一定先在灵魂上经受了痛苦的脱胎换骨的变化。

按理说孙二和听到华胜贵不当工段书记的消息应该高兴,可是他高兴不起来。道理一时还想不清,但本能地感觉到这对他并没有什么好处。老实人当干部他欺侮人家,调皮乍刺儿;不老实的人当干部,他受人家的气。孙二和磕磕巴巴地说:"你……为什么?"

"为的是像你一样,不受别人的气,专门气别人。"华胜贵连眼角也不再眨一下孙二和,趾高气扬地走了,连他那对招风耳也神气活现地支棱起来。他感到浑身轻松,感到自己不再是软弱的和孤立无援的,而是强壮有力的,完全像个胜利者。

他是个胜利者,还是失败者?真是活见鬼了!不过从这一天起,中国少了一个老实肯干的基层干部,但是多了一个不好领导的工人。

1982年3月

宝塔底下的人

一

他明白了，为什么自古以来英雄离不开酒，原来酒是英雄的胆，是亡命者的魂。武松倘若不是灌下十八碗"景阳春"，也未必能赤手空拳打死一只老虎。他不是英雄，也不是去干"打虎"之类的壮举。当路已走到尽头，他就要结束自己年轻的生命的时候，不感到悲苦，不感到冤屈，没有丝毫的犹豫和恐慌。头脑里恍恍惚惚，轰轰烈烈，前面一片空白，后面有一种无形的巨大的力量在推动着他，"勇气长得和死神一般高"——这是哪位老先生的话？算啦，记不起来了。酒气攻心居然能转化为豪气壮胆。特别是一想到自己临死还要拉上一个垫背的，把标志着人类分成等级和贵贱的宝塔以及塔尖一起毁掉。明天，就让那些设计社会宝塔的人好好吃上一惊。他心里涌起一阵笑不出来的快意，但又确确实实感到壮乎哉！腰间盘已经突出的脊椎也挺直了，严重的周身性关节炎也不疼了，一切痛苦全结束了。死——竟是这等惬意的事。几乎是和生一样的生动和可爱。他心里突然冒出了几句诗："生命不可贵，爱情价更低；两者都抛弃，一点不可惜。"这是哪位古人的诗？不，是他自己的，是酒精侵袭了脑细胞分泌出来的。自从他发觉自己的性情越来越乖张暴戾了，怒气像酵母一样常常无缘无故地在他身上膨胀开来，他找不到有效的克制办法，去年在自由市场花一角二分钱买了一本油印的《治家格言》，上面居然还有不少关于怎样做人的警句。比如："失意事来治之以忍，快意事来治之以淡"，"不能怒者愚夫，不欲怒者智士"，等等。每当他感到自己的脾气要发作，就赶快用古人遗训克制自己。痛苦也是一种病，他也想求医问药解除病痛。他找到的这药便是一些杂七杂八的警句格言。饥饿的灵魂是没有选择的。人编造了格言，格言又来慰藉人的灵魂。久而久之，他成了这样一个不古不今、不中不西、不伦不类的思想家兼诗人。

城市里的电压像人们的神经一样软弱无力，昏黄的电灯泡挂在高高的电线杆顶端，更显得像一个蜡头，离边道只有两步远的杨树林子里，便是黑乎乎的一片。连星星似乎也惧怕冬天，瑟缩发抖，睁不开眼睛。只有这一片年轻的杨树，颇有"宁折不弯"的丈夫气概，树叶都掉光了，仍然像旗杆般地硬挺着脖颈，寒风吹来，发出一阵"呜呜"的低吟般的抗议声。他违背了城市人在晚上行路的规矩，不走大道，也不走边道，远离灯光，在杨树林深处紧贴着工厂围墙的墙根，深一脚浅一脚，歪歪斜斜地走着，干树枝、干树叶在他脚下发出嘎吱嘎吱的响声。由于腰椎间盘突出和关节炎所致，他走路很慢，佝偻着腰，每挪动一步身子就向右颠倒一下，看他要倒，实则未倒，一颠一倒，一歪一斜，已成习惯，身上不疼的时候也是这般架势。难怪"机床厂职工子女待业队"（青年人自称是"收容队"）里的坏小子们都喊他"半导（倒）体"。他原是个一米八七的巨人，现在仿佛缩短了二十公分，却也加厚了二十公分，站在人群里占两个人的位置，显鼻子显眼。在这样一个北风凛冽的晚上，在这样一个快接近市郊的树林子里，又是工厂后面的围墙下，走着这样一个人物，即使他不喊不叫，不做任何动作，行人见了也会汗毛发乍，急忙加快脚步躲开。他自己倒是十分坦然，似乎是无所求也无所想，忘记了眼下是白天还是晚上，甚至没有留意自己来到了什么地方。只有当他的左肩撞到一堵墙垛子上，猛抬头看见了机床厂后门的灯光，他才怔住了：离家时分明是想去找海溟，结束他的美梦和自己的噩梦。或者说是结束人世间的一场小戏。为什么会来到了此地，难道人真有双腿不听心指使的时候？

不，不要装假！要进"天国"的人啦，更不应该欺骗自己的灵魂，在离开这个世界之前,他想见她一面。为什么见她呢?难道这个当初抛弃了他的女人,现在倒成了他在这个世界上唯一留恋的人?

感情——才是主宰人的上帝。谁能说得清它是什么东西?科学到什么时候才能计算出感情的规律?

二

当他把口袋里的零钱换成半瓶一角钱一大两的薯干酒灌下肚子之后,血涌上来,心烧起来。他回到家里,碰上了父亲和弟妹的厌恶的眼光,他们说了许多闲话,他没有听见,也没有生气,他的气从来不对家里人发。他回来也不是向家里人告别的,想把自己身上的绒衣绒裤和一件小褂脱下来,这几件衣服还有七成新,父亲和弟妹们都可以穿,没有必要把它溅上血,跟他一块儿化为灰烬。他欠家里人的情太多了。父亲在机床厂是个辅助工,工资不高还要拉扯一大帮孩子,生活很艰难。他在农村的时候家里常给他寄吃的东西,这是一家人从牙缝里挤出来的。他现在残废了,回到城里还是吃闲饭,增加了家里的负担,连空间也因为他的回来而变得狭小了,他是个大罗锅儿,躺在床上也要占两个人的位置。他变成多余的人了,显得陌生了,失去了家里人对他在乡下时的同情。他没有权利责怪家里,可他并不原谅家里人,世界变了,难道骨肉之情也会变?难道是他愿意把自己搞残废了?现在牺牲最大的不是他自己吗?为什么所有的人,包括自己的亲骨肉也来指责他,嘲笑他?他不原谅这个世界,不原谅一切人,也包括他的亲骨肉。所以临死前也不向他们告别。

一阵冷风吹来,从脖领处灌进去,像被无数根毒针螫了一下,他身子一抖。空心穿着一件破棉袄,肚子里的那点酒气越来越抵挡不住外界寒气的进攻,他使劲儿披了披破棉袄,右手碰到了腰里的弹簧刀,心里猛地一震,手也有点发颤。心里似乎有个声音在自问:"怎么,你真的要去行凶?"刚才他好像是凭着一股血气和酒气决定了自己的行动,并没有认真地想想自杀和杀人是怎么一回事。别在腰里的弹簧刀像闪电般给了他迅速的一击,他仿佛看见了血在奔流,呼唤起他心中感情的火,理智的光。他感到浑身战栗,恐怖突然如寒气一样冻住了他。

他为了给自己壮胆,轻声说了出来:"废物!这不叫行凶,这叫报复,这叫抗议!群众知道了真相都会同情你,你给成千上万的没有出路的青年出一口闷气。事已至此,只有撒手闭眼!你不是在喝酒之前就下了决心吗?不是在下午的时候就偷偷地藏起了二毛的弹簧刀吗?走吧,别这样儿女情长英雄气短!"

"你和海溟并无私仇。"

"为私仇而杀人是愚蠢的。单为报私仇我就不会决定把自己的命也搭上。"

"你不往前看,也应该往后看,在中学里你们是好朋友,你的功课比他还要好一点。这就是说他现在成了难得的人才,也是千里马,你更应该是难得的人才,是千里马。他取得成功不是踩着你的肩膀上去的,他的母亲是市中心医院的主治医生,他经过两个医院的检查,拿来了四张诊断书,证明他患有先天性心脏病。就是不上山下乡,他最多也只能活三年五载。当时你不是还深深为他感到悲哀吗?而且你还联想起他平时上体育军事课成绩最差,劳动也很糟糕,不敢到外地去串联,不敢到武斗的地方看热闹……这一切都因为他有心脏病。他身上这些曾经使你很生气的缺点,你一下子全都原谅了他,而且变成了对他的同情。他没有下乡,留在城里,每天跟着在机床厂当工程师的爸爸学日语。三年,五年;两个三年,两个五年过去了,他没有死,日语倒学成了。时代一变,机床厂引进了日本的生产线和不少机器设备,大量的日文资料需要翻译,机床厂的领导思贤若渴,有人推荐了海溟,一试呱呱叫,真是奇才。记者来采访,报纸发消息,电台录他的声,电视放他的影。轰动了全厂,轰动了全市,机床厂破格吸收他为设计科翻译,按正式大专毕业生的待遇,每月工资定为五十六元。成了青年人的尖子,成了自学成才的榜样。今天下午机床厂开大会,宣布了两条好消息:经过全市、全国考试选拔,海溟入选,即将赴日本学习两年;另一条是机床厂'收容队'里表现比较好的几个待业青年,从明天起由劳资科分配到车间当学徒工。二毛那一伙儿手脚不干净,经常从厂里往家拿东西,一说话嘴里还骂骂咧咧,混打混闹的家伙和你这个身体检查不合格的'半导体',被推出了工厂大门,'收容队'宣布解散。从此你连一天四角钱的生活费都无处去拿了,你一气之下感到绝望了。特别是当海滨走上讲台介绍自己是怎样自学成功的,他是那样强健,那样一表人才,声音甜润,风度迷人,仿佛有无穷的智慧从他的浓眉下闪烁出来。好运气几乎抛弃了同时代所有的年轻人,却独独和他同在。散了会,他走下讲台,二毛他们一伙儿恶毒地咒骂他;一群大胆的姑娘献媚地围着他;还有几个胆子小一点的漂亮姑娘,不好意思凑上去,躲在旁边望着他,议论他。他漂亮的双眼黑得惊人,轻蔑地斜视着二毛和那一伙儿浅薄的姑娘。只有时代的骄子才会有这种嘲弄一切的眼神,越是这种嘲弄一切的神色就越使时髦的姑娘们倾倒。敢于嘲笑世界才是当今英雄,姑娘们崇拜瞧不起自己的人,对老实巴交的青年,她们却不屑一顾。当时你躲在不被人注意的角落,其实你不躲,那种时候也不会有人注意你。你的眼睛里像掉进一粒沙子,磨出了血,一定是红得怕人。你整个躯体都在仇恨和嫉妒的烈火中煎熬。对,是强烈的嫉妒改变了你的性格,加倍膨胀了你的绝望和愤怒的情绪,萌动了杀机,偷偷藏起了二毛的弹簧刀。可是,海滨的成功并没有妨害任何人,更没有妨害你。相反他还是像好朋友一样同情你,关心你。就在今天下午他不是还在大礼堂外面等你,偷偷塞给你二十元钱,叫你不要泄气。海滨跟他妈妈已经讲好,叫你到她的医院去治病。现在的朋友能有这份情谊就算了不得啦,你不知情,反而扔掉了他的钱,不理不睬扭头就走,把怨气泄在人家身上,天理良心何在?……"

"不,我不接受这样的好意!社会用反面手法捉弄我,他用正人君子的手段侮辱我,我受不了,有骨气者不用人怜,有血性者不受人侮。被厄运追赶的人是不往前看,也不往后看的。前边没有路,会因绝望而死;后边是无穷的悔恨,会怨怒而死。对于我来说已经没有退路了!谈什么天理良心,社会的良心早就被狗吃了,在这样的时代走红就是万事亨通,就是拿到了通向锦绣前程的金钥匙。社会推崇人才的优选法是极为势利的,关键只在赶机会,赶上了就成功,就是尖子;赶不上就是倒霉蛋,就成为牺牲品。"

他不愿向自己承认对海溟的嫉妒才是决定今天行动的主要原因。自己失败就仇恨别人的成功;自己无知就嫉妒科学;自己衰老就咒骂青春;自己绝望就让别人陪着一块儿去死……这算什么人呢?他抑制着卑下的情感,不让自己瞧不起自己,理智的小船在感情的波涛里颠簸着,他尽量想把住舵柄。

"有志气者不愿负人,海溟可以升到社会的宝塔顶上当尖子,我只能在塔底做一块垫砖,但是我要保全自己的人格。别人可以瞧不起我,我自己可不能瞧不起自己。我所以想死,不正是想用自己的鲜血保卫自己的人格,对抗社会的嘲弄吗!

"只有傻瓜才操心自己的人格。眼下谁还关心人格?大伙儿巴不得把自己的人格待价而沽!你的人格好,能换来职业吗?饿你三天吃不上东西,你的人格就不值一碗粥。再说,谁又承认你的人格好?你现在落到这步田地,人家都说你活该,是自找的。"

他泄气了,胸中隐含着一种苦不堪言的感情。初中毕业时,他是心甘情愿到广阔天地去的。当时他是红卫兵头头,学校的尖子,他连想都没想过要跟学校要赖,要泡在城市里。在家里他排行老大,下边弟弟妹妹好几个,生活困难,他也泡不起。即使能泡蘑菇留下来,也没有人教他学外语、学画画、学弹琴,顶多也就是在街道工厂里当个小工人。他和海溟的门第不同,家庭教养不一样,决定了现在的前途大不一样。在农村,他又是心甘情愿出大力拼死命。修堤挖渠办水利的时候,他一个人一天挖十四方土,顶一部挖土机。有一次塌方把他整个砸在了底下。最后总算把命抢回来了,却落了个腰椎间盘突出,人变残废了。当时他并不后悔,他为改变马落坡大队的面貌尽了自己的力量。他当过标兵,当过尖子,若不是腰受伤,也可能从大队长的位置上他还会往上升。他实实在在是想在农村待一辈子。时代变了,下乡青年不管有病的没病的大部分都回到城里,公社和大队可怜他这个真正有病的倒霉鬼,就把他送回了城里。他成了一个爹不疼、娘不爱、处处不受欢迎的人。他本是城里生,城里长,理应在城里过一辈子,可城里不要他,把他甩到农村。他在农村也已经扎根,但经过霜打火烧石头砸,生命的根芽弯弯扭扭,身体的零件破破烂烂,又被退回城里。根须已经受伤,城里又没有他的坑,怎么还能活下去呢?扎根,拔根,再扎根,再拔根,生命之树能经得起这般折腾吗?他生活的步履是何等坎坷,在他短短的生命的道路上铺着一颗颗赤诚而又破碎的心。但这一切全应责怪那一段错误的历史吗?不,面对整个世界,审判历史也应该审判自己!人生是一个谜,而且是一个难解的谜。但是把整个民族的命运聚合起来,就可以找出规律。他又有什么可抱怨的呢?

他的心里又愤怒地号叫起来:

"难道我就这样认头了?或者像无赖一样地活着,或者去死?"

"你这是过去当惯了尖子,现在不安于在塔底的位置,而呼天抢地发出这样的悲鸣!其实你何必苦苦要当尖子?宝塔尖——也许是奢望和野心的坟墓。坟地的顶部都是尖的,超度灵魂的教堂也是尖的。太尖的东西都容易折断。设计师在设计一个宝塔的时候,工夫要下在基层,尖子不过是装饰品,什么时候被雷电击毁了可以再换上一个。如果塔基一倒,整个宝塔就全完了。你得意的那时候,全国青年的尖子是邢燕子、侯隽;现在的尖子是神童、留学生、天才!"

他苦笑了一下,脸怪异地扭歪了,被昏黄的灯光一照,显得阴森而可怖。他嘲笑自己,狐狸吃不到葡萄,就说葡萄是酸的,自欺而欺人。虽然是为了安慰自己才寻出了关于尖子的那一番见解,但这样一想心里也觉得多少轻松了一点。爬上宝塔顶端的人往往是社会需要他扮演这种角色,他也曾演过那种角色,知道其中的滋味。人还是自己演自己最舒服自由,安分守己,默默地生存。活着就是一切,为了活着有时也得欺骗着点儿自己,安慰着点儿自己。完全顶真,一硬到底,早就活不下去了。"阿Q精神"万岁!他突然无声地哭了,苦涩的泪水大滴大滴地顺着眼角淌下来,滴到棉袄上,不等落地,在袄襟上就结成了冰碴儿。他可怜自己,在这个世界上也许找不到第二个可怜他的人了。他感到冤屈,不想死却又不能堂堂正正地活下去。

突然，有几条身影在离他不远的地方蹿过去。他被吓了一跳，立刻止住了哭，又非常厌恶自己刚才的卑微和软弱。

"活着就是一切吗？不，活着不等于生活！我要生活，而不要像动物一样活着。"

他拔出了弹簧刀，使劲一捺刀把，嗖的一声，寒光闪闪的雪刃被弹了出来。他敞开怀，把刀尖对准了自己的心口窝，冰冷的刀尖一接触皮肉，寒意像电流一样传遍了全身。他咬紧了牙巴骨，仿佛从刀刃上看见了自己鲜血迸流的闪光，他没有马上用力，勇气和理智在进行着搏斗。他渐渐平静下来，勇气击败了寒冷，代替漫漫的暗夜包围住他的全身。

他默默地念了一句："云芝，再见了！"

他闭上眼睛，用力攥紧了刀把。

三

"吱呀"一声，前面那间房子的门开了，一个女人把一盆水泼在树林里，转身又把门关上了。

他又睁开了眼：

"是她，她都不抬头看我一眼。她就这样留恋那间小屋，留恋那个像半截木头一样的丈夫？"

他提着弹簧刀走进了那间屋子。既然如此，说明两个人还是有缘，那就见上一面吧。他多想看看她，这是他在离开这个世界之前唯一的一个愿望了。他在机床厂"收容队"里待了两个多月，想见她却又怕见她，他现在变成了这个样子，他的自尊心受不了她的同情或嘲笑。现在他无所谓了，可以从从容容，甚至是居高临下地向她告别了。

可是值得他告别的这个人和他又有什么关系呢？难道就因为七年前两个人的心里爆发了那么一点心照不宣的爱？

她，傅云芝，比他晚两年来到马落坡村落户，实际年龄并不比他小，他们同是六八届初中毕业生。她在城里赖了两年，街道上的积极分子们成天到她家里去办学习班,实行轮番轰炸。发昏挡不住死,胳膊拧不过大腿,最后再也赖不下去了,妈妈才交出了她的户口本。这户口本一交,她就从城市被开除了。她是一个三轮车工人的娇女,实实在在是离不开父母和这个讲吃讲穿的天津城。就拿每天早晨吃这顿早点来说吧,二十岁的大姑娘了,一睁眼不起被窝先要吃炸糕,而且还非得吃"耳朵眼"的炸糕。老爹就赶紧骑上自行车去给她买。有时把老头儿支使烦了,就在近处买几个炸糕糊弄她,人家孩子咬上一口就知道这不是有名的"耳朵眼"的炸糕,往地上一扔。老爹二话不说赶忙骑上二十分钟的自行车,去买真正"耳朵眼"的炸糕。怎么能设想这样一个姑娘会在马落坡落户呢?户还是落了,但魂儿还丢在城里。除去哭和笑她自己能够拿主意,别的事情一点主意也没有,人家说东就往东,人家说西就朝西。她的心像耳朵眼一样浅,她宁肯来回摆动两只好看的胖耳朵,也不愿意动脑子认真地想一件事情。只要看一看她那张白生生圆乎乎的娃娃脸,就可以知道这还是个不懂事的大孩子,是穷家小户娇生惯养出来的宝贝疙瘩孩子。不是"大家闺秀",也不是"小家碧玉"。这样的姑娘在社会上最容易吃大亏了,多亏身高力大的涂炜已经当了生产队长,他比当年当红卫兵大队长更厉害了,对傅云芝来说他既是领导又是家长。就连云芝家里给她寄来的大包小包的食品,也得有了他的话才能拿回去吃。当然他决不偷吃她的,更不许别人动一指头。只是让她对好吃的东西要有个节制,能够保持长流水不断线。正是因为有了他的这种严厉的管教,而且他的身份又使这种保护性的管教带有一种官方色彩,使傅云芝得到了连她自己也没有意识到的巨大的好处,有些打她的主意,想在她身上找便宜的人,一直没敢下手。她并没有想到要感谢他,她习惯于听他的安排,她喜欢他那出众的身架和男子汉的气派。但又害怕他,更不理解他。他铁心要在农村待一辈子,就这一条她无论如何也想不通。她是做梦都想回城里去,天天都在想,只是苦于找不到门路。村里的姑娘们传出过这样的话:队长爱上了傅云芝。她听了这话很高兴,也很得意,给他当老婆是很好的,什么也不用愁,他这么能干,会把一切都安排好的。只要他能回城,他前脚走她后脚就可以同他结婚。他要是在马落坡扎根,就是升到大队长,她也不干。

涂炜没有回城,她的机会倒是来了。已经回城的一个好朋友给她来信说:机床厂有个起重工叫艾华,在吊装一件大机器的时候出了事故,下半身被砸坏,从腹部以下截掉了,只留下了上半段儿身子。医生说以后可以给他装假腿,大小便比较麻烦,从一根管子里往外流。出院后原来的对象和他吹了。艾华的家里向工厂提出要求,他们的儿子是因公负伤,要由工厂包养他一辈子,吃住都在工厂,由专人侍候,还要给他成家,不能让他黑天白日就是孤单单一个人,他也应该享受人世间的男人都能够享受到的温暖。机床厂的领导真是不错,通情达理,答应了艾华父母提出的要求。从城市里挑选这样的姑娘不大容易,决定到农村去招。哪个姑娘愿意嫁给艾华,就把她招进机床厂当正式工人,工作就是专门侍候丈夫,而且一上班就定为二级工,基本工资四十一元六毛四。厂基建科在机床厂后门的小树林里为艾华盖了一间十六平方米的大房子,设备科为他做了一辆手摇三轮车。吃饭可以从职工食堂买,煤、水、电、木柴用多少就从厂里拿多少,一分钱不花。条件确实不错。傅云芝的朋友知道她心活人软,遇事没有主见,就在信里给她出主意:"你要是嫁给他,哪一样都挺好,就有一条——不能跟他生孩子。这也没关系,先结婚,先进城上班,他是个半截人,还能管得了你?你愿意跟谁好都行。再说他能活几年?他一死你就是自由的了,机床厂的正式工人,二级工,而且还是地地道道的大姑娘,找谁谁不高兴?嫁给艾华是次要的,主要的是通过他嫁给了城市。要不然你就得老死在马落坡了!听说有好多得到消息的农村姑娘都托人抢这个机会。你可要快拿主意,赶紧通知我……"

"嫁给了城市",有这一句话就足够了。傅云芝应该找涂炜商量一下,不论从哪层关系上说她都应该跟他打个招呼。可是她张了几次嘴都没有张开,姑娘家怎么好意思讲这种事?何况她要嫁给的还是一个半拉人,叫人看不起,而且还讲不清。特别是跟铁心在农村扎根一辈子、一定要干一番事业的涂炜讲这种事,傅云芝还缺乏足够的勇气。

她在心里默默感激涂炜对自己的照顾,最后还是不辞而别了。都说她没有主意,她活了二十五年,这是她碰到的最大的一件事,"终身大事"嘛,却是她自己拿的主意。

当涂炜知道了这件事已经晚了,即便不晚他又能说什么呢?他心里充满对傅云芝的厌恶和对自己的恼怒,几年来他竟没有看透她是这样一个没有见识、灵魂卑俗的女人。他丝毫不为她的离去感到可惜,或者说他不允许在自己的心里让这种感情抬头。他已经被公社任命为大队长,成了全县下乡知识青年的标兵……现在呢?他成了个"半导体",也回到了城里,还不如傅云芝,人家有固定职业,还是个二级工。自己呢?连口饭都混不上!为什么非要再见她一面呢?接受她的嘲笑?还是在已经被悔恨和嫉妒烧焦的心灵上再增加一份痛苦?

涂炜最后看了一眼那间十六平方米砖房的窗口,掉头想走。偏偏在这时候屋子里又传出一声女人的尖叫,然后是轻声的极力想压住的哭泣声。这奇怪的叫声和哭声又留住了他的脚步。

四

一个男人的粗嘎的声音:"又哭,又哭,你哪来这么多眼泪?是不是又后悔了,又觉着委屈了?"

女人没有说话,哭声也止住了。

"你不后悔为什么不让我碰你,不让我跟你亲热?"

女人似乎是跺着脚:"你这么搂一搂、抱一抱,乱摸一阵管你什么用?我烦恶死了!"

"不这样又有什么别的办法!我想呀,我爱你,我是个男人!"

"你算个什么男人?你就死了男人的心吧!我可以认倒霉侍候你,谁叫我当初走错了步。但是你不要碰我,你一碰我我就害怕,浑身起鸡皮疙瘩。"

"哈,这么说你还是有外心了?告诉我,你晚上去食堂买饭都碰上谁啦?跟哪个男的说话了?"

女人不吭声了。

"你不说话就是心里有鬼,你办的那些事当我不知道?厂里有好多人都给我通信儿,不论你跟谁说上一句话,我立刻就知道了。二毛那小子早就想找你便宜,跟你动手动脚的,还说你是嫁给了半截木桩,成天守活寡,对不对?今天中午你在食堂跟海溟搭讪了半天,你觍着脸,甜嘴蜜舌,说起来就没完没了,还一个劲儿往人家跟前凑。有两条腿的男人就那么值钱?你什么时候对我这样说过话?一进屋就没有话,我要是不上赶着和你说话,你可以一个星期不吭声。想让我当活王八?办不到!只要我向厂部告上一状,叫你们吃不了兜着走!"

"你快去告,你最好告到法院去,你要不去我就去,我已经忍无可忍了!我不是你的老婆,也不是你的仆人,而是你的犯人。每天只能去三次食堂给你买饭,每次还不许超过一刻钟,不许跟任何男人说话,一天到晚就得死守在这间屋子里陪着你这个妖怪!"

男人暴怒了:"好,你说我是妖怪!"

"妖怪,妖怪,你就是个坑死人的丑妖怪!"

屋里半天没有声响。

涂炜无意偷听,而实际却听到了人家两口子之间吵嘴的全部内容,他的头脑突然像铁块一样冷静下来。住在这间温暖的十六平方米屋子里的夫妻俩比他还要不幸。社会就是这么坦白的证明:历史错了,付出代价的是人,在生活的教科书上写得最多的是不幸。人的嫉妒心也有着十分奇怪的力量,它使涂炜想死;现在他看到了比他更倒霉的人,却又激发了他活下去的意志。他掂掂手里的弹簧刀,想扔掉它,又有点可惜,留下做个纪念吧,便把刀插进腰带上。还见不见云芝呢?这种时候进去对他们两口子都没有好处。就此走开吧,又觉得不甘心,他从小就当学生头,下乡又当领导,管人管惯了,对别人的事总想插一手。他隐隐约约觉得自己对傅云芝似乎负有某种责任,应该帮她一把。他还不知道自己今后的出路在哪儿,又怎样帮她呢?

屋子里传来男人和好的声音:"好啦,咱俩别吵了,都怪我没事找事。云芝,你别生气,快递给我一杯水喝,把我渴坏了。"

但是紧接着又传出茶杯落地的声音,茶盘翻了,凳子倒了,一片踢蹬哐啷的响声。涂炜一惊,紧走几步,推开了房门。床边上半坐着的男人拼力把傅云芝拉向自己的怀抱,傅云芝再要用力,就会把半截身子的丈夫摔到地上,她停止了反抗,像个木头人一样,任丈夫死命地抱紧她,在她的脸上身上狂吻不止。傅云芝背对着门,而且生气地闭着眼,艾华那从畸形的男人躯体里爆发出来的畸形的感情,正处于狂态,两个人都没有看见涂炜。涂炜十分尴尬,转身开门要走,这才惊动了那夫妻俩。

"谁?"艾华一声怒喝,松开了妻子。这个残疾的起重工上半身的力气仍然很大,说话声音洪亮。

傅云芝转过身来,这一惊非小:"你!"

涂炜这时候如果不答话转身走掉,就会令主人生疑。他只好应了一声:"是我。"

"你是谁? 天这么晚闯进我的屋里干什么?"艾华怒冲冲地喊叫着,他好像是故意让远处车间里上夜班的工人听到。他有一副饿虎般的阔脸,眼睛里充满敌意,死死盯住眼前这个弯腰驼背的大个子。见他下身穿着机床厂发的旧工作服,上身是不知穿了多少年的破棉袄,外表肮脏粗俗,眼光却锐利逼人,透出他的内心里还保留着一股不灭的生气。

涂炜不喜欢这个心理有点变态的可怜人,没有进屋之前对他的同情全跑光了。他迎着艾华的目光,平静地说:"我叫涂炜,和云芝在一个村插队,今天来看看她。"

这更引起了艾华的疑心:"你们在一块儿插队? 深更半夜来看她,有什么事?"

傅云芝的目光从看见涂炜站在门口的那一刹那起,就再也没有离开。她的心情稍微平静了一下,就不管艾华,慢慢走到涂炜跟前,轻声问:"早就听说你也回来了,想找你去,又不敢去,怕你瞧不起我。你来看我太好了,我真感激你……"

她的眼圈发红,又要流泪,肚子里似乎装满了悔恨和委屈,眼泪已经多得盛不下,随时都会从眼眶里溢出来。她的变化比艾华的伤残更令涂炜吃惊,原来那张可爱的娃娃脸,现在连一点影子都看不出来了,面色发黄,额头眼角堆满了细纹,过去十分突出的浑圆的小鼻子,变得像刀背一样窄而直。她也加倍地吞食了生活的苦果,现在也是一个受伤的人,不过伤的是肺腑而不是躯体。这一间屋里有三个残疾人。涂炜想笑却没有笑出来,只是嘴角像痛楚般地抽动了一下。

"'收容队'今天解散了,你被分配了吗?"

"没有。"

"啊?为什么?"

"体检不合格。"

艾华嘲笑地插了一句:"哼,连个工作都没有,是个没人要的废品。"

"别理他!"云芝盯着涂炜继续说,"你打算怎么办?"

"回去,回马落坡。"涂炜似乎未加任何思索就做了这样的回答,话一出口连他自己都感到惊奇。但并不沮丧,也许他心里早就埋着这样一个念头,只是自己不愿意承认它。一旦讲出口来,下了决心,感到一种新的振奋。

艾华得意地发出一阵冷笑。

傅云芝激动得脸快挨上涂炜的胸脯了,暗淡的瞳孔里也闪出一道神奇的光彩:"你还回马落坡?"

"城市虽好,但不属于我们这样一些人。我们要想活得像个人,而不是无赖,就得在地球上找到自己的位置。我的位置就在马落坡,我的青春、血汗全给了它,我回到马落坡至少能有我一个立脚之地,一般的农活儿我也都能拾得起来。而在这个大城市里我却像游手好闲的二流子。"

"第二次下农村,乡亲们会不会笑话?"

"该笑话的不是我!"

傅云芝低下了头:"瞧人家海溟多走运,我们为什么这么倒霉?社会对人太不公平了?"

"埋怨社会无济于事,生活的舞台又庄严又巨大,我们演了悲剧,扮演了丑角,不能全怪社会。眼前还得要按自己的人生公式去求得生活的答案。从别人的答案里找不到自己的命运……"

"你们俩还有个完没有?"艾华阴郁的脸色像黑沉沉的乌云。

"好,我走了,再见!"

"等等!"傅云芝追到门边,"涂炜,我跟你一块儿回马落坡!"

"什么?"涂炜惊奇地转过脸,他碰到了傅云芝坚定的目光,这已经不是过去的那个娇女了。

"云芝,你疯了!"艾华粗暴地喊叫着,滚动着身躯,想寻找拐杖下地,去拉云芝。

傅云芝回过身来镇定地说:"艾华,你规矩点儿,现在我不是你的老婆了,你再来那一套不管用了。告诉你,我下过好几次决心,也找过劳资科,他们说我要跟你离了婚就不能再待在机床厂,从哪儿来的还得回哪儿去。我就是到农村去讨饭,也不跟你过这种不是人过的日子!"

艾华一下子变傻了,口气也软了下来:"云芝,你不能扔下我不管。"

"你少来这一套,我走以后车间会派工人来侍候你,你就老老实实地活着,别再想那缺德主意,坑骗别的姑娘。"

艾华一见傅云芝铁心了,就对涂炜嚷道:"姓涂的,你深更半夜拐骗人家老婆,明天我到公安局去告你。"

涂炜刚才还打算劝劝傅云芝,让她再慎重考虑一下,至少也得办完了离婚手续再走。一听艾华这番话,便抬起脸用锋利的目光逼住对方,冷冷地说:"朋友,比别人短两条腿是可以的,没人敢嘲笑你。但是做人的志气不能比别人短。老婆被人家拐走不能怨别人,要怪自己。我要是你,早就放人家姑娘走了。"他说完头也不回地走出了屋子。

傅云芝看了艾华一眼,提上装着自己零用物品的书包,跟在涂炜后面也走出了这间十六平方米的砖房。在他们身后突然响起了男人撕肠裂胆的号啕声。

傅云芝扶着墙站住了。

涂炜可怜她,轻声说:"后悔了?"

傅云芝抬起头,抹抹眼角:"不,我到厂部值班室去一趟,叫他们临时派个人来守着他。你在门口等等我。"

"我明天就要回马落坡了。"

"我跟你一块儿走。"

"你还是先办完了离婚手续,机床厂实在不要你再说。"

"你可一定要等我!"

"我也是个残疾人。"

"我命该如此!"傅云芝一头扎到涂炜怀里,哭得非常伤心。

涂炜推开她:"好吧,你快去值班室,我在这儿等你,然后送你回家。"

傅云芝走了。涂炜不愿听见艾华的哭声,躲开机床厂的后门,向树林深处走去。

五

忽然,前面传来噼噼啪啪的响声和低声咒骂。他紧走几步,看见林子暗处有四个家伙正在用皮带抽打被绑在树上的一个人。

"谁?"涂炜脚步突然利索了,胆气逼人地迎上去。

那四个小子一见有人来,就嘻嘻哈哈地散开了,有个家伙一边不慌不忙地走着,一边骂骂咧咧:"行了,教训他一顿出出咱们失业的这口闷气就得啦!"

声音好熟,涂炜顾不得细想,急忙走到那棵绑人的杨树跟前,他惊叫一声:"海溟!"

海溟的衣服扒光了,双手被绑在树上,已经冻得半僵了。涂炜解开绳子,拿起衣服给海溟穿上:"这是怎么回事?"

海溟冻得牙齿打战,一时说不出话来。

"原来是你呀,'半导体'! 刚才还吓了我一跳。"那四个小子又回来了,打头的是二毛,"你不问怎么回事吗?他现在舌头不会打弯儿了,我来告诉你,就因为这小子现在升得太高,头昏脑涨,让他吹吹风,败败火,清醒清醒。也好让他记住咱们,到了日本别光跟洋娘儿们睡觉,忘了咱穷哥儿们。"

另外三个家伙发出一阵哄笑。

二毛走到涂炜跟前:"'半导体',你也打他两下出出气吧!你们是老同学,现在你连个学徒工都混不上,他一个月挣五六十块。可你的媳妇呢?老丈母娘还没有给你生下来吧?!他成天被漂亮姑娘一群一伙儿地围着,任他摘任他尝。过两天还要出国留洋,便宜事全叫他占上了。今儿个咱也给他点便宜!"说着他又给了海溟两个嘴巴。

涂炜上前一步,揪住二毛的衣领,使劲一抡把二毛甩出老远,吼道:"我看谁敢再动他一下!"

"'半导体',你怎么不懂得好歹?"另外三个围了上来,他们看见涂炜的眼睛里有一种使人战栗的寒光,都胆怯地止住了脚步。

二毛从地上爬起来,咕哝着:"这小子平常像个臭鸡蛋似的,劲儿还不小。"他向另外三个伙伴一打手势,四个人猛地一扑而上,拉胳膊抱腿,把涂炜摔倒,一顿拳打脚踢,然后一哄而散。

海溟看看涂炜,涂炜看看海溟。涂炜笑了,海溟哭了,他想把涂炜扶起来,自己也浑身是伤,没有力气拉起这个大个子。

远处传来傅云芝的喊声:"涂炜,涂——炜!"

涂炜猛然站了起来。海溟拉住他的胳膊,叫他到家里让妈妈检查一下伤势,上点药,伤得太重还可以住在市立中心医院治疗。海溟还真诚地讲着感谢的话。涂炜甩开海溟的手,不搭腔,不回头,迎着傅云芝的叫声走去。

1982年4月

耍

哎呀,他奶奶的,六十五米怎这么高呀!这不活像上刀山吗?是我腿肚子在转筋呢,还是大烟筒本身在晃悠?每往上爬一磴怎这么费劲?不仅要使出吃奶的力气,还得鼓起敢于舍命的勇气。傻爷们儿,快下去吧,为了长那七块钱,不值得把命搭上!对,现在回头还不晚。

我低头往下一看,啊!大烟筒立刻就像要倒下去一样,天摇地转,又赶紧闭上眼,死死抓住冷冰冰的铁磴。傻小子,你已经走到了这一步,没有退路啦,烟筒底下围着不少人正看着你哪!刚才你冲着车间主任跳脚,把腮帮子都快喊破了:"这回要不给我长级,我就爬到大烟筒顶上跳下来!"五尺高的汉子,红口白牙,说出的话,拉出的屎,收不回去了!他奶奶的,我把自己给坑害啦!

"吴大杰,快下来,危险!"

去你奶奶的吧,你早干什么去了?刚才要是拉住我,不让我上第一磴,还会有这事?现在快爬到半截腰啦,我要是自己乖乖地再爬下去,还算个人吗?

我突然想起了小时候在老家听过的故事:凡人要想成仙得道,就得有胆量在大年三十的夜里到庄外去爬一百个菜畦。爬到第十个菜畦以后,就会有许多没有脑袋的、没有肚子的、没有胳膊和大腿的妖魔鬼怪向你扑来,要咬你,要撕你,要用刀剑砍死你。你要是害怕,站起来往回跑,就是不丧命也得丢只胳膊丢条腿;如果你咬紧牙,不回头,不后退,爬到第一百个菜畦的头上,那些妖魔鬼怪就会变成大堆大块的金银元宝。你从此也就有了大道行,能前知五百年,后知五百年。

我睁开眼。傻小子,千万别再往下看了,爬吧,往上爬。别吃后悔药,想想那些叫你生气的事吧:只差五分不够长级标准!若是差得多也行,仅仅才五分!技术考核的时候要努把力多得几分就好了,或者上个月要是不赌博、不旷工也行了。嗯?傻小子,叫你别吃后悔药,你怎么又想这些!你争的不是这几块钱,争的是脸。恁大的个子,躺下不比别人窄,站着不比别人矮,一块儿进厂的人都长级了,就独独甩下你,这脸往哪儿搁?还怎么在人前说说道道?更甭提会影响搞对象了……还是妈妈说得对,跟他闹,跟他要!

在心里一赌气还真管用,我一步一步终于爬上了烟筒顶。应该借着心里涌起的这股狠劲,一闭眼睛跳下去。我不敢,双腿发软,连站都站不起来,大烟筒摇晃得十分厉害,随时都有可能把我摔下去。摔到烟筒里面,就化做一股烟,摔到外面就是一个血饼子。我浑身瘫软,趴在烟筒顶上,双手牢牢地抓住避雷针,没有勇气往地面上看一眼,只好紧紧地闭住眼睛。我真是个"下三烂"!现在才明白,我爬上来是为了吓唬别人,并不想真死,可是被吓唬住的首先是我自己。我瞧不起自己,这时候心里只有怕没有气了。吴大杰呀吴大杰,你算个什么东西?你现在要敢咬牙瞪眼从这上面滚下去,虽然对你是万事皆空了,可在大伙儿的眼里你还是个人。会轰动全厂,甚至全市,也给那洋洋得意净等着长工资的人找点麻烦。没想到要死你没胆量,要活又没有出路,傻老爷们儿,你可真叫骑虎难下了……

地面上有几个坏小子冲着我高声叫喊:

"傻小子跳下来呀,跳下来给你长一级!"

"吴大杰,你看天多么蓝呀,你一直走过去,就会融化在那蓝天之中……"

"跳啊,你倒是跳啊!"

我真想对他们破口大骂,不知为什么反倒哭了。我可怜自己,感到委屈,觉得自己就这样死了也太窝囊啦。

"你们几个小子就别跟着起哄了,这是人命关天的事啊!"有一个老头儿的声音在斥打那帮坏小子。

忽然,我听到身边有呼哧呼哧的喘气声,睁眼一看是我的组长于洪友爬上来了。我就像一个快淹死的人突然看见有人向我伸出救援的手,我真想抱住他,向他磕头。但我脸上发烧,心里有愧,浑身不自在。不敢看他,只好又闭上双眼。

"大杰,快跟我下去。"洪友说话了。

"我不下去!"我在心里鼓了鼓勇气。

"你不就是为了要长那一级工资吗?刚才调资领导小组研究了一下,答应给你调!"

"真的?你可别糊弄我!"我又来了兴头。

"我没有那样的癖,拿着自己的性命跟你开玩笑。"

"你不立下保证,我就不下去。"我总是有点不放心,如果真像洪友说的那样,我就是胜利者。

"我的命还不能做保证?!这次要是不给你长工资,我宁愿赔你一条命!"洪友并不用笑脸软话来哄我,他说出的话倒像扔过来半截刀头。这家伙总是这么难以捉摸,他向来除去班组生产任何闲事都不管,我要命也没有想到还会有人冒着可能被摔死的危险上来劝我,更没想到上来的竟是洪友。我应该见好就收,好不容易有人给铺了个台阶,赶紧顺坡下吧!

"你可说话算话,我下去以后头头要是再变了卦,我可找你。"

"好吧,要钱要命我都赔得起。你还下得去吗?要不要我架着你点儿?"

"洪友,你这是什么话?凭我上得来能下不去?!你先下,我跟着。"

我又有了劲头,车间的头头还真叫我给唬住了!可是,越往下爬,我的高兴劲儿越小。大烟筒底下围着一大帮人,好像其他车间也听到了消息,工人们仨一群俩一伙,正从四面八方不断地往大烟筒底下跑过来。说的笑的,嚷的闹的,大烟筒下面已经聚集了黑鸦鸦一大片人。他奶奶的,这成了看耍猴的了!我也是人,有什么好看的。可话又说回来,这能怪人家吗?平常马路上有个打架的、撞车的,你不还跑过去瞧热闹吗？今儿个好不容易碰上一个不给长工资就爬到大烟筒上想自杀的傻小子,谁不来找个乐儿？车间主任真是个老肉头,他怎不叫人把这帮小子赶走！我往下爬的速度越来越慢,心里的高兴劲儿一点也没有了。而且越接近地面心里越害怕。比刚才往烟筒顶上爬的时候更害怕,心里的滋味也更不好受。洪友还是不说话,爬一会儿停下来等一等我。这家伙可真是贵人难开口,你既然把我接下来,就该解劝解劝,给我说点宽心的话,我也好顺坡下驴。离地面还有十几米的时候,地面上的吵嘴声突然静了下来,我感到身上热得难捱,这是上百双(也许是几百双)眼睛盯着我瞧,像火一样烤着我,像锥子一样刺着我。在这么多眼光里有蔑视的,有看乐子的,但羡慕我的恐怕一个也没有。我脑子里忽然像开了一道缝,第一次从别人的眼光里认识了自己,可是已经晚了。脸上实在臊得难受,就停了下来,小声说:

"洪友,我不下去了……"

"怎么,我没变卦,你倒想变卦了?"

"这……这多难看。"

"嗯,你活这么大还是第一次知道什么叫难看吧？看来我舍命把你接下来是值得的。既有现在,何必当初？今天你想找好看是不可能了,你把自己逼到绝路上了。从这儿跳下去,摔不死了,别人更会说你是装疯卖傻吓唬人,如果摔成了残废更够你一辈子受的,而且也给家里造罪。再爬回到烟筒顶上去,我量你没有那个胆量了。其实一开始你就没想死,这一点你连小孩子也没骗住。要真想死的话,有十个吴大杰这会儿也早变成肉饼了;你不过是一时发浑,耍二百五,结果耍了自己！"

我心里一下子凉了,脑子也全清醒了。吴大杰呀吴大杰,你大要大闹,折腾半天全是坑了自己,谁也没叫你唬住,大家心里看得透透的。洪友还算够义气,爬上去给你搭了个台阶,至于头头答应给我长工资的事说不定根本就没有那回事。现在我却没有勇气再跟洪友提这件事了。

"大杰,你在这上边磨蹭的时间越长,大家看你耍猴的时间就越长,你也就越难看。依我说已经走到了这一步,咬牙跺脚,豁出这张脸不要了,以后重新另长一个脸。"洪友说完不再理我,径直往下爬。

我如果不跟下去,就会被"晾"在这半空中,那就更受洋罪了。只好也加快了动作,长乎脸一拉变成圆乎脸,有什么算什么啦。

"主任,只要吴大杰爬烟筒就能长级,他下来我就上去。"我听得清了,这是我们组的狗四。兔崽子,这种时候还咬扯我,以后防着我点儿吧!

"对,我们一块儿爬。"又有一帮人起哄。

"不是领导害怕吴大杰自杀才给他长一级,是于洪友愿把自己那一级让给吴大杰,领导同意。"

哎呀,闹了半天还是这么回事!洪友没有骗我,我确实能够长一级工资。但我真正是上当了,我怎么能要洪友那一级工资,全车间最该长工资的就是他。要是不闹这一出,他把工资让给我的话,我说不定就接受下来;现在闹了这一出,多亏洪友把我救下来,还能再抢人家的工资?我真后悔,刚才为什么不从烟筒顶上跳下去。原来这个世界上有比钱更重要的东西!傻小子,你怎么以前就不明白,有时候可以丢钱,却不能丢人!

"你们谁还想爬大烟筒,先在下边找好让工资的人。"

"谁爬上去,我把自己那一级让给他。不过我可不爬上去接他。"

……

一阵接一阵的哄笑,不要说我的脸,就连耳朵根子都臊得发烧。这又怪谁呢?只好装听不见,一磴一磴,越接近地面爬得越慢,这滋味还真不如死了好受!只剩下最后一磴了,我的双脚还没沾地,突然有人用棉大衣蒙住了我的脑袋,一个肩宽背厚的人背起我就跑。我没有挣扎,没有叫喊,任别人随意摆弄。这个主意倒不错,不管人群里发出了怎样的笑声,反正我的脸被蒙住了,熟人们看不见我,我也看不见熟人的脸和熟人的眼光。可……吴大杰,你这又算个什么东西呢?躲过初一躲不过十五,以后还能永远用个棉袄把脑袋蒙起来吗?

1982年5月

今天是星期二

今天一接班我就发现住院部的气氛不对头,老护士们的脸上都笼罩着一种严肃、神秘,甚至还有点恶作剧般的神色。医院越大,秘密越多,咱新来乍到,不敢多嘴多舌,只能老老实实地听老护士们支使。

"小董,今天是星期二,快给'特护'换衣服,换褥子!"

"小董,今天是星期二,快把101号病房打扫干净,尤其是那块玻璃,玻璃!门上的玻璃,千万要擦干净!"

……

这真怪了!星期二是个什么日子?是耶稣受难,还是灶王爷上天?再说哪来个101号病房?全楼就十个病房,六十张床位,我怎么就没听说还有个特护病人?

"小董,你就别怔神了!"护士长把一团抹布塞到我手里,领我登上了中二楼,推开一扇写有"病人止步"四个红漆大字的玻璃门,眼前是一座结构奇特的"楼外楼":宽敞干净的圆形楼道,中间是个天井,光线充足,四周幽静。天井四周的石栏杆上摆着鲜花和盆景,围着天井有十间高级病房,编号是101、102……直到110。每个病房只有一张床,电视机、沙发倒很齐全。我简直看傻了,医院里还有这样优美的胜地,真像进了一座魔宫。护士长叫我只管擦101号病房门上的玻璃,还要擦得让人看不出有玻璃一样。我一边擦玻璃,一边打量那位特护病人,猛一看着实吓了一跳,这与其说是病人,还不如说是死人:全身已经萎缩,又小又干,活像个蜡人。腿上输着葡萄糖液,鼻子插着氧气管,床边还放着心脏起搏器。我耐着性子看了半天,才发现这个人确实还有口气。这是谁呀？当我分配到这个医院以后,妈妈千叮咛万嘱咐,说这是大医院,省里的头头都在这儿看病。医院里很多人都跟省里头头有关系,你分不清谁是谁的人,不许多说多道,不该知道的听见了也装没听见,不该问的别打听。可是这一会儿,我的好奇心实在憋不住了,用最小的声音悄悄问护士长:

"他是谁?"

"副省长!"急性子的护士长声音像敲锣一样响,吓了我一跳,急忙冲她摆手。

"小点声,别让他听见。"

"他要能听见别人说话就好喽!"

"怎么,他要坏?"

"坏不了,再耗个一年半载不碍事。"护士长一边麻利地替病人换着被褥,一边唠叨着,"科学这么发达,有的是进口好药、进口设备,要给一个人维持一口气还不容易。"

"进口好药、进口设备那么容易搞到?"

"你搞不到,我搞不到,卫生局长什么药搞不到!"

这倒也对,给副省长治病卫生局还能不下本钱!我又问:"他到底得的什么病?"

"以前浑身上下都是病,现在什么病也没了。因为他已经感觉不出痛苦了,也可以说他已经死了。不,比死人多口气儿!"

"这已经不是人道,而是残酷了。他住院多长时间了?"

"一年多了。"

"啊!"我赶紧用胳膊堵住了自己的嘴。

"哟,她来了!死小董,光顾跟你说话了……"护士长侧着耳朵听了听,三下五除二把病人整理好,使眼色叫我快躲进隔壁那间病房里。可能因为我是新来的,怕我嘴不严说露了馅儿,给医院惹出什么麻烦。

随着玻璃大门的一声响,楼道里传来脚步声。我隔着门上的玻璃看见医院院长陪着一个又高又胖的老太太走过来。胖太太神情庄重,穿戴考究,一看就知道是个很有来头的人。

护士长从101号病房里迎出来,笑着说:"冯局长,您来了。"

噢,她就是卫生局长!怪不得哩……

老太太慈祥地对护士长点头微笑:"你辛苦了!"她不进病房,却站在101号病房的门外边,透过门上的玻璃看着那位比死人多口气的病人,转身问院长:"这一周来怎么样?"

院长道:"挺好,病势稳当,从目前的情况看不会有什么危险。"

"让你们费心了,不要怕花钱,你们当然会体谅我这个病人家属的心情……"

原来她就是副省长的夫人,既然来探望丈夫,为什么又不进病房呢?难怪护士长一定要我把那块门上的玻璃擦得像看不出有玻璃一样。

冯局长庄重的脸上带着感激的神情,又对院长嘱咐了几句,院长点着头一一答应下来。站了还不到十分钟,冯局长就由院长陪着离开了。

我发蒙了,急忙问护士长:"哪有看病人不进病房的呢?"

护士长撇撇嘴:"她现在需要的不是老头子这个人,而是老头子嘴里的那口气儿!有这口气儿就能住在省长的小白楼里,就能每月多拿三百多块钱……"

"这?!"我又摸不着大门了,真是医院大,奥秘也多。

1982年5月

修 脚 女

黄玉秋被请进了上海牌轿车。

来接她的市文化局干部,一个劲儿催司机快开。可这条市中心最热闹的大街,像一条人流满槽的大河,大有街道要被挤破、人流会冲决堤岸之势。汽车顶着人流缓缓而行,躲让着多得让人眼晕的各色行人和自行车。躁动不安的春天,把生活也搅得躁动不安,人们从家里拥出来,城市拥挤了,街道狭小了。

人多不可怕,闲人太多就可怕了。如果闲人口袋里多少还装着点闲钱,那就更热闹了。不过黄玉秋并不着急,心里只有一点紧张。她只听说过大头头有了病,派小汽车到大医院去接脑科博士、心脏权威、肿瘤专家等等名人大家去会诊,今天,怎么轮上她这个修脚工坐着小汽车出诊了?

她被送到全市最大的那家东方宾馆。她还是头一次进到这里面来,难免有点眼花缭乱,抬脚动步都有点拘束。她不敢东张西望,只紧紧抓住自己的小提包,跟着接她的人上了电梯。在七楼的一个房间里,迎接她的是个俊美的青年男子。但演员的年龄光凭外貌是不好推断的,谁知他是二十多,还是三十多? 突出的额头,挺直的鼻梁,最厉害的还是嵌在深眼窝里的那对眸子,又亮又野,盯住人毫不含糊,几乎无情不可传。

他向黄玉秋伸出手:"你好,我叫郑西宾。"

"她就是全市最好的修脚师傅黄玉秋。"文化局干部替她做了介绍。黄玉秋双颊泛红,表情腼腆,眼睛躲开了对方的目光,轻轻地问:

"您的脚怎么啦?"

"哦,昨天感到右脚的大拇指有点疼,我没有在意。今天上午就疼得很厉害了,现在右脚几乎不敢沾地! 刚才到医院打了止疼针,不管事。他们叫我住院治疗,先检查脚骨有没有毛病,还要拔掉指甲,至少三个月之内不能演出。可我在这个剧里扮演连斯基,还没有安排B角,一个萝卜一个坑,今天晚上我必须出台,死活也得顶下来,救场如救火! 文化局这位老邵同志很热心,建议请您来看一看,反正死马当活马治呗。"

从口气里听得出来,这位漂亮的演员并不太信任眼前这个修脚女。

黄玉秋已经大致猜到舞蹈演员的这双宝贝脚出了什么毛病,便叫他脱下袜子检查一下,检查后立刻松了一口气。说:"您得了甲沟炎,里边套脓,当然会感到很疼。修掉往肉里长的指甲边,把脓放出来就好了。"

"什么时候修?"

"您先用热水把右脚烫一下。"

"您说我今晚能上台吗?"

"或许问题不大。"黄玉秋声音不高,却充满自信。

郑西宾到卫生间里去烫脚,老邵到剧场把这一消息通知正在试台的芭蕾舞团的领导,黄玉秋打开提包拿出各种用具。

在等待郑西宾出来的空当儿她打量了一下房间,把茶几上的水瓶、茶杯搬到写字台上,将两个单人沙发挪个方向。等她做完了准备工作,郑西宾也烫完脚出来了。黄玉秋叫他在沙发上坐下,把右脚放在茶几上,底下垫块毛巾,黄玉秋坐在对面的沙发上,治疗甲沟炎的手术这就开始了。

治这种病本不用打麻药,黄玉秋猜想演员都娇气,就给他打了一针。

起初郑西宾不敢看黄玉秋手里的刀子,咬牙闭眼,反正把右脚交给她了。除去打针时有点疼,真动了刀子反倒不觉疼了。他睁开眼睛,用男人的、演员的好奇眼光,打量着眼前这个修脚女。她有一张朴实娟秀的脸,虽谈不上多么漂亮,但皮肤雪白、鲜润,可能是由于长年被浴池的水蒸气清洗的缘故。神情稳重厚道,眼神温和绵软,透出她的纯洁和善良,风韵天成,招人爱看,且经得住细看。额头、眼角已隐约可见岁月留下的细细年轮,似乎已有三十岁左右了。但她身材修长,腰腿苗条,还完全像个姑娘。郑西宾见惯了文化艺术界和所谓中上层的时髦妇女,更觉这位清丽的修脚女身上有一种羞答答的纯朴之美⋯⋯

黄玉秋像手术台上的外科医生一样,神情专注,仪态动人,她的双手准确而又麻利。她修治过成千上万双脚,有小巧的、丰满的、秀丽的、结实的、玲珑的、宽大的;也有丑的、臭的、发炎的、畸形的,五花八门,奇态怪样。一般讲,容易得脚病的是老人、纺织女工和长年累月穿着大头皮鞋工作的炼钢工人。她为芭蕾舞演员修脚还是第一次,这双脚多么健美有力,富于弹性。人们一般都认为脚是臭的,是丑的,不能摆上台面的。而舞蹈演员的脚是可以举过头,在大庭广众让人们从各个角度观赏的,是艺术的一个组成部分,它表达了美。

郑西宾先是觉得右脚大拇指微微有点麻胀,渐渐觉得轻松起来,全身传遍一种似痛似痒的快感,他低头一瞧,嵌进肉里的指甲被修掉了,积脓放出来了,他立刻涌起一种欲望,想站起来试试这只脚。但他没有动,他的眼睛被黄玉秋的一双手吸引住了,那窄窄的细长的手掌,浑圆而轻柔,十指匀称而丰满。这是一双有着古雅美的秀手,在他的脚背和脚趾上滑动,如同音乐家的手在琴键上滑动一样,温柔灵巧,把修脚女的内在美和外表美协调在一起了。被这样一双手修脚简直是一种妙不可言的享受。

郑西宾像任何一个碰上了好医生的病人一样,心里对黄玉秋充满了感激和敬重。

"您站起来试试。"黄玉秋在他的大拇指外面薄薄裹了一层纱布。

"这么快就好了?"郑西宾小心翼翼地把脚放到地上,轻轻蹭了一下,没有感到疼痛。又用力踩了一下,有点疼,但完全可以忍受。他一阵欣喜,舒展双臂,抬腿踢脚,在房间里一连串做了几个舞蹈动作,轻松自如,矫捷雄健,然后收住式子,心头冲动地抓住黄玉秋的手:"太好了,晚上的演出绝对有把握! 谢谢您,您是我碰到的最最出色的外科医生……"

黄玉秋神情慌乱,满面绯红,她治好过许多脚病患者,还没有人对她做过这样真诚而热烈的感谢。她也从没有和一个青年男子这么接近过,而且是在这样豪华安静的宾馆里。她心里泛起一种从未体验过的兴奋,却又感到有点紧张。

她想把手从郑西宾的双掌里拔出来,可是对方握得很牢,嘴里还在滔滔不绝:"您这双神仙似的妙手,是艺术家的手,是魔术家的手,可以和任何伟大的舞蹈家、演奏家、外科专家、雕塑家,绣花女的手相媲美……"

黄玉秋并没有完全听清他说的什么,但看见他那双令人惊奇、感人至深的眼睛里,充溢着男性的热情和温顺,充满着生命的力量,他的脸这样年轻,这样生动。到底是著名的芭蕾舞团的演员,感情丰富而热烈,而且表达得淋漓尽致,且不做作。他讲到激动处,竟毫不生硬地把唇凑到黄玉秋尖溜溜的指尖上吻了一下,就像连斯基吻奥尔伽的手一样自然而合乎情理。黄玉秋却像被火烧了一下,慌忙把手抽了回来,她身上微微发颤,整个人都像被火烧着了一样,一句话也说不出来。

她的惊慌失措使郑西宾一下子清醒了,站在他面前的是个浴池的修脚工,她不会拒绝,也不会忘记这一吻的。她同自己生活圈子里的那些女性是不一样的,那些女人不会计较这种事,也不会记住这种事,逢场作戏,哈哈一笑。他忙用抱歉的口吻说:"对不起,我这个疯子可能把您吓着了,请别见怪。我实在不知怎样表达对您的感谢。"

他从柜子里拿出巧克力、苹果,送到黄玉秋眼前。黄玉秋不好意思。他又为她冲了一杯热腾腾的麦乳精。

人家真情实意,她不能不喝。自从她当了修脚工以后,就没有用别人的杯子喝过水,自己不嫌还怕别人嫌哩。前些年她回到家里,连弟弟妹妹也不许她盛饭摸菜、动用别人的碗筷。成天摆弄别人的臭脚丫子,多恶心人! 今天,这个大演员却这样高看她,叫她感动,叫她感激,她不知该如何是好。

郑西宾要留她在宾馆吃晚饭,她高低不答应。郑西宾为不能留住她感到十分惋惜,最后他拿出两张票:"晚上无论如何请您看我们的演出,有您在,我就放心了,万一脚再疼起来,您好给救急。"

黄玉秋笑了,这笑容表示决不会发生像他说的那种事情,但她还是接受了一张票。郑西宾一怔:"为什么不带您的爱人或朋友一块儿来?"

黄玉秋脸一红,只摇摇头,回身拿起自己的提包告辞了。

郑西宾心里赞叹:真是个老实姑娘,这么难得搞到手的票她为什么不都接过去? 即便没有爱人也还可以送给别的人嘛!

黄玉秋以前看过芭蕾舞,对这玩意儿谈不上喜欢,也不能说不喜欢。今天晚上这场《奥涅金》,却看得她情绪激荡,心里很不平静。她同情连斯基,为了那个有点轻浮的奥尔伽竟想和奥涅金去决斗,两个人还是朋友哪!

生活太不公平,太反复无常了。她不喜欢那个自命不凡的奥涅金,狂傲自大,姑娘们却喜欢他,连达吉雅娜都没命地爱他。社会就是这么势利,人的眼睛就是这么浅薄,只看得见那些喜欢自我吹嘘的人,而忽视了默默地为大伙儿献出一切的人。她忽然为自己的命运感到抱屈。七年前,浴池的头头要"反潮流",却选中了她们三个刚上班的女服务员学修脚,那两个姑娘有门路,一年不到都调走了,就把老实厚道的黄玉秋甩在了修脚室。受了多少欺侮,听了多少闲话,连个对象也找不上!

有些好心的大爷大娘,被黄玉秋治好了多年的脚病,心里感激她,喜欢她,愿意把自己的儿子介绍给她,却遭到儿子的嘲笑。而这个高雅英武的郑西宾却不嫌弃她,下午还抓起她刚修完脚的手就亲。黄玉秋的心又跳得紧了,被郑西宾吻过的右手有点麻酥酥的,她情不自禁地抬起右手,轻轻放到了自己腮边,一股暖流从心头流过,当她突然意识到自己这个动作的含义时，便又赶紧把手垂下了。尽管周围一片黑暗，她却双颊火烧火燎，双眼也再不敢斜视，紧紧盯住舞台……

郑西宾的身材长得那么好，双臂双腿那么匀称，那么健壮有力。一举手一投足都满带着感情，挥洒自如，风度翩翩。黄玉秋觉得自己好像爱上了芭蕾舞，陶醉在一种美的境界里，这真是一种美的艺术。每一幕结束，观众都如醉如痴般地鼓掌。当个演员多美气，一辈子接受多少赞扬、多少尊敬！

世间凡是有一技之长的人，都被称做"专家"，受到另眼看待。唯独干修脚这一行，谁掌握了这门技术谁倒霉。对一个女修脚工来说尤其如此。人们离不开它，却又厌恶它。有谁像她这样生活的呢？

她似乎还从没有认真尝受过青春的欢乐呢！她不串门，不交朋友，不愿到热闹的地方去。她怕交谈，尤其怕谈起职业，怕姑娘们凑在一起谈起找对象的事。她渴望找到一个朋友，她也知道自己长得还不算难看，而且不计较男方的长相，只要心好，不嫌弃她就行。然而社会上有"剩女"没有"剩男"，何况她是个修脚女，不剩她剩谁？

但是干起工作来她又不是全无兴趣的。起初她通过修竹竿练修脚技术，整整修掉了三大捆竹竿。如果把修脚这一行挪到医院里去，她就像郑西宾说的是个出色的外科医生。要说脏，还有比医生护士的手更脏的吗？可有人敢瞧不起医生护士吗？巴结还来不及呢。人身上有多少器官，医院里几乎就设立多少病科，唯独没有"脚科"，好像修脚的天生就是下九流！

社会越是这样不公平，她把自己的心就包得越严，歇班躲在家里，上班蹲在修脚室里。说也奇怪，她只有走进修脚室才感到自在一点，身上那种无形的压力才有所减轻，感受到了做人的价值和尊严。那些各色各样的脚病患者龇牙咧嘴地走到她的跟前，把身上的粗相、俗态都收敛了一些，有求于她，对她尊重又客气，甚至仰起了媚脸。当然也有些"下三烂"式的男人，一面非要找她修脚不可，一面还说些下流话找她的便宜。因此在修脚室工作时，她柔和的目光中藏着自傲，温存羸弱的神情下有坚强的自尊和防卫森严的意志，在她身上散发出一种使人不敢小瞧她的精神魅力,这魅力似乎可以触摸得到。这是一个大姑娘本能的自卫,防备自己的心不要被生活的轮子碾碎。然而在心灵的痛苦面前,人人都是怯懦者,她宁愿一个人承受各种各样的寂寞和痛苦,长期地忍耐。有谁能够理解一个大姑娘内心深处的寂寞呢?

生活是终身的长跑,只有生命终结,才能到达终点。社会太强大了,传统太强大了,一个姑娘善良的意志力又能支持多久呢?她的青春在悄悄逝去,任何错误都可以原谅,青春可追不回来啦……她觉得自己的眼角流出一串凉津津的眼泪。

突然一声枪响,连斯基在和奥涅金的决斗中意外地死去了。她心里猛地一颤,把思想收回到剧场,却没有去擦拭眼泪,任它悄悄地流淌……

演出结束以后,观众一次又一次鼓掌,演员一次又一次谢幕,演员的队伍里却没有郑西宾。原来他拉着导演来到黄玉秋的座位前,当着满场观众,再次向她表示感谢!

这是多么周到的礼节,对于一个修脚女来说是多大的荣耀!

当郑西宾送她走出剧场,跟她握手告别的时候,她突然说:"明天上午,如果您感到脚不舒服,请到浴池来,我再给您检查一下。"

"好的,谢谢,你太好了!"

黄玉秋一说完就后悔了,这算什么?这根本用不着。时间长了不敢打保票,一两年之内他的脚不会再生甲沟炎。我这是干什么呢?想再看看他这个人,再摸摸他的脚?听他说几句叫人动心的话?还是想再让他吻一下自己的手指?最后他说"你太好了",是什么意思?而且没用"您"……

她生了自己的气,夜里连觉都没有睡好。

1982年7月

第一次遛马路

大千世界，真是无奇不有。当个姑娘，到了一定的岁数，你不着急，别人替你着急。我敢断定，世界上一定有不少人，是屈服于家庭和社会上的压力，为了应付差事才结婚的。我才二十五岁，就已经感到这种压力的可怕了。

我瞧不起那种找不着对象、心里就像没着没落的姑娘；我也讨厌那种一交上男朋友就话多、笑多、喜形于色的女孩子。因此，她们讽刺我白长了一副漂亮模样，掌管爱情的神经却不健全。我心里明白，不是我爱情的神经不健全，而是我爱情的神经太坚强。我所以到现在还不搞对象，并不是像别人所议论的是什么眼光高，要搞个长得漂亮而职业又好的小伙子，更不是想搞什么高干子弟。我对这些闲话烦死了，多俗气！

我找对象当然也不是没有条件，这条件就是对方要为人正派，不流里流气，不抽烟，不喝酒。我怕闻烟味，尤其讨厌年轻人斜叼着烟卷晃来晃去的怪样子。生活上、工作上都要有点头脑，思想上不能是糊涂虫。技术上、学习上越尖端越先进越好；穿衣打扮上落后一点、老成一点最好，要叫人看了不堵心。这条件能算高吗？可是眼下要找这样一个小伙子，也不是很容易的。因为像我这种年纪的青年人，凡是好样的，大部分都考上大学走了，剩下的也被手疾眼快的姑娘抢走了。

那些热心帮忙的人，总是不请自来，而且大包大揽地说："你只要提出条件来就好办。"她们四处打听，八方串联。不久，表嫂就给我介绍了她娘家的一个远房兄弟，她拍着胸脯打保票，说那个李运斗完全符合我的条件。在一个星期天的下午,她安排我们俩见面了。我很注意李运斗的打扮,他穿一身铁灰色"的卡"中山装,还真有点"老派"。留的不是长发,而是不分印儿的短发,显得很精神。前额略高,闪着光泽;眼窝稍有点陷,目光机敏。看上去是个正派而又聪明的人。表嫂有一大段非常令人尴尬的开场白,然后就把我们送出了门口。于是,我怀着又窘又怕的心情,开始了找对象的第一次遛马路。

我完全听他的,跟着他走。他说话郑重其事,话语中也没有"妈的""娘的"之类的口头语。他没有谈生活,没有谈个人琐事,先谈学习,又从学习谈到工作。谈吐也不俗气,比较对我的口味,因而我的心情就渐渐地放松了。从他的谈话中我猜得出他英语学得比我好,在工厂里每月都拿头等奖,可见技术上、工作上都不错。我俩一边慢慢地走着,一边小声地谈着。虽然谈话很投机,河边马路上也挺清静,但我始终低着头,插嘴的时候少,听他谈的时候多。

当我俩顺着河沿往中山路拐弯的时候,我忽然发现地上有一个纸口袋,捡起来打开一看里面有一沓钞票,都是十元一张的,至少有十几张,用黄色猴皮筋勒着。我没有数多少钱,就举起来朝前边几个人喊:"哎,谁丢了钱?"

一个骑自行车的中年人,猛地跳下自行车,回转身急切地说:"我的,我的!"从我手里把钱接过去,说了声"谢谢",转身骑上车就要走。李运斗猛地一步冲上去,拽住了那个人的车把,那个人一怔,从车上跳下来。

李运斗把手一伸,冷冷地说:"拿来!"

那个人装糊涂:"什么?"

"钱!"

"同志,这钱的确是我丢的……"那个人突然口气变软了。

李运斗的眼光则变得似两把刀子,寒光刺人,上去一把夺下那个人手里的钱,说:"你说这钱是你的,有什么凭据? 你说说看,十元的有多少张,五元的有多少张,一共是多少钱? 说对了就把钱还给你;说不对,你也是这么大岁数了,你自己说怎么办吧?"

看热闹的人已经围上了一大帮,那个中年人不知在嘴里咕哝了几句什么,红着脸苦笑着点点头,突然骑上车跑了。

看热闹的人爆发出一阵嘲笑声。有个老大爷冲着李运斗挑起了大拇指:"小伙子,你真行。太精彩了!"

李运斗举起钱冲着看热闹的人高声地说:"还有认的没有?没有人认我可就送到派出所去啦。"

半天没有人答声。看热闹的人们都走了。李运斗小声对我说:"淑桂,你到前边那个表店门口等我,我把钱送到派出所就来。"

他突然用这么亲热的口吻在马路上喊我的名字,使我很不好意思。可是他的热心和精明赢得了我的好感,就对他说:"前边不是有岗楼嘛,交给民警不就行了。"

他仍然用那种很亲近的语气说:"淑桂,你的心太实。那岗楼里就有一个警察,把钱交给他,他要装进自己的腰包谁知道?对这些'老爷'也不能过分相信。"他说完匆匆走了,还回头向我使个眼色,那意思是叫我别着急,耐心等一小会儿,他马上就回来。

我站在钟表店门前等他,心里突然涌起一种异样的感觉,是羞怯?是高兴?我只觉得好像有一股甜滋滋清凉凉的风,掠过我的心头。这难道就是爱情的萌芽?我不敢相信,它来得太快了,我们总共见面还不到两个小时。但是通过刚才马路上拾钱的这件事,我们俩的关系似乎一下子亲近多了。

我站在马路边上正胡思乱想,看见刚从部队复员到我们车间的大杨,慌慌张张走过来,我想转身已来不及了。他看见了我,并且急急火火地走到我跟前问:"小冯,你看见有人拾到二百块钱吗?"

我一惊:"那钱是你丢的?"

"啊,你见到有人拾啦?"他充满希望地瞪着我。我看他满脸汗珠,把他急得真够呛了,就赶紧安慰他说:

"你放心吧,钱不会丢的,可你怎么会把那么多的钱掉在马路上?"

大杨一听我这种口气,可能以为钱是叫我捡了,长长地出了一口大气,用手绢擦了一把汗,然后才懊悔地对我说:"咳,别提了。那钱是我复员时,部队上的一个战友叫我捎给他家里的,用猴皮筋勒着,放在一个写着他家住址的纸袋里，走在半路上我出了一身大汗，骑在车上掏手绢擦汗，可能把纸袋带出来了，到了战友的家里才发觉……"

我本来想领他一块儿去派出所，又怕碰上李运斗让大杨看出我们的关系。姑娘家第一次跟着对象遛马路，是最怕碰见熟人的。因此我就对他说："有人把钱送到派出所去了，你赶快去领吧。"

大杨转身跑了。

不一会儿，李运斗满脸喜色地回来了。

我问他："把钱交给派出所了？"

他点点头。

我很想替大杨说几句感谢他的话，如果不是他的聪明和果断，及时从那个骗子手里把钱夺过来，由于我的幼稚和轻信就把大杨给坑苦了。李运斗又教育了我，又帮了大杨的忙。将来大杨即便知道了我们的关系，把这件事在车间里传开，对我的面子也并不是很难看的。但是，姑娘的羞怯终于使我没有把这些话说出口。我却听凭他扶着我的胳膊走进钟表店。他大概从我的眼睛里也看出了我对他感情的变化，要不他怎么会那么得意地瞟了我一眼。他没有说话，很快地挑好了一块漂亮的瑞士坤表；我只当他光是看看，没想到他竟买下了。他掏钱付款时，从钱夹里抽出一沓十元一张的钞票，有一个东西掉了下来，我从地上拾起一看，是那个熟悉的黄色猴皮筋，心里一震。走出钟表店以后，我急忙问他：

"你这是给谁买的表？"

"给你。"他亲热地冲我笑着。

"给我？"我心里一惊，"哪来的钱？"

"当然是我的钱。不，是咱们俩的钱。"他眼里闪着一种贪婪的、讨好的神情，紧盯住我。天哪，我怎么刚才就没有发现他的笑脸竟是这么俗气，叫人厌恶。

我拿出那个猴皮筋，尽量克制住厌恶的情绪，追问他："你并没有把钱交到派出所？"

他的目光突然从我的脸上逃开了，但脸上仍然那样讨好地笑着：

"本来想交,但一想到这笔钱是命运赐给我们的,就不能交了。"他看看我,口气忽然又热烈起来,"淑桂,我活这么大从来没有在马路上拾过钱,一分钱也没拾过。可是咱俩交上朋友,第一次遛马路就踩上了钱票子,这说明咱俩今后一定会非常幸福,非常美满。而且通过这件事,我相信咱俩是不会散的了。淑桂,戴上吧,这是咱俩幸福的象征,也是咱俩爱情的象征。"

他说着就拉我的手腕子,要把表给我戴上。我使劲儿甩开了他的手,这要不是在马路上我怕拉拉扯扯引起别人的注意,真想把巴掌抽到他那张小白脸上去。我想数落他几句,但找不到合适的话,而且嗓子眼儿里像吞了只臭虫,我不愿意再看他,也不愿意再跟他说任何话,恨不得立刻离开他,这一辈子别再让我看见这张脸。但是,我这样一走,大杨的钱找谁去要?我眼睛看着别处,带着怒气对他说:"把表退掉!"

"这,你……"他站着没动。

我提高了声音:"把表退掉,你不退表我就要喊警察了!"

他见我真的翻了脸,也有点儿慌了,赶紧到表店把表退了。我追回了那二百元钱,正要去派出所找大杨,看见大杨气呼呼地正往这边跑,我迎上去,没等他说话,就把钱塞到他手里说:"我给你把钱要回来了!"

他大概看见了我强忍住的两眶眼泪和异常的神色,就问:"小冯,你怎么啦?"

"你别管!"我没有再答理他,转身跑开了。

我走在回家的路上,越想越气。这就是我挑来挑去挑上的对象,这就是我找到的爱情!将来同伴们知道了一定会说我倒霉,可我倒还觉得挺庆幸,庆幸的是这件事在第一次遛马路的时候就发生了。若是在订婚后,甚至是结婚后再发生这样的事,我又该如何呢?

纯洁而美好的爱情啊,到哪里去找?对这玩意儿我实在有点怕了。

1982年8月

鞋

　　喜宴总是难得喜终，多多少少总有点儿不痛快。酒来则智去，俗话说——开始人吃酒，渐渐酒吃酒，最后酒吃人。那些喝得微醉、半醉、八分醉、九分醉、大醉的男人们，嘴里还能说出干净话吗？哩啦歪斜地一边往外走，一边骂骂咧咧：

　　"贾传奇，你小子太不够意思啦！节目还没完就把新娘子藏起来了。"

　　"瞧，你小子这份德行，从哪儿搞来这么个大美人？那眉、那眼、那脸盘、那身段、那嫩皮细肉，嘿，气死栗原小卷！"

　　"传奇真是艳福不浅，要不结婚头一天就得了'气管炎'。"

　　"我用自己的酒杯敬过她一口酒，用我的筷子往她那鲜润的樱桃小嘴里送过一口菜，你们说这叫什么？这叫间接接吻。"

　　"好！噢……"

　　新郎嘻嘻哈哈，只管拱手道谢，对带刺儿的话、骂人的话一律不拾茬儿，只求快点把这群爷儿们送走。今天是他生活的巅峰，耐着性子把这必不可少的大场面应付完，等着他的才是真正属于自己的人生佳期。你们说我"气管炎"也好，"肺气肿"也好，我心甘情愿。你们生气吧，眼红去吧！瞧我贾传奇找的对象，把四邻八街的姑娘、媳妇全给镇了！今天可是露了大脸。静霏摆得出，拿得出，经得住远看，更可以近瞧，登大台足以压众，上电视气死明星。为娶这样的老婆花多少本钱，摆多大排场都值得。更何况她还是正牌的中专毕业生，正式的国家干部，谁能想到我几辈没有出过干部的贾家，硬是搞了个女才子，这就叫有本事！半年多来,我瞒着盖着,做得滴水不漏,就怕别人从中插手,坏了我的好事。如今大事已成,肥肉到口,我还怕什么？我什么也不怕了,光剩下美啦,美！

"噢,再见,谢谢哥儿几个！"

贾传奇长出一口气,转身急不可耐地奔向自己的洞房。他想着新娘可能正等着自己,也可能已经上床,她累了。这就是新婚第一夜,激情像波浪一样在他身上跳跃。再加上几分酒意,他像在梦里一样走进自己的新房。新娘子没有宽衣,没有洗脸,还坐在椅子上愣神儿。

"静霏！"贾传奇一阵冲动,凑近妻子,手摸上去,脸贴上去。新娘一阵慌乱,把他猛地推出老远。贾传奇一惊:"静霏,你怎么啦？"

钟静霏惊恐地望着眼前这个男人,感到是这样的陌生！她要嫁的怎么会是这样一个丈夫:脚蹬一双时髦的男式半高跟皮鞋,又用长长的直筒裤脚遮住鞋后跟。他就不想想现在的人们有多精,你越想遮掩什么,人家就看得越清楚。这样一来身材也许长高了三公分,可是站到人前在气质上却矮了一截。蓝条衬衣,花领带,紫色西服背心,他这是想表现出一种带洋味儿的帅劲儿？天哪,帅劲儿没出来,倒洋得令人作呕,俗不可耐！灵魂塑造着肉体,有这样一副肉体的人会有个什么样的灵魂呢？她以前为什么就没有看出这一点？只觉得他老实厚道,对她也真心真意,简直达到百分之一百一。谁知道他今天会是这样？小鼻子小眼,皮肤干燥,嘴唇发乌,得意中带点狡黠,从头到脚给人以委琐粗俗之感。

"静霏,你累了,还是叫那帮小子逗得有点心烦？"贾传奇脸上又露出往日那种讨好的诚惶诚恐的神色,显得百般柔顺,服服帖帖。

钟静霏似乎又看到了自己曾感激过并怀有好感的男子,心里流过一股歉意,从现在起自己就是他的人了,还想那么多干什么？喃喃地为自己刚才的反常举动做了解释:"平时你说不会抽烟也不会喝酒,今天是又能抽又能喝,身上的烟味酒气刺鼻子！"

贾传奇眉开眼笑了:"好,好,我去洗脸漱口。"他含口凉水咕嘟两下又吐出来,算是漱了嘴,又草三潦四地用湿毛巾擦了把脸。这次不敢再莽撞,轻手轻脚地凑上去抱住妻子。

钟静霏闭上眼,闭紧嘴,随他的便吧。任他怎么亲热,怎样激动,她却像石头一样一动不动。结婚就是这个样子?这就是人一生中最幸福的时刻?为什么自己没有激情,没有欢乐?一切都显得这么无聊。总觉得什么地方有点不对头。对丈夫那发疯般的亲吻和抚摸,她强压住心里的厌恶。自己为了什么要扮演这样一个角色?像个笑料一样哄着一群与自己毫不相干的人大笑大闹,大吃大喝?那些所谓伴新娘保新娘护新娘的女客们,实际是帮吃帮喝,看热闹学经验,怀着同情、惋惜、妒忌、幸灾乐祸等各种不同的心理,借别人的婚礼,自己倒穿红挂绿,插花戴朵,有的还涂脂抹粉,老商埠天津卫的女人身上各种俗劲儿艳劲儿真是表现得淋漓尽致了!那些男人呢?好像就是专为大吃大喝、逗新娘寻欢找乐儿来的。唯恐吃少了赚不回自己交出的份子钱,你灌他抢,动手动脚,满嘴脏话,酒气伴着唾沫星子滥喷,烟灰掉在菜盘子里。俗话说,要了解一个男人只要看他交下的朋友就行。传奇从哪儿请来了这样一帮俗物?

“难道这是真的?像你这样漂亮的大姑娘,竟是属于我的了?!我哪一世修下的德行,捞着了这样一个大美人!”孤高任性的妻子不再拒绝他,贾传奇得意忘形起来,轻狂一阵,对妻子端详一番。雪白的短袖紧身衣,杏黄的西式裙,更衬出柔波似水的腰身;丰腴细润的圆乎脸,配上发梢稍有一点卷曲的荷叶头,更显得娇媚可人,丽质天成。贾传奇看不够,爱不够,周身上下鼓荡着贪婪的热浪,他要再次扑上去,把妻子抱上床。突然,看见新娘的两个眼角各涌出一串冷泪,他改变了主意。大姑娘要变成媳妇,难免会害羞,甚至紧张害怕,他打开柜门,拿出一只女式的半旧皮鞋。“静霏,我的好老婆,快睁开眼,我送给你一件有意义的、一定会使你高兴的礼物!”

钟静霏睁开眼,抹了一下眼角的泪花。

“你还认得这只鞋吗?”

这是她穿过的鞋,怎会认不出。也正是由于这只鞋,她才成了眼前这个男人的妻子。去年,差不多也是这个季节,有个星期六的晚上她去看电影。当时她正患脚气病,电影开映后,她痒得难受,趁黑暗偷偷脱了鞋,抠了两下脚掌。然后再摸鞋可就说什么也摸不到了,害得她电影也没看好。好不容易熬到散场,剧场亮了灯,仍然没找到那只鞋。等她单脚蹦出电影院,立刻吸引了一群起哄看热闹的小青年,他们无事还要生非哪,何况碰上了这样的新鲜事。她想单脚蹦到汽车站,每蹦一步,后边就有一群人叫号子吹口哨,吱呀怪叫,人越围越多。她走不了也躲不开,急得想哭不敢流泪,想喊不敢出声,脸红了又白,白了又红。就在这比死还难受的当口,一个穿着朴素的小伙子走进人群解了她的围。他从书包里掏出一双崭新的女式中跟皮鞋:"这是刚给我妹妹买的,你试试,要穿着合适就先回家。"她道了谢,接过鞋一试,不大不小就像可着她的脚买的一样。她记下了小伙子的地址和名字——贾传奇。第二天带着礼物去还鞋,贾传奇说什么也不要,他声称给妹妹另买了一双鞋,而且他妹妹乘早晨的火车回山西去了。但他收下了她的礼物,第二天他又以三倍的厚礼送到她家。从此就你来我往,他也就如醉如狂地爱上了她。

"这只鞋怎么会在你这儿?"她拿过鞋又仔细地看了看。

"它本来就没丢,"贾传奇得意得有点儿眉飞色舞,"你长得这么俊,我早就盯上你了。见你一个人看电影,就知道你还没有对象,我成心买了一张在后一排紧挨着你的电影票,不为看电影,就为看你。当你脱鞋抠痒痒的时候,我就用脚尖把你的一只鞋钩过来,装进书包走出电影院。到鞋店按你那只鞋的号码买了双新鞋,又回到电影院门口等你。怎么样?为了得到你我可算费尽了心机。这一年来,我的魂儿就拴在你身上了。"他忘情地又把脸凑过去,啪的一声,那只皮鞋甩到他的脸上。

"流氓!"钟静霏趴在桌子上呜呜哭起来。

贾传奇的酒意立刻醒了。他定了定神,后悔不该把属于自己心里的秘密告诉别人,哪怕是自己的老婆也不行。后悔刚才趁她老实不任性的那会儿,没有把她办了!让她生米煮成熟饭,真正成了自己的人。还怕她哭天抹泪,任性胡闹吗?看不够呀,亲呀咬呀,能管个屁用？干这些零碎事儿以后有的是工夫。现在怎么办？动硬的，还是来软的？女人都是蠢货，越漂亮就越愚蠢。他蹲下去，抱住妻子的双腿：

"静霏，我对不起你，不该跟你动心眼儿。可这是没办法的事，谁叫我一看见你就没命、没魂儿了，一切还不是为了跟你好！这也是前世注定……"

"你这个骗子，一切都是假的，你身上没有一点真的！"钟静霏站起身，挣开贾传奇的胳膊，到衣柜里拿出那个尚未打开的红包袱，转身就朝外走。贾传奇这下可急了，冲过来挡住钟静霏："你去哪儿？"

"回家！"

"这儿就是你的家，现在你是我老婆。"

"这都怪我瞎了眼，差点没成了你老婆。"

贾传奇用力一推，把新婚妻子摔回到床上。回手从桌上抄起一把雪亮的水果刀。刚才还是个嬉皮赖脸、低三下四的乞求者，转眼间满脸杀气，声狠气粗，眼睛里射出冷森森的光。钟静霏心里一惊："你要干什么？"

"别怕，我宁肯宰了自己，也不会伤你一根毫毛！"贾传奇自己捏着刀刃，把刀把伸向妻子，"你要走也可以，先给我心口窝来一刀！"

钟静霏用恐惧的眼光望着他，没有伸手接刀。

贾传奇一看真把她给唬住了，就继续吓唬她："你要不愿意沾了自己的手，我自己捅。你要是怕负责任，怕见血，我还有别的办法结果自己的小命儿。夏天治蚊子还剩下一大瓶敌敌畏，足够我用的。但是得等我把心里的话都倒净了，咱们再好离好散，我上西天，你另攀高枝。"

钟静霏确实被镇住了，从小被父母娇生惯养，哪见过这种阵势。贾传奇手里还握着那把刀子，语气却缓和多了："静霏，我知道自己配不上你。谁能配得上你呢？大学生，小白脸。可你知道吗，现在的男大学生不找女大学生，专找比自己低的中专生，就为的好压着女人一头，让对方专门侍候自己。男的腻烦了还可以在外边另找别的女人，而女人必须忠实，必须服从，做贤妻良母。你若嫁个这样的大学生，虚荣心得到一时的满足，却一辈子受洋罪。而跟了我呢，只会得实惠，全家都得供着你,在我们家你就是皇后,保你心顺气顺地过一辈子。你想想哪个合算?夫妻过日子,还能老看脸蛋儿?不管丑俊,关了灯都一样。长得漂亮也是一种包袱,自古红颜多薄命,不是红颜该着薄命,而是红颜把自己的美貌当成包袱背起来,东挑西拣,容易上当,越俊越傻,自找倒霉。你不见现在甩下的老姑娘,都是好样的。人生一世在于算计,找对象也得算计。"

贾传奇把肚子里的全部学问都搬出来了,说古道今,引经据典,一边说一边观察新娘的脸色。钟静霏不看他,心如一团乱麻,她真是没主意了。他试着凑过去,扶住钟静霏的肩头。钟静霏神情麻木,没有反抗,也没有躲避。他有了信心,变得轻声细语,简直像说情话一样了:"静霏,我把心都掏给你了,我这条小命儿也攥在你手里,如果你还不开恩,那就没有我的活路了。我们已经生米煮成熟饭,名正言顺我是你丈夫,用什么办法都可以让你服从我。可我不想那么干,因为我疼你,不能委屈你,强扭的瓜不甜。你要真不乐意,我决不碰你,也不强求你。但有个请求,现在别走,明天像个真正的老婆一样哭我一场,送我到火化场,也给我父母和亲戚朋友留个脸面,这我也就心满意足了。委屈你跟我做这两天名义夫妻……"贾传奇说到这儿真的动了感情,嗓音变了,眼泪也下来了。他顺势跪了下去,把脸埋在钟静霏的大腿上。

"行了,别来这一套了……"钟静霏推开贾传奇,趴到床上又呜呜地哭起来。事已至此,她只好认命了。不认命又有什么办法呢?

女人这一哭就什么都有了,贾传奇上床抱紧她,一边絮絮叨叨地说着不知从哪儿趸来的情话,一边从容不迫地得到了她。然后便翻转身,心安理得地沉沉睡去。他用不着再担心了,往后只剩下她来求他了。

1984年2月19日

"钳工"断指

　　他走进自己的小屋，像一扇门突然倒了，他把自己扔到床上，帽子没摘，衣服、鞋没脱。他闭上了眼睛，要好好想一想怎么办？绝望的恐惧和烦躁一阵紧似一阵地袭击着他，命运、前途，原来这么脆弱，"一念之差"就可以全盘毁掉！"一失足成千古恨"——这句旧戏里的唱词，没想到会应验到自己头上。浑啊，笨啊！马祖荫哪，马祖荫，你这个五尺汉子，今后可怎么往人前站？在出这件事之前，你虽然是个一级工，无技术、无钞票、无学历的光棍一条，站起来多高，倒下去也多长，站在人前不矮一块，谁也不敢小瞧你。还在乡下的时候，彦芳就爱上了你，她不就是喜欢你是个真正的男子汉，刚强，沉稳，说话办事有主见。可现在，成了个小偷！怎么见彦芳！彦芳怎么见人？叫彦芳怎么向她那本来就不同意这门亲事的父母解释？

　　手伸进人家的兜里，还没摸到钱包就被抓住了。这才叫没打着狐狸反惹一身臊！保卫科长不错，把咱领回厂里没有臭骂一顿，没有说一句挖苦的话。念咱是初犯，平时干活儿也肯卖力气，又有点自尊心，没有关在保卫科里写检查，叫咱回家来写，下班前交回去就行。可这检查怎么写呀？！

　　嘿，他妈的……他猛地睁开眼，牙帮骨咬得嘎巴嘎巴响，翻身从床上坐起来，眼里射出一股凶悍的光。小偷又怎么样？老子没钱，就是想掏有钱人的钱包！我也是人，我也得结婚，眼看三十好几了，人家彦芳跟我好了十几年，我一样值钱的东西也没给她买过，这破房子里只有四个旮旯儿，叫我拿什么结婚？又跟人家好，又不能保护人家，给人

410

家幸福,我算个什么男人! 在一块儿下乡的知青中,数小杨子最没能耐,而且流里流气,最没出息。现在数他活得最自在,别人没有的他有,别人吃不上的他吃了,别人玩儿不上的他也玩儿了。漂亮姑娘一群一伙儿地围着他转,低等人的身份,享受高等人的生活。他那支歌是怎么唱的?

> 想招工,盼招工,
>
> 当了青工不轻松。
>
> 一级工,二级工,
>
> 不如钳工五分钟。

什么"钳工"? 就是从别人口袋往外钳东西,小偷! 当"钳工"也得有一套绝技。马祖荫跳下床,打开炉子,把脸盆炖到火眼上,将暖瓶的开水倒进去。不一会儿,开水翻花,腾起热气。他找了一小块又薄又滑的肥皂头,扔进滚水中,肥皂头随着水花上下翻飞,像游鱼一样滚动。据小杨子讲,好的"钳工",只要伸出两个手指——中指和食指,到滚水中就能把肥皂头夹上来。马祖荫伸出左手的中指和食指想试一试。他是左撇子,除去吃饭拿筷子、写字拿笔用右手,干其他事情都用左手,刚才掏兜时被人抓住的也是左手。他的两个手指被滚水狠狠地烫了一下,甚至连肥皂头都没有摸到。他"嘿嘿"地笑了,却比哭还难听,有点像受伤的野兽低声嚎叫。他笑着笑着,果然眼泪下来了。不是一滴一滴地往外流,而是涌出一片,脸上模糊了。他摊开一张纸,给未婚妻写信。

舒彦芳同志:

　　我不配你爱、也不配爱你。忘了我,唾弃我,恨我骂我吧! 找一个值得你爱、能给你幸福的人吧。对不起你,在这个世界上你是我唯一感到对不起的人。

马祖荫
写于被抓住的当天

　　他把信封好。抬起左手,端详了一阵那两个粗壮笨拙的手指,嘴角挂着一丝冷酷的苦笑。然后把两个手指平稳地放在木凳子上,右手猛地抓起斧子,咔嚓一声,两个手指被剁下来了,他疼得坐到地上,用右手掐住了左手的腕子,免得流血过多。过了好半天,他的脸色才变过来,慢慢从地上站起身,把事先准备好的珍珠粉敷在伤口上,用纱布把左手包紧。又拿出一个信封,把剁下来的两截手指装在里面,在上面写上:"保卫科收,马祖荫的检查。"一会儿托上中班的工人带去就行了。他长出了一口气,又像门扇一样倒在了床上。

1984年2月21日

警察的幽默

一

化妆品厂的汽车无端被警察截住了。司机自知并未违反交通规则,走过去赔着小心问:

"同志,什么事?"

"把驾驶执照拿来!"

"我犯了什么规?"

"叫你拿来就快点拿来!"

"我没有违章啊……"

"怎么,你不乐意?"

司机一见茬口不对,只得把本子递过去。交通警随便一翻便进了自己的口袋。问:

"你是化妆品厂的?"

司机不知所措地点点头。

"灌两瓶头油来就把本子还你。"

司机为难:"拿什么装呀?"

"你回来的时候找我要瓶子。"

司机开车走了。警察抽空到附近的食品店要了两个空瓶子。司机卸完货回来,走近岗楼找警察要瓶子。警察正在训斥一个骑自行车的人,神色威严,大道理滔滔不绝。司机心急火燎,趁警察喘气的空儿插上嘴说：

"同志，给我瓶子。"

"什么瓶子？"警察装不认识他，虎起脸，打起官腔。

司机实在是没长眼眉：

"哎，刚才不是你叫我来拿瓶子装……"

警察盛怒："你站到一边先等着！"

他赶紧把那个违犯交通规则的人打发走，从岗楼里拿出两个空瓶子递给司机：

"你没长眼哪？我正在训人你找我要瓶子，不是给我戴眼罩吗？"

司机唯有诺诺。拿定主意明天把汽车上的厂名涂掉。

二

岗楼对面的小百货商店清仓大处理，门前围了一大帮人，边道上堆满自行车。那个年代，人们对"处理品"格外垂青。岗楼里的警察恼火了："有这等便宜的事竟然不先跟我打招呼！"

他给交通队打了个电话。当百货店的大处理正进入高潮的时候，来了一辆大卡车，从车上跳下几个警察，抬起道边上的自行车就往卡车上扔。好车这样一扔一砸也变成了破车，破车经过这样一折腾也许不能骑了。抢买处理品的人群乱了套，喊的叫的骂的闹的，机灵一点儿的丢下东西抢出自己车子就跑。寻刺激看热闹的幸灾乐祸唯恐天下不乱地从四面八方跑过来，愈拥愈多。打电话的警察走下岗楼，命令百货店关门，他们的清仓处理妨碍了交通。并大声宣布："自行车被没收的人回单位开证明信，写出检讨，到交通队领车。"

骂大街也好，苦苦哀求也好，全不顶用。自行车被拉走了。警察又回到了岗楼上。百货店的大门也关严了。人群渐渐散了。城市又恢复了老样子。

百货店的主任悄悄来到岗楼上，像什么事也没有发生过："同志，我们这个店要撤销改成一打三反办公室，库里还存着不少东西。平时多亏你照顾,你是不是先到店里看看,先由你挑,剩下的再公开处理。"

警察也像什么事都没有发生过:"光我一个人不行,我得给交通队那哥儿几个打个电话。"

"行,叫他们一块儿来。"

三

不锈钢餐具厂的职工更衣室遭窃,丢了点儿工作服和工具之类的东西,价值总共不足百元。工厂报了案。公安局、派出所、街道联防办公室几次三番地进厂侦察、破案。每来一次就要带走好多东西,小至刀叉勺锅,大至炉灶。连车间门口的麻袋也不放过。问:

"这麻袋还有用吗?"

"没用了,拿走吧。"厂长还能说什么呢?

案件破了,工厂又损失了五百多元的东西。

厂长火了:

"这个案不破了。今后再丢了东西也不许报案。小偷偷东西还费点儿力气,警察来拿东西连力气也不费。"

于是那一片儿的治安明显变好,警察受到表扬。

1984年3月

逝去的岁月

亮　相

党委书记通知我，要对我召开一个七千人的批判大会。这在意料之中，我没有太惶恐。问：

"什么时间？"

"下午一点半。"

还有足够的准备时间。

"我是被押解进会场还是自己走进会场？"

"你自己走吧。"

"我进了会场是有人揪斗，还是自己找地方站或者找地方坐？是在台上还是在台下？"

"你坐在台下就行了。"

对我够客气的。问明细节心里就有点儿底了。吃过午饭，装作憋得慌进了厕所，蹲在茅坑上把批判会上可能出现的情况预想了一遍。做最坏的打算，争取最好的可能。自觉精神上准备得差不多了才离开厕所，收拾好私人衣物，提前二十分钟走进了大礼堂。

礼堂里空空荡荡，只在会台上有几个人摆讲桌试麦克风。我犹豫了一下，就在第一排中间的位子上坐下来，正对着批判桌，让批判者很容易就看清我的嘴脸，批到激愤处想揪我上台也便当些。当然也便于我看得清批判者的表情，受教育会更深刻些。

416

开会的时间到了,礼堂里才开始进人。各单位都排着队喊着口号集体入场。但一进礼堂队伍就自动解散,人们全往后面坐,抢占离门口近的位子,溜号方便。革命群众参加批判大会的好处不就是有新鲜瞧新鲜,没有新鲜可以睡觉、织毛活儿和提前回家嘛!宣传科长在台上一个劲儿地呼喊:"请各单位往前坐,前边有位子。"却没有一个单位响应号召,好像有意和我划清界限。前十五排就孤零零坐着我一个人。我心里泛起一阵幸灾乐祸的快意。感到全身每个毛孔里都向外散发能够传染的毒素,像个麻风病人。我怕他们,他们也怕我。

党委书记率领着领导干部们出现了。他们走到前面看着我愣了一下,在一个角落里坐下去。这时候我意识到自己坐错位子了。批判会一般不设主席台,领导干部们都坐在台下前排正中央的位子上,被批判者应该坐到角落里去。我跟领导正好倒了个儿。没有人跟我说话,没有人提醒我。视我如无物,却又躲得我远远的。

我感到后背有烧灼感,不断有人从后面走到前面来,在大台前绕一圈又回去了。我明白了,这是在看看我是何等样人。近万人的大企业,虽然都知道我炮制了大毒草,却不一定都认识我这个人。我今天的价值就是展览自己,如同动物园里的珍奇动物——且慢,我似乎没有动物那么珍贵。但被人们像动物一样地观看是很不自在的。我该怎么办呢?低头埋眼,做认罪状,心有不甘,那样太栽面子。阿Q精神告诉我我没有罪,人死架子不能倒。仰起脸眼睛朝上?似有不妥,革命群众会说我目中无人,对抗批判。此刻眼睛真是太多余了。我唯一的选择就是挺直脖颈,摆正脑袋,眼睛平视。向每个想看我的人行注目礼。背后一有脚步声我就扭过头去,他看我,我看他。我在心里不断鼓励自己:"坚持住!你一没有杀人放火;二没偷窃抢劫;三没强奸妇女。不就是写了大毒草吗!不丢人不现眼,挺下去。"

眼睛这东西真奇妙,像枪口,谁瞄得准瞄得狠,就能把对方镇住。想看我的人都被我看得低下头,匆匆绕一圈就回去了。后边的人一见我这种大大方方让人瞧个够的样子也就失去了逛动物园的兴趣。走出来的又想回去,站起来的又坐下了。礼堂里随即也安静下来。

第一个登台批判的是宣传科的干部,大学的文科毕业生,跟我学过写作,一直希望能有机会把自己的名字印成铅字。刚才那场心理战的小小胜利鼓舞了我,仰起头不错眼珠地盯着批判我的人,琢磨着他这样干下去名字会不会印成铅字?自始至终他都没有敢瞧我一眼,也许是对我不屑一顾。

后面还有四个单位的代表上台发言,其中有三个是我的学生。我不知是该高兴,还是该悲哀,他们像商量好了一样一律不看我。后来我也失去了看他们的兴趣。因为脖子仰得有点酸。

直到散会,没有一个人跟我说一句话。我跟在大家的后面走出大礼堂。远处有人停住脚三个一群两个一伙儿在看着我,议论着什么。当我正式地回看他们的时候,他们立刻就扭过头散开了。

我感到自己更像一团瘟疫了。或许人们不愿让我把他们看得太清楚,担心有朝一日我把他们也写进大毒草里。

华钝教授

二十年基本上没出什么成果。他恰恰沾了这没有成果的光——没有成果就没有太大的罪恶,逃脱了被关进牛棚的厄运。不为出成果焦虑,二十年来身体保养得极好,岁及花甲,童面鹤发,一弯腰双膝挺直双掌能毫不费力地扶地。

每天清晨到学校门口的毛主席塑像前扫地,然后围着塑像正转三圈儿反转三圈儿。十年间不管风雨冰雪从未间断。

每年七月一日向党交一份决心书。十年中只有一年记错了日子,把六一儿童节当成党的生日,提前一个月向党交心。

正因为此,他的许多应该引起造反派反感的生活习惯都能继续保留。

只要提前通知他,无论什么会议他都参加。即便是与他毫无关系,纯粹是恶作剧或拿他开玩笑的会,只要是给他一纸通知,他也会去严肃认真地从头坐到底。但到了规定开会的时间不开始,他起身就

走。临时通知他的会一概不参加,理由也非常堂皇:

"我的计划表上没有安排这个会。"

外界乱套了,绝无规律可言。华钝教授的生活还保持着自己特有的规律。几时吃饭、几时看书(哪怕是看《毛主席语录》)、几时散步都近似"雷打不动"。如果到了散步的时间客人还不走,他就会说:"你们坐着,我去散步。"

这一切都非常奇怪地被造反派容忍了。

有种人各个时代似乎都尊重他。

十年后要拆掉学校大门口的毛泽东塑像。领导首先想到要征求华钝教授的意见。

他最后一次到塑像前扫了地,然后顺时针方向转了三圈儿,反时针方向转了三圈儿,恭恭敬敬向塑像鞠了三个躬……

黑 与 红

快下班的时候,被打成黑帮的人全都剃光了脑袋。头头指示他们:

"你们这些黑帮,黑心黑肝黑脑袋。回家赶紧去买红油漆,把脑袋染红了。谁要是不染可别怪我们不客气!"

第二天,黑帮的队伍果然是一溜红鸡蛋。天气闷热,红油漆涂在光头皮上,封死了汗毛孔,其苦难挨。其中有一人神情颇为自如。"鬼头"看出蹊跷,伸手去抓他的红脑袋,抓下一个红壳壳。原来他做了一个软布套,红漆只涂在套子上,光脑袋依然平滑舒服。"鬼头"大怒。他却不慌不忙:

"革命的红色不应该沾上我的黑脑袋,那会玷污红色,对不起红色。所以我才把红漆涂在帽子上。白天戴着它接受红色的改造。睡觉的时候摘下来,恭恭敬敬地摆在干净的地方。"

"鬼头"眨眨眼,不敢讲他讲得不对。

"王主任电话"

大会开始前照例要呼喊一阵口号。一男一女站在台口前振臂领呼：

"无产阶级文化大革命胜利万岁！"

"无产阶级文化大革命胜利万岁！"

"造反有理！"

"造反有理！"

"革命无罪！"

"革命无罪！"

"无罪无罪，就是无罪！"

"无罪无罪，就是无罪！"

一人又跳上会台高喊："王主任电话！"

台下如疾风暴雨般地响应：

"王主任电话！"

"不，是王主任的电话！"

"不，是王主任的电话！"

万众手臂挥动，势如排山倒海。

碰

一身极其普通的装束。唯有那条大红的羊毛围巾像一面旗帜在寒风里飘动，格外惹眼，这是革命年代里女性最富魅力的装饰。它刺激着我，吸引着我。我跟着她，不敢跟得太紧，也舍不得离开太远。

她骑得很快，卷着一股风。好大的劲头。我自然不能被她落下，双腿也铆足了劲儿，眼睛却不肯离开她的红围巾，周身涌动着一种莫名的兴奋。她不打手势突然拐弯儿，我刹车不及只好撞了上去。她摔倒了，我也摔下了车。她不管自己的车子，跳起来先骂我：

"瞧你那个德行,长得跟蒋介石一个样!"

这是个刺儿头。到这时我才看见她胳膊上戴着能避邪的红袖章,就不客气地也回敬她一句:

"你的德行好,像宋美龄一样。"

她看着我怔住了。

我很得意,觉得占了她的便宜。

她扑哧一声笑了,天气突然晴朗:

"你还挺机灵的。"

后来我们成了夫妻。找对象就是这么容易。

在洞房之夜她问我:

"你真的认为我长得像宋美龄一样美?"

司 令 员

部队最出色的训练标兵在一次抢险救灾中牺牲了。部队首长下令哀悼三天,禁止一切娱乐活动。紧接着又传出消息,司令员要来部队视察,官兵为之动容。司令员肯定是为哀悼那位标兵而来。他曾是出色的飞行员,特级战斗英雄。在朝鲜战争中打下过美国王牌驾驶员戴维斯。戴维斯参加了第二次世界大战,当时已飞行了两千多小时。司令员当时还飞行不足一百小时。他的事迹在部队中像神话一样流传着。在那次战争中他一共打下八架飞机,自己也摔了七架。不行就跳伞,他认为人比飞机值钱,决不冒险为抢救飞机搞得机毁人亡。他有个爱部下、尊重人的价值的好名声。这不一听说部队死了人,立刻就下来了嘛!

司令员下了车,没走几步就觉得不对劲儿,责备跟在身边的部队首长:

"你们这里怎么搞的? 一个个哭丧着脸,死气沉沉的!"

部队首长向司令员介绍了那位标兵的英勇事迹以及部队为哀悼他所做的种种规定。没想到司令员突然恼火了:

"死个军人有什么了不起？过去一场战争死几千几万,都像你们这样搞我们还活吗？不能把部队娇惯坏了,哭哭啼啼还能打仗吗？这三天有事怎么办？让死的人也羞愧!"

中午部队组织了篮球赛。司令员在场边上呐喊助威。突然兴起,手脚发痒,脱掉军装,只穿着部队发的大白裤衩就跳进场内,和战士们拼抢起来。

收 藏 家

市里有条墙子河,曾经是城市的风水,不知什么时候变成了一条浅浅的臭河。每逢雨水不多的年份,入秋后便干涸。一场"抓革命促生产"的运动瞄准了墙子河,让臭河翻身,挖出的河泥还可以让农民拉走积肥。大革命的年代习惯于一有什么光荣而艰巨的任务就由各单位派人,组成一支松散的联合队伍。诸如:挖防空洞、城市治安、清理市级大案要案。短的几个月,长的好几年下去了。有些任务又舒服又威风。冬天挖河泥对城市人来说可实实在在地又光荣又艰巨。这一差使自然会落到爹不疼娘不爱的吴世恩身上。

他一身酸肉。以他自己的说法,世上没有他不懂的没有他不会干的。叫别人说,他是干什么什么不行,鹰嘴鸭子脚能吃不能拿。爱画画,涂抹出来的东西不入流;爱吹牛,惹过麻烦;以前爱到鬼市上去买便宜货,也上过当。城市贫民。城市破落户子弟。解放前夕逃跑的资本家和女用人的私生子。谁也不知道也不屑知道他的身世。反正他很穷,很脏,一个人住着一间旧泥巴抹的私产房。这就足够了。他自认倒霉,故意摆出一副艰巨而光荣的派头来到挖河队。叫你来你不来是不行的,来了以后挖不挖,挖多挖少还不全在你了？他的口号是反对"三自一包",发扬共产主义协作精神。每天还真的下河几次,每次也像模像样地挖上几锹。

有一天他的铁锹碰上了一个硬块,挖出来就感到不是凡物。甩到岸上,用泥巴盖好,上面还加了块破草袋子做记号。到晚上偷偷地骑车去把那团宝物取回家,用热水烫开泥疙瘩,真是一个宋代的大佛头。他把佛头抱在怀里,心里突然亮起一道灵光——

扫"四旧"。抄家。凡是趁好东西的人家没有不害怕的。最安全最省事的办法就是把好东西偷偷地丢进墙子河。这真是一条宝河!到挖河队来是对了。

他积极起来。以后又混进挖河指挥部弄了个搞宣传的差事。成天在河岸上来回溜达。胆小的挖出"四旧"也不敢要,就归了他。有人挖出宝物不识货被他骗了去。有些好东西是他用一盒烟或块儿八角买的。据说金砖、金条、首饰、玉器、古玩,他可没少往家里捡。

他吃惯了甜头,凡是有抄家的,有处理查抄物资的地方准少不了他。

他又穷又脏又破。社会嫌弃他,革命忘了他。十年后他发了财。国门一开他第一批走了,据说是找他亲生爸爸去了。

天下发什么财的都有,走什么运的都有。

1984年4月

"文革"马路见闻(外二题)

一

晚上,路灯昏暗,马路上行人稀少。一位老先生走出酒馆,微醺,哼起了心爱的戏词儿:"我本是卧龙岗散淡的人……"

从墙脚的暗处跳出一位老太太,大喝一声:"站住,你唱的是什么?"

"啊……《空城计》。"

"是帝王将相!"

"不,诸葛亮是法家。"

"发家致富,罪加一等! 走——"

"老婆子,你怎么了? 是我……"

"亲不亲,路线分。走,到街委会去!"

二

两辆自行车相撞,骑车的小伙子把骑车的姑娘撞倒了。姑娘十分恼火——

"你姑奶奶骑车从来没跌过跤,你把车给我扶起来!"

小伙子扶起姑娘的自行车,赶紧赔礼:"对不起,姑奶奶。"

"别来这一套,瞧你那德行,长得跟林彪差不多!"

"你的模样多好,跟叶群一个样儿。"

姑娘扑哧一声笑了,骑上车,头也不回地走了。

书记的助听器

某工厂书记是个公认的大好人,虽管事不多,但是非也很少。特别是近一两年,扩大企业自主权,"厂长要权,群众要钱,书记要玄。"此书记顺水推舟,大小事情一推六二五,乐得个轻闲自在。好人没好命,他偏在这时候得了耳聋症。书记戴上了助听器,成为全厂的一件新鲜事。有人好奇,想瞧个新鲜或戴上试试,书记一概不答应。也有人同情书记,年纪不算很大,身体其他器官都挺棒,长得五大三粗,偏偏耳朵不顶用了。耳朵一聋连说话也少了,将来会不会变成哑巴?俗话说"十聋九哑"嘛!更有不少人感到奇怪,书记不戴助听器,你要骂他,他还听得见;戴上了助听器你再骂他,他反倒听不见了。

前天,工厂发生一起重大事故,天车下蛋,砸死一人,重伤两人。全厂闹翻天,由安技科负责召集有关科室领导干部开会,研究怎样处理这次事故,怎样做家属的工作和料理死者后事。此乃大事,必须请书记参加,并由他拍板定案。

书记戴着助听器来了,坐在正中间的位子上,一言不发,偶尔抬起眼睛莫名其妙地看看大家。干部们一个个发言,讲了事故的经过,讲了自己的意见,最后等着书记做结论。书记这时候表情生动,眼睛放光,突然一拍桌子,长舒一口气:"好,呼延庆打擂打赢了!"

众人愕然。

眼眉的价值

女工小孙,趁组长不注意又一头钻进了仓库。从口袋里掏出镜子和小镊子,认真仔细地择起眉毛来,一根一根,有耐性又充满热情,终于把两道眉毛择成了两条细线,长长的、窄窄的,似笔描又非笔描,如一片韭菜叶又胜似韭菜叶。她对着小镜子,越看觉得自己越俏,越看越欢喜,她收好镜子和镊子,高高兴兴地走出仓库。谁料到组长端着手表正在库房门口等她:

"小孙,你工作时间择眼眉,罚款十元!"

"啊,罚这么多,凭什么?"

"择一根罚一角,你择了一百根。"

小孙见有空子可钻:"你数,我只择下去五根。"

"我有定额管着,每分钟至少能择下去两根,不信我择给你看。你择了五十分钟,二五一百根!"

"这是我自己的眼眉,我愿意择!"

"你要嫌不合算就再加一倍,因为你把眼眉择成秃家雀,污染我们的眼睛,有碍观瞻……"

1984 年 5 月

看　护

　　孤傲清高的庄教授,终于耐不住寂寞,不觉愤愤然了。他是名牌大学的名教授,到国外讲学时生了病都未曾受到这般的冷落！高级知识分子名义上享受高级干部的待遇,可他这个"高知"怎么能跟对面床上的"高干"相比呢？人家床边老有处长、科长之类的干部侍候着,间或还有一两位年轻漂亮的女人来慰问一番。床头柜和窗台上堆满了高级食品,有六个小伙子分成三班昼夜二十四小时守护着他。医生、护士查病房也是先看那位财大势大的所谓王经理,后看他这个不是毫无名气的化学系教授,如果检查经理的病情用半小时,检查他最多用十分钟。他的床边总是冷冷清清,儿子在几千公里以外搞他的导弹,女儿在国外上学,只有老伴每天挤公共汽车给他送点饭来,为他灌上一暖瓶热水。系里更是指望不上,半个月能派人来探望他一次就很不错了。人一落到这步境地最没有用的就是学问、名气和臭架子。庄教授偏偏放不下他的身份,每天冲墙躺着,对王经理床边的一切不闻不问不看。鬼知道这位是什么经理？现在"公司"遍地有,成千上万的大单位可以叫"公司",一两个人也可以戳起一块"公司"的招牌……

　　这一天王经理突然病情恶化,医生通知准备后事。他床边围着的人就更多了,连气宇轩昂的刘副经理也来了,他不愿假惺惺地用些没用的空话安慰一个快死的人。先沉默了一会儿,然后说了几句很实在的话,询问经理有什么要求,还有什么不放心的事情,他对垂死者提出的所有问题都满口答应。该说的话都说完了,便起身告辞,着手去安排经理的后事。看护王经理的人呼啦都站起身,撇下病人,争先恐后

地去搀扶刘副经理,有的头前给开门,有的跟在身边赔笑,前呼后拥,甚是威风。刘副经理勃然大怒:

"我又不死,你们扶着我干什么?"

庄教授破例转过脸来,见孤零零的王经理奄奄待毙,两滴泪珠横着落在枕头上,他庆幸自己是"高知"不是"高干"。知识和钢笔到死也不会背叛他……

1984年5月

天　津　风

看　地

老胡在家里生了一肚子气，想到单位里撒气。好像人人肚子里都有气，他的闷气没有机会放出来。烦躁而又无聊。于是走上大街，挤挤撞撞，看看红男绿女，看看打架骂街的、丢钱包、丢孩子的，也许会排解自己的烦恼。

他在大街上走着挤着。花花美景看不够。

卖奖券的小桌前围着一堆人，现买现兑，人们的眼睛有红的蓝的亮的暗的。处理辣椒罐头的小推车周围也挤满了人，五角钱一听，比买生辣椒还便宜……

大街上就是两种人，一种是看热闹的，一种是想捡便宜的。谁能想出个新鲜主意就能在大街上出风头、找乐儿、领导新潮流！

老胡选了块宽敞的地方，突然蹲下身子，两眼瞪着地面："嚯！"

立刻就有人凑过来，弯下腰，紧张而好奇地问："嘛玩意儿？"

老胡不搭腔，嘴里却喷喷有声。

人愈围愈多，有的弯着腰，有的蹲下身子。嘴里嚷嚷着，后边的问前面的，前面的不知道该问谁："嘛？嘛？"

老胡则悄悄地挤出了人圈儿，站到远处观望自己的发明。

人愈围愈多，四外还有不少人往人堆儿这儿跑。乱哄哄相互打问：

"怎么啦？"

"出什么事啦？"

老胡突然自己也想挤过去看看，也许那地上真有点可看的东西……

望　风

监察员小崔明知道无照摊贩很多，可一个也抓不住。他脱掉制服，私察暗访，终于找出了原因——

在工商税务局的大门口旁边，有一个卖果仁的姑娘。这个地方清静而森严，很少有人买她的果仁。各种做小买卖的都远离这种地方。哪有老鼠愿意在猫跟前做买卖的？可姑娘风雨无阻，天天出摊，似乎并不在乎有没有人买她的果仁。她吃着零食，听着音乐，眼睛瞄着税务局的大门口。税务检查人员一出门，她就用步话机通知市中心的个体户老大。各种非法的违法的个体户立刻都藏起来了。等税务检查人员赶到市场上，只剩下规规矩矩的守法户。

个体户的通讯联络装备比税务员的装备还先进，步话机、摩托车、大量的钱、严密的组织、暗号暗语……一本正经的税务员要对付现代化的逃税者。小崔决定在那个姑娘身上下工夫。收买她？他没有钱。跟她讲大道理？她会把他当成白痴。跟她谈恋爱？她瞧不上他，他也瞧不上她……

他只能虚虚实实。税务局人马出动却并不去市场检查。不出动，在家里却直接去了市场。

几天后，卖果仁的姑娘换成了小伙儿。

拍　车

某领导同志下班后坐超豪华小轿车回家。拐弯的时候被如潮的自行车挡住不得不放慢速度。一个小伙子屁股坐在自行车上，一只脚踩着边道牙子，伸出右掌朝小汽车锃亮耀眼的顶盖啪啪啪，狠拍了三下。

司机大怒，要开门下车，和那小子理论。

领导同志止住了他。司机不服：

"这不是欺侮人吗！"

"不，他不是想欺侮我们，是看见坐小汽车的就有气。"

司机看看领导，恼怒顿消，还颇为感动。人家当头儿的对老百姓的心思都知道得这么深，自己不过是个车夫，还洋气什么？过去是车高级人也高级，开上高级车就有资格臭美。现在是车愈高级人愈受气，跑长途怕卡车、吉普、大客车，它们敢碰你，你不敢碰它们。在城里怕自行车，怕行人，怕……

还是多加小心为妙，少惹事。

争 宠

刘某长得粗鄙猥琐，但两个儿子长得甚堂皇，像他们的母亲。两个儿子都找了女朋友。老大的女朋友长得漂亮，在工厂当工人，就是挣钱太少。老二的女朋友在一个合资饭店当服务员，饭店里有什么她们家里就有什么，小肥皂、小牙刷、小牙膏、软软的擦屁股纸，刘某感到又新奇，又便宜。因此喜欢老二的女朋友。

老大的女朋友一气之下停薪留职，当上了个体户。到福建花十九元买一件夹克衫，在天津可卖到四十九元。一天卖十件就净赚三百元。刘某转而又喜欢老大的对象，赔笑脸，问冷问热。老大和对象带着穷了半辈子的刘某进高级饭店，让他大开洋荤。

老二的女朋友被冷落了几个月后，想出一种更好的办法，向刘某"耍贱"。脸上长了个粉刺，扎到刘某怀里让他给自己挤粉刺，顺便让他闻到自己的香气，摸摸自己的粉脸。刘一喊累，她就去为他揉腿捶腰……

刘某心馋眼活，时间一长竟离不开老二的对象了。老二郑重跟自己的女朋友宣布：

"我爸爸爱上你了，还是你们俩搞吧，我不当第三者。"

1984年5月

两幅照片的说明

有位朋友酷爱摄影，也爱开玩笑。前不久用买一个彩色胶卷的价钱，从委托商店里买出一架旧照相机，拎着它到处乱转，随意乱拍。又捡便宜，又练手艺，甚是得意。待一卷卷底片冲洗出来，好似一部"无字天书"，无人能看懂他拍了些什么玩意儿。从中选出几幅，加以洗印和放大，一定要我为其加上文字说明，而且要求说明写得越详细越好，最好能根据他的照片编出一套故事。但他不告诉我拿这些东西将去派什么用场。也许是举办什么"超现实主义摄影展览"？也许是想以此为考卷加入什么"怪诞派"艺术协会吧？也许什么用处也没有，只是为了考我。

下面便是我为前两幅照片加的题目和说明——

钓　鱼

轻柔轻柔的春风，吹在脸上像被姑娘的发梢抽了一下，有点儿痒，却很舒服。碧绿碧绿的大水坑，连一丝波纹也没有，平静得如同没有云彩的青天。只有那漫天飘飘荡荡的柳絮，像一件甩不掉的破衣服，黏黏糊糊，缠住人不放，让人发懒、发困、发烦……

从远处的公路上冲下来一辆草绿色轻便摩托车，车上坐着一位城里人打扮的中年汉子。摩托车后架上绑着一个小板凳和一副十分考究的钓鱼竿，鱼竿下吊着一个盛鱼的竹篓。三合土铺成的林荫道上扬起一阵烟尘，轻骑围着大水坑转了一圈儿。看来这位身份不小、很会

摆谱儿的钓鱼人,是想找一块有风水、好放竿的地方。可是水坑边上每隔几步就有一个大牌子,上写:

大队养鱼池,不许钓鱼! 违者重罚!

十三个字用了两个命令号,可见这不是一般通告,而是"严重警告"。但城里来的汉子,连眼角也不愿斜一下那些牌子,来到一棵大柳树下,熄火下车。从车上解下板凳、鱼竿、鱼篓,很熟练地下食,放竿,垂钩。然后坐在小板凳上,伸直两条腿,上身往大柳树上一靠,美哉,悠哉! 他从口袋里掏出一支香烟,叼在嘴上,刚要打火,突然从树后伸出一只大手,像铁钳一样抓住他的肩头,指甲好像隔着衣服已经抠到他的肉里。紧跟着背后就响起一个男人粗嘎的声音:"你眼瞎呀? 把竿收起来,交十块钱罚金。我早就盯上你了……"

钓鱼人不理不睬不吭声,连眼皮也不抬,更不屑于把脸扭过来了。躲在大树后面的那农村汉子,越发恼怒了,他蹿到钓鱼人面前:
"你是成心想找倒霉呀?!"
钓鱼人瞥了农民一眼,嘴里仍旧没出声。
"我看你是眼瞎心瞎外带又聋又哑!"农民弯腰就要抢鱼竿。
钓鱼人不慌不忙一摆手:"等等,你是这柳塘大队的吗?"
"干什么?"
"这养鱼池归你承包了?"
"干什么?"
"我一条鱼还没钓着,你看要罚多少钱?"
农民露出了狡黠的微笑:"没钓着鱼算便宜了你,只罚十块。"
"要是钓上来一条呢?"
"钓一条多罚十块,钓两条多罚二十!"
"不论鱼的大小吗?"
"不管大小,有一条算一条!"
"你这个土政策还真够厉害。哟,鱼咬钩了——"他猛地一挑竿,一条不足半斤重的鲫鱼活蹦乱跳地被拉出了水面。钓鱼人摇摇头："太小了，不值十块钱。"

他把鱼从钩子上取下来，又扔回水坑里。嘴角挂笑，仰脸看看粗壮的农村汉子，重把鱼钩甩进水里。他这副不慌不忙、莫测高深的样子，还真把这农民给闹蒙了，猜不透他是什么人，到这儿来干什么？反正他不是平常的城里人，只为了馋鱼吃，星期天下乡来过鱼瘾，修身养性。此人势头不小，来者不善……农民转念又想：别信他这一套，城里人鬼花活儿多，他也许是个高级一点的流氓，偷点养鱼池的鱼，捞笔外财！不管他是干什么的，眼下养鱼池包给私人了，就是爷娘老子来，也不能含糊！农民忽然胆气壮了，上去一脚踩住了钓鱼竿，吼道：

"你再不收竿，可别怪我不客气了！"

"小兄弟，着什么急呀，你不是有规定吗?！一条鱼罚十块，咱就按你的规矩办事。我今天多了没带，只带着一百元，从你的坑里钓九条鱼。太大的我不要，太小的也不要，鲫鱼要一斤左右一条的，鲤鱼要二斤左右一条的。你看怎么样？"

这越发叫农民摸不着头脑了，但他硬鼓着气说："不行，这是养鱼池，不是鱼市，你给一千块也不卖！"

"真是死心眼儿，你养鱼不就是为了赚钱吗？"

"少废话，你赶快给我走！"

"要叫我走也容易，把你们的副大队长李正万找来。"

早有孩子把养鱼池边上发生的事情报告了大队的实权派、主管各类副业的头头李正万。他胳膊上还戴着套袖，好像刚从队办工厂里跑出来。看上去他年纪不过四十六七岁，脸上的褶纹却像一棵百年老树的年轮一样，复杂多变。他吆喝看热闹的孩子躲开，一见钓鱼人，脸上的"年轮"变成了笑纹：

"哎呀，孙科长，是您呀……"他飞快地向农民使了个眼色，那农民石夯一样的大脚便从鱼竿上抬起来了。

"孙科长，您想吃鱼呀？这还不容易，何必亲自跑一趟，捎个信儿来我就派人给您送去啦。走，到我家歇着，您想要多少我叫大宽拿网抓。"李正万必须赶紧把这个爷从养鱼池边请开,不然不得了! 每到星期天,城里那些鱼迷们眼睛都红了,老围着养鱼池转,像苍蝇一样,轰都轰不走,刚赶开就又回来了。大宽一眼看不到就被他们捞走几条。现在,城里下来的那些"鱼鹰子"不知什么时候也拥到了这养鱼池边,正虎视眈眈,等待这场戏怎样收场。倘若柳塘大队破例让孙科长在养鱼池钓,他们就会一拥而上。

"李队长,我不为了吃鱼,只为了解闷儿。"孙科长并不顺着李正万的台阶下。

"对,只为了解闷儿,不要你的鱼。就是钓上来也再给你扔回去。怎么样?"鱼鹰子们立刻活跃起来,整鱼竿,下鱼食,有的还穿起皮裤,拿出赶网。好像可捞着机会,想大干一场了!

李正万只好放下孙科长,去对付那些人,脸上的"年轮"变成了一道道刀刻的伤痕,含着冷峻,喷着怒气:"你们要干什么? 想抢养鱼池吗? 孙科长是我们大队的关系户,你们能比吗?!"

"什么关系户? 钓鱼还有关系户!"鱼鹰子们见鱼眼红,不信这一套。

"不假,我是他们的关系户,现在人跟人的关系、单位跟单位的关系,就得凭这个——"孙科长站起来,从口袋里掏出一沓十元一张的人民币,捻开正是十张,像一把小扇子,"这个养鱼池一下钩先罚十块,钓上一条鱼多加十块,我今天要赌这口气,带来一百块钱,非要从这儿钓走九条鱼。你们谁带钱来了,先交钱,然后坐下钓鱼。没带钱来,趁早别栽这个跟头!"

他说完把钱递给李正万,李正万一开始不敢接,看看孙科长的眼睛,忽然很痛快地把钱接过,装了起来,随口说:"好吧,公事公办!"

"神经病!"鱼鹰子们看傻了:花一百元买九条鱼,这不是吃饱了撑的吗!

也有人不相信:"不知这小子捣什么鬼!"

不管怎么说,反正大家都被唬住了,谁也不敢放竿垂钓。

李正万派人搬来一个小炕桌,放在孙科长面前,上面有烟、茶、糖。

大宽把李正万拉到一边,气呼呼地说:"我不承包这养鱼池了!"

"别胡闹,这位孙科长是咱们村的财神爷,他一翻脸,咱们的工厂就没活儿干了,你媳妇也甭想每月再多拿那五六十。现在咱农民富,城里人生气,该让步就得让点儿。"

"你们头头愿意让我不管,我可不受这份窝囊气!我媳妇每月那五六十也不是白拿,她卖了力气,付出了劳动。我要承包一种没有关系户、只靠自己的本事挣钱的活儿!"

"傻小子,眼下还没有这种活儿……"

傻 儿 子

这决不是高级住宅区,楼房像鸽子窝一样,一幢挤一幢,中间只能走得过一辆送煤球的木板车。楼里黑咕隆咚,楼道里的窗户上不仅没有玻璃,连木棂也被拆走了,不知是当劈柴点了炉子,还是哪家打家具做了凳子腿儿?楼道里摆着煤球筐、土簸箕、炉子、痰盂、拖把、自行车,生人进来不打亮手电或无人引导,很容易碰一身灰尘,甚至会磕个鼻青脸肿。这些不值钱的东西却能占住一块值钱的地盘。我不占就得被你占,有你的就得有我的,不占白不占。实在没有东西占地方,就放个破纸盒子,里面塞团旧报纸。这样更好,放好东西还怕别人偷呢!楼里成了迷魂阵,这些破烂儿都成了报警器,外人一进来碰得稀里哗啦乱响,不摸门的小偷进不来,谁家丢了东西也不用去找外人。一个单元三间房,住着三户,邻里间要有一个月不怄气拌嘴,那真是创"克己复礼"的最高纪录了。你看,说着说着告状的就来了——

"刘娘,管不管你家的二毛?他揪人家头发!"告状的是个十二三岁的小姑娘,脑后梳着一个小短辫儿。

"刘娘"是个五十来岁的黄面女人,像个烟鬼,嘴里不是吃东西,就是抽烟,反正不闲着。她拿掉嘴边的烟屁股,应付地说:"我一会儿打他!"

就在这时候二毛回来了,他原来是个五大三粗的小伙子,港裤港衫,长鬓角,蛤蟆镜,一副落地帮子样。可张嘴一说话就露馅儿了,原来是个傻儿子,先天性痴呆。

"小……英,真……好看!"他说着又去抓姑娘的小辫子,还想把姑娘的头往怀里拉。

小姑娘惊叫一声,哭着跑出了屋子。

二毛的母亲从床上抬起头,与其说是生气,还不如说是得意:"二毛,你别逗人家小英。"

傻儿子呵呵一笑,不知是听见了还是没听见。他娘下了床,给他扫扫身上的土,正正蛤蟆镜,端详着自己的宝贝儿子,心中十分得意。

傻儿子灌了一通凉茶,抹着嘴角又走了。他娘在后面喊:"二毛,早点回来,一会儿跟我上自由市场,给你买几个大螃蟹煮煮吃。"

二毛嘴里呜呜噜噜,也不知听见了还是没听见。她又点上一支烟,坐到窗户边,一直望着儿子走出楼洞,站到大街上。许多人远远地看上他一眼又赶紧躲开了。她开心地咧开了嘴,脸上堆出了笑纹……

每一家子都必须有个真正的主事人。她男人是窝囊废,在印刷厂当了多半辈子勤杂工,在家里什么事也不管,只要老婆给口饭吃就行。家里大事小事全由她做主,她在杂货店里当售货员。老话说:"杂货铺儿的娘儿们不吃亏!"她在这栋楼里可称是一霸,嘴里不带脏字不说话,打起架来三个闺女俩小子一块儿上。人家做饭,她烫尿盆,嘴里有痰专往人家门口吐,没人惹得起。老天有眼,让她生了个傻儿子。二毛这小子什么都傻,连说话都不利索,可有一样不傻,一看见女的就嘻嘻哈哈,口水一流老长,上去捅一把,摸一把。孩子们喊他"媳妇迷"。二毛没有上学,当然也不可能工作。孩子们和半大小子们,一见了他就扔石子,投土块,每天傻儿子的脸上身上都被打得青一块、紫一块。傻儿子一见了男孩子就像老鼠见了猫,抱住脑袋,咿咿呀呀光挨打。她心疼得了不得,可又没办法。有一次她在大街上摆摊儿卖杂货,碰上两个打扮得港里港气的小流氓寻她的开心,还想找便宜拿点儿炮仗。她本不是吃亏的人,那次却吃了亏,过路的人没人敢管那两个小流氓。她受了别人欺侮憋了一肚子气,晚上回家见到傻儿子突然灵机一动,也给傻儿子买了一身港式打扮,完全按"土玩闹"、"郊区小流氓"的样子把傻儿子武装起来。这样一穿戴,还真是遮住了三分傻相。现在人们讨厌流氓,可又有点儿害怕流氓。她这一招还真灵,傻儿子从此不大再受人欺侮了,人们一见他那副尊容躲之还唯恐不及。傻儿子反倒越来越胆大,开始找别人的便宜。尤其是见了姑娘更邪乎。到她家告状的越来越多,她三言两语把告状的打发走,然后给儿子摊鸡蛋饼吃。心里臭美:看谁还敢说我儿子傻,我儿子从今后再也不受气了!

她抽完那支烟,躺在床上睡着了。

不知过了多久,一阵急促的敲门声把她惊醒,门外站着一个警察。

"这是刘二毛的家吗?"

"是啊。"

"他被抓起来了!"

"啊!为什么?"

"强奸幼女。"

"他是傻子……"

楼道里,楼前,站着一大群左邻右舍的人,脸上都有同一种表情:到底把他养到了这一天!

1984年6月

龟　拳

中午,春阳呆呆,河东公园的小树林内却是阴凉阴凉的。在丢着果皮、纸屑和其他脏物的土地上,躺着两个年轻人,像两头受伤的野兽,闭着眼,嘴里哼着半似呻吟半似念经的小曲儿,任蚂蚁在他们身上爬来爬去。

当代喜欢看热闹却又害怕惹事的人们,远远地看他们两眼,赶紧躲开,绕道而行。

其中那个腰身强悍、脸型粗粝的家伙,陡然拧身站起,摇动肩膀,大吼一声:"嗨——嘿!"脑袋朝树干上撞去,碗口粗的松树轻轻抖动一下。这个傻小子却眼冒金星,倒退好几步,用手捂住了头顶。很快,他又摆出堂·吉诃德的架势,一副决不肯在松树面前认输的样子,大叫一声又低头撞去,眼看他的额头就鼓起了青包。当他晃膀子想撞第三下的时候,被伙伴一下揪住了脖领子:"要武,我倒有个好主意,这回你不必为没钱买摩托车犯愁了。"

"什么主意?"要武用手胡噜着火烧火燎的脑门子。

"我用根绳子把小树林圈起来,在外面挂个牌子,上写五台山大和尚的重孙子章要武,表演脑袋砍树的真功夫。看一次两毛钱,干两个月就能捞上千儿八百的……"

"玩儿蛋去,还拿穷哥们儿寻开心!"

"别闹了,躲在树林里愁死也没有用,不如到鸟市上去转转。"

"潘杰,你小子打什么主意? 去偷?"

"触犯法律的事咱不干。"比章要武的心智略高一筹的潘杰,故意装出神秘莫测的笑容。

"去做买卖?"

"做买卖得有本钱,咱分文无有。"

"你有屁就快放!"

"去碰碰运气,也许有掉钱包的,没准儿还能捡个别的大便宜,活人还能叫尿憋死?"其实潘杰心里什么主意也没有,只不过闲得难受。他养鸽子赔了好几百,章要武做梦都想买辆日本摩托车,俩人犯一个病:罗锅上山——前(钱)短!

他俩走出小树林,顺着河沿儿向西一拐,眼前是另一番热闹景象:四条平行的大街两侧,一个挤一个地摆满私人售货摊,成了一个巨大的露天杂货商场。红红绿绿,扯旗挂彩,万头攒动,熙熙攘攘。牛仔裤、连衣裙、旅游鞋、遮阳帽,一律印着外文字母,香港商标,谁也不知真假。卖的人大声吆喝,买的人高声讨价还价,人声鼎沸。从前这儿叫"鸟市",也称"鬼市",除去死人肉没人卖,世间的东西这儿都可以买卖。买双锃光瓦亮的皮鞋穿回家就开花,原来是纸夹子做的。如今叫"小香港",比从前的"鸟市"还要热闹几倍。

潘杰又有了感慨:"这年头做买卖来钱最容易,不论什么玩意儿,有卖的就有买的。"

章要武专爱抬杠:"我看不见得,卖的比买的还多,半天看不见有人买东西,一天能赚几个钱?"

他的话刚说完,就看见一溜人在一座白布棚子跟前排队,棚子上挂着个招牌:"秦砖汉瓦,看一次二分钱。"

"这是一千多年前的东西,花二分钱就能看一眼,值得!"章要武凑上去。

潘杰打问刚看过的人:"怎么样?"

那人撇嘴摇头,故作神秘:"你自己一看就知道了。"

潘杰退到了一边儿。有这份雅兴还到博物馆去看秦朝的出土文物呢,何必挤着看这种砖头瓦块。章要武看过之后跟"秦砖汉瓦"的主人吵起来了:"哥们儿,你可真会赚钱!不知从哪儿弄来这两块破砖头、烂瓦片,往上撒泡尿、倒点儿醋,让它长点儿绿毛就冒充秦砖汉瓦!"

"我请你来看的? 你别找不自在!"

眼看要打起来,潘杰赶紧把章要武拉走了。他一边走一边兴冲冲地说:"要武,这回我真有主意了!"

两个人重新回到河东公园,潘杰翻口袋,找出一块皱巴巴的白纸和一支圆珠笔,垫在膝盖上,想想写写——

龟拳训练班招生

五台山杰武法师亲授,健身长寿第一。

绝招。好学易练,一周出师。

报名地点:十字街7号。

报名日期:4月25日至5月1日。每期学费5元。

潘杰把这张招生广告递给章要武:"你用大纸写上二十份,贴到人多热闹的地方。"

章要武瞪着大眼珠子问:"杰武法师在哪儿?"

潘杰用食指点点自己的鼻尖:"潘杰、章要武是也!"

"现在的人比猴子还灵,就凭这张破纸能把钱糊弄来?"

"你不懂,这就叫有学问——社会心理学。"潘杰摇头晃脑,一副当军师的鬼相,"你说,当人们心满意足,不愁吃穿,也不再担心搞阶级斗争的时候,心里想什么?"

"你说想什么?"

"想多活几年,想长生不老。所以每天早晨天津卫有一小半人跑步、打拳、练气功,还不就是怕死? 我们投其所好,大功必成!"

"你说得比唱得还好听!"

"现在就是撑死胆大的,饿死胆小的。你小子干小事胆大,干大事胆小。要不咱打赌,赚了钱你一分别要。"

"要赚不了钱呢？"

"我请你吃'狗不理'！"

"一言为定。"

十天以后，这两个年轻人招收学员七十人，净得三百五十元。五月二日的早晨，"龟拳训练班"在河东公园小树林里正式开课了。七十名学员规规矩矩站在教练的跟前，论性别有男有女，讲年龄老中青齐全，神经正常，智力健全。潘杰的脑袋剃得精光，一身练武打扮，一本正经地开始讲课：

"我先给大家讲解一下龟拳的来历和要领。三年前我得了一种治不好的病，进火葬场还有一口气，进医院大夫不收，只好躺在家里等死。以后被亲戚带上五台山，老法师教我龟拳，一年后大病不治自愈。大家看，我现在还像有病的样子吗？龟拳已传到欧洲和美洲，越是在经济发达、生活富裕的国家，龟拳就越盛行……"

学员们感到振奋，看来这五块钱不白花。现在五块钱根本不叫钱，上夜校每学期还得交八块钱的学费哪……

"猴拳学猴，鹰拳学鹰，龟拳就要学龟。一百万年以前，人用四条腿走路，那时候根本不知道什么叫疾病。自从直立起来，手脚分家，就带来了很多毛病，大脑位置上升，血液供应不良。心脏上移，周身血液运流不畅，还有脊柱和腰部肌肉负担过重，容易变形和劳损。常练龟拳有四大好处：一、降低大脑位置，使头脑供血充足，聪明易记；二、杜绝动脉硬化和冠心病；三、预防腰肌劳损和脊椎病；四、益寿延年。俗话说'千年王八万年龟'。王八为什么能活千年？龟为什么能活万年？就因为它的成天爬行。"

学员们都被潘杰的理论征服了。

"现在大家跟着我做。弯腰，屈膝，双手扶地，腰和臀部尽量压低，缓慢向前爬行。爬行时不要东瞅西看，意守丹田，脑子里要想着龟爬行的样子。对，好……"

树林里七十个人突然变得比正常人矮了一大截，慢慢地向前蠕动、爬行。

潘杰抽空来到后面,用拳头捅捅章要武的腰眼儿,十分得意地说:"傻小子,认输了吧?"

章要武忽然圆乎脸拉成长乎脸:"潘杰,你老老实实把钱分给我一半儿,嘛事没有,否则我当众给你捅破!"

"你,太不够哥们儿了!……"

1985年1月

望乡台上

死亡比人们想象得可要美妙多了。我身似轻雾，飘过黑森森、冷凄凄、幽暗深长的鬼门关，没有碰上一个青面獠牙的鬼怪就登上了望乡台。前面就是我的去处，也是所有文明人类的最后归宿，没有太阳却光明灿烂，没有空气却令人神清气爽。我感觉到又获得了一个新生命，人的各种欲念顿然消失，心境平和，气调慈祥，没有痛苦和忧虑。我在尘世之上，人间的一切都看得十分清楚，要等留在凡间的亲人们把我那副皮囊处理完，我才能离开望乡台，投身光明——

老婆孩子围着我的遗体在哭，涕泪横流，好伤心哟。好像我是个不该死的人而偏偏死了，哪有这样的理，凡是死了的就都该死！

噢，我明白了，他们是哭给我听的，哭给别人看的，哭自己的损失，感情上的和经济上的。大哭的仪式是万万省略不得的，好像没有这惊天动地的哭声就不能把我送上西天……他们应该先找块破布把我的遗体盖起来，这副臭皮囊太难看了，躯干和四肢抽缩得像秋天的干丝瓜瓢，上边却顶着两个大脑袋。左边的那个二号脑袋是个肿瘤，两年前它还只有个指头大，我没有答理它，它也未见膨胀。半年前老朋友胡磊说它不一定是好东西，长得也不是地方。我心里犯嘀咕，跑遍所有的医院去检查，这个摸，那个捏，一下子把它摸惊了，一个月后变成苹果大，两个月变成茄子大，三个月成了早花西瓜。这个后长的左脑袋把全部营养都夺走了，正经八百的右脑袋反倒枯萎了！

胡磊在报纸上发表了一篇追悼我的文章，这小子应名儿是个作家，从来没有写出过好东西。这几年全靠老朋友们照顾他，每年在报纸上露几次名字,以维持那顶作家的破帽子。这回借着哭我又可以捞个十元八元的,能够换一瓶酒喝。他装得还挺正经,说像我这样的"好同志",死后一定能"升入天堂",而那些"欺世盗名的人",死了也只能下地狱。这家伙又在炉火中烧,咒骂那些文学成就比他大的作家。仿佛他是阴间的小鬼,升天堂、下地狱全凭他一句话。真不是玩意儿,把我这个死鬼还要拉扯到他的是是非非之中去。将来他死了万不能叫他到我的这块天堂来,免得搅得阴间也不得清静。

我的追悼会就要开始了,生前友好都来了,生前不好的也来了,活人对死人总是宽容的。灵堂布置好了,人们冲着我那张一个脑袋的假像(真实的我是左右两个脑袋)站好了,就等着奏乐、默哀、致词,或许还有人会洒一滴同情之泪。然后把我送进火葬场,万事大吉,我也可以轻松自在地升天了。机关党委书记突然宣布因家属不同意,追悼会不开了,何时召开另行通知。

开什么玩笑!

天上下着小雪,地面溜滑,空气阴冷,这样的坏天气罚大家白跑一趟,可谓天怒人怨。有人看笑话,有人甩闲腔,有人指着遗像骂我,说我死了还折腾活人!

看来我是个早就该死的人!

老婆孩子向机关提出要求,不给增加两间房子,不把我女儿调到报社当记者就不同意火化我的尸体。党委书记甚感为难,房子问题、女儿的工作调动问题都不是一两天或一两句话就能解决的,只好让殡仪馆把我放进冷冻室先冻起来,免得腐烂变臭。这正中我老婆下怀,我每天的冷冻费是八元,一个月就是二百四十元,比我生前的工资还高,不愁机关不答应家属的要求。

我的皮囊变成了砝码。我感到阴间的阴风吹到了望乡台上,冷飕飕的。望乡台上挤满了像我这种一时还不能从阳世解脱出来的灵魂,有的因交通事故或突遭横祸,尸体尚未被亲人领走。有的则因各种原因还在打官司,暂留尸体为证。但是谁也没有我拖的时间长,在望乡台上已经等了三个月啦!在望乡台上待的时间越长,越被人家看不起,我只能躲在一个角落里,盼望着老婆孩子早发善心,快点把我烧了。

凑足了一百天,国家花了八百元冷冻费,我老婆先得到了一间房,欠的那一间等以后有了房子再给,女儿的工作调动也办成了,他们心满意足地同意烧我了。没有再举行追悼会,没有一个朋友为我送行,机关里只出了个办事员把我送到火葬场。

火化工人一看我的样子就骂上了:

"嘿,两个脑袋的大冰棍儿!"

我被放上铁板车,火化工人对我的儿女和机关办事员说:"告诉你们,这个老头儿冻得太硬,烧起来费油,时间也长。你们等不及就回去吧,把骨灰盒放在这儿我给装灰。"

他们果然不再管我,坐着机关的面包车拨头而去。

火化工人没有把我放进炉子,却推我来到火葬场的后面。一路上还骂骂咧咧:"这老家伙,活着时准没办好事缺了大德,死了才挨冻。一个月要碰上几个这种货,连节油奖都拿不上了!"

火葬场后面并排着几眼深井,工人用一根粗麻绳把我双脚捆上,绳子的一头拴在卷扬机上,他一掀车把,我便头朝下栽进深井。他要把我身上的冰全都化开,再送进炉子去烧……

我心寒眼晕,突然从望乡台上掉了下来。下面鬼火闪动,人哭鬼嚎,油锅沸沸,几个巨魔张口獠牙正等着我!

原来阴间真有地狱……

1985年2月

"行车功大师"

　　他是个想得开的人却碰上了想不开的事。他善于哄着自己乐,这次却气得眼睛发黑。

　　大丈夫在单位惹了气不可以回家拿老婆孩子撒气。在家里惹了气却只有到单位里去撒气。

　　他连死的心都有,这时候如果能撒手闭眼蹬腿,太解气,太圆满了! 所有的人都是到地球上来旅游的,幸运的人是会来也会去。谁也不能保证自己生逢其时,如果能由自己决定死得其时,不是很了不起吗? 对自己厌烦透了的生活是一种勇敢的辉煌的结束,对那些该死而不死的人是一种鬼拿神抓般的纠缠和惩罚。赖活决不如好死。他对死生出一种亲切,一种向往,向死发出一种呼唤……

　　他骑上自行车冲上车水马龙的大马路。

　　他就是想找死。人一不怕死就什么都不怕了。肚子里的火气还一阵阵往上撞,他情不自禁地喊出了声:

　　嘿!

　　哎——

　　嘿嘿!

　　哎哎——

　　马路上的人都看他,他什么都不在乎了。自行车骑得飞快,听到他的喊声大家都自动给他让路。每喊一声,心里的郁闷就排放出一些,就有一种过电般迅疾的痛快之感。

　　他在拥挤的大马路上如入无人之境。但也不是横冲直撞,闪转挤

447

钻。嘴里不时地大呼小叫,声音或高或低,或喊出一个字,或吐出两个字,或含混不清有声没字。

路人不解,却没有一个人敢阻拦他或招惹他,包括爱管闲事的警察。他没有撞人,没有骂人,没有违反交通规则。总之他只撒气而不惹气。

在他过去之后才有人小声议论:

这个人有病吗?

精神病!

不,是气功师。这叫行车功,边骑边练气。

……

有几个爱热闹的年轻人,也飞车跟在老胡后面,哼呀嗨哟地乱叫一通,跟他应和。

老胡并不理睬他们,按自己的路线骑车,按自己的心意呼喊。

前面路口亮起了红灯,停车线后面拥挤着一片自行车。老胡不能飞过去,只好在后面停下来。一辆崭新的奥迪牌轿车从胡同里钻出来,由于栏杆挡着上不了快车道,只好停在自行车的后面等待变灯。一个小伙子屁股坐在自行车上,一只脚踩着边道牙子,伸出右掌朝小汽车锃亮耀眼的顶盖啪啪啪狠拍了三下。

司机跳出车,一脸怒气:

"谁拍的?"

大家都不怀善意地看着他,却没有一个人搭腔。好半天。

"哦——喝!"老胡吼了一嗓子。

立刻有许多人响应:"哦——喝!"

"谁拍他车了?"

"没看见,八成是耳朵有毛病吧。"

后边也有人高喊:

"哎,这小汽车开到哪儿来了,怎么挡了自行车的道?"

被包围被讥笑的司机,势单力薄有点儿气短。指着拍车的小伙子问:

"是不是你拍的？"

"你会开车吗？你的车碰了人知道不知道？"

群众又喊叫起来：

"对，叫他送你去医院检查一下。"

绿灯亮了。一个老者对司机说：

"得啦，快走吧。我也是开车的，旧社会咱们这一行叫车夫，跟拉洋车的蹬三轮的一样。现在老百姓看见坐小车的就有气，你犯不着跟老百姓怄气。过去是车高级人也高级，开上高级车就有资格臭美、洋气。现在车愈高级人愈受气，跑长途怕卡车，怕大客车，怕吉普车，它敢碰你，你不敢碰它。在城里怕自行车，怕行人。你还年轻，多加小心，少惹是非，没坏处……"

老司机这一堂课上起来没完没了，也给身边的司机一个台阶，他梗着脖子又钻回了自己的轿车。车的后座上坐着一位不知什么人物，始终没有露面，没有说话。是个聪明人。

进入市中心的最繁华的地段，老胡也不再大呼小叫，自行车无法骑，只能推着走。他干脆把车存起来反而更方便。一拥一挤，他心里那股闷气又激荡起来。他是出来撒气的，不是找气生。没有目的地，随便游荡，他发现大街上的红男绿女，挤挤撞撞，骂骂咧咧。欢眉笑眼的少，死眉奋眼的多，歪瓜裂枣多。好像人人肚子里都有气。

街头停着一辆彩车，车上摆着彩色电视机、冰箱、洗衣机和金银首饰。车厢的四个角上站着四个穿制服的汉子，那制服说灰不灰，说绿不绿。离得很远，老胡认不出这是税务局的制服，还是工商局的制服，也许是公安局的、检察院的……

彩车前围着一堆人。这彩票现买现兑，中了彩立刻就从彩车上搬东西。比算卦、比赌博，更刺激，更有诱惑力。老胡蹲在马路对过看了好一阵子，买彩票的人很多，谁都想撞撞大运。但中彩的一个人没有。这些运气不好的群众都把彩票撕得粉碎往地上一抛，彩车周围铺了厚厚的一层花花绿绿的纸屑。人们的眼睛，有的红了，有的蓝了，有的发亮，有的黯淡……

人群一阵骚动,大家的眼睛全盯着一个留着长发蓄着小胡子的男人,他中彩得了一枚不算太小的金戒指。四周射来的眼光,仿佛能把他掐死,能把他吃掉,恨不得把他手上的戒指夺走。凭他那副尊容,那副尖嘴猴腮、不干不净的样子,为什么有这样的运气?他洋洋得意,高举着戒指对一个羡慕得眼睛发亮的女孩子说:

"这个戒指至少值六七百元,哪个姑娘让我吻三下,再拿一百块钱,我就把这戒指给她。"

那个亮眼的姑娘掏出一张一百元的钞票,挤到小胡子跟前:"我要!"

"好,得先让我吻三下。"

小胡子伸开双臂想拥抱姑娘,姑娘用力把他的胳膊挡开了:"大家作证,你只说吻,没有说拥抱。"

"不抱着怎么吻?"

"你站好了,不许动手动脚!"

姑娘踮起脚跟,蜻蜓点水一样在小胡子的唇上吻了三下。然后递上钞票,接过戒指转身钻进了人群。

小胡子反而呆呆的,不知是上了当还是占了便宜。

大街上就是两种人,一种是看热闹的,一种是想捡便宜的,处理辣椒罐头的小推车周围也挤满了人。五角钱一听,比买生辣椒还便宜……

看来谁能想出个新鲜主意就能在大街上出风头,找乐儿,领导新潮流!

老胡选了块宽敞的地方,突然蹲下身子,两眼瞪着地面,大呼小叫起来:

"嚯!嚯!——"

立刻就有人凑过来,弯下腰,紧张而好奇地问:"嘛玩意儿?嘛?嘛?"

老胡不搭腔,嘴里仍旧啧啧有声。

人愈围愈多,有的弯着腰,有的蹲下身子,嘴里嚷嚷着。后边的问前边的,前边的问旁边的:"嘛? 嘛? 怎么了?"

老胡则悄悄地挤出了人圈儿,站到远处观望自己的发明。

人愈围愈多,四外还有不少人往人堆这儿跑。乱哄哄相互打问:

"出什么事啦?"

人群长久不散。老胡突然自己也想再挤进去看看,也许那地上真有点什么可看的东西……

在大街上消磨了多半天,他感到肚里的火气小多了。受到启发,从此后,每天上下班一骑上自行车就大呼小叫,不仅喊得自己心里痛快,别人一听到他的吆喝也愿意为他让路。

久而久之,他成了城里有名的"行车功"大师。他自己也感到吆喝得气血通畅,身体愈吆喝愈好。如果他愿意,完全可以收费教徒弟或卖票带功讲课……

1985 年 2 月

撞

　　"男大当婚"——实在是颠扑不破、放之四海而皆准的真理。不信请看漂亮小伙儿关本照，进得家来长乎脸嘟噜成圆乎脸，好像父母、弟妹欠了他一辈子还不清的债。走在大街上则显得两只眼睛不够用似的，天下俊俏姑娘多得很，各有所长，韵味不同。他苦于都不认识，一个也搭不上话。而他认识的姑娘，或是别人为他介绍的对象，一个个全像歪瓜裂枣，为什么他就该这么倒霉？中国人那么多，偏偏让他碰不上中意的姑娘！当婚不婚，头脑发昏，关本照性情越变越乖戾，下了班不回家，长时间在大街上游荡、逛商店，不为买东西，专门看人。借此一饱眼福，解决精神上对恋爱的饥渴。他天天转悠，时时打自己的算盘：什么姻缘天定，什么媒妁之言，他一概不信。他只信千里姻缘自己牵。他不能光等着"千里有缘来相会"，谁来呀？来的人是什么德行？要是来的不爱、爱的不来怎么办？男子汉不能被动地等着爱神的召唤，要主动进攻。烈女怕缠郎，爱情是个铃，不碰不响，不撞不出火花。可往哪儿撞，又怎样去撞呢？当然能够用献殷勤、没话找话的办法去搭讪、结交。关本照又放不下男人的架子，不想做得太过分，以为失了自己的身份就会被对方看不起。再说用流里流气的办法勾搭上的女人也不会是正派姑娘，临时找乐儿、精神上揩点油还可以，正式结婚找老婆，怎么能要那种女人！

　　关本照心比天高，而且不相信自己的命比纸薄。这一天在下班的路上，他又看中了一位姑娘。她头戴白色绒线帽，身穿红呢短大衣，脚蹬红色长筒细高跟暖靴，被马路两边的白雪一衬，就愈惹眼、勾魂。更

452

要命的是,她脸上的那种神韵,甜润、纯洁、目不斜视,又可爱又高傲。关本照身不由己,放慢车速尾随其后。他断定,这个姑娘将来一定是个贤妻良母。现代美人不难求,有现代的美又有传统道德的姑娘可就不好找了。像这样的姑娘即使在有十亿人口的中国,一百年也不一定能碰上一个。关本照决定死跟到底,不跟出个结果不再转移目标。他一直把姑娘送到家,又在姑娘的家门口转悠了半小时,才悻悻然很不情愿地离开。第二天早晨六点钟,他又来到姑娘家门口,等到七点二十分,姑娘才推着凤凰车出门。他便不远不近地跟在后面,护送姑娘进了"通用机械公司"的大门。知道了姑娘的工作单位和家庭住址,关本照就更主动了。上班送她,下班接她,还不敢让她发觉。这日子虽然很辛苦,但心里踏实,有了跟踪的目标,生活专心,他的脾气也变好了。早出晚归,转眼就是一个多月。他每天都盼着姑娘的自行车出点故障,要不就让她碰上个把坏人,他好借机上前,通过一番侠义壮举,赢得姑娘的好感,然后再跟她搭上话,方是水到渠成。岂料她骑车很小心,上班来,下班走,什么事情也没有发生。关本照白白当了一个多月的暗中保镖,硬是没找到一个跟她说句话的机会,真算窝囊到家了!可也不是一点收获没有,他通过跟踪,发现姑娘从来不跟小伙子一块儿外出,这证明她还没有找对象。老天有眼,给关本照暗示了一种成功的希望。他像中了邪,每天想的只有那姑娘。他要疯,要傻!天无绝人之路,终于让他想出了一条主意……

姑娘在上班的路上要爬一个大坡,通过一座桥。这天早晨,关本照没有到姑娘家门口去等,而是提前来到桥上,屁股仍坐在车鞍子上,右脚踩着边道沿儿,一副随时准备冲刺的架势。姑娘出现了,由于天气转暖,她换了装束,紧腰羊毛衫,牛仔裤,更显得俏丽、苗条。她低着头,吃力地蹬车上坡。关本照眼睛贼亮,一咬牙,双脚一使劲儿,自行车像飞一样冲下桥坡,斜刺里插过去,不偏不歪,车的前轱辘正撞在姑娘的左腿上。两辆车子砸在一起,两个人摔在一块儿,姑娘终于对他说出了第一句话:"哎哟,你……"

警察截了一辆汽车,关本照把姑娘送到市里最好的医院。经医生检查,她的左小腿骨折,其他器官完好无损。特别是那张美得让关本照晕眩的脸,一点皮毛也没碰破。他心里高兴,表面上却装得比她本人还痛苦,不论姑娘怎么埋怨,他都不还嘴,低头认错。除去不能把自己的好腿赔给姑娘以外,对姑娘的其他损失都加倍赔偿。通过办理住院手续他知道姑娘的芳名是叫杨春敏,春敏的母亲是个很厉害的大娘,简直要跟关本照拼命!这也难怪,人家一个如花似玉的宝贝女儿,硬是被一个愣头青年把腿给撞断了,能不心疼吗?

说句公道话,关本照的心里也很疼得慌,杨春敏是他心里的女神,是他的心,是他的爱,伤了他的心和爱,自己能不心疼吗!当医生为春敏接骨上夹板的时候,她疼得满脸流汗,关本照也陪着掉眼泪,在心里咒骂自己是个畜牲,不该缺这么大德。差一点说出真情,跪下求饶。也许正是他的眼泪感动了她,使她相信了他的谎话,他不是成心撞她,而是为准备电视大学的考试,开夜车,睡眠少,骑车走神儿,才误撞了人。姑娘显然已原谅了他,不再埋怨。只剩下一个老太太就好对付了,关本照先给她三百元钱,作为惊吓赔偿费。她的女儿两三个月内上不了班,工资由他包,而且加倍。虽然春敏的自行车没有撞坏,稍微修理一下就可以骑,关本照仍然答应再买一辆新的凤凰牌车赔她。至于医疗费、营养费更不用说了,全由关本照包干。什么好吃,什么有营养,什么贵重,就给她买什么,尽量还不重样儿。既然钱能通情,用钱能买人心,买爱情,就豁出去拿钱砍,不能心疼。很快,春敏的病房里就堆满了各种各样的高级食品,吃不了就往她家里送,连她的老娘也跟着一块儿吃,再加上关本照的嘴甜,一口一个"伯母"叫着,老太太的脸色越来越开朗,不再成为严重障碍。他集中精力专门进攻杨春敏,黑白守在医院,为春敏盛饭端碗,打水洗脸,端屎倒尿,在姑娘面前他是个仆人,是个罪人。心里却觉得能有机会为姑娘服务是一种幸福。但外表严肃正经,给姑娘干活儿时目不斜视,从不多看她一眼,也不说没分寸的话。一副忠心耿耿、诚恳悔过的样子。当然,关本照也不会忘记自己的目的和身份,经常偷空出去洗澡、理发和换衣服,要保持英俊潇洒的男人风度,不能脏乎乎的让姑娘感到讨厌。人心都是肉长的,杨春敏由怨恨变成了感动,由关本照欠她的,变成了她欠关本照的。不知不觉这对男女在病房里还真的磨出了感情,两个人的关系发生了很微妙的变化,关本照如果离开了病房,杨春敏就会感到烦闷,心里没着没落的。她对关本照的态度也变得随便和亲近多了,让他帮着自己翻身,扶着自己下地,两人一块儿下棋、聊天。杨春敏的腿伤渐渐好了,而且恢复极好,没有留下一丁点儿毛病。临到快出院的时候,按理说应该高兴,杨春敏反倒表现出一种惆怅,似乎是对医院很留恋,不愿离开。实际是对关本照的依恋,担心出了院就不大容易见着他了。关本照岂能看不出这点意思,可他仍旧一本正经,装得毫无所知,非要逼得女方先开口,事情才好办。一切都按他的预料进行,在杨春敏出院的前一天,她的母亲跟关本照摊牌了——

"小关,春敏受伤住院虽是你惹的祸,可这几个月来也叫你花了不少钱,受了不少累……"

关本照急忙抢过话头:"伯母,您千万别说见外的话,为了治好春敏的腿,我就是倾家荡产,把命赔上,也是应该的,也是值得的!"

老太太摇头:"话是这么说,腿断了接得再好,总不如原来的腿。别的事都好办,春敏若是为此找不到好对象怎么办?"

关本照装着被吓了一跳,神情紧张地说:"伯母,您提出什么条件我都可以让您满意,唯独这一条不敢打保票。其实,断过腿不会妨碍找对象,运动员、演员断腿断胳膊是常事,什么也不影响。何况春敏人好心好,想找什么样的对象都不犯愁。您提出条件,我就是自己一辈子不结婚,也要托人求友为春敏找一个好对象。"

大娘笑了:"小关哪,我看你就不错,心眼儿好,会疼人。春敏的腿又是你给撞坏的,她跟着你以后不会吃亏。"

关本照一听这话,心里美得真想给老太太磕个头。可是越到这时候越要沉住气,不可表现得受宠若惊,要装得深感意外,毫无准备。更不能答应得太快,再抻一抻就会更保险:"伯母,春敏肯找我做对象,那是仙女嫁凡人,我当然是求之不得,因祸而得福。而且我老记着撞腿这件事,总是觉得对不起她,一辈子都会把她供起来。但是,要再等几天才能给您一个确切的答复,我要征求一下父母的意见……"

以后的事不用说读者也都清楚了。值得再唠叨几句的是,关本照对自己的恋爱经历十分得意,俨然以精通现代恋爱技巧自诩。小伙子们要想请他传授恋爱经验,就得掏钱请他吃饭,当他喝得酒酣耳热之后,才得意洋洋、一板一眼地讲出他的经验:"要想组织一个美满的现代家庭,就要获得现代爱情;要想获得现代爱情,就要掌握先进的恋爱技巧。现代恋爱技巧的核心,就是不能让爱情太平淡,太平淡就不够味儿。找对象要有浪漫故事,一波三折,才有刺激性,夫妻间的感情才会更甜蜜。"

了解他底细的小伙子故意逗他:"你老婆也知道你的这些经验和手段吗?"

"当然知道,她感到骄傲。男人为了追求她,动用了全部智慧和胆量,忍辱负重,挥金如土,任何现代女性都会引为自豪。"

"那你老婆为什么老住在娘家不回来?"

"这……你就不懂了,夫妻的感情生活需要不断更新。我们之间新的浪漫故事开始了。"

1985年2月26日

徐　娘

醒了。

活了。

每天一回的死而复生。后半夜的这一觉睡得好沉、好美。跟死过去一样舒服,一样便宜。她讨厌梦,害怕梦,每天都希望有一次能活过来的死,死过之后就更喜欢活。

她不睁眼,叼上烟,划着火柴,贪婪而又熟练地深吸缓吐。于是,房间里弥漫着的尿腥、腋臭和七个成年人在夜里尽兴挥发出来的各种气味便被香烟的味道所遮盖。躺在被窝里抽烟,是每天开始的第一件妙事。烟雾带动着大量的氧气把大脑唤醒,然后把全身每一个关节都打通,弄得酥酥的。早晨一根醒盹儿烟,睡前一根催眠烟,是决不能少的。很方便,一切都在床头堆着。枕头上有烟灰,被褥上有烧焦的洞。

"嘴馋心浪!"

——丈夫只能在心里这样骂。

骂也未必就是生气。一个不吸烟的女人可以容忍一个大烟鬼做丈夫,一个不吸烟的男人为什么不可以容忍一个大烟鬼似的老婆呢?而且他是家庭里唯一不吸烟的人。两个儿子吸烟,三个女儿有时嘴上也叼着烟卷儿。他成天被烟臭和烟的垃圾包围着。清扫这些垃圾从来都是他的任务,他责无旁贷。他又是家里唯一不会高声讲粗话、旁若无人地大肆骂街吵闹的人。

他个子不高,戴着紫框眼镜,是个称职的、人缘儿不错的老印刷

457

工人。在外人看来,他与他的家庭格格不入,至少是严重地怕老婆。

怕有怕的道理。各人的怕法不同,怕的乐趣也不同。他对自己的生活感到满意,似乎不想再过别一样的日子。一下班就回到家里,默默地不停歇地做着该他做的一切家务事——没有什么事是不该他做的。家是他的,老婆是他的,孩子是他的,谁都可以不做,他不能不做。

女人能让男人服帖也一定有她的办法。她敢骂一切人却很少骂自己的丈夫。他看上去也比她文静,比她年轻……

当她在床上点着第二根烟的时候,睁开了眼,下了床,趿拉着鞋,披上一件花哨的外套。脸不洗,手不洗,口不漱,头发凌乱披散。带着一身慵懒,一夜的沉迷,一股腺味,摇摇摆摆地出门了。

她一出自己的房门就惊天动地地清理嗓子,咳,咳,响亮地把浓痰吐在楼道里或别人家的门前,乃至门上。

于是,同楼层的人家都醒了。

但没有任何一户人家敢对她的搅扰和浓痰提出批评和抗议。神鬼怕恶的,何况人乎!邻居们都瞧不起她这一家人,大儿子被判过刑,二儿子在劳动教养所待了三年,谁敢惹?她的家庭内部大吵大打三六九,小吵小打天天有。邻居们从不劝架,关紧自己的门听着,小声地讥讽,幸灾乐祸。有关她们家的新闻旧闻是附近一带家家户户饭桌上永恒的话题。但是见了面对她都特别客气,不跟好邻居打招呼也得先跟她答话。

其实她就是副食品商店里一个卖菜的。

她右手举着烟卷儿,左手托着一个塑料浅子。半敞着怀,露着鲜艳的内衣衣襟,一副不怕瞧、随便瞧的傲慢神态。在外边如同在家里,浑身上下透出一种自满自得自由自在。这个世界适合她,她更适合这个世界,用天下第一主妇的腔调向在马路上碰到的熟人点头,或问一句不必回答的废话:"起来啦?"

见多识广的城里人并不对她多看几眼。

甚至连每天早晨都在早点铺外面排长队的人对她都没有好奇心，面无表情地看着她不排队，旁若无人地走进早点铺里面去买，不抱怨，不抗议，好像她应该享有这种特权。如果有谁不知深浅敢于提出异议，这个人一定会自找倒霉，受一顿羞辱，惹一肚子气，对她还无可奈何。谁愿意在大清早就生一顿闲气呢？

早点铺里壮年男职工的眼睛像野兽的爪子，在她身上放肆地抓来揉去，嘴里说着粗话：

"夜里跟老头儿睡美了，身上还臊气哄哄的哪！"

"这叫一景。徐娘早晨最漂亮、最有味儿。"

"像新炸出来的大果子，又香又脆！"

她或者朝这个瞪一眼，或者朝那个撇撇嘴，或者不理不睬，或者慢悠悠地回嘴骂几句：

"臭狗食！"

"缺德鬼！"

炸果子的人往她的浅子里放上八两热果子。用不着多说话。一年三百六十五天，几乎天天早晨重复这一个节目。

她回到家的时候，老头儿已经把尿盆倒掉，炉灰掏净，昨天晚上扔在地上的瓜子皮、香烟头儿、饭渣、水果皮等乱七八糟的东西已经扫了出去。儿女们已经起床，开始每天的早课，或者叽叽嘎嘎笑闹声破墙而出，或者高声骂着粗话，男男对骂，男女对骂，女女对骂，混合乱骂。不骂街不说话，骂街并不表示不亲热。有时骂得兴起就会传出一阵乒乒乓乓的厮打声和女人的哭号。

老头儿不声不响地有板有眼地继续做自己的事。

徐娘如果高兴，任由儿女们骂破天打破头也不干涉。对她来说这是一种享受，一种不可缺少的精神调剂。宁养贼子，不养傻子。从小在家里敢打敢骂，到外边就敢打敢骂。

只有在她很不痛快的时候，便大骂几声把儿女们都镇唬住。她想骂人的时候别人不能吭声，只能听她一个人骂。

吃过早饭以后，老头儿第一个离家去上班，然后是有正式工作的大女儿和徐娘。还有两儿两女没有工作,但不等于没有赚钱的门路,也要经常出去。楼里安静下来。同单元的邻居重重地吐出一口气,打开房门,开始自己一天的正常生活。但心里老不踏实,不知什么时候徐娘和她的儿女们又会回来。让人更担心的是——

徐娘退休以后可怎么办?

1985年3月

大 提 琴

他很忙,也许很闲。每天早晨上班来把包往自己的办公桌上一放,就去挨个推开各个科室的门。他推开人家的门并不进去,只探进半个身子,歪着脑袋,严肃认真、大方自然地挨个扫大家一眼,一言不发,也不理睬别人向他打什么招呼,然后抽身而退,又去推开别的办公室的门。

一开始搞得干部们很紧张,不明白厂长扒头探脑是什么意思,是检查卫生,还是看看谁迟到了? 可是他并不询问什么,你问他有什么事他也不搭腔,顶多是摇摇脑袋。摇脑袋就说明没有事。没有事推门探头干什么? 你说厂长请进,他反而退出去了……

愈是如此,他愈让人感到神秘莫测,有一股不可知的威慑力量。他不死板着脸,可也难得有笑容,像庙里的泥塑一样老是一个模样,一股劲儿。

久而久之,大家都习惯了。他愿意推门就推门,愿意探头就探头,愿意进或愿意退都随他的便。科室的人们都控制着自己不去看他,也不主动跟他打招呼。他把所有科室的门都推完,就站到了工厂的大门口。这个举动的目的是明确的:检查全厂上班迟到者的情况。

他往大门口一站,对每个迟到者都是一种震慑,一种批评,一种难堪。

对大部分迟到的人他并不认识,于是都问同一句话:"你是哪个车间的?"

大家告诉了他,他也不一定都能记得住。便叫迟到者到传达室登记下自己的姓名和单位。劳动工资科将根据厂规扣罚迟到者的奖金乃至部分工资。

一些有迟到经验的人,远远看见厂长站在大门口便掉头而回,或者找个凉快的地方打牌,或者到人多的地方瞧热闹。厂长在门口最多站一个小时,他们磨蹭到十点钟以后再进厂便平安无事。

他离开大门口,如果不开会和没有紧急事情需要他回办公室处理,便要到各个车间去转一圈儿。

这也许是一种很好的工作习惯,深入基层,联系群众,便于调查研究,发现问题立即就地解决。正是该大力提倡的模范领导作风。他不论转到什么地方,只要看到有两个以上的人在谈话,就一定要凑过去。不插言,不打断人家的谈话,只是歪着头、支起耳朵听。谈话的人如果看见他来立刻散开或止住话头不谈了,必然会让他多心,以为你们不是在工作时间说与工作无关的闲话,就是在悄悄说他的坏话。最好的办法是不避他,不理他,装看不见他,谈话要继续,当然不能是闲话,也不能是坏话,要与工作有点联系又无关痛痒,要一本正经内容又枯燥乏味。他歪着头听一会儿,与自己无关便会走开。

工人们给他起了个外号:"大提琴!"

每一天,他都不知道要在多少地方歪着头演奏多少次大提琴。

厂里有三大难解之谜。他为什么成了"大提琴"便是其中之一。群众为此做了许多考证,编出了许多故事。有人说,他以前被揭发批判过,受了刺激,一看见有人小声说话或背着他说话,就怀疑是在议论他、造他的谣。也有人说他是靠当包打听、打小报告升上去的,积习难改,遂成自然,到哪儿都是一副鬼鬼祟祟的特务相。还有人说,他心里有鬼,得罪人太多,不能不多跑,不能不防……

当他转到五车间的时候,劳资科长找到了他,手里拿着"迟到者登记簿"。

"厂长,这个月对迟到的人没法扣钱。"

"为什么?"

"不知是谁迟到了。"

"传达室不是有登记本吗?"

"他们登的都是假名字,你看吧。"

他接过油脂麻花、缺角卷边的"迟到者登记簿"。嗯? 全厂一共只有七个车间,在迟到者"单位"一栏里却写着:

"250车间"

"220车间"

"666车间"

在迟到者的"姓名"一栏里写得就更热闹了:泰森、贝里、刘晓庆、姜文、毛阿敏、洪学敏、张艺谋、巩俐……还有一些国内足球运动员的名字、已经死了的著名英雄模范的名字、本厂党委书记和他的名字。而且他这个惩罚迟到者的厂长的名字在"迟到者登记簿"里出现的次数最多,有一页上记着他在一天里竟迟到了十一次。

他的头又歪了,脸色乌青。

劳资科长小心地说:"厂长,这个月就算了吧?"

不算了也没办法,要扣钱首先得扣他的,把他的工资全扣光也不够。

"下个月我们得想别的办法!"

劳资科长看着他不出声。旁边不远的地方工人们又仨一群俩一伙儿地小声嘀咕,他知道厂长心里又开始发毛了……

1985年3月

大 周 天

严新要来讲课。提前半个月就轰动了。尤其在知识分子和干部阶层轰动更烈,他们最喜欢谈论大周天小周天、特异功能。说不信是假的,说很信也未必就没有一点保留。文人们哀叹社会多元难以获得轰动效应。其实轰动效应年年有月月有,就看你有没有真本事。国人有不知道严新的吗?海灯法师的高足,神奇的气功大师。可算当今一大异人。

我花八元托人买到一张票。据说黑市价格一张票卖到了八十元,能搞到票的还认便宜。买到了票好像就是买到了福买到了寿买到了一条命。举办这次讲座的人发了!体育馆有一万五千个座位,他们至少要卖它两万张票。走廊通道和中间的比赛场地都可以坐人。作家协会穷得叮当响,我们的人为什么就没想起这个好主意?请到严新一个人就全有了……

票上印着:"神秘气功特异功能,真人真事实用实效。"

我的家离体育馆不远,吃完午饭稳稳当当地掐着钟点去听课。希望一劳永逸地治好自己的肠溃疡。

体育馆门外排着长队等待入场。有的坐着轮椅,有的躺在担架上带着救急的氧气袋,有的被亲人背着、扶着。这是一次声势浩大的朝圣。我的病很轻,如果不是这几年活得在意了,肠子好几米长某个部位有一点溃疡根本就算不得是病。我暂时退到一边,让病重的人先进。

没想到严新很准时,等我进去他已经开讲了。大厅里很安静,安静得有点儿瘆人,带着一股坟墓般的死寂。两万人等于零。只有严新的声音在这个塞得满满的又是空空荡荡的体育馆里回荡。他的声音并不浑厚洪亮,却像上帝的声音,我也不知上帝的声音是什么样的。它有一种震慑力,有一种奇特的感化力量,仿佛能领导着宇宙万物。大厅里有教堂般的肃穆。这气氛比当年百万红卫兵在天安门广场接受检阅更虔诚。真有点邪门儿,大厅里像个恐怖的停尸房,谁咳嗽一声都有可能引发一场大规模的诈尸。

严新谈笑间把两万多具病病歪歪的肉体变成了一种神秘的气流,悠悠荡荡,看不见,摸不到。人活一口气,叫你没法不信。两万个心灵在紧张地等候那庄严时刻的来临,可观照自己的魂灵,能考察自己五脏六腑的病灶,一瞬间脱胎换骨成为一个新人。我仿佛看到无数臆想的彩片在空中飞旋聚结,幻化出光怪陆离的图形,这是每个人心里最美妙的憧憬。两万多条伸直的脊背,两万多双微闭的眼睛,两万多具老老实实规规矩矩的灵魂出窍的躯体。

看不出气功大师有仙风神韵,并不红光满面,也没有飘逸的鹤发长须。一个很普通的人,甚至比一般人还要瘦一点儿,看上去很年轻。也许我离得太远看不清楚。在他身后坐着许多本市的头面人物,挤满了庞大的主席台。离严新愈近,得风气之先,受益最大。看来今天全市的机关都得关门,大学停课,研究单位一律研究大小周天、阴阳八卦。当这些头头自己在作报告的时候,如果听者也这样踊跃,会场也这样安静就好了。

"现在不是桂树开花的时节,但大家立刻就能闻到桂花香味儿。这香气可以通经络,改变环境卫生,有助于大家安神入静,更容易接收气功信息。"

体育馆里果然充满沁人心脾的桂花香气。

真是神了。这得调来多少桂花树,才能让香气弥漫整个体育馆?

"微微低头,下颌内收,全身放松,要自然。现在开始打通小周天的三关,引气到腰椎下面的尾骶关。往上领气,过夹脊关。再往上走,到达玉枕关……"

　　我也按照严新的教导摆好练功的姿势。很快就感到身上发热,灵魂蠢蠢欲动,似乎真有气流在身体里乱窜。

　　"……不要紧张,不要怕别人笑话,想动就动,想晃就晃,想吐就吐,想哭就哭,想笑就笑。不要控制。有人开始出汗,有人想睡觉,都没有关系。"

　　一片死气的体育馆里开始变活。像旋风卷过庄稼地,一倒一片且没有规则。东倒西歪,前摇后晃。哭天抹泪的,嘻嘻痴笑的,千奇百怪。却没有人发笑,只觉得神圣不由自己,像精灵附体,魔法无边。

　　我旁边有个人晃动激烈,嘴里还发出哼哼呀呀的怪叫。像牙疼,像念经,干扰我集中意念运气发功。他发功这么快也引起我的好奇。这好奇心战胜了我学气功的决心,睁开眼扭过头去看他怎样发功。看这一眼不要紧,我好不容易找到的那点儿气感一下子顺着脚心跑光了。职业的敏感破坏了气功的磁场,从恬静虚幻的境界登时又掉回现实的地面上。那小子神头鬼脑,却人模狗样地穿着考究的西装,系着花领带。藏污纳垢的长发,肮脏而邪气的脸,虽挤在知识分子堆里也给人以小人得势和暴发户的印象。他两眼灼灼如贼,一边做出发功的怪样,一边东瞅西瞧。我跟着他的眼光,发现他只盯着三样东西:女人、书包和口袋。

　　我想他在练习大搬运。气功学里叫递接术。

　　他的神态让我愈看愈像狼。下巴前伸,长毛抖动。坏了,我有了这个发现再环视体育馆大厅,一阵毛骨悚然。看谁都像动物。有的在场地上扭来弯去如蟒蛇。有的像耗子窜来窜去。主席台上一个光光的尖脑袋像鲨鱼头。白发飘飘的学者成了一只老山羊。狮子、狐狸、蜘蛛、蜈蚣、狗、外国鸡、野猪、牛……无奇不有。邪恶的想象力使我眼花缭乱,恐怖万状。一定是我走火入魔了。大叫一声离开看台,跳到体育馆中央的比赛场地上。

　　场地上如群魔乱舞。打滚儿的,翻跟头的,撒欢的,睡觉的。有的闭着眼似是真发功。也有不少坏小子,成心起哄凑热闹,借机狂欢。这儿蹭一下,那儿撞一头,专在女人身边假装疯魔撒泼打滚儿。

真的发生了奇迹,坐轮椅来的那个人甩开轮椅自己走到主席台跟前,向着气功大师三鞠躬。

躺在担架上得据说是什么大学的教授也坐了起来。

人们动作得更邪乎了。体育馆也开始发功。

"去年夏天我去东北讲课。有个身患急性白血病住院的副研究员,由他爱人代替他来听讲,一边听一边为他传递信号。当时就导致那位在医院住院的血癌患者全血明显上升。他本来病情严重,全血下降,没有有效的措施能治疗。通过半天的气功信息试验,第二天一化验,全血上升,白血球由二千一百上升到五千八百,正常了。血小板由八万多上升到十二万多,也正常了。不久这个副研究员就出院了,现在情况相当好,全血正常。现场听讲获得明显疗效的例子更多。有位老太太骨折后来听讲,当时就觉得不疼了,下地做家务,恢复了正常功能。拍片子检查,已形成骨痂,骨伤痊愈。"

听讲的人更加目眩神驰。家里有病人的急切往回"发送"气功大师的信息。这"发送"很简单,只要耳朵听着大师的话,心里想着亲人的病就行了。关键在于听讲者和病人的心诚不诚、信不信、专不专。有的想出了强迫自己集中精神的好办法,闭着眼,口中念念有词:

"严大夫的气功百验百灵。我可不是为了自己和我的亲属来听讲的。我们所只搞到一张票,推举我这个老病号做代表,其余的人在所里等着接受信息。张工严重胃下垂,刘总多年肝硬化怕是要恶变,胡工嗓子失音却找不出毛病,同办公室的人一听他说话就替他着急,一个个快得耳癌了,杜工从四十岁就失去性机能……"

"士英,你在想着我吗?在想这体育馆的气功报告吗?好好躺着,一定不要急躁。对治好你的病我充满信心。今天下午你间接地听讲,我录了音,明天你亲自听。人家都说听录音也有反应。以后每天听一次,何愁病不好。严新说了,不能怀疑,不能拒绝他的信息,你相信自己能好就一定会好。别再想学校的事,想那些烦人的事。我在这里碰到许多熟人,理论界的精英都来了,人家都看透了,你何必瞎操心。"

我被感动。也想大声呼喊几句,坐在这个体育馆的场地上能看到整个时代。请气功大师拯救病了的知识分子，病了的中国人，病了的……

体育馆里突然安静下来。那帮起哄叫号、撒泼打滚儿的家伙也老实了，大搬运暂时停止，装做规规矩矩在听讲的样子。小声传递着一个意外的消息：

"坏了，警察包围了体育馆！"

"要坏事，我们出不去了！"

我向场外望去，每个出口处果然都有警察把守。想必是刚才的群魔乱舞惊动了公安局。怕出事。

两万多人在警察的保卫下继续听严新的气功报告。再有发功者也比较优雅秀气了。

我摸摸自己的口袋，钱包还在，大搬运者还没有来得及光顾。便安心继续听讲。

1985 年 4 月

大　先　生

炉火极旺,炉体和烟筒烧得通红。外面正是滴水成冰的三九严冬,屋里却暖如阳春。电视台最后一个频道一声"再见",就像军营吹响了熄灯号,院子里立刻静了下来。人们不论活得有滋有味还是没滋没味,都开始进入睡眠状态。

电视台休息了,城市才算进入夜晚。

他的劲头却刚来。黑夜使他亢奋,精力集中,文思勃发。他穿一身老式单布裤褂,袖口挽起,将大瓶的曹素功高级墨汁倒入一个深底大盘子里。墨香腾溢,他深吸两口。眼神突然清炯,注视着展开的宣纸,渐渐进入他所热爱所需要的那种境界。提起笔,蘸饱了墨汁——

"厚德载物,自强不息。"

"引重致远。"

"大道广容。"

"天涌松涛鸣壮志,龙飞瀑布唱高声。"

写过几幅一般化的词句之后,手热了,笔熟了,浓淡随心,力道充沛。他开始拥有那个属于自己的物我两忘的世界。

"品若梅花香在骨,人如秋水玉为神。"

——女人一定喜欢这样的话。

写几条让文人墨客喜欢的。他们喜欢就会买,第一买字,第二买词。知识分子应该是字画市场的主要顾客,可字画一成为商品就被有钱的人垄断了。

"真慧匪造作,文章自有神。"

"海到无边天作岸,山登绝顶我为峰。"

……

硕大而圆光光的脑袋开始冒热气。站着悬臂写大字可是力气活儿,何况还要凝神运气,让每个字都活起来,体现他气魄沉雄的风格。他索性脱去裤褂,只穿着背心和灰布大裤衩儿。

不是亲眼看到谁也难以想象,一个七十八岁的人还有如此凶猛的精力。他写字偏偏不喜欢让人看,更不能拍电影上电视。好东西不能泄底,泄底就不值钱了。他有过一次教训,五年前一个财大气粗的合资企业的外国老板,要天津市最有名的书法家为他的企业写牌匾。有人推荐了他,他当之无愧是全市写牌匾的第一支笔,他的字体适合制匾。而且他写匾不用放大,主家要多大他就写多大,所以值钱。给中国人写匾最多要给一万元,他向那个外国人提出非十万元他不动笔——他既然是全市最好的书法家,最好的字体价格就不会太便宜。太便宜反被外国人瞧不起。一张外国油画不是可以卖到几千万美元吗?他开这个价算是很谦虚了。外国人同意这个价格,但要亲眼看着他写。言下之意是怕他弄虚作假。他一股豪气冲走了自己立下的规矩,在众人的围观之下他意气飞扬,产生了一种久违了的逞强自信的感觉,摇动大笔一挥而就。自己非常满意,围观者更是赞不绝口。唯独那位洋老板大呼上当,他想不到这么简单这么容易地就被赚走了十万元。

听着夜的喧嚣,享受夜的沉寂。古风缤纷,奇思妙想,警句格言,滚瓜背诵,从笔端跳出,挥洒得淋漓尽致。他活得让自己满意,写得让自己满意。从六岁起跟着当时天津市名望最高的书法家何匡人学写字,算起来已写了七十多年,居然没有写累,没有写烦,可算是成精了。活得长久就是智者,就能卓越。

活得再长久也会衰老,终有一天他会为字倒下,而字不会为他倒下。他现在拼命写就是为了有朝一日他倒下了,他的字则不会因他的消失而消失。正像现代人一看到"望海楼"三个大字,就会想到他老师何匡人并肃然起敬。写到十六岁他的字就开始卖钱,不过要署上何匡人的名字。当时求何匡人写一个牌匾，"茶资"不得低于四千块大洋。提笔就是钱，但何匡人轻易不摸笔，一般人来求写字都是由他代笔，盖上老师的大印。有人说这是老师白使唤他，他则认为是老师成全他。他终生都对何匡人感恩戴德。在他写字台对面的墙上把恩师何匡人的灵位摆在正中间，左边挂着盖有市长大印的特聘他为一级书法家的证书，右边是他父母的灵位。这就是他在这个世界上最尊敬的四个人。

尊敬归尊敬，他决不让学生代自己写字。前些年宣纸便宜，他一下就买了一千刀，从地面快码到了房顶，这些纸够他写到死也用不完。现在宣纸的价码翻了好几倍，光是这一千刀纸就赚大发了。他不仅活着卖真字，就在他死后也会让同行们大吃一惊，仍然有大批他的真迹控制书法市场。如果他的一幅字标价四百元，别人的字最多敢标价三百元。他想叫别人卖字或自己不急于用钱，就把自己的字的价格抬高，别人的字价格便宜，就能卖得出去。倘若他不想叫别人卖字，或者自己急于用钱，就把自己的字的价格定得无法再低了。大家自然都来抢他的字，别人的字还怎么卖得出去？

他写到凌晨四点钟，然后饱餐了一顿，熄灭炉子，上床睡觉。

他从不解释，为什么要在睡觉前把炉子捅落。怕着火？怕被煤气熏着？谁也不知道，他似乎不需要去理解别人，适应别人，别人只应该来理解他，适应他。到早晨老伴儿起床的时候，屋子里冰冷梆硬。桌子上、椅子上、凳子上、纸垛上、书堆上、炉子上、角角落落到处都摊晾着夜里刚写好的字幅。老伴儿知道这些东西都能换钱，但无法让自己相信这些东西就是钱。相反倒有一种被挤压感，在老鬼眼里这些字比她更重要。她像怕踩上地雷一样，小心翼翼地逃出房子。到街上吃过早点，她或者继续逛大街买东西，或者到邻居家的暖和屋子里去打麻将，或者回到冰凉的床上去围着被坐着。整个上午，他睡觉，家也死了。到中午他醒来，屋里才开始有点儿活气，收拾屋子，点火生炉子，吃午饭。吃过饭之后他还要再睡一会儿。

老伴儿也没有多少事可干。所谓收拾屋子就是把摊晾的字幅收起来,其他地方则用不着收拾。这是一间少说也有百年历史的旧平房,与其配套的家具大多也是老式的:一张高大的旧床,一把油漆剥落的太师椅,旧桌子,旧凳子,唯色彩生硬的写字台好像是解放后的产物,上面铺着沾有墨迹的毡子。屋子中间支着一个烧蜂窝煤的大炉子,炉子四周有一块空地。也只有这块空地可供人自由活动,吃饭在这儿,来了客人自己搬个凳子坐在这儿——市里领导人来求字也是如此。谁要是看着不顺眼可以批给他一套好房子。也只有这块空地,当主人高兴的时候可以打扫一下。屋里其余的空间全都堆满了宣纸、旧书、杂七杂八的所谓古董、裱好的和尚未装裱的字画。颜色和味道都和尘土差不多,灰黄、古老、陈旧。不能打扫,也不必打扫。

不打扫的房子灵气则不会走失。

人们都说,这一片老平房的风水好就应在他的身上,他死之后就难说了。所以保护好他就是保护这带的风水,就是这一带居民的福气。历史可以作证:这一带是块宝地,出名人和能人最多,过去天津城里最著名的两大家,高家和何家都是在这老平房里发起来的。他就是高家的第三辈代表人物。左邻右舍的人不论年长年幼,哪个见了他不喊一声"大爷"——"文化大革命"那些年除外。这几年所有老规矩都恢复了,甚至还有变本加厉的趋势。远邻近舍的人见了他不敢太套近乎,就在"大爷"前面加上一个"高"字。文化界的人和领导干部们,叫"爷"不方便,一律尊称他为"大先生"。他的真实名姓除去写在户口册里印在身份证上,哪个敢当面呼叫?

现实也可以作证:市政府十年前就提出改造旧平房,建设新天津,各处的旧房都拆了,没有拆的也列入了拆迁规划。老城区内唯独保留了这一片错落有致的古老私产平房,明令规定不许动。即使坍塌了也要按老样子翻盖,整旧如旧。作为一种古董,一种老天津城的遗迹,一种对现代城市建筑的反衬,这一片老平房要永远保存。它成了天津的标本,拆了它就破坏了全市的风水。

——他这么说,大家才这么认为。

但是住在老平房里的人并不是都有这种自豪感。谁如果说不羡慕那些现代化的高层住宅,漂亮整洁的楼群,幽雅的新式住宅小区,还有那煤气、暖气、自用的卫生间和厨房,谁就是傻瓜。大先生不傻,邻居们都想听听他的高论——

"老房子金不换,冬暖夏凉。这年头房价突飞猛涨,买一间房子要几万乃至十几万元,以后还会更高,还是住自己的房子最牢靠。能守住祖宗留下的房产就如同守住一块永远不会贬值的金子。最倒霉的就是前几年舍弃自己的旧房搬进新公寓的人,如今房屋政策改革,又得重新花高价钱租房或买房,转了一圈儿上了个大当。我们原地不动,等他们改革改了一圈儿回来,我们又成了最实惠最时髦的。"

谁也不能否认他的话是有远见的。不以万变应万变,不以不变应万变,人生三大法则是知变、应变、适变,守住自己的太极,一动一静俱浑然。

智慧活得最长久。他以独有的经验和智慧把握着自己生命的盈亏缩涨,获得了一种固执的满足。在这个不求人就难以生存的现代商品社会上,他就能做到不求人,想要什么拿钱去买。古今中外很少有拿钱买不到的东西。他生活里经常碰到的是别人求他,命中注定他就是被人求的。包括市里的最高领导也得向他求字,当然要比一般人来求字容易些。这个世界上一般人太多,要字就是要钱,他打发不起,所以门关得很严。邻居们敢登门向他求字是始于狮子胡同的刘娘,她进门就下跪:

"大爷,您无论如何赏给口饭吃!"

他并不慌张,连手里的《千家诗》也没有放下。他见过阵势,以前有人给他下跪磕头并不新鲜。

"这是怎么说的,快起来,有话好说。"

"您不答应我就不起来。"

"什么事?"

"我们家的老小子好不容易找到一份工作,那单位的头头知道我们跟您是邻居,非要求您一幅字。有您一幅字他就收下老小子,还可以让他当个小干部。没有您的字,老小子这口饭就吃不上。"

"我的字真有那么值钱？好吧，那个头头叫什么名字？"

他拿出一条"寿而康"，在右上角题上请那个头头指正的字样，给了刘娘。这件事在老平房里传扬开来，他很得意。善门一开再关上就难了。当他下午睡醒以后，常有邻居找上门来，一律学刘娘的样子，进门先下跪，叫大爷。连说词也差不多，无非是孩子上学，儿女调动工作，评职称，调工资，总之是请他赏口饭吃。好多年没有这么多人给他下过跪了，凡真诚跪拜者，不管出于什么动机都值一幅字。

他的老伴儿看不下去。只要她在屋里，对想下跪的人能拦的都拦住；无法拦住的也慌忙奔过去扶起来。也只有老伴儿敢在有他没有外人，或有外人没有他的情况下叫他老鬼。一声"老鬼"，表达了老伴儿对他的依靠、珍惜、敬畏、憎恶和无可奈何。不错，家里的钱的确都是他挣的，可挣大钱的男人有的是，没有像他这么毒的。所有的钱都放在太师椅的棉垫子底下，结结实实地用自己的大屁股压上。老伴儿花钱现找他要，他一欠屁股就抻出一张票子。如果老伴儿嫌少，他就再欠屁股，抻出一张大票递过去。他醒着的时候屁股不离太师椅，睡觉的时候用写好字的宣纸搭在太师椅上，有人一动沙沙响，他便醒了。

不知内情的以为他是地道的老财迷。恰恰相反，他把着钱是为了花起来方便。让女人管钱就尽想存起来，他反而不自由了。这样多好，他想吃什么就可以拿钱去买。他爱吃爱喝，吃喝了一辈子仍然吃不够，喝不够。而且是大吃大喝。三伏天炖七只鸡，也只够吃两天。每月不论挣一万元还是八千块，全部吃光喝净。当然不是彻底地花个精光，老伴儿每次采购都有剩余，有时甚至剩的比花的还多，也不再交还给他，便自己存起来，所以老伴儿每天上街都重新找他要钱，不要白不要。

老伴儿虽然也知道他的字值钱。但字要卖得了才能变成钱。她怎么也弄不明白，全市有那么多书法家，大家都比着写，写那么多字卖给谁呢？字这玩意儿能看不能吃，可有可无，最多一家挂上一两幅就足够了。谁买这么多字干什么呢？现在人人抢购字画是一股邪劲儿，万一有一天世道一变没人买字了怎么办？不如趁老鬼活着多存点儿现钱心里踏实。大先生则认为这是妇人的小心眼儿，见识短。老伴儿小他十七岁，又无儿女，叫她不多留个心眼儿是不可能的。

老夫妻俩谁也说服不了谁。每隔几天就要重复一次这样的谈话：

"现在我的字值钱，等我死了以后就更值钱。我天天写字就等于给你留钱，这屋里到处都是钱。有朝一日你没钱花了，随便拿两张出去一卖，就够你吃个一年半载的！"

"那也不如给商店写牌匾来钱快。写一幅牌匾少则几千，多则上万。有一天你不在了，再想写不是也晚了？趁着现在还能写就应该多写，别老拿架子。"

"写得太多就不值钱了，字画一个理，要抻着点儿卖。"

"那你天天写，存下这么多字，就担保一准儿能卖得出去？"

话一说到这儿，大先生就动了气。老伴儿也自然不敢再往下深说，谈话遂不欢而散。

无论谁，敢对他的字的价值有所怀疑，他就怒从心起。特别是跟他过了大半辈子，大半辈子就靠他的字活着的人，居然也不全心全意地崇拜他的字（可以不崇拜他这个人，但不能容忍不崇拜他的字），就不只是让他生气，还让他泄气，让他心伤、心寒。他把一生都泡在了墨汁里，他的字融进了自己精神上和官能上的全部享受。不管现在还是将来，他的字永远不会被冷落，被鄙视。

看看别的书法家的老婆。首先把自己的丈夫视作世间第一大奇宝，从头到脚无一处不伟大，无一处不值钱。不要说手写出的字，即便是脚踩出的印子都价值连城。自己则是丈夫最无私最忠诚的崇拜者和守护者，就如同阎王殿前的小鬼——阎王好见小鬼难搪！除了她们自己，别人休想靠近她们的丈夫一步。空着手来求字，更没有门儿！要字可以，按字索价。书法家本人也许还不好意思斤斤计较，老婆可不管那一套，根本用不着书法家露面张口。这才叫名人的老婆。不知道自己的丈夫的价值的人就不配当名人的老婆！

大先生一生气，就要脱光衣服，捅旺炉子，烧一壶开水，烫身上的丹毒。滚沸的热水浇到长丹毒的地方，不起包，不觉疼，只是舒服地滋滋吸气。把所有丹毒都烫舒服了要三大壶开水。房子里蒸汽弥漫,腥臭难闻。

老伴儿一见他拉开烫毒的架势,就赶紧躲出去。是她受不了,不是他怕人瞧。在他赤条条大烫其毒的时候,天塌了也不管。即便在这时候有客人来,他也大大方方地照烫不误。只要客人不怕,他是没有什么可怕的。

从里到外烫得舒舒服服,然后尽兴地大吃一顿。不论住什么样的房子,过什么样的日子,顺乎自己的本性就是身在天堂。

大先生活得轻松、自信。别人比不了也学不了。他有办法让好风水老围着自己转。

1985年5月

酒　仙

喝得清醒机智了还是五迷三道？喝得良心穿孔怒火中烧还是昏天黑地嘴上强硬心里却又恨又愁又悔？

这顿酒是从昨天下午开喝的还是从今天早晨开始的？

脑袋发硬,像干椰子壳。非常想朝坚硬的东西上碰一碰,钉子、桌子角、枪刺、仇人的脑袋。里面却异常活跃,酒把大脑喝得膨胀了,绵软而敏感了,前三百年后三百年的事都想起来了。

是酒误了他成全了他,还是他对不起酒成全了酒？

他是酒仙酒鬼酒痴酒智酒虫子酒篓子酒混蛋……

杨闻岸的生活就泡在酒精里。

嗓子眼儿里冒烟,嘴里有火苗的味道。越喝越干渴,越干渴越想喝。今天喝的不算少了。不是经常能达到这样的境界。喝酒只有喝到一定的境界感觉才会好。超过了撒酒疯骂大街出闷气的阶段,进入一片宽宏祥和的云雾之中。

他被酒精征服了,不存在未来,也没有过去。自觉像酒杯一样博大、深沉、善良。

"惠兰和孩子们就一直这样伺候着我？"

是啊,他们都受他的牵累失业了。不蹲在家里伺候他又能干什么去呢？当初他春风得意的时候就不该把老婆孩子都弄到自己的单位来。没长前后眼。现在不搞政治株连,经济株连更厉害。赵培跟总厂厂长王信健里应外合整倒了他,他们称霸大洋公司。把凡是跟杨闻岸好的人一律放了长假,不给一分钱。谁要想调到别的单位去还得向大洋公司交三千块钱。这一招太损了，把人往死里挤对。这个年头还会有这样的事？跟谁说谁也不信。关外闭塞，什么事都会有。

惠兰老了。才刚五十岁。宽厚而慈和的脸挂着幽怨，挂着在外人面前不得不有的应酬的苦笑。她认命了，她从来都是认命的。她原谅他了。这能怪他吗？不原谅他又能怎样？结婚时的小棉袄她穿到现在，丢老人啦。她千省万省叫他一瓶茅台酒就喝光了。

她跟他享过福吗？

结婚的时候没有房，他花一百元买了个小偏厦子。只能放下一张床，一个炉子，一个碗柜。一住就是好几年，直到有了两个孩子。那年夏天下大雨，棚顶塌下来，老鼠屎把孩子埋住了。

从日本回来，他在山水楼花五百元摆了一桌，把老婆也带去了。那是她唯一的一次当吃饭的不当做饭的。如今也成了他的一条罪状。

前两年他差不多是全市家喻户晓的企业家、劳动模范。她脸上不也风光过吗？

他没做过对不起她的事。他在台上的时候有些风骚的姑娘喜欢跟他套近乎，叫他拉兹。他就叫她们莉达。说他体格像杜丘，他就说她们是真由美。有个娘儿们说他的眉毛像林彪，他就说她的眼睛像叶群。他身高一米八二，有男人气派有权有势有名气，想搞女人很方便。他却只限于在嘴上找到小便宜。

"连孙军那个王八蛋都咬我一口，说我在车里跟女歌星动手动脚。"

孙军从乡下回城后在家待业，是杨闻岸把他招进大洋公司，送他进司机培训学校。谁都知道孙军是杨闻岸的人，给他开专车。咬他一口能烂到骨头。

那歌星长得什么样？记不清了。

现在明目张胆地搞女人都没有事。即便真的跟歌星动手动脚又算个屁事。

"造谣都不会编词儿。要说姓杨的打人骂街杀人放火备不住还有人信。去年在日本，有一回他们把我领进了一个鬼地方，我一进去就觉得不对劲儿。日本大娘儿们真的往你怀里坐，那才叫跟你动手动脚哪。我借口太累了想休息就先回宾馆了。"

"就因为大家不相信你会搞男女关系，赵培才告你在南山宾馆跟日本老板住了七天，搞男男合作。"

王存林满脸疙瘩，被酒精浸渍得又红又亮。像熟透的烂葡萄。

"现在整你最狠的哪个不是你的铁哥们儿？不是你提拔重用的人？别人从来就是变化无常，老也不变的只有你。你好的时候都自称是你的人，一看你成了破鼓烂墙就狠命糟践你，好向你的仇人表忠心。就说想把你送进公安局的赵培、姜重吧，以前还不是也把你当恩人？"

这是几句现成的在肚子里憋了好久的话，像她身上洗旧了的衣服一样温顺的徐惠兰终于当着外人的面说了出来。有外人在，说一不二的杨闻岸才会让她把话说完。

在这种灾难压头举家失业的窘境中，一个女人得多贤惠才能像她这样赔着笑脸照样伺候别人在自己家里又吃又喝，谁能向她保证现在的朋友将来不会变成敌人？

这几个人也是受他牵累丢了工作丢了工资。到底是杨闻岸牵累了他们还是他们牵累了杨闻岸？有他们陪着老杨喝喝酒也好，要不一家人一天到晚的脸对脸发愁，时间长了会憋闷出病来。谁也不愿意出门，不愿碰到熟人，不愿被人问起眼下的窘况。

只剩下家庭是他的宇宙中心。全部社会现实都集中在家里。杨闻岸真想摸摸老婆的脸。

她再老实再土气，也是人哪。遇到这种情况能不急吗？他想敬她一杯却自己喝了。心里有就行了。

城市变得模糊了，天气也模糊一片。一切都像小孩子的尿布那么臊哄哄湿漉漉。

思想也昏沉沉，像这盘子里的菜汤。

酒喝到这个境界不需要吃菜了。吃菜也没有味道。一口一杯。只有扯不断，越扯越乱越扯越急的话头儿才有味道。

桌上还有小半盘花生豆，几瓣像切西瓜一样切开的咸鸭蛋，一碟凉拌黄瓜。不管怎么吹,这景象有点儿度荒的味道。

以前的酒是怎么个喝法? 外面的大小宴会不用提,家里也常常摆着长命席。客人如流水,桌上不会少于六个菜。谁来了谁吃,端起酒杯就喝。

一家人老吃外人剩下的。

以前的事太可笑了。他只顾争强好胜,太爱表现自己,敢于表现自己,图口舌之快。如今失去了做人的尊严。是他自己把尊严丧失的。他想原谅自己,也原谅所有的人。

他是死了几个死的人啦。

九年里他被大规模地审查四次。小冲突小麻烦年年有,月月有。他也曾大张旗鼓地向市里、省里、中央上访告状三次,总想靠打官司分个是非争个输赢。

告状没结果就是他输了。

整他的人愈发有恃无恐。王信健在群众大会上叫号:

"你不是打电报到中央去告吗? 还可以直接去找胡耀邦嘛!"

"你愿意找哪个党,就去找哪个党吧!"

他要想活下去干下去,只能采取别的办法。

他曾是阀门总厂道行很大权力也不小的供销科长。当着全厂的半个家。

一九七八年有人向党委写匿名信告他有经济问题。立刻给他办"死班"——准备死的学习班,等于被厂方拘留,等待政治上枪毙。

看守他的是本厂职工,很容易建立酒肉交情。

他每天睡到上午十点,中午和三个看守(三班倒每班一个)猜拳行令喝酒吃菜。午饭后再睡一觉,三四点钟起来到工厂浴池烫澡。回来打扑克,直玩儿到凌晨一两点钟。中间还有一顿酒。

他买通看守,看守买通食堂。在工厂里什么事办不成呢?

他还自鸣得意悟出了一个道理:阶级斗争就是人跟人斗。人斗人就是看谁把谁气了。谁生气谁就算输了。

虽然三个月后他被放出了"死班",党委书记还在职工大会上给他平反道歉。但他感到不能再在王信健的眼皮底下混了。自告奋勇,召集八百名待业的知识青年成立了"阀门总厂知青公司"。其实就是阀门总厂的家属工厂,大集体,自负盈亏。他自由了。有本事尽可以施展,没本事自认倒霉。

他嫌"知青公司"不好听,对外叫"大洋公司",头上也不再顶着阀门总厂。"大洋"者,大杨也。

几年工夫他搞了十六个小厂。什么赚钱干什么,东方不亮西方亮。比总厂还火爆,工资福利比总厂的职工高出一大截。出现了总厂职工向知青公司大逃亡的局面。

赵培和姜重,就是这时候来投奔他的。

他跟总厂摽上了,跟王信健摽上了。

兴竞选的时候,他跟王信健竞选阀门总厂厂长的职务。虽然最后上边还是指定王信健当厂长,但他的竞选演说、他的竞选条件都比王信健强,群众投了他一票,给王信健一个难堪。

刮承包风的时候,王信健只敢承包二百万元的利润。他的承包指标是五百万元利润。局里最后拍板宁要二百万元不要五百万元。等于在全厂职工面前又把王信健和局长臭了一下。

他得意之后也不免悲哀。靠机械局他永远当不上阀门总厂的厂长,也无法站到草包王信健的上边。

只能靠自己的本事。

打出去。财大气粗,赚外人的钱跟外人合作也同样气粗。

盖起了十二层楼的大洋大厦。建立了中日合资的华安工业公司。他任总经理。

再过两年,阀门总厂算什么玩意儿,机械局算老几!

为什么要等两年?

现在人家就可以说:杨闻岸算什么玩意儿!

"干!"

他终于把酒给征服了。酒精不再对他有任何反应,只是一种无色无味能润喉的液体。

他从来都是征服酒而不被酒征服。

他跟王信健开玩笑：

"你是四一领导四门干部。每天一杯茶一张报一盒烟一泡尿。走家门机关门食堂门厕所门。"

王信健只能说："你又喝酒了！"

"你又喝酒了"——成了他借酒撒疯的挡箭牌，成了受他奚落的人下不来台的台阶。

他只要嘴里喷着酒气，哪怕只用白酒漱漱口，就谁都可以骂。

骂局长："你们一手拿枪，一手拿箭，左眼显微镜，右眼放大镜。明枪暗箭，横挑鼻子竖挑眼，叫我怎么干？"

局长是王信健的老上级，他不骂街都看着他不顺眼。"你又喝多了？"

骂窝囊的受洋罪的唯上级命是从的总厂党委书记：

"今天说紧就紧，明天说松就松。干什么？领导放个屁就是屁，不是打雷下雨。"

他得意的时候书记得向他赔笑："跟党中央保持一致，中央太远。我没有胆量不跟上级组织保持一致。"

快到春节了他给厂长打电话：

"你想怎么过年？"

"什么意思？"王信健每次正式交手都能打败他，听到他的声音看到他的影子还是紧张。

"没什么意思，给你拜年。"

"初一到家里来，带着烟带着酒。"

"你想得美。我三十晚上去，带着炮去轰！"

"酒鬼！"

"怎么？在电话里你就闻到酒味儿了？"

赵培联合大洋公司的五个党员告他张嘴就骂人，不骂人不说话。

他在公司里当着这些人的面儿又骂上了：

"你们诬陷人没有罪,我骂人就有罪了？我累死气死,再不骂着你们点儿还不得癌症吗？"

敢从上骂到下,除去他没有第二人。而且骂得随心所欲骂得光明正大骂得有专利权骂得大家认为他不骂人才奇怪。真是成精了！

有时装傻,一副严肃认真得便宜卖乖的腔调:"我从不骂街,是茅台酒在骂！"

杯小乾坤大。

酒里的世界狂乱而又真实。他所以能够忍受人类的最大弱点——愚昧和邪恶,老骂,老挨整,老挨整,老骂,没有染上绝症,没有想过自杀,全靠酒精消解。

如果有一天他不再贪杯了,就会厌恶自己,厌恶生命赖以生存的这个世界。

"杨经理,你听说了吗？赵培和姜重他们到处对人解释,不是他们整你,你那三十条罪状也不是他们写的。"

"他老婆到家里来向我表白过。"

这是没出息,还是他们的狡诈？

反正他看不起他们。自己倒了没丢人。他们赢了却不像个赢的样子。

"姜重住院了。前天晚上到一个工人家里喝酒,回来路上掉进臭水沟,摔断了三根肋条。"

"赵培跟工会的那个娘儿们搞上了,他老婆天天追到公司跟他打架,他东躲西藏。"

"干！"

"孙军被赵培放了长假。那小子像狗一样,赵培怕他以后再揭发自己。"

"干！"

他养肥了八百子弟兵。谁同情他,赵培就砸谁的饭碗。如今已有一百多人被放了长假。还有七八个人却格外让他心热。

"惠兰,把我这个月的工资拿来。"

"干什么?"

徐惠兰感到不妙却又不敢不把钱拿来。

"只要我一天不被公安局抓走,他们就得发给我一天的工资。他们敢撤我的职审查我,不敢放我的长假。"

他把一百二十元钱分成四份,交给四个陪酒的每人三十元。

"这点钱什么问题也解决不了,只是一点意思。谁叫我牵连了你们!"

到底是谁牵累了谁?

他的部下习惯了对他的服从。对他的话不执行是不行的。借着酒劲儿也不存在好意思或不好意思,收起钱再关切地问:

"你们这一家子怎么办?"

"我好办,不发工资也饿不死,到哪个亲戚朋友家张一次嘴也能借到几百。"

他喜欢感情用事,总是不习惯从严峻的现实出发。正直却过于轻信。坚强果断又不顾后果。干着一大摊子事业,政治上却欠成少熟。曾为自己的慷慨付出了昂贵的代价,仍然慷慨。

去年他获承包奖九千零三十六元。用六千零三十六元给职工买气罐,另外的三千元奖励了基层有功人员。每年他都有一笔可观的奖金,自己却从未拿过一分钱。

傻,太傻了!不要白不要,没人说你好。拿了没有好,不拿也没有好。老挨整为什么老不相信自己真的会被整倒?没有想到会有这一天。如果家里存着几万块钱,那是什么阵势?倒了也落个饱鬼。

你看赵培一上台是什么气势,给自己买房子,豪华装修,什么礼都敢收,什么东西都敢往家拿,什么钱都敢要。群众有意见,有上边保着,还不是照样当经理。捞足了倒台也值得。

这种后悔是说不出的。

他不愿看老婆那难看的脸色和儿女们那厌恶的目光。

大儿子杨春是个不错的司机,再这样待下去驾驶执照就作废了。

　　二儿子杨秋很像他,跑供销搞经营是把好手。被人家一卡脖子也干瞪眼。近来急得嗷嗷叫,想去当个体户。

　　女儿杨雪联系好去日本上学,这下告吹了,能不埋怨甚至恨他吗?

　　他原指望日本老板撤回投资,会对机械局和阀门总厂构成很大压力,王信健他们不得不重新请他出来。像一九八三年他们解散了知青公司,半年后不得不再恢复一样。

　　他又错了。

　　十几年前他从对立派的土监狱里跑出来,不敢回家,躲到烟台的表妹家里。

　　每天六点钟,不等表妹一家人吃早饭他就出去了。你守在家里人家吃饭的时候能不让让你吗?

　　自己到街上喝两碗馄饨。然后再买两个烧饼放到口袋里,到海边找个背风背人的地方一坐。中午饿了就啃那两个烧饼。

　　晚上六点多找个小面馆吃两碗面条,磨蹭到八点钟以后表妹一家吃完饭了再回去。这样就省得表妹两口子打架。

　　他感到孤单。前面是狂风恶浪,后面是恶浪狂风。有凉气从心底冒出,觉得自己从未有过的渺小和虚弱。真的老了吗?

　　自己陷于灾难之中能依靠谁呢?

　　他仿佛生来就不能依靠别人,只能被别人依靠。

　　莫非自己服输了? 他不寒而栗。这骨子里的懦弱比被撤职给他的打击更大。

　　他忽然意识到自己从未赢过。

　　阀门总厂近几年也讲究"感情投资"。每年春天要开一次运动会。知青公司不惜重金,招聘运动员,培训运动员,奖励运动员。在运动场上自然占据了优势。

　　八百子弟兵身着清一色的一百多元一套的毛料厂服,在看台上摇旗呐喊。心齐声威,也咄咄逼人。

　　中午总厂职工每人发六角钱午餐补助。知青公司的人发面包、火腿、水果、汽水。第二年总厂职工也发面包、灌肠。知青公司却供应刚出锅的玉米面大饼子、新鲜豆腐脑外加辣椒粉。又是一个大胜利。他始终占上风。

这叫赢吗？管什么用？

现在想起来太可笑了。

这些年都干了什么，得到了什么？

烈酒像一团团烈火在他胸膛里冲撞。

"杨经理你走吧，这个地方再待下去也没有好了！"

"想请我去的地方很多，广东、天津、大庆。有的叫我去当经理，承包一个单位。有的一张口就答应每月给五百元工资。但是问题没弄清怎么走？我走了你们怎么办？其他受我牵累的人怎么办？"

是啊，他总认为自己还是头儿，对别人负有责任。

"把我们一块儿带走吧。"

这就难了。哪个单位能安置这么多人？而且还要替每个人交三千元的赎身钱。他带着一帮随从人家会害怕的，没有单位敢要他们。

"杨经理真不愧是酒仙，喝了一辈子酒还没有输过吧？"

"杨经理是九仙，不是酒仙。古代不是有八仙过海吗！"

现在还敢称仙吗？他过得去海吗？

这是几句很顺耳的话。老部下们看他低头只顾喝闷酒，想说一些让他开心的事，有谈兴才有酒兴。万不可哪壶不开提哪壶，再添堵惹气。此时这些恭维的话却适得其反，让他感到不舒服，是对他刻骨的嘲弄和彻底的否定。

酒气昏昏。酒鬼谈酒是最自然合理的永远谈不腻谈不尽的乐事。

"杨经理，听说你九岁就开始喝酒，敢跟大人赌输赢！"

他仍旧不吭声，只是大口大口地往下灌酒，以浇灭心底越来越强大的悲哀。这悲哀正借助酒精向全身扩散。他何曾真的是嗜酒如命？不过是装疯卖傻，图个办事容易、活得容易又能保持自己的尊严和自由。到头来弄假成真，他成了一名地道的酒鬼。别人谈起他总离不开酒，好像除去跟他谈酒就没有什么别的好谈了！

他少年时代的那件壮举像传奇故事一样在喜欢他的人的酒桌上流传。当然也是他自己在酒后说出来的。

过去他们家在村里开了个小杂货铺。一个背枪的俄国兵买了一盒草包烟不给钱就走。当时他确实只有九岁,抓住俄国兵的腰带不讨回那一角二分钱不肯甘休。也许他沾了是孩子的光,俄国兵只是推推搡搡弄得他鼻青脸肿,并没有抡起枪托砸他。两个人纠缠到酒馆门口,俄国兵要了两大碗白酒,拉开枪栓顶上子弹。比比画画告诉他,每人一碗酒,他喝光了就给他烟钱,不喝酒——俄国兵拍拍枪托,那意思是叫他吃枪弹。他害怕了,俄国兵说翻脸就翻脸。酒馆的掌柜的也吓坏了,俄国兵是没法规劝的,只能叫他瞅冷子快跑。大兵盯着他,跑不了,只好一闭眼把那碗酒喝光了。他并没有立刻辣坏醉死,攥着那一角二分钱直到进了自己的家门才摔倒。

这件事他骄傲了大半辈子,不过是小孩子的逞能。

他逞能了一辈子,最后却栽了大跟斗。

难怪赵培会得意洋洋:"杨闻岸算什么名人、企业家,三级党组织没有整倒他,就败在我一个副科级的手里。"

赵培有权得意。

他现在撒酒疯,大骂特骂全都奈何不了人家。

省委书记表态支持他也不管用。省委书记也不会为了他真的去追查市、机械局和阀门总厂的头头们的责任。

上边说的话下边可以听也可以不听。不听上边也没有办法。

他平时大手大脚,对新闻界尤其慷慨得惊人。需知新闻界是喂不饱的,是喜新厌旧有奶便是娘,愿意为他锦上添花,当他需要雪里送炭的时候,那一大群记者朋友却爱莫能助。

几位好心的政协委员在北京替他呼吁,连个水花也激不起来。真是哭诉无门。何况他还不肯放下架子去哭诉。

有人宣布对他停职审查,无人宣布审查结果。这一边倒的上级组织只会赢不会输,他只会输不会赢的官司何时能了结?

酒杯里突然出现赵培那张带着市侩的得意和狡诈的脸。

阴毒向他浸漫过来。他被浸泡在一种无人性的酸液里。自己满意的那个灵魂和身体一块儿被销蚀了,只剩下一团模糊的意识和机械般的喝酒的动作。

他的大脑平时靠权力和酒精滋补。如今只剩下酒精,显得苍白贫弱。为人处世没有威势的男人就不会有真正的人格和快乐。

绝望的怒火烧红了他的眼珠子。

凡是暴露在外面的部位无一不是通红的,仿佛从皮肤里能够渗出燃烧的液体。

他丧失了总是在酒醉时最有创造性的才华,嘴里像含着一块热豆腐,舌头僵硬,说话含混不清。

他曾经是个狂才,工厂里放不下的人物。正因为他狂才让人不放心,狂就意味着他可能出问题或者干脆就有问题。如今却被深刻的自卑和消沉击垮了。连百验百灵的烈酒也不能再唤起他的热情和斗志。

他神情怪异地盯着狼藉不堪的饭桌,仿佛在审视自己被撕得粉碎的尊严和信心。

陪吃陪喝的人觉得不对劲儿,递给他一支烟,并为他划着了火柴。当火苗举到他嘴边的时候,没有点着香烟却点着了他口腔里的酒精。口腔里的酒精又通过食管跟肠胃里的酒精相通,一股强硬的火焰从他嘴里喷射出来。

所有的人都愣了、傻了。

这可不是变魔术。他成了一座酒精炉在自焚,嘴唇被烧得滋滋冒烟。

徐惠兰扑上来捂住他的嘴,火焰又从鼻孔里蹿出来。

他被烧得嗷嗷怪叫,像蛇一样甩动着着了火的脑袋。这个有着控制型人格模式的大汉,失去了对自己的控制,满脸汗水滚滚而下,有许多是从眼里流出来的。

所有的人都使用最大的力气才掐把住他,捂住他的嘴,捏住他的鼻子,抬着他往医院里跑。

1985年6月

488

净 火

　　城市在倾斜。如同混浊而沉重的夕阳把苍白无力的天空压扁了一样。

　　人流从四面八方挤来,似暴发的山洪,向倾斜的低处倾泻!

　　摩托车变成疯狂的飘带,风驰电掣产生的浮力让它的主人和主人的女人享受到一种飞升的强烈如玩儿命的快感。真望它能飞飘起来,从灰压压密匝匝慢腾腾游动的脑袋上掠过去,从像蛆一样蠕动的汽车顶子上轧过去,在马路的半空中行走,那该多么惬意! 要变红灯,快减速……不,冲过去! 晚了,这一犹豫就坏了事。刹车也踩了,还是冲出了白线,险些撞上警察。好狗还不挡道哩,他为什么要站在马路中央? 他还嫌马路不够拥挤吗? 像航道中心突然冒出一块礁石,像嗓子眼儿卡了根鱼刺。哪儿有警察,哪儿准有交通阻塞。

　　"过来,怎么回事? 本子哪?"警察的瘦额头皱成了一团棉纱,满脑门子的官司。

　　他假装疯魔地摸摸口袋,掏出了钱夹:"哟,忘带了。"

　　"那就把车留下!"警察扫了他的女朋友一眼,撩人的鲜亮的衣饰。

　　"谢谢!"他一派绅士风度,拉着妻子昂首挺胸地钻进人流。就凭她打扮得这么倾国倾城,什么东西都敢往脸上涂,警察还能不找麻烦? 警察要取乐儿,就喜欢在马路上刁难身上有戏的、让男人看不够又敢看敢说敢指指戳戳的女人。他今天还算认便宜。唯一不够味儿的是不该刹车,撞上那小子,把车一扔扬长而去。老子不要了,正想换辆新的玩儿。

城市跟着坠落的太阳一块儿膨胀。

这里是让城市失重的根源。北边多半个城市突然安静下来,如同实行宵禁或灯火管制。全城的噪音却集中在这个靠近南头的露天体育场里,像得了偏头疼。

这里人挤人。呼号,脏话,汗臭,烟气,唾沫,邪气,汽水,冰糕,混合成一种莫名其妙的气味儿。是人的气味儿,弥漫着生命的气氛。大家都变得缺乏耐性了,都想从前面的人头上踏过去。人人都表现出一股歇斯底里的勇毅,带着一肚子邪火。

他则有着可怕的理智和冷静,突然命令自己的妻子:"你这个旗袍不能再把缝开大一点儿?应该把大腿露到你父母允许的最大高度!"

"我光着行吗?"

"也可以。"他们打情骂俏的时候喜欢用幽默或粗话把激情挑起来。丈夫从口袋里掏出一大沓十元一张的人民币,塞给妻子,"这至少有两千,你自个儿找个喜欢的地方去玩儿吧。实在太腻味就拉个男人睡一觉。反正今天晚上别缠着我。"

愤怒把她浑身上下都包围了,这是陷入绝境的愤怒。在这里还不能爆发,发脾气对他不管用,只证明自己素质卑贱。她在盛怒中仍透出安静,安静中藏着绝望,摆出一副很有吸引力的满不在乎的劲头:"王八头!我去勾引别的男人你不吃醋?"

她扇动纸币把手掌抽得啪啪山响。丈夫却不再看她,那股冷冰冰的邪气侵入的气质把她强做出来的媚态立刻冻住了。她决心要找个更强大的男人,气气这个狂妄无情的小子。不然他还以为自己离了他就活不成。

"要球票吗?"一张粗俗冷峻的脸像蛇一样一声不响地凑到他们跟前。

"多少钱一张?"

"三十。"

"什么?一张球票要三十块……"她的话未说完,丈夫已经把钱点过去,接过票向体育场的门口冲去。

卖黑票的翻着黑污污的鼻孔,却露出很诱人的笑容:"姐姐,我这里还有一张,你要不要?"

"不要!"

"姐姐,别跟足球争男人,再有能耐的美人也争不过球。"

他不会踢球,以前也没见他对哪个体育运动有特殊的兴趣。至今电视里转播足球赛他也很少能从头至尾地看完。坐在球场的看台上又有什么美呢?花一晚上的时间,也许还要耽误几笔好买卖,值得?足球比金钱和女人更有诱惑力?莫非球场里真有她所不知道的奥秘……

"嗷——嗷——咳!"

场内的喊叫声一阵接一阵,似龙卷风催动海啸,从她头顶上压过去。今天晚上南半城就只有这一种声音了。球赛已经开始老半天了,不再有人入场。可聚集在体育场外面的人却越来越多,他们看不见足球怎样飞,怎样滚动,不知道谁输谁赢。似乎也无需知道比赛的具体进展情况,只满足于倾听从几万人的嘴里发出的惊天动地的起伏不定的狂吼乱叫!蹲在边道上,靠在电线杆上,坐着自己的自行车大梁,原本就是打算来听球的有准备地带来了板凳、躺椅、行军床。她愈发感到疑惑:这球场里的叫喊声到底有什么名堂?

她请教身边的一个老头儿:"大爷,您喜欢球?"

老头儿晃晃脑袋。

"您爱看球赛?"

老头儿继续晃动白花花的脑袋。

"您就爱蹲在外边听球?又省钱又挤不着!"

老头儿看看她:"对象在里边了?"

她点点头。

"别担心,这是好地方,男人来一回,保准半个月之内会跟你好好过日子,不发邪性,脾气顺顺溜溜。"

"这是什么地方?不是体育场吗?"

"你看,里边亮着白灯,这叫白灯区。国外有红灯区,不如我们这白灯区干净。这年头,喝凉水都塞牙,谁肚子里没有火气?到这儿来喊两嗓子心里就舒服了! 你站在外边听听都觉得有劲儿、有味儿,是不是?"

她心里真的涌起一股莫名的冲动。

卖黑票的家伙又转悠过来了。她喊住他:"还有票吗?"

"只剩下最后一张了。"

"贱一点卖给我。"

"三十块,少一分也不行!"

"球赛都过去一半儿了……"

"高潮还没来哪,越到后边越值钱。我不找你多要就算够意思!"

他铁了心是要赚她这三十块钱。坚实有劲的白板牙对着她的喉管,眼睛却不怀好意地盯着她的胸部:"姐姐,你要不想出钱也好商量……"

她甩给他三十元钱,堵住那张臭嘴。换回一张粉红色的纸片。好不容易穿透一层层人墙,挤到体育场的门口,守门的打量了她半天,又把球票反复看了几遍才放她进去。是嫌她来得太晚了,还是对她这个女球迷格外感到新鲜?

体育场内热力逼人。每个角上都矗立着一根高大的灯杆,杆头挂着一堆白光炙人的太阳灯,像挑着一嘟噜葡萄。球场上狼烟四起,红绿翻滚。至于红队是谁,绿队是谁,她就不知道了。只见运动员在光线中游动,像一片片会移动的色块。看台则属于不同的光域,灰暗、沉重。她艰难地找到了自己的位子,后边的男人抽抽鼻子,好像是吸她身上的香气。不是偷吸,还敢出声:"嘿,真好闻,这两块钱没白花!"

她可不是吃亏的人,这回却忍住了没有还嘴。后面已经有人喊叫着让她快点坐下! 这里是男人的世界,只当是误入了男厕所,她把嘴唇绷得紧紧的,如同自己那漂亮的鞋后跟儿。

球场上一团糨糊,黏糊糊的激昂,令她眼花缭乱却看不明白。自己与看台上的气氛也格格不入,真是花钱买罪受!

周围的热气厚得像一堵墙,包围着她,带着一股酸臭味道。有人从嘴里吐出酒气,大概男人们看球赛不喝烈酒是不行的,如同晚上要伺候自己的老婆一样。有人喷吐着发黏的烟火味道。有人打嗝,有人放屁,有人搭腔:"呵,庙不大还有卖笛子的。"

"大热的天,你光顾自己痛快了,就不想想别人受得了吗?"

敢放响屁者,自然不在乎别人的闲话:"好好闭住你们的嘴!我花钱看球还受管制?"

死皮赖脸的、张狂可笑的、单纯可爱的、邪恶卑俗的统统都流露出一种恶意的快感。所有的人彼此都十分相似,机械地兴奋,机械地喊叫。一坐到看台上就是见面熟,不认识没关系,也不必打问名姓,一起大吵大骂大说大笑,散场就完了,谁也不认识谁。大家奇怪地沟通了,激烈的吵骂也不会产生仇恨,反而产生了快感。她趁机问身边的人:"今天是谁跟谁踢?"

"嘿,你干什么来的?哭了半天还不知是谁死啦!"

"你当我真不知道!"她突然提高了嗓门,把自己吓了一跳,她已经被周围人的情绪所感染,也像魔鬼附体,头脑晕晕乎乎。管它谁输谁赢,只管跟着瞎起哄就行了。这里的气味像酒精,能让人醉,让人疯。她似乎也闻到了自己的气味……

"嗷!"一声惊呼,山崩地裂,看台一阵抖动。跺脚的,骂街的,有许多人站起来呼喊:

"快点呀,腿肚子转筋了还是怎么的?整个是他妈的一群大肉蛆!"

"这帮混蛋,永远立于不胜之地,无往而不败。"叫喊声给整个球场泼下一阵酸雨。

"咋呼吗?你小子就会在女的跟前耍贱,把耗子说成大象。你看客队那份儿德行,还能进球?"

她恶狠狠地转过头去,一个丑陋犷悍的头颅正对着她,眼睛里蒙着一层凶暴的阴翳,嘴里咬着半截烟卷,猛吸狠吐,给自己找气,给自己顺气。她可一点都不在乎他,她见过各种世面,对男人的进攻她应付得了。她体验着内心的激动,喉头发紧,手指发麻,脊背痒酥酥的。

到这儿来的人哪有没有火气的,她冲口回敬那个混蛋:

"你看不出场上的形势?眼睛丢在你老婆的裤裆里了!"

"嗷嗷!哑巴吃山芋——闷口啦!"

她喊出了第一声粗话,就变成一个地道的足球观众了。浑身热乎乎的十分惬意,毫无顾忌地发泄,真是兴味无穷,她感到自由舒适。尽管座位很挤,坐下后就无法再活动,手脚一动就会碰上前后左右发热发黏的男人的身体。她的自由不是表面的,是内心的。脸上恢复了精神的生气,眸光狂野而又惶惑,像夜鸟的眼一样一动不动地盯着半死不活的草地。

球与人迸飞,光与影绞缠。力的流动,力的燃烧。局势大起大落,胜败出人意料。体育场里凝聚着血红的紧张气氛。足球是个鬼魂,追逐着每个人,不把这些人逼疯不会结束。

"你看教练那个德行,活像我们家的那个老头子。手里存着一万五,给我办喜事只肯拿出六千,像打发要饭的!"

"你告诉他,存着钱不花,过两年就成废纸了。"

"我他妈的今天也不顺气,替国家办事倒挨了一顿狗屁呲。银行借贷员是个刚上班的丫头片子,就盛气凌人得像找了个外国人做干老。管调节税那小子更厉害,不送东西就不给你办事。"

"现在走对了门是爷爷,走错了门就是孙子!"

"今天晚上咱们都是爷爷,球场上那帮小子才是孙子。哎,孙伙计们,踢好点儿,让爷爷乐和乐和!"

有人心不在球上,只要这气氛,自享其趣,自得其乐,陶醉其中。不强求别人搭腔,以自言自语、自喊自笑为最大满足。骂老婆,骂孩子,骂当官的,骂老百姓,骂政治,骂市场,骂天骂地骂自己。体育场变成一个巨大的拔火罐,圆形看台是它的筒壁,被人们心里的火烧红了。人人都有一种燃烧欲,要把自己和这看台一块儿烧光!

她体内郁结的晦气也开始向外扩散,布满全身,如雨伞大开。眼下除去糟践钱,就数精神失常最时髦了——时髦的疯狂。只有在这个看台上,才有可能给自己单调的生命增加色彩。球场乾坤大,有万千心态。看台是社会的制高点，喝着汽水，抽着烟，看着红尘，一场多么丰富激烈的人生！平时的泥人眼下变成了活人，脸生动起来，富于表现力，身上有了棱角，烧着一股生命之火。她也不应该就这么在生活里失掉自己。除去不能出国，她拥有现代人所羡慕的一切，有个能挣大钱的丈夫，有自由——最高级的宾馆、饭店、剧院、舞厅，她可以任意去住、去吃、去玩、去乐。她还有时间，一天什么事都可以不干，像电影、小说里所描写的旧社会的阔太太一样。然而阔太太的生活没有让她快乐，没多少日子就对自己感到腻味了。她们这些经济造反派的夫人可不像旧社会的阔太太那样受人尊敬，受人羡慕，有牢靠高等的社会地位，有高尚的社交圈子和精神生活。她愿意坐在丈夫的摩托车后面兜风，如果在一瞬间双双摔死，她一点都不遗憾。她恨丈夫，恨他那对金钱永无止境的渴望，恨他对自己的妻子没有任何要求，恨围在他身边的和那些任他招之即来的妙龄女郎……

有毒药流进了她的血液，嘴里干得难受，仿佛含着一个炸热的辣椒，烧灼着刺激着她的舌头。体育场是一座有着强大生命力的活火山，随时都可能会爆发。看台上笼罩着黑色的浓烟，冒着火药般焦煳的气味。场地上力的旋舞变成力的恐怖，凶险惊骇，本市足球队的大门频频告急。对方的球员却满场雄风获得满台盛赞。她不再是自己，变成一个无意识无面貌的愤怒的感受体。胆量不再犹豫，大声地跟着男人们一样呼叫，她的声音更尖更细更刺耳。这喊叫能唤回人性的尊严，证明她有独立的人格和魅力。

"咳！"

"吁！"

"混蛋！"

到底叫人家攻进去了。绝望的怒火在球场上空升腾，驱动着数万个肉体在扭动，狂叫扭歪了所有人的脸。从看客身上散发出来的怒气像海涛把体育场淹没了。

她也跟着大家一块儿大声咒骂，只有她自己心里明白是骂谁。在喊叫中痛快，在痛快中痛苦。她以前还真不知道自己的内心深处藏着这么多深刻的反抗,包括丈夫和自己。体内烧起一股浓烈的大火,这强烈的愤怒却给她带来一种潮涌般的快感。今天谁也没有赢,真正赢的只能是她。她的意识突然膨胀,自己变得无边无际,一霎时超然于时间和空间之外。别的都不重要,重要的是她不再是那个常常感到无聊的无聊人。她成了一种主宰。主宰自己,自己的存在,这存在有强大的力量。清醒的发疯才是最完美的幸福。

火山喷发完了,岩浆、灰烬向四面八方流去。火光渐渐熄灭,岩浆也冷却了。城市归于平静,显得疲劳而又满足。足球场是当代社会最好的精神病院。

附记:当年中国女子排球队争夺世界冠军的那个时刻,举国关注,各医院做好一级抢救的准备,以应付众多的突然发作的心脏病人。胜利后民心沸腾,吐气扬眉,很长的一段时间里大家言必称排球。当时我记下一个题目:《一炉冶炼人们灵魂的净火》。如今做出这题目却是这个样子。

1985年6月

分 分 钟

中国电影界的盛典——百花奖、金鸡奖颁奖大会会场。美女如云,美男如蚁。

观众席上各种各样的目光都盯着主席台。急切的,惊奇的,思羡的,嘲讽的。

一张张兴奋的带着傻气和俗气的男人的脸。

一张张敢于涂抹的薄如白纸缺少内涵一眼即可看穿的女人的脸。无奇不有的发型,争奇斗艳的服饰。金银首饰在灯光下闪烁。人们借金子改变自己的素质。

空气中混合着化妆品的香气,黏腻的汗臭。

一蓬钢丝头,脸型酷似男人,眼睛里充满幽怨。顺着她的目光可找到一个奇怪的男人,四十岁上下的年纪和满脸粗糙的黄色皱纹不协调,一身干净的新潮西装和粗鄙的气质不协调,很容易让人想到"人模狗样"、"暴发户"一类的字眼。头发挓挲,窄脸精瘦。

他就是中国的尤伯罗斯,电影"双奖"颁奖大会的幕后总指挥、国际艺术开发公司总经理、书法家协会名誉会员、钓鱼协会名誉理事……还有什么头衔儿?

他指挥大会工作人员像个君主。跟那些妖冶的女演员说话像"永恒的情人"。女演员们也都巴结他,对他露出甜甜的职业性的微笑。对中等来宾,他像个腰缠万贯挥金如土的大亨,做出能指挥一切调度一切的气概。

"钢丝头"离开座位,走下看台,在主席台旁边拦住了他:

"方……总,今天能不能让我上台唱两首歌?"

"不行。今天是什么日子? 全国的文艺精英大荟萃! 你的嗓子,你现在的精神状态,能登这儿的台?"他看着她,如同在瞧着一个女乞丐。

"方厚良,当初你答应过,要为我举办一次大型演唱会!"

"当初?"他一怔,似乎为她的脸皮比自己的还要厚而感到惊奇,"方碧,既有现在何必还提当初。"

他想走开。许多人在看他们。许多人有事要找他。她拉住他,哀求:"就这一次,唱一首也行。"

他不信任地笑了,露出不整齐的发黄的牙齿。那神情分明是说,只要放你上了台就由不得我了。说:

"我很忙。"

"你真是日理万机啊!"

"日理万机的总理也没有我忙。"

体育馆的铃声响了。

方厚良甩下方碧跑向出场口。

参加颁奖大会的头面人物开始登场。方厚良像个忠实的仆人搀扶着香港巨富董洁夫率先登上主席台。大厅里一阵骚动,看台上的目光对准这位屡屡对大陆文体活动慷慨解囊的大老板。他的出现不管在气氛上还是在人们心理上都是一种荣耀。有他坐在主席台上,颁奖大会就算成功了。方厚良就算成功了。

后面是某些名人和国内的企业家。

董洁夫下榻的豪华套间。

秘书把方厚良带进来了。

一向莫测高深的董洁夫也不免微露愠色。来见他的人还没有敢穿着这么随便、这么寒酸的。

方厚良上身是皱巴巴的短袖衫,下身是廉价的脏啦巴叽的牛仔裤。人跟衣服不配套,整个一股土包子赶洋潮的劲头。这身打扮进号称五星级的豪华宾馆,比赤身裸体还要尴尬。要命的是他的自我感觉

还不错,身子前倾,脑袋前探,迈着大步,大模大样地先问候:

"董老板,您好!"

董洁夫端坐不动,用手指指对面的沙发。

方厚良只好省去握手礼,又退回去坐在自己应该坐的位子上。

方厚良拉开架势准备长篇大论地介绍中国一年一度的隆重的电影百花奖和金鸡奖颁奖大会的重要地位和伟大意义:

"董先生,我不说您也懂。电影双奖……"

董洁夫摆摆手打断了他的话:

"你们的信我看了。参加颁奖大会当然要拿赞助了!"

"您去了就是最大的赞助。一千万、一个亿,也没有这份感情重!"

董洁夫第一次露出一丝笑意:

"你很会说话嘛。可你要知道,我是体育界人士,不是文艺界人士。"

"文体从来不分家。您以为我是什么人士?我写过小说,当过编辑,拉过小提琴,弹过钢琴,也练过几年武术。现在就给您打一套拳,要不您会认为我吹牛。"

董洁夫不动声色。他怀疑自己的耳朵听错了。要不眼前这个人就是二百五或者疯子。

方厚良果然起身摆势,耍巴开来。

董洁夫看不出这是哪路拳脚。有些动作不够地道。但有一点可以肯定,方厚良不是骗他,确是认真练过拳脚。

方厚良收住姿势,气喘吁吁,鼻头沁汗。

董洁夫:"方生,你是个人物。好吧,我参加你们的颁奖大会。"

秘书走到他身边提醒:

"北京不是请您去参加一个重要的活动吗?"

"辞掉。接受方生的邀请。"

方厚良突然起身一躬到底:

"谢谢董先生!"

董洁夫等财界、政界、文化界的名人给获奖的电影明星颁奖。明星们高举奖杯表示欢乐。

乐声震耳,举场喧哗。观众在争睹和议论电影明星的相貌、风度和服饰。

文艺演出开始。

如群蛇扭动的流行歌曲大联唱。观众疯狂的掌声和呼叫。

主席台最后一排的角落里坐着年近半百的特区文化开发委员会的主任王国楚。他喊住了跑上跑下的方厚良。

"刚才你去接董老板的时候他有没有提起给钱的事?"

"没有。"

王国楚神不守舍视而不见听而不闻的脸与体育馆里沸腾的气氛是强烈的反差。

电影明星即兴表演的小品。

观众发出廉价的阵阵笑声。

方厚良神采飞扬的脸:

"王主任,今天这大会我组织得怎么样?"

"不错。大会是够热闹……你这样大手大脚,我只担心入不敷出。"

任何热烈的场面也不能把王国楚从对钱的忧虑和诱惑的圈套里拉出来。

"王主任,您尽管放心。我保证可以搞到三百万的赞助和广告费,花去一百万,还赚二百万。前后只用了四十天,您还不满意?"

"三百万在哪里?目前我们收到的还不足九十万。大会一散大家都走了,你往哪儿要去?"

"跑不了,我分分钟都能拉到赞助。我们从抢到筹办这个颁奖大会的那一天起,就分分钟肥。这您还不明白?"

王国楚眼里闪出一丝亮光。但转瞬间即逝。这老夫子模样的人似乎是穷怕了,穷疯了,钱不攥在自己的手心里就感到不牢靠。方厚良的大包大揽也不能使他完全放心。方厚良什么时候对什么事情都是这么大包大揽?

小提琴声如江河澎湃。独奏者也竭力想把乐曲的意境淋漓尽致地表达出来。大厅里的气氛还是冷落下去了。如今的许多人喜欢轻浮和粗俗。

方厚良仍坐在出场口旁边的离独奏者最近的一把椅子上。脸是苦恼的,眼睛是明白的,盯着演奏者清丽的侧影。

方厚良陪着几个被众多崇拜者娇宠坏了的一批文人骚客走进音乐厅,轻松自在中透出一种肤浅的傲慢和玩世不恭。

琴声钻心,琴声撩人,像一只仙女的手在抚慰他,在清洗他的灵魂。她本人比琴声更美,美得轻灵、飘摇。这乐声这姑娘,只有天上才有。胆气往喉头冲撞,他脱口而出:

"我要娶她做老婆!"

前排的人回头瞪他。这卑俗的疯子玷污了这剧场这音乐这拉小提琴的姑娘。

坐在他身边的作家、编辑们都不吭声,不看他。好像不认识他,不屑于看他一眼,尽管他们的票都是他出钱买的。

他希望自己的话能出效果,要么得到响应和赞赏,要么得到嫉妒和嘲笑。这些平时令他忌羡的被生活厚待的文人们无声的蔑视令人愤愤然! 他侧过脸去,对着他们又加重了语气:

"你们信不信? 我一定要娶她做老婆!"

"神经病,你嚷嚷什么?"《星》杂志的编辑推了他一把。

"好,你们等着瞧吧。"他举起节目单在雾一般的灯光下辨认着小提琴独奏者的姓名——"辛愫"。他自信今生今世不会再忘记这两个字了,便气哼哼地离开座位,走向剧场的边门。

观众的眼睛聚成一束强光在追踪着他。直到他那肮脏的背影消失在边门口。

跟他一起来的那几个雅士松了一口气。公共场合跟他在一起实在丢人。但,他是他们的笑料儿和冤大头(老是在为大家花钱上逞能的傻瓜)。

"他一准儿是去打听那姑娘住在什么地方。"

"他的神经的确有毛病……"

"没有人会怀疑这一点，包括今天在场的所有观众。"

他们议论方厚良比欣赏小提琴演奏更开心。

"这小子一阵火攻心非要当作家不可。等了五年，废稿存了一麻袋，没有一篇能够发表，'方厚良'三个字也始终没有印成铅字。"

"你这样说不亏心吗？人家跟你们沟通了五年的关系，每月至少请你们吃喝一次。你们就不觉得欠他的情？"

"这更说明他是个妄想狂，而不可能成为真正的作家。"

第二天，方厚良举着一束从百货店买的塑料花敲开了辛愫家的门。天赐良机，家里就她一个人，也许他早就打探好了。

"辛愫小姐……"这称呼在北方还不大流行，把阅世不深的小姑娘叫得满面通红，不知该答应一声还是该把他赶走。

"你是谁？"

"我是您的崇拜者方厚良。您的琴拉得太好了，我想认识您。"

他把花束送上。辛愫晕晕乎乎，手足无措，只好让他进屋。她从小就被泛滥成灾的溢美之词浸泡着，娇惯她的多是熟识的亲戚、朋友、老师、同学、同事以及热情而又含蓄的观众。像方厚良这样一个陌生的大胆的男人赤裸裸的恭维还是头一次碰到。乍一看他是那么不讨人喜欢，相貌中下等，皮肤粗糙，头发干枯。但他有一副夸张的绅士风度，像演戏。表情却是认真的。他的敢演敢做让人感动而又新鲜。

他几乎不容她开口，老是自己滔滔不绝：

"我生在天堂杭州，爸爸是师参谋长。三岁一进幼儿园就知道人间有阶级，每到星期六晚上不来小车接我就不回家。一九六八年爸爸作废，我只好进工厂当了车工，白天睡觉，晚上喝酒写小说。当作家要有钱，有钱就有朋友，我开过饭店，干过搬运工，每月挣三百多元，工作很累很辛苦。母亲也是高干，死了还不到一个月，我送她的灵车回老家，爸爸就在城里又娶了个小妈，为此我们父子大闹一场。我不反对他续弦,但不能太急迫。太急迫形象就坏了。他骂我是最没有出息的最差劲的最没有用的一个儿子。有能耐就活,没能耐就死!我大哥最早是给爸爸当警卫员出身,现在也熬成了一个不大不小的官。我不承认自己没能耐,而是没有运气。机遇不到,干也白搭……"

男人的初恋,对着崇拜的姑娘,倾泻着胸中的块垒。他讲得眼圈发红,姑娘听得吧嗒吧嗒落眼泪。多半是被他的坦诚所感动。

他感情一转又谈起自己如何酷爱音乐:

"音乐是上帝的事,能拯救我的灵魂,暂时解脱我的痛苦、劳累和种种不幸的不公正的遭遇。"

他拿起辛慔的琴拉了几节《梁祝》。

又打开钢琴盖弹了几下似乎是《天鹅湖》中小天鹅起舞的那段乐曲。

辛慔被他镇住了。他的头脑不像他的外表那么粗俗,很有灵气。不能说他会拉会弹,也不能说他不会拉不会弹。他可能什么都会。他的苦命,他的多才多艺,还有他的真诚和固执都博得了姑娘的好感。

"我可以经常来看你吗?"

姑娘点点头:"我父母不在家的日子才行。"

"我可以陪你去演出吗?散场后送你回家。"

姑娘又点点头。他第二天就可以向朋友宣扬这件事。

四散的人流把体育馆抽空了。

好奇的好热闹的观众又聚集在一号出口的门外,想近距离地更真切地看看董洁夫到底是什么样子。中国大陆有不少关于这位富翁的传说。

也有不少狂热的崇拜者等在门外请电影明星们签名。

一群人簇拥着董洁夫。方厚良抢先一步为他打开门,非常麻利地伸出左胳膊挡在车门的上方,以防车门碰了董洁夫的头。

等董洁夫在自己的车里坐好,他才说:

"董先生,再次感谢您,明天请您吃早茶。"

然后为董洁夫关上车门。

他对所有自己请来的或不请自来的贵宾、明星、名人都这样毕恭毕敬,殷勤周到。今天到场的除去自己掏钱买票的人,哪个没一点名气呢?

王国楚领来一群气质不俗、自视甚高的男女。

"方总,这都是知名作家。兴犹未尽,能不能找个地方请他们跳跳舞,吃顿饭?"

"我听您的吩咐。"

方厚良反应极快地表现出对文学的尊重和热情,依次和作家们握手,对他们光临颁奖大会表示感谢。

作家们自报姓名。有的真吓他一跳。果然是名头响亮。倒退几年吓死他也不敢想象,一次会见到这么多名作家,而且不是他们接见他,是他接见他们。他们不是穷鬼,到了这个地方跟穷鬼也差不多。不敢掏自己那可怜的钱包,或许不情愿花白花的钱,要来敲他的竹杠,用他的钱痛快地玩乐。于是就成群结队地来跟他握手,恭维他:"方总,祝贺你!"

"我们作家协会要是有你这么个人物就活了。"

这些人狂傲而卑微。卑微的狂傲。

方厚良慷慨得像董洁夫一样富有:

"王主任,你带着诸位作家先去龙华大酒店,就提我的名字开个高级单间。我处理完这儿的杂事随后就到。"

"你先给龙华大酒店打个电话,把座位订好。"

王国楚在后面叮嘱。不知是对方厚良的话不放心,还是对自己的办事能力没有把握。

方厚良答应着。眼睛却盯着每一个从一号门走出的人,滴水不漏地向每一个应该打招呼的人点头示意。逆着人流又走回体育馆。

诱人食欲的各色冷盘已摆好。酒杯已斟满。碗碟齐备。服务员们站在旁边无事可干。

作家们还赖在沙发上东一句西一句地搭讪着。好像在等一个重要的人物来了才能开席。

王国楚在打电话,到处都找不到方厚良。

作家们很同情王国楚那焦急的样子:

"这才叫少了狗肉不成席哪。"

"不,是没有财神爷不敢开席。老王大概是口袋里没带钱,吃完了怎么离开这间屋?"

"你以为不吃了,我们就能离得开吗?"

"方厚良算不算文化掮客? 还是叫文艺经纪人?"

"不管叫什么,现在有些地方就是他们这种人的天下。"

方厚良终于来了,一进门就咋咋呼呼:

"小姐,快斟茶倒水。"

餐厅的小姐没有对他表示特殊的热情。

"你对我一点不热情。"他又对作家们解释,"这都是我的部下,双奖大会的专用饭店。"

他一来就把风头集中在自己身上。

"小姐,这几位先生小姐是全国著名作家,全是我的老师,给我上你们最好的菜!"

大家凑上饭桌,可以开吃了。

作家好奇,有人发问:

"方总,你以前是干什么的?"

"写小说,不过没有发表过。出大力挣钱,大大方方地向编辑们送礼请客。有一天我忽然明白了,我干吗老被别人宰? 有道是乱世出英雄,我为什么不竖起一杆大旗宰别人? 于是创办了《文学新星》报。我又是编辑又是作家,写了稿子不必再去求爷爷告奶奶。"

他只喝酒不吃菜。

"你拉赞助有什么窍门儿?"

"人有三分同情心,七分看感情。举办十佳运动员评比,我十七天挣了五十四万元。"

"你拉赞助就像掏自己的口袋那样容易？"

"人之常情，掏别人的口袋比掏自己的口袋容易，花别人的钱比花自己的钱大方。"

"人家为什么会那么容易信任你？因为你长得有魅力？"

"值得信赖的不是脸蛋子。他不爱我，我爱他，给钱就行。广告学是心理学，人类的最高艺术。遇到傲慢的企业家，就要成全他那不可一世的心理。经理如果打扮得油光水滑，你就邋遢一点儿。厂长西装革履，你就穿件破衬衣。见面先讲，不用我多说，你都懂。——不管他懂不懂，你得说他懂。他喜欢什么你就说什么，文学、艺术、体育、麻将、桑拿浴……一句话说岔了壶，钱就没了。"

"包括说谎？"

"广告不夸张，不称其为广告。写作也要想象，想象不是真的。只要夸张有用，何必要真的。光想成为自己就什么也得不到，先把自己卖给对方，才能换回成功。"

他有了酒意。仍旧不吃菜，不吃饭，不喝汤。只是一口一口地干喝酒。他说个不停，也实在没有工夫吃东西。酒喝到这个境界，不用别人提问，他自顾自说下去，想打断他也办不到了。

他需要这些名作家做他的忠实听众。他需要不断地吹嘘自己，鼓舞自己，以支持变态的自信。他貌似喝多了，心里还相当清醒，不说一句损害自己的话。

方厚良领着作家们走进夜总会大厅。

他熟门熟路，一副如入无人之境的大亨的派头。

球灯旋转，像野兽的眼睛。多彩的光线昏暗而昏乱。

狂歌疯舞。扩音器开到最大音量，震耳欲聋。在这里疯狂是最合情合理的。不放纵自己的人才是不正常的。

别人都要了自己想喝的软饮料。

唯独方厚良又要了一听啤酒。

他大胆地邀请作家团里一位最漂亮的小姐随着跳荡的音乐进了舞场，脖子笔直，头高昂，头发狠甩。像芭蕾舞剧《红色娘子军》里的洪常青的造型。

跟他对舞的女作家悄悄问他：

"方总，怎么不把夫人带来？"

"我单身一人。"

"怎么？奉行独身主义？"

"不，三年前我有妻子，是我把她带到特区来的。当时混得不得意的有头脑的有本事无处使的想发财的敢冒险的东北人，纷纷往特区跑。特区有黄金。她的条件只有一个，只要我能把她办到特区，就跟我结婚。我身上只有三千元，带着她到特区来闯天下。她是属于自己硬钻出来的流行歌曲演员，胆子大，敢冒险，找工作比较容易。当时特区正大兴夜总会，最时髦最吃香最容易成名的就是当歌星，只要敢拉得下脸来，敢穿、敢露、敢扭、敢喊就行。嗓子好有好的唱法，嗓子破有破的唱法。广告吹得邪乎点儿，有几个坏小子在台下一起哄，这就算红了。红得快，凉得也快。"舞曲停了，他仍然拉着那姑娘说个不停，男作家们用不怀好意的目光盯着他俩，在猜测，方厚良这小子会不会借着酒劲儿把这群人中最漂亮的姑娘给包了？还是姑娘对他或他的钱袋发生了兴趣？直到下个舞曲响起，他的话仍然接得上茬儿，"来特区的头一年我摸不着门路，工作不顺利。几次碰得鼻青脸肿，真想再回东北。有一次她听说我要被炒鱿鱼，趁我不在就把东西都搬走了，伤了我的心。还有个小白脸插进来，又骗她的钱，又骗她的感情。前年她得了病，子宫摘除。生理发生变化，越来越像个男人，跟她在一起还有什么意思？我们离婚了。"

"为什么不再找一个？"

"现在找个老婆分分钟，爱情是地位金钱的结合。可我没有那份心思，明年要举办国际艺术节和世界时装大赛。成功了也不再干了，不成功就跳海。"

方厚良没有等到触犯众怒，他的故事讲得差不多了，就趁休息的工夫知趣地让出了那姑娘。

作家们纷纷请她下场。

方厚良大模大样地走到台上,跟乐队的人嘀咕了一阵子。

待一曲终了,歌女小姐为他报幕:

"下面请方厚良先生献歌一曲《草原之夜》,大家热烈欢迎!"

他决不扭捏,甚至大方得有点做作。

声音嘶哑。许多地方音调和拍节都唱得不准确。舞迷们无法起步,只好静静地欣赏他的歌喉。

他的动作和表情都十分放得开。他是中心,但更像一个被社会抛弃的人,孤孤单单。

不等他敲门门就开了。辛愫显得很紧张,抽抽鼻子。溜出门口,轻轻掩上门:

"你身上这么大烟味儿? 我不是告诉过你了,我妈妈最讨厌烟鬼。你就不能戒这一天?"

方厚良一派新潮文人的放浪气概:

"你是一个地道的不成熟的傻妞。烟味儿和酒气正是男人的味道,这味道能刺激真正的女人。"

"你今天又喝酒了?"

"没有,这不是等着你们家喝嘛!"

他很自信,似乎认为拜见未来的丈人丈母娘不过是一种不能少的形式,不会对他和辛愫的恋爱关系有什么实际的意义。他就盼着办完这道手续结婚哪。

辛愫无奈,只好放他进去。

屋里酒菜已摆好,可见人家对他这个女婿是很满意、很重视的。他更加有恃无恐。

辛氏夫妇从里屋走出来,一见他微微一愣,勉强抑制住对他的失望和厌弃,他和辛愫站在一起,只要不是瞎子,都会感到不舒服、不般配。

几句礼节性的寒暄之后进入实质性的谈判。

辛母摘掉围裙,大概不想留他吃饭了。

辛父先问：

"你在哪儿工作？"

"作家协会。"

"你人事关系在哪儿？"

"还在工厂里。"方厚良只能说实话。

"噢……"

辛父的这一声"噢"大有学问。方厚良才感到有点不妙，浑身不自在。对面是一对老正统，那么看重人事关系，却不看重他这个活人。他点上一支烟，想借烟雾提高自己的质量。这下更糟了，辛氏夫妇的脸板得更僵硬了。

辛母问："你多大年纪？"

"二十七岁。"

"是吗？看上去像三十七岁。"

方厚良自知身上不会再有一点好地方能让这两个呆板的工程师喜欢了。

"你现在做什么工作？"

"当编辑。"

他骄傲地从书包里掏出一张刚出版的《文学新星》报递过去。辛父随便一翻，仍想往死里打击他："是小报啊！这跟'文化大革命'中的野报不是差不多吗？"

真是话不投机啊。谁也不想再说什么了。

辛母用手驱赶着方厚良吐出的烟雾。

辛父清清嗓子，郑重其事地下最后通牒：

"方厚良同志，我的女儿年龄还小，精力要用在音乐上。你是明白人，请你今后不要再纠缠她。"

方厚良讨厌"纠缠"这两个字。但没有办法，的确是他找的辛愫，而不是辛愫追求他。

辛父又命令自己的女儿：

"辛愫，开门送方同志走。今后不许再打扰人家！"

说完话夫妇俩一块儿进里屋去了。

方厚良像僵尸一样怔住了,身上的血液也不再活泛。他还有最后一线希望:

"辛愫,你的态度呢? 只要我们两个好,谁也管不了!"

辛愫哭了:"我得听爸爸妈妈的。"

她哭着也跑进了自己的房间。

方厚良的脑子一下子被掏空了,他可怜自己,鄙视自己,真想一头在桌角上撞死。此时此刻他突然意识到自己非常爱辛愫,看着她就有股圣洁的感情流遍全身。她却不懂也掂不出男人感情的分量,只知道服从父母的安排。

他气急败坏,掀翻了饭桌,摔门而去。

方厚良和王国楚清晨六点钟就坐在餐厅外面的沙发上恭候董洁夫。

王国楚:"他不会起这么早的。"

"他每天五点钟起床,打拳练功。七点钟吃早茶。我研究他比研究我爹还下工夫!"

方厚良点上烟。他的与众不同之处就是该自卑的时候他自得。他品质粗浊,却粗中有细。

看得出,王国楚并不喜欢方厚良,却又不得不依赖他。有时还驾驭不住他。

"老方,你不是不知道,咱们这个文化开发委员会是清水衙门。不,是空衙门……"

"都不是,是自己创建的经济实体。灵活多变多功能,最符合时代潮流。"

"不管叫什么,这次借双奖大会如果不能搞到钱,就得关门。连《大文化》杂志也得停刊!"

"要不来钱我就得死! 王主任,我不会拿自己的小命开玩笑。"

方厚良的眼睛一直瞄着电梯。

他心里也很清楚,像王国楚这种呆板的老夫子不会喜欢他。但王国楚喜欢钱,没有钱他就不是"王主任",《大文化》的主编也当不成。在他走投无路的时候王国楚收留了他。他现在既能保住王国楚,也能倒王国楚的台。两人都把自己借贷给险恶的游戏了。他吃别人,深知自己也是一道菜,早晚也会被别人吃掉。所以经常把死挂在嘴边。

七时已过。电梯一有响动,两人都转过脸去。就是不见董洁夫人影。

方厚良仍滔滔不绝,稳住王国楚,也稳定自己:

"《大文化》这个刊名太好了。如今是文化热,企业文化,体育文化,酒文化,茶文化,穿文化,烟文化,衣食住行吃喝拉撒睡全是文化。你说,我们什么钱不能赚呢?"

"你什么都行,无所不能。"王国楚有点着急。五点钟就往这儿赶,人也没见到,肚子也饿了。

"在这个地方就得行,不说行就没有饭吃!"

"你倒说实话。"

"我一生的胜利全在于说实话,命运和真诚。"

"天马行空,地心游记的事先别谈。今天跟董洁夫提不提要钱的事?"

"这事包在我身上。"

七点五十分。

方厚良也坐不住了。王国楚跟在后面来到客房部,上司反倒成了下级的随从。

方厚良问服务小姐:

"董先生还没有起床?"

"刚走。"

"到哪儿去了?"

小姐摇摇头。她们不可能知道。

方厚良蒙了。王国楚急了。

"董先生把房子退了？"

"退了。"

方厚良急眉火脸地拿起电话：

"接市府总机……总机吗？接周市长的家。周市长的家吗？我是全国电影双奖指挥部，请市长接电话。……到哪里去了？我有十万火急的大事要汇报。……在什么地方？谢谢。"

他放下电话对自己的上司下命令：

"市长请董先生在醉仙阁吃早茶。您先去醉仙阁等候，我去海关安排一下马上就赶去。"

方厚良和王国楚一副穷酸相，又守候在醉仙阁的前厅。饥肠辘辘，四只眼不放过每一个从餐厅里出来的人。

九点四十分，周市长陪着董洁夫终于露面了。方、王急忙起身相迎。

董洁夫微微一怔：

"你怎么在这儿？"

"为您饯行。"

方厚良抢先一步出门，还是老一套，替董洁夫开车门，用手挡在车门上方。

一个不小的车队直奔海关。

方厚良让自己的司机跑在最前面引路。

车到海关。方厚良先跳下车。仍用老办法侍候董洁夫下了车，海关贵宾室的门已经打开，水果、香槟酒早就摆好，一队年轻姑娘含笑迎候。一个国王过海关也不过就是如此。

方厚良："董先生，您稍事休息。您的车免检。"

董洁夫笑了："好，小方，你很有办法，很会办事。下周三到香港来找我。"

方厚良去看望演员。

女演员们都凑过来。他心气浮荡，故意大声吩咐自己的手下：

"小李,要按最高规格给这些小姐们开报酬。你明白我的意思吗?"

小李点点头。他又催促:

"你立刻就去落实我的指示。"

女演员们也不一定就真的把他当碟菜,却说一些让他爱听的话:

"方总,你昨天晚上到哪儿去了? 跳舞的时候到处找不到你。"

"对不起,我实在太忙了。今天下午有一座超豪华饭店和一个老干部的书画展同时剪彩,是华飞集团赞助。需要四位小姐到场即兴表演几个节目。谁愿意去捧场?"

一时无人应声。气氛颇为尴尬。

四位看上去还比较持重的演员替他难受,报名愿意去补台。

方厚良向四位小姐每人一鞠躬:

"我本人感谢你们,我代表华飞集团感谢你们。华飞为你们每人准备了一万元的奖品,一台二十二寸彩色电视机,一条金项链,一台冰箱,还有其他一些小礼品。"

报名的吓傻了。没报名的气傻了。

一座孤零零的奶白色的房子,招牌做得很大——"国香饭店"。里面装修得还算典雅。挂着几十幅中国字画,只能说是中国毛笔字,是中国画,是附庸风雅的劣品。

来庆贺的人品头论足,煞有介事。

方厚良的皇冠车在离饭店五十米的地方停下。他从车里扶出一个老人。

"爸,您仔细看,这是我的饭店,用我妈妈的名字命名。别人不知道,还认为这名字挺不错,又有中国,又有香港。您的画展就在咱自己的饭店里开张,别人不给您办画展,您的儿子给您办! 我没有能耐,十年不敢见您,就等这一天。"

其父突然老泪纵横。

方厚良也眼睛发潮。随即脑袋一抖:"好,您这一哭,人生的境界就立起来,现在我成了您素质最好的最棒的最有用的一个儿子。"

父子俩走进饭店。

香港。

方厚良完全换了一个人。一千八百元一身的西装,八百元一双的皮鞋,经过美容,脸上放光。

王国楚也是一身新打扮,显得更板,更僵了。鼻尖冒汗,带着怒气催促方厚良:

"快去吧,到点了!"

方厚良却端着大老板的架子:

"别着急,我早算计好了,从这儿坐出租车到董洁夫的办公楼只要五分钟,上楼一分钟。我们十点钟出发,到他那儿晚六分钟,正好。"

"他约定的时间是十点整。"

"对,我们就是要晚到几分钟。"

"你又自作聪明,见他的人有敢晚到的吗? 他一生气,我们见不到他怎么办?"

"今天我保证能见到他,还要把钱拿到手。人生就是戏,以前他演,今天该我演了,谁演明白谁就胜利。"

"你明白吗?"

"我分分钟明白。"

他们果然在十点零六分的时候敲响了董洁夫的办公室的门。秘书开门:

"老板还没有回来,请你们二位稍候。"

他们被让进会客厅。

王国楚焦急而又紧张,以为大事被方厚良这小子弄坏了。

方厚良见秘书出去了,便小声对上司说:

"他在跟我们玩儿游戏哪。他哪儿也没去,就在旁边的屋子里。"

"你怎么知道?"

"他按时等我们,见我们迟到了,他也要摆摆谱儿。这个社会的本质就是假,活着却没有真和假。演得好假的也真,演不好真的也假。"

"他要是不见我们怎么办?"

"秘书给他送信去了,马上就出来。他会叫我们也等他六分钟。"

他话音刚落,董洁夫穿着一身运动衣出现在门口:"方生,你今天打扮得好漂亮。"

"不瞒您说,我是文委一个普通工作人员,混了半辈子就这一身衣服穿得出来。过年过节就连见我爹也舍不得穿。"

董洁夫笑了。是笑他实在,还是笑他一张嘴仍然吐不出象牙?

"小方,你觉得我应该给多少钱?"

就这么痛快。仿佛董洁夫一看他这身打扮就知道他是来要钱的。方厚良不假思索就说:

"这次双奖的最高赞助是七十五万元。可口可乐公司。您给七十八万元,多三万,占个第一!"

"我再给你私人三十万。"

"谢谢。我是国家工作人员,您的心意我领了,钱不能要。"

"您要哪个银行的?"

秘书端上一大摞精致的账本。"英国、瑞士、法国、日本……"

"我要法国银行。它就在这附近,我们取钱方便。"

董洁夫为他开了一张七十八万元的支票。

钱到手急忙告辞。

两人来到大街上,王国楚迫不及待地埋怨方厚良:

"你要的太少了。就是开价一百万他也会给的。"

"他们的钱不是好要的。要放长线。"

他们是社会的骄子,还是像一粒尘埃在这个花花世界上随风飘荡?

繁华的香港大街一会儿就把他们吞没了。

1985年9月

更　年

　　在邻居的眼里眼下正该是她最得意的时候。到了生命的收获季节,往后光等着享福了——她却常常想到了死。她没有说出来,不想吓唬别人,也不是吓唬自己。她想到死的时候一点都不感到害怕。只觉得一阵轻松,一种温暖,一股莫可名状的对别人实施报复的快感。

　　要报复谁呢? 竟然对自己的生命没有一点留恋。

　　屋里烟雾浓得能用菜刀切割。四个男人四只烟筒。一下午她倒了两次烟灰缸,男人们仍然给她扔了一地烟屁股。电磁阀被拆得乱七八糟,摊了一地。工具横七竖八随手乱丢。脏棉纱,烂电线,家不像家,工厂不像工厂。她推开窗户,烟雾像水流一样被室外零下十几度的寒温抽走了。这个举动明显地表达了她的反感。但男人们慢慢腾腾津津有味儿地摆弄着电磁阀,大卸八块,修修换换。嘴也不闲着,抽烟喝茶高声说话。不看她,不理会她的不满和反抗。她又拿起扫帚,从里到外挨排儿扫一遍。扫到男人脚下叫他们起身,扫到有障碍的地方她自己把电磁阀零件搬开。这表达一种更强烈的愤懑。男人们却想到别处去了。

　　挂着工程师的头衔儿却宁愿像工人一样到处干私活儿挣大钱的吴宗奇说:"在你们家干活又舒服又痛快。梁子,你就当我们这个地下小工厂的厂长吧。"

　　"玩儿去,谁是地下? 咱这是官的!"她的丈夫伍友仁急鼻子快眼,一进自己的家门就长能耐,嘴里不带个脏字不说话,不吵架不说话。一出去狗脸就换成绵羊头,比武大郎还窝囊。她死看不上他这一点。

他身上能有哪一点能被她看得上呢？正因为人家不拿他当人，又眼馋他的老婆，至少是对他老婆怀有一种隐秘的欲望，才揽了私活儿到他家里来干。管烟管茶有时还管酒管饭，有个女人在旁边伺候着，干完活儿分钱的时候一点不少分，伍友仁一分钱也不多拿。到哪里去找这么美的差事？

正因为丈夫摆不出去，被人瞧不起，她才这么逞强卖傻，心苦面笑。她必须撑起丈夫的脸面。大家果然都很给她面子，对伍友仁一阵阵莫名其妙地犯性不予计较。伍友仁一九六〇年度荒的时候也曾参加过一个地下包工队，凭技术捞点外快填肚子。"四清"的时候游街、挨斗，差点没把屎给折腾出来。他这一辈子沾光就沾在是个电工上。如今也是干私活儿，却成了官的。

年纪最大的老八级电工孙万成是全厂电工界的活历史，知道所有人的伤疤，喜欢往别人的伤疤上擦红药水："伍师傅说得对，现在不分官的私的了，官的是私的，私的是官的。上班养，下班抢。票子眼看就要变废纸，不干点私活儿，不找点外财，光靠工资连喝凉水都不够。"

张永强起身又把窗户关上："梁子，你太爱干净。"

听不出这是赞许还是不以为然。

"梁子"——三十年前她初中毕业迈进工厂的第一天就落了这么个说外号不是外号说名字不是名字的称呼。如今儿女都二十多岁了，自己也病退不上班了，她还活着就剩下一件大事——等死，仍然还是"梁子"。她也说不清是感到亲切，感到伤情，还是感到恶心？

看这四个男人磨磨蹭蹭的样子，今天晚上还得管饭。伍友仁只要一有机会就要在同事面前摆摆一家之主说一不二的慷慨的大丈夫气概。既然在他的家里干活儿，大家就得往他这儿奔，围着他转。他说话就占分量，好像他就是头，赔点吃喝也值得。她当然知道丈夫的这种小心眼儿，但不能点破。别人也未必就不知道，落得合适憨厚，成全伍友仁这个大傻瓜。他们不抬屁股不说走，装傻充愣，好像忙得连天黑了也不知道。她不是疼钱，相反倒一阵阵恨钱。实在是怕麻烦，烦透了！

她系上围裙。不管心里多烦也得顾全大面子。再说自己的一家人也得吃。里出外进地忙吧。

隔壁的王师傅下班回来了,放下自行车推起三轮车,三轮车上放着一筐橘子,一筐香蕉。马不停蹄,乐颠颠地往外赶。

"伍婶儿,做饭哪?"

"做饭。给王娘送货去?"

"哎,把她替回来歇歇儿。你们家总是这么热闹!"

王师傅一面有心无心地跟邻居搭话,一面小心翼翼地推着三轮车,以免碰了别人家的东西。这是老城区老住宅,在"保卫"之列不在"改造"之列,里面住着地地道道的老户市民。几百年几十年下来,生命不断繁衍,家庭像吹泡一样地膨胀,房子却是死的,不能随风长,因而各家各户都很拥挤。邻里之间的空间被挤得不能再小了。各家又随心所欲地在自己门前垒起一两个小屋,做饭、盛煤、放杂物,并形成自己的势力范围。土盆、尿盆则要放到自己的小圈子外面,不能污染属于自己的天地。因此各种不同形状不同质量大小不等的盛脏土的盆和各种颜色的凉的冒着热气的尿盆,像地雷一样布满曲里拐弯高高低低错落无致死角很多颇具神秘的院子,大家挨得很近,又隔得很远。谁家有什么事情甭想瞒得住别人。你盯着我,我盯着你,他比着你;互相客气,互相较劲,互相帮助,互相算计。这是一种非常复杂的亲和关系。风水轮流转,她羡慕王师傅的精明,以老伴儿的名义办了个执照,在马路边摆水果摊,赚钱多赚钱快,又省心省力。

"嫂子,又做什么好吃的了?"对门的老二端着个大铝盆走进院子。

"十冬腊月,有什么好吃的。你今儿个这么喜相一定赚了不少。"

"那也赶不上你们,天天请客,发了!"

老二嬉皮笑脸,不回自己的屋倒凑到她的跟前来:"你跟伍师傅说说,让我也跟他们掺和掺和行吗?"

"你是泥瓦匠,能修得了电器?"

"打个下手,干干力气活儿嘛。"

老二的媳妇嗑着瓜子从屋里走出来,对丈夫说:"去,做饭去,我歇一会儿。"

她扭进伍家领地,很神秘地凑到她的耳边小声说:"梁姐,你听说了吗?"

"什么事?"她把剥下来的葱皮丢进自家的土盆。

"咱们这一带出了个大妓女,在黑道上名气很大,一宿要三百块。外号叫'大凉粉儿'。"

老二媳妇那双冒精气儿的小眼在她脸上身上剜来剜去。

她身材很高,白白胖胖,一直是这个三号院里拔尖的人物。老二媳妇的贼眼看得她很不自在。这个烂嘴角的娘儿们肚子里不会有好杂碎。如果邻居们背后敢说她什么,也都是叫屋里那几个男人惹的。

第一个发神经病的是吴宗奇。他明知是伍友仁到工厂上班的日子,也一个人颠颠跑来了,连说话的腔调也变了:"顺梅,顺梅。"

一开始她没有意识到这是在喊自己。几十年没有人这样称呼她了,她几乎忘记了自己的名字。连自己的丈夫在人前人后也都是一口一个"梁子"。她刚进工厂的时候被分配做伍友仁的徒弟,正是这层关系才让他占了便宜,癞蛤蟆咬住了天鹅。他不会这么温柔,即便是拿腔捏调的温柔也好。他每天下班进门来先喊一声"梁子",跟着就要茶要烟。如今挣钱多了,赶上发工资或干私活儿分钱的好日子,就像皇上的二大爷回宫,把钱往她手里一摔:"快,给我弄俩酒菜。"几十年来只有他把工资如数交到她的手上的时候她才有点动心,有点感激。

"顺梅——"

她一激灵,开了门。见院里多事的娘儿们也在扒头探脑,便提高了嗓门:"是你啊,今天不是不干活儿吗?"

"非得干活儿才能来?"吴宗奇不仅没有为她迟迟不开门生气,反而笑得很甜。一坐就是大半天,什么都谈。

"真是人生如梦,想想你刚进厂的那会儿,就跟昨天似的。你打篮球,演节目,是全厂最活跃最漂亮的一枝花。许多名牌大学毕业的技术员都在打你的主意。谁也没有想到伍友仁先下手为强,用最简单最原始的办法轻而易举地把一个明星就抢到手了。技术科的书呆子们听到你结婚的消息都傻了,又后悔又惋惜……"吴宗奇两眼放光,流露出理解、同情的激动。他打扮得那么整齐,大老远地跑来就为了叙旧? 他的声调和神态很有教养,跟往常来这儿干私活儿的样子大不一样。

梁顺梅突然想哭,心里好不是滋味。她克制着,有一句没一句地应付着:

"你爱人也不错。"

"现在老得无法看了,一脸黄褶子。我老跟她说,人家梁子为什么总是那么年轻?工人们也常向老伍提这个问题。你猜他怎么说?我的水儿好,你们谁不信就叫你老婆跟我过半年试试。"

他讲粗话没有一点不好意思。心里感到不舒服的是梁顺梅。

"说到底还是老伍命好,只是太委屈你了……"

梁顺梅哭不得恼不得。不管丈夫多么不是东西,她可以恨可以骂,不许别人当着她的面不拿伍友仁当人看。这不是可怜她。而是轻视她。吴宗奇和她和伍友仁在一起工作了几十年,谁是怎么回事大家太清楚了。吴宗奇说的还算客气呢,她无法反驳他。她的儿女都不把伍友仁当人,有时气不过就当着他的面儿跟她抱怨:"妈呀,你怎么给我们找了这么个爹啊?!"

隔了两天,一向老实庄重、有老师傅派头的张永强也趁着伍友仁不在家的时候来了。同样是站在门口捏着嗓子喊顺梅。这些五六十岁的老家伙都发神经病了?保管又喊得全院儿的人都探脑扒头。正赶上在家的女儿都很反感:"这是谁呀,怎么喊你顺梅?"她开了门,先对一本正经的张永强发表声明:"张师傅,您还是叫我梁子吧。"

严肃的张永强好像也是来跟她谈心的,没想到孩子在家,那就先从孩子开刀吧。

"多亏这两个孩子不像老伍,都像你。"这也是在骂老伍,听起来像捧她。

"为什么厂里不给你调房子?为什么抓着老伍一点茬儿就扣他的钱?你太好强了。大家都觉得老伍活得太省心太美了,从头头那儿就炉忌他。如果你们两个倒个儿，别说是一间房，就是多要两间，头头也不会驳你的面子。"

伍友仁也实在不争气，在下面能耐挺大，狗脸说翻就翻；见了头头就腿肚子转筋。他一辈子没当过官儿，比如班组长、工会小组长之类的芝麻绿豆大的官儿也没当过。生平只当过一回师傅就捞到了她这么个大美人儿，又毫不怜惜地把大美人儿揉搓成人老珠黄的老娘儿们。他在正经八百的动力车间干得好好的就被调到了低人一等的家属工厂当电工，成天跟一帮老娘儿们打交道。一开始他没脸跟老婆讲，等梁顺梅知道了，已经无法补救了。平时他在厂子里受了气，比如该长工资的不给他长，不该扣奖金的又扣了他的；出了点事故或违反了劳动纪律，大家都有份儿，头头捡软的捏唯独处理伍友仁；都是她到厂里为丈夫打抱不平。每次头头们都很给她面子：他的工资长上去了，扣的奖金交给她了，该处罚的事不了了之了。伍友仁在人们眼里的分量就更轻了。头头们一想她了，就欺负老伍。用他们的话说，一打狗主人就来。真的假的对女主人调笑一番，解解闷儿，开开心，再把狗放了。为房子问题梁顺梅真的豁出去了，儿女都大了，四口人住在一间老房子里太不像话了。她舍脸一趟趟找头儿，求情，送礼，忍受头头那不怀好意的目光一次次往她肉里钻。到头来厂子里不仅不把伍友仁当人看，也把她耍了！她太累了，太苦了，太可怜自己，瞧不起自己了。

他们三个好像商量好了，老伍不在的时候孙万成也往这儿跑。当然不敢叫"顺梅"，假装疯魔地喊"伍师傅"。梁顺梅不把门全打开，开得能看见脸了就告诉他老伍不在。老头儿仍然往里挤，说话声音很高，喷着唾沫星子，一片真心真意："梁子，我们成天在你家里麻烦，不如你也跟我们一块儿干，分钱的时候有你一份儿。"

"我干不了！"她躲避着孙万成的唾沫星子，身子往后一闪门就全开了。孙万成趁机跨进屋子。

"你干得了，你的技术不比伍师傅差。"

"我不干，为了那几个臭钱我这个家还要不要？"

儿子带着女朋友回来了。还没有过门就天天长在她的家里，星期天的两顿饭和每天的晚饭是非来吃不可的。如果房子宽敞还会睡在这里。她本来不同意这门亲事，这姑娘小鼻子小眼儿，不像是有福气的样子。在一个中外合资的宾馆里当服务员，宾馆里有什么就往未来的婆婆家里拿什么，卫生纸、小香皂、牙刷等等。这算什么玩意儿呢？后来女儿也交了男朋友，一比较还不如那个手脚不干净的服务员。女儿长得跟她年轻的时候一模一样，也称得上是百里挑一的人尖儿。高中毕业没有考上大学，能考上大学才怪哩！一间屋子半间炕，伍友仁只要一进家，白天打开收音机听评书，天一黑就打开电视机，从儿童动画片一直看到第二天节目预告，孩子们无法复习功课。女儿在家蹲了一年多，没有办法到家属工厂当了一名熟练工。她的男朋友是同组的工人，一没技术，二没铁饭碗，三没长相，比她矮半头，还不如当年的伍友仁。伍友仁好歹还是个正式电工。梁顺梅的希望全在儿女身上。儿女还不如她，再指望什么呢？

就这一间屋子，儿子结婚怎么办？女儿八成是跟那小子睡了觉，铁心铁意。她百般劝阻，女儿又哭又闹，最终也没能拆散。这些事都得她操心，伍友仁什么也不管。以前她认为自己能把这个家撑起来，现在却感到撑不动，也不想撑了。

儿子及未来的媳妇，女儿及未来的女婿，帮着她把饭菜做好。支起饭桌，屋子里就满满当当无法转身了。孩子们打开电视机，地下工厂的男人们喝酒说话。看电视的嫌屋里太吵把音量开到最大，说话的嫌电视太吵把嗓门全部放开。热闹红火，就差把房盖顶开了。

电视里正是年轻人崇拜的歌星们在歇斯底里，他们的歌声被严重地干扰了。女儿是刺儿头，首先抗议："你们说话能不能把调门定低点儿，还让不让人看电视？"

有了酒意的张永强也失去了长辈的尊重："这像跳大神，有什么好看的。你没听人家说嘛，报纸上胡说八道，电影里有玩儿有闹，唱歌的穷喊乱叫，电视上亲嘴睡觉。"

"让我走，如果我真的能拂袖而去，那是一种解脱与突破……"电视里在唱。

"西郊有一个养鱼专业户被抢了,一家四口人的脑袋也被割掉了。乡镇企业家带着手枪,雇了保镖。农村里又出了蒙面大盗,谁家有钱就去抢谁!"男人们在说。

"……生活毫无意义,我只能沉默不语,让我走吧,我应该速速离去。"

"我弟弟跟他们科长到南方出差,半夜有人敲门,开开门进来两个女的,脱了衣服就往他们被子里钻。他们两个跑到楼道里坐了一夜。旅店里也不管。"

……

梁顺梅吃得不多,话说得更少,没有笑。只是有心无意地看着,听着,想着。看也不想看,听也不想听,想也想不出什么眉目。就是两个字,"烦"和"乱"!

男人们总算喝足了吃饱了。那三个男人想起自己还有个家,心满意足地都走了。孩子们急不可耐地帮她收拾完碗筷,也双双对对地出去了。在这间屋子里你瞪着我,我挨着你,怎么谈情,怎么说爱?

屋子里一清静,伍友仁立刻拉上窗帘,关上电视,拉开被子。疙里疙瘩的脸被酒精浸渍得红里透紫,催促着梁顺梅:

"梁子,快点!"

她越来越烦恶这种事,他却越来性越大,好像活着就是这两件事,白天赚钱,晚上赚老婆。钱挣多了,干老婆的次数也增多了。他从挣钱中得到乐趣,老婆又是他有了钱以后的最主要的消遣物。不答应他还不行,摔壶打碗,骂大街,打孩子,没完没了地跟她闹别扭,直到她想起自己是他的老婆,必须尽义务,让他得到满足。

"这会儿我不舒服。"

"刚才还好好的,怎么我一想干好事你就不痛快?我一压你就舒服了。"

"这么大岁数了,你能不能少来两回?"

"我能干,这是你的福气。好多像我这个年纪的人早就顶不下来了。吴宗奇就是一个,别看脸长得白,底下戗不住,到较劲的时候真使劲,真没劲,气得他老婆用火筷子捅他。"

她唯一的出路就是躺下去,闭住眼,闭住嘴。别看丈夫那张脸,别闻他那满嘴的酒臭。想想那些烦心的事,随他去折腾吧。

"你知道吗?这次活儿干完了每人可分到一千块!"这个时刻伍友仁为自己感到骄傲,尽情享受男人的快乐,舌头也变得灵便了,"怎么样,你老头儿有劲吧?我跟你干得次数越多,就说明我对你越好,没有外心。这年头只要有钱,大闺女小娘儿们有的是,随便玩儿。"

他狠吸一口烟,猛地往老婆脸上一喷。梁顺梅被呛,一阵咳嗽,全身颤动。一摊冻猪肉立刻活了,有生命了,温暖了,变成一条颠簸晃动的小船。伍友仁在上面冲动起来,被推向快乐的深渊,美得直叫:"再咳大点劲儿! 这一手绝不绝? 就得用这个办法治你。"

"你要死啊!"梁顺梅气坏了。

"我是要死了,美得要死了! 你这身肉太好了,就像一团大凉粉儿!"

梁顺梅突然睁开眼:

"你刚才说什么?"

"我说你像大凉粉儿。"

她猛然抬身,把伍友仁掀掉,然后穿上衣服冲出了屋子。

"梁子,你干什么去?"

她不会搭腔,也不会回去。

外面很冷。她专捡黑的地方走。她没有想也不知道该到哪里去。双脚却带着她不顾一切地向黑乎乎的海河扑过去。

谁家的电视里又传出《让我走》的歌声。

任凭眼泪哗哗地往下流,凉森森地冻在脸上。她真想痛痛快快放声哭一场。谁怎么她了? 她就是感到活得冤。

伍友仁所有对不起她的事情全想起来了。

1986年2月

苦　夏

　　他想通了——续弦！为什么不续？五十岁正是如狼似虎的年龄。他答应了介绍人，今天晚上就跟女方见面。一旦决定续弦似乎一刻也熬不住了。妻子是去年春天去世的，他居然熬了一年多才决定再结婚，在当今社会已经相当了不起啦。他不敢说妻子一死自己的心也死了，只有像马克思和燕妮那样伟大人物的爱情才能那样说。他只能说有妻子在，他的家像个过日子的样子。妻子不在了，他大病一场，残破的家由他的上高中的女儿支撑。如今女儿到外地上大学去了，他才真正体味到什么是凄凉和孤独。别看世界挺热闹，人口爆炸。这种火爆不属于他，人越多相互越仇视，隔阂越大。别人热闹你冷清，才更惨。要准备一下，上街买点东西，至少要给自己买身衣服，买点糖果之类的招待客人的东西。家不再像家，或者说没有女人就不算家，不论大事小事，事无巨细，全得自己操心自己操办。活着不容易。得，别又来这一套，今天是好日子，开始新的生活，进入第二青春期。要打起精神，带上钱，带上提兜，连散心带采购。过个了不起的构成大转折的星期天。先奔百货大楼，先买那些重要的非买不可的东西。

　　空气又黏又热仿佛用手都拨拉不动。更黏更热更拨拉不动的是人。大街上人挤人，人撞人，人不拿人当人，一片混沌的肉色。这座他生活了几十年熟得不能再熟的城市变得妖艳而轻浮，陌生而疏远。妖艳的女人在他身上蹭过来蹭过去，对他却又视而不见，好像他是个并不存在的隐身人。撩人的时髦在压迫他，一团团斑斓的色彩在他眼前浮游，女人身上的香气让他感到一阵花里胡哨的晕眩。他身上生出一种莫名的疼痛,有小虫在心里爬,一年多没有想的事不是五十岁的人该想的事他全想起来了。想过之后连自己都感到脸红。城市像个不要脸的妓女一样继续在撩拨他。街道在冒烟,楼房像烧红的炭块。他的腹部也在嗞嗞地烧起一股烈火,只好用提兜挡住小肚子下面。

　　他记不得有多少年没进过百货商店了。自从妻子病倒以后他也忘记自己是男人了。以前只知逛大街是又烦又累又吵的苦事,哪知现在逛大街会让他感到这般新鲜这样兴奋。若早出来逛逛大街,说不定早就再婚了。百货大楼里面更让人眼花缭乱,不是商品,而是人。每个柜台前面都挤着一堆人,他无法靠近柜台,不知道人家在买什么,也不很清楚自己想买点什么,便在一个满身珠光宝气的漂亮女人后面排上队。她耳朵上吊的脖子上挂的手上戴的这些金银珠宝是真的还是假的?借珠宝的光泽炫耀自己的美丽还是炫耀自己的富有?乌发向右倾泻不对称不协调却富有大胆的挑战性,滚圆的白得诱人的脖子,一身绮丽的现代织物看上去是那样柔软光滑。他真想去摸一摸。他不敢。拥挤成全了他,人群像潮水一样从大门口涌进来,人们都推来撞去。他不抗拒,随着人流摇晃、移动,肩膀和前胸很容易就碰上了那女人的身体。烈火又在大腿根处燃烧起来,向全身蔓延。抓紧提兜挡在小肚子前面。大楼里人声鼎沸,嘈杂不堪,掩盖了一切邪念。

　　"人家王娘存了一百多条毛毯,还真存对了。以前是一百来块钱一条,现在涨到快二百了,不费劲儿就能赚个万儿八千的。"

　　"再不买,明儿个说不定还得涨!"

　　又一个大浪从后面打来,他身不由己地扑到前面那个女人身上。突然眼晕心跳,双腿发软,心旌飘飘,几乎不能自持。幸好前面那女人只顾扬着手抢毛毯,没有留意身后的危险。他像个得手的小偷,捡个便宜便溜开了。还恋恋不舍地回头多看了那女人两眼。就在这工夫后背猛地被撞了一下,跟跄几步险些摔倒,他还没有稳住神,撞他的小伙子已经骂上了:

　　"长眼了吗?哪儿踩?"

　　原来是踩了人家的脚,赶紧赔笑:"对不起……"

在他身边游动着好几个穿着古怪、面目可憎的小流氓。不对,刚才是他们踩住了他的脚,左脚尖现在还火辣辣的。

"这傻老爷们儿,看那个漂亮姐儿看直眼了。"

"哎,看进眼里可就拔不出来了!"

他有理也不敢跟这些人理论,何况他还做贼心虚。转身钻进人群,在身后引起一阵嗤笑。

他害怕了,要规规矩矩的。刚才他也并没有什么不规矩,只是心里有点想入非非。固本安神,来到卖秋季服装的柜台前。不敢硬挤,耐心地站在外围等机会。顾客退走一批又拥上来一批。他终于被夹裹着靠近了柜台,并相中了一件米色夹克衫。

"同志……同志……"

他连喊三声,服务员没有理他。他感到尴尬,十分不好意思。却又不敢着急,也无法着急,跟谁着急?薄施粉黛的售货姑娘忙来忙去,要招呼这么多人,也许没听见他的话。只怪他自己没长眼睛,售货员在那边忙活,你在这边叫喊,她怎么会理你?应该等她从你眼前过的时候再喊她。这哪像是用自己的钱买东西。售货员像个给穷人舍粥的公主,他像乞求恩赐的臭要饭的。当他小心翼翼地卑贱地抓住时机第五次呼喊同志的时候,售货员扭过头来瞪着他:

"买嘛?"

"您把那件夹克衫拿给我看看。"

"那是年轻人穿的。"售货员说完就去招呼别的顾客,不再搭理他。

"你拿来我试试嘛,我也不老啊!"

没人理他。

"你这是什么态度,这是为人民服务嘛!"

站在他后边的人不耐烦了:

"哎,你买不买?不买躲开,别占着地方!"

"就是嘛,好像外星来客。这都什么年代了,还提为人民服务?"

他悻悻地在人们嘲笑的目光中抽身而退。

他转了两个多小时什么也没有买到,倒把自己的尊严挤得支离破碎。周围的眼光都是这么不好惹,不怀好意。每个人身上都粘着一种厌恶,这厌恶像灰尘一样在空气中弥漫,他无法逃避。他怕所有的人,怕这个商店、这个城市。他的眼光里充满了警惧,仿佛挤进了一种沉重的仇恨中。这腥臊的汗臭,不流通的空气散发出一股烂猪肉般的味道;还有这嘈杂肮脏灰暗的拥挤。把他所有的欲望和兴致全破坏了。他再也看不到自己中意的东西,也记不得自己要买些什么。不,他什么也不买了,只想快点回到自己的小房子里去,洗把脸,喝杯浓茶,躺一会儿。看来只有孤独才是他最牢靠的世界。

在一楼的大厅里他看见了一位比他更倒霉的老太太。手里拿着个布包,里面想必是钱,像是自言自语,又像是求人指点:

"我买点什么好呢? 同志,你说我买点什么好呢?"

看热闹的人乱出主意:

"大娘,您什么也抢不上。趁早回家,小心别把钱丢了。"

老太太念念有词:

"毛华达呢原来三十块钱一米,现在涨到五十多了。直贡呢涨到六十块钱一米啦。我得买,得快买。"

"大娘,不如趁着明白给自己买身好装裹衣服吧!"

有人哄笑。

老太太认真了:

"也对,先买好预备着。"

卖死人衣服的柜台前也挤着许多人。大字标价:"一身二百元。"

"这么贵?"老太太把那个布包捏得更紧了。

连他也吓了一跳。

售货员高声叫喊:"这还算贵? 再不买明天就二百五了。要死快死,现在不死往后就死不起了!"

他倒吸一口冷气逃到大街上。太阳西移,热度稍有收敛。大街上人更多了,脑袋挨脑袋。为什么这时候不发生大地震? 为什么不来一场大雨? 雨水下得一人深,然后降温到零下三十度,把这亿万个身子冻在冰里,大街上只露出一层各式各样的脑袋。如果能求来那样一场灾难,他宁愿把自己的命也搭上。

世界变得无人管理。人类不再有能力管理自己。城市越大人越多越残酷。他感到自己同这个城市一样滑稽可笑。

他快到家门口时突然想起要买一点待客的零食。浪费了半天时间不能这么两手空空地回去。他进了食品店,可口可乐、橙汁、瓜子、香烟,要了一堆。售货员拿好东西,他伸手到口袋里一摸,脸色立刻变了。钱包没了。他翻了提兜和所有的口袋,也没有找到一元钱。他是个一板一眼有条不紊的人,钱包放在右边的裤口袋里是不会错的。

"对不起,我的钱包找不到了。"

"是找不到了还是没有带钱?"女售货员把那些东西噼里啪啦又扔回货架子上。

"这么大人出来买东西不带钱,成心折腾人玩儿,真不顺气!"

她那涂得鲜红的薄薄的嘴唇那么突出,仿佛就是为了吐出憎恶。而且把憎恶压得又尖又细,直刺他肺管。他只能落荒而逃。

人跟人是那样陌生,那样充满仇恨。现代女人好看而不好接近,可恶而不可爱。再看大街上那一张张浓妆艳抹的女人脸,全都令他恶心。越是没有灵魂,越要用漂亮的服饰和化妆品来掩盖自己。他什么时候变得跟现实不相容了? 自己产生了隔世感。他一下子丧失了存在的信心和生活的能力。是自己退化了,还是别人朝末日前进了? 他还能找到一块适合自己的合乎道德的天地吗?

他神色疲倦而愤懑,拖着沉重的两条腿好不容易进了自己的家门,感到一阵不可抑制的恶心,蹲在地沟眼儿旁边大吐起来。似乎把肠子肚子心肝肺全吐出来了。其实他只吐出一摊绿水,因为他肚子里什么也没有。吐过之后,他显得平静而荒凉,对续弦的事也有了准主意——一定要找一个能够上街买东西的女人做自己的第二任妻子。

1988年夏

阴阳交接

　　兔子乱蹦乱跳，胡跑瞎蹿，折腾得地动山摇，洪水泛滥，流沙漫溢。龙性难改，腾云驾雾，呼风唤雨，致使飞机打滚儿轮船沉底儿火车亲嘴儿。毒蛇更要不得，忽爬忽飞忽缠忽咬，搅着腥风，带着危险。人们怕了烦了厌了木了。人心思马，大家盼马。马多么可爱多么重要。中国字典里许多好词儿都跟马有关：开启天岸马天马行空龙马精神（可惜，应该少跟龙牵扯到一块儿）马到成功一马争先万马奔腾战马嘶鸣老马伏枥扶上马送一程厉兵秣马好马不吃回头草大家马大家骑肥马好画瘦马难描打马骡子惊马架子大了值钱人架子大了不值钱驴骑前马骑后骆驼骑它中间肉马换炮两公道马后炮赶不到马路如虎口中间不能走马上不知马下苦马屎面上一层光马无夜草不肥马尾穿豆腐提不起来塞翁失马指鹿为马驴唇不对马嘴马主任……

　　马主任姓马不属马。他非但对马没有感情，而且是骂马很激烈的一个，正月初一也就是马年的第一个早晨，他睁开眼突见窗外大雪飘飘，少见的大雪花格外饱满，一层层一团团兜天盖地铺压下来，世界成了它怀中包裹，肮脏的城市变得白茸茸晶莹洁净。他一阵惊喜一阵冲动，突然活得有了生命，大叫一声（他难得高声说话，把家里人都吓醒了）："下雪了！太好啦！瑞雪兆丰年，马年的开头真不错！"

　　身为地道的见过大冻大雪的北方人突然有好多年见不着雪花了。这种对久违了的对雪花的亲近感是合乎情理的。他急急忙忙穿好衣服，还把上中学的小儿子也喊了起来，要到雪地里去走一走，玩一玩，好好呼吸几口清凉纯净的空气，跟儿子打打雪仗，堆个雪人……这个年开头真不错,他感到自己有了生气,变成了孩子。穿戴整齐,外边再罩上一件风雪衣,头戴不怕湿的皮帽子,脚穿北极熊牌雪地鞋,双手武装了羊皮手套,拿上煤铲刚要出门,电话铃响了。这准是通过电话向他拜年的。这两年人们都学灵了,一般的朋友都通过这个现代化的通讯工具进行传统的礼节活动。高速度,高效率,自己方便,对方也省事。听听,今年是谁第一个向他拜年的。等会儿跟大雪亲近一番回来自己也要打一系列的电话拜年。

"喂,"他拿起听筒,有哭声送来,不吉利,不顺气。"喂,我是马骏,什么……好吧,我一会儿就到。"桂副局长死了,严格的说是前副局长桂祖荣。他已经退休好几个月了。他可真会选日子。马主任玩儿雪仗、堆雪人的情致一下子消失得无影无踪。他并不难过,更谈不上悲痛。全局在马上的马下的、活得有劲的没劲的加在一块儿有四十多个享受局级干部待遇的人(并不像祖祖辈辈没有出过当官的对权力结构一无所知的善良百姓们所看到的那样,一个局不就是一个局长几个副局长再加上两三个正副书记嘛! 不,还有调研员,巡视员,宣布了调走对方不要的自己不走的,离职了退休了还享受局级待遇的,处长太老太大了提不起来赶不出去的也给个副局级待遇吧),这些人自己出了问题、儿女出了问题、老婆出了问题、房子出了问题、外出用车的问题、病和死的问题……想不到的问题数不清的问题问题的问题全找办公室。他马主任不过是全局的大管家。他是孝子,很愿意孝敬父母。但用在父母身上的心思比起应付这些局级头头所花费的精力简直少得太不足道了。相比之下孝敬父母可以说是一种享受。伺候这些头头本应公事公办,实际公事难办,又不能不办,不能完全公事私办。违纪的事不能办不违反制度有些事也办不成。又违反又不违反,尽量打发头头满意又不能为了他们让自己落下一身毛病。有我的什么? 别说死一个,就是死上十个八个又与我何干? 对工作对局里也不会有丝毫影响。尽管事实如此,他却并不痛快也没有幸灾乐祸的感觉,更不会恶毒到为了自己工作轻松希望那些难伺候的头头多死几个。相反的他感到不吉利,感到恶心。马年欺骗了他,洁白的大雪欺骗了他,这个春节肯定过不成了。他有一种不安,一种预感,自己的麻烦来了。这麻烦是什么呢?局长书记肯定要把他推上治丧第一线。这是他的职责,无可抱怨。问题是桂副局长的夫人田希春会顺顺当当地同意把老头儿送走吗?他的责任是顺顺当当地把死者烧了。桂祖荣一天不火化,他就一天没完成任务。桂祖荣又不是他爹,他管得着这么多吗?这是谁立下的规矩,人死了要由单位负责到底?他又不是工伤,不是死在岗位上,更不是烈士!他代表组织又不是组织,被夹在组织和死者家属之间,受死人威胁。死人不烧就是鬼。这个鬼只冲着他来……

别看他心里乌烟瘴气,脸上却平平静静。这可是多少年修炼出来的。年年月月火攻心,身上照样长肉,脸上一团福气。他把煤铲交给小儿子:"你自己去玩儿吧,待会儿你妈妈起来,吃过饺子都去你爷爷家,别忘了给爷爷奶奶拜年。你告诉爷爷奶奶,我到局里值班,晚上直接到爷爷家去。"

他不愿意谈死人的事,免得给家里人带来晦气。儿子已急不可耐地拉开了大门,小心翼翼地向雪上踏去一脚,那架势像踩一块玻璃板。白洁平整的尚未落下一点污染物的雪毯上留下一个深深的脚窝儿。嘿,太棒了!儿子欢呼着冲进迷漫的雪雾,放开胆子像狗熊一样在雪地上奔跑。马骏闻到一股凉津津的带甜味的空气,贪婪地深吸几口气,有几片雪花被吸进嘴里,清凉凉立刻融化了。如果谁能把这时候的空气压缩储存起来,准能发财。大雪把年味儿赶跑了,把年给盖住了。以往从大年三十的晚上到正月初二的晚上,空气中弥漫着硝烟火药,家家门口堆着厚厚的炮仗纸,纸随风动,散落得到处都是。今年三十晚上的鞭炮放得也不多,十二点一到顶多响了十几分钟。他吃完饺子,叫儿子给他磕完头,躺到床上还不到十二点半,城市已经安静下来。桂副局长挑选这么一个日子走真是不一般,全城的人为他放炮送行,同时他还能狠狠地报复一下活人。

雪花稠密,飞得又急又猛。打在他脸上却有一种温柔的暖意,十分舒服。大街上积雪半尺多厚,自行车是不能骑了,冬天骨头脆,摔断了胳膊该有多倒霉。以步代车吧。又赏雪景又锻炼身体。慢一点没有关系自得其乐。大街上人不多,拜年的队伍还没有出来。大年初一的早晨如此安静,还真是少有。周围只有雪花飘落的飒飒的声音。儿子抢着煤铲又跑又跳,专朝没人走过的地方踩。大雪的凛冽和清香驱散了他胸中的晦气。身上鼓起了一种久违了的痛快和昂扬。迈开大步,禁不住也专挑没人走过的地方踩,践踏干净的雪有一种开辟的占先的满足感。他步伐均匀,愈走愈带劲。在大雪里散步真是一种享受。他嘲笑在公共汽车站弓腰缩头排着长队的人们,马路上没有车辙,远处没有车影儿,人们挨着死冻还是傻等。这种等待已经成了一种社会习惯,一种生活惰性。他马主任可是生活中的智者,善于抓住分分秒秒享受生活中的忙碌、辛苦、麻烦、欢乐甚至是灾难和不幸。

到桂副局长的家更近些,理应先去安慰死者家属。不,局里大头头不发话他不能去蹚地雷。惹出麻烦算谁的?连走带玩儿将近一个小时才赶到局里,他向所有遇到的人通告了桂祖荣死亡的消息。叫值班司机用最快的速度把办公室的王秘书和干部处刘处长接来,起草桂副局长的悼词,提出治丧委员会的组成人员名单。司机说这么大雪开车快不了。马主任不再答理他。反正我叫你快一点,到底多快多慢那是你的事,你自己看着办。马骏挨个给局里头头打电话,通报桂副局长不幸逝世的消息。声音低沉,心里却有一种说出让对方意想不到的话的快感。开头都是这样:"×局长(或书记),我是马骏,不能去给您拜年了。桂祖荣前副局长今天早晨三点钟去世了。家属给我打电话叫咱们局去人,您看怎么办?"……

他怀着一丝侥幸,真希望有个局里头头陪他一块儿去看桂祖荣的家属。他又最清楚这是不可能的。谁不愿意待在家里享受春节的快乐而去自找丧气?这个年过不成的只能是他、司机、王秘书再搭上干部处的一两个人。副局长们听局长的,在人的问题上这种倒霉的棘手的有关死人的问题上局长也许还要往书记身上推。书记说出了全体局领导的心里话:

"老马,你是咱们局的老人,又是处理婚丧嫁娶的专家。你代表我们先去看看,劝老桂的家人要节哀顺变。听听他们有什么要求,然后再商量。"

这些话简直就是马骏为党委书记起草的,现在书记用来对付他。完全在他的意料之中。在意料之中也需要,有了书记的话他再去桂家就是官的。先哲们早就总结过,谁也不可能成为天地间唯一最大的人物或唯一最小的人物。总是大人物上边还有大人物,小人物下边还有小人物。他永远在中间,很适宜很满足。习惯于接受领导的指示和约制,这才有安全感,才能淋漓尽致地发挥他的才能,有限制才能显出他的能力和风格。有人领导他,他的办法往往就能高于领导。因此他很畅销。从外表看来也许是全局最忙最少不得的人物。每天脚不拾闲,嘴不拾闲。他的能量刚散发了一点点,才几个小时的工夫,还是在放大假的日子里,就让全局上下该知道桂头已死的人都知道了这个事实。桂头死了。知道吗桂头死了!够快的……说完就完了……连空气和雪花都能传播。治丧委员会(也许应该叫治丧小组,叫委员会太隆重规格太高,以后死了人家属都要求这种待遇怎么办?提出来让领导拿主意吧)的名单已拟好,只等头头审核了。花圈买来了,一共四个:以全局职工的名义送一个,党委、办公室、干部处各送一个。幸好卖花圈的个体户积德,大年关里还没关门。也许是缺德。花圈放在有十二个座位的中级旅行轿车里,马骏自己坐进丰田轿车,郑重其事地开始对桂祖荣的家属的抚慰工作。

雪还在下。但雪花细碎得多了,给逐渐进入高潮的几百万人的大拜年增添了一种喜庆气氛。推车的提盒的,拉手抱肩的,流动着红红绿绿千姿百态的生动的人。大人喊孩子叫,在雪上摔倒,在雪上打滚儿,在雪上嬉笑追逐。大街小巷都是人,你给我作揖,我向他拱手。人流交汇,向哪个方向游动的都有。马骏的汽车开得很慢。他在打腹稿,见了桂头的夫人该怎么说。

司机向他抱怨:

"这种日子不去给老丈母娘拜年,去给别人家送花圈,多不吉利!"

马骏不屑于接司机的话茬儿,自管想自己的任务。倒是马路两旁的各等各色的女人以及她们的服饰和化妆常常分他的心。真有漂亮的,也真有妖冶的,新潮的敢露不怕冻的什么都敢穿什么都敢往脸上涂的。中国的女人什么时候变得娇艳可人了,有时看得他怦然心动,在他内心深处滋生出一种愚蠢的舒服的男性反应。汽车再慢他也嫌快,不得不把头扭来扭去。这比看任何游行和时装表演更过瘾。因为这大街上的女人更真实,更丰富多样,离他更近。司机不甘寂寞,手里把着轮子又不敢尽情欣赏大街上的女人,就老想说话。过年嘛,又发生了这么多可谈论的事,怎么能憋得住?

"马主任,我今天顶的是早班,咱们必须在两点钟以前赶回来。老丈母娘叫我去打麻将。"马骏仍旧不答理,脸随着一个穿裙子的浓妆重彩的女子向车后扭去。

"马主任别看了,看进眼里可拔不出来。"

"好好开车,别尽想着打麻将。"

"放假不打麻将干什么去?"

"看前边儿。今天路滑人多,你可别再出点事。我的麻烦已经够多了……"

"马头,今儿个是大年初一,你说点吉利的好不好!我可是比谁都想活得好一点儿。不活白不活,白活谁不活。"

车队归办公室管,可马骏在司机面前摆不出一点架子。他是个随和的人,也是个精明的人。司机们个个都能通到局头那里,早被局里的头头们惯坏了,他只能睁一只眼闭一只眼竖起一只耳朵堵上一只耳朵。有时也能从司机们的胡说八道里了解到一些上层的和下层的情况。

爱说话的司机终于闭上了嘴,连神情也变得严肃了。马骏也从好看的女人身上收回自己的眼睛。突然间脸上仿佛生出一种庄重悲伤的气韵。桂宅门前很干净很安静,没有摆花圈,没有贴出"恕报不周"的白纸条,没有拥挤着拜年的人,也没有进进出出吊丧的人,看不出一点丧气或喜气的迹象。这种看上去的很正常透出一种很不正常。莫非桂祖荣还活着?是有人跟他搞了个恶作剧,还是桂家想闹尸,秘不发丧?马主任心里猜度着各种可能性,摁响了门铃。开门的是桂祖荣的小女儿,只看他一眼没说话。他也没有说话,今天不论见了谁都应该说的也是最容易说的几句话:"过年好"、"向你拜年"、"恭喜发财"等等在这儿全不能说。桂家用作客厅的最大的一间屋子里所有能坐的地方都坐着人。看样子还没有外人,都是桂家族系的。因为没有人向他这位死者单位的办公室主任打招呼、让座,显然是都站在了他的对立面。外人是不会这样做的。他不在乎,站着说话方便,他并不急于说话。站着撤退也容易。桂祖荣五男二女,前妻生了四男一女,田希春生了一男一女,再加上桂头自己的兄弟姐妹,真是"三国四方"!没有过年的欢乐,也没有死人的悲伤,空气里滞留着一种灾难味道,冰冷的厌恶和愤怒挤压着他和所有的人。有的人根本不抬眼皮,有的人瞪他一眼。一位上了岁数的妇女冲他歉意地点点头,是桂头的前妻还是姐姐?她终于忍不住这沉重的尴尬到里屋拿出一把折叠椅子。他就乎着在门口坐下来。他希望那两个司机也进来,好给他站脚助威。他也知道那两个小子一准儿躺在有暖气的车里听相声哪……

马骏不慌也不害怕,这阵势他见过多次了,死者家属摆出这气势无非是想多要钱,丧事要办得排场大规格高,悼词中对死者评价要拔高,要房子,要给子女安排工作或调工作……还不都是有利于活人的事。跟他闹得太僵死者家属也捞不到好处。他是代表组织来的,他的背后是党是国家,怕什么?他的怀里抱着不哭的孩子。他的责任就是冷静——用冷静的热心耐心和不太违背原则的同情心应付一切不冷静不通情达理。他的冷静无边无际无穷无尽,能平息愤恨,磨平尖刺,缓和冲突。必要时也能气死人。他从容地摘掉灰呢船帽,并不拍打帽子上和身上的雪花,让它们自由自在地融化在他身上,他仿佛舍不得把可爱的雪花抖落到地上。这沉稳的风度,这开始发胖的福态,这硕大光亮的炫耀着男性成熟神采的头颅,在什么场合都能镇唬一气。不知道他的人往往把他当成局长或比局长更大的人物。他也感觉到自己的沉着和沉默在起作用,来自四周的敌对情绪在减弱。也许他们一家子本来就是为了分配桂祖荣的遗产而正在互相仇视。家有千口主事一人,他对田希春也只能对她开口了:

"希春同志，您要节哀顺变。书记、局长叫我先来向桂副局长表示哀悼，向您的全家……"

"得了，别来这一套。他们自己为什么不来？"田希春气质虚骄，脸色冷而不悲，是个坚强难缠的未亡人。

"局里已经动起来了，正在起草悼词，研究治丧小组的名单。"

"这有什么用？老桂就是叫你们给气死的！他是腊月初八的生日，按阴历算离着他退休的日子还有一个月，你们就要给他拆电话。他提出自己花钱把这个电话买下来。如果当初你们局里不给安电话，我们自己安最多花五百元就够了。你们那位常局长非要按公家安电话的价格计算叫老桂交一千七百元。你们局里穷疯了，就缺这点儿钱？明摆着是存心找别扭欺负人。老桂一口气憋住没出来，回到家就吐血。你们不为他的死负责谁负责？"她突然捶胸顿足号啕起来，痛哭一阵咒骂一阵愤恨一阵。呼天抢地夹着切齿咬牙还间有理智陈词。她骂上边骂下边骂外头骂家里也骂已经作古的桂祖荣，骂他是熊包废物蛋，只会搞女人犯错误，该升升不上去，该拿的拿不到手，是人不是人的都敢欺侮他。自己撒手闭眼图清静去了，给老婆孩子留下一大堆难题，还要老婆孩子替他这个大小也是局级干部的人申冤出气……

马骏听出了滋味儿。田希春的哭骂很有学问。既是骂给他听的又是骂给前窝的儿女们听的，滔滔不绝的气话恨话刻薄话真话假话全都是经过精心考虑的，看来这个脑袋真的不好剃。有这一场哭闹就奠定了证明了她在桂家无可争议的主宰地位，只有她才有权利有资格代表桂祖荣和利用桂祖荣的死得到自己想要的东西。她心里无疑挽着一个毒蛇般的结子，但未必都是跟组织过不去。以前有关桂头和她早就发生龃龉的传闻看来是真的。天下什么样的夫妻都有，无论怎么凑合全能过一辈子。她骂桂祖荣就会搞女人犯错误，他们的结合也许正是这种错误的产物。这种事他马主任管不着。他不劝，不拉。绝不可碰她一指头。他只能听着她说看着她闹，由她把邪火放净了，肚里的话说尽了，力气用完了，他再开口。人还不就是这两下子，没有多大意思,为了一台电话机,交五百元呢还是交一千七百元,就蹬腿了! 常头也太过分了,他跟桂祖荣尿不到一个壶里全局上下都知道。逮住理让人更得理,不能把事做绝了。

田希春的气力耗得差不多了,开始平静下来。她本来就不是纯粹的悲痛和绝望,能够做到收控自如。马骏感到可以书归正传了:

"老田同志,请您千万多保重自己的身体。您的心情我理解,领导叫我来就是跟您商量怎样办好桂副局长的后事。"

"后事过了正月十五以后再说,死的去图清静了,活着的还得继续活下去。我们一家老小没黑没白在医院滚了一个多月了,一个个都快熬死了。他不叫我们过年,不叫我们活得好,我们自己就得好好过这个年!"

老头子都死了她还要好好过这个年——这个娘儿们安的什么心? 一句话就把他马主任推出去半个月。殡仪馆存放一个死人每天光冷冻费十六元,三天不烧加倍变成每天三十二元,五天不烧每天再翻成六十四元,七天以后每天翻一番。正月十五以后再商量,商量到能火化桂祖荣的时候就得开春了。光是冷冻费没有十几万元就下不来。马骏心里算着账,脸上仍然善气迎人。他永远都是处变不惊。

"按中国的老规矩死者为大,桂副局长又是个为党为国家做出过贡献的老同志。他的不幸病逝我们都很悲痛。但把老人家放在殡仪馆的冷冻室存那么久似乎不合适。对单位和家属以及桂祖荣同志都没有好处。入土为安嘛!"

"这不是我发明的,你不见北京有的老头子死了一放好几个月嘛!"

马骏感到真是遇上对手了。但仍然满嘴婉言逊语,换个角度套出田希春的真正打算:

"希春同志,电话的事我不知道,绝不是我们局办公室干的。我会原原本本向局领导转达您的意见。你还有什么要求?"

"马主任,你是明白人,我个人没有什么要求。老桂是你们局的人,他留下的麻烦得由你们局解决。我们这个家庭的情况你也知道,他死了以后我和他前妻的儿女还能住在一起吗? 一条道是你们找房子让他们走,他们想要什么样的房子你再跟他们商量。还有一条道是我们走,我的条件是,地点在市中心,房子里要有暖气、煤气、热水,面积不得少于现在的住房。再有就是把我的儿子从外地调回市内来。小女儿还在上学,这都是老桂的儿女,他好赖也算个老干部。他不在了,他的儿女就应该由国家负责。供养到小女儿大学毕业,然后在你们局的范围由她挑选自己喜欢的工作。这些要求不过分吧?没有一条是为我自己提的吧?虽然我也是老桂最亲近的人,最有权要求得到照顾。但是我不要,我自己有工作,有收入。"

田希春气色壮丽。如此周密的用心决不是在桂祖荣死后这几个小时里想出来的。也许从老头儿开始生病的那一天她就开始盘算了。

应该说摸透她的想法就好办了。马骏却感到不好办了。目前他不能冒犯她,宁可哄骗她:

"您是痛快人,这样什么事都好商量了。我回去马上向领导汇报,尽快给您答复。"

"告诉你们头头,光拿好话哄我们可没有用,哪一条不变成现实我是不会放老桂走的,否则放他走了病就全落在我的身上了!"

好一副嘴荏子!她对待安慰和恭维就像对待侮辱一样。看来她只相信自己,相信事实,不相信他更不相信任何许诺。风韵依在的面孔贪婪地发白,眼睛像一对深深的陷阱对着他,里面甚至还有诱惑的钩子伸出来。马骏的脸像他的良心一样冒着热气。为了保持自身尊严又询问其他亲属还有什么要求。他希望桂祖荣的前窝的子女也提出自己的要求,跟田希春针锋相对,最好是争吵起来。他也许会从中找到解决问题的机会。前窝的大儿子代表他的弟弟妹妹们说:

"我爹刚死,心里很乱,还没顾得想别的。过两天等我们商量一下再跟你谈。"

这更厉害,软中有硬。马主任只好先告辞:

"就这样,什么问题都好商量好解决。其实最不幸最悲痛的还是你们全家,办丧事也很麻烦很辛苦,局里会尽量帮助你们。明天我把悼词送来请你们看看行不行?"

"用不着,那种东西一分钱不值!"

田希春的话像棍子一样把他赶了出来。

大雪又变得猛烈了。雪花飘飘扬扬如满天飞纸钱。阴风惨惨,恨雾漫漫。再也没有喜庆味道。马主任让面包车留下随时听候死者家属的差遣,有问题及时向他报告。他和司机把四个大花圈摆在桂宅的大门两边。自己坐进了丰田轿车。司机问他:

"去哪儿?"

"回局。"

"谈得怎么样?"

"不怎么样!"马骏很快就控制住了情绪,"不过田希春说点气话发点牢骚是可以理解的,能缓解痛苦,有益健康。"

"痛苦嘛呀,别演戏了! 田希春从来就没有看上过桂头儿。"

"那为什么还要嫁给他?"

"桂头儿有钱有地位,还有那栋独门独院的花园洋房,住着多舒服。"

"你说她舒服吗?"

"反正比我活得舒服。"

马骏跟司机有一句没一句地搭讪着。他心里却想着另外一回事,受了她那么一顿抢白自己为什么并不憎恶田希春? 他自己感到奇怪。一个很好强的女人,要模样有模样,要脑子有脑子。也许做女人的资本太厚太好强了,总想表现出一种力量强迫别人对她起敬对她顺从。到头来她又能得到什么? 到时候两眼一闭什么是属于她的? 她还没有从老头子的死上得到一点启发。真是个不幸的女人,她的全部不幸就在她精明的舌尖上。女人的力量在于软弱,而不是强硬。强硬的女人让人感到她不需要别人的爱护和帮助。因此她什么也得不到。只能自己支撑自己,深尝孤单凉薄的滋味。他马骏见多识广,深知人生五味。甚至有一种强烈的想单独跟她谈谈心的欲望。当然那是不可能的。他知道自己是从来不冒险的。所以他的同情在田希春身上,而不是桂祖荣。一个倒运的人早一点尝试死亡是聪明的。人生的目的地原本就是火化场。他虽然死了,离着这目的地可还十分遥远,他的亲人把他当做人质(确切地说是鬼质)扣住了……

马主任回到局里先从各处室的值班人员那里捡了不少饺子,用滚水又狠狠烫了两遍。一边吃一边审阅王秘书起草的悼词。一边审阅一边修改。改着改着火气来了:

"哎呀,你怎么可以这样写。是不是光惦记着打麻将了脑子没带来?不能称他为'优秀的无产阶级革命战士',给他这个头衔儿要经上级批准。可以绕一下,说他'具备无产阶级革命战士的革命情怀和思想境界'。多用空词儿虚词儿没有实际内容的好词儿。比如把'坚决有力地贯彻执行党的方针路线',改成'积极贯彻执行党的方针路线',他一贯跟着跑,不能说不积极,家属看了会感到跟'坚决有力'差不多。你要说他'坚决有力'局长书记会不高兴。桂祖荣都'坚决有力'还要他们干什么?还要反话正说,缺点当优点写。他是老好人,不干事,就写成平易近人,待人真诚,谦虚谨慎,择善以从。这种现成的好话不是多得很吗!"

他叫王秘书必须在下午四点钟以前把悼词修改好,抄工整,复印十份。然后又和干部处长密商了与桂祖荣丧事有关的全部细节。做个人情让处长回家过年去了。

饺子吃完了,任务也分配完了,往沙发上一躺,风雪衣往头上一蒙,以常人无法想象的速度坠入了梦乡。这是马主任的绝技。每天吃完中午饭都必须来一觉。同室的人不论是打麻将、打扑克、下象棋,吵破了房盖儿也不妨碍他打鼾。四点钟,当王秘书走进他的办公室的时候他也正好醒来。洗一把脸,喝一杯热茶,把复印好的悼词又从头到尾看了一遍,也痛痛快快地放王秘书回家了。他会当下级更会当上级。睡了一大觉心情好多了,坐车直奔常局长的家。地白天黑,阴沉沉的灰色里仍旧飘着零星的雪花。常局长的楼前停着好几辆车,有轿车、面包车还有卡车。这都是来给局长拜年送东西的。原以为下大雪来的人少,按老风俗今天又是拜爹娘的日子,正是给常局长送礼的好时机。大家都这样想所以只好在局长的门外排队了。因为来送礼的人谁也不愿意叫别人看见,只好躲在车里等先来的人走了再进去。每个车里都有人,远处楼角那儿还有两辆面包车。这大卡车想必是郊县的关系户,一定是送体积很大的东西,大米? 成箱的酒? 整麻袋的海味? 这些东西面包车也能装得下,何必动用大卡车,又笨又招眼? 也许是钢琴……算啦,又不是送给你的,就别操这份瞎心了。马骏只应该知道一件事,就是自己来的不是时候,实在是给常局长添堵。闹不好会挨狗屁呲。没办法,这是有关死人的事,局长欢迎不欢迎他都得进去。他叮嘱自己进去以后眼睛始终盯住局长的眼睛,即便他屋里放着别人送的龙肝凤胆麒麟角夜明珠纯金做的花盆玛瑙刻成的烟灰缸也视而不见。他进了门,凡见到常家人就拱手:"拜年! 拜年!"

客厅里果然有客,很可能还是马骏认识的。因为常局长听到他的声音就迎了出来,很自然地堵住门口,扭头对客人说:

"以前我们局的一个副局长今天早晨死了,虽然已经退休了后事还得我们管。你们先坐一会儿,我马上就过来。"

常局长把马主任领进了自己的书房。那些龙肝凤胆他就是想看也看不到了。不等他屁股落座局长就发问了:"怎么样?"

他简练而准确地把田希春及其子女们的态度和要求陈述了一遍。局长笑了:"赖上了! 老桂的房子那么多! 他活着的时候够住的,他死了以后少了一口反而不够住的了? 到底他是我们局的老同志还是他的儿女们是我们局的退休的老干部? 我们该照顾谁? 难怪今年冬天死人特别多,原来谁的家死了人就可以狠狠地敲国家一笔大竹杠。"

马骏不接茬儿,听着局长发牢骚发宏论作指示。

"马主任,你说桂祖荣到底是党的人还是田希春的人?"

"共产党员当然首先是党的人。"

"那就我们说了算,通知家属初五就举行遗体告别,然后送进火化炉烧。"口气又狠又果断。

"他是党的人,也是田希春的丈夫。我们决定烧他——能不能烧得了还是一回事,烧以前有道手续叫家属签字。即便硬把他烧了,也有一场官司好打,我们必输无疑,人家会告我们害死了老桂,心里有鬼强行焚尸灭迹,等等。到那时家属要什么条件我们都得答应。"

"既然如此那就由家属负责。他们愿意什么时候烧就什么时候烧,与我们无关。我没有房子也没有钱。有也不能给,没有这个先例。他儿子的工作调动问题可以叫干部处派人联系一下试试。你跟党委书记讲了吗?"

"还没来得及。"这是马骏的心计。不能光顾了忙乎死人,弄坏了跟活人的关系。常局长心胸狭窄,格外注意名字座次的排列,喜欢计较谁先谁后。如果先向书记汇报后跟他讲,他嘴上不说心里会很不痛快。党委书记是局里的老领导,出名的欢喜佛,圆熟得快成精了。你什么事情都不找他他才高兴哪。谁排前谁排后他能体谅下级的难处。

常局长把一张硬邦邦印着大号的等线体黑字的白纸板递给他:

"工委杨书记的遗体告别仪式明天早晨九点在火化场举行,你代表我去露个面儿。我明天有点别的事。"

"怎么才告别?他不是去年刚一上冻就死的吗?"

局长又笑了:"连桂祖荣这样的退休的副局级干部的家属都能赖,更何况是正局级书记的家属了!人家又是死在会场上,也算是因公殉职,能好对付得了吗?"

是呀,杨书记是在讨论到底是以厂长为中心呢还是以党委书记为核心的会上慷慨激昂发言的时候脑出血。家属又给他吃错了药,把扩张血管的救心丹塞进去就送了他的命。精明的马主任仍是不解:"既然已经拖了这么长时间为什么非要赶在大年初二火化呢?"

"这就是家属成心找别扭了,让活着的头头们过不好年。大雪天,到火化场来回没有两个半小时不行。挑选这种日子给杨书记送行,你想想活着的人还会忘记他吗?家属们真是用心良苦,不知怎样折腾别人才解气解恨。"

他不愿意被折腾就找我代劳!反正杨书记也死了,没有用了。马骏感到在局长面前和在田希春面前一样做人都很难。

常局长对办现代丧事的麻烦一清二楚。为什么对桂祖荣后事的态度那么简单生硬呢？人一死所有恩怨都了结了,何必还跟死鬼过不去！他把悼词的草稿留下请局长审定,向常家人再次拱手告辞。走到门口又被局长喊住了:

"老马,你回去想想,老桂的丧事你们办公室能不能承包下来。按规定死个干部给多少丧葬费,我加倍拨给你们。赔了你们自己想办法,省了你们办公室发奖。"

"什么？让我们承包烧死人！"

马主任什么都想到了就是没想到堂堂局长大人会出此蔫坏损的主意。家属大张口,办这种事只有赔没有赚。即使省下钱也不能发奖,花死鬼的钱不是缺阴德吗,传扬出去还叫人吗？他没有生气,也没有顶撞局长。

"干部都归干部处管,您还是叫他们承包吧。我们协助,一分钱好处不要。"

马主任紧赶慢赶总算在吃晚饭以前赶回了自己父母的家。父母在等他,老婆孩子在等他。他带给家人的是这一天丰富多彩的经历,这是他唯一的收获。跟家人追述这一切的时候可跟向局长、书记汇报不一样,又详细又生动。他讲得有滋味儿,家人听得有滋味儿。这是一家人交融感情增进亲密的最好方式。谈论死人的不幸、奸诈和愚蠢是自己精神生活的一种调剂,比看那庸俗无聊的电视节目强多了。这种谈论中的唯一正面主角就是他自己。有智慧,有人情味,有正义感,有办法。对上对下对世间一切事情没有他应付不了的。吃饭的时候谈帮助下饭,在陪老婆孩子回自己家的路上谈解闷儿,躺在被窝里谈几句帮助催眠或者相反地刺激性欲。借别人的故事完成自己的宣泄自然要加进去许多自己的猜测和想象……

他再次去找田希春。门虚掩着却不见一个人。田希春在里屋说:"你不许进来,我没有穿衣服。"这是什么意思？他想象田希春不穿衣服的样子,有一种男性的激烈的痛楚从生命的根部漫溢出来,很快扩展到全身,烧灼着他的腰,他的小腹。为了掩饰自己的狼狈,慌忙把打印好的经局党委通过的悼词、治丧小组名单、丧事日程安排表从门缝里塞进去。田希春把他这几天的心血揉成一个纸团又抛了出来："我不需要这些没有用的破玩意儿！"如果我现在闯进去又能怎么样？

他游移着，挣扎着……

"马主任！"

他一激灵坐起来，晕头转向一时真闹不清是在自己的床上还是在田希春的家里。

"马主任！"是值早班的司机在叫。

"来了。"他穿好衣服，匆匆洗了脸，三下五除二吞下一杯热水一块蛋糕。坐进汽车还有些不情愿，"这才七点四十，跟死人告别那么积极干什么？"

"您看，这路多难走！您不是全局里时间观念最强的吗？参加追悼会迟到了不合适。"

司机仍旧喜欢多说少道，大概是昨天打麻将赢钱了。马主任可一肚子不痛快，这完全是替局长受洋罪。他闭上眼睛，继续回味那奇怪的梦——这一夜就跟田希春、桂祖荣纠缠不清。没想到自己对桂头儿的丧事还真的动心思了……

马年够损的老天也够坏的，初一下大雪不降温反而升温，初二是雨夹雪。马路上有雪有水有冰有泥，前面的汽车轱辘卷起一阵阵黑色泥雾向四方喷射。通向火化场的路上汽车格外多，像赶洋庙会。离着火化场还有半里多地他们的汽车就不得不停下来。前面已经塞满了各式各样的汽车，火化场变成了汽车博览会。一辆跟着一辆的灵车响着刺耳的笛声强迫活着的人们给它让路。这里够热闹的。活人过年，死鬼们好像商量好了一样也急着赶往一个什么地方去参加集会。雨夹雪也不能冲掉空气中浓重弥漫着的令人恶心的烧骨化肉的腥味儿。乌云布陈，如挽幛低垂，更加剧了沉重的哀怨气氛。

马骏打着伞，踩着没脚面的雪水，在汽车的缝隙里穿行到火化场的院子里。这里变成群众集合的广场，一个单位挤成一堆——其实是以某个死人为核心聚集着一群活人。这一群出来那一群进去。有的握手，寒暄，说着自己感兴趣的话题。有的则哭得死去活来，撒大泼眼看要挺过去(也许是必不可少的一种仪式和表演),旁边早就等着几个小伙子把悲号者抬起来放进汽车,每火化一个总要有一两个这种不要命的痛哭者。这才有气氛,显得死者多么重要,多么有人疼有人爱,她(或他)的死去给亲人以多大的打击。轮到烧桂祖荣的时候他家的什么人来充当这个痛哭者呢?男人不行,最好是女人。但田希春演不像。她挤不出这么多鼻涕和眼泪,也未必肯在地上打滚儿披头散发损坏自己的形象。这里很容易碰到熟人,在市里不常碰面的朋友在这里都撞上了。火化场实在也是活人拜年的好地方。他羡慕这些朋友,人家毕竟熬到火化的这一天了。他什么时候也把桂祖荣送到这里来呢?

并不连贯的陡然而起很快就落下的古老而陈旧的哭号声中托出无数张麻木冷缩的脸。什么样子的人都有,什么样的打扮都有,既有节日的鲜艳,又有办丧的灰暗。披麻戴孝的不多,因此格外突出,走到哪里都有人给让路。马主任忽然看见一个穿白孝袍的人举着一面白旗,这是火化集会上唯一的一面旗帜,它代替了过去的幡儿。他挤过去近瞧旗上的字:

"西方接平安"

好词儿!轮到桂祖荣火化的时候他也叫人打一面旗,上写:

"阳界送顺利"

已经十点了,杨书记的灵车还没有来。不知家属又出了什么花样儿?倒霉的还是准时来跟杨头告别的人。大老远好不容易赶来了,没有见杨头儿最后一面没有把他送上西天就回去不合适,自己的事也耽误了,该办的事也没办。就这样傻等下去吗?活人等死人阴阳不通信息,没有把握没有希望。等着火化也跟排队买东西一样,轮到他的个儿了他不烧,要到最后边重新排起。死人等得及,反正去西天的路长着哪。大年初二的活人们在雨夹雪中可等不起!对死者的尊重和客气渐渐被抱怨所代替:"他活着的时候就爱摆架子开会迟到,死了还照样迟到。阎王爷会给他点颜色看的。"

即便别人能不告而别,马主任也不能。常局长问起来他无法解释。以他的精明也绝不会让自己白吃苦而一无所获的。他通过边门走到火化场的里面。里面和外面是两个不同的世界。火炉暖融融,满地的花生壳、糖纸、瓜子皮。青年火化工们连说带笑边唱带闹,叽叽喳喳嘻嘻哈哈,背面一条长长的通道连着一排火化炉——这里是人类最后的归宿。前面两个门开着,跟礼堂相通。火化工们的活动场所等于是礼堂的后台,人类在前面表演完最后一个节目——追悼会或遗体告别什么的,通过这两扇门被送进了炉膛。

礼堂里人多反而安静,只有阵阵哀乐伴着家属的哭声。一位胸戴白花的女人闯进后台小声指责火化工:

"哎,你们像话吗?人家在前边哭,你们扯着脖子笑……"

火化工们根本不搭理她,照吃照说照笑。

"你们还有没有点同情心?"

一个女火化工斜她一眼答了茬儿:

"你哭去,谁拦住你了?你哭几声就走了,我们要有同情心从早哭到晚一年三百六十五天天天哭受得了吗?"

其他火化工也七嘴八舌上了阵。笑料送上门了还能错过这开心的机会?笑骂声比刚才还高:

"再说谁知你是真哭假哭、哭死的还是哭活的、哭自己还是哭别人?这一套你瞒得了别人瞒不了我们,我们天天看这个,看够了。

"你爹死了还有心思跑到后边来打架,就证明你在前面哭也是干号没有泪。"

"你爹才死了呢!"那女人遭此侮辱脸都气黄了。

"要不就是你丈夫死了。反正你们家死人了你才跑到这儿来闹。"

"你们神气什么,不就是个臭火化工吗?"

"你神气什么,不就是个活着的死人吗?轮到烧你的时候我一定往你身上多钩几钩子!"

火化工们齐心合力地发出一阵恶意的嘲笑。

那女人跑走了,想摔门都无门可摔。她大概不再缺少痛哭需要的情绪和眼泪了,大哭是一种很好的发泄方式。

547

火化工们开始用敌意的目光打量马主任。他有点慌,赶紧解释:

"诸位师傅,我家里没死人,别误会。我差不多跟你们是同行,在单位专门负责处理死人的事。我想请教一件事,如果死者家属不同意,单位把人送来你们给不给烧?"

"老兄,你别是杀了人想走我们的后门消尸灭迹吧?"

他只好拿出自己的名片。

"嗬,还是个主任哪。叫我们头儿跟你说吧。"

年轻的火化工对谈正事不感兴趣,怪里怪气地唱起了一首怪歌:

吃饺子吃面条都是吃饭,

死男的死女的都是死人……

一个三十多岁的女工对他说:

"家属不同意是不能火化的。公安局送来许多被害死的车撞死的水淹死的无名尸体,找不到亲属都不能火化。"

"这就麻烦了,家属争这个要那个条件太高,在位的头头又不想给解决,把我夹在中间。"

"咳,多余!所有爱折腾的人争名夺利搞不团结的人,到我们这儿来看一看就明白了。不论是谁有多大本事死后全一个样儿。往铁箱子里一推,小铁门一关,烧完后捡几块骨头抓一把骨灰,往塑料袋一装就完事了。简单极了。一律平等。"

马骏心中一悸,突然感到了人生的短促和严酷。活着真没有什么可闹腾的,到头来真正的唯一的胜利者是阎王爷!

"你们这工作还不错。我原以为干你们这一行会很忧郁很不痛快,没想到你们都挺乐和。"

"谁心里是什么滋味谁知道,不乐和还能去死吗?我们见的死人太多了,怎么死的都有。死个人太容易了,就像吹灭一根火柴。因此大家心里老不安稳,老担心自己家里出事,小孩儿掉进冰窟窿里淹死了,滑倒被汽车轧死了,老人一口气没上来憋死了……反正不想好事儿。

脑子一动就是死,就跟死人有关。只好说说笑笑打打逗逗,让自己少想事少动脑子……"

"班长,"一个男火化工拿着一张纸从前台走到后面嚷嚷着,"市工委一个叫杨……什么玩意儿,这个字不认识,想夹个儿,怎么办?"

"叫杨昶,是工委书记。"马主任一激灵接了嘴。

"该他九点烧他没来,现在要夹个儿。当头儿的活着不排队死了还搞特权。"

"咳,这又不是买东西领奖金,他愿意夹个儿就叫他夹吧。"

班长一发话马骏赶紧离开后台进了前场。

前台一帮人正手忙脚乱地换花圈、改横标——"追悼×××同志大会"。"追悼"和"同志大会"是永远不换的,好像已使用了好几辈子,墨迹剥落,笔画已缺胳膊短腿,只有"×××"处不断用新死的人的名字盖住上一个死人的名字。萝卜快了不洗泥,严肃悲痛的追悼会这样一图省事就显得滑稽可笑了。"×××"处像贴了千层膏药一样突出老高,白粉连纸很薄,上面的字盖不住下面的字。前面的死者叫"王玉红",一个慌里慌张的人站在高凳上举着两张写着"杨昶"的白纸,把"杨"字盖在"王"字的上面,"昶"字不知该贴在哪里。贴在"玉"字处,"杨昶"变成了"杨昶红";贴在"红"字处,又变成了"杨玉昶"。

大喇叭里又传出火化工的吆喝声:"杨……这是杨什么的家属,快点快点!老几位老几位,手脚利索点儿。今天我们活儿多,后边还有好几十个哪!"

马主任不知该往哪儿站,前面矮矮的铁栏杆上挂着两个牌牌,左边的牌牌上写着"首长",右边的牌牌上写着"来宾"。来宾不是首长,首长不是来宾,不能站错了位置。可自己算首长呢,还是算来宾?这要看以什么为标准。他是正处级干部,在科长面前算首长,在局长面前他是下级。刚才听了火化班长一番开导,火化炉内全一样。没进火化炉以前可还得论资排辈。

他知趣地站到来宾席上。

杨书记躺在小推车上被塞进台中央那个小小的充满了污染的

玻璃罩内。哀乐又响起来了,马主任沮丧地下了决心:

"我死前一定要留下遗嘱,从医院的病床上直接送进火化炉,绝对不能在众目睽睽之下钻那个肮脏的玻璃匣,死了以后还招人嘲笑,招人非议,招人咒骂……"

1990年6月

树　精

毁坏一件东西总是能给人以刺激,甚至是快感。

设想一下:偌大的一片厂房,眨眼间被夷为平地——那该是多么的痛快,多么的过瘾!

轰轰隆隆……推土机、挖掘机像在交响乐的伴奏下开过玉龙河大桥。挖掘机手远远地就看见了康丰面粉厂门前的那棵大龙爪槐——那是康丰厂的标志。在"文化大革命"以前的每一个面口袋上都印着这棵龙爪槐的雄姿,有一度还作为整个城市的象征,出现在中央电视台的天气预报节目里。

再过一会儿,挖掘机的铁爪就要把这棵著名的大槐树放倒,那将是何等的壮观、惨烈!

龙爪槐四周聚集了几百号看热闹的人,这让高高在上的挖掘机手抑制不住地兴奋起来。他扳动把手,铁爪从老远就举起来了,直奔大槐树冲过去。人群随即像流沙一样朝两边躲闪……挖掘机的铁爪已经够得上龙爪槐了,机手刚要推动闸杆狠狠地向大槐树的根部挖下去,忽然像断了电一样,铁爪高高地停在了半空中……

就在这一刹那,挖掘机手在退走的人群后面,看见有位老人盘坐在大槐树下。上身雪白,白头发,白胡子,白色的中式对襟小褂,下身是黑色灯笼裤,脚蹬黑沙鞋,在龙爪槐下盘膝而坐,双目微闭,周围一片沉寂。挖掘机手吓出一身冷汗,挖倒大树很刺激,若是砸死了人可就不那么好玩儿了!

大槐树枝叶繁茂,干如虬龙,蓬蓬爹爹地护住了厂门口。康丰面粉厂紧挨着玉河河沿,别无道路可通,后面的推土机、打桩机、汽车等等全都跟着停下来,塞满了桥,堵住了道。

施工队长跑到前边来,弯下腰连喊了几声"老大爷"。龙爪槐下的老人不睁眼也不吭声。施工队长伸出手到老人鼻子底下试了试,觉得还有气息,便想动手拉开老人,立即有人在旁边喝住他:"你敢动老大爷! 动出个好歹你负得了责任吗?"

施工队长停住手,忙问:

"这是怎么回事?"

旁边的人指点他说:

"在这儿还没有盖面粉厂的时候就有这位大爷了,这个厂是光绪三十年建的,你算算老人有多大岁数了? 你不就是个带头干活儿的吗? 趁早别蹚这股浑水!"

施工队长听出这里边有事,就不敢造次,派人去把开发商喊来了。

开发商一见这阵势,也怕闹出人命,赶紧又把面粉厂的厂长找来。厂长四十多岁,满面凄苦,蹲到老人跟前轻轻呼唤:"唱大爷,我是小武啊,武德顺,您睁开眼看看。"

老人睁开了眼,却依旧不说话。

武厂长继续说:

"我知道您对厂子有感情,我也不愿意走这一步,可又不能老是这么干耗着啊! 千八百号人快半年了发不出工资,您叫我这个当厂长的怎么办? 能想的招儿都想了,全不灵,眼下就剩下卖地皮这最后一步棋了……"

老人终于开口了:

"我就纳闷儿,好好的一个厂子,日本人轰炸没有炸垮它,国民党收税没有挤黄它,眼下是太平日子,出面粉的厂子怎么就混不下去了呢? 难道现在的老百姓都不吃面粉了?"

厂长只有苦笑,厂子混不下去的原因岂是三言两语能说得清的? 他草草地搪塞了几句就把话又转到正题上:"……多亏我们厂的位置好,在市中心,又紧贴着河边,这么好的地段让我们一个亏损的厂子老占着也实在不划算,不如拆了它建个花园小区,那有多漂亮！我们也可以用卖厂的钱还账、发工资、交社会保障金。"

老人叹口气:"厂子已败,我管不了,我护的是这棵树,它不是厂子的,当年是我栽的。厂子一没有了,我就只剩下这棵树了,你们卖厂不能卖树,没有资格动它!"

旁边看热闹的人也开始为唱大爷帮腔:"是啊,唱大爷没儿没女没家没业,这棵龙爪槐就是大爷的命,你们拆了厂子再卖了树,叫大爷到哪儿待着去?"

开发商很不耐烦地看看手表,好像只有他的时间最金贵,轻声问厂长:"这个人过去是你们的老厂长,还是书记?"

厂长说:"那倒不是,唱大爷一直都是一般工人,退休后先烧锅炉,后又看大门,由于没有成过家就一直住在传达室里。他从来没有申请过要房,厂子里也从来没有想到过要给他分房,因为厂子里有规定,不给单身职工分房子。这些天忙忙乎乎的我把这事也给忘了,把厂子一卖可叫老人到哪儿去住哇?"

开发商立即接上嘴说:

"可以把老头儿送到养老院去。"

厂长摇摇头:"不行,我们试过几次了,长了一个月,短了十几天,唱大爷就不行了,看上去一点精神都没有了,不吃不喝,脸上挂锈,眼看就要出事！可一回到厂子,还住在这个传达室里,吃不得吃,睡不得睡,却没有几天就好起来了,人也立马就有了精神!"

这回轮上开发商摇头了:"那一定是养老院的条件太差了,你们就不能找个条件好一点的?"

厂长苦笑着辩解:"再差的养老院也比我们厂的这个传达室好吧？养老院里环境好,吃的好,住的好……"

开发商真的听不明白了:

"那这是怎么回事呢?"

旁边看热闹的人憋不住插嘴了:"都到这时候了,你就实话实说呗,唱大爷离不开这棵大龙爪槐,天天跟槐树在一块儿,不吃不喝也精气神十足，一旦离开这棵树，人就打蔫儿，时间一长就得坏！"

"还有这种事？我不信！"开发商转悠着眼珠子上下左右地打量着唱大爷……

旁边有人生气了："你信不信没有关系，这可是人命关天啊！你仔细端详唱大爷的样子，是不是跟这棵大槐树一模一样？你看唱大爷的胡子和头发的形状，是不是跟这龙爪槐的枝条一个样？唱大爷已经成精了，他老人家的精气神就全靠这棵大槐树给撑着哪。人跟树血脉相通，你砍树就等于是害人！"

开发商嘿嘿地笑了，他是干什么的，根本不信这一套，更不会因为一棵老树影响自己的工程进度。他脑子一转马上便有了主意："这样吧，麻烦厂长先给老头儿找个招待所住两天，等我推平旧厂房搭起工棚的时候，给老大爷留出一间。将来把小区建好了，在一楼给他一个独单元，算是我送的。这总行了吧？"

老人说："我在哪儿待着都行，关键是这棵龙爪槐，你们想拿它怎么办？"

开发商发狠地说：

"也给你留着。"

这样一来，连周围的人也觉得说得过去了，就跟厂长一块儿连哄带劝地扶老人上了厂长的吉普车，离开了厂门口。

开发商向挖掘机手使个眼色，也钻进自己黑色轿车走了。

唱大爷坐在厂长的吉普车里，一路上听着厂长在跟车上的另一个人商议哪儿有招待所，这个年头只有宾馆，哪还有便宜的招待所啊！听着听着，老人突然心口一阵绞痛，嘴一张，有鲜血激射而来，直喷到前面的挡风玻璃上！

老人用一只手死命地抓住厂长的胳膊，眼睛瞪着："回去，快开回去！"

厂长恐怖，赶紧命令司机掉转车头。

待他们再赶回康丰面粉厂门口，工厂的大门已经没有了，门前那株硕大的龙爪槐也躺倒在地，身首异处，枝干支离破碎地撒得到处都是。推土机正以摧枯拉朽之势荡平其余的厂房……厂长回头看看唱大爷,早已气绝身亡。

人们一下子围住了吉普车,七嘴八舌地敦促厂长去追究开发商的责任,大家一再告诫他唱大爷就是这棵龙爪槐的精灵所变,可他就是不听,现在可不是应验了!

于是,在玉龙河沿一带很快就传出了关于树精的故事:说老的唱大爷早在许多年前就不在了,现在的唱大爷其实是这棵龙爪槐变的,或者说龙爪槐是唱大爷变的,只要这棵大槐树活着,老人也许永远都不会死……但大树一刨,老人必然即刻毙命!

1991年5月

水中的黄昏

接近摄氏四十度,气象台就不敢如实预报了。老说是三十八度。

与其说人疯了,不如说世界变得邪乎了。

谁都经历过春夏秋冬,何曾见过这样的夏天?一年比一年热,太邪门儿了!

躲在屋子里被蒸得喘不上气来,皮肉叫汗水沤得像面团一样发酵了,可心里老有一种窒息的感觉。

莫非真是买不起空调的人的末日到了?

在屋里受不了,到外面会不会好过些?

外面的世界被肆虐的阳光已经烧烤得冒烟了,一根火柴就能把地球烧毁。

毒日之下仿佛没有生命存在了。

整个城市被持续的酷热折磨得半死不活了。

往日引为骄傲的非常漂亮的内、中、外三条环城公路,像三条死掉的黑色巨蟒,松松垮垮地缠绕着城市,毫无生气。

外环线上车辆尤其少。

柏油被晒化了,路面上汪着一层亮晶晶、黏糊糊的黑油。有的流下道坡,像无数蜿蜒的小蛇。

自行车的轱辘轧上去软塌塌、黏渍渍,被吸住,被咬住,像蘸糖葫芦一样仍旧缓慢地沉重地向前滚动,发出吱吱嘎嘎的响声。

这是一辆旧车,主人是一位老者。似乎并不心疼它,更不心疼自己。一个感觉正常的人是不会在这种时候骑着自行车轧马路的。

男女老少都能够戴的蓝白尼龙旅游帽下,一张苍老、滞重、可怖的脸,挂着道道汗渍白斑,似曾出过大汗。如今已经干透,水分蒸发净尽,无汗可出了! 圆领短袖老头儿衫,灰裤子,咖啡色塑料凉鞋兜着一双赤脚。像工像农像干像群像城里人也像乡下人,在这城乡交界的大马路上孤单单、慢腾腾行进。并不是故意地与骄阳抗争,而是对世间的一切酷热都不再在意,木然不为所动。

没有目的,马路的方向就是他的方向。

外环线是圆的。

他已记不得,从早晨出来就一直在这条外环线上绕圈儿呢,还是从内环骑到中环,又从中环上了外环呢?

从早晨起来他什么东西都没有吃过,肚子空空的又是满满的,并无饥饿的感觉。岂止是今天没有吃东西,他已记不清有多少天没有认真吃过东西了。如果说他还不曾饿垮,还有力气骑车,那都是在别人的劝说下,在儿媳妇的哭求下,甚至是在小孙女的执拗央告下,他把碗里叫做食物的东西胡乱塞进嘴里。

他必须挺住。老伴儿已经倒下了,她能不能熬过这一关,还很难说。自己本想退休后享享清福,独根儿子一死他又成了家里的顶梁柱。

他真的还能顶得起来吗?

他多么想现在就垮掉! 突然从自行车上栽倒,被从后面赶上来的汽车轧死,那是多么简单,多么痛快,一了百了。

人生的目的,学了六十年,想了六十年,实践了六十年,曾经是一个多么深奥和色彩斑斓的梦。如今由于儿子的意外死亡,他的一生也完了,白活了六十年,白干了六十年。

"老怕丧子"——古人的话经过几千年的验证,没有人能否定它,可见其深刻和正确。不论什么人物,到老了,孩子就是一切。儿子是自己生命的延续,还有比自己亲眼看到这种延续突然断了更残酷更令人绝望的吗?

生活无常,该死的不死,不该死的倒先死了。一个三十六岁的男子汉怎么会被淹死？他不是不会游泳或刚学会游泳的愣头青；也不是没有力气，儿子更不是不懂得为自己的行为负责的白痴……

他曾想过这可能是谋杀，但嘴里没有说出来。因为没有人会相信，包括他自己。没有任何人任何理由要谋杀他的儿子。尽管他在台上时曾得罪过一些人……咳，在台上时浑然不知下台活的苦！

那么，就是命运在报复他了？

如果儿子早死三个月，那时他还在台上，感觉也许会稍好一点。如果儿子再晚死几年，等他死了再死，自然就更好了。

突然间，自己生命的厚度只剩下一张纸了。

是单薄脆弱地等待下一次打击来临呢，还是将这张纸烧化随儿子的魂灵而去？

等待难道就是他活下去的理由吗？

他知道，今后不会再有好事等待一个六十岁的人啦。

在不可抗拒的时间面前，他有一种深深的失败感和渺小感。

公路两边光秃秃的，春天刚栽下的小树苗，何年何月才能绿荫如盖，护住路面和过往的行人车辆不受烈日暴晒之苦？

这才叫前人栽树后人乘凉。

后人也许还会砍树。他就砍过树，要修路，要建设，要改造老城市，怎能不砍树！

市民都知道这外环线是市长的德政。只有市长心里明白，这其实是他的杰作。

九年前，市长陪一位国家领导人从郊县视察回来，去一号迎宾馆，竟然塞了车。

第二天，市长把他找去，决心要修一条"迎宾大道"，横贯市区，直通一号迎宾馆。

他知道自己的机会来了。

只有他才敢对市长的决定提出不同的意见和有价值的建议——

如果叫"迎宾大道"就无法动员群众。"迎宾大道"实际上就是官道。现在的老百姓，还会对迎宾、对给当官的修道感兴趣吗？

市长真的被他问得闷口了。

眼下要成就一件事非得得民心不可。"为老百姓办实事"的口号不能丢。

他大讲现代城市交通的世界新潮流，也讲了自己对改造这座老城交通的设想：

修建内、中、外三条环线和十几条从市内向外呈放射状的道路。有旧道可借用的重新改造加宽，没有旧道的地方就新修，让道路如蛛网，四通八达，决不会再出现惹得民怨沸腾的塞车现象。

城市红火起来。他成全了市长，市长也成全了他。至少他在退休前是这么认为的。如果不是碰上一位有雄心、敢作敢为的市长，他那些抱负也不会有机会得以实现，将会平庸地度过一生。市长没有他这员干将，也不会这么快就占尽风水，成为全国有名的"人民的好市长"。

真的相辅相成吗？他现在就不平庸吗？

退休以后他对以前许多坚信不疑的东西都动摇了。他身体好，精神好，经验丰富，正处于人生的辉煌时期，满以为会让他多干几年，更觉得城建局也离不开他。

岂料他跟其他六十岁的干部一样被一刀切了下来。切了他也就切了，一切都在照常运转，生活还是老样子，人们并不因他的去职而感到缺少了一点什么。仿佛他不曾存在过，不曾轰轰烈烈地创造过奇迹……除去年轻几岁在其他方面都无法与他相比的人当了局长，也像模像样，同他当初一样好像天生就是局长。人们越来越不再想到他，谈论他。

正是这些不如他的人将主宰他退休后的生活，他不能忍受自己的余生要仰仗这些人的关照。不忍受又有什么办法？

回忆过去，平庸也罢，辉煌也罢，全无意义了。他的生命只是一场失败。到今天，有哪些东西还属于他呢？

公路上突然卷起一阵阴凉的风，他居然起了一身鸡皮疙瘩。抬起头，不禁毛发倒竖，头皮麻挓，在他的车轱辘前面横卧着一条碗口粗的白蛇。闪闪发光的扁圆形脑袋高高昂起，冲着他吐着闪电般的舌头。双睛灼灼，盯着他的眼睛。

他无法躲闪，腿脚僵硬，想下车也来不及了，只好撒手闭眼冲过去。

那白蛇并没有被他轧着。他快蛇快，他慢蛇也慢，白蛇始终在他车前不足一米远的地方，从容地吐着芯子，眼睛盯着他。

于传夫，我想帮你，你为什么这样害怕？还想轧死我？

你是蛇神？蛇仙？还是蛇魔？怎样证明你是想帮我，而不是想害我？

信则灵，难道你不懂？再说你落到今天这种地步，还有什么好怕的呢？如果我想要你的命，岂不成全了你？不正是你求之不得的吗？

你就是想用这种办法来帮我吗？

当然不是。

请你证明你是神仙，然后就消失。你这样纠缠让我害怕。

好吧，你可以向我提三个要求。

这完全跟神话一样，我提了要求你真能做到？

试试看。

第一，让我儿子死而复生；第二，让我再年轻二十岁；第三，让我恢复原来的工作或者给我更高的职务和权力。

白蛇大笑，扁头抖动不已：

不论是人还是神，死了都不可能再复生。但，你可以再生一个儿子……

我六十岁出头了怎么可能再生儿子？

古代有个刘元普，七十多岁了还可以双生贵子。你才六十岁为什么不能？刘元普因为乐善好施所以到老了还能得双子。你修路架桥，重修庙宇，允许民众烧香磕头，也算是积德行善。所以我才来帮你。

最关键的，刘元普是个老光棍儿，古代社会允许他同时娶两个年轻貌美的老婆，才得以“双生贵子”。我有老伴儿，老伴儿已丧失生育能力,你叫我怎么再生个儿子?你不是神仙,神仙是无所不能的。你是毒蛇……

他从车上摔了下来。

这里已不是外环线,正是他最不愿意看见的地方。鬼使神差,自行车又把他驮到这儿来了,并撞到了一块大石头上。

莫非是鬼打墙?

这里俗称东窑地。

据说从人类发明了烧砖的那个年代起,这里就竖起了十几座大砖窑。这儿的土好,烧出的砖都是钢砖。人们一代又一代地在这儿挖土、打坯。解放后建房修路也从这儿取土。久而久之,砖窑不知在什么时候倒塌了,留下了一片深深的窑坑。夏天一场暴雨便成了一个大湖。四周有大大小小的土丘、高坡,上面长满杂树,大的两个人抱不过来,小的只有手指粗——这儿的土质好,园林局把东窑地当成了自己的苗圃。

他对这儿太熟悉了。

东窑地取之不尽的黄土,成就了他城建局长的事业。

他老早就想把东窑地买下来,将湖填平,建成一片高级住宅小区。这是他一生的最后一个心愿。他就想把这个“东湖大区”建成后再退休——这名字就是他起的。别的新住宅区都取名叫某某“小区”,他偏要叫“大区”,东窑地的面积本来就不小!让“东湖大区”给自己再竖起一块丰碑,一块只属于自己的丰碑。以前他架桥修路的功劳都被老百姓记到市长的账上了。

近八九年来,全市哪个行业的人不眼红城建局的职工?风头出尽,钱包装满,住房不成问题。这都是因为城建局有他这样一个英明的决策人。也只有他,在几年前就想到了,如果不买下东窑地,上马“东湖大区”的工程,等到外环线修成,出惯风头的城建职工,将再无大工程可干。没有活儿干,就没有钱赚。坐吃山空,城建局的人也将随着大经济气候的不景气而吃紧。有他这样一个深谋远虑的局长,真是城建职工的幸运。可有多少人能认识到这一点,从心里感激他呢?

然而,要买下东窑地,又谈何容易。

园林局死活不同意,规划局坚决反对。

他们赶时髦,一派"绿色和平组织"的言论。认为东窑地是城市的一宝,周围工厂不多,东湖水没有受到污染,涝了可以排水,旱了可以存水。四周那一片野树林更是难能可贵,富有大自然的原始生态。现在的城里人,追求现代物质文明并不难,想享受一点大自然的野趣可就不那么容易了!中国的哪个大城市还能有这么一块风水宝地?倘若把用于盖高楼的钱拿出百分之一,将东窑地建成湖上公园,不仅可以调节现代城市人的生活情趣和精神面貌,还可造福子孙后代。

于传夫嘲笑他们是不食人间烟火的君子。

绿党分子都是产生在发达国家,而不是发展中国家。你们建公园是为了玩儿,我盖房子是为了让人住。人先得有房子住,然后才能顾及到玩儿。

你为什么非要在这儿盖房子?

这儿是荒地野水,便宜。

公安局长支持他。东窑地简直就是野猪林,夜晚多有流氓出没。每到夏季,窑坑里不知会淹死多少人。它始终是公安局的一块病,不彻底铲除它,城市的治安就老有一个不稳定因素。

软的硬的,好的坏的,虚的实的,上面找领导,下面打通关节,经过四年的努力,他终于把东窑地买到手了。这要靠他近几年搞城市建设有功,名气大,说话分量重。谁知道园林局长是谁?怎么能跟他相提并论!城建局上上下下也都明白,如果不是他于传夫,谁也办不成这件事!

他刚办成这件大事,正要组织班子着手设计,便下台了。

下台没出一个月,儿子就在这东窑坑里淹死了。

莫非是报应?

他挖坑淹死了自己的儿子,是惩罚他修路盖房不该从这儿取土,还是警告他不该填死窑坑盖房子?

树林子是人,湖边上是人,水里也是人。

叽叽喳喳,远远就听到一阵阵声浪,却分不清一个具体的字、具体的音。

嬉戏打逗的,横躺竖卧的,在树荫下看书的,打牌的,哄孩子的,人人都是这么悠闲、舒朗、快乐。

在他看来这又是多么冷漠,多么残酷。在这个地方刚刚死了一个生命力正处于旺盛期的同类,同时也毁了一个很好的家庭,竟然没给这个地方留下一点痕迹,人们像什么事情也没有发生过一样,仍在泡过死人的水里游泳,就在放过尸体的地方或坐或卧,嘻嘻哈哈。

这太不公平了!

有这么多男女老少在水里扑腾,为什么单单淹死了我的儿子?

愤怒和悲怆,把他的眼睛烧得红红的,脸色阴沉而冷酷,与这里的气氛格格不入。

他推着自行车,沿着湖边转。到处都插着"禁止游泳""禁止垂钓"的木牌子,牌子上挂满衣服和书包。正是因为有这种不起任何作用的牌子,他的儿子才白白淹死了!"禁止游泳"你偏要游,死了不是活该吗?

最好这时候天塌或者地陷,让他和这些欢男乐女一块儿死去。

湖的西头,人比较少,那里弥漫着一股臭味儿。每隔一会儿就有一辆满载垃圾的翻斗卡车,开到湖边一翘屁股,便把垃圾倒进湖里。

他的计划正在实施。以这样的速度何年何月才能把东湖填死?如果他还在台上,就会调一个庞大的车队,一天二十四小时不停地往湖里倾倒。一个近千万人口的大城市,一天的垃圾就是一座山,不消一年就把东湖填得差不多了。然后用推土机把土丘、高坡的好土推过来,就可以打桩,挖地基坑,工程便全面展开了。

想这些有什么用?

连他自己的生命都变成了一堆垃圾。

他盯着湖面,几次看到水面上映出儿子的脸,似要跟他说什么,都被游过来的人吓跑了。

莫非儿子还没有找到替身,魂灵还没有离开这片窑坑?

儿子呼唤他,他呼唤死亡,父子似乎又达成了一种默契。

当儿子的脸再一次出现在水面上的时候,他推开自行车,纵身跳了下去。

湖水沁凉,一种无法言喻的轻松和舒服,使他沉迷。忘记了跳下水来的目的,在这一会儿甚至忘记了儿子和自己的不幸,从里到外生出一种莫名的欢愉。

水揉搓着他,他配合着水的性子划动着,有一股妙不可言的自在感通过皮肤传导到全身。他有许多年没游泳了,但游泳这玩意儿,只要学会了就变成了人的一种本能,什么时候跳进水里都会立刻找到一种同水的和谐。在正常的情况下会水的人想淹死自己都办不到。

他的两只脚相互帮助,甩掉了塑料凉鞋,更感到一阵轻松,便向远处游去。水里没有酷热,没有喧嚣,他的心情也平静下来。脑子里只有水,对水的感觉,对水的体验。是情不自禁地在游动。仿佛消失了个人的存在,模糊了自我意识……

任何人在水里都是积极的,不积极就会沉下去。太积极就会累,就会呛水。

所有的人在水里又都是孤单的。孤单地自己帮助自己,孤单地面对自己的生命……

有个人用漂亮的自由泳姿势,像一条大鱼,疾速地游到于传夫身边,立起身子,露出脸,很和善地打量于传夫:

"老师傅,你游得还真不错。"

有四五天了于传夫第一次有了和人说话的欲望:

"你游得真好,我还以为你是个小伙子哪……"

"完了,半截入水了!"

"半截入水?"

"现在人死了不许土葬,所以不能半截入土。干我这一行,很可能到老了会被淹死。"

"你是专业游泳运动员?"

"不,我是园林局在这儿看林子的。"

"有五十了?"

"整五十。"

"不像,你的身体真棒!"

"你也不含糊,刚才真吓了我一跳。我在那边站着,一回头正看见你把自行车一摔,不脱衣服不脱鞋就往水里跳,还以为……"

儿子为什么没有碰上他?

"你是好人,贵姓?"

"免贵姓黄。"

"老黄,这里经常有寻短见的吗?"

"很少,真想寻短见的好救。淹死的都是不想死的人,他自己想不到,别人也想不到,不知不觉,无人觉察地沉了底儿,怎么救?"

"今年淹死了多少?"

"到昨天为止死了六个啦!"

"六六大顺,不多嘛。"

"啊?"老黄见他有点离离讥讥,便掉转了头,"老师傅,往回游吧,游泳这玩意儿跟人生一样,不论游多远,最后还得游回去。"

"你这话说得不错,世间万物都是从生到死,从死到生,生生死死,往复不已。想透了,活着也好,死了也好,都没有多大意思。"

"老师傅贵姓?"

"免贵姓于。"

"听你说话像个有学问的人。"

"最大的学问就是游泳,水有情,水无情,游得好是为了不让死神抓着,有时却偏偏会撞到淹死鬼的怀里。"

他们回到了岸上,于传夫却不想马上离开老黄。他们来到一棵大树底下,坐在裸露的树根上。

"老黄,你说昨天又淹死人了?"

"哥儿俩,哥哥大学刚毕业,妹妹大学二年级,老娘在岸上给看着衣服。哥儿俩跳下去就没有上来。到晚上,蚊子下来了,人都走光了,当娘的抱着儿女的衣服就疯了。警察用铁耙子捞,这不是公园的小湖,到哪里捞去?直到今天早晨,两具尸体才漂了上来。"

于传夫感到一阵恶意的宽慰,还有跟自己同样倒霉的。他太清楚那种场面了,不被铁耙子捞上来是死者和亲属的万幸。倘被铁耙子钩上来,那尸体已经千疮百孔,惨不忍睹了。

有几个上了年纪的人跟老黄打着招呼凑了过来,都穿着游泳裤,有的还戴着游泳帽。听语气,看神色,他们是这里的常客,跟老黄也相当熟悉。

游累了,大家围坐在树荫下,不愁没有吸引人的话题。每个人都过过说话的瘾,过过听新闻的瘾,借机慷慨一番,咒骂一番,同情一番,哈哈大笑一番。各种情绪都得到发泄,痛快畅美,真是一件乐事。

议论淹死人的事,大家兴致最高。

于传夫提出自己最关心的问题:

"为什么这里老淹死人呢?"

老黄说:"有这样几种情况,一是不了解水底情况,跳水时用力过猛,脑袋扎进泥里或撞上砖头瓦块,突然发蒙被水呛昏,那就必死无疑。再有就是水凉体温高,下水太急不适应,双腿抽筋。还有一种情况是被水草缠住,没有经验,心慌乱动,越缠越紧,就沉了底儿。说到底,都是一股寸劲儿!"

"今年淹死的人不多,可质量都挺高。听说上个星期死的那个是工程师,城建局长的儿子。"说话的是个大胖子,一身层层叠叠的肥肉,触目惊心,堪为一景,"在他淹死的前一天,有人给他们家送礼,提着两条活鲤鱼,那两条鱼还张嘴喘气哪,后边跟着一只狗。正巧叫一个算卦的碰上,那算卦的当场就对别人说,这户人家不出两天准死人。邻居把这话告诉了于传夫,人家是局长大人怎么能信这一套。想不到第二天,儿子就被淹死了。"

一阵儿寒战从于传夫的脊背生成,迅速冷遍全身,一种惊诧,一股悲愤。名人有了不幸便成为社会话题，谁都可以按自己的意思添油加醋，演绎成一篇便于传播的通俗故事。那天是不是真的有人领着狗给他送活鱼，而家人忘记告诉他了？

大胖子卖了一个关子，听故事的人必然要发问："为什么有人领着狗送两条活鱼来，就一定会死人呢？"

"鱼张嘴是个'口'字，狗就是'犬'，两个'口'下边加个'犬'，不是'哭'吗！死了人能不大哭吗？"

"噢，还真是那么回事！"

"咳，瞎掰。"说话的是个黑胖子，头上身上全是一堆一块的横肉，又粗又短的脖子一梗，一副说直理、抬大杠、气死人不偿命的样子，"于传夫要用垃圾把东窑地填平，缺了大德，老天报应他！"

老黄捅捅黑胖子："王师傅，别瞎说。城建局填湖，是为了建住宅区。"

"对，还是高级住宅房哪！老百姓住得上吗？还不是为头头脑脑、外国人、个体户和歌星影星们准备的。可现在的东窑地是老百姓的大俱乐部，没有它我们这些老不死的到哪儿待着去？至少会少活十年！"

汗衫和裤子很快就干了。

于传夫赤脚蹬着自行车回到家里，家里人正急得团团转。儿媳妇已经给城建局老干部处打了电话，请他们派人分头到老于有可能去的地方去找。老伴儿坐在客厅的沙发上，用双拳捶打自己的太阳穴，拳打不解气就用头往墙上撞。小孙女眼泪汪汪地拉扯着她的胳膊……

他早晨一句话没说就离开了家，一天没回去，家人不往好处想。"祸不单行"——大家心照不宣。但不知道这第二件祸事是什么，会发生在谁的身上，在什么时候到来。

灾祸当然会先选择老伴儿和他。老伴儿已经有点麻烦了，自打儿子出事后她就不能睡觉了。她说一闭上眼就是儿子那被水泡得变了形的尸体。精神显然正在崩溃。

他似乎已经决定不再躲避，而是迎上去。又恢复了以前的自信和尊严,叫儿媳去做饭,自己给局老干部处打了个电话,为惊动了他们表示歉意,称自己外出散心碰上了老熟人,一聊起来就忘了时间。

家人都用惊异的眼光看他。出去一天到底出了什么事? 碰上了谁? 真的一下子从绝望中走出来了?

见他平安回来,老伴儿也安静多了。

他如果再出什么意外,肯定也要把老伴儿搭上。以前有儿子,他对家里的事不管不问。今后还要由自己把儿子在家里的责任担起来,他仍是这个家庭的重要角色,还有太多的责任要尽,他可不能出事!

他躲进卫生间痛痛快快地洗了个澡,也对自己今后的生活,大体清理出一个头绪。

晚饭后他打开了电视机,故意选了个有文艺节目的频道。直到小孙女困了,躺在他腿上睡着了,他才开口说话。先是对儿媳妇说,其实也是说给老伴儿听。

"景慧,你还年轻,正处于生命和事业的盛期。任何人,包括你本人,都没有权利为一个死了的人毁掉自己的生活。我们也一样,都对自己的生命负有责任,不管这责任是痛苦也罢,欢乐也罢,轻松也罢,沉重也罢,都要活下去,而且要好好地活。你应该去寻找新的幸福……"

儿媳妇哭了:

"爸爸,您别说了。"

"我必须说,你活得好,我和你妈就轻松。你过得不好,我们就老有负疚感。还要说明,你永远是我们的女儿,这里永远是你的家,你住的房子也永远属于你。明天,你可以到娘家去住一段时间,也可带着青青出外旅游,总之采用一个你能接受的方式,让孩子尽快摆脱家里这种不健康的气氛,走出悲哀的阴影。"

"不,我哪里也不去。妈妈这样,我怎么能离开! 他不在了,我再离开,叫你们二老怎么受得了!"

儿媳妇一哭,老伴儿就陪着哭,又开始往墙上撞头。儿媳妇慌忙抱住她,婆媳哭作一团。

于传夫恼了：

"如果你们的眼泪还没有哭干，今天晚上还可以哭个痛快。从明天起，谁也不许再在家里哭天抹泪。要想哭就到大街上去哭，别让我看见听见。"

他把孙女抱到她的床上，看着她睡稳了才离开。到阳台上从儿子那一堆遗物中找出游泳裤，洗了洗晾在绳上。然后就在阳台上站着，他想用怒、用恨抑制悲伤，让心情慢慢平静下来。

直到厅里婆媳两人的哭声平息了，他才走进去。

"景慧，不要为我们担心，你母亲有我照顾很快就会好的。快去睡吧。"

儿媳妇回自己的房间去了。他把老伴儿也扶进卧室，用热毛巾为她擦了脸，擦了身子。

不知有多少年他没有这样亲热地照顾过妻子了。倒了一杯温开水，让妻子吃了两片安眠药。躺下后他把妻子抱进怀里，让她感到他的强大，他的温暖，他的重新开始生活的勇气。

他这一系列反常的亲热举动，果然有奇效，妻子安静而又温顺，紧紧地依靠着他。

"正秀，你知道你多大年纪吗？才五十八岁，时间还长着哪！我们正该好好为自己活一活了……"

他等到妻子真正睡着了，才起身关掉空调机，打开窗户。自己也吃了两片安眠药。

既然醒了，就别在床上赖着。越赖越萎，越会头昏脑涨。

刚五点多钟，于传夫就连劝带拉把妻子请出家门。他推上自行车，抄近路直奔东窑地。防备妻子走不动了，就用自行车推着她。

必须让她看看东窑地，熟悉东窑地。不能让这个地方成为他们生活中的禁区，成为她精神上的炸弹。不然，今后无论什么时候一听到这三个字她的精神都会被炸垮。

"这是到哪里去？公园不是在右边吗？"

"遛早嘛,当然要找个有水有树又清静的地方,公园里人挤人,哪有我们的位置。"

步行到东窑地,路可不算近。妻子的毛病在精神上,而不在腿上,让她累一点对她的精神有好处,至少可以转移她的注意力。当然也不能真累着她,走一段他就让妻子坐到车上由他推一段。他甚至跃跃欲试要骑上车带着妻子跑一段。他敢带,妻子却不敢坐,他上她就下。无论他怎样充英雄也是六十岁的人了。

"正秀,你忘了?当初谈恋爱的时候你没有自行车,经常坐我的二等。"

其实,妻子真要叫他带,他也不敢。他必须不断地说话,打趣,逗她开心,不能沉闷,不能让她的脑子闲下来去想不该想的事,或者触景生出煞风景的情。

他们有几十年不谈情说爱了。他突然一口一个"正秀"地叫着,叫得她心里很舒服,柔柔的。五十八岁了也是女人,美国一个著名的女人,在这个年纪还大张旗鼓地举行第八次婚礼哪!平时他高兴的时候叫她"谷老总",那是一种调侃,她确实曾是东方电机公司的副总工程师,他这样喊她却是一种打趣,隐喻着"老太婆","现在你是家里的总管了"等等。他没有情趣的时候就"哎"、"喂"、"你",或者冲着孩子却大声说给她听,叫你妈妈去干什么干什么,叫你奶奶给我拿什么东西来……

看来只要有合适的环境,有一种氛围,有时间,有情致,六十岁的人照样可以亲亲热热。

"正秀,你没有感到我们以前的生活有个重大的缺陷吗?有物质方面的也有精神方面的。从中学到大学都是吃食堂,结婚后没多久就当干部,当官当长了只习惯于用一种眼光看生活,那就是居高临下的政治眼光。在机关有食堂,在家有保姆,外出的时候衣食住行全有人为你安排得好好的,总之你除去领导别人,一切都不用操心。久而久之,就只会当领导干部,而不会当普通人了。丢失了普通人的生活技能,生存能力降低了,失去了普通人的自由自在和欢乐。权力能把末代皇帝改造成普通人,也能把普通人变成许多末代皇帝……"

谷正秀下了自行车,扶着于传夫的胳膊,依傍着他,缓缓而行。她又感觉到了丈夫身上那种熟悉的东西:喜欢思辨,因智慧过剩而造成的沉重的人格分量。

"再正常不过的退休,为什么给我们造成了这么惨重的打击?成天待在家里,不能再指挥别人了,无法从领导工作中获得生命的需要和乐趣,又不会像普通人那样生活。不会买东西,做出的饭不是味道,口高手低,不会以普通百姓的身份和邻居、和摊贩、和社会打交道。退休成了预备死亡。古人讲,人生大益在自求变化气质。从今天起,我们必须夫唱妇随,学会做个快乐的满足的凡人……

他突然停住了口,已经来到了东窑地的野树林。

一下子远离了城市的浮躁、酷热、拥挤、虚华和噪声。宁静、凉爽、舒适,令人精神为之一振。树上鸟叫,地上虫鸣,轻风吹拂且不杂纤尘,空气中弥漫着湿土的气息和青草的芳香。晨曦在树叶上,在蜘蛛网上,闪耀着点点光斑。在一片翠绿中,间杂一些野花,嫩黄姹红,相映成趣。天上地上前后左右绿意盎然,处处都有神秘的生长,显示出生命的强盛和大自然的奇迹。

他们深深地呼吸,清香湿润之气翻腾,浑身感到好舒服,皮肤柔软了,五脏六腑被洗净了。谷正秀的目光变柔了,脸上现出怡悦和平静。

难得这份宁静。静则生灵,人的精神来自感觉,就像人的肉体充满着精神一样。有一只手在抚慰她的灵魂。

他们饱餐这宁静,这满眼的新绿,这一切色彩。

天还太早,树林子里人很少。在东边隐隐传来说话声和嬉笑声。他们慢慢地登上了一个长满大树的土丘,看见了一大片碧玉般的湖水。

喧哗声来自湖中的游泳者。这么早就有人来游泳!虽然她一次也没有到这里来过,但知道这是什么地方了,也猜到了老于带她到这儿来的深意,便不再打问什么。

他们坐在大树根上休息,眼睛看着东方的蓝天、白云、湖水,谁也不说话。

白天突然降临了。

滚滚白云托浮出一个巨大的火球,火球在云堆里腾跃。每向上腾跃一次,就由赤红变得更接近金黄。终于,火球撒开亿万顷光芒,层层叠叠的云堆刹那间变成了排山倒海的光浪。这光浪充塞天地,覆盖湖面,湖水变得金黄,反射出条条金线。

他们仿佛看到了创世纪的情境,在闪电般倾泻的金光里站着手拉手的亚当和夏娃——

那是一群赤身裸体的老年游泳者。

突然见到这么多奇形怪状的裸体,谷正秀被吓了一跳。当她发现其中还有几位妇女,才敢大大方方地端详这些老年水鬼。

他们的身体躲进水里,就变得年轻了,生龙活虎,充满力量。有人蝶泳,像燕子一样在水面上飞掠;有人劈波斩浪,奋勇前冲;有人沉稳自信,动作娴熟;也有人悠闲地躺在水面上,享受水的温柔和天的洁净。

有的是好几个人前呼后应集体游向对岸。有的只是两个人,游得远远的,在开心地说着什么。无论他们说什么,也没有人能够窃听或偷听得到。在水里谈机密的事是再安全不过了。

爱干净的人,用雪碧的大瓶子在家里灌满自来水带来,上得岸来往头顶一浇,就算是淋浴了。有人借着水兴大唱京剧。不论谁唱什么,只要有人开口,旁边就不愁没有人帮腔、叫好、起哄。热热闹闹,嘻嘻哈哈。大家都是那么快乐,那么和气,那么自然,那么和谐。做个活生生的凡人多好!

这让于传夫和妻子大为感动,大为眼馋。

于传夫有备而来,拉着妻子走近湖边。

他们意外地在这肥肉阵中看见了几位不同凡响的人物。

岳雄尊教授,前不久在国际上得了个什么重要的奖,回来后在电视上亮相,西装领带,气度不凡,令人肃然起敬。却原来是这样一个皮松肉垂、欢眉笑眼的矮胖子。

警备区的老司令员杨剑,是个独臂将军,用一只手不紧不慢,有规有矩地穿着衣服。

市委书记伍超,平时老绷着一张官脸,脱光了衣服倒很容易跟其他裸体混成一片。

令谷正秀惊异的是老演员崔灿,当年曾是她的偶像,如今和别的老太婆毫无两样。若不是丈夫提醒,她决不会认得出来。另一个是中心医院内科病房的周主任。她深知这个老姑娘有洁癖,是自闭症患者,平时凡人不理,非说不可的话也是贵人语迟,宁让人听不懂,回去琢磨半天,也不愿多说一个字。只是由于她俩出身差不多,年轻时的经历也很相似,在她住院期间两人才说得多一些。

她怎么会也到这种地方来游泳?她的身材保护得很好,穿着游泳衣线条还很优雅。她的气质永远是这么高贵,清丽中含端庄。

谷正秀走过去,周瑶华也看见了她。

于传夫相信自己的不幸已在全市成了重要新闻,周瑶华不可能不知道。他借着打招呼,递给对方一个眼色。作为一个出类拔萃的老医生,周瑶华当然知道对自己以前的老病人,该说什么和不该说什么了。

"周主任,想不到您还喜欢游泳。"

"我游了三年多了,这里许多人都游了十几年了。您这不也来了吗?"

"我今天是被骗来的。"

"您不会上当的,游一两次就会上瘾了,然后再有一天不游浑身就会不舒服。"

谷正秀笑了。

"谷总,您笑什么?水是生命之源,上天为雨露,下地为润泽,万物弗得不生,万事不得不成,大包群生而无好憎。这是古人讲的。游泳是最好的运动,健身、健美,更重要的是调解人的心理状态,消除精神上的紧张、痛苦、抑郁。您看这些人,不论多大年纪,一跳进水里就变成了一个快乐的自然人。"

和周瑶华相比,谷正秀显得苍老,形神疲惫,但不失端雅。脸上依然挂着许久以来没有过的笑意：

"我笑您变得年轻了，也开朗了。"

"也许是坚持运动帮助我想通了，不能让生命变成一团死灰，让孤绝杀死希望。人老先从心开始，心上托着个秋天不就是愁吗？愁使心老得最快……"

谷正秀脸上的笑容消失了。

在她们说话的时候，于传夫脱下汗衫长裤，游泳裤早就在身上穿着哪，弯腰甩臂，做了几下准备活动就跳进水里。

谷正秀的眼睛跟踪着他，不能让他在自己的视野里消失。以近乎自言自语的口吻问：

"这里不是经常出事吗？"

"没有的事！要是那样谁还敢来？多少年来，没有一个四十岁以上的人出过事。放心吧，您应该陪着老于每天早晨到这里游个把小时，保证大有好处。"

"为什么不到游泳池去？"

"游泳池才有几个，光小学生都装不下，从早到晚像一锅锅的煮饺子。成年人去游每月还要花几十元钱，一般人也负担不起。您知道，六十岁以上的人全市有多少吗？八十万，哪里能有这么大的游泳池？"

"这么多！"

"像我们这种年龄的人，正是进入了生命最脆弱的阶段。中国人均寿命是六十九岁，而高级知识分子和局级以上干部的寿命，平均却只有六十三岁。你观察这些身体，就能大致了解当今社会的现状，肥胖者多是有权有钱阶层，特权多，活动少，生命力弱。较为匀称的多是老工人，体力劳动者。"

谷正秀受到了震动，人们见惯了活到耄耋之年的领导干部，都会以为高级知识分子和局级以上干部，生活更优越、生存环境更好一些，理应比普通人的寿命要长。岂料恰恰相反。她不可能不想到自己和丈夫……和周瑶华相比，自己还享受过做妻子、做母亲的幸福和快乐，即便也有巨大的痛苦，还是值得的。一个女人应该经历的她都经历过了，目前还有一个小孙女嘛。可活得显然不如形单影只的周瑶华……

于传夫在水里像大家一样快乐，变成了一个单纯的快乐的感受体。

水满足了人对轻松快乐的追求，折射出生命固有的色彩和最根本的生物性本质。

游泳者的话题也像水面上的清风一样，飘忽不定，又很容易引起响应，吹出波纹。一会儿谈胖子有几大优点；一会儿又议论秃顶也是一种美，象征文明；从环境污染可以跳到住房价格的改革上……

这里有各种各样的信息。

谷正秀想，别看大家都高高兴兴，也许人人家里都有一本难念的经。正因为家里有难念的经，才更需要每天到这里来享受一番忘我的轻松欢乐。

树林子里，人开始多起来了。喊嗓子的，跳舞的，练各种功法的。城里人的一天，社会百态，百样人生，竟是先从这绿水绿树林中开始了。

于传夫夫妇成了东窑地的常客，渐渐和大家都熟悉了。

越是熟悉，越是喜欢东窑地，于传夫的心里越不清静。他甚至怕见到熟人，怕别人认出他。本来是东窑地欠他的，现在变成了他欠东窑地的。

每当不知情的群众大骂城建局的汽车为什么要把垃圾倾卸到湖里，每当知情的人议论不知哪一天东窑地就要消失了，他就赶紧躲开。

令他烦恼的是，一时还说不清楚，要东窑地和要一片现代住宅区，到底哪个更好，哪个更重要，哪个对城市的发展和未来的人类更有价值。

如果他以前的决策是错的，市里领导为什么不出面干预？这不是他的私事，也不是他一个人能决定得了的……他想出各种理由劝慰自己。

此一时彼一时，扮演的角色不同，站的位置不同，看法当然就不会一样。他不承认自己是大逆不道的毁坏美好生存环境的人,可又无法抹去心里莫名的负罪感。

老背着这么沉重的心理负担,他的后半生能活得轻松愉快吗?

他已经退休了,不在其位不谋其政,完全可以撒手闭眼! 一推六二五。但,这不是他的性格。再说儿子的死已经把他推进了东窑地,想躲也躲不开了。

依他的脾气就应该立刻去找现任局长孙帮书,暂停实施原来的方案,组织专家进行可行性调查研究,广泛征求各方人士的意见,拿出报告后重新讨论,再作最后的决定。

他退休后性格也在变,对找自己从前的副手谈这么重要的工作问题,心里不无顾虑。人有权一条龙,失势一条虫。权力是不能共同分享的东西,他下台了就应该远远地躲开权力。不躲开也会被踢开。

他害怕碰个软钉子,更怕叫孙帮书认为自己不知趣。

他犹豫再三,按理说这么大的事应该亲自到局里去,和孙帮书当面谈。那样又显得太郑重,倘被拒绝也不好下台。不如先打个电话试试火力。要在工作时间,往他的办公室里打,这样还不太讨人嫌,他不想听也得听。

一天上午,趁谷正秀上街去买菜,他和孙帮书通了话:

"老孙吗? 我是于传夫。"

"哎呀,老局长,您好! 这两天也没有去看您,谷总的精神怎么样?"

"谢谢,她挺好的。东湖大区的工程准备得怎么样?"

"难哪,资金缺口太大。现在集资简直比要人家性命还难!"

"既然如此,能不能重新考虑这项工程?"

"为什么? 这不是您当初亲自敲定的项目吗?"

"是啊,这也许是我一生中犯的一个最大的错误。"他突然对自己也对别人承认东湖大区的计划是个错误,心里反而一下子坦然了,"野心常常是老年人最后的一种欲望。东窑地实在是一块不可多得的自然风景区,现代城市不会缺少高级住宅区,但难以找到这样一湖清水,一片树林,把东窑地毁了可就再也没有了!"

"老局长,这就难了,我们的计划是得到了市政府批准的,一切都合理合法。"

对方语调里刚才的那点热情消失了。

"老孙,以前的教训告诉我们,当时看是合法的,以后看就成了错误,甚至是犯罪。现代物质文明的发展,并没有减少社会的痛苦。相反,人类的病痛倒大大地增加了,谁能数得清现在有多少奇奇怪怪的疑难病和不治之症威胁着人类?一个现代领导干部在决策的时候恐怕不能不考虑这些全局性的问题了。"

"道理是不错,但全球的问题,整个人类的问题不是我应该考虑的。我要想的是,不干东湖大区城建局几十万职工今后吃什么?您以前当局长不也是这样干的吗?老局长,这个问题在电话里说不清楚,找个时间我去看您,咱们当面谈。"

权力是迷人的,使你不可能清醒,除非你失去了权力以后。

也许权力是清醒的,它利用人,迷惑人,夺走了人可能有的明智。

于传夫感到无可奈何。既然无可奈何就不要计较了。要计较就得想另外的途径。比如:他还是人大常委会的委员,可以在人大开会的时候提出议案;还可以自己先干起来,调查研究,然后给市政府写报告,重新申明自己的意见……那,自己就要冒很大的风险,将个人公开和整个城建局对着干。可他还要在城建局拿退休金,生活上的许多事情还要依仗城建局照顾。

谁也无法拥有一切。

他再旷达也溶释不了自己的抑郁。不得不重新估量,哪些是自己所拥有的,他还有机会在生活中选择对自己有价值的东西吗?

1992年2月

早 晨

一

活见鬼！唉，活着撞见鬼还不错哪，至少可以瞧个新鲜。我明明是睡见鬼，一睡着就做鬼梦，跟鬼纠缠，听鬼说话，见鬼行鬼素。哪怕睡五分钟，也要有一梦。可以说闭上眼就是梦，睁开眼也未必就是醒着，浑身难受，头昏脑涨……

莫非我老了？以前最舒服的就是睡觉，最轻松最清醒的就是大睡之后醒来。连睡觉都不美了，世上还有美事吗？这岂不是一种老态？才刚到五十岁，老得未免太快了吧！中年期到五十岁就结束了，老年期一般的计算方法是从六十岁开始，从五十到六十这个年龄段的两腿动物算什么人呢？算更年期？

就是因为来到老干部局这一年多，我明显地感到自己渐入老境。成天跟老人打交道，能不老得快吗！正像中央电视台的"鞠萍姐姐"一样，因为她经常跟孩子们在一起，青少年期特别长。永远是"姐姐"。

窗帘泛出灰蒙蒙的亮斑，不知是月光还是黎明的第一抹微白。我曾经几次把半夜出的月亮当做天亮，以为起晚了，慌忙穿上衣服，凑到老座钟跟前才看清是凌晨两三点钟。脱了衣服再躺回床上去，要想重新入睡就困难了。能迷迷糊糊到五点钟就不错了。然后是一整天都昏昏沉沉。五点钟必须起床去水上村游泳，风雨无阻，冰雪无碍。用闹钟怕吵醒家人，只有靠自己的意识。我对自己的意识很自信，只要在前一天晚上给大脑输入一个信息:明天几时起床。第二天我只会起早不会起晚。我感到了夜的莫名的噪音的侵扰,但大门口还没有响起郊区农民铲垃圾的铁锨声,后院卖水果的个体户的机动三轮车还没有出发,说明还不到五点钟。对面高高在上的座钟,带着一种傲慢,一种撩拨,发出苍劲有力的"嘀嗒"声,这声音在我失眠的时候格外刺耳,可每晚没有它又睡不安稳。我习惯了这牢靠的声响和节奏。我是听着这声音长大的,座钟的年龄也许比我还大。我结婚的时候,新房的东西大都是新买的,就找家里要了这台老座钟。我不愿睁眼,等待着它打点。它是我的保姆。

屋子里乱糟糟的。锅朝天,盆朝地。

原来屋子里就有不少人,又拥进来一些人,有家里人也有外人,有认识的也有我不认识的。

我感到嘴里难受,摘下假牙到水龙头下冲洗。手里捧着一大把假牙,洗不净,嘴里仍然难受。当着许多人洗牙实在不雅,便到里屋的水管下去洗。

妻在和几个女亲戚说话。

我又从嘴里掏出一个粗如脖项的金属圆环,环下镶着牙,环外套着胶皮圈儿,洗净后却无论如何再也放不进嘴里去了。环形假牙像车床的刀盘,比嘴要大得多。口腔里如何能容得下,可刚才是怎么从里面拿出来的?

外面有人喊,快点,要开车了!

我愈是着急,假牙愈塞不到嘴里去。

便对妻说,火葬场太远,你就不要去了。

潜台词儿是,她心太实,连哭也是实实在在拼傻命地哭,半天哭下来嗓子就说不出话来了。往后的几天还得继续哭,不哭不行,她却只能有泪无声。哭不出声音,哭不出词儿来,就着急,就撞头,嗓子哑得就更厉害。哪像大嫂、二嫂纯熟地驾驭着一套完美的哭的技巧,痛心疾首,呼天抢地,声腔凄厉,哀哀有词。能把别人哭得鼻酸眼湿,悲从中来；自己却很会行腔运气，掌握节奏的旋律。根据程式、场面的大小，来吊孝者和围观或解劝者的多少来确定自己是大哭、中哭还是小哭。要哭就立刻进入角色，昏天黑地，要死要活。没有人的时候就不哭，该吃就吃，该喝就喝，从容不乱。几天哭下来，声音仍能响遏行云，气足神完，身体也顶得住。这样的人能哭。哭也是一种艺术。

外面催得紧急，我只好把戴不上的假牙放进抽屉。不戴牙就出去瘪着嘴多难看，说话也兜不住气……

"当剌啦啦——当剌啦啦——"

老座钟拖泥带水地打了五下。

对我却是惊心动魄，立刻清醒。"掉当门，死老人——"做梦掉门牙，家有不幸。几年前父亲去世的当天晚上，大哥在外地就做梦摔断了两颗门牙。从那时起我对自己的门牙格外爱护，它还关系着母亲的生命，我不能让它出任何差错，以免进入我的梦境。两年前母亲无疾而终，走得突然，我还没有来得及做掉门牙的梦。这次岂只是掉门牙，满嘴都换成了假牙，梦里又好像是办丧事，大不吉利！

我摸摸自己的门牙，还结结实实地长着。是真的，不是假的。

我这头已经没有老人可值得担忧的人。再说这未必是梦。我根本没有睡着，怎么会做梦呢？老座钟作证，我一直在听着它打点，听着屋子外面的一切动静。顶多是一种幻象，一种想入非非，也许我潜意识里觉得自己的牙不够整齐美观，希望有一口漂亮的假牙，故有此幻觉。幻觉、想象跟做梦是两回事，不主任何吉凶。

我曾是优秀的共产党员，决不迷信！

可心里终归不踏实。莫不是尚健在的岳父岳母那里有什么问题？我这做女婿的有半子之责，他们有什么三长两短也有资格反映到我的门牙上。

我很想把这些担心告诉妻子。听她那均匀的呼吸声又不忍心将她喊醒。如果真有什么问题还好说，倘是什么事都没有，打搅了她那十分宝贵的睡眠，仅仅让她担惊受怕，说不定还会送给我一句——"精神病"！

二

每天早晨，这片水上村肯定是最先醒来。五点多钟，昨天的高温消散得差不多了，新的太阳尚未出来，被暑热折磨得筋疲力尽的城市似乎刚刚睡着，而水上村新的一天已经美妙地开始。

北湖的水泥码头上站着许多赤身裸体的老年人，有的弯腰，有的曲腿，做着下水前的准备活动。这真是一种奇观——

穿着衣服，大家都像模像样，周武郑王。一脱了衣服立刻就变了个样子，真实，自然，滑稽可笑，也许是可爱。当今世界上天天都在叫嚷减肥、减肥。电视里、报刊上、娱乐场所的广告牌上，都在推销减肥产品，形成一种铺天盖地的减肥运动。一度曾惹得我很反感，这些胖子太不像话了，别人不干扰他的发胖，他们倒来破坏像我这样的不胖不瘦的匀称人读报看电视的情绪。把肥胖渲染成一种世纪病，到底是减肥，还是臭美？

待真正见到这些没有任何遮盖物的胖子们，才感到一种来自肥胖的威逼和挤压。这个世界太臃肿了，本来空间有限，满眼都是肉，气温又如何不增高？人们的脾气又怎会不狂躁呢？我身高一米八，体重一百五十斤，几乎成了码头上唯一的"瘦猴"。

他们这身肉是怎么长的呢？

奇形怪状，七扭八拐，七坡八梁，这多的肥肉改变了人体骨骼的基本形状，该少的地方多，该多的东西少，该细的粗，该长的短，该硬的地方稀松，该瘪的地方膨胀……总之，胖子都是把肉长在了不该长的地方，使身体的各个部件失去了对称和协调。有的两条并不粗壮的腿支撑着一个滚圆的大肚子，如直立的巨型母青蛙。有的如古老的邮筒，上下一般粗。有的如一块巨大的钟乳石，上面堆出一层层肉的波纹，虽有不少沟沟眼眼，但线条都是圆的。有横向发展的胖子，有哩啦歪邪的胖子，有老胖子、矮胖子、大胖子，唯独没有小胖子。人一胖了就跟"小"字无缘了。

难怪胖子们在一些发达国家受到人们的歧视。没有工作的求职难,有工作的也常常被解雇。一些人为了保持身体的匀称不得不多吸烟,少吃饭。可怜的胖子,他们聚集在一起实在是够吓人的。

我却觉得他们虽然都很胖,但胖得各有特色,巧妙不同,很少雷同。一般地说,胖得奇怪,胖得可爱,胖得好笑,胖得让人担忧,顶多是胖得触目惊心。很少有人胖得可恶,胖得可憎。

我也许得了一种"恋胖癖",对这些赤裸裸的大胖子百看不厌。恨不得凑近了对他们的胖肉进行认真细致地观察、研究、比较,找出胖的根源、规律和今后的发展趋势。这是我的业余爱好,也是我工作的需要。我所领导的老干部局,说到底可以叫"老胖子局"。离休的老干部有几个不胖的呢?只要看看码头上的这一群裸体,就可以了解我为之服务的那些老干部的身体状况。胖,意味着一种富态,一种时尚,一种安定富足,一种食物丰盛,一种省心省力。

我却不能明目张胆地盯着胖子们狠瞧,更不能多看他们胖得最吸引人的地方。

这群胖子里可谓藏龙卧虎,什么人物都有。有的当过市里头头,有的现在还在台上,更多的是已经离休的地师级、县团级老干部,还有教授、作家、演员和普通老工人。脱光了衣服全都一个德行,都变成了老小孩儿,嘻嘻哈哈,说说笑笑。相互都以老王老张相称,保持一种友好松散的关系。也曾有那么几个不算小的官儿,刚开始的时候坐小汽车来,当众暴露自己尊贵的肉体有点儿不大自然,像穿着代表权势名位的衣服一样端着架子。其实脱了衣服想端架子也端不住了,他的身体一点儿不比别人好看。他不理凡人,凡人不理他,大家纷纷跳进水里。水缓解一切紧张的肉体和精神,一视同仁地拥抱所有的赤身裸体者。谁有架子谁吃亏,在水里每个人都是孤单地面对自己的生命,自己不划动就会沉底。如此游过几回,便会被老小孩儿们同化。脱光衣服往水里一跳,就变成了一个快乐的自然人。

在这支自发的松散的老年水军里,我好像是最年轻的。我的身体也表明资历不深。

我本来对游泳兴趣不大,游了一段时间之后,大上其瘾,欲罢不能。为了工作倒是次要的了。

水何以有这么大的魔力呢？

"水头儿，下吗？"有人像练嗓子一样大声吆喝。

"下！"被称做水头儿的人是一尊地道的欢喜佛。红色游泳裤被深深地勒进肉里，小腹的肉褶压着游泳裤腰。小腹上面有一圈儿深沟，由肥厚的肉褶堆出来的沟，像葫芦的凹部。肉槽的上面是突兀峥嵘的大肚子和圆腰。圆头胖面，大鼻厚耳，善眉笑目，一团和气。头上戴一顶红色游泳帽，游泳镜没有罩在眼上，而是戴在脑门儿上，既醒目又滑稽可亲，像舞台上的喜剧人物。他后退十几米，然后起跑，赤脚踏在粗糙的水泥地板上，毫不含糊。如同一个肉球飞快地滚到码头的边缘，双脚一踏挂在码头沿上的汽车轱辘，身体腾空，在空中还有一个灵巧的鱼跃动作，像一只滚圆的大海豚扎进水中。

于是大家纷纷下水，许多人都跳得很勇敢，姿势也很好看。跳水跳得好的人还会爬上岸来再跳，直到跳美了才开始游。也有一些人像大冬瓜一样扑进水里。抓着边沿溜下水的人很少。

码头上立刻变得湿漉漉了，用红油漆写的四个大字："禁止游泳！"也变得更鲜艳夺目了，却没有人留意它。大家正是踩着它往水里跳。我刚来的时候曾感到奇怪，请教过水头儿：

"这儿不是禁止游泳吗？"

水头儿眯着眼像看一个外星人那样盯着我："禁止别人游，不禁止咱们游，我在这儿游了十几年了。"

"为什么？"别人有时说我装傻充愣，其实我是真不明白。

"这个北湖每年夏天都要淹死几个，写上这四个字，再出了事，就与人家公园无关了。写不写字是人家的事，敢不敢游是你自己的事。"

水上村其实就是一座独出心裁的水上公园。有十几个大小不等的湖泊，把城市里最幽静的一块土地变成了一片漂亮的岛屿、半岛、长堤、弯桥，富有乡村野地的情趣。把它称作"村"，也是一种时髦。如同把地球叫成"环球村"、全市最豪华的一家食品店叫"稻香村"一样。

水上村的北湖最大，直径八百多米。每天上午八点钟，公园的游艇就开始售票,载着那些喜欢水上风光的人在水上村里兜一圈儿。所以我们这些北湖的不速之客必须在八点钟以前离开水面。说是不速之客却受到水上村看门人的欢迎,每天早晨五点钟就把大门打开,且不要门票。我猜这是水头儿他们一批老水上游击队员,凭着多年交情跟守门人达成的一种默契。

我不敢助跑,站在橡胶辘轳上,运好气头一低,便投入水中。跟水头儿他们的雄姿没法比,但自信不是扔冬瓜。

这些胖子们拥挤在码头上很成阵势,落入水中便微不足道了。星星点点,稀稀拉拉地向湖心岛游去。有的拍打出一溜水花,有的只见脑袋一隐一现,有的在水面上高叫,互相应和:

"喂——啊——"

"美,太美了!"

"一天当中就是这一会儿最美!"

我也有同感,一进入水中全身立刻活泛起来,各个部位都极度伸张、展开,充满活力,充满人性。好像是这平静、温柔、惬意的水掌管着我身上的活力,它的抚摸诱发了我的力量和快乐。一阵疾游猛进,一种姿势累了就换成另一种姿势,我和水如刀锋和伤口一样互相渴求,严丝合缝。不再为裸体害羞,不再躲藏,向世界充分展示自己。唤醒了身体的感觉,唤醒了自己。

奋勇一番之后,我躺在水面上休息。望着洁净高远的蓝空,蓝空下有一圈翠绿。我的身子在柔软中漂浮,获得了一种静静的、舒适依恋的安全感。这妙不可言的舒适感来自身体的所有部位,从里到外,通体都被洗净了,揉酥了。仿佛是在一种柔情中创造。没有比水和肉体更和谐的了。

我在湖的中心,静心享受自己的空间。

第一批登上湖心岛的人急忙去捡王八蛋。据说吃王八蛋可大补。每天早晨湖心岛不知要被搜寻多少遍,北湖的王八们肯定会断子绝孙的。它们也太没记性了,下个蛋被人捡走,为什么还要不断往岛上下。

我八点钟要准时上班,在岛边稍事休息便往回游。登上码头从兜子里拿一个可口可乐的大塑料瓶,里面灌满从家里带来的自来水,从头顶浇下,权当淋浴……

每个人的兜子里都有一个这样的大瓶子。

三

游过泳之后通体舒泰,早饭吃得又多又香。准时走进办公室,该见的见,该找的找,该说的说,该布置的布置,该回答的回答。坐机关快三十年了,不论被人领导还是领导别人,这上一套下一套早已烂熟于心。上班后也就忙乎一个多小时,诸神安位,各行其事。如果没有非我参加不可的会议,便沏上一杯茶,脑袋往转椅的高靠背上一放,这时候便有一股倦意袭来。闭上眼睡十分钟就解决问题。每天上午这一回笼觉到底能睡多长时间,完全取决于有没有人来打搅以及打搅者在什么时候进来。当然,如果整个上午一个打搅者都没有,我睡一个多小时自己也会醒来。

如果我再不长肉能对得起谁?

我身边的几个人已经知道我自从游泳以后增加了这么一个新项目,游泳不是我自己要去的,是为了更多地了解老干部,是工作需要,谁叫我们是老干部局哪! 他们都能理解我的新毛病。

我对下面的干部也很宽松。在老干部局工作,染上一些老年人的习惯,甚至是坏毛病,不是怪,是可以原谅的。正像一个年轻女人嫁给一个老男人做妻子,那老男人也许会感到自己变得年轻了,那女人肯定会感觉自己老了。把我调到老干部局来,就说明我的官运到此为止了。由一个不再想往上爬的人当领导,是做部下的福气。为离退休的老年人服务,不能紧,不能急,有些事不能不办,不能都办。少做没关系,不可做急了。少说没关系,不可说错了。

迷迷糊糊,突然又想起早晨的噩梦,应该到岳父家去看一看。咳,我现在怎么变得这么拖拖拉拉、黏黏糊糊? 除去早晨游泳是积极的,还有什么事能调动起我的积极性呢?

　　不论心里想什么都不影响上午这一觉,而且睡着了不做梦……

　　"局长!"

　　舒眉什么时候进来的我不知道,但愿她不是对我的睡相进行一番认真地观察研究之后才叫醒我的。睡着以后被一个姑娘,尤其是一个漂亮姑娘死盯白瞧,总是有点不对劲儿。

　　"您睡得可真香啊,还打呼!"

　　"不可能,我这么瘦怎么会打呼呢!"

　　"窝着脖子了。"

　　她怎么知道我窝着脖子了? 赶紧躲开她的陷阱:

　　"是我没心没肺。"

　　"没心没肺怎么不长肉?"

　　"吃昧心食吃的,或者叫吃气饭吃的。"

　　你把自己骂到底,看她还说什么。对付现在这些伶牙俐齿的姑娘,这一招最灵了,你要认真跟她辩论,道理讲不过她。你要跟她过于严肃认真,她说你虚伪、僵硬,用端臭架子掩饰自己的理屈词穷。

　　"局长,赵旺达的儿子把他送到我们这里来了。"

　　"赵旺达? 想干什么?"

　　"要房子。"

　　"是他自己想来的,还是他儿子把他抬出来当一张硬牌使?"

　　"他半身瘫痪自己怎么来得了,是他儿子用三轮车把他拉来的。"

　　我突然想起赵旺达是谁了,这件事可有点难缠。从皮椅上站起来,把桌上的凉茶一饮而尽,立刻精神焕发:

　　"赵旺达现在在哪儿?"

　　"院里的大树底下。天这么热,到中午的时候说不定会把老头儿晒死。"

　　"朱材高呢?"

　　"他正在跟赵旺达的儿子讲理,人命关天,他有点压不住阵,叫您快去。"

这个混蛋，把我拉到第一线可就没有退身步了。当着舒眉这样的部下，却不好说软话，要滑头：

"人家已经打上门来，我会亲自处理的。你带上那个小录音机，把我跟赵旺达和他儿子的对话全录下来，如果事情闹大了说不定会用得着。"

现在办事不留后手不行。

幸好，这时候我从心理到生理正处于最佳状态。腿脚轻松有力，步子却迈得沉稳缓慢。在这种时候我不会忘记自己是这儿的最高领导，应尽量拖延时间，想出对策再露面。但我们占据的是一栋七十年前盖的小洋楼，一共三层，我的办公室在二楼，越想有对策就越想不出对策，稀里糊涂就来到了楼下。院子东侧唯一的一棵老杨树下围着一群人。老杨树的上半部已经枯死，像人秃了顶一样，只在脑袋的下半部有一些枝叶，这能有多大的荫凉！我当初不愿到老干部局来就跟这棵老杨树有关系，看见它就会想到这所小洋楼的风水已经快完了。我当一所没有风水的房子的主人，还会有好运吗？可是站在政府的角度一想，把这种地方分给老干部局不是正合适吗？

朱材高在人群里比比画画，像是跟站在他对面的人讲道理，又像是向围观者发表演说。这家伙是我手下一员得力干将，操办喜事丧事，安排追悼会，联系火葬场，喝酒打牌，保媒拉纤，都有一套。处理今天这样的事应该是他的拿手戏。看他的神色，道理讲得比较吃力，站在他对面的想必就是赵旺达的儿子。不像我想的那么年轻，看上去有四十岁上下，这样年纪的人不应该是浑蛮无理、四六不懂的。

我突然意识到，早晨的梦与岳父母无关，原来是应在赵旺达身上。我这个老干部局长也真够棒的了，把老干部日夜挂在心上，日有所思，夜有所梦。到年终要当仁不让地申请做个焦裕禄式的好干部。

大家七嘴八舌，我一露面院子里立刻静了下来，围观者闪开了一条路，我看到了赵旺达。他半卧半靠在一张竹躺椅上，灰色的的确良裤子，说灰不灰说白不白的短袖老头儿衫，灰黄的面孔。最突出的是那长长的颈项，如同拔了毛的鸡脖子。双眼紧闭。

躺椅的左侧,放着脸盆、痰桶,右侧放着一个暖壶,一个小方凳子。凳子上有一只玻璃杯。看样子是真要在这儿静躺示威了!

"局长,这位是……"朱材高想把赵旺达的儿子介绍给我,我不睬他,根本就不往那个方向看。这表示了我的蔑视。

我直接走到了赵旺达的跟前。

"老赵同志,我是辛宁。您别着急,也别难过,有什么困难,老干部局一定帮助解决。"

他睁开了眼。还不错,眼皮没有瘫痪。

嘴唇嚅动却吐不出字来。

我一时读不懂他的目光。

他为自己落到今天这种境地感到难堪?是啊,他还活着,却失去了做人的尊严。只能任家人摆布,任外人围观,看热闹的人很多,院子里却弥漫着一种不吉祥的气氛。没有人为他表示气愤,因为不知道该对谁气愤。对老干部局?这又不是老干部局的错。何况这是在老干部局院子里,围观者大部分是本局的职工。对赵旺达的儿子气愤?他正在火头上,像条疯狗,多一事不如少一事。目光里露出怜悯的就算是很不错了。更多的是冷漠、静观、沉默。还有不少人露出了碰上新鲜事儿的兴奋。这给活得沉闷、无聊的人们带来一点儿小小刺激,在家里的饭桌上,在无所事事的同事之间,又有话题了。

可怜的老赵。

我相信这围观者的目光会使一个健康的人从头到脚冷森森的,不瘫也僵。

他的目光似乎是在呼唤死亡。当一个人已经心力交瘁,连处理自己这副皮囊的能力都丧失了,尝试死亡是最后的聪明。但死亡还不想接纳他。有许多人虽然瘫痪了,但不影响吃,不影响喝,真正过着一种没心没肺的生活,反而活起来没完了。我想赵旺达的儿子正是看出了这一点,才把他抬出来,胡折腾。

他的目光空洞、呆滞,也许是在过去的经历中搜寻能够支持他再活下去的力量。在现实生活里他已经找不到必须活到明天的理由和希望。

他不能表达,我只能猜测他的意识。局面僵持着。我不着急,更不怕拖延。

一缕灼热的阳光透过杨树的树叶炙烧着赵旺达的上半身。我忽然明白了,他的目光中什么意味也没有,只不过是阳光在他眼内闪动。

他抱着满怀滚烫的阳光,自己变成了以前那个曾经生存过的他的影子,而且这影子越缩越小。

四

尽管我不答理他,眼皮不求他,最终他还是熬不住,不得不凑到我跟前来,主动搭话:

"他不能说话了,有什么话跟我说吧。"

我眼前堵上来一张青笋般又长又尖的脸,眼光尖厉,带着一股冷森森的仇恨。这种尖头顶的家伙不好斗。

"您是谁?我为什么要跟您说?"

我明知故问,打击一下他的气焰。

"我是赵旺达的儿子。"

"噢,怎么称呼您?"

"赵盛。"

"是您把赵旺达同志拉到这儿来的?"

"不错。我父亲是一九三八年参加革命的老干部,现在又身患重病,理应受到党和国家的照顾。可你们连个住的地方都不给他。我只好把他给你们送来了,你们要看得过去,就让他在这大树底下待着;看不过去就快点解决他的住房问题。"

"您把话说过了头就没有分量了,一九三八年参加革命的老同志会没有房子住?有人相信吗?据我所知,国家先后分给赵旺达同志三套房子,厨房阳台不算,一共七室三厅。这些房子都到哪儿去了?"

"这些房子已经归别人住了。"

"别人是谁？"

他不想说。当众被我问含糊了更暴露了他的色厉内荏。他不管多么恶狠狠，也是来求我办事，我怕什么？老干部局是国家机关，我是国家干部，说难听的咱们公事公办，说好听的咱们商量着办。穿鞋的还怕光脚的吗？何况我这个老干部局又不管房子……

既然他接不上话茬儿，我正好趁机来一段官腔，叫他也长长见识：

"政府决定成立老干部局，正说明我们这个社会的优越。西方一些物质高度发达的社会，不要说普通老人，就是一些大人物退休后都得自食其力，或重操旧业，或另谋生路。美国不就号称是青年的天堂、中年的战场、老年的坟场吗？尼克松从总统的位子上下来以后，曾一度陷入经济困境，连住院治病的钱都没有。我们的全国有九千多万六十岁以上的老年人，差不多是全国共产党员的两倍，很快就将进入国际规定的老龄化社会。老年人为社会贡献了自己的一生，享受高工资、高福利，住房宽松一点儿是应该的。我的工作就是保证老干部的权益。作为老干部，都很清楚我们国家的家底儿，不愿成为社会的沉重负担。作为老干部的家属，难道不该理解老干部，替别人、替国家想想吗？"

"行啦，辛局长，用不着讲这些大道理。你叫我们为别人着想，那别人活着干什么？谁为我们着想？我们是老干部的家属，同样也是人，也有资格要求有个住的地方。那三套房子，我大哥住一套，我姐姐住一套，我住一套，有房本为证，那三套房子的使用权是我们，而不是我的父亲。这是受法律保护的！"

"赵盛同志，您谈到法律，这太好了。子女把父母的房本改成自己的名字，这并不困难。如果较真儿的话，这种改动是受到法律的保护还是受到法律的追究，可就难说了。因为这房子不是你们家的私有财产，是国家根据老赵同志的需要分配给他居住的，按规定他本人无权转让，别人更无权侵占。这是第一……"

"老干部是有家的，不是光杆儿一个人。你说的这么好听，哪个老干部的房子儿女不能住？这是谁的规定？"

"第二,这么热的天,您把身有重病的老人赶出家,放在这样一个露天地儿,名为要找领导,实际上是拿自己的老人示众,让老人难堪,经受精神和肉体的折磨。倘老赵同志有个一差两错,依据《中华人民共和国刑法》第一百八十二条要问你一个虐待老人罪!"

"那你们就去告吧,我等着!老干部有困难,你们迟迟不给解决,我们这是被逼无奈。与其活着受洋罪,还不如进监狱算了!我父亲生活不能自理,我们都有自己的工作,不能天天在家里照顾他。想雇个人负责照顾他,又没有地方给保姆住。你们老干部局不是负责保护老干部的权益吗?要不就给解决一间房子,要不就负责照顾老干部。叫大伙儿说,这要求过分吗?"

他的心里有点虚。不管他嗓门多高,口气多硬,已经由攻变成守了。我要按自己的思路,把该讲的话讲完:

"第三,房子问题只有房管局能够处理。如果赵旺达同志住房确实有困难,我们可以帮着向房管局呼吁。但,这不能成为虐待老人的理由。这是两回事。采取闹事的办法,不仅无助于问题的解决,还会引发许多别的问题。按国家规定,老干部如果没有直系亲属,一切都由老干部局负责到底。赵盛同志,您的父亲不属于这种情况。我把利害关系都跟您说清楚了,您应该赶快把赵旺达同志接回家去。然后,您有什么问题都可以商量。否则,老赵同志在这儿出了什么事,那后果严重了,责任全由您负!"

我转身对围观者们说:

"本局的职工请回到自己的办公室,该干什么去干什么。外人请离开我们的院子,这里没什么好看的。"

把该说的话说完,不再看任何人,包括赵旺达,径直上楼回到自己的办公室。

舒眉跟在我屁股后面也走了进来,拿起暖瓶给我的茶杯里斟满水,眼睛里闪着一种奇异的亮光:

"太棒了!"

"什么太棒了?"

"你今天的表现,一百二十分! 有理有利有节。"

她的口气,她的神态,她的眼光,使我感到一种新奇的兴奋和舒坦,还有一种紧张和不自然。借喝茶躲开了她的目光:

"你把他们都叫到会议室去,咱们商量一下。"

所谓"他们",就是老干部局顶饯的那七八位大将。正像"样板戏"里的一句台词:"十几个人来七八条枪"——这就是我的阵容。

大家的精气神不错,感慨很多,议论风生,一改往日那种死眉塌眼、半醒半睡的样子。看来老干局需要隔三差五地发生点儿具有挑战意味的事端,会给老气横秋的工作激发出一股活力。

依照惯例,我出完题目以后就不再吭声,先让大家把肚子里的话都倒出来。现代社会,人人都有演说欲和表现欲。一个开明的领导,要给部下以当众演说的机会和充分表现自己的机会。

说白了,我这个老干部局长不过是个"幼老园"主任,哄着老的玩儿好(老干部),还要哄着小的玩儿好(工作人员大部分是年轻人,只有极少数几个中年人)。

——这当官儿的儿女更不孝顺。把他爹折腾死,他每月不还少拿好几百块钱了吗? 怎么就算不过这个账来呢!

——人到老了还得有个老伴儿,儿女靠不住。

——最好别活得太老。在这个世界上活得太长了便无幸福可言。我活到六十岁就行。

——"老"与"朽"总是分不开的,世界上真正老而不朽的东西很少。当初赵旺达是有名的"铁嘴部长",做起报告来如江河直泻。现在,别人说什么他都只能听着……

我听这些又挨边儿又不挨边儿的话倒觉得蛮有意思,可以知道每个人观察、思考问题的角度,了解他们的思想感情。

朱材高爱充大尾巴鹰,捏出一派二局长的腔调截住了别人的话头:

"时候不早了,咱们说点儿真格的吧。刚才局长那一番话说得太厉害了,赵盛没有台阶下了。这大热的天,眼看就到中午了,那棵老杨树根本不遮凉。赵旺达万一一口气上不来,死在我们院子里,那就说不清楚了,会成为全市的头号新闻,我们也就被动了。我的意见不如先把他抬进传达室或楼下的某一间娱乐室,先救人要紧。局长,你说呢?"

怜悯唤起了他的善良意识。但这不是怜悯和善良所能解决得了的。好心人的错误,或者说人类的错误,就在于用己之心度人之心。朱材高担心的问题我也想过。但他是个笨蛋,怎么能让那样的局面出现呢!

我准备给这个碰头会作结论。不,是像一个警长那样给属下分派任务——

朱材高担心的不是没有道理,我们决不能让那样的事情发生。赵旺达,我们不能动他,这是他儿子把他放在那儿的,出了问题由他儿子负责。我们一动他,容易被反咬一口;更不能把他抬进屋子,抬进去容易,再想抬出来就难了,他来的目的就是想占一间房。

老朱,你到医务室叫上王大夫,负责在现场盯着。你可以动用自己的全部技巧,给赵盛以台阶下,让他尽快把他老子弄走。记住,不要真正的答应他什么,他在没有把他老子弄走之前什么事也不要答应他。在现在的这种情势下,拒绝比赞成需要更大的勇气。可以给老头儿打一把伞,叫食堂为他做点好饭。让王大夫跟医院联系好,如果到下午五点钟,赵盛还没有把他老子弄走的意思,就叫医院派救护车来。把赵旺达拉到医院去过夜,又安全,又可靠,出了任何事情也与我们无关。

舒眉,你去赵旺达所在的街道办事处的派出所,了解一下赵盛平时对待老人的态度,看他们能不能帮助我们做点工作。

陈湘,你去赵盛和他老婆的单位,叫他们出面,给赵盛压力。

刘明,你不是跟公安局和检察院很熟吗? 去联系一下,赵盛如果蛮横到底,我们能不能起诉他? 或者先传讯他、拘留他,吓唬吓唬他。在这方面你的点子比我多……

总之,我们四面包抄,他有炮(泡蘑菇),我们有枪(强制性措施),

我就不信赵盛不快点把他老子再拉回家去！

我把任务大体分派完毕，心里立刻就轻松了，感到一种满足，一种大小是个头头的对自己的领导意识的满足。

我很清楚，自己在这种时候是最有风采、最富魅力的。直率、睿智、全面，水平高出别人一大截。我的眼睛可以毫不躲闪地坦诚锐利地盯视每一个人，跟他们进行深层的交流。他们也都望着我，被我嘴里吐出的每一个字所吸引。

我是个以身作则的头头，不能光给别人分派任务，不给自己找点活儿干：

"我要立刻去找主管领导，然后找组织部、房管局，汇报、备案。该我们做的我们都做了，再出了什么问题，责任就不在我们这里。大家认为这样做行不行？"

"行！"

我知道，不可能不行。

今天这一早晨够可以的了……

1992年4月

后　记

　　此生让我付出心血和精力最多的，就是建构了属于自己的"文学家族"。感谢人民文学出版社提供机会，能将这个"家族"召集起来，编成队列。

　　——这就是整理《蒋子龙文集》。

　　整理文集确实像召开家族大会。将我亲手创作的各色人物，聚集到一起，大大小小，林林总总，他们的风貌、灵魂、故事（即便是散文随笔中也有人物、事件和思想）……一下子勾起我许多回忆，感慨万端。

　　有的令我欣慰，有的曾给我惹过大麻烦。如今竟都让我感到了一种"亲情"，不仅不后悔，甚至庆幸当初创造了他们。

　　将他们收拾停当，排出先后次序，送到人民文学出版社这个"大广场"上，像所有等待检阅的人一样，有兴奋，有期待，还有紧张。

　　首先将检阅我这个"家族方阵"的是责任编辑包兰英，然后是出版社的老总。他们是我写作上的贵人。而人民文学出版社则是我的文学福地。

　　"文革"结束后，我头一次住在出版社的招待所里改稿子，就是在人民文学出版社。

　　我在文学讲习所读书时，导师是人民文学出版社的秦兆阳先生，他看了我的《赤橙黄绿青蓝紫》后，给我写过一封长信，那是我收藏中的珍品。

　　我的第一部长篇小说《蛇神》在人民文学出版社《当代》杂志上发表；我下功夫最大也是自己最看重的长篇小说《农民帝国》，也是在人民文学出版社出版。

　　写了大半生，能在人民文学出版社出版文集，我视为是一种"终身成就奖"。

　　由衷地感谢包兰英先生的举荐，感谢人民文学出版社的厚意。

蒋子龙

2012 年 12 月 31 日于天津